V. C. ANDREWS®
Stärker als der Sturm

Autorin

Mit ihrem ersten Roman *Blumen der Nacht* wurde V. C. Andrews zur Bestsellerautorin. Es folgten unzählige weitere spektakuläre Erfolge, unter anderem *Wie Blüten im Wind, Dornen des Glücks* oder *Schatten der Vergangenheit.* Nach ihrem Tod brachte ihre Familie zusammen mit einem sorgfältig ausgewählten Autor eine neue V. C. Andrews-Serie auf den Markt, die mit dem Titel *Zerbrechliche Träume* begann und weltweit ein begeistertes Echo hervorrief. Inzwischen gibt es bereits vier packende mehrbändige Familiengeschichten, die alle bei Goldmann erscheinen. V. C. Andrews-Romane wurden in unzählige Sprachen übersetzt und faszinieren Millionen von Lesern und Leserinnen in aller Welt.

Folgende Titel von V. C. Andrews® sind erschienen:

DAS ERBE VON FOXWORTH HALL:
Gärten der Nacht. Roman (9163) · Blumen der Nacht. Roman (6617) · Wie Blüten im Wind. Roman (6618) · Dornen des Glücks. Roman (6619) · Schatten der Vergangenheit. Roman (8841)

DIE CASTEEL-SAGA:
Dunkle Wasser. Roman (8655) · Schwarzer Engel. Roman (8964) · Gebrochene Schwingen. Roman (9301) · Nacht über Eden. Roman (9833) · Dunkle Umarmung. Roman (9882)

DIE CUTLER-SAGA:
Zerbrechliche Träume. Roman (42045) · Geheimnis im Morgengrauen. Roman (41222) · Kind der Dämmerung. Roman (41304) · Stimmen aus dem Dunkel. Roman (41305) · Stunden der Nacht. Roman (42404)

DIE LANDRY-SAGA:
Ruby. Roman (44291) · Dunkle Verheißung. Roman (35164) · Fesseln der Erinnerung. Roman (41590) · Tödlicher Zauber. Roman (41598) · Karussell der Nacht. Roman (41629)

DIE LOGAN-SAGA:
Melody. Roman (41635) · Im Netz der Lügen. Roman (35111) · Das Lied der Nacht. Roman (35229)

und:
Das Netz im Dunkel. Roman (6764)

V.C. ANDREWS®

Stärker als der Sturm

Roman

Der vierte Band
der Logan-Saga

Deutsch von Uschi Gnade

BLANVALET

Die Originalausgabe erschien unter dem Titel
»Music in the Night«
bei Pocket Books, New York

Umwelthinweis:
Alle bedruckten Materialien dieses Taschenbuches
sind chlorfrei und umweltschonend.
Das Papier enthält Recycling-Anteile.

Blanvalet Taschenbücher erscheinen im Goldmann Verlag,
einem Unternehmen der Verlagsgruppe Bertelsmann.

Taschenbuchausgabe August 2000

Umschlaggestaltung: Design Team München
Umschlagmotiv: Superstock
Satz: DTP Service Apel, Hannover
Druck und Bindung: Graphischer Großbetrieb Pößneck
Verlagsnummer: 35292
kvd · Herstellung: Heidrun Nawrot
Made in Germany
ISBN 3-442-35292-4
www.blanvalet-verlag.de

1 3 5 7 9 10 8 6 4 2

Prolog

Vor langer Zeit war mein Leben wie ein Märchen. Alles um mich herum war verzaubert: die Sterne, das Meer und der Sand. Wir waren zwar erst zehn Jahre alt, Cary und ich, aber nachts liefen wir zum Anlegesteg, an dem Daddys Hummerboot festgebunden war, und dort legten wir uns auf unsere Decken und blickten zum Himmel auf. Wir stellten uns vor, wir flögen in den Weltraum hinein, passierten große und kleine Planeten, umkreisten Monde und streckten die Hände nach den Sternen aus, um sie zu berühren. Wir ließen unsere Gedanken schweifen und die Phantasie blühen. Wir sagten einander alles, und niemals schämten wir uns oder waren zu verlegen, um unsere geheimsten Gedanken zu enthüllen, unsere Träume, unsere intimsten Fragen.

Wir waren Zwillinge, aber Cary bezeichnete sich gern als meinen älteren Bruder, weil er, wie Papa sagte, zwei Minuten und neunundzwanzig Sekunden vor mir geboren war. Er benahm sich auch wie ein älterer Bruder, schon von dem Augenblick an, in dem er krabbeln lernte und mich beschützen konnte. Er weinte, wenn ich unglücklich war, und er lachte, wenn er mich lachen hörte, selbst dann, wenn er keine Ahnung hatte, worüber ich lachte. Als ich ihn einmal daraufhin ansprach, sagte er, der Klang meines Lachens sei Musik in seinen Ohren, und er hätte soviel Freude daran, daß er unwillkürlich lächeln und dann selbst auch lachen müsse. Es war, als seien wir verzauberte Kinder, die ihre eigenen Lieder hörten, Melodien, die uns von dem Meer vorgesungen wurden, das wir so sehr liebten.

Soweit ich zurückdenken kann, ist vom Wasser für mich immer ein Zauber ausgegangen. Cary watete oft hinein und kam mit den wunderlichsten Gebilden aus Seetang wieder heraus, auch mit Seesternen, Muscheln und Dingen, von denen er behauptete, das Meer hätte sie von anderen Ländern zu uns gespült. Wenn es um das Meer ging, glaubte ich ihm alles, was er sagte. Manchmal glaubte ich, Cary müßte mit Meerwasser in den Adern geboren sein. Kein anderer Mensch liebte den Ozean so sehr wie er, selbst dann, wenn er sich ungestüm gebärdete.

Wir durften nicht all unsere Entdeckungen behalten, aber diejenigen, die wir mit Daddys Erlaubnis ins Haus brachten, bewahrten wir entweder in Carys Zimmer oder in meinem auf. Wir glaubten fest daran, daß jeder dieser Gegenstände eine gewisse Macht besaß, sei es nun die Kraft, uns einen Wunsch zu erfüllen, oder die Kraft, uns durch die bloße Berührung gesünder oder glücklicher zu machen. Allem, was wir fanden, sprachen wir einen eigenen Zauber zu.

Als ich zwölf Jahre alt war und eine Kette aus den winzigen Muschelschalen trug, die wir gefunden hatten, überraschte es meine Freundinnen in der Schule, mit welcher Sicherheit ich die Muscheln auseinanderhalten konnte und was ich jeder einzelnen von ihnen zuschrieb. Ich erklärte ihnen, wie diese hier die Traurigkeit vertreiben oder eine andere die dunklen Wolken zum Weiterziehen bewegen konnte. Sie lachten, schüttelten die Köpfe und sagten, Cary und ich seien einfach albern und noch dazu unreif. Es sei an der Zeit, daß wir erwachsen würden und unsere kindlichen Vorstellungen ablegten. Für sie besaßen diese Dinge keinen Zauber.

Aber für mich war sogar ein Sandkorn verzaubert. Cary und ich saßen einmal nebeneinander, ließen den Sand durch unsere Finger rieseln und stellten uns vor, jedes einzelne Korn sei eine winzige Welt für sich. In ihr lebten Menschen wie wir, zu winzig, um jemals gesehen zu werden. Man hätte sie sogar mit einem starken Vergrößerungsglas nicht erkennen können.

»Paßt auf, wohin ihr tretet«, sagten wir zu unseren Freunden, wenn sie mit uns am Strand waren. »Ein ganzes Land könnte zerquetscht werden.«

Sie schnitten verwirrte Grimassen, schüttelten die Köpfe und liefen weiter. Wir blieben hinter ihnen zurück, in unsere eigenen Phantasien eingesponnen, Bilder, die niemand sonst sehen wollte. Wir waren so unzertrennlich, daß die Leute vermutlich glaubten, wir wären bei unserer Geburt miteinander verbunden gewesen. Ein paar neidische Freundinnen von mir dachten sich einmal eine Geschichte über mich aus. Sie behaupteten, ich hätte eine lange Narbe, die sich seitlich an meinem Körper vom Unterarm zur Taille zog, und Carys Körper wiese die gleiche Narbe auf. Dort waren wir angeblich bei unserer Geburt zusammengewachsen.

Manchmal dachte ich mir, vielleicht ist es wahr, daß unsere Loslösung voneinander in dem Moment begonnen hat, in dem wir auf die Welt gekommen sind, ein langsamer und schmerzhafter Prozeß. Gegen diese Trennung wehrte sich Cary viel heftiger als ich, später, als wir älter wurden.

Als kleines Mädchen und sogar dann noch, als ich in die höhere Schule kam, war ich dankbar für Carys aufopferungsvolle Hingabe. Es machte mich glücklich und tat mir gut. Andere Geschwister, die ich kannte, stritten miteinander und beleidigten sich gegenseitig, oft sogar in der Öffentlichkeit! Cary war nie wirklich böse auf mich, und wenn er so mit mir redete, daß seine Ungeduld oder seine Gereiztheit sich bemerkbar machten, dann bereute er es hinterher augenblicklich.

Ich wußte, daß andere Mädchen Cary kokett ansahen, mit ihm flirteten und um seine Aufmerksamkeit buhlten. Es entspringt nicht nur der Voreingenommenheit einer Schwester, wenn ich sage, daß Cary gut aussah. Von dem Tag an, an dem er eine Leine auswerfen und einen Eimer tragen konnte, begleitete er Daddy beim Hummerfang und half im Moosbeersumpf. Er war immer braungebrannt, was die Smaragde in seinen grünen Augen hervorhob, und er trug sein prachtvolles dunkles Haar gern lang, so daß die Strähnen weich in die rechte Hälfte seiner Stirn fielen, bis dicht über die Augenbraue. Sein Haar sah derart seidig aus, daß die Mädchen neidisch darauf waren, und sie verzehrten sich alle danach, ihre Finger durch diese Mähne gleiten zu lassen.

Mein Bruder hielt sich aufrecht und hatte das Auftreten eines selbstbewußten kleinen Mannes, schon in der Grundschule. Andere Jungen machten sich immer wieder über seine Kopfhaltung und die zurückgezogenen Schultern lustig, wenn er neben mir herlief, zielstrebig ausschritt und mit verkniffenen Lippen starr in die Richtung sah, die wir eingeschlagen hatten. Sie begannen jedoch schon bald, ihn zu beneiden, und unsere Mitschülerinnen sahen ihn ganz selbstverständlich als älter und reifer an.

Es mißlang ihnen jedoch, seine Aufmerksamkeit und sein Interesse auf sich zu ziehen. Daher waren sie so frustriert, daß sie schließlich Trost darin suchten, sich über uns lustig zu machen. In der höheren Schule fingen sie schnell an, Cary »Opa« zu nennen. Ihm schien das nichts auszumachen, falls er es überhaupt wahrnahm. Ich war sicher, daß es mich mehr störte als ihn. Man mußte Cary schon Beleidigungen ins Gesicht sagen oder mich in seiner Gegenwart verletzen, um ihm eine Reaktion zu entlocken, aber dann reagierte er nahezu gewalttätig. Dabei spielte es überhaupt keine Rolle, ob der andere Junge größer war als er oder ob es mehrere waren. Cary war von Natur aus aufbrausend, und wenn seine Wut einmal entfacht war, dann wirkte sie sich so verheerend aus wie ein Orkan. Seine Augen wurden glasig, und seine Lippen spannten sich, bis die Mundwinkel weiß wurden. Jeder, der ihn vorsätzlich provozierte, wußte, daß es auf eine Prügelei hinauslaufen würde.

Natürlich brachte sich Cary immer wieder in Schwierigkeiten, auch wenn seine Reaktion noch so gerechtfertigt sein mochte. Immer wieder war er derjenige, der die Selbstbeherrschung verlor, und gewöhnlich war es auch er, der seinen Gegnern den größten Schaden zufügte. Fast jedesmal, wenn er vom Unterricht suspendiert wurde, bekam er von Daddy eine Tracht Prügel und wurde in sein Zimmer gesperrt, aber nichts, was Daddy tun konnte, und keine Strafe, die die Schule über ihn verhängen würde, hätte ihn zurückgehalten, wenn er glaubte, meine Ehre sei in irgendeiner Weise angegriffen worden.

Da ich einen so hingebungsvollen und anhänglichen Beschützer hatte, der über mich wachte, hielten andere Jungen Abstand von mir. Erst als wir in die Highschool eingeschult wurden, begriff ich, wie unantastbar ich in ihren Augen war. Viele Mädchen in meinem Alter waren in Jungen verknallt oder hatten Freunde, aber kein einziger Junge wagte es, mir im Unterricht einen Zettel zuzustecken, und keiner von ihnen schloß sich mir in den Korridoren an, wenn wir von einem Klassenzimmer zum anderen gingen, ganz zu schweigen davon, daß mich einer von ihnen nach Hause begleitet hätte. Ich lief neben anderen Mädchen her, oder Cary war an meiner Seite, und wenn ich mit anderen Mädchen zusammen war, dann folgte Cary uns im allgemeinen wie mein Wachhund.

Im zweiten Jahr in der Highschool wollte ich jedoch, wie die meisten meiner Freundinnen, einen Jungen, der ernsthaftes Interesse an mir zeigte. Es gab einen Jungen, den ich sehr attraktiv fand: Er hieß Stephen Daniel und lebte erst seit einem Jahr in Provincetown. Ich wünschte mir, er würde mit mir reden, mich auf dem Schulweg begleiten oder mich sogar zu einer Verabredung auffordern. Ich glaubte auch, daß er das wollte, denn er sah mich oft an, aber er sprach mich trotzdem nie an. Damals erzählten mir all meine Freundinnen, er hätte gern mit mir geredet, aber sie sagten auch, er täte es wegen meines Bruders nicht. Stephen fürchtete sich vor Cary.

Das erwähnte ich Cary gegenüber, und er sagte, Stephen Daniels sei dumm und würde mit jedem Mädchen ausgehen, von dem er bekam, was er wollte. Er sagte, das wüßte er, weil er selbst im Umkleideraum gehört hätte, wie er darüber redete. Später fand ich dann heraus, daß Cary tatsächlich auf ihn zugegangen war und ihn gewarnt hatte, er würde ihm das Genick brechen, wenn er mich auch nur ansah. Natürlich war ich enttäuscht, und doch fragte ich mich unwillkürlich, ob Cary nicht vielleicht doch recht gehabt hatte.

Abends, nachdem wir unsere Hausaufgaben gemacht und Mom mit May geholfen hatten, unserer kleinen Schwester, die taub geboren worden war und eine Sonderschule für Behinderte besuchte, sprachen Cary und ich über unsere Mitschüler.

Er fand an all meinen Freundinnen etwas auszusetzen. Das einzige Mädchen, an dem er keine Kritik übte, war Theresa Patterson, Roy Pattersons älteste Tochter. Theresas Vater Roy arbeitete zusammen mit Daddy auf dem Hummerboot. Die Pattersons waren Bravas, halb Afroamerikaner, halb Portugiesen. Die anderen Schülerinnen rümpften verächtlich die Nase, wenn es um Bravas ging, vor allem diejenigen, die aus sogenannten blaublütigen Familien stammten, Familien, die ihren Stammbaum auf die Pilgerväter zurückverfolgen konnten, Familien wie die, der Großmama Olivia entstammte, Daddys Mutter, die wie eine Königinwitwe über uns herrschte.

Cary mochte Theresa und genoß es, mit ihr befreundet zu sein, denn ihm gefiel, wie sie und die anderen Bravas ihren Mitschülern die Stirn boten. Als ich ihn fragte, ob er sich Theresa als seine Freundin vorstellen könnte, zog er die Augenbrauen hoch, als hätte ich etwas unglaublich Albernes gesagt, und dann erwiderte er: »Sei nicht so dumm, Laura. Theresa ist wie eine zweite Schwester für mich.«

So war es vermutlich auch, aber als ich älter wurde und Carys Schatten sich immer deutlicher über mich legte, begann ich mir zu wünschen, er fände ein anderes Mädchen, das seine Aufmerksamkeit von mir ablenkte. Ich tat mein Bestes, ihm die eine oder andere wärmstens ans Herz zu legen, aber was ich auch sagte, es änderte nicht das Geringste an seinem Verhalten ihnen gegenüber. Wenn überhaupt, fand er jedes Mädchen, das ich als eine mögliche Freundin für ihn vorschlug, plötzlich häßlich oder dumm. Ich begriff, daß es das Beste wäre, der Natur einfach ihren Lauf zu lassen.

Nur nahm die Natur ihren Lauf nicht.

Oft sagte ich mir, die Natur müßte Cary wohl übergangen haben. Sie kam wohl eines Tages vorbei, als er gerade mit dem Fischerboot draußen war oder so was. Andere Jungen in seinem Alter bemühten sich um Verabredungen mit Mädchen, trieben sich in der Stadt herum und prahlten, um die Aufmerksamkeit eines Mädchens auf sich zu ziehen. Sie forderten Mädchen auf, etwas mit ihnen zu unternehmen, aber Cary ... Cary verbrachte seine gesamte Freizeit mit mir oder mit seinen Schiffsmodellen in seiner Werkstatt oben auf dem Dachboden, der direkt über meinem Zimmer lag.

Schließlich erwähnte ich eines Tages beim Mittagessen Theresa gegenüber meine wachsende Sorge. Sie verdrehte ihre dunklen Augen und sah mich an, als sei ich frisch aus dem Ei geschlüpft.

»Hörst du denn nicht, was hinter deinem Rücken geredet wird? Dieses Geflüster und all das Gerede? Es gibt nicht ein einziges Mädchen in dieser Schule, das Cary für normal hält, Laura. Und die meisten Jungen haben ihre Zweifel, was *dich* angeht. Mit mir sprechen sie zwar nicht darüber, aber ich höre doch, was geredet wird.«

»Wie meinst du das? Was erzählen sie sich denn über uns?« fragte ich und zitterte in banger Erwartung.

»Sie sagen, du und dein Bruder, ihr wäret ein Paar, Laura«, erwiderte sie zögernd.

Mein Herz setzte einen Schlag lang aus, und ich erinnere mich noch daran, wie ich mich an jenem Tag in der Cafeteria umsah und glaubte, alle sähen uns triefend vor Verachtung an. Ich schüttelte den Kopf, und erst jetzt nahmen diese Erkenntnisse Gestalt an, wie abscheuliche Bestien, die aus einem Alptraum herausgekrochen waren und sich inzwischen am hellichten Tag in meinen Gedanken breitmachten.

»Sieh dich doch an«, fuhr Theresa fort. »Du bist fünfzehn und eines der hübschesten Mädchen in der ganzen Schule, aber hast du etwa einen Freund? Nein. Lädt dich jemand zu den Tanzveranstaltungen in der Schule ein? Nein. Wenn du überhaupt hingehst, dann mit Cary.«

»Aber ...«

»Es gibt kein Aber, Laura. Es liegt an Cary«, sagte sie. »Und daran, wie er dich anhimmelt. Es tut mir leid«, fügte sie hinzu. »Ich dachte wirklich, du weißt das alles und machst dir nichts daraus.«

»Was soll ich bloß tun?« stöhnte ich.

Sie versetzte mir einen Knuff, wie sie es meistens tat, wenn sie gleich darauf etwas Häßliches über eine unserer Mitschülerinnen sagen würde.

»Er braucht eine Freundin, die seine Hormone in Wallung bringt, und schon ist alles klar«, sagte sie.

Ich erinnere mich noch daran, daß sie danach aufstand und sich ihren Brava-Freundinnen anschloß. Ich saß da und fühlte mich plötzlich sehr allein und unglücklich. In dem Moment betrat Cary die Cafeteria und sah sich schnell um. Sein Blick fiel auf mich, und er kam sofort auf mich zu.

»Tut mir leid, daß ich mich verspätet habe«, sagte er. »Mr. Corkren hat mich wieder wegen meiner Hausaufgaben nach dem Unterricht länger dabehalten. Was ist los?« Er sah mich genau an, als ich nichts darauf erwiderte. »Ist etwas passiert?« Ich schüttelte nur den Kopf. Ich fragte mich, wie ich es ihm sagen konnte, ohne ihn zu verletzen.

Ich schob den Versuch auf und bemühte mich auch später nie, es ihm wirklich klarzumachen, bis im Jahr darauf Robert Royce und seine Familie das alte Sea Marina Hotel kauften und Robert in unsere Schule kam.

Für mich und Robert war es Liebe auf den ersten Blick, und

das brachte einen ganz besonderen Zauber mit sich, an dem Cary nicht teilhaben konnte.

Irgendwie mußte ich es ihm begreiflich machen und ihn dazu bringen, daß er es akzeptierte. Ich mußte ihm zeigen, wie er sich von mir lösen konnte.

Ich hoffte nur, daß das möglich war.

1
Junge Liebe

Den ganzen Tag hatte mein Herz schneller geschlagen als normal, und es hatte so laut gepocht, daß ich sicher war, Cary müßte das Echo in seiner Brust hören. Wenn ich lief, war es, als berührten meine Füße den Boden nicht. Ich schwebte auf einer Wolke dahin und hüpfte mit federnden Schritten. Ich war vollkommen sicher, daß ich am Morgen mit einem Lächeln im Gesicht aufgewacht war, und als ich mich im Spiegel über meinem Frisiertisch betrachtete, sah ich, wie nicht anders zu erwarten, daß meine Wangen vor Aufregung gerötet waren. Diese Aufregung entsprang wunderbaren Träumen, die sich im Wachen fortsetzten. Träume, die mich auf einem fliegenden Teppich trugen wie eine arabische Prinzessin im Märchen.

Alles um mich herum nahm einen neuen und veränderten Glanz an. Farben, an die ich mich im Lauf der Zeit gewöhnt hatte, waren leuchtender und tiefer und setzten sich stärker gegen andere Farben ab. Jeder Laut wurde zum Teil einer grandiosen Symphonie, ob es das Quietschen der Stufen war, als ich nach unten ging, um Mommy bei den Vorbereitungen für das Frühstück zu helfen, oder das Klappern von Geschirr und Pfannen, das Plätschern des Wassers, das in das Spülbecken einlief, das Öffnen und Schließen von Kühlschrank und Herd oder das Tappen der Schritte von Daddy, May und Cary im Korridor, und erst all ihre Stimmen! Ihre Stimmen wurden plötzlich zu einem Chor, mit dem die Musik unterlegt war.

»Du siehst heute sehr hübsch aus, mein Liebes«, sagte Mommy beim Frühstück. Daddy warf einen Blick auf mich und nickte. Ich hielt den Atem an, weil ich einen ganz kleinen Hauch

Lippenstift aufgetragen hatte und Daddy Schminke haßte. Er sagte, da hätte der Teufel die Hand im Spiel, und eine aufrichtige Frau würde niemals versuchen, einen Mann zum Narren zu halten, indem sie sich Farbe ins Gesicht schmierte. Ich hatte ein leuchtend blaues Kleid mit einem weißen Kragen gewählt und trug mein goldenes Armband mit den Glücksbringern, das Mommy und Daddy mir kürzlich zu meinem sechzehnten Geburtstag geschenkt hatten. Cary hatten sie eine teure Taschenuhr an einer goldenen Kette geschenkt, die »Onward Christian Soldiers« spielte, wenn man den Deckel aufklappte.

Cary blickte von seiner Schale Hafergrütze auf.

»Hast du keine Angst, einen Teil von diesem Lippenstift zu schlucken?« fragte er und sandte damit einen unheilverkündenden Blitz durch den warmen Sonnenschein meines Vormittags.

Ich sah Daddy an, aber der war vertieft in seine Zeitung. Dann warf ich Cary einen wütenden Blick zu, und er richtete seine Aufmerksamkeit wieder auf seine Hafergrütze.

Als wir aus dem Haus gingen, um uns auf den Schulweg zu machen, blieb ich in der Tür stehen, spürte den Sonnenschein auf meinem Gesicht und schloß die Augen. Ich drückte mir die Bücher an die Brüste und wünschte, nichts von alledem sei ein Traum.

»Was tust du da?« fragte Cary mit scharfer Stimme. »Du willst wohl, daß May zu spät zur Schule kommt?«

»Entschuldige«, sagte ich und sprang hinter den beiden her. Cary hielt May fest an der Hand. Meine kleine Schwester, in ihrer Stille eingeschlossen, blickte mit einem Funkeln in den Augen zu mir auf, als wüßte sie alles, als hätte sie ihr hübsches kleines Gesicht letzte Nacht in einen meiner Träume gesteckt und mein Glück gesehen. Ich nahm sie an der anderen Hand, und wir setzten unseren Weg fort. Ich kam mir vor wie Alice im Wunderland.

»Du benimmst dich genauso wie all die anderen doofen Mädchen in unserer Schule«, murrte Cary und warf mir einen vorwurfsvollen Blick zu. »Jetzt machst du dich auch schon wegen irgendeines Jungen lächerlich.«

Daraufhin lächelte ich ihn nur an. Heute, dachte ich, heute bin ich von schützenden Sylphen umgeben, von winzigen feenartigen Geschöpfen, die alle Pfeile des Unglücks von mir abwenden und in eine andere Richtung lenken würden.

Es waren Wolken am Himmel, aber in meinen Augen war er wolkenlos blau. Es war zwar schon Anfang Mai, doch die Luft war kühl, eine Nachwirkung des gestrigen Nordostwinds. Die Schaumkronen wuchsen auf der Meeresoberfläche wie Seerosen, und sogar so weit von der Küste entfernt konnten wir das Dröhnen der Brandung hören. Im Sonnenschein hatte der Sand die Farbe von Herbstgold. Die Seeschwalben sahen aus, als liefen sie auf Zehenspitzen über offenliegende Schätze, während sie sich ihr Morgenmahl zusammensuchten.

Mein Haar war mit Nadeln zurückgesteckt, aber ein paar lose Strähnen wehten sanft gegen meine Stirn und meine Wangen. May trug einen hellblauen Haarreifen, der ihr das Haar aus dem Gesicht hielt.

Cary war vollkommen egal, wie zerzaust er war, wenn er die Schule betrat. Er fuhr sich einfach mit den Fingern durch das Haar, und er dachte auch gar nicht daran, in den Toilettenvorraum zu gehen wie all die anderen jungen Männer, um sich vor einem Spiegel zu kämmen oder zu bürsten. Statt dessen begleitete er mich zu meinem Spind und wartete, bis ich meine Bücher herausgeholt hatte, ehe er sich zu seinem eigenen Spind begab. Er blieb sogar dann hinter mir stehen, wenn Robert Royce auf mich zukam. Mit unglücklichen, argwöhnischen, finsteren Blikken und ohne ein Wort zu sagen trieb er sich wie eine wütende Gewitterwolke in unserer Nähe herum und ließ mich nicht aus den Augen. Das war das Einzige, was derzeit Dunkelheit in mein Herz brachte.

»Wach endlich aus diesen Tagträumen auf«, herrschte mich Cary an, als ein Wagen an uns vorbeiraste.

Die Invasion der Touristen hatte allmählich begonnen und zeigte sich in Kleinigkeiten. An den Wochenenden war jetzt mehr los, aber an den Wochentagen kroch der Verkehr weiterhin träge durch die Commercial Street. Unsere morgendliche Route führte uns durch Seitenstraßen zu Mays Schule. Am Tor gaben wir ihr beide einen Kuß und verabschiedeten uns in Zeichensprache von ihr. Cary bemühte sich, einen väterlichen Gesichtsausdruck aufzusetzen, als Warnung, damit sie sich benahm. Als ob sie jemals eine solche Warnung gebraucht hätte! Es gab kein reizenderes, sanfteres, zerbrechlicheres und liebevolleres Wesen als unsere May. Doktor Nolan versicherte uns zwar, ihre Taubheit hätte nichts damit zu tun, aber May hatte Wachstumsstörungen. Sie war intelligent und klug und machte sich in der Schule immer gut, aber sie war winzig für ihr Alter, und ihre Gesichtszüge wirkten wie die einer Puppe. Ihre Hände waren so klein, daß sie kaum unsere Handflächen bedeckten, wenn Cary und ich sie an beiden Händen hielten.

Wir alle liebten sie heiß und innig und beschützten sie nach Kräften, aber manchmal ertappte ich Daddy dabei, daß er sie ansah, wenn er nicht merkte, daß er selbst beobachtet wurde, und dann sah ich einen Ausdruck entsetzlicher Traurigkeit auf seinem Gesicht. Tränen, die er zurückhielt, ließen seine Augen glasig werden, und seine Unterlippe bebte gerade so sehr, daß man es wahrnehmen konnte. Dann merkte er, was er tat, und er nahm ruckartig eine starre Haltung ein und wischte sich jede Gefühlsregung aus dem Gesicht. Ich hatte Daddy nie wirklich weinen sehen, und mit gesenktem Kopf sah ich ihn nur beim Beten oder nach einem besonders harten Tag auf dem Boot.

Dicht hinter dem Schultor drehte sich May noch einmal um und lächelte schelmisch, als sie mir in Zeichensprache bedeutete: »Küß Robert nicht zu oft.« Dann kicherte sie und rannte gemeinsam mit den anderen Kindern in das Gebäude. Ich warf einen Blick auf Cary, aber er tat so, als hätte er nichts gesehen.

Als wir weitergingen, waren seine Schritte so schwer, daß ich glaubte, er würde Fußabdrücke im Bürgersteig hinterlassen.

Es war Freitag, und heute abend fand der Frühlingstanz der Schule statt. Zum ersten Mal in meinem Leben hatte ich für eine Schulparty einen echten Begleiter. Robert Royce hatte mich gefragt, ob ich mit ihm hinginge. Das würde unsere erste formelle Verabredung sein. Bisher waren wir einander nur zufällig begegnet oder hatten uns getroffen, nachdem wir beide schüchterne Andeutungen hatten fallenlassen, wo sich einer von uns zu einem bestimmten Zeitpunkt aufhalten würde.

Robert besuchte seit Ende Februar unsere Schule. Seine Eltern hatten das Sea Marina gekauft, ein Hotel mit fünfzig Zimmern am nordwestlichen Ende der Stadt. Sowie der Frühling kam, hatten sie mit der Restaurierung des alten Hauses begonnen. Robert war ein Einzelkind, und daher gab es keine anderen Kinder, die Charles und Jayne Royce hätten helfen können. Robert erklärte mir, seine Familie hätte den größten Teil ihres Geldes in den Erwerb des Anwesens gesteckt und müßte die meisten Arbeiten selbst übernehmen. Daher machte er sich an den meisten Tagen gleich nach der Schule auf den Heimweg und hatte an den Wochenenden sehr viel zu tun, vor allem jetzt, da die Sommersaison schnell nahte.

Ich hatte gehofft, Cary würde Roberts Familiensinn und die Hingabe, die er in den Familienbetrieb steckte, als bewundungswürdig ansehen. Er und Robert hatten wirklich viel miteinander gemeinsam, aber von dem Moment an, in dem Robert den Mut aufgebracht hatte, in Carys Gegenwart im Korridor auf mich zuzukommen und vor seinen Augen ein Gespräch mit mir zu beginnen, wurden Carys Augen jedesmal klein und dunkel, wenn er Robert in meiner Nähe sah.

Robert bemühte sich immer, ihn in das Gespräch einzubeziehen, aber Cary reagierte kurz angebunden und manchmal sogar schroff, mit einem Murren oder einem Achselzucken. Ich fürchtete, Robert würde sich entweder abschrecken lassen oder sich derart an Carys Benehmen stören, daß er nicht mehr mit mir reden und meine Nähe meiden würde, doch statt dessen wurde er immer kühner, und an einem Samstag nahm er sich sogar von den Arbeiten am Hotel frei und besuchte mich zu Hause.

Cary war zum Anlegesteg runtergegangen, um mit Daddy und Roy Patterson den Motor des Fischerboots zu überholen. Ich konnte Robert in Ruhe Mommy und May vorstellen, und May verliebte sich noch schneller in ihn als ich. Robert stellte sich auch sehr geschickt dabei an, die Zeichensprache zu verstehen. Als er sich an jenem Nachmittag verabschiedete, hatte er bereits gelernt, wie man »Hallo«, »Auf Wiedersehen« und »Ich habe wirklich großen Hunger« in Zeichensprache ausdrückt.

Als Cary später zurückkam und Mommy ihm und Daddy berichtete, ich hätte Besuch gehabt, wurde Cary erst kreidebleich und lief dann knallrot an, als er mich fragte, warum ich nicht mit Robert zum Anlegesteg gekommen war.

»Ich wollte euch nicht stören«, erklärte ich. In Wirklichkeit war ich dankbar dafür, daß wir endlich einmal ungestört gewesen waren und Cary sich nicht ständig in unserer Nähe herumgetrieben hatte.

Er wirkte erst verletzt, dann zornig.

»Dir ist wohl peinlich, womit wir unser Geld verdienen?« fragte er.

»Nein, natürlich nicht«, protestierte ich. »Und außerdem hast du selbst schon mit Robert gesprochen. Du weißt, daß er nicht so ist. Er stammt nicht aus einer dieser snobistischen Familien, Cary. Wenn jemand eine versnobte Familie hat, dann sind wir das.«

Cary knurrte unwillig, denn es widerstrebte ihm zuzugeben, daß ich recht hatte.

»Wahrscheinlich hat er gewußt, daß ich den ganzen Tag auf dem Anlegesteg sein werde«, murmelte er.

»Was? Weshalb sollte das eine Rolle spielen, Cary?«

»Es spielt eine Rolle«, sagte er. »Glaub mir, all diese Typen nutzen andere aus, Laura. Du bist zu vertrauensselig. Und gerade deshalb muß ich auf dich aufpassen«, behauptete er.

»Nein, du brauchst nicht auf mich aufzupassen, nicht, wenn es um Robert geht, und außerdem bin ich nicht vertrauensselig, Cary Logan. Du kennst mich nicht in- und auswendig, und mit Romantik kennst du dich ohnehin nicht aus«, sagte ich aufbrausend. Dann stapfte ich die Treppe zu meinem Zimmer hinauf und schloß die Tür hinter mir.

Als mein Herz nicht mehr ganz so heftig pochte und ich wieder ruhiger wurde, ließ ich mich auf mein Bett zurücksinken und dachte an den wunderbaren Nachmittag, den ich mit Robert verbracht hatte. Wir waren Hand in Hand am Strand spazierengegangen und hatten miteinander geredet. Jeder von uns hatte dem anderen mehr über sich erzählt. Es wunderte ihn, daß wir keinen Fernseher besaßen, aber er verkniff sich jede Kritik an Daddy, als er erfuhr, daß es Daddys Entscheidung war.

»Wahrscheinlich hat dein Vater recht«, sagte er. »Du liest tatsächlich mehr als alle anderen Leute, die ich kenne, und du bist eine ausgezeichnete Schülerin.«

Er lächelte ein Lächeln von der Sorte, die man nicht vergißt – es schlägt vor dem geistigen Auge Wurzeln, gräbt sich ins Gedächtnis ein und flackert jedesmal von neuem hinter den Augenlidern auf, wenn man daran denkt. Er hatte azurblaue Augen, die immer dann dunkler wurden, wenn er über tiefgehende und ernste Dinge mit mir sprach, doch wenn er lächelte, strahlten seine Augen, als hätten sie den Sonnenschein in sich aufgesogen. Es war ein Lächeln von der Art, die einem warm ums Herz werden läßt, ein ansteckendes Lächeln, das alle Spinnweben der Düsternis fortfegte.

Robert war etwa zwei bis drei Zentimeter größer als Cary und ebenso breitschultrig wie er. Er hatte längere Arme, war aber nicht ganz so muskulös. Sein hellbraunes Haar trug er kurz geschnitten, und es war immer ordentlich gebürstet und lag seitlich glatt an seinem Kopf an. Nur in die Stirn fiel ihm eine kleine Tolle. Da er ein Jahr älter als wir und im letzten Schuljahr war, hatten wir keine gemeinsamen Unterrichtsstunden, aber ich wußte, daß er ein guter Schüler war und daß seine Lehrer ihn mochten, weil er zuvorkommend und interessiert war.

Cary war nie ein besonders guter Schüler gewesen. Er nahm die Schule hin wie eine Hose, die ihm zwei Nummern zu klein war. Es widerstrebte ihm, sie anzuziehen, und wenn er sie erst einmal anhatte, fühlte er sich bei allem Bemühen nicht wohl darin und war erleichtert, wenn nach der letzten Stunde das Läuten ertönte. Es war ihm verhaßt, in einem Raum eingesperrt zu sein und sich von Vorschriften und der Uhr regieren zu lassen. In der Schule war er wahrhaftig ein Fisch auf dem Trockenen.

Demzufolge lehnte Cary Robert Royce auch wegen seiner schulischen Leistungen ab. Es war ihm immer wieder ein Greuel, wenn Robert und ich uns auf eine Diskussion über Geschichte oder über ein Buch einließen, das wir für den Unterricht gelesen hatten. Für Cary war das, als hätten wir begonnen, in einer Fremdsprache zu reden. Gelegentlich, wenn auch sehr selten, versuchte Robert allerdings, über die Probleme zu reden, die seine Familie mit dem Hotel hatte. Dann ging es um die Schwierigkeiten beim Wiederaufbau und um die Verwendung bestimmter Werkzeuge und Farben, Dinge, von denen Cary etwas verstand und die er zu würdigen wußte. Fast so widerstrebend wie ein Mensch, der auf einem Zahnarztstuhl sitzt, ließ sich Cary dann in das Gespräch hineinziehen und brachte seine Vorschläge und Anregungen so trocken und schnell wie möglich vor.

Hinterher sagte Cary dann zu mir, Robert sollte lieber seine Aufgaben in Geschichte machen und in Prüfungen glänzen, die echte Arbeit dagegen Männern überlassen, die eine größere Eignung dafür mitbrachten. Daraufhin lächelte ich nur, und Cary sah mich verwirrt an.

»Was ist?« fragte er barsch. »Was ist daran so komisch,

Laura? Ich schwöre es dir, derzeit läufst du den ganzen Tag mit einem dämlichen Grinsen im Gesicht durch die Gegend. Du hast keine Ahnung, wie albern das aussieht.«

»Du kannst ganz einfach nicht zugeben, daß du ihn magst, stimmt's, Cary?« sagte ich, und er wurde rot.

»Ich kann ihn nicht leiden«, beharrte er. »Da gibt es nichts zuzugeben.«

Trotz dieser finsteren Prognose hoffte und betete ich, Cary würde sich schließlich doch noch mit Robert anfreunden, vor allem, nachdem Robert mich zum Schultanz eingeladen hatte.

Mommy mochte Robert wirklich, aber Daddy hatte ihn bisher noch nicht kennengelernt, und ich wußte, daß er mir nicht erlauben würde, die Tanzveranstaltung mit Robert zu besuchen, ehe er ihm vorgestellt worden war. Als er mich fragte, ob ich die Party mit ihm besuchen würde, lud ich ihn daher für den darauffolgenden Sonntag zu uns zum Mittagessen ein.

Robert bezauberte Mommy von neuem, indem er ihr eine Schachtel Pralinen mitbrachte. Cary bezeichnete das als Bestechungsversuch, doch ich erklärte ihm geduldig, es sei lediglich eine höfliche Geste, etwas, was Leute, die zum Mittagessen oder zum Abendessen eingeladen wurden, häufig taten. Wie üblich brummte er unwillig und wandte sich ab, statt einzugestehen, daß ich recht haben könnte.

Beim Mittagessen saß Robert neben mir und gegenüber von Cary, der die Augen niederschlug und sich weigerte, am Gespräch teilzunehmen. Wir begannen unsere Mahlzeit wie üblich mit einer Bibellesung. Ich hatte Robert vorgewarnt, weil Daddy das immer tat. Daddy wollte die Heilige Schrift aufschlagen, doch dann hielt er inne und sah Robert an.

»Vielleicht hat unser Gast einen Vorschlag«, sagte er. Auf Carys Gesicht breitete sich ein Lächeln aus. Das war Daddys kleiner Test. Er hielt uns laufend Vorträge darüber, daß junge Menschen heute deshalb schneller in die Sünde abglitten, weil sie die Bibel nicht lasen.

Robert dachte einen Moment lang nach und sagte dann: »Mir gefällt Matthäus, Kapitel sieben.« Daddy zog die Augenbrauen hoch. Er warf einen Blick auf Cary, der plötzlich verdrossen zu sein schien.

»Du kennst den Text, Cary?« fragte Daddy.

Cary blieb stumm, und dann reichte Daddy Robert die Bibel. Robert schlug sie auf, lächelte mich an und warf einen Blick auf Cary, ehe er mit einer sanften, einschmeichelnden Stimme begann.

»›Richtet nicht, auf daß ihr nicht gerichtet werdet. Denn mit welcherlei Gericht ihr richtet, werdet ihr gerichtet werden ...‹«

Er las weiter und blickte dann auf. Daddy nickte.

»Gut«, sagte er. »Worte, die man sich merken sollte.«

»Ja, Sir, das ist wahr«, sagte Robert, und Daddy und er begannen ein Gespräch über den Touristenrummel, das alte Sea Marina und darüber, wie Daddy das Hotel von früher in Erinnerung hatte. Ich fürchtete schon, Daddy würde ausufernd auf seinen liebsten Groll zu sprechen kommen, einen Punkt, in dem er sich mit Großmama Olivia einig war, nämlich, wie sehr die Touristen das Cape ruinierten, doch er besaß den Anstand, sich nicht kritisch zu äußern.

Cary saß zurückgelehnt da und schmollte, und er sagte nur dann etwas, wenn er wollte, daß ihm jemand eine Schüssel reichte.

Robert gestand, daß er so gut wie nichts über die Hummerfischerei wußte und sich mit dem Meer und Booten noch weniger auskannte.

»Wir hatten soviel damit zu tun, das Haus herzurichten, daß ich kaum Zeit für etwas anderes gefunden habe«, erklärte er.

»Das macht doch nichts. Im Moment brauchen dich in erster Linie deine Eltern. Vielleicht kannst du nach dem Mittagessen zum Anlegesteg runterkommen und dir unseren Kahn ansehen«, sagte Daddy und sah Cary an, aber nach dem Mittagessen behauptete Cary, er müsse dringend an einem seiner Schiffsmodelle arbeiten und hätte diese Woche ohnehin schon genug Zeit auf dem Boot verbracht.

Ich nahm May an der Hand, und Robert nahm ihre andere Hand, wie Cary es sonst immer tat. Zu dritt folgten wir Daddy zum Anlegesteg. Als ich mich umdrehte und einen Blick auf das Haus zurückwarf, glaubte ich, Cary zu sehen, der aus einem der Fenster im oberen Stockwerk schaute. Einen Moment lang war mir danach zumute, in Tränen auszubrechen, aber Roberts Lächeln vertrieb dieses Gefühl schnell wieder, und wir setzten unseren Weg fort.

Das Wichtigste war, daß Daddy an jenem Tag eine gute Meinung von Robert gewann, und heute war es endlich soweit. Heute abend würde ich mit meinem allerersten Freund die Tanzveranstaltung in der Schule besuchen. Den ganzen Tag über ging es in der Schule zu wie in einem Bienenstock. Im Unterricht rutschten alle unruhig auf ihren Plätzen herum, und der Geräuschpegel in der Cafeteria ließ den Eindruck entstehen, an jenem Morgen hätten sich weitere hundert Schüler eingeschrieben. Nur Cary schlich trübsinnig durch die Korridore, mit bleichem Gesicht und verdüsterten Augen. In der Cafeteria saß er stumm da und nahm bedrückt sein Essen zu sich.

»Warum fragst du nicht Millie Stargel, ob sie heute abend mit dir tanzen geht, Cary?« schlug ich vor, als Robert und ich uns zu ihm setzten. »Ich weiß genau, daß sie bisher noch keiner eingeladen hat.«

Cary unterbrach sich beim Kauen und blickte mit einem solchen Schmerz in den Augen zu mir auf, daß sich ein Kloß in meiner Kehle bildete und ich einen Moment lang nicht schlukken konnte.

»Millie Stargel?« Er lachte. Es war ein ungestümes, lautes und beängstigendes Gelächter. »Wessen Idee war das? *Seine*?« sagte er und wies mit einer Kopfbewegung auf Robert.

»Nein, ich dachte mir nur ...«

»Sie ist ein hübsches Mädchen«, sagte Robert, »und ich wette, sie käme heute abend liebend gern.«

»Warum gehst du dann nicht mit ihr hin?« gab Cary zurück.

Robert sah mich mit einem zärtlichen Lächeln an.

»Ich habe schon eine Verabredung«, sagte er.

»Und warum siehst du dich dann nach anderen Mädchen um?« warf Cary ihm an den Kopf.

»Das tue ich doch gar nicht. Ich habe nur gesagt ...«

»Siehst du, ich habe dich gleich gewarnt«, sagte Cary zu mir und stand auf. »Diese Tanzveranstaltungen sind ohnehin doof«, sagte er. »Ich weiß sowieso nicht, weshalb es den Leuten Spaß macht, in der Turnhalle rumzustehen. Ich habe jedenfalls keine Lust. Wenn ich mich mit einem Mädchen verabrede, dann ist das der letzte Ort, an den ich sie brächte.«

»Cary«, rief ich ihm nach, als er ging. Er sah mich finster über die Schulter an und verließ die Cafeteria.

»Er wir sich schon wieder beruhigen«, sagte Robert und legte seine Hand auf meine. »Eines Tages wird er jemanden treffen, und dann wird sein Herz so heftig pochen wie meines, als ich dich das erste Mal gesehen habe.«

Ich nickte.

Ich war allerdings weniger zuversichtlich, daß es Cary in absehbarer Zeit so ergehen würde.

Keinen Moment lang glaubte ich daran. Und ich wußte, daß es mir sehr schwerfallen würde, glücklich zu sein, solange Cary nicht auch glücklich war.

Mir kam es vor, als liefe Cary auf dem Heimweg von der Schule absichtlich wesentlich langsamer als sonst. Man brauchte kein Genie zu sein, um mir anzusehen, wie eilig ich es hatte, nach Hause zu kommen.

»May wartet bestimmt schon auf uns«, klagte ich. »Wenn du noch länger trödelst, warte ich nicht auf dich«, fügte ich hinzu.

»Dann lauf doch allein los«, sagte er, und ich beschleunigte sofort meine Schritte.

May kam tatsächlich gerade erst aus dem Schulgebäude, als ich dort eintraf. Ich bedeutete ihr, sie solle sich beeilen, als wir uns auf den Heimweg machten. Cary war so weit hinter mir zurückgeblieben, daß nichts von ihm zu sehen war. May fragte mich nach ihm, und ich erwiderte, er sei heute ekelhaft. Sie sah sich verwirrt um, aber sie lief nicht langsamer. Sie wußte, warum ich es so eilig hatte, und sie war fast so aufgeregt wie ich. Als wir zu Hause ankamen, fragte sie, ob sie mir bei den Vorbereitungen für den Abend helfen könnte, und ich bedeutete ihr daraufhin, ich würde jede Hilfe annehmen, die mir angeboten wurde. May lachte und bedeutete mir, ihrer Meinung nach sei ich jetzt schon wunderschön und bräuchte daher gar keine Hilfe.

Trotz ihrer Ermutigung wollte ich etwas ganz Besonderes mit meinem Haar tun. Ich hatte Mommy das Bild von einem Mädchen in *Seventeen*, einem Modemagazin, gezeigt und gesagt, diese Frisur wollte ich haben. Sie versprach, mir dabei zu helfen. In diesen Dingen stellte sie sich fast so geschickt an wie eine echte Friseurin und Kosmetikerin. Nachdem ich geduscht und mein Haar gewaschen hatte, setzte ich mich vor meine Frisierkommode, und Mommy begann, mein Haar auszubürsten und es zu schneiden. May saß auf einem Hocker neben mir und beobachtete uns aufgeregt. Sie hatte zahllose Fragen.

Warum, wollte sie wissen, brauchte ich eine neue Frisur?

»Das ist ein ganz besonderer Anlaß«, erklärte ich ihr. »Ich möchte mich bemühen, möglichst gut auszusehen.«

»Du wirst wunderschön sein, Laura«, sagte Mommy. »Du bist ohnehin das hübscheste Mädchen in der ganzen Schule.«

»O Mommy.«

»Es ist doch wahr. Cary sagt das auch.«

»Er ist ... voreingenommen«, sagte ich.

»Ich erinnere mich noch an meine eigene Schulzeit und an

ein Mädchen, das Elaine Whiting hieß und mit mir zur Schule gegangen ist. Sie war so hübsch, daß alle glaubten, sie würde später einmal ein Filmstar werden. Jeder Junge wollte der erste sein, der sie zu einer Tanzveranstaltung einlädt. Ich habe nie erlebt, daß ihre Frisur schief saß oder daß auch nur ein Haar verrutscht wäre, und es gab nicht einen einzigen Jungen, dem nicht der Kopf geschwirrt hat, wenn sie vorbeigekommen ist. Ich wette, dir geht es genauso«, sagte Mommy mit einem glücklichen Lächeln. Sie sah mich im Spiegel an, doch ihre Blicke schienen in ihrer Phantasie zu weilen. Ihr war deutlich anzumerken, daß weder sie noch Daddy jemals etwas von diesem widerlichen Getuschel über Cary und mich gehört hatten. Es hätte ihr das Herz gebrochen, wenn sie gewußt hätte, was einige unserer Mitschüler und Mitschülerinnen dachten. Mit häßlichen Gerüchten konnte es sich verhalten wie mit ansteckenden Krankheiten. Selbst die gesündesten Seelen wurden von ihnen befallen, erkrankten und verfaulten.

»Mit welchen Jungen bist du tanzen gegangen, Mommy?« fragte ich sie.

»Oh, mich hat nie jemand zu diesen Veranstaltungen eingeladen. Ich war das, was man ein Mauerblümchen nennen würde«, sagte sie lächelnd.

»Ich bin ganz sicher, daß es nicht so war, Mommy.«

»Ich war schrecklich schüchtern, vor allem in Gegenwart von Jungen. Ich war froh, als mein Vater und Samuel meine Heirat mit deinem Vater beschlossen haben.«

»Was? Eure Heirat ist von euren Vätern arrangiert worden?«

»Ich nehme an, so könnte man es sagen, aber in Wirklichkeit war es nicht so schlimm, wie es klingt. Unsere Väter haben es miteinander abgesprochen, und ich vermute, Großpapa Samuel hat deinem Vater den Entschluß mitgeteilt, zu dem sie gelangt sind. Dein Vater fand mich wohl in Ordnung und hat von diesem Moment an Interesse an mir gezeigt.«

Sie unterbrach sich und lachte, als ihr etwas einfiel.

»Was ist?«

»Ich habe gerade daran gedacht, wie dein Vater mich zum ersten Mal angesprochen hat. Ich war auf dem Heimweg von der Arbeit in Grays Apotheke, als er in seinem Lastwagen an mir vorbeigekommen ist. Er ist langsamer gefahren und hat mich gefragt, ob er mich mitnehmen soll. Ich wußte, wer er war. Jeder hat die Logans gekannt. Jedenfalls habe ich ihm keine Antwort gegeben. Ich bin weitergelaufen und habe mich nicht getraut, den Kopf nach ihm umzudrehen. Er ist ein paar Meter weitergefahren und hat angehalten und gewartet, bis ich auf seiner Höhe war, und dann hat er den Kopf aus dem Fenster gestreckt und mich noch mal gefragt. Ich habe wortlos den Kopf geschüttelt und bin weitergelaufen.«

»Und was ist dann passiert?« fragte ich mit angehaltenem Atem.

»Er ist losgefahren, und ich dachte, das sei es gewesen, aber als ich um die Ecke gebogen bin, stand er da. Er hatte seinen Lastwagen geparkt, und jetzt lehnte er an der Tür und wartete auf mich. Ich kann dir sagen, mir hat gegraut«, gestand sie und warf dann einen Blick auf May, die den Kopf auf die Seite gelegt hatte und sich fragte, worüber Mommy wohl so lange redete.

»Fast hätte ich kehrtgemacht und wäre in die entgegengesetzte Richtung gelaufen, aber dann habe ich meinen Heimweg doch fortgesetzt, und als ich ihn erreicht hatte, hat er sich mir in den Weg gestellt und gesagt: ›Es freut mich, daß du mein Angebot nicht auf Anhieb angenommen hast, Sara. Das zeigt, daß du keine kokette junge Dame bist. Unsere Väter haben sich darüber unterhalten, daß wir beide ein gutes Paar abgeben könnten. Ich hätte gern die Erlaubnis, dich am nächsten Samstag besuchen zu dürfen, in aller Form.‹

Also, in dem Moment hat es mir regelrecht den Atem verschlagen«, sagte sie. »Verstehst du, bis zu diesem Augenblick habe ich nichts von den Plänen meines Vaters geahnt. Ich wußte noch nicht einmal, daß er mit Samuel Logan befreundet war. Als ich mich von dem ersten Schreck erholt hatte, hat dein Vater gefragt: ›Habe ich dein Einverständnis?‹, und ich habe genickt. ›Danke‹, hat er daraufhin gesagt und ist fortgefahren, und ich bin sicher, daß ich unglaublich belemmert dagestanden haben muß.«

»Hat er dich am kommenden Samstag besucht?«

»Ja, und danach haben wir begonnen, miteinander auszugehen. Unsere Väter hatten unsere Heirat miteinander vereinbart, aber es hat eine ganze Weile gedauert, ehe Jacob mich Olivia vorgestellt hat. Sie hat keineswegs darauf bestanden, daß er mich in ihr Haus mitbringt«, fügte sie hinzu.

»Und warum nicht?«

»Ich glaube, Olivia Logan hatte jemand anderen für deinen Vater im Sinne, ein ... ein wohlhabenderes Mädchen mit einem gewissen gesellschaftlichen Status«, sagte sie. »Aber Großpapa Samuel hatte ohne ihre Zustimmung alles mit meinem Vater abgemacht, und da Jacob mich mochte, war es eine beschlossene Sache. Aber heute spielt das alles keine Rolle mehr«, sagte sie und winkte mit der Hand ab. »Das gehört längst alles der Vergangenheit an. Und jetzt wollen wir uns wieder um deine Frisur kümmern«, sagte sie aufgeregt.

»Habt ihr eine schöne Hochzeit gehabt, Mommy?« fragte ich, denn dieser erste Einblick, den ich in die Anfangszeiten der Beziehung zwischen meinen Eltern gewonnen hatte, genügte mir nicht.

»Es war eine schlichte Hochzeit, im Haus von Olivia und Samuel. Richter Childs hat uns getraut.«

»Ich habe dich nie über deine Flitterwochen reden hören, Mommy.«

»Das liegt daran, daß wir keine Flitterwochen hatten.«

»Ihr hattet keine Flitterwochen miteinander?«

»Nicht wirklich. Dein Vater mußte am nächsten Tag wieder arbeiten. Wir haben uns gesagt, wir würden bald Ferien machen, aber dazu ist es nie gekommen. Das Leben«, sagte sie seufzend, »das Leben nimmt seinen Lauf. Ehe ich wußte, wie mir geschah, war ich mit dir und Cary schwanger. Schau nicht so traurig, Laura«, sagte sie mit einem Blick in den Spiegel. »Ich bin keine unglückliche Frau.«

»Das weiß ich, Mommy, aber ich wünschte trotzdem, du hättest Gelegenheit, zu reisen und deinen Spaß zu haben Ich wünschte, du kämest wenigstens ein einziges Mal aus Provincetown heraus. Niemand in unserer Familie geht je von hier fort ... Niemand außer Onkel Chester und Tante Haille. Mommy, ich habe nie verstanden, warum Daddy nicht mehr mit Onkel Chester redet und warum Onkel Chester und Tante Haille Provincetown verlassen haben«, sagte ich.

»Dein Vater will nicht, daß wir über die beiden reden, Laura. Das weißt du doch.«

»Ja, ich weiß, aber ...«

»Heute ist ein so schöner Tag. Bitte, Liebes«, flehte sie. Sie schloß die Augen und öffnete sie dann wieder, wie sie es oft tat, wenn sie etwas Unerfreuliches vergessen oder übergehen wollte. Ich wollte nicht, daß sie sich unbehaglich fühlte, aber Onkel Chester und Tante Haille waren nach wie vor das große Geheimnis unserer Familie, und ich fragte mich natürlich, welche Schwierigkeiten in ihrer Liebesbeziehung und in ihrer Ehe dazu geführt hatten, daß sie von unserer Familie ausgestoßen worden waren.

Aber Mommy hatte recht: Heute nachmittag war nicht der rechte Zeitpunkt, um auf Antworten zu bestehen.

»In Ordnung, Mommy«, sagte ich. Sie sah mich dankbar an. Ich lächelte und wandte mich an May, die sich in Zeichensprache danach erkundigte, worüber wir so lange geredet hatten. Während ich ihr antwortete, hörte ich das Knirschen der Bodendielen über uns und begriff, daß Cary sich in seiner Werkstatt auf dem Dachboden aufhielt. Ich warf einen Blick zur Decke und dachte an ihn. Ich sagte mir, daß er einen der wundervollsten Abende meines Lebens allein und erbittert verbringen würde.

Plötzlich sah ich wie durch ein Nadelöhr einen Lichtstrahl aus der Decke dringen. Mein Atem stockte, und ich schlug mir eine Hand auf die Brust.

»Was ist los, Liebes?« fragte Mommy.

»Was? Oh, nichts«, sagte ich. »Die Frisur gefällt mir, Mommy. Und jetzt sollte ich besser meine Sachen zum Anziehen bereitlegen«, fügte ich eilig hinzu.

Sie trat zurück und nickte. Ich sah noch einmal zur Decke auf. Der Lichtstrahl war verschwunden, als hätte jemand die Öffnung bedeckt. Warum war mir das vorher nie aufgefallen, fragte ich mich. Meine Finger zitterten, als ich mein schönstes Kleid aus dem Kleiderschrank zog, das Kleid aus rosa Taft, das Mommy mir genäht hatte. Es war das einzige elegante, das ich besaß.

Auch zum Tanzen eignete es sich gut. Die ganze Woche über hatte ich in diesem Kleid tanzen geübt. May hatte auf dem Bett gesessen und mir zugesehen, und schließlich hatte sie ihren Mut zusammengerafft, sich mir angeschlossen und meine Bewegungen nachgeahmt. Wir hatten gelacht, bis uns schwindlig wurde.

Jetzt dachte ich an das kleine Loch in der Decke und fragte mich, ob Cary uns die ganze Zeit beobachtet hatte. Fühlte er sich derart ausgeschlossen? Tat er es deshalb? Wie lange war dieses Loch schon dort? Die Vorstellung, daß Cary mich beobachtete, brachte mich einen Moment lang aus der Fassung, und ich stand mit dem Kleid in der Hand verwirrt da.

»Bist du glücklich mit diesem Kleid, Laura?« fragte Mommy. »Ich weiß, daß es nicht so kostbar ist wie die Kleider, die einige der anderen Mädchen tragen werden.«

»Was? Ach so. Ja, Mommy. Ich liebe dieses Kleid.«

Ich legte es auf das Bett und zog meine Schuhe aus.

»Ich gehe jetzt besser nach unten und mache mich an die

Arbeit. Schließlich muß ich für deinen Vater, für Cary und für May das Abendessen kochen. Ruf mich, wenn du fertig bist«, sagte sie. »Ich kann es kaum erwarten, dich zu sehen. Ach ja, noch etwas. Ich möchte, daß du heute abend meine Kette trägst«, sagte sie.

Ich schüttelte den Kopf. Mommys Halskette war das einzige wirklich kostbare Schmuckstück, das sie besaß. Selbst ihr Ehering war nicht so teuer gewesen, weil Daddy fand, es sei Geldverschwendung, einen kunstvoll gefertigten Ring zu kaufen, wenn ein schmales Silberband denselben Zweck erfüllte.

»Das kann ich unmöglich tun, Mommy.«

»Natürlich kannst du das tun, Schätzchen. Wann habe ich schon Gelegenheit, sie zu tragen? Ich möchte, daß du sie heute an meiner Stelle trägst, einverstanden?«

Ich nickte zaghaft.

»Komm mit, May«, bedeutete sie meiner kleinen Schwester, »und hilf mir, das Abendessen vorzubereiten. Laura hat zuviel zu tun.«

»Oh, nein, ich kann dir dabei helfen, Mommy.«

»Das kommt gar nicht in Frage, Schätzchen. Ich habe dir doch erzählt, daß ich selbst in meiner Schulzeit nie eine der Tanzveranstaltungen besucht habe, aber ich habe es mir damals sehr gewünscht. Heute abend«, sagte sie mit einem tiefen Seufzen, »gehst du nicht nur um deinetwillen hin, sondern auch an meiner Stelle.«

»O Mommy, ich danke dir«, sagte ich. Sie breitete die Arme aus, und ich umarmte sie.

Ich spürte Tränen unter meinen Lidern brennen, und daher gab ich ihr schnell einen Kuß auf die Wange und wandte mich dann ab, um tief Luft zu holen. Nachdem sie und May gegangen waren, setzte ich mich vor meine Frisierkommode und begann, mir die Fingernägel zu lackieren. Ich gab mich Tagträumen hin und malte mir aus, wie es sein würde, in Roberts Armen zu tanzen, unter den Luftballons und Lichtern dahinzuschweben und zu spüren, wie er mich festhielt, mich an sich preßte und gelegentlich mit seinen Lippen mein Haar streifte.

Ein neuerliches Quietschen in der Decke riß mich aus meinen Tagträumen heraus, und erinnerte mich wieder an das Guckloch über mir. Ich sah die Decke an, und dann stand ich auf und ging ins Bad. Ich war wütend, aber andererseits tat mir Cary auch leid. Ich wußte, daß ich ihn aus einem Teil meines Lebens aussperrte, einem Teil, zu dem er nie wieder Zutritt haben würde, und doch mußte er verstehen, daß ich erwachsen wurde und daß die Dinge, an denen ich früher einmal Spaß gehabt hatte, die Dinge, an denen wir beide jahrelang unseren Spaß gehabt hatten, nicht mehr genügten. *Er wird es bald begreifen,* versuchte ich mir einzureden. *Er muß es einfach begreifen.* Bis dahin wollte ich nicht noch mehr dazu beitragen, ihm das Herz zu brechen.

Meine Gedanken kehrten zu dem bevorstehenden Abend zurück. Ich war so aufgeregt, daß ich mich hinlegen und eine Zeitlang ausruhen mußte, ehe ich mich anzog. Ich wußte, daß ich fast eine Stunde vor mich hindöste, ehe ich plötzlich die Augen aufriß und mich aufsetzte, denn ich fürchtete, ich hätte zu lange geschlafen. Ich hatte nur zwanzig Minuten tief geschlafen, und doch hatte ich es jetzt eilig, mein Kleid anzuziehen. Dann trug ich etwas mehr Lippenstift auf als je zuvor und brachte meine Frisur in Ordnung, ehe ich tief Atem holte und mich im Spiegel ansah.

War ich wirklich hübsch, so hübsch, wie Mommy es behauptete? Robert fand mich natürlich hübsch, und Cary auch, aber ich kam mir nie vor wie das Mädchen, das Mommy geschildert hatte. Ich hatte nie das Gefühl, daß alle Jungen mich ansahen oder daß sich auch nur ein Kopf nach mir umdrehte. Ich war nicht gerade häßlich, entschied ich, aber ich war bei weitem keine umwerfende Schönheit, und ich sah auch nicht aus wie ein Filmstar. Ich mußte mit den Füßen auf dem Boden bleiben und aufpassen, daß ich kein übertriebenes Selbstbewußtsein entwickelte, wie so viele andere Mädchen, die ich in der Schule kennengelernt hatte.

Als ich nach unten kam, saßen alle am Tisch und hatten schon zu Abend gegessen. Mommy schlug die Hände zusammen und stieß einen bewundernden Ruf aus, sowie ich das Eßzimmer betrat. Daddy lehnte sich zurück und nickte, und May strahlte von einem Ohr zum anderen. Carys Miene war finster, und auf seinem Gesicht stand ein ganz seltsamer Ausdruck.

»Du siehst wunderschön aus, Schätzchen. Wunderschön. Meinst du nicht auch, Jacob?« sagte Mommy.

»Eitelkeit ist eine Sünde, Sara. Sie sieht nett aus, aber es besteht kein Anlaß, ihr übertrieben zuzureden, bis sie es eines Tages selbst glaubt«, schalt Daddy sie aus, doch auch auf seinem Gesicht sah ich Stolz und Freude.

»Warte«, sagte Mommy und eilte aus dem Eßzimmer.

»Wie sehe ich aus, Cary?« fragte ich ihn. Es war mir unerträglich, daß er betont nicht in meine Richtung sah.

»Gut«, sagte er eilig und ließ den Blick auf seinen Teller sinken.

»Ich hätte gedacht, daß du auch zu der Tanzveranstaltung gehst«, sagte Daddy zu ihm.

»Das ist mir zu blöd«, murmelte Cary.

»Und wieso das?«

»Ich habe kein Interesse an diesem Blödsinn«, fauchte er. Daddy zog die Augenbrauen hoch.

»Ich weiß nicht, was du hast. Es geht doch anständig und ordentlich zu dort, oder etwa nicht? Und die Lehrer sind auch da, nicht wahr?«

»Was ändert das schon, Dad?« sagte Cary mit einem hämischen Lächeln. »In der Schule sind die Lehrer auch, und trotzdem rauchen die Schüler auf der Toilette und treiben sonst auch noch so einiges.«

»Was treiben sie sonst noch?«

»Noch andere Dinge«, sagte Cary und merkte selbst, daß er

sich eine Grube grub, aus der er nicht so leicht wieder heraussteigen konnte. Er sah mich an, aber ich sagte nichts. »Die blödsinnigen Dinge, die Jugendliche anstellen.«

»Laura ist ein braves Mädchen«, sagte Daddy und sah mich an. »Sie täte nichts, was diese Familie in Verlegenheit brächte.« Cary grinste hämisch und wandte den Blick ab.

»Natürlich bringe ich die Familie nicht in Verlegenheit, Daddy«, sagte ich und sah Cary dabei fest an. Mommy kam mit ihrer Kette in der Hand zurück.

»Ich wollte, daß sie heute abend meine Kette trägt, Jacob«, sagte sie und sah ihn an, weil sie auf seine Zustimmung wartete. Er nickte, und sie legte mir die Kette um, hakte behutsam den Verschluß zu und ließ dann ihre Finger über die Granaten und den funkelnden Diamanten gleiten. »Steht sie ihr nicht gut?«

»Paß gut darauf auf«, warnte mich Daddy.

»Ganz bestimmt. Danke, Mommy.«

Wir hörten, wie an der Tür geläutet wurde.

»Das wird Robert sein«, sagte ich.

»Oh, sie sollte eine Stola haben, meinst du nicht auch, Jacob?«

»Gewiß. Nachts wird es noch ziemlich kühl«, sagte Daddy.

Mommy ging zum Kleiderschrank, um mir ihre Stola zu holen, und ich ging an die Tür, um Robert zu öffnen.

Mit Jackett und Krawatte sah er unglaublich gut aus. Er hielt ein kleines Päckchen in der Hand.

»Das ist ein Ansteckbukett«, erklärte er.

»Oh, das ist aber wirklich sehr aufmerksam«, sagte Mommy. Robert begrüßte in Zeichensprache May, die strahlend neben mir stand. Dann öffnete er das Päckchen und holte das Bukett aus roten Rosen heraus, meine Lieblingsblumen. Sie paßten ganz ausgezeichnet zu den Granaten.

»Du wirst es mir anstecken müssen«, sagte ich zu Robert. Er sah Mommy einen Moment lang hilflos an, und dann versuchte er es, aber er war so nervös, daß seine Finger sich ungeschickt anstellten.

»Ich mache das schon«, sagte Mommy und kam zu unserer Rettung. Robert lächelte erleichtert, trat einen Schritt zurück und sah zu, wie sie mir die Blumen ansteckte.

»Das sieht wirklich sehr hübsch aus«, sagte Mommy.

»Danke, Mommy.«

»Wir sollten uns auf den Weg machen«, sagte Robert. »Ich möchte den Eröffnungstanz nicht verpassen.«

»Ich wünsche euch einen wunderschönen Abend«, sagte Mommy. Daddy tauchte hinter ihr auf und musterte Robert.

»Du siehst gut aus, Junge«, sagte er. »Aber denk daran«, fügte er mit finsterer Miene hinzu. »Ich will, daß sie vor Mitternacht zu Hause ist.«

»Ja, Sir«, sagte Robert.

Ich sah mich nach Cary um, aber er war nicht aus dem Eßzimmer gekommen.

»Gute Nacht, Cary«, rief ich. Es kam keine Antwort. Ich lächelte Mommy matt an. Sie nickte strahlend, und ihre Augen leuchteten, wie ich es kaum je an ihr erlebt hatte. Dann traten Robert und ich in die Nacht hinaus.

Er hielt mir die Wagentür auf, und ich stieg ein. Er lief eilig um den Wagen herum und setzte sich ans Steuer.

»Also, ich schätze, niemand hat heute abend eine hübschere Tanzpartnerin als ich«, sagte er und drehte sich zu mir um. »Laura, du siehst schöner aus, als ich es mir jemals hätte träumen lassen.«

»Danke, Robert. Du siehst auch sehr gut aus.«

»Denen werden die Augen aus dem Kopf fallen«, sagte er vorher und ließ den Motor an.

Als wir mit dem Wagen zurücksetzten, behielt ich die Haustür im Auge, denn ich rechnete damit, Cary würde doch noch auftauchen, doch es war nirgends etwas von ihm zu sehen.

2

Ich hätt' getanzt heut nacht, die ganze Nacht heut nacht

»O Robert«, sagte ich in dem Moment, in dem wir die Turnhalle der Schule betraten und sahen, wie wunderschön alles geschmückt worden war, »ich wünschte, Cary wäre mitgekommen. Er würde nicht so schlecht darüber reden, wenn er sehen könnte, wie sie diese Halle hergerichtet haben. Sie sieht aus wie ein richtiger Ballsaal!«

»Ich glaube, der Veranstaltungsort ist nicht der wirkliche Grund dafür, daß er nicht gekommen ist«, sagte Robert leise. Er lächelte mitfühlend, und seine Augen waren sanft und liebevoll. Ich nickte, denn ich wußte selbst, daß er recht hatte.

Direkt vor uns war für die vierköpfige Kapelle eine provisorische Bühne errichtet worden. Die Musiker spielten bereits, und auf der Tanzfläche drängten sich Scharen von Tänzern. Über uns waren kreuzweise Bahnen aus buntem Kreppapier gespannt, und dazwischen hingen Büschel von Luftballons in allen Farben, an denen Lametta befestigt war. Am hinteren Ende waren lange Tische mit roten, grünen und blauen Papiertischdecken für das Essen aufgebaut worden, und zu unserer Linken und an beiden Längsseiten der Turnhalle standen Stühle und Tische mit Papiertischdecken in denselben Farben. Auf einem großen Plakat an der linken Wand stand:

WILLKOMMEN
ZUM ALLJÄHRLICHEN FRÜHLINGSFEST.

Alle hatten sich fein herausgeputzt, und manche Mädchen trugen Kleider, die so elegant und teuer wirkten, daß ich sicher war, Mommy hätte das Gefühl gehabt, das Kleid, das sie für mich genäht hatte, sei unangemessen, obgleich ich es ganz wunderbar und sehr passend fand. Trotzdem war ich jetzt glücklich darüber, daß ich eingewilligt hatte, Mommys Halskette zu tragen. Viele Mädchen trugen Ohrringe, Ketten, Armbänder und Ringe an den meisten Fingern. Es wirkte wie ein Wettbewerb, bei dem festgestellt werden sollte, wer sich am protzigsten zurechtmachen konnte.

»Warum stürzen wir uns nicht ins Getümmel?« sagte Robert, nachdem wir meine Stola auf seinen Stuhl gelegt hatten und ich meine Handtasche abgestellt hatte.

Er führte mich auf die Tanzfläche, und wir machten die ersten Schritte. Sowie wir miteinander tanzten, hatte ich das Gefühl, alle sähen uns an. Als ich meinen Blick von Roberts Gesicht abwandte und mich umsah, stellte ich fest, daß sich einige der Mädchen aus meiner Klasse zu einem kleinen Grüppchen zusammendrängten und uns mit einem verzerrten Lächeln beobachteten. Ich spürte, wie mein Magen sich zusammenzog.

Die Musik war laut, der Rhythmus schnell. Ich hoffte nur, daß ich mich nicht lächerlich machte, aber Robert schien seine Freude zu haben. Er war ein sehr guter Tänzer, und ich begann mit meinen Armen und Hüften einige seiner Bewegungen nachzuahmen. Solange ich mich auf ihn konzentrierte und meinen Blick auf ihn heftete, fühlte ich mich sicher und geborgen. Er strahlte ein solches Selbstvertrauen aus, daß es für uns beide genügte.

Als zwischen zwei Tänzen eine Pause eingelegt wurde, blieben wir stehen, umarmten einander und lachten. Robert führte mich zur Punschschale. Auf dem Weg dorthin winkte er einigen Jungen zu, die er kannte, und sie winkten zurück und nickten beifällig.

»Heute abend werden wir unseren Spaß haben«, versprach er mir, und seine Augen funkelten vor Aufregung. »Wir werden tanzen, bis unsere Füße um Gnade flehen.«

»Habe ich mich auf der Tanzfläche einigermaßen gut gehalten?« fragte ich.

»Soll das ein Witz sein? Falls sie einen Tanzwettbewerb veranstalten sollten, machen wir mit«, sagte er.

»Robert Royce, das kommt gar nicht in Frage.« Allein schon der Gedanke an etwas Derartiges verschlug mir den Atem.

Wir tranken ein Glas Punsch und aßen Chips mit Käsetunke. Marsha Winslow und Adam Jackson, der Klassensprecher, schlossen sich uns an. Marsha war für die Organisation der Party zuständig. Sie war ein großgewachsenes, attraktives Mädchen mit einer leicht nasalen Stimme, die den Eindruck vermittelte, sie sähe auf den Rest der Welt herab. Sie hielt einen Block in der Hand.

»Entschuldigt bitte«, sagte sie, »aber wir haben keine Unterlagen darüber, daß ihr für eure Eintrittskarten bezahlt habt.«

»Was? Das kann doch nicht sein. Ich habe Betty Hargate das Geld gegeben«, sagte Robert.

»Betty hat dich auf ihrer Liste, aber Laura nicht«, erwiderte sie. »Das ist doch einfach lächerlich.«

»Willst du Marsha etwa lächerlich machen?« fragte Adam. »Du weißt genau, daß sie für all diese Arbeit nicht bezahlt wird, und ohne ihren aufopfernden Beitrag wäre es nicht möglich, daß alle anderen ihren Spaß haben. Sie erfüllt nur ihre Pflicht.«

»Ich wollte sie nicht lächerlich machen. Ich sage nur ... wo steckt Betty? Da ist sie ja.« Robert deutete auf das Mädchen. »Wir rufen sie uns rüber«, schlug er vor.

»Eine gute Idee«, sagte Adam und winkte Betty zu, die bei Lorraine Rudolph stand. Die beiden kamen auf uns zugeeilt.

»Was ist los?« fragte Betty unwillig und stemmte einen Arm in die Hüften. Es war, als hätte man sie aufgefordert, sich in unliebsame Gesellschaft zu begeben.

»Robert Royce behauptet«, sagte Marsha und verdrehte die Augen, »er hätte für Laura bezahlt, aber aus meinen Unterlagen geht das nicht hervor.«

»Ich habe dir letzten Dienstag in der Cafeteria das Geld gegeben«, beharrte Robert. »Erinnerst du dich nicht mehr?«

»Was ich eingenommen habe, ist schriftlich festgehalten worden«, sagte Betty in einem selbstgefälligen Singsang. »Ich habe es nicht nötig, das Geld für die Eintrittskarten zu stehlen.«

»Ich habe nicht gesagt, daß du es gestohlen hast«, rief Robert aus. Er war sichtlich frustriert.

»Nach deinem Namen habe ich nur eine Eintrittskarte abgehakt«, wiederholte Marsha. »Das heißt, du hast nur für eine Person bezahlt.«

»Ich kann es einfach nicht glauben«, sagte Robert.

»Bist du ganz sicher, daß du dir nicht nur eingebildet hast, du hättest für Laura bezahlt? Vielleicht warst du am letzten Dienstag noch nicht sicher, daß sie dich begleitet«, scherzte Lorraine mit einem verkniffenen Lächeln. Sie warf Adam einen Blick zu, ehe sie Robert wieder ansah.

»Natürlich bin ich sicher, daß ich für sie bezahlt habe«, sagte Robert nachdrücklich.

»Die Kasse stimmt«, sagte Marsha.

»Das heißt, wir haben nur das Geld für die Eintrittskarten, die wir ausgegeben haben«, fügte Adam hinzu.

»Mir ist klar, was das heißt«, sagte Robert.

»Hast du die Eintrittskarten, Robert?« flüsterte ich. Er dachte einen Moment lang nach. Dann nickte er mit einem zuversichtlichen Lächeln und zog sie aus der Innentasche seines Freizeitjacketts.

»Wenn ich nicht dafür bezahlt hätte, wie wäre ich dann an die Karten gekommen?« fragte er Marsha und hielt sie ihr vor die Nase.

Sie sah die Eintrittskarten an und warf dann noch einen Blick in ihre Unterlagen.

»Das verstehe ich nicht«, sagte sie.

»Vielleicht hat Betty ihm zwei Eintrittskarten gegeben, und

er hat versprochen, ihr das Geld für die zweite Karte später zu geben«, warf Adam ein.

»Ja«, sagte Betty eilig. »Genauso war es.«

»Nein, so war es eben nicht, und das weißt du ganz genau«, beharrte Robert.

»Betty ist zu verantwortungsbewußt. Sie würde keine Eintrittskarten ausgeben, ohne das Geld dafür zu kassieren«, warf ich mit ruhiger Stimme ein. Alle unterbrachen sich und sahen mich einen Moment lang an. »Hier ist einfach nur jemandem ein kleiner Fehler unterlaufen.«

»Also ...« Marsha sah Adam an.

»Ich glaube nicht, daß Robert versuchen würde, sich mit unrechten Mitteln eine Eintrittskarte zu verschaffen, was meint ihr?« fuhr ich fort.

»Ich hoffe nicht«, sprudelte Betty heraus.

»Wir klären es später«, sagte Marsha. »Im Moment vergeuden wir alle nur unsere Zeit, statt unseren Spaß zu haben.«

»Genau«, sagte Adam und hing sich bei ihr ein. »Auf die Tanzfläche mit Ihnen, Frau Vorsitzende.«

Die anderen lachten und schlossen sich den beiden an.

»Das war nicht nur eine Gemeinheit, sondern sie haben sich noch dazu reichlich dumm angestellt«, sagte Robert und sah finster hinter ihnen her.

»Vielleicht hat wirklich nur in Irrtum vorgelegen, Robert.«

Er sah weiterhin finster in die Richtung der anderen und wartete nur darauf, daß einer von ihnen es wagte, sich nach uns umzusehen.

»Das möchte ich bezweifeln«, sagte er. »Die gehören nicht zu der Sorte, denen ein echter und ehrlicher Fehler unterläuft.«

»Wir wollen uns von ihnen nicht den Abend verderben lassen, Robert«, sagte ich und nahm seine Hand. Er entspannte sich, lächelte mich an und nickte.

»Richtig. Wollen wir?« fragte er, ehe er mir das Punschglas abnahm und es auf einen der Tische zurückstellte.

Wir kehrten wieder auf die Tanzfläche zurück. Es dauerte nicht lange, bis wir ganz in der Musik und in der Nähe des anderen aufgingen. Kurz darauf hatten wir den Zwischenfall mit den Eintrittskarten vergessen und tanzten, bis ich für mich in Anspruch nahm, daß meine Füße tatsächlich um Gnade flehten. Robert lachte und schlug vor, es sei ohnehin an der Zeit, daß wir etwas aßen.

»Vermutlich haben wir jetzt großen Appetit.«

Wir stellten uns an und füllten unsere Teller. Einige der Mädchen aus meinem Englischkurs machten mir Komplimente, wie gut ich tanzen könnte, und Mädchen, die mit Partnern zu der Tanzveranstaltung erschienen waren, drängten sich um Robert und äußerten sich auch zu seiner Begabung auf der Tanzfläche.

Theresa Patterson war mit etlichen befreundeten Bravas erschienen. Sie blieben unter sich, aber Theresa lächelte mich freundlich und strahlend an, als ich ihr zuwinkte.

Als ich die zahllosen Speisen auf dem Büfett sah, mußte ich widerwillig einräumen, daß Betty und Marsha eine wunderbare Party geplant hatten. Natürlich gab es gedämpfte Muscheln und alle Arten von Hühnergerichten, darunter auch pikant gewürzte Brathähnchen, und ansonsten konnte man sich von farbigen Nudeln, Salaten, Obstschalen und portugiesischen Brotlaiben und Brötchen bedienen. Der Tisch mit den köstlichen Nachspeisen würde gewiß als erster leer sein.

Als wir zu unserer Zufriedenheit feststellten, daß wir uns von allem einen Happen genommen hatten, um die verschiedenen Gerichte zu kosten, setzten Robert und ich uns mit einigen seiner Freunde und den Mädchen zusammen, die sie für den heutigen Abend eingeladen hatten. Soviel Spaß hatte ich noch nie gehabt, und als Robert sich vorbeugte, um mir schnell einen Kuß auf die Wange zu drücken, errötete ich und sagte ihm, wie sehr ich den Abend genoß.

»Du weißt gar nicht, wie sehr mich das freut«, sagte er. »Ich habe mir Sorgen gemacht, als sich Cary so abfällig zu dieser Veranstaltung geäußert hat. Ich dachte schon, er könnte ...«

»Was könnte er?«

»Er könnte es dir ausreden«, gestand Robert.

»Das wäre ihm niemals gelungen. Wir mögen zwar Zwillinge sein, aber ich habe trotzdem meinen eigenen Willen, Robert.«

»Das ist gut«, sagte er lächelnd.

»Das solltest du inzwischen begriffen haben, und wenn du es immer noch nicht weißt, dann wird es dir bald klarwerden«, versprach ich ihm. Sogar ich selbst wunderte mich darüber, wie verführerisch die Worte herauskamen. Seine Augen wurden groß, und er lächelte mich an. Ich wandte mich eilig ab, da ich fürchtete, ich würde knallrot anlaufen und keinem am Tisch würde es entgehen.

Nachdem wir gegessen hatten, wurde langsamere Musik gespielt, und die Lichter wurden heruntergedreht. Diese Form von Tanz gefiel mir besser, weil ich den Kopf an Roberts Schulter lehnen und seine Arme um mich spüren konnte. Wir wiegten uns zum Rhythmus, und keiner von uns beiden wollte die Stimmung des Augenblicks durch Worte verderben. Gelegentlich fühlte ich seine Lippen auf meiner Stirn und meinem Haar. Mein Herz pochte so heftig, daß ich sicher war, er könnte es an seinen Rippen spüren.

»Ich bin ja so froh, daß du mit mir tanzen gegangen bist, Laura«, flüsterte er.

»Ich auch«, sagte ich.

»Vielleicht ... könnten wir etwas eher aufbrechen und an der Küste entlangfahren. Es ist eine wunderbare Nacht«, sagte er.

»Ja, gern, Robert.«

Wir glitten durch die Schatten und das Licht. Der Schein der runden Lampions blendete mich, und eine Zeitlang war es, als seien Robert und ich allein miteinander. Alle anderen verblichen im Hintergrund.

Dieser Eindruck verflog jedoch augenblicklich, als ich Janet

Parkers durchdringendes kaltes Lachen direkt hinter uns hörte. Ich drehte mich um und sah sie mit Adam Jackson, Marsha, Betty und Lorraine dastehen. Brad Laughton und Grant Simpson hatten sich ihnen jetzt auch angeschlossen. Warum tanzten sie nicht, fragte ich mich erstaunt. Waren sie etwa nur hergekommen, um andere zu beobachten und sich über sie lustig zu machen? Sie sahen unbeirrt in unsere Richtung und lachten.

»Was haben sie denn jetzt schon wieder?« murrte Robert.

»Das ist mir egal«, sagte ich, aber er konnte es nicht lassen, das Grüppchen anzusehen. Schließlich füllten sich seine Augen zunehmend mit Wut.

»Es hat etwas mit uns zu tun«, sagte er mit scharfer Stimme und blieb still stehen.

»Vergiß sie, Robert.«

»Ich wüßte gern, was sie so verdammt komisch finden«, sagte er und nahm mich an der Hand. Er zog mich über die Tanzfläche und ging auf das Grüppchen zu. Sie traten zur Seite, um uns Platz zu machen, doch Robert baute sich vor ihnen auf.

»Warum weiht ihr uns nicht in eure kleinen Scherze ein«, sagte er mit scharfer Stimme.

»Wie bitte?« sagte Adam selbstgefällig und mit einem hämischen Grinsen. »Du möchtest einen Witz hören?«

Sie lachten alle.

»Was ist bloß los mit euch?« bohrte Robert weiter. Ich bemühte mich, ihn weiterzuziehen, aber er war entschlossen zu sagen, was er zu sagen hatte. »Versucht ihr etwa, uns den Spaß zu verderben? Wenn euch nichts Besseres einfällt, womit ihr euch beschäftigen könnt, dann tut ihr mir leid.«

»Soll das ein Witz sein?« sagte Adam, den es überraschte, daß jemand wagte, seine Handlungen zu hinterfragen.

»Also, was ist?«

»Wir haben uns nur gefragt, warum Lauras Bruder nicht gekommen ist. Konnte er sich die Eintrittskarte nicht leisten?« sagte Lorraine.

»Robert hätte ihm eine kaufen können, genauso, wie er die Eintrittskarte für Laura gekauft hat«, schlug Adam vor.

»Das ist überhaupt nicht komisch«, sagte Robert und ging einen Schritt auf ihn zu. Adam wich einen Schritt zurück und hob die Hände.

»He, immer mit der Ruhe. Du wolltest doch einen Witz hören, oder nicht?«

»Das ist kein Witz. Du bist ein Witz«, warf Robert ihm an den Kopf.

»Mann, Kumpel«, sagte Brad. Roberts finsterer Blick ließ auch ihn einen Schritt zurückweichen. Trotz ihrer teuren Kleidung und des kostbaren Schmucks kamen sie mir alle unglaublich seicht und feige vor.

»Komm schon, Robert«, sagte ich. »Wir wollen unsere Zeit nicht noch länger an sie vergeuden.«

»Wir fragen uns nur, was mit deinem Bruder los ist«, sagte Janet, »weil Grant gerade draußen war, um eine Zigarette zu rauchen, und er hat gesagt, er hätte ihn auf dem Parkplatz herumlungern sehen.«

»Was?«

»Es stimmt alles. Er steht dort draußen in der Kälte und träumt davon, mit seiner Schwester hier drin zu sein«, platzte Brad heraus.

Roberts Arm schoß so schnell nach vorn, daß ich seine Bewegung gar nicht wahrnahm, bis ich sah, wie seine Faust auf Brads Brust traf und ihn rückwärts taumeln ließ. Er verlor das Gleichgewicht und landete mit einem dumpfen Aufprall auf dem Fußboden der Turnhalle. Einige der Umstehenden begannen zu lachen. Er wurde rot, aber sowie er aufgesprungen war, blieb er auf Distanz.

»Das war ziemlich grob«, rief Betty aus. »Da, wo du herkommst, mag es ja an der Tagesordnung sein, aber auf unseren Parties ist so etwas nicht erlaubt.« Ihre Augen wurden groß, und sie stöhnte. »Oh, nein! Mr. Rosner kommt schon über die

Tanzfläche auf uns zu. Wenn es hier wüst zugeht oder Dummheiten geschehen, wird er die Party vorzeitig abbrechen, und ich habe so hart daran gearbeitet, daß es ein voller Erfolg wird!« jammerte sie, und ihre Lippen verzerrten sich.

»Was geht hier vor?« erkundigte sich Mr. Rosner mit den Armen in den Hüften. Er sah von Brad zu Robert und musterte dann die anderen.

»Es war nur ein alberner Scherz, Mr. Rosner«, sagte Adam, der sich geschickt vor ihm aufgebaut hatte. »Es ist nichts weiter. Hier läuft alles reibungslos.«

Mr. Rosner sah alle der Reihe nach an und nickte, obwohl er keineswegs zufrieden war.

»Ich möchte keine Keilereien sehen, und ich will auch keinen Radau hören«, warnte er.

»Dazu wird es nicht kommen«, sagte Adam. »Ich garantiere Ihnen dafür, Sir. Als Klassensprecher übernehme ich die volle Verantwortung.«

»Das steht für mich fest, Mr. Jackson«, sagte Mr. Rosner. Als sein Blick auf mich fiel, beruhigte er sich. »Ihr seid alle sehr hübsch zurechtgemacht«, sagte er, »und bis zu diesem Moment ist es eine sehr nette Veranstaltung gewesen. Ich hoffe, wir können auch weiterhin stolz auf euch sein.«

»Danke, Mr. Rosner«, sagte Lorraine mit einem zuckersüßen Lächeln. Ich sah, wie ihre Mundwinkel zuckten, als er ging.

»Das war ziemlich brenzlig«, sagte Adam und sah Robert wütend an.

»Es war nicht seine Schuld«, sagte ich.

»Nein, soviel steht fest«, sagte Betty. »Im Grunde genommen tut er uns allen leid.«

»Was soll denn das schon wieder heißen?« erkundigte sich Robert barsch.

»Komm schon, Robert«, flehte ich verzweifelt, denn ich wollte unter allen Umständen mit Robert verschwinden, ehe sie ihre widerlichen Gerüchte breitwalzen konnten.

»Nein, ich will wissen, was das heißen soll«, beharrte er.

»Warum gehst du nicht raus und fragst ihren Bruder?« scherzte Janet, und alle Umstehenden lächelten.

»Sollen wir tanzen?« fragte Adam Marsha und hielt ihr die Hand hin.

»Mir ist alles recht, solange ich nicht in dieser inzestuösen Atmosphäre bleiben muß«, sagte sie, und alle lachten, als sich das Grüppchen auflöste. Sie gingen getrennte Wege und ließen uns allein dort stehen.

»Diese verzogenen, reichen ...«

»Es ist schon gut, Robert. Schenk ihnen keine Beachtung.«

Er nickte und sah mich dann an.

»Glaubst du, daß Grant die Wahrheit gesagt hat? Glaubst du, daß Cary sich dort draußen rumtreibt?«

»Ich hoffe nicht«, sagte ich. »Ich bin sicher, er hat es sich nur ausgedacht, um uns den Spaß zu verderben.«

Robert zwang sich zu einem Lächeln.

»Wenn du jetzt Lust auf diese Spazierfahrt hast«, sagte er schließlich, »dann ist mir das nur zu recht. Hier drinnen wird die Luft immer dicker.«

»Ja, gern«, antwortete ich und hoffte nur, daß es mir gelungen war, einen fröhlichen Tonfall anzuschlagen.

Er war sofort milder gestimmt. »Prima. Ich will ganz sichergehen, daß du vor zwölf zu Hause bist«, sagte er. »Es wäre mir gar nicht lieb, wenn dein Vater wütend auf mich würde.«

»Die meiste Zeit knurrt Daddy nur, aber er beißt nicht«, sagte ich.

»Ich mache mir keine Sorgen, er könnte mich beißen. Mir macht Sorgen, er könnte mir verbieten, dich zu sehen«, sagte Robert und nahm meine Hand.

Wir sahen einander in die Augen, und ich spürte, wie ein Gefühl von Wärme in meinem Bauch einsetzte und auf mein Herz übergriff. Ich sehnte mich danach, mit Robert zusammenzusein, und ich fragte mich, ob es wohl möglich war, sich noch mehr danach zu sehnen, in der Nähe eines anderen Menschen zu sein. Nein, ich glaubte es nicht. Das war bestimmt Liebe, und da es gleich auf den ersten Blick passiert war, mußte es wohl wahre Liebe sein. Hieß das etwa, daß es in den Sternen geschrieben stand, wie bei Romeo und Julia? Mir sollte es recht sein, solange wir nicht dasselbe Schicksal erlitten, dachte ich.

Wir verließen die Turnhalle und schauten uns nur ein einziges Mal um. Betty und Adam sahen uns nach und lachten. Dieser Umstand erfüllte mich mit Grauen, denn es war, als wüßten sie etwas, was ich nicht wußte.

Einige Schüler drängten sich draußen im Dunkeln zusammen und rauchten, aber von Cary war nirgends etwas zu sehen. Ich stieß den Atem aus, den ich lange angehalten hatte, und dann lief ich eilig um die Schule herum zum Parkplatz. Wir stiegen in Roberts Wagen und sahen einander an. Wir waren beide nervös und aufgeregt. Robert holte tief Atem und ließ den Wagen an. Dann drehte er sich zu mir um.

»Ist es dir wirklich recht?« fragte er behutsam.

»Ja, Robert.« Ich rutschte rüber, um ihm näher zu sein, und er lächelte.

Wir fuhren langsam vom Parkplatz. Einmal sah ich über meine Schulter und glaubte zu erkennen, wie sich ein Schatten von einem Wagen löste. Im nächsten Moment verschwand der Schatten in der Dunkelheit und war nicht mehr zu sehen.

»Ist dir etwas aufgefallen?«

»Nein«, sagte ich und schüttelte den Kopf. Dann drehte ich mich wieder um.

Wir fuhren eine Zeitlang schweigend auf der Straße, die zur Spitze des Kaps führte.

»Ich kenne den Künstler, der am Ende dieser Straße wohnt«, sagte ich, als wir an einer Sandpiste vorbeikamen. »Er heißt Kenneth Childs. Er ist der Sohn von Richter Childs.«

»Ich habe von ihm gehört«, sagte Robert. »Ich glaube sogar

tatsächlich, daß wir eines seiner Gemälde im Hotel hängen haben. Es war schon da, als wir das Anwesen gekauft haben.«

»Das wäre naheliegend. Er ist einer unserer berühmtesten Künstler. Ein netter Mann, aber er lebt sehr zurückgezogen. Manche Menschen bezeichnen ihn als Einsiedler.«

»Ich würde ihn gern kennenlernen. Sein Gemälde im Hotel gefällt mir gut«, sagte Robert und legte mir einen Arm um die Schultern, als er langsamer fuhr.

»Ich habe kürzlich ein paar Erkundungsfahrten in diese Richtung vorgenommen«, sagte er.

»Ach? Und aus welchem Grund?« fragte ich kokett.

»Nur, um mir die Gegend genauer anzusehen«, behauptete er mit einem schelmischen Lächeln.

Wenige Momente später bog er auf einen schmalen Dünenpfad ein und schaltete die Scheinwerfer aus, ehe er die allerletzten Meter fuhr. Von beiden Seiten und von hinten waren wir von Dunkelheit umschlossen, aber vor uns lag das Meer unter einer funkelnden Sternendecke und dem Mondlicht, das bis ans Ende der Welt führte. Cary und ich hatten viele Male in der Dunkelheit gesessen und in die Weite des Alls mit den zahllosen funkelnden Sternen aufgeblickt, aber nie hatte mein Herz bei diesen Gelegenheiten so heftig gepocht wie in jener Nacht, als ich an Roberts Schulter lehnte und seinen Atem erst auf meinem Haar und dann auf meiner Stirn fühlte, ehe seine Lippen zart meine Ohren berührten, meine Wangen und meine Augen. Ich drehte mich zu ihm um, damit er seinen Mund auf meine Lippen legen konnte, und wir küßten uns lange und zärtlich.

»Laura«, sagte er und strich mir über das Haar. Er schmiegte seine Wange an meine und flüsterte mir ins Ohr. »Als ich dich in der Schule das erstemal gesehen habe, hatte ich das Gefühl, als hätte sich mir dein Gesicht sofort unauslöschlich eingeprägt. An jenem ersten Tag habe ich überall nach dir Ausschau gehalten, und wenn ich zwischen zwei Unterrichtsstunden von einem Klassenzimmer zum anderen gegangen bin und dich nicht gesehen habe, dann war mir vor Enttäuschung ganz elend zumute.«

»Du bist mir auch aufgefallen, aber ich hatte nicht den Eindruck, daß du mich übermäßig beachtet hast.«

»Das lag nur daran, daß ich zu schüchtern war, um dich anzusprechen. Ich dachte, du bräuchtest mir nur einmal wirklich ins Gesicht zu sehen, und schon wüßtest du, daß ich mich Hals über Kopf in dich verknallt habe. Ich hatte Angst, du konntest mich auslachen.«

»Das täte ich nie.«

»Jetzt weiß ich das selbst«, sagte er und legte seine Fingerspitzen auf meine Lippen. »Aber ich konnte es nicht wissen, solange ich nicht mit dir geredet und gesehen hatte, wie wunderbar du wirklich bist. Ich bin wie in einem Tagtraum durch die Gegend gelaufen, sogar zu Hause. Ich kann mich noch erinnern, daß ich schnurstracks auf die geschlossene Küchentür zugegangen bin und mir den Kopf angestoßen habe. Mein Vater hat geglaubt, ich hätte Rauschgift genommen oder so was. Und dann hat meine Mutter mich angesehen und gesagt: ›Er hat ein Mädchen kennengelernt. Ich wüßte nichts anderes, was einen Jungen in seinem Alter in einen ungeschickten, geistesabwesenden Trottel verwandeln kann.‹«

»Das hat sie gesagt?«

»Meine Mutter hat viel Sinn für Humor«, sagte Robert. »Ich kann es kaum erwarten, daß du sie kennenlernst.«

»Stellst du ihr all deine Freundinnen vor?« fragte ich. Er lächelte.

»Ich habe nicht viele Freundinnen gehabt, und eine Freundin wie dich hatte ich noch nie«, erwiderte er. »Ehe du mir begegnet bist, war ich in Mädchen vernarrt wie ein Schuljunge, aber wenn ich dich ansehe, Laura, dann weiß ich, daß es diesmal ernst ist. Ich hoffe, du empfindest dasselbe.«

»Ja, Robert«, sagte ich, »es geht mir genauso, es geht mir wirklich genauso«, fügte ich hinzu, und wir küßten uns wieder.

Diesmal endete der Kuß damit, daß seine Lippen auf meinen Hals hinunterglitten. Ich schloß die Augen und schmiegte meinen Kopf an seine Schulter. Seine Hände bewegten sich über meinen Körper, und schließlich glitten seine Finger über dem Stoff meines Kleides zu meinen Brüsten. Im ersten Moment hob ich instinktiv die Hände, um ihn davon abzuhalten, doch das Prickeln war so angenehm und wärmte mich so wunderbar, daß ich ihn weitermachen ließ.

Robert nahm sowohl mein Zögern wahr als auch meine schnelle Kapitulation. Daher küßte er mich jetzt heftiger, leidenschaftlicher und noch länger. Seine Lippen bewegten sich schnell auf meinen, ehe sie wieder auf meinen Hals glitten, während seine Hände meine Brüste hochhoben und seine Daumen meine aufgestellten Brustwarzen streichelten.

Ein leises Stöhnen kam über meine Lippen, und ich spürte, wie Robert mich behutsam gegen die Sitzpolster stieß. Er beugte sich über mich, und seine Finger fanden den Reißverschluß meines Kleides. Behutsam zog er es auf meinem Rücken hinunter. Ich hob die Arme, und er half mir, das Oberteil meines Kleides bis zur Taille hinunterzuziehen. Meine Augen waren geschlossen, während seine Finger sich vortasteten, bis sie den Verschluß meines BHs gefunden hatten. Einen langen, köstlichen Moment glaubte ich mit pochendem Herzen, die Vorfreude brächte mich um, und als seine Lippen sich auf meine Brüste senkten, glaubte ich, vor Lust zu sterben.

Die Woge der Erregung bäumte sich gegen meine Vernunft und mein gesundes Urteilsvermögen auf. Ich hätte ihm sagen sollen, daß er langsamer vorgehen sollte, das war mir klar, doch ich hatte das Gefühl zu treiben, auf einer Woge der Leidenschaft sanft dahinzugleiten, einer Woge, die mich zu weit hinaustrieb. »Warte«, hörte ich mich schließlich sagen. »Es geht alles zu schnell, Robert. Ich fürchte mich.«

Er zog seinen Oberkörper hoch, und ich sah ihn über mir, mit geschlossenen Augen. Er holte tief Atem und bekam die unbändige Leidenschaft in den Griff, die auch ihn weiter hinauszog.

»Du hast recht, Laura«, sagte er. »Ich konnte es einfach nicht lassen.«

»Ich weiß, daß viele Mädchen dich jetzt nicht zurückhalten würden, Robert. Ich kann es verstehen, wenn du wütend auf mich bist.«

»Nein«, sagte er lächelnd. »Ganz im Gegenteil. Ich möchte, daß wir beide etwas Besonderes sind, etwas ganz Besonderes. Wir werden uns Zeit lassen mit unserer Liebe. Ich will, daß unsere Beziehung Bestand hat, Laura. Ich liebe dich wirklich.«

Ich nickte.

»Ich liebe dich auch, Robert.« Ich streckte die Arme wieder nach ihm aus, aber er schüttelte den Kopf und zog mir den BH über die Brüste.

»Wenn wir jetzt nicht aufhören, kommt der Punkt, an dem ich nicht mehr aufhören kann, Laura«, gestand er. Er lehnte sich an die Wagentür, und ich setzte mich auf und brachte meine Kleidung wieder in Ordnung. Mit dem Reißverschluß des Kleides mußte er mir helfen.

Dann saßen wir in einer engen Umarmung still da und lauschten unseren Herzen, die sich wieder beruhigten. Ab und zu küßten wir uns zärtlich und sprachen leise über die Sterne, unsere Liebe, unsere Träume. Plötzlich sah Robert auf seine Armbanduhr.

»Himmel, ich habe gar nicht gemerkt, wieviel Zeit wir hier verbracht haben. Wir sollten jetzt lieber losfahren. Sonst kommst du noch zu spät nach Hause.«

Er ließ den Motor an und legte den Rückwärtsgang ein. Wir horten, wie sich die Reifen drehten, aber der Wagen rührte sich nicht von der Stelle.

»Was zum ...«

Er gab Gas, und die Reifen quietschten und wirbelten noch mehr Sand auf, der gegen die Unterseite des Wagens geschleudert wurde, aber wir standen immer noch still. Er legte den ersten Gang ein und gab Gas, dann wieder den Rückwärtsgang, aber auch das klappte nicht.

»Oh, nein«, stöhnte er. Er streckte die Hand aus, öffnete das Handschuhfach und holte eine Taschenlampe heraus. Dann stieg er aus und richtete den Lichtstrahl auf die hinteren Reifen. »Die Reifen haben sich tief in den Sand gegraben. Mir war nicht klar, wie nachgiebig der Untergrund hier ist.«

»Robert, was tun wir jetzt?«

»Ich muß ein Telefon finden, von dort aus muß ich einen Abschleppdienst anrufen. Es tut mir leid. Ich habe alles vermasselt. Wir können es unmöglich erklären ...«

Plötzlich hellte das Licht von Scheinwerfern den Himmel auf. Robert hielt sich eine Hand über die Augen, damit er etwas sehen konnte.

»Was zum Teufel ... wer ...?«

»Wer ist es, Robert?« fragte ich voller Entsetzen.

»Ich kann ihn noch nicht erkennen, aber ... ich glaube, es ist Cary!« sagte er im nächsten Moment.

Ich drehte mich um. Diese Gestalt, die sich als Silhouette abzeichnete, hätte ich überall erkannt. Es war Cary, der über den Dünenpfad auf uns zukam. Die Scheinwerfer seines Lastwagens fielen von hinten auf ihn.

»Cary!« rief ich aus, sowie er nahe genug gekommen war.

»Wie ich sehe, hast du dich in Schwierigkeiten gebracht«, sagte Cary. Er stemmte die Arme in die Hüften und schaute auf die Räder des Wagens hinunter.

»Ja, mir war nicht klar ...«

»Das kommt daher, daß du nicht von hier bist«, sagte Cary geringschätzig. »Du glaubst wohl, du hättest es hier nicht mit Sand, sondern mit Lehm zu tun. Das ist nicht einer dieser Feldwege, auf denen du mit deinen Freundinnen geparkt hast.«

»Das ist nicht wahr«, protestierte Robert, aber Cary beachtete ihn nicht weiter und wandte sich an mich.

»Das war eine Dummheit, Laura«, sagte er zu mir. »Ich hätte dich für vernünftiger gehalten.«

»Was hast du hier zu suchen, Cary? Wie hast du uns gefunden?«

»Ich habe gesehen, wie ihr die Veranstaltung verlassen habt, und ich dachte, er bringt dich nach Hause. Als ihr immer weiter auf die Landspitze zugefahren seid ... du kannst von Glück sagen, daß ich beschlossen habe, noch ein Weilchen hinter euch herzufahren.«

Ein Weilchen, dachte ich. Wir waren lange hier draußen gewesen. Was hatte er in all der Zeit getan?

Er wandte sich wieder an Robert. »Ich werde mit meinem Lastwagen zurückstoßen. Er hat eine Kette hinten dran. Wir befestigen sie an der Achse und ziehen dich raus. Steig ein, und leg den Leerlauf ein«, ordnete er an. Robert stieg eilig wieder in den Wagen. »Und sieh nach, daß die Handbremse nicht gezogen ist«, warnte ihn Cary, ehe er zu seinem Lastwagen zurücklief.

»Ich kann es einfach nicht glauben ... dein Bruder«, murmelte Robert. Wir drehten uns um und sahen zu, wie Cary den Lastwagen wendete und im Rückwärtsgang auf uns zukam. Mit der Kette in der Hand stieg er aus und kroch unter Roberts Wagen. »Wie kommt er bloß dazu, uns nachzufahren?« flüsterte Robert.

»Es ist ein Glück für uns, daß er es getan hat«, erwiderte ich, denn im Moment wollte ich keinen weiteren Gedanken an seine Frage verschwenden.

»Es ist soweit«, rief Cary. »Mach dich bereit.«

Er stieg wieder in den Lastwagen und fuhr langsam los. Wir spürten, wie die Kette Roberts Wagen einen Ruck gab und die eingesunkenen Reifen sich aus dem Sand befreiten. Der Wagen holperte über den Dünenpfad, bis wir festeren Boden unter uns hatten. Cary hielt an und kam zurück, um die Kette von der Achse zu lösen.

Robert stieg aus.

»Vielen Dank«, sagte er unbeholfen.

»Ich habe es nicht für dich getan. Ich habe es für Laura getan«, erwiderte Cary. Er kam um den Wagen herum und blieb auf meiner Seite neben dem Fenster stehen. »Du kommst jetzt besser mit mir nach Hause, Laura«, sagte er.

»Ich fahre sie nach Hause«, sagte Robert.

»Es sieht so aus, als sei sie in meinem Wagen sicherer«, sagte Cary, und sogar in der Dunkelheit konnte ich erkennen, daß Robert knallrot anlief.

»Wenn ich mich nicht von Robert nach Hause fahren lasse, wird sich Daddy fragen, was das zu bedeuten hat, Cary.«

»Na und?«

»Du wirst ihm doch nichts davon erzählen?« sagte ich flehentlich.

»Nein, natürlich nicht«, beteuerte er mir schleunigst. »In Ordnung, aber es ist schon spät«, warnte er mich. Er sah Robert an. »Und ich habe keine Lust, mich noch länger hier rumzutreiben, damit ich dich noch einmal aus der Klemme befreien kann.«

Er stolzierte zu seinem Laster und fuhr los. Robert stieg wieder in seinen Wagen und bog auf die Straße ein.

»Warum ist er uns gefolgt, Laura?«

»Vermutlich war ihm langweilig«, sagte ich. Es war eine lahme Ausrede, aber mir fiel nichts anderes ein, was ich hätte sagen können.

»Ist er die ganze Zeit hiergewesen und hat direkt hinter uns in seinem Lastwagen gesessen? Und uns beobachtet? Und nachspioniert?«

Ich wollte etwas sagen, schüttelte jedoch statt dessen nur den Kopf.

»Diese Idioten auf der Party haben also tatsächlich recht gehabt. Er hat sich wirklich auf dem Parkplatz herumgetrieben. Du mußt ihm helfen, Laura. Du mußt ihm dabei helfen zu begreifen, daß du nicht bis in alle Ewigkeit seine kleine Schwester sein kannst«, sagte Robert.

»Ich weiß, Robert. Bitte, laß uns im Moment nicht darüber reden«, flehte ich. Schon allein der Gedanke an Carys seltsame Besessenheit, wenn es um Robert und mich ging, ließ mir die Tränen in die Augen treten und schnürte mir die Kehle zu.

»In Ordnung«, sagte er, und wir schwiegen beide bedrückt, bis das Haus meiner Eltern in Sicht kam. »Das, was passiert ist, tut mir leid«, sagte Robert, nachdem er in unserer Auffahrt geparkt hatte. »Cary hat mich zu Recht dafür ausgescholten. Ich hoffe nur, es hat dir nicht den ganzen Abend verdorben.«

»Nein, ganz bestimmt nicht. Es hat mir sehr viel Spaß gemacht, Robert. Wirklich.«

»Mir auch«, sagte er. »Ich rufe dich morgen an. Ist dir das recht?«

»Ich rufe lieber bei dir an. Das ist besser«, sagte ich.

»Ja, sicher, wenn du es so haben willst.« Er wirkte besorgt.

»Ich rufe dich ganz gewiß an. Ich verspreche es dir«, sagte ich. Er lächelte und gab mir einen Kuß, ehe ich aus seinem Wagen sprang. »Ich danke dir für diesen wunderbaren Abend, Robert.«

»Gute Nacht, Laura.«

Ich schloß die Tür und warf einen Blick auf Carys Lastwagen. Cary war bereits ins Haus gegangen. Bei meinem Eintreten stellte ich fest, daß Daddy aufgeblieben war, um auf mich zu warten. Er saß im Wohnzimmer und las. Jetzt blickte er von seinem Buch auf. Ich hielt den Atem an und fragte mich, ob Cary doch noch beschlossen hatte, ihm etwas von dem Zwischenfall zu erzählen.

»Hattest du einen schönen Abend?« fragte Daddy.

»Ja, Daddy. Es war sehr nett.«

»Und alle haben sich gut benommen?«

»Ja, Daddy.«

Er nickte und senkte dann die Stimme.

»Dein Bruder ist erst kurz vor dir nach Hause gekommen. Ich glaube, er hat eine Freundin, die er vor uns geheimhält. Habe ich recht?« fragte er eilig, und es gelang ihm nicht, den Hoffnungsschimmer aus seinem Tonfall zu verbannen.

Ich spürte, wie jedes Blut aus meinem Gesicht wich, als ich den Kopf schüttelte. Es war mir ein Greuel, Daddy zu belügen.

»Ich weiß es nicht, Daddy. Mir hat er nie etwas von einem Mädchen erzählt«, sagte ich.

Daddy starrte mich einen Moment lang an und zuckte dann die Achseln.

»Nun gut«, sagte er. »Er wird es uns schon sagen, wenn er die Zeit für reif hält. Ich hoffe nur, es ist niemand, von dem er glaubt, wir könnten uns ihrer schämen. Daddy sah mich weiterhin fragend an.

Ich grub die Zähne in meine Unterlippe und schüttelte den Kopf.

»Ich weiß von nichts, Daddy.« Wie sehr ich doch wünschte, es wäre wahr, daß Cary eine Freundin gefunden hatte, dachte ich betrübt.

Daddy schaute auf die Uhr auf dem Kaminsims. »Der junge Mr. Royce hat dich jedenfalls rechtzeitig nach Hause gebracht. Das ist gut.« Er seufzte tief und streckte sich. »Aber es ist schon spät, und ich sollte jetzt besser auch schlafen gehen«, fügte er mit einem Gähnen hinzu. »Vergiß nicht, daß wir morgen alle zum Brunch bei Großmama Olivia und Großpapa Samuel eingeladen sind.«

»Nein, ganz bestimmt nicht. Gute Nacht, Daddy«, sagte ich und war froh, seinen fragenden Blicken zu entkommen.

Ich eilte die Treppe hinauf. Als ich auf dem Treppenabsatz stehenblieb, sah ich, daß die Tür zu Carys Zimmer geschlossen war. Ich ging schnell in mein eigenes Zimmer und schloß die Tür hinter mir. Dann lehnte ich mich von innen an die Tür und holte tief Atem. Erst in dem Moment entspannte ich mich und nahm meine Erleichterung bewußt wahr.

Es widerstrebte mir, mein Partykleid jetzt schon auszuziehen, und daher setzte ich mich vollständig angekleidet auf mein Bett, saß eine Zeitlang da und dachte an den märchenhaften Abend, den Robert und ich gemeinsam verbracht hatten. Was für ein Abend, sagte ich mir, und dann kehrte meine Erinnerung an Roberts Küsse, seine Umarmungen und seine Berührungen zurück, hüllte mich ein und ließ mich mit offenen Augen träumen. Seufzend ließ ich mich zurücksinken, schloß die Augen und dachte an seine Hände auf meinen Brüsten, an seine Lippen und das Prickeln, das sie ausgelöst hatten. Während ich an ihn dachte, glitten meine Hände auf die Stellen meines Körpers, auf denen seine Hände gelegen hatten. Ich begann mich auszuziehen. Wenige Momente später war ich nackt, stand vor meinem Spiegel, betrachtete verträumt mein Spiegelbild und malte mir Robert an meiner Seite aus. Endlich brach schlagartig die Ermattung über mich herein, und ich ging ins Bad, um abzuschminken.

Es tat gut, unter die Decke zu kriechen und mich zusammenzurollen.

Trotz allem fand ich, es sei ein wunderbarer Abend gewesen. Die Nacht war wirklich wunderschön. Ich streckte eine Hand nach der kleinen Lampe auf meinem Nachttisch aus, schaltete das Licht aus und ließ den Kopf auf das Kissen sinken. Das Geräusch quietschender Bodendielen über mir ließ mich sofort die Augen aufreißen und verscheuchte meine süßen Gedanken. Ich hielt den Atem an und lauschte. Es war Cary, denn ich hörte, wie er die Tür zum Dachboden öffnete, die Leiter herunterließ und so leise wie möglich nach unten stieg.

Er war die ganze Zeit dort oben gewesen, und vielleicht hatte er mich durch dieses Loch in der Decke beobachtet, sagte ich mir. Ich spürte, wie mein Körper vor Verlegenheit zu glühen begann, als das Blut dicht unter meiner Haut rauschte. Wieviel hatte er gesehen? Wir waren sieben oder acht Jahre alt gewesen, als wir aufgehört hatten, gemeinsam zu baden und uns gleichzeitig im Badezimmer aufzuhalten, und als sich bei mir ein erster Ansatz von Brüsten zeigte, hatte ich begonnen, noch mehr auf meiner Intimsphäre zu beharren. Carys neugierige Blicke waren mir peinlich gewesen. Nicht lange darauf hatte ich aufgehört, in seiner Gegenwart in Unterwäsche herumzulaufen. Selbst damals hatte es mir Unbehagen eingeflößt, wie er mich ansah und verstohlen meinen Körper betrachtete, der in der Wandlung begriffen war.

Ich stand auf und ging zur Tür, öffnete sie einen Spalt weit und lugte hinaus, als er die Leiter gerade nach oben schob. Im ersten Moment wollte ich die Tür weiter öffnen, doch dann zögerte ich. Wenn ich ihn darauf ansprach, brachte ich mich damit in noch größere Verlegenheit, dachte ich. Es war schon spät, sagte ich mir. Jetzt war nicht der rechte Zeitpunkt für eine solche Auseinandersetzung.

Ich schloß beinah lautlos die Tür und wartete, bis ich hörte, wie er sein Zimmer betrat. Dann ging ich wieder ins Bett, lag mit offenen Augen da und versuchte krampfhaft, die Überlegungen zu verscheuchen, die mich bedrückten, damit ich nur noch an Robert und unseren wunderbaren gemeinsamen Abend denken konnte.

Aber als ich mich auf die Seite drehte und die Augen schloß, sah ich nur Carys zorniges Gesicht vor mir, als er hinter uns aus der Dunkelheit aufgetaucht war, im Licht der Scheinwerfer seines Lastwagens. Wie eine gespenstische Silhouette hatte er sich dagegen abgezeichnet. Endlich schlief ich ein, aber nur um festzustellen, daß Cary in meinen Alpträumen vorkam, gemeinsam mit den verzerrten Gesichtern meiner Mitschüler, die flüsterten, höhnten, lachten und mich dem tosenden Meer entgegentrieben. Der Traum war äußerst intensiv. Ich erwachte schweißgebadet, nachdem in meinem Traum die erste Welle über mich hinweggespült war. Mein Herz pochte rasend. Ich setzte mich schnell auf und mußte mir eine Hand aufs Herz pressen und mehrfach tief Atem holen. Schließlich stand ich dann auf und ging ins Bad, um mir kaltes Wasser ins Gesicht zu spritzen.

Wenn einer von uns beiden einen Alptraum hatte, redeten Cary und ich am nächsten Morgen immer darüber. Das war für uns beide eine Möglichkeit, die Dämonen aus unserem Herzen zu vertreiben und einander zu trösten. Zum erstenmal konnte ich ihm meinen Traum nicht erzählen. Diesmal mußte ich einen Weg finden, die Dämonen selbst zu vertreiben.

3
Unheil braut sich zusammen

Am nächsten Morgen saß Cary mißmutig am Frühstückstisch. Wir tauschten ein paar Worte miteinander aus, doch die meiste Zeit glaubte ich, Anklagen in seinen Blicken zu erkennen, wenn er mich ansah. Ich war der festen Überzeugung, daß es ihm nicht zustand, mir Schuldbewußtsein einzuflößen, und daher weigerte ich mich, einen beschämten Eindruck zu machen. Wenn sich hier jemand schämen sollte, dann war das er, fand ich, denn schließlich war er mir durch die Nacht gefolgt und beobachtete mich durch Löcher in der Decke.

Mommy war begierig darauf, alles über den gestrigen Abend zu hören, und ich war dankbar dafür, daß wenigstens sie mein Glück mit mir teilen konnte. Während ich ihr von der Tanzveranstaltung erzählte, hielt ich May in Zeichensprache auf dem laufenden und schilderte ihr, wie die Turnhalle geschmückt war, was es zu essen gegeben hatte und welche Musik gespielt worden war. Natürlich ließ ich den unerfreulichen Zwischenfall mit der Eintrittskarte weg und erwähnte auch mit keinem Wort, daß Cary Roberts Wagen aus dem Sand gezogen hatte.

»Ich dachte, du seist auch tanzen gegangen, Cary«, sagte Daddy, als eine Gesprächspause eintrat.

»Wohl kaum«, sagte Cary geringschätzig.

»Wo hast du denn dann gesteckt, Junge? Es war schon ziemlich spät, als ich gehört habe, wie du nach Hause gekommen und gleich nach oben gegangen bist.«

»Ich habe mich nur mit ein paar Freunden getroffen, beim Bean Bag«, sagte er eilig.

»Wie kannst du dich den ganzen Abend an einem Straßenstand herumtreiben?«

Cary warf einen schnellen Blick auf mich, um zu sehen, ob ich etwas dazu sagen würde. Ich sah auf meinen Teller hinunter.

»Wir haben einfach nur dort rumgestanden«, sagte Cary. »Ich habe gar nicht gemerkt, daß es schon so spät war.«

Daddy schüttelte den Kopf.

»Ich begreife nicht, was ihr alle so viel zu reden habt, daß ihr darüber die Zeit vergeßt.«

»Du kannst selbst stundenlang plaudern, Jacob«, sagte Mommy. »Zum Beispiel, wenn du dich mit Pat O'Reilly triffst.«

»Das ist etwas anderes. Wir reden über das Geschäft«, gab Daddy zurück, doch die Kritik ließ ihn erröten. Somit war das Thema abgeschlossen, und dafür waren Cary und ich dankbar.

Da uns vor dem Brunch bei Großmama Olivia noch Zeit blieb, ging ich mit May an den Strand und fertigte ein paar Zeichnungen an, während sie neben mir saß und mir viele Fragen zu meinem Rendezvous und zu Robert stellte. Ich zeichnete in erster Linie deshalb, weil ich mich dabei entspannen konnte, ebenso wie bei Handarbeiten. Ich hielt uns alle auf meinen Zeichnungen fest. Einige fertigte ich aus dem Gedächtnis an, und andere entstanden aus Beobachtungen des Augenblicks heraus. Jeder, der meine Zeichnungen sah, fand sie sehr gut. Einmal zeigte ich sie Kenneth Childs, der daraufhin sagte, ich sollte mir überlegen, ob ich nicht vielleicht Kunstunterricht nehmen wollte, um mein Talent weiterzuentwickeln. Ich hielt mich nie für gut genug, und Daddy überzeugte mich davon, daß es eine Sünde war, seine Zeit mit etwas zu vergeuden, was ohnehin zum Scheitern verdammt war.

»Gott gesteht uns genug Zeit für lohnende Dinge zu. Wenn wir dagegen zögern und zaudern und albernen Träumen nachjagen, dann tun wir genau das, was der Teufel sich wünscht«, hatte er gesagt.

Ich hatte noch keinen festen Entschluß gefaßt, aber in der

letzten Zeit hatte ich mir überlegt, daß ich eigentlich Lehrerin werden könnte, vielleicht sogar Lehrerin an eine Schule für Behinderte. Es bereitete mir soviel Vergnügen, wenn ich May etwas beibringen konnte und das Verständnis in ihren Augen aufleuchten sah. Es war ein gutes Gefühl, ein wohltuendes Gefühl. Ich kam mir dann vor, als sei ich durch eine dicke Mauer gedrungen, ganz gleich, wie klein meine Erfolge auch waren, und ich glaubte, auch bei anderen behinderten Kindern etwas erreichen zu können.

Als wir am Strand saßen, zeichneten und miteinander redeten, kamen Daddy und Cary auf dem Weg zum Anlegesteg an uns vorbei.

»Wir überprüfen nur schnell die Hummerreusen«, erklärte Daddy. Cary stand stumm neben ihm und wirkte reichlich verdrossen. »Es wird nicht lange dauern, Laura. Du solltest sehen, daß ihr euch bald fertigmacht, du und May.«

Wenn wir bei Großmama Olivia zum Brunch eingeladen waren, zogen wir uns immer fein an. Tatsächlich verhielt es sich sogar so, daß wir jeden unserer Besuche dort wie einen ganz besonderen Anlaß behandelten. Großmama Olivia brauchte sich nicht zu bemühen, denn sie war immer elegant gekleidet. Selbst dann, wenn sie in ihrem Garten arbeitete, war ihr Haar ordentlich aufgesteckt, und sie trug Kleidungsstücke, die sich die meisten anderen Leute für einen Ausflug in die Stadt oder für offizielle Einladungen aufgespart hätten. Großpapa Samuel trug immer Freizeitjacketts und bequeme weite Hosen, dazu ein Halstuch oder eine Krawatte. Das Haus der beiden wurde makellos saubergehalten, und alles lag an seinem festen Platz. Als wir noch Kinder waren, hatte man uns verboten, in andere Zimmer zu schauen, und wir hatten panische Angst davor gehabt, etwas anzurühren.

»In Ordnung, Daddy«, sagte ich und klappte meinen Zeichenblock zu. Ich bedeutete May, wir müßten gehen, und schlug ihren Block ebenfalls zu. Auf dem Weg zum Haus überlegte ich mir, daß dies wohl der beste und vielleicht sogar der einzige Zeitpunkt war, zu dem ich Gelegenheit finden würde, Robert anzurufen. Ich war sicher, daß er auf glühenden Kohlen saß, weil er sich Sorgen machte, was sich gestern abend nach meiner Rückkehr zugetragen haben könnte.

Roberts Mutter nahm den Anruf entgegen.

»Oh, hallo«, sagte sie voller Begeisterung, nachdem ich mich vorgestellt hatte. »So, wie Robert sich heute morgen benimmt, würde ich sagen, daß ihr beide gestern einen wunderbaren Abend miteinander verbracht habt. Ich muß ihm alles zweimal sagen«, fügte sie lachend hinzu. Ich hörte, wie sich Robert im Hintergrund beschwerte. »Ich sollte ihm jetzt besser das Telefon geben, ehe er einen Anfall kriegt.«

»Hallo«, sagte er. »Meine Mutter ist heute mal wieder ganz besonders ausgelassen.«

»Ich kann es kaum erwarten, sie kennenzulernen«, sagte ich.

»Ich stelle dich ihr vor ... *aber du mußt dir darüber im klaren sein, daß sie vor keiner vorlauten Bemerkung zurückschreckt*«, fügte er in einer Lautstärke hinzu, die eindeutig für ihre Ohren bestimmt war. Er unterbrach sich und fragte dann mit gesenkter Stimme, wie die Dinge bei mir standen.

»Es ist alles bestens«, sagte ich. »Mein Vater war noch auf und hat auf mich gewartet. Ihm war deutlich anzusehen, wie sehr es ihn gefreut hat, daß ich rechtzeitig nach Hause gekommen bin. Und Cary hat nichts verraten«, fügte ich hinzu, denn ich wußte, daß ihm das jetzt wichtiger als alles andere war.

»Dein Vater war noch auf und hat auf dich gewartet? Dann wäre es vermutlich eine Katastrophe gewesen, wenn Cary nicht zu unserer Rettung gekommen wäre, aber ich komme trotzdem nicht darüber hinweg, daß er uns gefolgt ist, Laura. Hast du mit ihm darüber geredet?«

»Nein, noch nicht, Robert. Ich muß den richtigen Zeitpunkt abpassen.«

»Schieb es bloß nicht hinaus, Laura«, warnte er mich.

»Nein, ganz bestimmt nicht«, sagte ich kleinlaut. Man konnte nicht gerade behaupten, daß ich mich auf diese Auseinandersetzung freute.

»Ich kann es kaum erwarten, dich wiederzusehen«, fügte Robert in einem zärtlicheren Tonfall hinzu.

»Mir geht es genauso. Wir brechen demnächst zum Brunch bei meiner Großmutter auf. Ich muß mich jetzt fertigmachen und May dann beim Anziehen helfen.«

»In Ordnung. Danke für den Anruf«, sagte er, und seine Stimme ließ prickelnde Schauer über meinen Rücken laufen.

»Ich konnte es kaum erwarten, mit dir zu sprechen«, gestand ich schüchtern.

»Das ist gut so«, sagte er, und wir legten beide auf. Ich eilte nach oben, um mich anzuziehen und ein Kleid für May herauszulegen, das Großmama Olivia nicht mit einem mißbilligenden Kopfschütteln zur Kenntnis nehmen würde.

Großmama Olivia war es in Mays Gegenwart immer unbehaglich zumute. Wir wußten alle, daß ihr die Zeichensprache auf die Nerven ging. All diese Hände, sagte sie, die ständig in der Luft herumfuchtelten, und noch dazu die Finger, die Löcher in die Luft zu bohren schienen, davon würde ihr ganz flau im Magen. Sie weigerte sich, die Zeichensprache auch nur ansatzweise zu erlernen, und daher unterhielt sie sich mit ihrem jüngsten Enkelkind nur auf dem Umweg über einen Dolmetscher, und das waren im allgemeinen Cary oder ich.

Mommy schien sich zwar auf die Besuche bei Großmama Olivia zum Brunch oder zum Abendessen zu freuen, doch wenn es dann soweit war und der Tag der Einladung kam, war sie jedesmal nervös. Mommy erinnerte mich an jemanden, der sich auf einen Termin zum Vorsprechen vorbereitet und unbedingt die Rolle haben möchte. Wir strengten uns alle gewaltig an, denn ihr war wichtig, wie wir uns kleideten, wie gründlich wir uns das Haar bürsteten und ob unsere Schuhe auch wirklich blitzblank glänzten, und jedesmal wieder rief sie uns, wie auch jetzt, die Verhaltensregeln in Großmama Olivias Haus ins Gedächtnis zurück, darunter auch, was wir keinesfalls erwähnen durften und was wir unter allen Umständen sagen sollten. Wenn einer von uns Großmama Olivias Begutachtung nicht standhielt, schob Daddy im allgemeinen Mommy die Schuld zu, und daher taten wir unser Bestes, um den Erwartungen gerecht zu werden.

Nachdem wir uns herausgeputzt hatten, sahen wir alle wie andere Menschen aus, vor allem May und ich, denn Großmama Olivia mochte es nicht, wenn Frauen ihr Haar offen trugen. Sie sagte, das gäbe ihnen den Anschein von Hexen, und daher mußte ich mir das Haar mit Haarnadeln und Kämmen aufstecken, und sogar May steckte sich das Haar zu einem kleinen Knoten im Nacken auf. Diese altmodischen Frisuren ließen uns zwar um Jahre älter wirken, aber übermäßig erwachsen wirkten wir trotzdem nicht, da Make-up strengstens verboten war, sogar für Mommy. Sie trug nicht einmal eine Spur Lippenstift auf.

Trotz allem freute ich mich wirklich darauf. Bei Großmama Olivia wurde im allgemeinen köstliches Essen serviert. Ganz besonders liebte ich die winzigen Küchlein mit Zuckerguß und Geleefüllung, und obwohl wir eigentlich schon erwachsen waren, drückte Großpapa Samuel Cary, mir und May heute noch beim Abschied druckfrische Fünfdollarscheine in die Hand.

Ich besaß ein ganz bestimmtes Kleid, das Großmama Olivia immer mehr zu würdigen wußte als meine anderen Sachen. Es war marineblau und hatte einen weißen Kragen, der sich bis zum Hals zuknöpfen ließ. Ich besaß zwar auch andere Kleider, die ebenso unmodisch waren, aber aus irgendwelchen Gründen verzog sich Großmama Olivias grimmiges Gesicht jedesmal wieder zu einem Lächeln, wenn ich in diesem Kleid erschien.

Als ich vor dem Spiegel stand, achtete ich sorgsam darauf, die Schultern zurückzuziehen und den Kopf hoch erhoben zu halten, als balancierte ich ein Buch darauf. Zu den Dingen, an denen Großmama Olivia mit Vorliebe herumnörgelte, gehörte die gekrümmte Haltung der jungen Leute heute. Sie behauptete, in der Haltung zeigte sich der Charakter eines Menschen, und außerdem ließe sich daran die Gesundheit ablesen. Außer mit Cary hatte ich nie mit jemandem darüber gesprochen, aber in Wirklichkeit tat mir Großmama Olivia leid. Gewiß, sie hatte ein schönes, großes Haus, das mit kostbaren Möbelstücken, Gemälden und Zierat angefüllt war, und wenn sie Gäste zum Abendessen einlud, dann wurden auf teurem Porzellan ausgeklügelte Speisen serviert, und der Tisch wurde mit edlen Kristallgläsern und echtem Silber gedeckt.

Aber trotz all des Überflusses, der einflußreichen Bekannten und der Galaveranstaltungen, zu denen sie lud, kam mir Großmama Olivia nie glücklich vor. Ich glaubte sogar, daß ihr Reichtum und ihr gesellschaftlicher Status ihr Fesseln anlegten. Wie traurig es doch sein mußte, schloß ich daraus, wenn man sich niemals im Leben gehenlassen durfte, wenn man es sich nicht gestatten durfte, barfuß über den Strand zu laufen, einfach nur zu faulenzen oder, kurz gesagt, jede Spontaneität ausgeschlossen war, sondern man immer erst alles gründlich planen mußte, als müßte das ganze Leben dem Knigge unterworfen werden.

Ich wußte nur sehr wenig über die Vergangenheit meiner Großmutter. Von sich aus erzählt sie nie etwas darüber, und es war auch eine Seltenheit, daß sie Geschichten erzählte, es sei denn, sie dienten dazu, Verhaltensmaßregeln zu illustrieren und ihnen Nachdruck zu verleihen. Wenn ich Mommy Fragen zu Großmama Olivia stellte, schüttelte sie jedesmal den Kopf und sagte: »Deine Großmutter hat eine schwere Kindheit gehabt, wegen der Probleme, zu denen es durch ihre Schwester Belinda immer wieder gekommen ist.« Welcher Natur diese Probleme waren und wie sie Großmama Olivia das Leben erschweren konnten, war mir ein Rätsel. Belinda hatte in ihren jungen Jahren Alkoholprobleme gehabt und war schließlich in einem Pflegeheim in unserer Nähe untergebracht worden. Wenn ich sie dort besuchte, erzählte sie mir immer Geschichten und spielte auf ihre und Großmama Olivias Jugend an, aber es war so gut wie unmöglich, ihre Geschichten zu verstehen, da meine Großtante Belinda die Vergangenheit und die Gegenwart durcheinanderbrachte und Menschen und Orte miteinander verwechselte. Wenn sie mich sah, konnte es vorkommen, daß sie mich Sara nannte, weil sie mich für meine Mutter hielt, und kürzlich hatte sie mich sogar einmal Haille genannt.

Großmama Olivia gefiel es gar nicht, daß ich Tante Belinda besuchte. Sie behandelte ihre Schwester wie eine Aussätzige und tat ganz so, als könnte sie jeden von uns mit ihren Geschichten und Äußerungen anstecken. In Großmama Olivias Gegenwart erwähnte ich ihren Namen so gut wie nie, denn ich wußte, welche Reaktion ich damit provoziert hätte.

All diese Tabus und die strengen Vorschriften, an die wir uns halten mußten, führten dazu, daß Cary, May und ich gewissermaßen auf Zehenspitzen durch das große Haus schlichen und selbst draußen auf dem weitläufigen Grundstück nur mit gesenkten Stimmen sprachen. Wir taten alles, um unserer Großmutter möglichst selten unter die Augen und in den Sinn zu kommen.

Nachdem wir uns alle umgezogen hatten, begutachtete Daddy uns wie bei einer Musterung, ehe eine militärische Parade stattfindet. Er rückte Carys Krawatte gerade und strich Mays Rock glatt, sowie er eine kleine Falte entdeckt hatte.

»Ich kann ihr sagen, daß sie den Rock ausziehen soll, damit ich ihn schnell noch einmal bügeln kann, Jacob«, erbot sich Mommy.

»Nein, schon gut«, sagte er. »Sonst kommen wir zu spät. Laßt uns jetzt aufbrechen.«

Wir nahmen zu dritt auf dem Rücksitz Platz, Cary und ich außen und May zwischen uns. Auf der Fahrt zu Großmama Olivia und Großpapa Samuel sah Cary aus dem Fenster und schaute mich nicht ein einziges Mal an.

»Was für ein herrlicher Frühlingstag«, sagte Mommy, als wir auf die Route 6 fuhren. Großmama Olivias Haus lag auf halber Strecke zwischen Provincetown und North Truro. Von außen wirkte das Haus meiner Großeltern alles andere als kalt und unpersönlich. Es war ein großes zweistöckiges Gebäude mit Holzverschalung und einer Haustür, deren Holz weiß gestrichen war. Über der Tür befand sich ein fächerförmiges Buntglasfenster, und obgleich ich sicher bin, daß es als Dekoration gedacht war, machten Cary und ich uns immer darüber lustig. Wir redeten uns ein, es sähe aus wie ein finsteres Gesicht, das Besucher abschrecken sollte.

Großmama Olivia war sehr stolz auf ihr Haus und behauptete, seine historische Vergangenheit verleihe ihm Würde.

»Der ursprüngliche Bau ist um 1780 herum errichtet worden«, wurde jeder Besucher von ihr belehrt. Im allgemeinen fügte sie hinzu: »Damals haben die wohlhabenden Familien begonnen, in Amerika die ersten eleganteren Gebäude im Kolonialstil hinzustellen. Heute«, fuhr sie dann in dem scharfen, kritischen Tonfall fort, der so typisch für sie war, »opfern die Reichen die klassischen Ideale ihrer Prunksucht.«

Auch das Grundstück um das Haus herum war wunderschön und sehr gepflegt. Der Rasen war immer frisch gemäht und wirkte wie ein grüner Teppich, und der Blumengarten mit seinen Hortensien, Stiefmütterchen, Rosen und Geranien strahlte in seiner Farbenpracht. Es gab sogar einen kleinen Ententeich, in dem etwa ein Dutzend Enten herumschwamm. Vor dem Haus standen zwei ausladende Ahornbäume, die rot blühten. Zwischen ihnen war eine Hollywoodschaukel aufgestellt, doch ich glaubte nicht, daß sie jemals benutzt wurde, wenn Cary, May und ich uns nicht gerade dort aufhielten.

Wir sahen, daß Richter Childs' Wagen in der kreisförmigen Auffahrt geparkt war, als wir vorfuhren. Richter Childs war häufig zu Gast, vor allem am Sonntag zum Brunch. Er war der engste alte Freund meiner Großeltern. Der Richter hatte sich zur Ruhe gesetzt, aber Großmama Olivia betonte immer den Umstand, daß er trotzdem noch Freunde in hohen Ämtern hatte und sehr einflußreich war.

Nachdem wir aus dem Wagen gestiegen waren, musterte uns Mommy noch einmal von Kopf bis Fuß und strich Mays Kleid glatt, um es faltenlos erscheinen zu lassen.

Daddy läutete an der Tür, und Loretta, Großmama Olivias Haushälterin, öffnete uns. Solange ich zurückdenken konnte, hatte Loretta für Großmama Olivia und Großpapa Samuel gearbeitet, aber sie schien nie froh darüber gewesen zu sein.

»Sie sind alle im Wohnzimmer«, teilte sie uns ohne jede hörbare Gefühlsregung mit und trat zur Seite, um uns ins Haus zu lassen.

Wir traten im Gänsemarsch ein, erst Daddy, gleich nach ihm Mommy und dann wir drei, einer nach dem anderen.

Man kam durch eine kleine Eingangshalle mit Marmorboden und Gemälden auf beiden Seiten in das Haus. Die Bilder stellten Landschaften aus der näheren Umgebung dar, und es waren auch Seestücke, Boote und Porträts von Matrosen darunter. Das ganze Haus war immer von einem kräftigen Blumenduft durchdrungen, sogar im Winter.

Die erste Tür rechts führte ins Wohnzimmer. Dort fühlte man sich wie im Schaufenster eines Möbelgeschäfts. Der Eichenboden war derart blank poliert, daß Cary und ich uns einbildeten, wir könnten darauf Schlittschuh laufen. Zwischen den beiden beigefarbenen Sofas und unter dem großen Couchtisch aus dunklem Ahorn lag ein Teppich. Neben den beiden Sofas standen passende Beistelltischchen aus Ahorn. Auf allen Tischen und in sämtlichen Regalen sah man Stücke aus Kristallglas, die sehr kostspielig wirkten, Vasen und gelegentlich auch Bilder von Großpapa Samuel und Großmama Olivia in ihren jungen Jahren, dazwischen ein paar Fotos von Daddy und Mommy und ein Gruppenbild mit mir, Cary und May, das vor vier Jahren aufgenommen worden war. Sämtliche Bilder hatten silberne oder goldene Rahmen. Von dem totgeschwiegenen Onkel Chester und von Tante Haille gab es keine Fotos. Ihre Namen in diesem Haus zu nennen wurde mit Gotteslästerung gleichgesetzt.

Jedesmal wieder kam mir alles brandneu vor. Das Metall funkelte, und das Glas blinkte. Die Fensterscheiben waren so sauber, daß man nicht erkennen konnte, ob die Fenster offen oder geschlossen waren, solange man nicht direkt vor ihnen stand.

Als wir das Wohnzimmer betraten, saß Großmama Olivia auf ihrem Stuhl und wirkte wie eine Königin, die eine Audienz gewährt. Sie trug ein elegantes Kleid aus roséfarbener Seide mit einer großen Kamee über der linken Brust. Wir wußten alle, daß es sich dabei um ein Erbstück handelte, das von ihrer Großmutter väterlicherseits stammte. Ihr Haar war zu einem strengen Knoten aufgesteckt, mit einem Perlmuttkamm, der mit kleinen Diamanten verziert war.

Großpapa Samuel wirkte im Vergleich zu Großmama Olivia eher lässig. Er saß mit übereinandergeschlagenen Beinen da und hielt ein großes Glas Whiskey mit Soda in der Hand. Er trug einen hellbraunen Anzug und war so schick wie eh und je. Sowie wir den Raum betraten, lächelte er uns strahlend an.

»Da seid ihr ja«, bemerkte er, »und noch dazu habt ihr uns eine Schar von hübschen Enkeln mitgebracht, was, Nelson?«

Richter Childs nickte. Er saß Großpapa Samuel gegenüber, zur Rechten von Großmama Olivia. Der Richter war ein distinguierter älterer Mann mit grauem Haar, durch das sich noch Fäden seines ursprünglich hellbraunen Haars zogen. Er trug es kurz geschnitten und rechts gescheitelt, und er hatte einen dunkelblauen Anzug mit einer Fliege an. Ich fand, er sähe trotz seines Alters immer noch sehr gut aus. Sein Gesicht war rund, und sein Teint wies eine gesunde Farbe auf, und nur auf seiner Stirn waren Falten zu sehen. Er hatte hellbraune Augen, deren Glanz eher einem halb so alten Mann entsprochen hätte.

»Das kannst du laut sagen, Samuel. Ihr könnt euch sehr glücklich schätzen, du und Olivia. Hallo, Jacob. Sara, guten Tag«, sagte der Richter.

Mommy nickte ihm zu und lächelte dann.

»Wollt ihr eine Bloody Mary«, sagte Großpapa.

»Nein, danke«, erwiderte Daddy eilig.

»Ich weiß, daß du gern Bloody Mary trinkst, Sara«, fuhr Großpapa mit einem verschmitzten Lächeln fort. Mommy warf einen schnellen Seitenblick auf Daddy, dessen Miene sich beträchtlich verfinstert hatte.

»Oh, ich glaube, im Moment lieber nicht, Papa«, erwiderte sie.

»Wann wirst du endlich diese Kette lösen, an die du deine Frau gelegt hast, Jacob?« sagte Großpapa, und der Richter lächelte.

»Diese Bemerkung ist absolut unangemessen«, verkündete Großmama Olivia. »Vor allem in Gegenwart der Kinder«, fügte sie streng hinzu. »Loretta«, fauchte sie, »bring die Kinder bitte in die Küche und gib ihnen ein Glas Limonade, während wir warten, bis das Essen serviert wird.«

»Ja, Ma'am«, sagte Loretta.

Großmama Olivia fand es unziemlich, daß junge Menschen dabeisaßen und zuhörten, wenn ältere Leute sich miteinander unterhielten. Als wir neben Mommy und Daddy in der Tür gestanden hatten, hatte sie uns eingehend gemustert. Jetzt nickte sie Daddy zu.

»Die Kinder machen einen sehr guten Eindruck«, sagte sie entgegenkommend zu Mommy, die daraufhin augenblicklich strahlte. »Aber geht nicht nach draußen und macht euch schmutzig«, rief sie uns nach. »Es wird nicht lange dauern, bis wir euch zum Essen rufen. Setz dich, Jacob. Steh nicht so rum. Das macht mich nervös. Sara.«

Die beiden traten eilig näher, und Loretta ging mit uns in die Küche und gab uns Limonade. Dann liefen wir, wie schon früher so oft, zur Hintertür hinaus und in die Laube. Cary stand da und starrte auf das Meer hinaus, während ich mich mit May unterhielt, damit sie beschäftigt war. Schließlich drehte sich Cary zu mir um und kniff die Augen zusammen, als hätte er Schmerzen.

»Du gehst zum erstenmal mit einem Kerl aus, und läßt dich gleich von ihm auf einen einsamen Weg fahren. Das macht keinen guten Eindruck. Es läßt dich dastehen wie ... wie ... ein williges Opfer«, sagte er. »Ich wußte genau, daß er es tun würde. Es war mir von Anfang an klar«, behauptete er und drehte sich wieder zum Meer um.

»Erstens bin ich kein einfaches Opfer, Cary Logan. Ich bin nicht leicht zu haben, denn ich tue nichts, was ich nicht tun will, und wir haben nichts Böses getan, wenn du es genau wissen willst. Robert ist ein absoluter Gentleman.«

»Ha«, sagte er.

»Du kennst ihn nicht, Cary.«

»Du wirst es ja sehen«, prophezeite Cary. »Morgen werden sie in der Schule über euch reden, und Royce wird damit prahlen, wie leicht du rumzukriegen warst.«

»Das wird er nicht tun! Und es ist abscheulich von dir, so etwas zu behaupten. Du bist ja nur ... eifersüchtig«, klagte ich ihn an. Er zog die Schultern steif zurück, und als er sich wieder zu mir drehte, hatte sich sein Gesicht gerötet.

»Was soll das heißen?«

»Du hast keine Freundin, und du triffst dich nicht mit Mädchen zu einem Rendezvous, und daher ...«

»Ja, was?«

»Daher bist du neidisch, weil ich es tue.«

»Rendezvous«, sagte er und zog den rechten Mundwinkel hoch. »Das nenne ich ein schönes Rendezvous.«

Ich merkte, daß May meine Lippen gelesen hatte und mein Gesicht nicht aus den Augen ließ. Sie schien sehr verwirrt zu sein. Ich bemühte mich, sie anzulächeln, aber sie wandte sich ab und sah Cary an. Als sie mich wieder ansah, hatte sie die Augenbrauen hochgezogen. Sie sah uns nicht oft streiten.

»Wir reden später darüber«, sagte ich.

»Es gibt nichts zu bereden«, gab Cary zurück.

»Warum bist du uns dann gefolgt?«

»Warum?« Er schüttelte den Kopf. »Ich bin zu der Tanzveranstaltung gegangen, weil ich sehen wollte, wie es dort zugeht, und als ich bemerkt habe, daß ihr beide früher aufgebrochen seid, war mir klar, daß ich dich besser im Auge behalten sollte. Es war dein Glück, daß ich es getan habe. Ich kann einfach nicht glauben, daß du jetzt auch noch die Frechheit besitzt, mir Fragen zu stellen. Wenn ich nicht gewesen wäre, hättest du es niemals rechtzeitig nach Hause geschafft.«

»Du mußt mich ...«

»Was muß ich, Laura? Sprich weiter. Was?«

»Erwachsen werden lassen«, sagte ich.

Er starrte mich an, blinzelte mehrfach schnell hintereinander und wandte sich dann wieder dem Meer zu.

»Ich weiß es zu schätzen, daß du dich um mich sorgst, aber ich brauche auch meinen Freiraum, Cary.«

»Von mir aus«, sagte er durch zusammengebissene Zähne.

Dann sah er sich abrupt um und blickte finster das Haus an. Seine Wut kochte über wie sprudelndes Wasser in einem Topf. »Ich weiß nicht, warum wir hier warten müssen, bis sie ihren Klatsch beendet haben. Ich habe Hunger. Wir haben heute so gut wie nichts zum Frühstück gehabt.«

»Dann geh doch rein und sag es Großmama«, provozierte ich ihn.

Er stapfte die Stufen zur Tür hinauf und riß sie fast aus den Angeln, als er sie öffnete. May zog an meiner Hand und stellte mir in Zeichensprache ihre ersten Fragen.

»Cary hat Hunger«, erklärte ich ihr. »Er will sehen, wie lange es noch dauert, bis wir essen.«

Sie sah hinter ihm her und warf dann einen Blick auf mich,

und in ihren Augen standen Argwohn und Sorge. Ich ließ niedergeschlagen die Schultern sinken. Warum mußte meine neue Beziehung, das Wunderbarste, das ich je erlebt hatte, solche Schwierigkeiten mit sich bringen? Warum konnte sich Cary nicht für mich freuen? Ich war den Tränen nahe und mußte mich abwenden, ehe May mir die Traurigkeit ansehen konnte. Carys Auftauchen im Haus beschleunigte, ganz gleich, was er tat, den weiteren Ablauf der Dinge, denn wenige Minuten später erschien Loretta, um uns zu sagen, es sei jetzt an der Zeit, zum Essen ins Haus zu kommen.

Wie immer wurden zum Brunch phantastische Speisen serviert, Hummer mit einer delikaten Sauce, Krabbencocktail, Bratkartoffeln, alle erdenklichen Salatsorten und, wie üblich, köstliche Nachtische, darunter auch farbenfrohe Petits fours. Hinterher machten die Männer einen Spaziergang am Strand. Richter Childs und Großpapa zündeten sich Zigarren an. Sie forderten Cary und Daddy auf mitzukommen, und Mommy, May und ich blieben bei Großmama Olivia zurück.

Mommy wollte Großmama von meinem Rendezvous berichten und ihr erzählen, wie hübsch ich ausgesehen hätte, als Großmama sich plötzlich von ihrem Stuhl erhob.

»Ich möchte gern mit Laura sprechen«, sagte sie und unterbrach Mommy mitten im Satz, »wenn du nichts dagegen hättest, Sara.«

»Was? Ach so. Nein. Weshalb sollte ich etwas dagegen haben?« stotterte Mommy und sah sich hilflos in dem großen Zimmer um. Großmama Olivia stand bereits in der Tür.

»Komm, Laura«, befahl sie mir. Ich sah Mommy an. Ihre Augen waren vor Erstaunen weit aufgerissen, und sie schüttelte nur den Kopf. Im Korridor holte ich Großmama ein, die auf die Hintertür des Hauses zuging.

»Warum darf Mommy nicht hören, was wir miteinander reden, Großmama?« fragte ich nervös.

»Wir setzen uns in die Laube«, erwiderte sie, ohne auf meine

Frage einzugehen. »Nach dieser Mahlzeit brauche ich ohnehin frische Luft und einen kleinen Spaziergang«, sagte sie.

»Das Essen war großartig, Großmama.«

»Der Krautsalat war heute ziemlich bitter«, klagte sie. Wir verließen das Haus und liefen über den Pfad, der zur Laube führte. Dort setzten wir uns auf die Bank.

»Mommy und May sollten auch nach draußen kommen«, sagte ich. »Es ist ein wunderschöner Tag, und am Himmel ist fast keine Wolke zu sehen.«

Ich schaute zum Strand hinunter und sah die vier Männer nebeneinander herlaufen. Großpapa und Richter Childs stießen kleine Rauchwolken aus, die von der Brise fortgeweht wurden und sich in dem Windhauch auflösten. Cary lief mit gesenktem Kopf ein paar Schritte hinter den Männern her.

»Wir lassen sie gleich holen«, sagte Großmama Olivia. »Da du offensichtlich im Begriff bist, eine junge Frau mit den Interessen einer Frau zu werden, fand ich, es sei an der Zeit, daß wir uns miteinander unterhalten, Laura. Ich möchte mich nicht einmischen, aber ich glaube nicht, daß deine Mutter einem solchen Gespräch gewachsen wäre«, fügte sie hinzu.

»Um was für ein Thema geht es denn, Großmama?«

»Um ein Gespräch unter Frauen«, erwiderte sie, »bei dem die eine Frau enorme Erfahrungen und Weisheiten gesammelt hat, die sie an eine jüngere Frau weitergeben kann. Deine Mutter mag zwar die besten Absichten haben, aber ihr fehlen eben meine Herkunft und meine Erziehung. Sie ist sich der Gefahren weniger bewußt.«

»Gefahren?«

Mein Lächeln verblaßte, und ich lehnte mich zurück. Plötzlich hatte ich das Gefühl, das wunderbare Essen hätte sich in meiner Magengrube zu einer harten, kleinen Kugel zusammengeballt.

»Ich verstehe nicht, was du meinst, Großmama. Von welchen Gefahren sprichst du?«

»Soweit ich gehört habe, interessierst du dich für jemanden, und von dieser Person hast du bereits eine offizielle Einladung erhalten und bist mit ihr ausgegangen«, setzte sie mit kleinen Augen an, doch ihre Blicke waren mit einer Intensität auf mein Gesicht geheftet, die jedes Gelächter unterband und mir das Lächeln vom Gesicht wischte.

»Ach so«, sagte ich erleichtert. »Ja. Er ist ein sehr netter junger Mann. Er heißt ...«

»Ich kenne seinen Namen«, warf sie eilig ein. »Ich kenne seine Familie, und ich weiß auch, was sie hier tun. Ich weiß, daß er zum Mittagessen bei euch war und daß er dich gestern abend zu der Tanzveranstaltung in der Schule eingeladen hat.«

Meine Augen weiteten sich vor Erstaunen. Großmama Olivias Interesse an meinem gesellschaftlichen Umgang nötigte mir ein Lächeln ab. Sie hatte mich bisher nie danach gefragt, und es war ihr auch vollkommen gleichgültig gewesen, ob ich eine schulische Veranstaltung besucht hatte oder nicht. Ich dachte immer, diese Dinge seien in ihren Augen zu unbedeutend, um ihr Interesse zu wecken.

»Es tut mir leid, daß ich noch keine Gelegenheit hatte, dir mehr über ihn zu erzählen, Großmama«, sagte ich zu ihr. Endlich würden wir beide miteinander reden, von Großmutter zu Enkelin, sagte ich mir und nahm an, sie wolle mir jetzt Geschichten aus ihrer Jugend erzählen, von ihren ersten Lieben.

»In dieser Stadt spielt sich nichts ab, ohne daß ich davon erfahre, und wenn es gar um meine Familie und den Namen unserer Familie geht, dann gibt es kaum etwas, was ich nicht früher oder später herausfinde. Ich rede zwar nicht unbedingt mit dir darüber, aber mir ist klar, wie gut du dich in der Schule machst und wie gern dich deine Lehrer mögen. Ich weiß, daß du deiner Mutter eine große Hilfe bist, und ich bin auch darüber informiert, daß du eine gehorsame Tochter bist. Und gerade deshalb erscheint es mir so wichtig, dieses Gespräch mit dir zu führen«, fuhr sie fort.

Ich lächelte noch strahlender und nickte.

»Du bist noch viel zu jung, um dich ernstlich mit einem jungen Mann einzulassen, und erst recht, wenn er aus einer fragwürdigen Familie stammt.«

»Was?« Das Vergnügen, das in mir aufgekeimt war, fiel in sich zusammen.

»Unterbrich mich nicht, Laura. Hör mir einfach zu. Die Logans und meine Familie, die Gordons, lassen sich, wie du weißt, bis auf die Pilgerväter zurückverfolgen. Wir stammen von einem starken Menschenschlag ab und sind sehr angesehen. In dieser Gemeinde blickt man zu uns auf. Wir bekleiden einen hohen gesellschaftlichen Rang und werden als wertvolle Menschen angesehen, und das zieht Verpflichtungen nach sich, bürdet uns Verantwortung auf. Vor vielen langen Jahren hat mir mein Vater beigebracht, daß der Ruf unser bedeutendstes und wertvollstes Gut ist.

Cary und du, euch beiden ist ein Geschenk in die Wiege gelegt worden. Dieses Geschenk ist euer Familienname. Ihr habt buchstäblich Jahrhunderte eines hochangesehenen Rufs geerbt. Das öffnet euch Türen und verschafft euch Respekt, und auf der Leiter des gesellschaftlichen Erfolgs steht ihr hoch oben, aber ihr tragt auch eine große Verantwortung, Laura, und diese Verantwortung besteht darin, die Ehrbarkeit und den großen Wert unseres Familiennamens zu erhalten.

Und deswegen«, fuhr sie fort, »mußt du dir vorstellen, daß du und alle deine Taten gewissermaßen wie mit einem Vergrößerungsglas beobachtet werden.« Sie lächelte kühl. »Bisher hast du nichts dazu beigetragen, unserem Familiennamen auch nur einen Kratzer zuzufügen, und es wäre mir lieb, wenn es so bliebe. Ich will, daß du augenblicklich einen Schlußstrich unter diese Bekanntschaft ziehst. Diese Leute entsprechen nicht unserem Niveau«, schloß sie. »Ich habe die Absicht, noch heute mit deinem Vater darüber zu reden«, sagte sie. Dann lehnte sie sich zurück und wartete offensichtlich auf eine Reaktion von mir.

Einen Moment lang glaubte ich, die Worte würden mir in der Kehle stecken bleiben und ich brächte keinen Ton heraus. Trotz der lauen Brise, die vom Meer her wehte, hatte ich das Gefühl, in einen Hochofen geraten zu sein. Mein Gesicht war gerötet, und mein Herz pochte zwar, doch es schien tief in meine Brust gesackt zu sein, und ich konnte meinen Herzschlag kaum spüren. Ich schüttelte den Kopf.

»Ich weiß nicht, was man dir erzählt hat, Großmama, aber hier muß ein Irrtum vorliegen. Robert Royce ist ein sehr netter junger Mann, Großmama. Er …«

»Er stammt aus einer Familie von Gastwirten«, sagte sie und spuckte die Worte regelrecht aus, als schmeckten sie bitter in ihrem Mund. »Weiß du, was ein Gastwirt ist, Laura? Wie man an diesen Beruf kommt? Das sind Menschen, die nichts hatten, keinen Familiennamen, keinen guten Ruf. Sie sind so gut wie mittellos, wenn sie ihre eigenen Häuser Fremden öffnen, hinter ihnen herräumen, ihre Toiletten und Waschbecken putzen, ihnen Essen vorsetzen und den Wünschen anderer nachkommen, die ihnen gar nicht fremder sein könnten, und das Schlimmste von allem ist, daß sie zu der Verschmutzung und der Zerstörung des Kaps beitragen und dafür verantwortlich sind.

Noble Häuser und schöne Landschaften, all das wird durch diese Hotel- und Motelketten herabgewertet. Jeder, der sich den Preis eines billigen Betts leisten kann, kann jetzt herkommen und eine Umgebung genießen, die wir, die all das aufgebaut und begründet haben, erschaffen haben und der wir zu Eleganz verholfen haben. Es geht nicht an, daß du dich mit jemandem von diesem Menschenschlag einläßt, Laura. Ich verbiete dir hiermit ausdrücklich, weiterhin Umgang mit dieser … dieser Person zu pflegen. Es könnte nur zu deinem Untergang führen.«

»Bitte, Großmama«, sagte ich und schluckte die Tränen. »Sprich nicht so mit mir.«

Sie preßte die Lippen zusammen.

»Du mußt lernen, dich zu beherrschen, Laura. Du mußt reif und stark werden, lächerliche kleine Gelüste unterdrücken und immer daran denken, wer du bist. Leider«, sagte sie mit einem tiefen Seufzer, »hatten wir es wegen meiner Schwester und deinem Onkel Chester bereits furchtbar schwer, die Ehre unserer Familie aufrechtzuerhalten. Aber dagegen hat sich Abhilfe schaffen lassen. Einen weiteren Schandfleck, der den Ruf unserer Familie schwächt, können wir absolut nicht gebrauchen.«

»Abhilfe? Dein Sohn hat seine Familie verlassen. Es ist uns nicht gestattet, in deiner Gegenwart seinen Namen zu nennen. Ich verstehe das alles nicht, Großmama. Du sprichst nie über ihn, aber vermißt du ihn denn gar nicht?«

»Er hat seine Entscheidung getroffen, und das war für alle Beteiligten am besten«, sagte sie finster. »Es liegt mir nicht, über die Toten zu reden. Mein Anliegen ist es, über dich zu reden, über die Lebenden.«

»Die Toten?«

»Laura«, sagte sie streng, »hast du verstanden, was ich dir sagen wollte?«

»Nein, Großmama, ich verstehe es nicht. Ich habe Robert gerade erst kennengelernt. Ich mag ihn. Er ist sehr nett zu mir gewesen, und wir hatten viel Spaß beim Tanzen. Ich habe nicht eingewilligt, ihn zu heiraten ... noch nicht«, sagte ich, und ihre Augenbrauen zogen sich in einem solchen Tempo derart in die Höhe, daß ich glaubte, sie hätten keinen Platz mehr in ihrem Gesicht.

»Eine solche Person würdest du niemals heiraten«, behauptete sie, und ihre Befürchtungen und Sorgen bewirkten, daß die Falten in ihrem Gesicht tiefer wurden.

»Ich beurteile Menschen nicht nach ihrem Bankkonto, Großmama«, sagte ich. Von meiner Seite aus war das ganz nüchtern und sachlich gemeint, aber sie zog den Kopf zurück, als hätte ich mich vorgebeugt und sie geohrfeigt.

»Ich auch nicht, Laura. Genau das versuche ich dir klarzumachen, und genau das begreifst du nicht. Viele dieser sogenannten Neureichen sind in der Hotelbranche tätig. Sie haben Geld, aber sie haben weder Stil noch einen guten Ruf. Und dazu werden sie es auch nie bringen, ganz gleich, wie dick ihre Bankkonten werden.«

»Aber ... hast du denn nie jemanden gemocht, der nicht aus einer alten und angesehenen Familie gestammt hat, Großmama? Noch nicht einmal als junges Mädchen? Früher, als du noch nicht erwachsen warst?«

»Nein, natürlich nicht«, sagte sie. »Ich hätte mir niemals gestattet, eine solche Person zu mögen.«

»So etwas kann man sich nicht gestatten oder verbieten, Großmama«, sagte ich lächelnd. »Es ist die reinste Zauberei. Als du in meinem Alter warst, hast du doch gewiß ...«

»Ich bin niemals ein dummes junges Mädchen gewesen, Laura, und ich war nie so wie diese hohlköpfigen jungen Mädchen heute. Mein Vater hätte das ohnehin nicht geduldet, vor allem, nachdem ihm meine Schwester soviel Schande gemacht hat. Es wäre sein Untergang gewesen, wenn seine beiden Töchter ...« Sie unterbrach sich, um ihre Fassung wiederzuerlangen. »Aber darum geht es hier nicht. Wir haben uns nicht zusammengesetzt, um über meine Vergangenheit zu reden. Es geht um deine Zukunft und um die Zukunft des Rufs unserer Familie«, beharrte sie.

»Kannst du dich denn nicht mehr daran erinnern, wie es war, in meinem Alter zu sein? Du kannst dir damals unmöglich nur Sorgen gemacht haben.«

»Natürlich haben mir genau diese Dinge Sorgen bereitet.« Sie schüttelte den Kopf. »Ich wußte doch, daß ich eine größere Rolle in deiner Erziehung hätte übernehmen sollen. Sara ... Sara ist dem nicht gewachsen, und sie hat ohnehin schon zuviel mit deiner verkrüppelten Schwester zu tun.«

»May ist nicht verkrüppelt, Großmama. Sie muß mit einer Behinderung leben, aber das hat sie nicht davon abgehalten, eine gute Schülerin zu sein und die meisten Dinge zu tun, die andere junge Mädchen in ihrem Alter auch tun. Sie macht sich sehr nützlich im Haus und übernimmt ihre Pflichten. Sie räumt ihr Zimmer selbst auf und hält ihre Sachen gut in Schuß. Sie stellt alles andere als eine Belastung für Mommy dar, Großmama. Wenn du es zulassen würdest, daß ich dir die Grundregeln der Zeichensprache beibringe, könntest du dich selbst mit ihr unterhalten und dir ein Urteil darüber bilden, wie intelligent und was für ein wunderbarer Mensch sie ist.«

»Das ist ja einfach lachhaft. Für solcherlei Dinge habe ich keine Zeit. Und außerdem schirmt ihr sie wegen dieser ... dieser Unzulänglichkeit alle viel zu sehr ab. Man sollte sie nicht bevorzugt behandeln, und umsorgt werden sollte sie schon gar nicht. Erst dann wird sie die Kraft finden, mit ihrer Verunstaltung zu leben.«

»Es ist keine Verunstaltung«, beharrte ich. »Und May ist klug und stark genug, um mit ihrer Behinderung ein schönes Leben zu fuhren.«

»Ich habe dich nicht in die Laube gebeten, um meine Zeit auf dieses Thema zu verschwenden, Laura. Ich bin mit dir allein ins Freie gegangen, damit du in den Genuß der Weisheiten kommst, die ich über Jahre gesammelt habe, und ich wollte dir mein Gefühl für familiäre Verantwortung verständlich machen. Leider bin ich diejenige in dieser Familie, die genug Kraft für alle anderen aufbieten muß. Dein Großvater wird immer vergeßlicher. Ich fürchte, er wird senil und wird früher oder später in einem Altersheim landen.«

»Großpapa? Er macht einen wunderbaren Eindruck auf mich.«

»Du lebst nicht mit ihm zusammen«, erwiderte sie trocken. »Im übrigen hoffe ich, du hast dir einen Teil dessen gemerkt, was ich zu dir gesagt habe, und du wirst dich entsprechend benehmen und dich richtig verhalten.«

»Ich mag Robert Royce, Großmama. Ich denke gar nicht

daran, ihn zu verletzen, indem ich ihm sage, daß er nicht gut genug für die Logans ist«, sagte ich freundlich und doch entschieden.

Sie starrte mich einen Moment lang an und schüttelte dann bedächtig den Kopf.

»Ich habe mehr von dir erwartet, Laura. Du läßt mir keine andere Wahl, als mit deinem Vater darüber zu reden.«

Ich spürte, wie die Tränen in meine Augen aufstiegen.

»Daddy mag Robert auch«, sagte ich, aber ich wußte, wie enorm der Einfluß war, den meine Großmutter auf meinen Vater hatte. Im allgemeinen faßte er ihre Worte wie ein Evangelium auf. »Sprich bitte nicht schlecht über ihn.«

»Ich habe dein Wort darauf, daß du mit dieser Person keine Dummheiten anstellen wirst«, sagte sie. »Und du wirst auch nichts Unüberlegtes tun. Heutzutage denken sich zu viele junge Leute nichts dabei, ihre Familien in Verlegenheit zubringen.«

»Natürlich werde ich niemanden in Verlegenheit bringen.«

»Gut. Wir werden ja sehen, wie sich die Dinge weiterentwickeln. Eines Tages wirst du mir dankbar für das sein, was ich dir heute gesagt habe, Laura. Dann wirst du zurückblicken und über deine eigene Dummheit lachen.«

In diesem Punkt wirkte sie äußerst zuversichtlich, aber innerlich dachte ich mir: *Nein, Großmama, ich werde dir niemals dankbar dafür sein, daß du mir gesagt hast, dieser Zauber, der zwischen Menschen aufkommt, sei nichts weiter als hohlköpfige Narretei. Ich werde dir niemals dankbar dafür sein, daß du mir gesagt hast, man müsse Menschen nach ihren Vorfahren beurteilen und nicht nach ihrem eigenen Charakter. Und auch nicht dafür, daß du meinst, der gesellschaftliche Status sei wichtiger als alles andere, sogar entscheidender als echte Gefühle. Nein, Großmama, ich werde dir nicht dankbar dafür sein. Ich werde ewiges Mitleid verspüren, und zwar nicht mit mir, sondern mit dir.*

Natürlich sagte ich nichts von alledem. Statt dessen saß ich stumm da und beobachtete, wie sie den Strand im Auge behielt. Die Männer hatten sich gerade auf den Rückweg zum Haus gemacht.

»Es sieht ganz so aus, als hätten die großen Geister die Probleme der Welt gelöst und kehrten zurück«, sagte sie trokken. »Warum fragst du nicht deine Mutter und deine Schwester, ob sie auch ins Freie kommen wollen?«

Ich erhob mich eilig.

»Als ich in deinem Alter war, habe ich älteren Menschen immer dafür gedankt, daß sie sich die Mühe gemacht und die Zeit genommen haben, mit mir zu reden und ihre Weisheiten an mich weiterzugeben, Laura«, sagte sie, als ich mich auf den Weg machte. Ich blieb stehen und drehte mich langsam zu ihr um.

»Ich weiß, daß du mir nur das Beste wünschst und mich glücklich sehen möchtest, Großmama. Dafür danke ich dir«, sagte ich. Damit gab sie sich nicht zufrieden. Sie bedachte mich mit einem so kühlen und stechenden Blick wie nie zuvor, einem Blick, der mich sofort ins Haus eilen ließ, um Mommy zu holen.

4
Ein Zeichen des Himmels

In den darauffolgenden Tagen kam es zwischen Cary und mir zu einem angespannten Waffenstillstand. Er bemühte sich weiterhin, Ärger und Mißmut auszustrahlen, und er versuchte erneut zu beweisen, daß er sich mit Rendezvous besser auskannte als ich. Er unterhielt sich auf dem Umweg über May mit mir, in Zeichensprache und in Form von Vorträgen, die er ihr mit lauter Stimme hielt, obwohl wir beide wußten, daß sie ihn nicht hören konnte. Er behauptete, May müßte lernen, wie man sich bei Verabredungen mit Jungen verhielt und was man unter gar keinen Umständen tat, da man mir diese Regeln offensichtlich nie beigebracht hätte. Er erinnerte mich an Daddy, als er darüber klagte, die jungen Leute seien zu direkt und für ihr Alter zu weit entwickelt. Wenn er Daddys Miene aufsetzte und Daddys Tonfall nachahmte, fürchtete ich manchmal, ich würde laut lachen, und daher mußte ich mich abwenden, um mein Lächeln zu verbergen. Daddys aufbrausende Art brauchte Cary nicht zu imitieren, denn er war selbst reichlich jähzornig.

»Da du jetzt älter wirst, May«, belehrte er sie und sah mich dabei an, »mußt du dich vorsehen, daß du deine Zeit nicht auf dumme Jungen verschwendest. Laß dich bloß nicht mit Jungen ein, die ein Mädchen nur als eine Trophäe ansehen.«

»Sie hat keine Ahnung, wovon du sprichst, Cary«, sagte ich.

»Das ist nur noch ein Grund mehr, jetzt mit ihr darüber zu reden, ehe es zu spät ist. Dein Einfluß auf sie ist groß«, murrte er. »Und es ist ein negativer Einfluß«, fügte er hinzu.

»Was soll denn das schon wieder heißen, Cary?«

»Genau das, was ich sage. Sie sieht, was du tust, und sie wird glauben, das sei das Beste, das einzig Richtige.«

»Ich habe vor ihren Augen nichts getan, was ich besser nicht hätte tun sollen«, protestierte ich.

»Vielleicht bisher noch nicht«, murmelte er.

Ich war wütend auf ihn, aber es war besser, wenn ich mir auf die Lippen biß und meine Worte hinunterschluckte. Er setzte seine Reden fort und sprach über Jungen, als seien sie giftig. Die arme kleine May war klug und sensibel genug, um zu begreifen, daß es besser war, ihm nicht zu widersprechen, aber sie sah mich immer wieder an, weil sie wissen wollte, ob ich die Dinge, die Cary sagte, bekräftigte oder in Zweifel zog. Ich sagte nichts und wandte den Blick ab. Später, als wir allein miteinander waren, fragte sie mich, warum Cary so wütend auf die Jungen in der Schule war. Ich sagte ihr, er sei nur bemüht, sie zu beschützen, weil er sich Sorgen um sie machte. Sie sah mich mit ihren großen grüngesprenkelten Augen an und wartete darauf, daß ich noch mehr sagen würde, doch mehr brachte ich zu diesem Thema nicht heraus.

Die Traurigkeit war wie eine Spinne, die ihr Netz um uns wob. Jedesmal, wenn er einen Raum betrat, in dem May und ich uns aufhielten, sah sie erst mich an und dann ihn und schließlich wieder mich, denn sie erwartete ständig eine heimtückische Welle, die uns alle in einem Meer der Depression ertränken würde. Cary verbrachte zusehends mehr Zeit allein oben auf seinem Dachboden. In der Schule mied er jeden Kontakt, sogar in der Cafeteria. Manchmal saß er mit den Söhnen anderer Fischerfamilien zusammen, doch er ließ Robert und mich nie aus den Augen. Ich fühlte mich gehemmt und schuldbewußt bei jedem Lachen, jedem Lächeln und insbesondere bei jeder Berührung.

Robert bemühte sich, freundlich zu Cary zu sein, und er versuchte auch, sich mit ihm zu unterhalten, aber Carys Reaktionen bestanden nur in einem Knurren, und meistens eilte er gleich davon oder ignorierte Robert gänzlich. Ich sagte Robert, es sei nur eine Frage der Zeit. Ich sagte ihm auch, er solle Geduld haben, denn wenn Cary erst einmal erkannte, wie nett Robert war, würde er gewiß aufhören, mich ständig beschützen zu wollen und sich Sorgen zu machen.

»Wenn ich eine Schwester hätte, die so aussieht wie du, würde ich vermutlich auch mit einer Schrotflinte rumlaufen«, sagte Robert zu mir. Diese Worte zauberten ein Lächeln auf mein Gesicht, und ein Lachen drang durch meine Lippen. Robert verstand sich darauf, die Wolkendecke aufzubrechen und Sonnenschein in jeden trostlosen Moment zu bringen. Nie war mir jemand begegnet, der so hoffnungsvoll und heiter war. Nachdem ich seine Eltern kennengelernt hatte, beschloß ich, es läge an ihnen, denn sie schienen so glücklich und verliebt zu sein.

»In einem fröhlichen Topf gedeiht eine Blume am besten und entfaltet ihre schönsten Blüten«, sagte Tante Belinda einmal zu mir, als ich sie im Heim besuchte. Ich dachte, sie bezöge sich darauf, daß Großmama Olivia nicht gerade eine Blume war, die Blüten trug. Ich faßte es als eine Klage über ihre eigene Familie auf, aber ich konnte sie nicht dazu bringen, die Dinge, die sie sagte, näher zu erklären. Meistens ließ sie ein Lachen auf ihre Bemerkungen folgen, und die Worte trieben dahin und lösten sich auf wie Rauch im Wind.

Roberts Eltern lernte ich eines Nachmittags kennen, als der Unterricht wegen einer Lehrerkonferenz früher als sonst endete. Ich fragte Cary, ob er Lust hätte mitzukommen und sich anzusehen, wie Roberts Eltern das Sea Marina herrichteten.

»Weshalb sollte ich meine Zeit darauf verschwenden, mir einen heruntergekommenen Touristenschuppen anzusehen?« fauchte Cary mich daraufhin an. »Und wieso ist es dir die Mühe wert?«

»Das Hotel ist nicht mehr runtergekommen, Cary, und ein Schuppen ist es schon gar nicht.«

»Und wer holt May ab?« entgegnete er.

»Wenn du willst, hole ich sie ab«, sagte ich.

»Wenn ich will? Früher hast du dir mehr aus deiner kleinen Schwester gemacht«, bemerkte er kühl.

»Du weißt genau, wieviel sie mir bedeutet, Cary. Das ist ungerecht. Ich habe gesagt, daß ich sie jederzeit abhole.«

»Schon gut. Wahrscheinlich vergißt du es ohnehin. Bestimmt läßt du dich von diesem Knaben zu sehr ablenken, und dann steht sie allein da und fürchtet sich«, sagte er.

»So sehr kann mich niemand ablenken, Cary, aber selbst, wenn es so wäre, fände May mühelos den Heimweg.«

»Klar, und wenn sie die Straße überquert, kann sie keinen Wagen hören.«

»Sie weiß genau, wie man über die Straße geht.«

»Ich glaube kaum, daß Mays Sicherheit weniger wichtig ist, als sich irgendeinen miesen Schuppen für Touristen anzusehen«, sagte er. »Ich werde mich darum kümmern.«

Er wandte sich ab und lief los, ehe ich etwas erwidern konnte. Ich kochte innerlich, und meine Hände waren an meinen Seiten zu Fäusten geballt. Mein Magen krampfte sich zusammen. Ich sah, wie mich einige unserer Mitschüler ansahen, als sie im Korridor an mir vorbeikamen, und ich fühlte mich, als käme mir Dampf aus den Ohren.

»Ist alles in Ordnung mit dir?« fragte Robert, als wir an jenem Nachmittag gemeinsam die Schule verließen. »Du hast kein Wort gesagt.«

»Mir fehlt nichts«, sagte ich. »Es ist nur so, daß ... Mein Bruder macht mich manchmal so wütend, daß mir danach zumute ist, laut zu schreien.«

»Vielleicht solltest du es tun, Laura. Vielleicht ist es an der Zeit, daß du ihm deine wahren Gefühle zeigst«, sagte Robert. »Vielleicht.«

Ich sah ihn an, sein sorgenvolles Gesicht, und ich wußte, daß er recht hatte.

»Ich sollte nicht so eine finstere Miene machen, wenn du mich deinen Eltern vorstellst«, sagte ich. »Sonst glauben sie noch, du hättest dir eine Hexe als Freundin zugelegt.«

Er lachte, und wir stiegen in seinen Wagen und fuhren zum Sea Marina.

Das Gebäude selbst war zwar vernachlässigt worden, doch das Anwesen, auf dem es stand, hatte eine erstklassige Lage, direkt am Meer. Einen richtigen Rasen gab es nur vor dem Hotel. Dahinter zog sich der Sandstrand mit einem Pfad, der zu einem kleinen Anlegesteg führte. Früher einmal hatte das Hotel ein Segelboot besessen, aber das war schon lange her. Jetzt gab es nur noch zwei Ruderboote, von denen keines allzu seetauglich wirkte, und beide waren vermodert und wiesen kleine Lecks auf. Roberts Eltern hatten sich in erster Linie auf das Gebäude konzentriert, kaputte Fensterläden ersetzt, gesprungene und zerbrochene Bodendielen auf der Veranda ausgetauscht, die Wände gestrichen, die Küchengeräte repariert, neue Böden eingezogen und das Bettzeug, die Einrichtung des Aufenthaltsraums, die Lampen und die Stromkabel ersetzt.

»Mein Vater war schon immer praktisch veranlagt«, sagte Robert zu mir, als wir vor dem Hotel vorfuhren. Sein Vater stand auf einer Leiter und befestigte die Holzverschalung.

Ich wußte, daß das Sea Marina früher einmal eines der interessantesten Häuser in dieser Gegend gewesen war. Es war als private Villa für Kapitän Bellwood erbaut worden, der zu Zeiten, zu denen eine enorme Nachfrage nach Walfischtran bestanden hatte, Erfolge auf dem Gebiet des Walfischfangs zu verzeichnen hatte. Der Familie war es ergangen wie so vielen anderen, die prachtvolle Häuser besessen und ihr Vermögen verloren hatten, und schließlich war das Haus für Touristen geöffnet worden, die eine Unterkunft suchten. Ein Schild, auf dem THE SEA MARINA stand, war über den Eingangstüren angebracht. Es war nie gut erhalten gewesen, und vor vier oder fünf Jahren hatte die Familie den Laden dicht gemacht. Robert erklärte mir, die Bank hätte die Zwangsvollstreckung aus der Hypothek betrieben, und daher hätten seine Eltern das Haus billig kaufen können, und es sei sogar noch Geld für die Renovierung übriggeblieben.

Es war ein dreistöckiges Gebäude mit zweiundzwanzig Gästezimmern, die vermietet werden konnten. Robert und seine Eltern lebten im Erdgeschoß. Über dem Dach ragte eine große Kuppel mit einer runden Dachgaube auf. In den Bau des Hauses waren zahllose dekorative Elemente eingeflossen. Firstziegel verliehen dem Dach seine geschwungene Linie, und es gab eine kleine Dachterrasse und Fenster über den Eingangstüren, Erkerfenster im unteren Geschoß und eine Veranda mit geschnitzten Geländern und Pfosten. Der Verputz des gesamten Gebäudes mußte entfernt und abgeschmirgelt werden, ehe eine neue Farbschicht aufgetragen werden konnte. Die Zementstufen, die Risse aufwiesen und abgebröckelt waren, wurden ersetzt, ebenso wie ein halbes Dutzend gesprungene und zerbrochene Fensterscheiben. Ich war schon früher mit meinem Fahrrad am Sea Marina vorbeigefahren und wußte, wie sehr das Hotel heruntergekommen war, ehe Roberts Eltern mit dem gewaltigen Umbau begonnen hatten. Es war kein Wunder, daß er soviel Arbeit hatte und fast ständig beschäftigt war.

Mr. Royce sah uns vorfahren und winkte. Ich konnte auf den ersten Blick erkennen, daß Robert das Lächeln seines Vaters geerbt hatte. Als wir näher kamen und er von der Leiter stieg, fiel mir auf, daß Robert auch die blauen Augen seines Vaters hatte, dessen Gesicht ebenso schmal und muskulös, aber doch eine Spur größer war.

»Was heckt ihr Schulschwänzer aus?« fragte er.

»Ich habe dir doch erzählt, daß wir heute früher Schulschluß haben, Dad«, sagte Robert. Sein Vater zwinkerte mir zu.

»Ja, erzählt hat er es mir, aber kann ich ihm glauben?«

»Ja, ganz gewiß, Mr. Royce«, sagte ich eilig, und er lachte.

»Wie ich sehe, hast du eine loyale Partnerin gefunden, Robert. Stellst du uns vor, oder gedenkst du, weiterhin einfach nur dämlich dazustehen?«

»Das ist Laura Logan, Dad. Laura, mein Vater, Bob Hope.«

»Bob Hope? Glaubst du etwa, wenn ich ein so erfolgreicher Komiker wäre, würde ich mich im Schweiße meines Angesichts mit dieser Holzverkleidung abschuften? Hallo, Laura. Was hältst du davon?« sagte er, stemmte die Arme in die Hüften und trat einen Schritt zurück. Wir blickten alle zum Sea Marina auf.

»Es macht einen sehr guten Eindruck, Mr. Royce. Es wird ein sehr schönes Hotel werden, wenn Sie erst einmal alles hergerichtet haben.«

»Danke. Robert ist mir bei allen Arbeiten zur Hand gegangen, aber warte erst mal, bis du siehst, was seine Mutter im Haus alles gemacht hat.«

»Komm«, sagte Robert.

»Es freut mich wirklich, Sie kennenzulernen, Mr. Royce.«

Er lächelte mich an und warf Robert einen beifälligen Blick zu, der ihn die Schultern noch weiter zurückziehen ließ.

»Komm vorbei, wann du Lust hast, Laura. Jemanden, der einen Pinsel in die Hand nimmt, können wir immer gebrauchen«, sagte Roberts Vater.

»Dad!« wandte Robert entrüstet ein.

»Das würde mir Spaß machen«, sagte ich. »Ich glaube, es läge mir sehr.«

»Tschüs, Dad«, sagte Robert. Er verdrehte die Augen und nahm mich an der Hand. »Komm mit. Ich möchte dich meiner Mutter vorstellen«, fügte er mit tiefer Stimme in einem gesenkten Tonfall hinzu, der mich mit Beklommenheit erfüllte.

Wir liefen die Stufen vor dem Haus hinauf und traten ein. Im Gegensatz zum Äußeren entstand im Hausinnern der Eindruck, als stünden noch lange Wochen harter Arbeit bevor. Auf den Böden lagen noch keine Teppiche, die Wohnzimmerwände waren gerade erst abgeschmirgelt und zum Streichen vorbereitet worden, aus den Decken hingen Drähte für Lampen, die noch nicht vorhanden waren, und die Türen hingen noch nicht in den Angeln, sondern lehnten wie ungeduldige Gäste, die eine Aufforderung erwarteten, an den Wänden.

»Ma!« rief Robert, als wir im Korridor standen. Wir hörten ein Geräusch, das klang, als stürzten hochgetürmte Töpfe und Pfannen zu Boden, und dann war ein lautstarker Fluch zu vernehmen. »Oh, là, là«, sagte Robert. Er riß die Augen weit auf und nahm meine Hand, ehe wir unseren Weg durch den Korridor zur Küche fortsetzten.

Roberts Mutter saß auf dem Küchenboden und hatte sich die Hände vor das Gesicht geschlagen. Um sie herum waren Töpfe und Pfannen verteilt. Sie trug Jeans und ein Flanellhemd mit hochgekrempelten Ärmeln, das in der Taille zusammengeknotet war. Ihr Haar war zu einem Pferdeschwanz zurückgebunden. Als sie das Gesicht von den Handflächen hob, sah ich, daß sie nicht nur dieselbe Haarfarbe hatte wie ihr Sohn, sondern auch sein zartgeschnittenes Gesicht und die vollkommenen Züge. Obwohl sie im Moment eindeutig verärgert war, ließen ihr Teint und der jugendliche Glanz ihrer Augen sie zehn Jahre jünger wirken.

Sie sah uns an, verzog das Gesicht und stützte sich mit den Händen auf.

»Willkommen im Sea Marina«, sagte sie. »Das Abendessen«, fuhr sie fort und ahmte dabei einen typisch englischen Butler nach, »wird aufgrund einer Katastrophe mit einer kleinen Verspätung serviert werden.«

»Was ist passiert?« fragte Robert.

»Die Regale, die ich aufgehängt habe, waren wohl der Meinung, ich hätte sie an der falschen Stelle angebracht, und dagegen haben sie sich gewehrt«, erklärte sie und deutete auf Stellen, an denen sich die Streben aus der Wand gelöst hatten.

»Ich habe dir doch gesagt, daß ich sie heute anbringe«, sagte Robert.

»Ich hätte nicht geglaubt, daß das ein solcher Aufwand ist. Offenbar habe ich das Gewicht meiner Kochtöpfe unterschätzt.« Sie sah mich an und lächelte. »Sind Sie die neue Köchin?«

»Wie bitte?«

»Ma, du weißt doch, wer das ist«, sagte Robert unwillig.

»Ach? Ach so, ja«, fügte sie hinzu, ehe sie vom Boden aufsprang und den Staub aus ihren Jeans klopfte. »Das Hummermädchen.«

»Was?«

»Ma!«

»Hallo, ich bin Jayne Royce«, sagte sie und kam auf mich zu, um mir die Hand zu schütteln. »Robert hat mir alles über dich erzählt, und daher brauche ich dir keine einzige Frage zu stellen.«

»Ma.«

»Ma, Ma. Wenn das nicht klingt wie ein belemmertes Schaf. Mäh, Mäh, heißt es richtig, Robert. Komm mit«, sagte sie und nahm mich an der Hand. »Ich zeige dir jetzt mein Schmuckstück.«

Ich sah mich hilflos um, als sie mich hinter sich herzog, durch die Eingangshalle ins Eßzimmer, den einzigen fertigen Raum, den ich bisher gesehen hatte. Dort stand ein langer, dunkler Tisch aus Ahorn mit hohen Lehnstühlen, die sehr bequem aussahen. Ein silberner Kerzenhalter stand mitten auf dem Tisch, und die auffallend hübschen Platzdeckchen mit den Stickereien schienen handgemacht zu sein. Zwei Kronleuchter mit tropfenförmigem Glas funkelten wie Eis in der Sonne, und ein großes Ölgemälde von einem Walfänger hing an der hinteren Wand. An einer der Seitenwände sah ich ein weiteres Ölgemälde, in dem ich eine der früheren Arbeiten von Kenneth Childs wiedererkannte. Es war ein Bild mit Seeschwalben, die gerade in die untergehende Sonne aufbrachen.

»Nun, was sagst du?«

»Es ist wunderschön, Mrs. Royce.«

»Nenn mich doch bitte Jayne. Ich rede meine Schwiegermutter mit Mrs. Royce an.«

Ich lachte, als Robert an meiner Seite auftauchte.

»Möchtest du den Anlegesteg sehen?« fragte er.

»Weshalb sollte sie sich den Anlegesteg betrachten wollen? Der ist noch häßlicher als eine läufige, einäugige Bulldogge.«

»Ma.«

»Vielleicht sollten wir deiner Mutter helfen, die Regale aufzuhängen, Robert«, schlug ich vor.

»Also, das ist ein Mädchen nach meinem Geschmack. Ich könnte mich direkt an den Gedanken gewöhnen, sie zu adoptieren. Wenn du erst mal soweit bist, daß du von zu Hause fortlaufen willst, dann bist du hier gut aufgehoben«, sagte sie. »Sie ist wirklich sehr hübsch, Robert. Du hast nicht übertrieben.«

»Mmm ...«

»Sag es nicht. Einen Moment mal, Robert«, sagte sie und grub einen Zeigefinger in ihre Wange, während sie so tat, als sei sie tief in Gedanken versunken. »Jetzt hab' ich's. Warum nennst du mich nicht Mrs. Royce«, schlug sie vor, und ich lachte. »Komm«, sagte sie und nahm mich wieder an der Hand. »Laß uns in die Küche gehen, und während ich meine Töpfe und Pfannen vom Boden aufsammele, kannst du mir alles über das Leben auf Cape Cod erzählen.«

Ich sah Robert an, der die Achseln zuckte.

»Ich nehme an, wir werden Mrs. Royce jetzt helfen«, sagte er, und wir lachten alle.

Es war ein wunderbarer Nachmittag. Ich hätte niemals geglaubt, daß mir die Arbeit soviel Spaß machen würde. Sie wollten, daß ich zum Abendessen blieb, aber ich fand es nicht richtig, einfach unangemeldet dazubleiben. Daher erklärte ich, daß ich meiner Mutter im allgemeinen bei den Essensvorbereitungen half und daher besser nach Hause gehen sollte.

Trotz all der notwendigen Reparaturen, die noch vor ihnen lagen, waren die Royces glücklich und zuversichtlich. Ich beneidete sie um die freundschaftliche Atmosphäre, die dort herrschte, und um das Gefühl, sie alle seien gleichberechtigte Partner. Roberts Eltern wirkten soviel jünger und lockerer als meine Eltern. Die Liebe, die sie füreinander empfanden, stand greifbar im Raum, und ihnen war auch deutlich anzusehen, wie sehr sie darum bemüht waren, einander glücklich zu machen. Kein Wunder, daß Robert eine so freundliche und optimistische Art hat, dachte ich.

»Tja«, sagte er, als wir losfuhren, »ich habe dich ja vorgewarnt, daß meine Mutter ein echtes Original ist.«

»Ich finde sie toll, Robert. Sie ist ganz prima.«

»Ja, vermutlich habe ich Glück gehabt«, sagte er. »Und jetzt«, fügte er dann mit einem Blick auf mich hinzu, »kann ich mich doppelt glücklich schätzen.«

Da sich das Schuljahr seinem Ende näherte, war es sehr wichtig, für die Prüfungen zu lernen und unsere letzten Projekte vorzubereiten. Robert und ich besuchten zwar nicht dieselben Kurse, aber wir dachten uns, es könnte trotzdem Spaß machen, gemeinsam zu lernen. So kam er also am darauffolgenden Samstag zu mir nach Hause. Ich hatte es meiner Mutter bereits erzählt und erwähnte es Daddy gegenüber kurz vor Roberts Eintreffen. Daddy und Mommy saßen gerade im Wohnzimmer und spielten eine Partie Dame. Daddy blickte von dem Spielbrett auf und sah sich zu mir um.

»Es scheint, als würdet ihr zum Stadtgespräch, du und dein Freund, Laura«, sagte Daddy.

»Nein, ganz bestimmt nicht, Daddy.« Diese Vorstellung entlockte mir ein Lachen.

»Großmama Olivia scheint es so zu sehen«, fügte er hinzu. »Du weißt ja, daß ihr alle Neuigkeiten auf den verschlungensten Wegen zugetragen werden.«

»Ja, ich weiß.« Ich verzog das Gesicht, als ich mich fragte, was Großmama Olivia ihm wohl erzählt haben mochte.

»Vielleicht wird es dir etwas zu schnell allzu ernst mit ihm«, deutete Daddy an.

»Nein, Daddy, ganz bestimmt nicht.«

»Alle erwarten von dir, daß du aufs College gehst, Laura. Bisher haben noch nicht viele Logans das College besucht. Deine Mutter hat mir erzählt, du würdest gerne Lehrerin werden.«

»Ich werde studieren, damit ich Lehrerin werden kann, Daddy.«

»Viele junge Mädchen haben Pläne, und dann lernen sie jemanden kennen und verlieren den Kopf, Laura«, warnte er mich.

»Ich bin nicht eines dieser vielen Mädchen, Daddy. Ich bin ich«, sagte ich.

Er nickte, und seine Augen wurden zärtlich. Daddy schalt mich niemals aus, und bei mehr als einer Gelegenheit hatte Cary darunter zu leiden. Dem armen Cary wurde immer die Schuld an Dingen zugeschoben, die wir gemeinsam anstellten, ganz gleich, wie lautstark ich protestierte und ihn verteidigte. Daddy war der Auffassung, da Cary ein Junge war, sollte er verantwortungsbewußter handeln.

Im Alter von zehn Jahren waren wir einmal nachts zum Strand hinuntergelaufen, und als wir klatschnaß nach Hause gekommen waren, hatte er Cary mit der Rute ausgepeitscht. Ich stand vor der Tür zu Carys Zimmer und heulte und schrie. Hinterher ging ich zu ihm und rieb seine Striemen mit einer schmerzlindernden Creme ein. Er weinte nie, und keine Klage kam über seine Lippen, und als ich heulte, jammerte und stöhnte, ich hätte wenigstens die Hälfte der Schläge verdient, sah er mich an und sagte: »Weshalb denn das, Laura? Ich kann genug für uns beide einstecken. Ich bin froh, daß ich dir deine Hälfte abnehmen kann.«

Da Cary mich immer angehimmelt hatte, fiel es mir schwer, ihn jetzt wütend und aufgebracht zu sehen. Ich fühlte mich wie ein Gummiband, das von beiden Seiten gedehnt wurde, und ich fürchtete, demnächst unter der Spannung zu zerreißen. Ich wünschte Cary alles Glück auf Erden, aber ich war nicht bereit, mich und Robert um seinetwillen unglücklich zu machen. Ich hoffte nur, Cary würde Robert bald akzeptieren und wir würden alle miteinander glücklich werden.

Daddy ging nicht weiter auf meine Beziehung zu Robert ein, und er erhob auch keine Einwände dagegen, daß wir beide zusammen in seinem Haus lernten. Entgegen meinen Erwartungen äußerte sich Cary nicht gehässig dazu, daß Robert zu uns rüberkam, und daher fragte ich ihn, ob er Lust hätte, gemeinsam mit uns zu lernen.

»Damit verschwende ich meine Zeit sicher nicht«, erwiderte er.

»Das ist keine Zeitverschwendung, Cary. Ich weiß, daß du in manchen Fächern nicht besonders gut bist.«

»Na und? Schließlich will ich nicht aufs College gehen. Du wirst studieren. Ich werde mit Dad das Geschäft weiterführen. Das ist meine Arbeit, und da gehöre ich hin«, fauchte er.

»Du willst doch Boote bauen, Cary. Es wäre gut für dich, wenn du am College Kurse belegen würdest, im Ingenieurwesen und in technischem Zeichnen.«

»Um das zu lernen, was ich ohnehin schon weiß, habe ich es nicht nötig, mich in einen muffigen Hörsaal zu setzen, in dem es von versnobten Typen wimmelt«, sagte er.

Mit Booten kannte er sich unglaublich gut aus. Wenn es um den Schiffsbau ging, bereitete ihm das Lesen keinerlei Schwierigkeiten, und es gab kein einziges Boot, keinen Bauplan und keinen Entwurf, von dem er nicht schon gehört hatte. Daddy war stolz darauf, wie gut sich Cary in Gesprächen mit seinen Freunden über unser Boot oder das Segeln hielt. Er konnte gut argumentieren, und einige von Daddys Freunden hatten sich sogar schon angewöhnt, Cary um Rat zu fragen.

»Falls du es dir doch noch anders überlegst ...«

»Ganz bestimmt nicht«, versicherte er mir. »Ich habe noch am Anlegesteg zu tun.«

Robert mußte bis nach dem Mittagessen im Hotel mitarbeiten, aber gegen halb drei kam er dann. Ich erwartete ihn schon vor dem Haus. Mommy war mit May in die Stadt gegangen, um Einkäufe zu erledigen.

»Hallo«, sagte er, als er mit seinem Buch und seinen Schulheften unter dem Arm schnell aus dem Wagen sprang. Wir küßten uns kurz. »Ich wäre am liebsten gar nicht gekommen, weil wir noch so viel zu tun haben, aber meine Mutter hat mich beinah rausgeworfen. Wohin gehen wir?«

»In mein Zimmer«, sagte ich. Ich hatte mich darauf vorbereitet, dort zu lernen, und meine Arbeit lag schon bereit. »Dort lenkt uns so schnell nichts ab. Heute ist ein wunderschöner Tag, und wenn wir draußen bleiben, tun wir gewiß nichts.«

Es war einer dieser warmen Tage, an denen die Brise mir vorkam wie Lippen, die sanft meine Wangen streiften. Die Wolken hingen träge unter einem türkisen Himmel. Das Meer verschwor sich mit dem goldenen Sand, um mich zu Tagträumen zu verführen, und die aufschäumende Gischt und die blendend weißen Schaumkronen waren verlockend.

»Eine gute Idee«, sagte Robert, und in seinen Augen standen mehr Liebe und Hingabe, als ein ganzer Ozean hätte fassen können.

Ich hatte bisher noch nie einen Jungen in mein Zimmer mitgenommen. Allein schon bei der Vorstellung wurde mir flau im Magen. Wir blieben stehen, als wir das Haus betreten hatten.

»Deine Mutter ist nicht zu Hause?«

»Sie ist mit May einkaufen gegangen. Mein Vater und Cary sind unten am Anlegesteg.«

»Ach so.« Er schien verlegen zu sein, und der Umstand, daß er allein mit mir in einem leeren Haus war, ließ ihn schüchtern werden.

Ich nahm ihn an der Hand.

»Komm mit«, sagte ich. »Wir haben eine Menge zu tun.«

Ich führte ihn nach oben, in mein Zimmer. Alles blinkte, denn ich hatte den ganzen Morgen über aufgeräumt und geputzt. Cary hatte mit finsterer Miene zugeschaut und mißbilligend den Kopf geschüttelt.

»Ein hübsches Zimmer«, sagte Robert. Er trat ein und sah sich meine Plakate von Rockmusikern und Filmstars an. »Woher hast du die alle?« fragte er und wies mit einer Kopfbewegung auf die Regale mit Stofftieren und Porzellanpuppen. Auf einem anderen Regalbrett drängte sich eine Sammlung von Katzen aus Keramik und Zinn.

»Von Daddy, Mommy und Cary. Es waren Geschenke zum Geburtstag und zu besonderen Anlässen«, erwiderte ich. Lächelnd sah er den kleinen Tisch mit einem Miniaturgedeck und einer großen Puppe auf einem Stuhl an.

»Mit denen spielst du doch nicht etwa heute noch?« neckte er mich.

»Doch, manchmal. Mit May«, fügte ich hinzu.

Er lachte und blieb vor meinem Himmelbett stehen.

»Das sieht sehr bequem aus.«

»Du kannst dich draufsetzen«, sagte ich, und er tat es, hopste darauf herum und lächelte.

Das Bettzeug, die Steppdecke und die Kissen paßten alle farblich zu dem fliederfarbenen Betthimmel, und mitten auf den beiden flauschigen Kissen saß eine große Stoffkatze. Er streckte die Hand aus, um sie zu streicheln. »Sie sieht so echt aus, daß ich mich vergewissern mußte«, sagte er.

Ich trat an meinen Schreibtisch, auf dem neben einem Stapel von Schulbüchern ein aufgeschlagenes Schulheft lag.

»Ich habe mir gerade noch einmal die Notizen durchgelesen, die ich im Geschichtsunterricht gemacht habe.«

Robert stand eilig auf und sah mir über die Schulter.

»In dem Fach habe ich eine Eins«, prahlte er, »aber frag mich jetzt bloß nichts. Es ist zum einen Ohr reingegangen und zum anderen wieder raus.«

Wir lachten beide.

»Ein schöner Blick«, sagte er, als er an das offene Fenster neben meinem Bett trat.

»Wir sind nur nach oben gegangen, damit wir uns von alldem nicht ablenken lassen«, rief ich ihm behutsam ins Gedächtnis zurück.«

»Du hast ja recht.«

»Du kannst dich auf diesen Stuhl setzen«, sagte ich und deutete auf den Stuhl, der neben meinem Schreibtisch stand.

»Danke, Miss Logan«, sagte er und deutete eine Verbeugung an.

Er setzte sich und schlug sein Mathematikbuch auf.

»Ich hasse diese Formeln«, murrte er, sah jedoch nicht von der Seite auf.

Wir arbeiteten schweigend. Gelegentlich blickten wir auf, sahen einander in die Augen, lächelten und senkten schnell wieder die Lider.

»Möchtest du etwas zu trinken?« bot ich ihm an, nachdem ich einen Teil meiner Notizen durchgelesen hatte.

»Ja, gern.«

»Ist dir ein Moosbeersaft recht?«

»Prima«, sagte er.

»Ich bin gleich wieder da.«

Ich eilte die Treppe hinunter, füllte Eiswürfel in die Gläser, nahm sie nach oben mit und goß sie mit unserem selbstgemachten Moosbeersaft auf. Robert lag auf meinem Bett, hatte die Hände hinter dem Kopf verschränkt und blickte zum Betthimmel auf, als ich zurückkam. Ich blieb stehen und lächelte ihn an.

»Entschuldige«, sagte er und setzte sich schuldbewußt auf. »Es hat so einladend gewirkt.«

»Nein, schon gut.« Ich reichte ihm ein Glas Saft.

»Der schmeckt gut«, sagte er.

Ich setzte mich neben ihn und trank einen Schluck aus meinem Glas.

»Warum lassen sie uns die Abschlußprüfungen ausgerechnet dann machen, wenn es draußen endlich so schön ist? Das ist grausam«, sagte er, und ich lachte.

»Das Schuljahr geht zu Ende, Robert. Was hast du denn erwartet?«

»Etwas mehr Rücksicht«, scherzte er.

Wir sahen einander an. Ich spürte, wie mein Herz zu pochen begann, als er sich immer weiter zu mir vorbeugte, bis unsere Lippen einander berührten.

»Das möchte ich jetzt schon seit einer Stunde tun«, sagte er.

»Ich auch.«

Er nahm mir mein Glas aus der Hand und stellte es neben seines auf den Nachttisch. Dann drehte er sich zu mir um, und wir küßten uns wieder. Diesmal umarmten wir uns. Ich ließ mich langsam auf den Rücken sinken, und er legte sich neben mich, strich mir über das Haar und küßte meine Wangen.

»Ich denke Tag und Nacht an dich«, sagte er. »Du bist das erste, woran ich morgens beim Aufwachen denke, und du bist auch mein letzter Gedanke, ehe ich nachts die Augen schließe. An den Tagen, an denen wir einander nicht sehen, ist mir jede einzelne Stunde bis zu unserem nächsten Treffen verhaßt.«

Er küßte mich wieder, und diesmal glitten seine Hände über meine Schultern. Seine Lippen legten sich auf meinen Hals, und es war, als hätte mein Herz einen elektrischen Schlag bekommen, der sich durch alle Adern ausbreitete, bis in die Zehenspitzen und wieder zurück zu meinem Herzen. Ich nahm seinen Kopf in meine Hände und küßte sein Haar, während seine Lippen über meinen Hals glitten, und er den ersten und zweiten Knopf meiner Bluse öffnete und dann den Ansatz meiner Brüste küßte. Schließlich öffnete er noch einen weiteren Knopf und dann den vierten, bis er mir die Bluse ausziehen konnte.

Ich ließ es zu, daß er meinen BH öffnete und zur Seite zog, damit sich seine Lippen um meine prickelnden Brustwarzen schließen konnten. *Ich sollte ihn davon abhalten,* dachte ich, aber ich tat es nicht. Er stöhnte meinen Namen, und seine Hände bewegten sich auf meinen Oberschenkeln höher und hoben meinen Rock, damit er die Handflächen auf meine Schenkel pressen konnte. Ich legte meine Hände auf seine, um sie dort festzuhalten.

»Laura, Laura«, flüsterte er. »Ich liebe dich so sehr.«

»Ich liebe dich auch, Robert.«

Ich ließ seine Hände los, und sie glitten auf meinen Slip hinauf. Mein Herz kam mir vor wie eine geballte Faust, die von innen gegen meinen Brustkorb trommelte, als wollte sie hinaus. Als seine Hand über meinen Beckenknochen und von dort aus tiefer nach unten glitt, stieß ich einen kleinen Schrei aus.

Als ich jünger war und Romane gelesen hatte, in denen Mädchen verführt wurden oder zu weit gingen, hatte ich mir geschworen, so würde ich niemals werden, ganz gleich, wie gut der Junge auch aussah oder wie sehr ich ihn zu lieben glaubte. Wie, fragte ich mich jetzt, konnte ein Körper einen dazu bringen, Dinge zu tun, die man nicht tun wollte? Wie konnte die Lust so groß sein, daß man alle Warnungen mißachtete und einfach nur kapitulierte? Und doch genau das passierte mir jetzt. Schneller und immer schneller bewegte ich mich auf den Punkt zu, an dem es keine Umkehr mehr gibt, auf diesen Augenblick, in dem ich mich fühlen würde wie eine Schwimmerin, die zu weit hinausgeschwommen war und jetzt auf Gedeih und Verderb den Wellen ausgeliefert war.

Es war, als spülte mich eine Welle nach der anderen immer weiter hinaus, als trieben mich Wogen aufwallender Gefühle mehr und mehr von den Gestaden der Vorsicht ab.

»Robert«, flehte ich, »wenn wir jetzt nicht aufhören, hören wir gar nicht mehr auf.«

»Ich kann nichts dafür, daß ich dich begehre, Laura.«

»Wir sind noch nicht soweit, Robert. Laß es uns erst dann tun, wenn wir soweit sind. Bitte«, flehte ich, denn ich wußte genau, daß ich einfach zurücksinken und jede Vorsicht in den Wind schreiben würde, wenn er sich weigerte, wenn er mich auch nur noch ein einziges Mal küßte oder mich berührte.

Er hielt den Atem an und löste sich dann von mir. Ich lag atemlos da. Robert stand vom Bett auf und zog den Reißverschluß seiner Hose zu. Ich hatte gar nicht bemerkt, daß er ihn geöffnet hatte.

Plötzlich hörte ich ein tiefes, gedehntes Ächzen aus der Decke dringen, und mein Herz blieb stehen.

»Warte«, sagte ich und zog Robert wieder unter den Betthimmel.

»Was ist?« Er sah mir forschend ins Gesicht. »Willst du etwa doch ...«

»Nein, nein, sei nur einen Moment lang ruhig«, bat ich ihn.

»Was ist los?« Er lächelte verwirrt. »Warum denn das?«

Ein weiteres Knirschen war zu hören, dann wieder, und dann vernahm ich ... Schritte.

»Cary ist oben«, sagte ich mit gesenkter Stimme.

Roberts Augen wurden groß.

»Was? Warum hast du mir nichts davon gesagt?«

»Ich habe selbst nicht gewußt, daß er da ist.«

»Ich habe nicht gehört, wie er ins Haus gekommen und nach oben gegangen ist, Laura. Und deine Tür steht offen. Wir hätten ihn doch vorbeigehen sehen, oder nicht? Es sei denn«, fügte er hinzu und legte eine grauenhafte Pause ein, »er ist an der Tür vorbeigegangen, während wir ... beschäftigt waren.«

»Nein, er muß die ganze Zeit dort gewesen sein, Robert. Wir hätten ihn gehört, wenn er ins Haus gekommen und die Treppe hinaufgestiegen wäre. Diese Stufen quietschen so laut, daß es manchmal so klingt, als würden sie unter Cary zusammenbrechen.«

Robert schüttelte den Kopf.

»Das verstehe ich nicht. Ich dachte, es sei niemand zu Hause. Du hast doch gesagt …«

»Vermutlich ist er zurückgekommen, als ich vor dem Haus auf dich gewartet habe.«

»Na und?« sagte Robert und zuckte die Achseln, nachdem er einen Moment lang nachgedacht hatte. »Er ist oben gewesen. Was ist schon dabei? Es ist doch nichts passiert. Und jetzt wenden wir uns einfach wieder unseren Büchern zu.«

Wie hätte ich es ihm erklären können? Wie konnte ich ihm etwas von dem Guckloch in der Decke erzählen, wenn ich es nicht über mich brachte, Cary selbst darauf anzusprechen? Jetzt mußte ich es tun, sagte ich mir. Jetzt war es wichtiger als je zuvor.

»Aber vorher«, sagte Robert, »kühle ich mich besser ab.« Er ging ins Bad.

Ich stand auf, blieb in der Tür stehen und lauschte. Cary verhielt sich jetzt so lautlos wie ein Geist.

»In Ordnung«, sagte Robert, als er aus dem Bad zurückkam. »Laß uns weitermachen.«

Ich warf noch einen letzten Blick auf die Tür zum Dachboden, ehe ich an meinen Schreibtisch zurückkehrte.

Wir lernten tatsächlich, unterhielten uns zwischendurch eine Zeitlang und lernten dann weiter. Wir schmiedeten Pläne für die Sommermonate, und Robert ließ sich über seine Studienpläne aus. Er wollte unbedingt Architekt werden. In dem Raum, in dem wir Kunsterziehung hatten, hingen überall seine Zeichnungen.

»Cary und du, ihr beide habt im Grunde genommen viel mehr miteinander gemeinsam, als Cary wahrhaben möchte«, sagte ich. »Ich wette, du könntest ein Boot entwerfen, das ihm gefiele.«

»Das kann schon sein. Ich täte es sogar, nur so zum Spaß, wenn ich sicher wäre, daß er mir nicht den Kopf abreißt«, sagte Robert.

»Das wird er schon nicht tun. Ich werde mich ganz offen und ehrlich mit ihm unterhalten«, versprach ich ihm.

Die Haustür wurde zugeschlagen, und wir hörten Mommy und May zurückkommen.

»Es ist schon spät. Ich sollte jetzt besser gehen. Vorher begrüße ich schnell noch deine Mutter. Ist Cary noch oben?« fragte er.

»Ja«, sagte ich und warf einen Blick auf die Decke und das Loch, das Robert zum Glück nicht bemerkt hatte.

Wir gingen nach unten, und Robert unterhielt sich eine Zeitlang mit Mommy und machte sich May mit Zeichen verständlich. Sie brachte ihm ein paar neue Worte bei, und dann begleitete ich ihn zu seinem Wagen.

»Wir sehen uns morgen«, sagte er. »Ich sehe zu, daß ich mich am Nachmittag eine Weile absetzen kann, damit wir einen Strandspaziergang machen können.«

»Okay.«

Er drückte mir einen Kuß auf die Wange und stieg in seinen Wagen. Ich stand da und sah ihm nach, bis ich hörte, wie die Haustür hinter mir geöffnet und wieder geschlossen wurde. Cary stand da und sah mich finster an. Er lief die Stufen hinunter, die zum Strand und zum Anlegesteg führten.

»Einen Moment, Cary«, sagte ich.

»Was ist?«

»Wir müssen miteinander reden«, sagte ich.

»Ich habe dir nichts zu sagen. Ich muß runter, zum Boot.«

»Aber ich habe dir einiges zu sagen, Cary Logan, und ich rate dir, daß du dir Zeit nimmst und mir zuhörst.«

Er blieb stehen und drehte sich widerstrebend zu mir um.

»Worüber willst du mit mir reden?«

»Über die Decke in meinem Zimmer«, sagte ich und ging auf ihn zu.

5
Die Jungfernfahrt

Cary wandte sich ab und ging langsam wieder in Richtung Anlegesteg. Ich lief eine Zeitlang wortlos neben ihm her. Es fiel mir schwer, die Worte zu finden, mit denen ich beginnen konnte.

»Du hast dich auf den Dachboden geschlichen, stimmt's, Cary? Du hast genau gewußt, daß Robert kommt, und deshalb hast du dich heimlich wieder ins Haus geschlichen und bist in deine Werkstatt auf dem Dachboden gegangen, um uns nachzuspionieren«, sagte ich so ruhig und leise, wie ich konnte.

»Du spinnst«, sagte er. »Ich hatte noch zu tun, und deshalb bin ich nach oben gegangen. Es ist nicht meine Schuld, wenn du nicht gewußt hast, daß ich im Haus war. Und überhaupt«, sagte er, blieb stehen und drehte sich zu mir um. »Warum machst du dir eigentlich solche Sorgen? Hast du vielleicht etwas getan, wofür du dich schämst?«

»Das mußt du doch selbst wissen, Cary. Habe ich Grund, mich zu schämen?«

Er starrte mich einen Moment lang mit lodernden Augen an. »Also, was ist? Muß ich mich für etwas schämen?«

»Woher soll ich das wissen?« sagte er und stapfte jetzt schneller durch den Sand. Ich rannte, um ihn einzuholen.

»Woher du das wissen sollst? Indem du durch dieses Guckloch schaust, Cary.«

»Was?« Er blieb wieder stehen und stemmte die Arme in die Hüften. »Was für ein Guckloch?«

»Du weißt genau, wovon ich rede, Cary Logan. Wenn du willst, kehren wir auf der Stelle um, gehen ins Haus zurück und in mein Zimmer, und ich zeige es dir.«

Er bemühte sich wieder, mich anzustarren, bis ich die Augen niederschlug, doch diesmal wandten sich seine Blicke schuldbewußt von mir ab, und sein Gesicht lief leuchtend rot an.

»Ach so«, sagte er und nickte. »Jetzt weiß ich, wovon du sprichst. Im Holz war ein Astloch, das vor einer Weile rausgebrochen ist.«

»Ein Astloch?«

»Ja«, sagte er. »Mir ist es selbst erst vor ein paar Tagen aufgefallen. Du glaubst wohl, ich hätte nichts Besseres zu tun, als auf den Dachboden zu gehen und dich und deinen Freund zu beobachten?«

»Ich hoffe, du hast etwas Besseres zu tun«, sagte ich, »und wenn du mir sagst, daß du uns nicht beobachtet hast und auch nicht die Absicht hast, es in Zukunft zu tun, dann glaube ich dir«, sagte ich.

»Ich habe nur vergessen, den Schaden zu beheben, das ist alles«, sagte er. »Ich wollte das Loch schon vor ein paar Tagen mit Holzkleber füllen«, fügte er hinzu. Er schien dankbar dafür zu sein, daß ich es ihm gestattet hatte, sich eine Erklärung einfallen zu lassen. »Ich war nur so beschäftigt, daß ich es vergessen habe.«

»In Ordnung«, sagte ich.

»Ich kann nicht glauben, daß du mir so etwas unterstellst«, fuhr er fort und ging damit zum Angriff über.

»Weshalb sollte ich es nicht glauben, Cary? Du behandelst mich, als sei ich ein gefallenes Mädchen, und all das bloß, weil ich mich mit Robert treffe, der dir, wie ich noch hinzufügen möchte, bislang keinen Grund gegeben hat, ihn nicht zu mögen. Er hat dir nichts getan.«

»Er und seine Familie sind in der Hotelbranche tätig, und diese Leute bringen die Touristen her«, sagte Cary erbittert.

»Du weißt genau, daß wir die Touristen brauchen, und außerdem sind das ohnehin nicht deine Worte. Du plapperst nur nach, was Großmama Olivia sagt. Wer würde Daddys Hummer kaufen, wenn es hier keine Touristen gäbe, und wer würde unsere Moosbeeren kaufen, wenn die Leute kein Interesse an den Lebensmitteln hätten, die hier auf dem Kap produziert werden? Und warum kaufen sie diese Waren? Es liegt nur daran, daß diese Gegend ein berühmtes Ausflugsziel für Amerikaner ist, und es ist an der Zeit, daß diese Tatsache endlich von allen akzeptiert wird. Die einzigen Menschen, die sich nicht damit abfinden, sind diejenigen, die so viel Geld geerbt haben, daß ihnen alle anderen gleichgültig sind.«

»Du solltest für die Handelskammer oder für die Tourismusbranche arbeiten«, höhnte er.

»Vielleicht tue ich das sogar.«

»Das tätest du niemals.« Er dachte einen Moment lang darüber nach. »Oder etwa doch?«

»Ich habe nicht die Absicht, aber ein Angebot würde ich nicht ohne weiteres ablehnen«, sagte ich. »Darum geht es doch gar nicht, Cary. Du mußt Menschen danach beurteilen, wer sie sind, und nicht danach, was ihre Eltern tun oder was ihre Großeltern getan haben. Werde bloß kein Cod-Snob«, warnte ich ihn.

Er lächelte unwillkürlich, denn diesen Begriff hatten er und ich vor vielen Jahren erfunden. Dann wandte er den Blick ab.

»Ich will nur nicht, daß jemand dich ausnutzt, Laura. Du bist unschuldig und vertrauensselig.«

»Ach, und du bist ein Mann von Welt, Cary Logan? Seit wann denn das?«

»Ich weiß, worauf es Jungen heutzutage abgesehen haben«, sagte er mit scharfer Stimme.

»Robert ist keiner von der Sorte.«

»Und woher weißt du das?«

»Ich glaube, das sollte ich besser wissen als du, Cary, es sei denn, du hättest jedes einzelne unserer Gespräche belauscht und uns bei jedem unserer Treffen nachspioniert«, sagte ich. »Ist es etwa so?«

»Nein«, sagte er.

»Dann erzähl mir doch, warum du Robert nicht wenigstens eine Chance gibst. Es wird dich wundern, wieviel ihr beide miteinander gemeinsam habt, Cary. Ihr arbeitet beide für eure Eltern. Vielleicht respektierst du das, was seine Eltern tun, nicht so sehr wie das, was Daddy tut, aber Robert opfert sich für das Geschäft seines Vaters auf, wie du dich für Daddys Unternehmen aufopferst. Ihm wird nichts auf einem silbernen Teller serviert, und auch dir ist nie etwas auf einem silbernen serviert worden. Ihr beide arbeitet hart für alles, was ihr habt. Ihr seid beide stärker als die anderen Jungen in unserer Schule, und ihr seid beide bessere Menschen«, sagte ich.

Seine Augen leuchteten, und ich konnte ihm deutlich ansehen, daß er das sehr gern hörte.

»Robert möchte eines Tages Architekt werden. Er interessiert sich sehr für deine Bootsentwürfe. Die wenigsten deiner sogenannten Freunde machen sich etwas daraus. Keiner von ihnen war jemals hier, um sich deine Werkstatt anzusehen.«

»Ich habe niemanden eingeladen«, sagte er.

»Aber warum tust du es nicht? Weil du nicht glaubst, daß ihr Interesse echt ist, so verhält es sich doch. Aber Robert interessiert sich wirklich dafür«, sagte ich.

Er grinste hämisch.

»Mir scheint, du hast dich mit Haut und Haar in diesen Kerl vernarrt.«

»Cary, glaubst du denn nicht genug an mich, um dieses eine Mal meinem Urteil zu vertrauen? Früher hast du respektiert, was ich gesagt und woran ich geglaubt habe«, klagte ich.

Tränen strömten in meine Augen. Als er mir ins Gesicht sah, wurde sein Blick freundlicher.

»Ich habe nicht gesagt, daß ich nicht an dich glaube, Laura.«

Er sah versonnen auf das Meer hinaus und drehte sich dann wieder zu mir um.

»Also, gut, ich werde ihm eine Chance geben«, sagte er. »Wenn du es so willst.«

»Ja, ich will es.«

»Gut. Und jetzt muß ich zum Anlegesteg runtergehen. Ich habe Dad versprochen, ihm zu helfen«, sagte er.

»Du mußt anfangen, für die Prüfungen zu lernen, Cary«, rief ich ihm nach, als er sich auf den Weg machte.

Er winkte mir zu, ohne sich noch einmal umzudrehen, setzte seinen Weg fort und lief an dem rosa blühenden Strandhafer vorbei. Der Wind zerzauste sein Haar. Ich stand noch einen Moment lang da und sah ihm nach, ehe ich ins Haus zurückkehrte und das Gefühl hatte, eine Art Sieg errungen zu haben, obgleich ich nicht sicher war, worin dieser Sieg bestand.

Am folgenden Montag in der Schule war die Lage jedoch verändert. Cary ging freundlich mit Robert um, sogar so freundlich, daß selbst ich überrascht war.

»Laura hat mir erzählt, wieviel Arbeit ihr in das Sea Marina steckt, du und deine Familie. Ich würde mich gern demnächst einmal dort umsehen«, bot Cary an und warf einen schnellen Seitenblick auf mich, nachdem er die Worte gesagt hatte.

»Das wäre prima«, sagte Robert. »Ich könnte wirklich einen guten Rat gebrauchen, was den Anlegesteg angeht. Er muß abgestützt werden, aber ich habe wirklich keine Ahnung, wie man das anstellt«

»Vielleicht am Mittwoch«, sagte Cary, »nach der Schule.« Er wandte sich an mich. »Wir holen May ab und nehmen sie mit.«

»Sie wird begeistert sein«, sagte ich und glaubte, vor Glück zu zerspringen.

»Wir müssen Ma Bescheid sagen«, sagte Cary. »Dad gegenüber erwähnen wir es besser nicht«, fügte er mit gesenkter Stimme hinzu. Ich nickte.

Mein Vater war zwar auf Abnehmer für seine Hummer und seine Moosbeeren angewiesen, aber er plapperte trotzdem Großmama Olivias Klagen über die Tourismusbranche und den Schaden nach, den sie auf dem Kap angerichtet hatte und weiterhin anrichten würde. Ich war dankbar dafür, daß Cary dieses Thema nicht in Roberts Anwesenheit angesprochen hatte, aber ich saß immer auf glühenden Kohlen, wenn das Gespräch auf die Touristen und ihre Auswirkungen auf unsere Stadt kam. In diesem Punkt würden sich Cary und Robert darauf einigen müssen, daß sie niemals einer Meinung sein würden.

Am selben Nachmittag schloß sich Cary Robert und mir in der Cafeteria zum Mittagessen an. Robert stellte ihm einige Fragen, die mit Booten zu tun hatten, und Cary mißachtete das Läuten und redete unbeirrt weiter. Ab und zu warf Robert mir einen Blick zu, und seine Augen waren vor Erstaunen geweitet. Ich saß einfach nur da und hielt den Atem an, denn ich fürchtete, wenn ich auch nur ein Wort von mir gegeben oder einen Muskel bewegt hätte, könnte der Bann brechen.

Aber er brach nicht. Am selben Tag deutete Cary auf dem Heimweg von der Schule an, er könnte sich in Robert getäuscht haben.

»Vielleicht liegt es daran, daß er nicht aus dieser Gegend stammt«, sagte er. »Wenigstens schließt er sich nicht Adam Jackson und dieser Meute an. Er hat mich gefragt, ob ich ihm ein paar Stunden Unterricht im Segeln geben könnte. Vielleicht am kommenden Wochenende«, sagte er, und ich konnte deutlich sehen, daß er laut dachte.

Ich biß mir auf die Unterlippe und nickte. Ich kam mir vor wie jemand, der auf Zehenspitzen über einen zerbrechlichen Glasboden schleicht und ständig fürchtet, wenn er ein wenig zu fest auftritt, könnte alles um ihn herum springen, zersplittern und in die Brüche gehen.

»Du kannst auch mitkommen, wenn du willst«, sagte er.

»Das klingt, als könnte es großen Spaß machen, Cary.«

»Wir werden abwarten, wie sich das Wetter entwickelt. Ob es Spaß macht, hängt ganz davon ab, wie geschickt er sich anstellt.«

»Hat Robert gesagt, daß er sich freinehmen kann und nicht bei den Reparaturen am Hotel mithelfen muß?« fragte ich.

»Tja, ich habe ihm versprochen, ihm am Donnerstag zu helfen, die Veranda hinter dem Haus zu beizen. Die Zeit sollte ich eigentlich haben«, sagte Cary.

»Das tätest du wirklich?« Ich traute meinen Ohren nicht. »Ich meine, ist das dein Ernst. Also ...«

»Das ist doch keine große Sache, Laura. Wenn er seinen Teil dazu beiträgt, können wir es in einer Stunde geschafft haben«, sagte Cary, und aus seiner Stimme war eine klare Provokation herauszuhören.

Am Mittwoch holten wir, wie Cary es versprochen hatte, May von der Schule ab und gingen zum Sea Marina. Ich stellte Roberts Mutter May vor und brachte ihr ein paar Grundbegriffe in der Zeichensprache bei, während Cary und Robert mit Roberts Vater aus dem Haus gingen, um sich den Anlegesteg anzusehen. Roberts Vater war offenbar begeistert und beeindruckt von Carys Anregungen, denn hinterher lobte er Cary über den grünen Klee. Wir setzten uns alle auf die Veranda vor dem Haus und tranken kalte Limonade, während Cary und Roberts Vater ihr Gespräch über die Reparaturen an dem Gebäude fortsetzten.

May war begeistert von Roberts Mutter, die ihr eine billige Uhr schenkte, die noch funktionierte. Sie hatte sie in einem der Zimmer in einer Kommodenschublade gefunden, nachdem sie das Hotel übernommen hatten. Die Uhr hatte römische Ziffern, ein Gehäuse, das nach Perlmutt aussah, und ein schmales Lederarmband. May war so aufgeregt, daß sie auf dem ganzen Heimweg das Handgelenk vor ihre Augen hob, um die Uhr besser bewundern zu können.

»Daddy wird sie danach fragen«, warnte mich Cary. »Wir dürfen May nicht sagen, daß sie lügen soll.«

May war für uns beide etwas ganz Besonderes, und da wir an ihr hingen, war allein schon die Vorstellung, sie sollte die kleinste Sünde begehen, beunruhigend. Niemand besaß eine reinere Seele als sie.

»Sie soll die Wahrheit sagen, Cary. Wir haben nichts Böses getan. Die christliche Nächstenliebe schreibt uns vor, anderen Menschen zu helfen. Wenn Daddy etwas dagegen einwendet, werden wir ihn an den ersten Brief des Paulus an die Korinther, dreizehntes Kapitel, erinnern. ›Und wenn ich alle meine Habe den Armen gäbe und ließe meinen Leib brennen, und hätte der Liebe nicht, so wäre mir's nichts nütze.‹«

Cary lachte.

»Das geschieht ihm recht. Schließlich läßt er uns jeden Abend vor dem Essen aus der Bibel vorlesen«, sagte er.

Daddy erkundigte sich auch wirklich nach der Uhr, aber da er Mays Antwort nicht verstand, fragte er mich. Ich sagte ihm die Wahrheit. Er schwieg einen Moment lang.

»Es gefällt mir nicht, daß sie Geschenke von Fremden annimmt, Laura«, sagte er.

»Mrs. Royce ist keine Fremde mehr, Daddy, wenigstens für mich nicht«, fügte ich hinzu. Er schien keineswegs erfreut zu sein, aber er ließ es mir durchgehen, und May durfte die Uhr behalten.

Am Donnerstag ging Cary mit Robert nach Hause und half ihm dabei, die Veranda hinter dem Haus zu beizen. Ich ging nicht mit, aber die Vorstellung, daß die beiden ohne mich in ihrer Nähe zusammen waren, machte mich so nervös, daß ich nichts anderes tun konnte, als zum Fenster hinauszustarren und Carys Heimkehr zu erwarten. Er hielt sein Wort und blieb nicht länger als eine Stunde. Ich lief nach unten, um ihn an der Haustür zu begrüßen.

»Ihr seid schon fertig?« fragte ich, als er auf unsere Veranda trat.

»Was ist denn schon dabei?« sagte er achselzuckend. »Einen Schiffsrumpf zu streichen, das ist wirklich der Rede wert.«

»Ist es Robert genauso leichtgefallen wie dir?« fragte ich,

aber in Wirklichkeit erkundigte ich mich danach, ob die beiden gut miteinander ausgekommen waren.

»Er hat sich gut gehalten«, erwiderte Cary. »Vermutlich werde ich ihm am Samstag ein paar Stunden Unterricht im Segeln geben«, fügte er hinzu. »Wenn du mitkommen magst ...«

»O Cary«, rief ich aus und umarmte ihn. »Ich danke dir.« Ich drückte ihm einen schnellen Kuß auf die Wange.

Er stand einen Moment lang erstarrt da. Es war fast so, als hätte er sich an meinem Kuß verbrannt. Seit dem letzten Kuß war schon eine ganze Weile vergangen, denn wir waren beide gehemmt, aber in dem Moment fühlte ich mich wie sprudelndes Quellwasser.

»Das ist doch nicht der Rede wert«, sagte Cary mit einem Anflug von Wut. »Das täte ich für jeden«, fügte er hinzu. »Und jetzt muß ich mich frisch machen.«

Er eilte an mir vorbei und stieg die Treppe hinauf.

Ich hätte glücklich sein sollen, das war mir klar. All das hätte mir sehr guttun sollen, aber dennoch hing eine eisige Kälte in der Luft. Es war, als hätte Cary seinen Schatten zurückgelassen, und dieser Schatten fiel jetzt auf mich, schob sich zwischen mich und die Sonne.

Am nächsten Tag kündigte Robert in der Schule an, seine Eltern hätten darauf bestanden, daß er sich den ganzen Samstag freinahm.

»Sie haben gesagt, seit wir hier angekommen sind, hätte ich noch keinen einzigen Tag freigehabt, und da wir unserem Zeitplan schon voraus sind ...«

»Das ist ja wunderbar. Warum veranstalten wir nicht ein Picknick am Strand, Cary?« schlug ich vor.

»In Ordnung. Ich schlage folgendes vor: Am späten Vormittag erteile ich ihm Unterricht im Segeln, und dann gönnen wir uns ein Picknick am Strand, in der Nähe von Logan's Cove.«

»Logan's Cove? Wo ist denn das?« fragte Robert. Cary und ich lächelten einander an.

»Das ist unser geheimer Ort«, sagte ich. »Cary und ich haben ihn Logan's Cove genannt, weil praktisch niemand außer uns dort hingeht.«

»Er liegt etwa eine halbe Meile nördlich vom Sumpf«, sagte Cary. »Wir brauchen uns keine Sorgen zu machen, daß wir dort von Touristen belästigt werden könnten.«

»Oh«, sagte Robert mit leuchtenden Augen. »Das klingt nach einem abgeschiedenen Ort. Ich kann es kaum erwarten.«

Nachdem wir an jenem Abend vor dem Essen aus der Bibel gelesen hatten, legte Daddy eine Pause ein, ehe er das Brot aufschnitt, und sah mich an.

»Wie ich gehört habe, hofft ihr, es gelingt euch, eure Landratte seetauglich zu machen«, sagte er. Ich sah Cary an, weil ich mir einen Hinweis darauf erhoffte, was Daddy wirklich meinte, aber Carys Gesicht war wie ein geschlossenes Buch.

»Wir werden ihn auf der *Sunfish* Unterricht geben«, sagte ich.

»Wir?« fragte Cary lächelnd.

»Ich kann schließlich auch gut segeln, Cary Logan. Das hast du selbst gesagt.«

»Ja, das habe ich gesagt, aber du hast nicht genug Übung, um eine gute Lehrerin zu sein«, erklärte er. Das gefiel Daddy, und er lachte. Dann wurde er ernst.

»Wenn ihr May mitnehmt, möchte ich nicht, daß sie in der *Sunfish* sitzt, während du ihm das Segeln beibringst, Cary.«

»Nein, natürlich nicht, Dad«, sagte Cary.

Die *Sunfish* bot zwar nur Platz für zwei Personen, aber May war so klein, daß wir sie normalerweise mitnahmen, wenn Cary und ich segeln gingen. Ich hatte ihr bereits versprochen, daß sie zu unserem Picknick kommen durfte.

»May und ich setzen uns an den Strand und sehen den beiden zu, Daddy. Mach dir keine Sorgen.«

Er stieß einen Knurrlaut aus, und das war alles, was wir an Zustimmung zu erwarten hatten.

»Das Wetter scheint gut zu werden«, sagte Cary. Daddy pflichtete ihm bei, und es wurde kein weiteres Wort mehr über dieses Thema verloren. Ich schäumte vor Aufregung über. May saß in meinem Zimmer, als ich das Picknick plante. Meine Hände drückten jeden meiner Gedanken aus, als ich unablässig umherlief und die Dinge aufzählte, die wir mitnehmen würden. Auch während ich über das Essen nachdachte, das ich vorbereiten mußte, waren meine Hände ständig in Bewegung.

»Vielleicht sollte ich einen Krabbensalat machen. Cary liebt Krabbensalat. Aber andererseits könnten wir auch grillen, oder etwa nicht? Sollten wir Hamburger grillen oder doch besser ein paar Hummer? Dazu brauchen wir Salate, und ich sollte einen Zitronenkuchen backen, meinst du nicht auch? Robert wird sicher sehr überrascht sein, wenn er feststellt, wie gut ich kochen kann. Was sagst du?« fragte ich May, als sie mit den Händen zu reden begann. »Ach ja, Spiele. Wir nehmen etwas mit, damit wir beide beschäftigt sind, du und ich, während sie auf der *Sunfish* raussegeln. Nein, es wäre mir viel zu peinlich, wenn er meine Zeichnungen sähe, May. Wir nehmen das Damespiel mit, in Ordnung? Und Carys Frisbee. Es macht mir wirklich Sorgen, was ich zum Essen vorbereiten soll. Ich werde morgen mit Mommy darüber reden. Nein, wir gehen jetzt gleich zu ihr und fragen sie«, sagte ich und nahm Mays kleine Hand. Sie sprang eilig auf und folgte mir, als ich nach unten ging, um mich mit Mommy zu beratschlagen.

Als Mommy und ich am Samstag morgen den Picknickkorb packten, hörten wir Cary am Frühstückstisch murren.

»Ich weiß nicht, warum wir nicht einfach belegte Brote und Moosbeersaft mitnehmen können, wie sonst auch«, sagte er. »Man könnte meinen, wir gingen zu einer Flottenparade«, fügte er lachend hinzu. Seine Worte bezogen sich auf ein Ereignis, das jährlich auf dem Kap stattfand, wenn die Boote mit Wimpeln geschmückt wurden und Geistliche eine Prozession von der Kirche anführten, um die Boote zu segnen. Zu diesem Anlaß putzten sich alle fein heraus, und es gab immer die raffiniertesten Speisen und Getränke.

»Typisch Mann«, sagte Mommy. »Erst meckern und spotten, aber sowie er hineinbeißt, wird er so still wie eine Kirchenmaus während der Predigt.«

Ich lachte, und Cary lief knallrot an.

Eine gute Stunde später kam Robert. Er trug neue Turnschuhe, eine Khakihose und ein frisch gebügeltes weißes Hemd. Seine Matrosenkluft wurde von einer kecken Matrosenmütze abgerundet. Cary, der zerrissene Shorts trug und barfuß und ohne Hemd dasaß, lachte.

»Was glaubst du, worauf wir hinaussegeln, auf einer Yacht?« scherzte er.

»Nein, aber ich dachte, ich muß mich irgendwie darauf einstimmen«, erwiderte Robert, der sich von Carys Spott nicht einschüchtern ließ.

»Und es steht dir wirklich sehr gut, Robert«, sagte ich. Ich trug ein rosa Sommerkleid über meinem Badeanzug und fand, Robert und ich wirkten wie ein ideales Paar.

»Segeln ist Arbeit«, sagte Cary finster. »Du wirst deine schönen neuen Sachen schmutzig machen.«

»Das macht nichts«, sagte Robert. »Schließlich habe ich nicht oft Gelegenheit dazu, sie zu tragen. He, was ist denn da alles drin?« fragte er und wies mit einer Kopfbewegung auf den großen Picknickkorb.

»Sie hat ein Festmahl zubereitet«, sagte Cary.

»Meine Güte, Laura, das wäre doch alles gar nicht nötig gewesen ... aber trotzdem vielen Dank«, sagte Robert.

»Laßt uns aufbrechen. Wir verpassen ideale Windbedingungen«, sagte Cary mürrisch, denn er konnte es anscheinend kaum erwarten, das Thema zu wechseln. May trug unsere Handtücher, und Robert bot an, die Decke zu tragen.

Das Wetter war auf unserer Seite. Eine sanfte Brise schubste die weißen Wattewolken kaum wahrnehmbar über den azurblauen Himmel. Südlich von uns war das Meer bereits mit Segelbooten gesprenkelt.

»Es sieht ganz so aus, als sei heute ein perfekter Tag zum Segeln«, bemerkte Robert, als wir durch den Sand zu unserem Anlegesteg trotteten.

»Ach, dann weißt du also, welche Witterung sich perfekt zum Segeln eignet?« rief ihm Cary verdrossen über die Schulter zu.

»Ich? Vom Segeln verstehe ich soviel wie von ... Atomphysik«, erwiderte Robert. »Ich weiß noch nicht einmal, wie man das Boot in Bewegung bringt.«

»Der Wind bringt das Boot in Bewegung«, sagte Cary. Ich merkte ihm an, daß seine Stimmung sich bereits besserte, und das entlockte mir ein Lächeln. Cary war ganz in seinem Element, wenn er über die Dinge reden konnte, die er am meisten liebte, nämlich Boote und das Segeln. »Man bringt das Segel in einen Neunziggradwinkel zur Längsachse des Boots und sorgt dafür, daß die Kraft des Windes von hinten auf das Segel einwirkt. Dann kann man mit Rückenwind segeln. Wenn man gegen den Wind segelt, werden die Segel in einen Winkel von fünfundvierzig Grad zur Bootsachse gebracht. Auf die Art übt der Wind einen Sog aus und zieht das Boot an, statt es vor sich herzutreiben, verstehst du?«

»Vermutlich werde ich es dann verstehen, wenn ich es selbst sehe«, sagte Robert und lächelte mich an.

Cary sah sich nach uns um.

»Das wird alles nichts, wenn du nicht gut aufpaßt und dich konzentrierst«, sagte er spröde.

»Ich werde gut aufpassen«, sagte Robert. »Entschuldige.«

»Der Wind weht mit hoher Geschwindigkeit gegen die vordere Seite des Segels, und daher entsteht vor dem Segel ein Tiefdruckbereich. Verstehst du, was ich meine?«

»Ja. Ich meine, eigentlich nicht wirklich.«

Cary schüttelte den Kopf.

»Ich muß verrückt sein.«

»Er hört dir genau zu, Cary«, beharrte ich.

»Wir werden es ja sehen.«

»Ich verstehe nur nicht, warum der Wind das Boot nicht kentern läßt, wenn das Segel in einem Winkel von fünfundvierzig Grad gesetzt ist«, sagte Robert. Cary blieb stehen und drehte sich um.

»Genau das würde passieren, wenn der Rumpf absolut flach wäre. Jedes Segelboot hat einen festen Kiel, der als flache Längsebene dient, um zu verhindern, daß sich das Boot seitlich bewegt«, erklärte Cary und untermalte seine Worte mit den Händen.

»Ach so. Aber wenn wir uns in einem Winkel von fünfundvierzig Grad voranbewegen, wie bringst du das Boot dann dazu, in die Richtung zu fahren, die du einschlagen willst?« fragte Robert. Carys Augen funkelten vor Vergnügen. Ich kannte diesen Schimmer bereits, denn seine Augen leuchteten immer, wenn er über Boote sprach. Es freute mich, daß Robert Fragen stellte.

»Ein Segelboot, das am Wind segelt, schlägt einen Kurs ein, der etwa fünfundvierzig Grad von der Windrichtung abweicht. Erst steuert man nach links, dann nach rechts, in einem Zickzackkurs. Das nennt man lavieren. Du solltest die Begriffe kennen, damit du weißt, was ich meine, wenn ich es dir zeige und dir sage, was du tun sollst. Wenden heißt, das Schiff durch den Wind drehen. Das werden wir mit dem Ruder tun, indem wir den Bug hoch in den Wind richten und ihn dann auf unserem Zickzackkurs beim nächsten Richtungswechsel vom Wind abwenden oder von der Windrichtung wegsteuern, bis sich die Segel von der anderen Seite füllen.«

Robert nickte, aber ich konnte ihm deutlich ansehen, daß ihm nicht klar war, was Cary gerade erklärte.

»Auf Gaffelschonern mit Stagsegeln am Bug und am Heck ...«

»Am Bug und am Heck?«

»Du weißt noch nicht mal, was das heißt?«

»Doch, ich glaube schon. Ist der Bug vorn?«

»Na, prima.«

Robert lächelte.

»Bei Gaffelschonern wird dieses Manöver Giepen oder Durchkaien genannt, und bei Rahseglern spricht man vom Halsen, das heißt, man dreht vor dem Wind. Wenn wir die Kontrolle über das Boot verlieren, sage ich, daß wir kentern. Verstanden?«

»Die Kontrolle verlieren?«

»Es kann vorkommen«, sagte Cary trocken.

»Was kann vorkommen?«

»Daß wir kentern und ins Meer fallen, und dann sind deine schicken Sachen hin«, sagte Cary, ehe er sich umdrehte und weiterlief. Robert sah mich an.

»Mach dir keine Sorgen, er wird nicht zulassen, daß unser Boot sich dreht und kentert«, sagte ich. »Bisher ist es ihm noch nie passiert.«

»Das ist tröstlich«, bemerkte Robert, und wir folgten Cary mit May an unserer Seite.

May und ich breiteten die Decke im Logan's Cove auf einer flachen Stelle aus, während Robert und Cary die *Sunfish* ins Wasser ließen. Ich hatte Daddys Fernrohr mitgebracht, damit wir sie vom Strand aus beobachten konnten. Wenn Cary erst einmal in unser Boot gestiegen war und die Segel gesetzt hatte, würde alles sehr sachlich und geschäftsmäßig ablaufen, soviel war mir klar. Er war wirklich ein sehr guter Lehrer und ein Experte auf dem Gebiet, den Wind zu deuten.

Sie fuhren hin und her, und die *Sunfish* hüpfte auf den Wellen. Es wirkte ganz so, als liefe jede Drehung glatt. Als ich durch das Fernrohr schaute, sah ich, daß Cary redete, deutete und belehrte, kleine Korrekturen vornahm und Robert anwies, in die eine oder die andere Richtung zu lavieren, und währenddessen erklärte er ihm alles Schritt für Schritt. Trotzdem schienen sie mehrfach kurz vor dem Kentern zu stehen, wenn Robert am Ruder war und die Segel umlegte.

May und ich spielten einige Partien Dame, suchten den Strand nach interessanten Muschelschalen ab und wateten auf der Suche nach winzigen Krebsen an den glitschigen Steinen der Mole entlang. Die Seeschwalben flogen um uns herum und folgten uns, wohin wir auch gingen, vor allem, als wir zu unserer Decke zurückkehrten. Sie erwarteten Krumen und behielten uns wachsam im Auge.

Fast zweieinhalb Stunden später wendete Cary die *Sunfish* und steuerte Logan's Cove an. Sie gingen dort an Land, wo wir unsere Decke ausgebreitet hatten. Robert war klatschnaß bis auf die Haut, aber er schien begeistert zu sein.

»Wie hat er sich gehalten?« fragte ich, als sie auf uns zukamen. »Ganz anständig bis mittelprächtig«, sagte Cary ohne jeden Anflug von Begeisterung.

»Es erfordert eine Menge Übung«, sagte ich. Dann sah ich mir Roberts Gesicht näher an. Auf seinen Wangen und auf seiner Stirn zeigten sich die ersten Spuren eines Sonnenbrands, aber besonders rot war sein Nacken, nahezu knallrot. »O Robert, du hättest dich mit Sonnenschutzcreme einschmieren sollen. Morgen wirst du bestimmt Schmerzen haben.«

»Ja, ich werde bestimmt bereuen, daß ich mich nicht eingerieben habe. Ich fühle mich jetzt schon so knusprig wie ein verbrannter Toast«, sagte er. Er warf einen Blick auf Cary. »Woher kommt es, daß du keinen Sonnenbrand hast?«

»Ich fahre schon so lange raus, daß meine Haut an die Sonne gewöhnt ist«, sagte er. »Im übrigen bin ich restlos ausgehungert. Laßt uns etwas essen«, fügte er hinzu.

May und ich packten die Lebensmittel aus, und beim Essen berichtete uns Robert von seinem Segelunterricht und verriet, daß Cary bei jedem zweiten Manöver geschrien hatte: »Wir kentern.«

»Ich glaube, gegen Ende habe ich den Dreh dann halbwegs rausgekriegt, stimmt's, Cary?«

»Du wirst es schon noch schaffen«, sagte Cary. »Für eine Landratte«, lobte er Robert widerstrebend, »hast du dich gar nicht mal so schlecht gehalten.«

»Danke«, sagte Robert. Er strahlte über das ganze Gesicht. »Für einen alten Seewolf warst du auch nicht schlecht.«

»So, so, für einen alten Seewolf?«

»Na ja, O-Beine hast du doch wirklich«, scherzte Robert. Ich lachte.

»Habe ich nicht.« Cary stand auf. »Habe ich O-Beine, Laura?«

»Nur ein klein wenig«, sagte ich zögernd.

»Ach wirklich? Jedenfalls kann ich zu Wasser und zu Lande blendend das Gleichgewicht halten«, prahlte Cary.

Robert lachte.

»Soll ich es dir beweisen, du Prachtkerl?« fragte Cary herausfordernd. Robert warf mir einen Blick zu.

»Cary, laß das«, sagte ich.

»Er ist doch hier derjenige, der behauptet, alles zu können«, sagte Cary.

»Wozu willst du mich herausfordern?« fragte Robert. »Schon mal was von Armdrücken gehört?«

»Klar. Ich bin der Champion der Oststaaten«, brüstete sich Robert.

»Hört ihr beide jetzt endlich auf? Es gibt noch einen Nachtisch. Setz dich, Cary«, ordnete ich an und deutete auf seinen Platz auf der Decke.

»Den Nachtisch müssen wir uns erst noch verdienen«, höhnte Cary. »Was ist, Champion?«

Cary nahm die entsprechende Haltung ein und streckte den Arm aus. Das Ziel bestand darin, seinen Gegner aus dem Gleichgewicht zu bringen, bis er auf den Boden fiel. Ich wußte, daß sich Cary sehr geschickt dabei anstellte, wahrscheinlich deshalb, weil er auf stürmischer See Balanceakte auf dem Boot gewohnt war.

Robert sprang auf. May lachte und klatschte voller Vorfreude. »Du wirst dir deinen Matrosenanzug noch mehr versauen«, warnte Cary.

»Das werden wir ja sehen.«

»Würdet ihr beide jetzt vielleicht aufhören?« flehte ich. Mein Herz begann heftig zu pochen. Wenn ein Ego in Frage gestellt wurde, vor allem ein männliches Ego, dann gab es immer Ärger.

Robert packte Carys Hand, nahm die entsprechende Haltung ein, und der Kampf begann. Beide waren kräftig. Die Muskeln in ihren Unterarmen traten hervor, und ihre Schultern spannten sich an. Robert überraschte mich mit seiner Fähigkeit, sein Gleichgewicht zu behalten, und ich konnte erkennen, daß auch Cary erstaunt war. Er hatte geglaubt, mit Robert würde er kurzen Prozeß machen. Jeder von beiden brachte den anderen beinah zu Fall, und dann täuschte Robert einen Ausfall vor und zog so fest an Cary, daß Carys Füße den Halt verloren und er eine Bauchlandung machte. Er konnte den Sturz nicht mehr abfangen, sondern fiel mit dem Gesicht voran in den Sand. Als er sich vom Boden hochzog, waren seine Wangen mit Sandkörnern bedeckt, ebenso wie seine Brust und seine Beine.

»Und immer noch ist Robert Royce der Champion der Ostküste«, rief Robert aus und reckte die Arme hoch in die Luft. May lachte. Cary sah mir in die Augen, und ich wußte, daß es nicht gut ausgehen würde.

»Ich fordere Revanche«, sagte er.

»Da wirst du schon mit meinem Manager reden müssen«, sagte Robert und wies auf mich.

»Cary, bitte, hör auf damit. Laß uns jetzt lieber den Nachtisch essen.«

»Ich brauche keinen Nachtisch. Komm schon. Du hast doch nur Glück gehabt, Royce«, behauptete Cary. Er bezog seinen

Posten und streckte die Hand aus. Robert sah mich an. Ich schüttelte den Kopf, doch er zuckte die Achseln.

»Eine Herausforderung kann ich nicht ablehnen«, sagte er. »Schließlich muß ich auch an meine Fans denken.«

»Na, toll.« Ich knallte den Deckel auf den Korb und schmollte, als sie ihren nächsten Kampf begannen.

Er verlief wie der erste, und beide wären fast hingefallen. Cary war diesmal wesentlich versessener. Wilde Entschlossenheit zog seine Mundwinkel herunter und ließ seine Augen glühen wie Feuer. Wieder gelang Robert ein geschicktes Täuschungsmanöver, doch diesmal fiel Cary auf ihn, als er ihm einen kräftigen Ruck gab, und beide stürzten in den Sand.

»Unentschieden«, rief ich aus, denn ich war froh, daß es vorbei war, aber die beiden ließen einander nicht los. Das Kräftemessen setzte sich auf dem Boden fort. Robert lachte, und Cary zog an seinem Arm und stieß ihn in den Sand zurück. Als Reaktion darauf umklammerte Robert Carys Knöchel und zog ihn in den Sand. Dann rangen die beiden miteinander und wälzten sich im Sand herum.

»SCHLUSS JETZT!« schrie ich. Ich stand auf. Auch May erhob sich. »Wenn ihr beide nicht sofort aufhört, gehe ich.«

Sie murrten, und keiner von beiden lockerte seinen Griff. Der Kampf ging weiter. Ich nahm May an der Hand, und sie sah über die Schulter zurück, als ich sie fortzog. Ich stapfte über den Strand zu unserem Haus zurück und ließ die beiden Muskelmänner knurrend und ächzend im Sand liegen.

Mit ihrem blöden männlichen Ego hatten sie einen Nachmittag ruiniert, der wunderschön hätte sein können. Mommy und Daddy waren in die Stadt gefahren, und daher brauchte ich keine Fragen zu beantworten. Statt dessen ging ich in mein Zimmer. May folgte mir auf den Fersen und fragte sich, was wohl schiefgegangen war.

»Jungen!« sagte ich erbost. »Sie können ja solche Idioten sein. Sie haben sich so gut miteinander verstanden, und jetzt das. Es hängt mir zum Hals raus. Du kannst dich glücklich schätzen. Du behandelst Jungen immer noch so, als hätten sie Filzläuse.«

»Nein, jetzt nicht mehr, Laura. Ich mag einen Jungen in meiner Klasse«, gestand sie.

»Sag es ihm nicht«, riet ich ihr. Ich war maßlos erbittert und wütend. Ich schnappte mir eine Handarbeit, die ich gerade begonnen hatte, setzte mich damit ans Fenster und stach die Sticknadel in den Stoff.

Kurze Zeit darauf sah ich Robert und Cary. Sie liefen nicht nebeneinander her, aber als sie das Haus erreicht hatten, blieben sie stehen und sprachen leise miteinander.

»Vielen Dank dafür, daß ihr mir das Picknick verdorben habt«, rief ich zum Fenster hinaus. Die beiden blickten auf.

»Wir haben doch nur herumgealbert, Laura«, behauptete Cary. »Warum bist du so überstürzt weggelaufen?«

»Ihr habt nicht herumgealbert. Ihr seid nichts weiter als zwei Idioten«, rief ich zurück. »Ich habe keine Lust, jemals wieder mit einem von euch etwas zu unternehmen.«

»Laura«, flehte Robert. »Es war doch nur ...«

Ich verschränkte die Arme und lehnte mich zurück, damit keiner von beiden mich sehen konnte. Ich hörte sie nicht ins Haus kommen, und ich hörte Robert auch nicht abfahren, aber ich zügelte meine Neugier und sah nicht zum Fenster hinaus. *Sie hecken etwas aus,* dachte ich, und plötzlich hörte ich die beiden unter meinem Fenster singen. Zur Melodie von »My Darlin' Clementine« sangen sie: »Es tut uns leid, es tut uns leid, uns tut leid, was wir getan. Wir sind hilflos und verloren, unser Darling Laura Logan.« Sie wiederholten es so lange, bis ich den Kopf zum Fenster hinausstreckte und sah, wie sie miteinander die Arme um die Schultern geschlungen hatten und zu mir aufblickten.

Ich mußte wider Willen lachen.

»Hast du uns verziehen?« fragte Robert.

»Man sollte euch zwar nicht verzeihen, aber ich verzeihe euch noch einmal«, sagte ich lächelnd.

»Können wir dann jetzt vielleicht den Nachtisch essen?« warf Cary ein. »Wir haben wieder Appetit.«

»Jetzt leuchtet dir dieser Festschmaus endlich ein, was? Kommt rein«, sagte ich, denn ich war selig, weil sie einen Waffenstillstand geschlossen hatten.

May erklärte ich in Zeichensprache, was sich hier gerade abspielte. Sie schüttelte verwirrt den Kopf.

»Das Erwachsenwerden ist schwerer, als ich dachte«, erwiderte sie, und ich lachte.

Nach dem Dessert ging Cary wieder zum Strand hinunter, um die *Sunfish* an Land zu ziehen, und ich begleitete Robert zu seinem Wagen, um mich von ihm zu verabschieden.

»Es hat mir großen Spaß gemacht. Mir tut nur leid, daß wir dir den Tag verdorben haben, Laura.«

»Ich bin froh, daß du dich gut mit Cary verstehst, Robert. Ich hoffe nur, daß es dabei bleiben wird.«

»Ganz bestimmt«, versprach er mir. »Du kannst wirklich gut kochen«, fügte er dann hinzu. »Das Picknick hat mir gut geschmeckt.«

»Danke.«

Er hielt inne, und ich konnte ihm ansehen, daß er etwas sagen wollte, was großen Mut von ihm verlangte, und daher half ich ihm.

»Was ist, Robert?«

»Mir ist nur gerade etwas eingefallen. Meine Eltern fahren am kommenden Samstag nach Boston, um ein paar Sachen für das Hotel zu kaufen. Ich fahre nicht mit«, erklärte er. »Was hieltest du davon, ins Hotel rüberzukommen? Vielleicht könnten wir zusammen etwas zum Abendessen kochen. Wir könnten so tun, als seien wir die Besitzer und hätten ein Hotel voller Gäste und …«

»Ich weiß nicht recht«, sagte ich und sah mich nach dem

Haus um. Ich fragte mich, was ich Daddy erzählen sollte. Robert schien sehr enttäuscht zu sein.

»Schon gut, es war ja nur so eine Idee«, sagte er und öffnete die Wagentür.

»Ich glaube, es gibt nichts dagegen einzuwenden, daß ich zum Abendessen zu dir komme«, sagte ich. »Ich werde ganz einfach die Wahrheit sagen, nämlich, daß du mich eingeladen hast.«

»Das ist doch wahr«, sagte er mit wachsendem Mut.

»Es ist keine Lüge, wenn ich nicht erwähne, daß deine Eltern fort sind.«

»Nein, es ist keine Lüge.«

»Irgendwie kriege ich es hin«, versprach ich ihm.

»Prima. Was soll ich besorgen?«

»Darüber mache ich mir noch Gedanken, und im Lauf der Woche gebe ich dir Bescheid«, sagte ich.

»Wir werden uns fühlen, als seien wir verheiratet«, sagte er und beugte sich heraus, um mich zu küssen. »Ich liebe dich, Laura«, flüsterte er.

»Ich liebe dich auch«, sagte ich, und er ließ den Motor an, fuhr rückwärts aus der Einfahrt, winkte und bog auf eine Straße ein, die mit Sonne und Schatten gesprenkelt war.

Vielleicht würden wir eines Tages tatsächlich verheiratet sein, malte ich mir in meinen Tagträumen aus, und dann dachte ich an Großmama Olivia. Wahrscheinlich würde sie nicht zur Hochzeit kommen. Es konnte sogar sein, daß sie mich aus dem Schoß der Familie ausschließen würde, wie sie es schon mit ihrem eigenen Sohn Chester getan hatte, aber ebenso wie Onkel Chester sah auch ich eine Chance darin, die ich ergreifen wollte, denn ich war bereit, das Risiko einzugehen und für denjenigen, den ich liebte, den Preis zu bezahlen.

Ich hatte jedoch keine Ahnung, wie einflußreich Großmama Olivia war und wie sehr sie den Preis in die Höhe treiben konnte.

6

Grenzenlos ergeben

Trotz des Ringkampfs am Strand blieben Cary und Robert Freunde, und Cary fuhr sogar mitten in der Woche zum Sea Marina und half Robert und seinem Vater dabei, den Anlegesteg wieder herzurichten. Am Donnerstag setzte ein schlimmes Gewitter ein. Der Regen peitschte so heftig herunter, daß die Tropfen von den Straßen hochsprangen, an die Fensterscheiben und auf die Dächer klopften und gegen die Hausmauern hämmerten wie auf eine Trommel. Daddy konnte nicht mit seinem Hummerboot rausfahren, und daher brachte er uns mit dem Wagen zur Schule und holte uns wieder ab, damit er überhaupt etwas zu tun hatte. Es war dunkel, trostlos und ungewöhnlich kalt für diese Jahreszeit. Erst am späten Freitag nachmittag wurde der Himmel klarer.

»Wenigstens wissen wir jetzt, daß wir den Anlegesteg gut repariert haben. Er ist robust«, sagte Robert in der Cafeteria zu mir. »Wir haben es nur Cary zu verdanken. Das Unwetter hat ihm absolut nichts angetan.«

Dieses Kompliment ließ Cary erröten. Im Lauf der letzten Woche waren wir drei unzertrennlich gewesen. Ich merkte, daß wir zum Gesprächsstoff wurden, und neidische Mädchen griffen in die tiefen Brunnen der Anzüglichkeiten und Gemeinheiten, um noch gehässigere Gerüchte herauszuziehen. Auf meinem Spind im Korridor klebte eines Tages ein Zettel, auf dem stand: *»Sitzt Opa dabei, wenn ihr euch küßt?«*

Ich riß den Zettel in Stücke, weil ich fürchtete, Cary würde wütend, wenn er ihn sah. Ich erwähnte den Vorfall mit keinem Wort, aber ich konnte deutlich wahrnehmen, daß auch er eklige

Notizen erhielt. Falls Robert von anderen belästigt wurde, so erzählte auch er mir nichts davon. Am Freitag morgen ließ sich Cary jedoch auf eine wüste Schlägerei ein. Peters Nase blutete, und er hatte eine Schwellung auf der Stirn.

Ich fragte Cary, was passiert war, aber er wollte nicht darüber reden. Auch im Büro des Rektors äußerte er sich nicht dazu, und wieder einmal wurde er wegen einer Schlägerei von der Schule suspendiert. Der Direktor rief bei Mommy und Daddy an, und als die beiden uns abholten, weinte Mommy vor Carys Augen, und das war Strafe genug. Auf der Heimfahrt saß er mit gesenktem Kopf da und lauschte, während Daddy mit leiser Stimme auf ihn einredete, fast wie ein Mann, der das Todesurteil über einen Sträfling verhängt.

»Du bist kein Junge mehr, Cary. Du leistest die Arbeit eines Mannes, und zwar schon seit geraumer Zeit. Solange man ein kleiner Junge ist, sind die Eltern Richter und Geschworene. Sie urteilen über deine Taten. Aber jetzt bist du für dich selbst verantwortlich und mußt vertreten, was du tust. Die Verantwortung für deine Handlungen trägst du selbst, und du rechtfertigst dich dafür vor einer höheren Stelle als mir. Du tust uns allen weh, und damit mußt du leben. Wenn sie beschließen, dich aus der Schule zu werfen, dann ist alles aus.«

»Es war nicht meine Schuld«, erwiderte Cary.

»Und warum nicht? Du hast diesen braven Jungen verprügelt.«

»Das hat er sich selbst zuzuschreiben.«

»Und womit hat er das verdient?« verfolgte Daddy das Thema weiter.

Cary schüttelte den Kopf. »Er hat es sich selbst zuzuschreiben.«

»Wenn sie dich zum Richter machen oder dich als Geschworenen wählen, dann kannst du darüber entscheiden, aber im Moment wirst du zu Hause sitzen, statt den Unterricht zu besuchen, den du wirklich bitter nötig hättest.«

Daddy schaute mich an, weil er sehen wollte, ob ich noch etwas dazu sagen konnte, um das Rätsel zu lösen. Ich schüttelte den Kopf.

»Ich bin müde«, sagte Daddy, sowie wir nach Hause kamen. »Ich werde heute abend früh ins Bett gehen.«

»Ich lasse dir das Abendessen ans Bett bringen, Jacob«, rief Mommy hinter ihm her.

Die Luft war so dick, daß ich glaubte, wir müßten den Trübsinn in Scheiben schneiden, wenn wir jemals wieder aus dieser Traurigkeit herauskriechen wollten. May blickte aus ihrer stummen Welt auf und nahm dennoch die Spannung wahr. Sie setzte sich zu Carys Füßen und blickte ab und zu aus großen, traurigen Augen zu ihm auf, aber das trug nur noch mehr dazu bei, daß er sich elend fühlte. Auch er ließ das Abendessen ausfallen und zog sich in seinen Unterschlupf auf dem Dachboden zurück.

Ich hörte, wie er Möbelstücke herumschob, als ich zur Decke aufblickte. Aber ich sah, daß das Loch verschwunden war. Dann trat Stille ein.

Ich ging oft in Carys Werkstatt hinauf und sah ihm dabei zu, wie er an seinen Schiffsmodellen arbeitete. Es war ein kleiner Raum, da das Dach eine lange Schräge hatte, aber er hatte einen ziemlich großen Tisch dort untergebracht, auf dem er seine Schiffsmodelle zusammenbaute. Die Schiffe, die er fertiggestellt hatte, waren auf einem halben Dutzend Regalen aufgereiht. Besonders stolz war er auf seine Segelschiffe, die auf jedem der Regalbretter in der Mitte standen.

Nachdem er mehr als eine halbe Stunde lang geschwiegen hatte, trat ich dicht hinter ihn. Er saß mit dem Rücken zu mir und arbeitete unbeirrt weiter.

»Was wird das?« fragte ich.

»Eine Replik der HMS Victory, des Flaggschiffs von Admiral Horatio Nelson«, sagte er. »Mir ist im Moment danach zumute, mich mit Kriegsschiffen zu befassen.«

»Cary, was ist zwischen dir und Peter vorgefallen? Erzähl es mir, bitte.«

»Was ändert das schon? Es ist aus und vorbei«, sagte er.

»Aus und vorbei, Cary?«

Er drehte sich um, und ich sah, daß seine Augen blutunterlaufen waren.

»Solange wir nicht beide von dort verschwinden, wird es nicht aufhören, Laura«, warf er mir an den Kopf.

»Warum?« hakte ich beharrlich nach. Er wandte sich seinem Modell wieder zu und arbeitete daran. »Cary, ich will wissen, was los ist. Warum wird es vorher nicht vorbei sein?«

»Weil sie nicht aufhören. Es bereitet ihnen zuviel Spaß.«

»Was bereitet ihnen zuviel Spaß?«

»Mich schlechtzumachen, dich schlechtzumachen und ekelhafte Dinge über uns zu erzählen.«

»Was für Dinge?« fragte ich, doch ich kannte die Antwort bereits. Panik machte sich in meiner Magengrube breit, als Cary sich mir wieder zuwandte.

»Sachen wie: Wechselt ihr euch ab, Robert und du? Entscheidet das Los, wer als erster drankommt? Oder macht ihr euch gleichzeitig ran? Bist du froh, daß du es jetzt endlich weißt?«

Er sah so seltsam aus, daß ich nicht hätte sagen können, ob sich Traurigkeit oder Wut hinter dem Glanz seiner Augen verbarg.

»Nein«, sagte ich, »aber du darfst auf all das nicht hören, Cary. Sie sind nur gehässig und gemein.«

»Diese Menschen werde ich nicht ignorieren«, gelobte er. »Ich werde dafür sorgen, daß sie an ihren eigenen dreckigen Bemerkungen ersticken.«

»Aber am Ende wirst du nicht derjenige sein, der diesen Kampf gewinnt, Cary«, sagte ich behutsam. »Du bist derjenige, der vom Unterricht suspendiert worden ist.«

»Das spielt keine Rolle. Es verschafft mir Befriedigung, und wenigstens wissen sie jetzt, daß sie für jede Bemerkung bezahlen, die sie von sich geben, und dieser Preis wird nicht gering sein«, sagte er. Dann sah er mich finster an. »Zu dir hat doch niemand etwas gesagt? Oder hat dich etwa doch jemand belästigt?« Mein Schweigen reichte als Antwort. »Du würdest es mir sowieso nicht erzählen«, sagte er.

»Nein. Ich sehe doch, was dann passiert«, sagte ich. »Magst du etwas zu essen? Ich bringe dir einen Teller rauf.«

»Ich habe keinen Hunger.«

Ich stieg die Leiter hinunter.

»Laura«, rief er hinter mir her.

»Was ist?«

»Laß dich nicht von den anderen aufziehen, wenn ich nicht in der Schule bin.«

»Es wird schon nicht dazu kommen«, sagte ich.

Er wandte sich seinem Schiffsmodell wieder zu.

Robert rief an, weil er erfahren wollte, was vorgefallen war, und außerdem wollte er uns sein Mitgefühl ausdrücken. Ich fürchtete, wenn er die ganze Wahrheit gekannt hätte, hätte auch er sich auf Faustkämpfe eingelassen, und dann wäre ich für zwei Jungen verantwortlich gewesen, die in der Schule Ärger hatten.

»Du kommst doch morgen abend, Laura, oder nicht?« fragte Robert.

»Ja«, sagte ich, obwohl ich wußte, daß ich es bereuen würde, Cary in seiner eigenen finsteren, unglücklichen Welt zurückzulassen.

»Ich komme um fünf. In Ordnung?«

»Ja, sicher.«

In jener Nacht lag ich endlos lang mit offenen Augen wach und dachte nach. Was hatten wir bloß angestellt, um diese widerlichen Gerüchte ins Leben zu rufen? Wir waren Zwillinge, mit einem Abstand von wenigen Minuten geboren. Im Leib unserer Mutter waren wir miteinander verbunden gewesen, und unsere Geburt hatte nicht nur eine schmerzliche Trennung von ihr dargestellt, sondern auch voneinander. Als wir noch jünger waren, hatten wir uns mehr aneinandergeklammert, als es bei Geschwistern sonst der Fall ist. Ich konnte mich nicht an einzigen Tag oder an eine einzige Nacht erinnern, die wir getrennt verbracht hatten. Ich war sicher, daß die meisten unserer Freunde glaubten, wenn einer von ihnen etwas zu einem von uns beiden sagte, würde es der andere früher oder später erfahren. Alle nahmen wahr, daß es keine Geheimnisse gab, die ich für mich behalten hätte oder Cary für sich. Es war ganz natürlich, daß er sich in meiner Nähe herumtrieb und mich beschützte, als ich älter wurde. Da wir Zwillinge waren, brauchten wir nicht mehr als einen flüchtigen Blick, um Furcht oder Freude zu übermitteln.

Vielleicht verabscheuten unsere Freunde gerade dieses Zauberband. Vielleicht waren sie neidisch darauf und wollten uns deshalb weh tun. Es war ein leichtes für sie, etwas Schmutziges und Perverses darin zu sehen, daß Cary mich anhimmelte. Und dann meldete sich eine winzige, furchtsame Stimme, die sich in meinem Hinterkopf verbarg, und sagte: »Vielleicht ist Cary nur so wütend geworden, weil er begriffen hat, daß etwas Wahres daran ist ... Er hat dich zu sehr angehimmelt. Vielleicht sind ihm seine eigenen Probleme klargeworden, und vielleicht war er nur gewalttätig, weil er es leugnen wollte.«

Ich drehte mich um und begrub mein Gesicht im Kissen, um diese winzige Stimme und die Erinnerungen abzuschalten, die sie hervorrief. Erinnerungen an seltsame Blicke, an übermäßig lange Berührungen, an Kosenamen, die für Liebende und nicht für Geschwister bestimmt waren. Ich hatte Angst um Cary, denn ich fürchtete, wenn ich dieser Stimme auch nur den geringsten Glauben schenkte, würde ich fortan Carys Blicke meiden, seine Berührungen als Glut empfinden und jedem Moment, in dem ich mit ihm allein war, ausweichen. Die Loslösung, die am Tag unserer Geburt begonnen hatte, würde ihr Endstadium erreichen, und schon bald würde Cary, mein armer geliebter Bruder, allein dastehen.

Ich weinte um ihn, und ich empfand nicht nur Scham, sondern auch Zorn und Verwirrung. Er war immer noch dort oben, hatte sich in dieser Werkstatt auf dem Dachboden eingeschlossen. Es war sehr still, aber ich glaubte, ihn weinen zu hören. Ich lauschte angestrengt, doch jetzt war nichts mehr zu vernehmen. Der Wind hatte sich gelegt, aber er blies immer noch kräftig genug, um die Wände quietschen zu lassen. Draußen lugte der Mond ab und zu zwischen der durchbrochenen Wolkendecke hervor. Die Brandung schwappte auf den dunklen Sand und ähnelte einer riesigen nassen Hand, die sich aus dem Meer streckte und ihre Finger über den Sand kriechen ließ. Die Nacht war unsere Atempause, die dazu diente, die harten Prüfungen und Foltern des Tages abzuwerfen und unsere matten Knochen auszuruhen, unsere bedrückten Gedanken in finstere Winkel zu schieben und den Schlaf wie einen seit langem geliebten Freund willkommen zu heißen.

Ich schloß die Augen, betete und wartete darauf, welche Überraschungen der Morgen bringen würde.

Am nächsten Tag gingen Daddy und Cary gleich nach dem Frühstück zur Arbeit und waren bis gegen Abend außer Haus. Sie kamen gerade von der Arbeit zurück, als Robert vorfuhr, um mich zu unserer Verabredung abzuholen. Daddy und Cary wußten beide, daß ich zum Abendessen bei Robert eingeladen war, aber selbst Cary war nicht darüber informiert, daß Roberts Eltern in Boston waren und erst am Abend des darauffolgenden Tages zurückkommen würden.

Da es in der letzten Zeit so viele Schwierigkeiten gegeben hatte, konnte ich es kaum erwarten, unser trostloses Haus zu verlassen. Mein Schuldbewußtsein war groß, weil ich Daddy und Mommy nicht gesagt hatte, daß Roberts Eltern nicht dasein würden, aber ich wußte, daß Daddy die Stirn gerunzelt und gesagt hätte, er fände es nicht angemessen, wenn er etwas geahnt hätte.

Statt dessen winkte ich den beiden zum Abschied zu und stieg in Roberts Wagen.

»Alles in Ordnung?« fragte er.

Ich rang mir ein kleines Lächeln ab, holte tief Atem und nickte.

»Ja, alles klar«, sagte ich.

Robert drückte zärtlich meine Hand, ehe er aus der Einfahrt zurückstieß. Im nächsten Moment steuerten wir dem Gasthof und unserem romantischen Abend zu. Seit ich das letztemal dagewesen war, hatten die Royces gewaltig gearbeitet, und als wir vorfuhren, konnte ich erkennen, daß sie ihre Renovierungsarbeiten nahezu abgeschlossen hatten. Robert führte mich durch das Haus, vom Wohnzimmer ins Büro, ehe er mir einige der Suiten für die Gäste zeigte. Alles war wunderschön hergerichtet, hell und freundlich, und vor allem die Zimmer mit Blick auf den Strand und das Meer waren sehr luftig. Frisch gestrichen, mit neuen Fußböden und Tapeten, renovierten Bädern und neu möbliert, rangierte das Sea Marina jetzt unter den schicksten Hotels, die wir in dieser Gegend hatten.

»Wir schalten Anzeigen in den führenden Tageszeitungen und Zeitschriften«, erklärte Robert. »Mom und Dad sind sehr zuversichtlich.«

»Das sollten sie auch sein«, sagte ich. »Ihr habt das Hotel großartig hergerichtet, du und deine Eltern, Robert.«

»Danke.«

Wir waren beide einigermaßen nervös, als wir in dem funkelnagelneu renovierten Hotel allein miteinander waren. Ohne es selbst zu merken, benahmen wir uns förmlich und gingen sehr höflich miteinander um. Robert hielt mir Türen auf und ließ seine Hand auf meiner Taille liegen, wenn wir Treppen hinaufstiegen. Wir mieden jeden Blickkontakt und redeten nur über das Gasthaus, das Grundstück und die bevorstehende Feriensaison. Es war fast so, als seien wir Fremde, die sich gerade erst begegnet waren.

»Ich glaube, wir sollten uns jetzt Gedanken über das Abendessen machen. Ich habe alles gekauft, was du mir aufgetragen hast«, sagte er, und wir gingen in die Küche, um uns dort beide an die Vorbereitungen zu machen. Ich ließ ihn die Kartoffeln schälen und die Töpfe mit Wasser für die verschiedenen Gemüsesorten zum Kochen bringen, während ich die Flunderfilets in Brotkrumen wälzte und sie sautierte.

Robert hatte den Tisch im Eßzimmer bereits gedeckt, mit dem besten Porzellan und Silber und mit Leinenservietten und Kristallglaskelchen. Mitten auf dem Tisch standen in zwei Kerzenhaltern hohe weiße Kerzen. Aus der neuen Anlage drang leise romantische Musik.

»Wissen deine Eltern Bescheid, Robert?« fragte ich.

»Ja, klar«, sagte er. »Mom hat vorgeschlagen, daß ich unser schönstes Geschirr benutze. Aber davon habe ich ihnen nichts erzählt«, sagte er und zauberte eine Flasche eiskalten portugiesischen Wein hervor. »Ich dachte mir, das geht schon in Ordnung. Schließlich ist es wirklich ein besonderer Anlaß.«

Ich nickte und wandte mich den Essensvorbereitungen wieder zu. Als alles fertig war, sagte ich ihm, er solle die Kerzen anzünden und sich an den Tisch setzen, damit ich ihm die Mahlzeit servieren konnte.

»Laß dir dabei helfen«, sagte er, aber ich bestand darauf, alles allein hineinzutragen, und daraufhin ging er ins Eßzimmer.

Ich brachte das Essen, und Robert schenkte uns Wein ein. Wir stießen schüchtern auf das Sea Marina an.

»Auf eine erfolgreiche Jungfernfahrt«, sagte Robert.

Wir machten uns über das Essen her. Robert geriet ins Schwärmen. Wir lachten, tranken mehr Wein und taten erst so, als seien wir die Besitzer und dann die Gäste.

»Wir verbringen hier gerade unsere Flitterwochen«, schlug er vor. »Wo kommen wir her?«

»Aus New York. Nein, aus dem Mittleren Westen. Deshalb haben wir noch nie das Meer gesehen«, sagte ich.

»Und jetzt hat es uns in seinen Bann gezogen.«

»Wir wollen nicht mehr abreisen. Nie mehr.«

Er veränderte seine Haltung und bemühte sich, das Gebaren eines älteren, rundlichen Geschäftsmannes anzunehmen.

»Ich spiele sogar mit dem Gedanken, mich hier nach Arbeit umzusehen. Habe ich dir das überhaupt schon gesagt, meine Liebe?«

Ich imitierte Großmama Olivia und sah ihn herablassend an. »Nein, ganz und gar nicht.«

»Gestern habe ich mir ein kleines Haus am Strand angesehen. Nichts Besonderes, aber der Ausblick ist wunderbar. Hier könnten Kinder prima heranwachsen. Sie hätten die größte Sandkiste auf Erden«, sagte er.

»Sandkiste? Ich würde es meinen Kindern niemals erlauben, sich die kleinen Hände und Füße in einer Sandkiste schmutzig zu machen.«

Wir lachten und tranken noch ein Glas Wein.

Plötzlich streckte Robert die Hand über den Tisch, legte seine Finger auf meine, sah mir fest in die Augen und bedachte mich mit einem wunderbar einnehmenden Lächeln.

»Habe ich dir eigentlich schon gesagt, wie glücklich ich bin und wie vollständig ich mich immer dann fühle, wenn ich mit dir zusammen bin, Laura? Es ist, als sei die Welt nur für uns beide geschaffen. Außer uns gibt es niemanden, und jede Schönheit breitet sich nur vor unseren Augen aus.«

Ich weiß nicht, ob es seine Worte waren oder der Wein, aber mein Bauch prickelte vor Aufregung und Wärme. Ich war nur sicher, daß ich mir vorkam, als strömte ich vor Liebe zu Robert über, und ich wollte seine Hand nicht loslassen, diesen Moment nicht vorübergehen lassen. Er beugte sich vor, um mich zu küssen. Es war ein kurzer, zarter Kuß, so zärtlich und sanft, daß es mir eher wie ein Kuß in einem Traum erschien.

»Laura«, sagte er, »ich bin ja so glücklich, daß ich dich gefunden habe.«

»Ich auch«, sagte ich, und es war kaum mehr als ein Flüstern.

Er hielt meine Hand fest und stand dann langsam, unglaublich langsam, auf und zog mich mit sich auf die Füße. Wieder küßte er mich. Es war ein Kuß von der Sorte, die von jedem Moment tiefer wurde, fordernder, und er endete nur deshalb, weil wir beide atemlos waren. Er schmiegte sein Gesicht dicht an meines und ließ seine Lippen über meine Wange zu meinem Ohr gleiten. Behutsam knabberte er an meinem Ohrläppchen, ehe er flüsterte: »Sollten wir in unser Zimmer gehen, Darling?«

Unser Zimmer! Allein schon der Gedanke daran erschreckte und faszinierte mich zugleich. Mein Herz begann, heftig zu pochen, als Robert mich aus dem Eßzimmer und die Treppe hinauf zu einer Suite mit Meerblick führte.

Als wir das Zimmer betraten, waren wir beide so nervös, daß wir kein Wort herausbrachten. Robert blieb vor mir stehen, knöpfte sein Hemd auf, zog es aus und ließ es auf den Stuhl fallen. Meine Finger glitten auf meine Bluse, als hätten sie ihren eigenen Willen, und öffneten, wenn auch zitternd, die Knöpfe. Langsam zog ich die Bluse aus und ließ sie neben Roberts Hemd auf den Stuhl fallen. Er lächelte und trat vor, um mich zu küssen. Dabei glitten seine Hände über meinen Rücken, um meinen BH zu öffnen.

Mein Herz pochte.

Robert zog den Reißverschluß seiner Hose auf und setzte sich auf das Bett, um die Schuhe und die Socken auszuziehen. Ich sah ihm mit weit aufgerissenen Augen zu, als er seine Hose auszog und sie auf der Stuhllehne faltete.

Der Wind ließ die Vorhänge wippen, und das Meer toste vor der Tür, aber ich hörte nur das wilde Pochen meines eigenen Herzens.

Ich zog den Reißverschluß meines Rocks auf, ließ ihn an meinen Beinen hinuntergleiten und legte ihn auf Roberts Hose. Dann zog ich die Sandalen aus, und er stand auf, um mich in seine Arme zu ziehen. Wir küßten uns wieder, und auch diesmal war es ein ausdauernder, fordernder Kuß, der uns den Atem verschlug.

»Laura«, flüsterte er.

Ich sah nicht an uns hinunter, aber ich konnte spüren, wie seine Arme auf seine Taille glitten. Ich hielt die Augen geschlossen, als er aus seinen Shorts stieg und mir dann behutsam den Slip auszog. Ich ließ es geschehen, wenn auch furchtsam.

Einen Moment lang berührten wir einander nicht und rührten uns auch nicht von der Stelle. Es war, als hätten wir einander auf eine Klippe geführt, an den Rand eines Abgrunds, von dem es niemals mehr ein Zurück gab, wenn wir auch nur einen Schritt weitergingen.

»Du bist die schönste Frau auf Erden, Laura. Ich liebe dich so sehr, daß mein Herz weh tut.«

Warnungen schlugen über mir zusammen wie Wogen, eine nach der anderen, aber mein Körper prickelte, und die Stimmen, die mir Einhalt gebieten wollten, erloschen unter dem Ansturm des Verlangens. Ich warf jede Vorsicht über Bord und tat den unwiderruflichen Schritt. Plötzlich lagen Roberts Hände auf meinen Hüften, und seine Lippen waren auf meinen Mund gepreßt, unsere Körper eng aneinandergeschmiegt. Überall. Und doch konnten wir immer noch nicht genug bekommen. Unsere Beine mußten sich aneinander reiben, unsere Bäuche, unsere Rippen. Unsere Hände mußten über den Körper des anderen gleiten, bis wir wie zwei Menschen erschienen, die sich aneinanderklammerten, als hinge ihr Leben davon ab.

Ehe wir wußten, wie uns geschah, lagen wir im Bett. Unsere Köpfe ruhten bequem auf den aufgeschüttelten Kissen, und unsere Körper hatten sich zwischen dem kalten Bettzeug verschlungen.

»Mach dir keine Sorgen«, flüsterte Robert. »Ich bin vorbereitet.«

Ich schloß die Augen und ließ mich treiben, und während ich

wartete, schwirrte mir der Kopf. Wenige Momente später spürte ich seine Lippen auf meinem Bauch. Sie bahnten sich einen Weg nach oben, zwischen meinen Brüsten hindurch und über sie hinweg, und schließlich landeten sie auf meinem Mund, während er sich behutsam zwischen meine Schenkel legte.

»Robert«, sagte ich matt, so leise, daß er es kaum hören konnte.

»Es sind tatsächlich unsere Flitterwochen«, sagte er, und dann spürte ich ihn.

Ich stöhnte, ich schrie und ich zog so fest an seinem Haar, daß ich sicher war, er müsse Schmerzen haben, aber er wehrte sich nicht und äußerte auch keinen Klagelaut. Ich fühlte die Tränen über meine Wangen strömen, und als er es auch wahrnahm, küßte er sie aus meinem Gesicht. Als alles vorbei war, lagen wir eng umschlungen da. Dann sah ich an mir hinunter und entdeckte das Blut auf dem Bettlaken.

»Oh, nein, sieh nur«, sagte ich.

»Mach dir keine Sorgen. Darum kümmere ich mich schon.« Er lächelte mich an.

Ich löste mich von ihm, wälzte mich auf den Bauch und preßte mein Gesicht in das Kopfkissen.

»Laura«, sagte er und legte mir eine Hand auf den Rücken. »Ich liebe dich, Laura.«

Ich kam mir vor, als sei ich abrupt auf die Erde gestürzt, nachdem ich auf einer Wolke geschwebt hatte, und plötzlich hatte sie sich grau und finster gefärbt, Regen über dem Sea Marina einsetzen lassen und mich gemeinsam mit den Regentropfen nach unten geschwemmt. Mein Herz pochte immer noch heftig, aber allmählich konnte ich wieder klar denken, und Überlegungen strömten in meinen Kopf wie Wasser, das eine Öffnung gefunden hatte.

Wir hatten es getan. Ich war zu weit gegangen, hatte die Selbstbeherrschung verloren. Oder hatte ich es mir genauso sehr gewünscht wie Robert? War es eine Sünde, das zu wollen? Sollte alles, was Daddy mich lehrte und mir predigte, wahr sein, und wurde er mir diese Sünde auf den ersten Blick im Gesicht ansehen? Würde es ihm das Herz brechen?

Ich dachte auch an Cary, an sein Mißtrauen gegenüber allen Jungen, die mich ansahen oder mit mir sprachen. Ich würde ihn niemals davon überzeugen können, daß diese Liebe gut und schön und rein war. Er würde sagen, ich sei lediglich eine kleine Trophäe, mit der sich jemand schmücken konnte.

»Was ist los mit dir, Laura?« fragte Robert liebevoll.

»Ich weiß selbst nicht, was über mich gekommen ist. Warum ... wie ...«

»Laura, wir haben nichts Böses getan. Wir lieben einander. Du brauchst keine Schuldgefühle zu haben.«

»Weshalb sollte ich keine Schuldgefühle haben, Robert?« fauchte ich ihn an und stand auf, um meine Kleidungsstücke aufzusammeln. »Es ist genau das passiert, was alle vorausgesagt hätten, wenn sie gewußt hätten, daß ich herkomme und den Abend allein mit dir verbringe. Jeder anklagende Blick, jedes vorwurfsvolle Wort und jedes hämische Grinsen ...«

»Aber wir haben nichts Böses getan. Wir lieben einander, und wir begehren einander.«

»Ich habe zuviel Wein getrunken«, sagte ich, da ich gewaltsam nach einem Vorwand suchte.

»Das ist nicht dein Ernst, Laura. Du willst doch nicht etwa behaupten, du wärest nur mit mir ins Bett gegangen, weil du betrunken warst.« Robert lag da und sah mich mit einem schmerzlichen Ausdruck an.

»Ich weiß selbst nicht, was ich sagen will«, jammerte ich. »Ich habe einfach nur das Gefühl, daß wir zu weit gegangen sind und etwas Wahres und Reines verdorben haben.«

»Das ist Unsinn.«

»In meinen Augen ist es kein Unsinn, Robert!« rief ich aus.

»Schon gut, schon gut«, sagte er und hob die Hände. »Es tut mir leid. Ich wollte damit nicht sagen, daß du Unsinn redest, aber in deinem tiefsten Innern weißt du selbst, daß du es auch gewollt hast.«

»Gerade darum geht es ja. Vielleicht wollte ich es wirklich, aber vielleicht war es falsch, daß ich es wollte.«

»Es war nicht falsch«, beharrte er.

»Das sagen alle Jungen«, warf ich ihm an den Kopf.

»Nicht dieser Junge. Ich sage nur, was wahr ist und gut für uns ist. Ich lande nicht mit jedem Mädchen, das mir begegnet, im Bett, und ich verliebe mich auch nicht in jedes Mädchen, das ich kennenlerne, aber in dich habe ich mich verliebt.«

Ich schlüpfte in meine Sandalen und sah ihn an.

»Ich sollte jetzt besser nach Hause gehen«, sagte ich.

»Laura ...«

»Bitte, Robert. Ich will nach Hause.«

»Du bestrafst dich zu Unrecht«, sagte er und stand auf. Er begann, sich anzuziehen.

»Ich gehe nach unten und räume auf, während du dich anziehst«, sagte ich. »Du solltest auch etwas mit dem Bettlaken unternehmen.«

»Das ist schon in Ordnung. Ich kann mich später darum kümmern.«

Ich ging trotzdem und eilte die Treppe hinunter. Als er nachkam, war ich bereits dabei, den Tisch abzuräumen. Er umfaßte mein Handgelenk.

»Ich habe doch gesagt, daß ich es tue, Laura. Hör auf damit. Hör auf, dich selbst zu bestrafen.«

Ich versuchte zu schlucken, aber es ging nicht. Ich stand einfach nur da und nickte wortlos. Robert schlang die Arme um mich, hielt mich fest und strich mir über das Haar.

»Laura, Laura, Laura«, murmelte er. »Wenn ich geahnt hätte, daß ich dich unglücklich mache ...«

»Es ist schon gut«, sagte ich und richtete mich auf. »Bring mich nach Hause. Wenn ich ausgeschlafen habe, geht es mir bestimmt viel besser.«

»Richtig. Am nächsten Morgen sieht alles gleich viel besser aus, nicht wahr?«

»Nicht immer«, prophezeite ich. Ich sah mich noch einmal nach dem Eßtisch um. Unser gemeinsames Abendessen hatte soviel Spaß gemacht. Es war traumhaft gewesen. Warum also war ich jetzt derart verwirrt, und warum setzten mir meine gemischten Gefühle so sehr zu?

Auf der Heimfahrt tat Robert sein Bestes, um mich aufzumuntern. Er redete mir gut zu und bat mich inständig, keine schlechte Meinung von ihm oder gar von mir selbst zu haben. Er wiederholte, wie sehr er mich liebte, und er schwor, wenn es sein müßte, würde er bis ans Ende der Welt laufen, um mir zu folgen. Er sagte, lieber liefe er über glühende Kohlen, als mir jemals weh zu tun.

Ich versuchte, etwas zu sagen, aber mir blieb jedes Wort in der Kehle stecken. Daher konnte ich nur zum Fenster hinausschauen, auf das dunkle Meer.

»Laß mir Zeit«, sagte ich zu ihm, als wir das Haus erreichten. Er nickte bedrückt.

»Ich hatte gehofft, es würde ein ganz besonderer Abend werden ...«

»Der Abend war etwas ganz Besonderes«, sagte ich. Dann drückte ich ihm einen schnellen Kuß auf die Wange und rannte auf die Haustür zu. Ich drehte mich nicht um, und ich winkte auch nicht. Ich ging ins Haus und stieg die Treppe zu meinem Zimmer hinauf, ehe mir jemand ins Gesicht sehen konnte. Im Bad spritzte ich mir kaltes Wasser auf die Wangen.

»Laura? Bist du das, Schätzchen?« hörte ich Mommy aus meiner Zimmertür rufen.

»Ja, Mommy.«

»Ist alles in Ordnung?«

»Ja, Mommy. Ich mußte nur ganz schnell ins Bad. Mir fehlt nichts.«

»In Ordnung. Möchtest du eine Tasse heiße Schokolade?«

»Nein, Mommy. Ich habe genug gegessen und getrunken.«

»Ich verstehe. Ist Mrs. Royce eine gute Köchin?«

Ich schluckte schwer und schloß die Augen. Robert hatte mir erzählt, daß sie eine gute Köchin war.

»Ja, Mommy«, sagte ich. Ich fühlte mich, als hätte ich Stecknadeln in der Kehle. Kein Mensch auf Erden schenkte mir so uneingeschränkten Glauben wie Mommy, und niemand hätte sich energischer geweigert, daran zu glauben, daß ich lügen oder anderen etwas vormachen könnte.

»Das freut mich, mein Liebes. Du kannst mir morgen alles ganz genau erzählen, wenn du magst. Gute Nacht, Laura.«

»Gute Nacht, Mommy.«

Ich hörte, wie sie in ihr Zimmer ging. Dann holte ich tief Atem und machte mich bereit zum Schlafengehen. Die ganze Nacht wälzte ich mich im Bett herum und warf mich von einer Seite auf die andere. Ich sah mich in einem Ruderboot, das von den Wellen in die Luft geschleudert wurde, und der Himmel war schwarz und voller Regenwolken. Aus der finsteren Wolkenwand ragte Daddys wütendes Gesicht heraus. Ein langer anklagender Finger deutete vom Himmel auf mich.

»Du hast gesündigt«, brüllte Daddy. Der Wind trug die Laute mit sich. »Du hast gesündigt.«

Als ich aufwachte, war ich von kaltem Schweiß überströmt.

»Ich habe nicht gesündigt. Wirklich nicht. Ich liebe Robert, und er liebt mich. Das ist keine Sünde. Das ist ...«

Ich preßte mir eine Hand auf den Mund, weil es mir peinlich war, daß ich laut redete. Langsam senkte ich den Kopf auf das Kissen und starrte in die Dunkelheit, bis meine Lider wieder so schwer wurden, daß ich die Augen nicht länger offenhalten konnte.

Sonnenschein durchflutete mein Zimmer und gebärdete sich wie ein Vogel, der mit voller Wucht gegen die Scheibe flog. Ich riß die Augen weit auf und setzte mich eilig. Im Lauf der Nacht hatte ich so sehr geschwitzt, daß mein Nachthemd kalt und naß war. Ich zog es eilig aus und ging ins Bad, um warm zu duschen. Ich wandte mein Gesicht dem Wasserstrahl zu und ließ die Tropfen auf meine geschlossenen Augen und auf meine Wangen trommeln.

Niemand außer Cary schien zu bemerken, wie still ich beim Frühstück war. Daddy war aufgeregt, weil er eine neue Stelle gefunden hatte, um die Reusen für die Hummer auszuwerfen, und die Gespräche am Frühstückstisch drehten sich vorwiegend um die bevorstehende Arbeit. Ab und zu warf Cary einen Seitenblick auf mich und musterte mich eindringlich. Er ahnte, daß mit mir etwas nicht stimmte. Es war ihm deutlich anzusehen. Jedesmal, wenn er mir fragend in die Augen sah, wandte ich eilig den Blick ab. Ich konnte es kaum erwarten, daß alle aufgegessen hatten, damit ich in die Küche fliehen konnte, um Mommy beim Abspülen zu helfen.

In dem Moment, in dem wir fertig waren, streckte Cary den Kopf zur Küchentür herein.

»Ich gehe rüber zum Sumpf«, sagte er. »Ich wollte dir nur Bescheid sagen, falls du Lust hast, mit May nachzukommen.«

»Lauf ruhig los, Schatz«, sagte Mommy. »Wir haben es ohnehin gleich geschafft.«

»Ich …«

»Ich weiß, daß du es nicht mehr so spannend findest wie früher«, fauchte Cary. »Vergiß den Vorschlag.«

»Nein!« rief ich aus. Er sah sich erstaunt um.

»Ich komme gern mit. Laß mich May holen.«

Wir trafen Cary vor der Tür, und wir liefen zu dritt wie schon früher so oft über den Strand zu unserem Moosbeersumpf. Sämtliche Sträucher blühten, und der Eindruck eines blaßrosa Meeres entstand.

»Daddy sagt, dieses Jahr steht eine recht gute Ernte zu erwarten, wenn sie auch keine Rekorde brechen wird«, bemerkte Cary. Er beugte sich vor und sah sich mehrere Blüten genauer an.

Wir ernteten die Beeren erst im Herbst, und obwohl alle mithalfen, war es reichlich viel Arbeit. Carys Aufgabe bestand darin, eine der Erntemaschinen zu bedienen. Das tat er jetzt schon, seit er zehn Jahre alt war.

»Sie sehen gesund aus«, bemerkte er. Er reichte May eine der Blüten. Dann setzte er sich hin, steckte einen kleinen Zweig in den Mund und schaute auf das Meer hinaus. »Wie war dein Abendessen? Bist du schon als Familienmitglied aufgenommen worden?«

»Nein, Cary. Und du brauchst gar nicht so sarkastisch zu sein. Das Abendessen hat Spaß gemacht«, fügte ich eilig hinzu.

»Hm.« Er warf einen Seitenblick auf mich. »Stimmt etwas nicht mit dir?«

»Nein, nein, es ist alles in Ordnung«, sagte ich.

»Du scheinst heute morgen nicht besonders fröhlich zu sein.«

»Ich habe mir Gedanken über viele Dinge gemacht«, sagte ich.

»Ach?«

»Dinge, die ich mit mir selbst abmachen muß«, fügte ich hinzu. Er verzog das Gesicht.

»Früher hat es eine Zeit gegeben, in der wir beide einander all unsere Probleme anvertraut haben, Laura.«

»Es hat nichts damit zu tun, daß ich dir nicht vertraue, Cary. Aber manchmal müssen sich Mädchen mit Fragen befassen, die sehr weiblich sind, und von diesen Dingen verstehen Jungen nichts.«

»Ja, klar«, sagte er, und sein Mund verzog sich skeptisch.

»Ich sage dir die Wahrheit, Cary Logan. Du brauchst dich gar nicht so hämisch zu geben, sowie ich den Mund aufmache.«

»Soll das heißen, mit deinem ach so geliebten Freund wirst du auch nicht darüber reden?«

»Cary!«

»Was ist?«

»Nichts«, sagte ich kopfschüttelnd, und die ersten Tränen rannen aus meinen Augenwinkeln.

»Was ist los, Laura?« fragte er, und auf seinem Gesicht drückte sich Sorge aus.

»Jungen sind ... eben Jungen!« rief ich aus und stand auf. Ich wollte die Sanddüne hinunterrennen, aber Sand hat die Eigenschaft, unter den Füßen nachzugeben, und ich wußte, daß ich unbeholfen und albern wirkte, als ich zum Haus eilte und mehrfach beinah das Gleichgewicht verlor.

Ich mußte feststellen, daß ich den ganzen Tag über ohne ersichtlichen Grund und ohne jede Vorwarnung in Tränen ausbrach. Ich wollte mich zurückziehen und von niemandem gesehen werden, und daher nutzte ich den Vorwand, für die Abschlußprüfungen lernen zu müssen, und verbrachte die meiste Zeit allein in meinem Zimmer. In Wahrheit flossen meine Augen einfach über, und Tränen strömten über die Seiten, auf denen ich meine Notizen gemacht hatte. Robert rief an, aber ich hielt das Gespräch kurz und hörte das Unglück in seiner Stimme, als ich das Telefonat beendete.

Ich kehrte in mein Zimmer zurück, und meine Gedanken wandten sich wieder dem vergangenen Abend zu.

Warum, erkundigte ich mich barsch bei meinem lästigen Gewissen, warum sollte ich mich schuldbewußt fühlen? Ich liebe Robert, und ich glaube fest daran, daß er mich auch liebt. Was wir getan haben, tun alle Menschen, die einander lieben.

Aber andere Leute warten den richtigen Zeitpunkt ab, bis sie in einer Kirche vor Gott die Gelübde ihrer Liebe und Treue ablegen und seinen Segen erhalten, erwiderte mein Gewissen mit Daddys Stimme.

Nein. Ich schüttelte den Kopf. Was heilig ist, das ist die Liebe, nicht Worte aus dem Munde eines Geistlichen. Die Liebe, rein und schlicht, wie sie ist.

Ist es denn Liebe? Kannst du es mit Sicherheit sagen, mit

absoluter Sicherheit? Wirst du nächstes Jahr noch so verliebt sein wie jetzt? Wird Robert noch so sehr in dich verliebt sein?

Ja, ja, ja, rief ich in Gedanken.

Plötzlich wurde leise an meine Tür geklopft. Ich wischte mir schnell mit dem Handrücken die Tränen aus dem Gesicht.

»Wer ist da?«

Cary öffnete die Tür und streckte den Kopf herein.

»Laura, falls ich heute etwas gesagt oder getan habe, was deine Gefühle verletzt hat, dann tut es mir leid«, sagte er. »Ich wollte nur, daß du es vor dem Einschlafen weißt.«

»Du hast mir nichts getan«, sagte ich. »Aber ich danke dir trotzdem.«

»Gute Nacht, Laura.«

»Gute Nacht, Cary.«

Er schloß die Tür und entfernte sich mit leisen Schritten.

In der darauffolgenden Woche ließ Robert täglich vor dem Verlassen der Schule einen Brief in meinem Spind zurück. In jedem seiner Briefe erklärte er mir seine Liebe noch deutlicher als in allen vorangegangenen.

Ich möchte mich bei dir entschuldigen, Laura, aber ich sage mir, das, was wir getan haben, war nicht böse, und keiner von uns beiden sollte sich deshalb schuldbewußt fühlen. Ich liebe dich und nur dich, und miteinander zu schlafen ist nur eine von vielen Formen, seine Liebe auszudrücken. Niemand braucht um Verzeihung zu bitten, fügte er hinzu.

Ich schnürte seine Briefe mit einer Schleife zusammen und versteckte sie zu Hause in meinem Schreibtisch. Ich las sie so oft, daß ich glaubte, die Worte würden bald beginnen, zu verblassen. Ich wollte so gern jedes Wort glauben, das er mir schrieb, und auch alles, was er je zu mir gesagt hatte. Ich wünschte es mir mehr als alles andere auf Erden, und ich führte einen harten Kampf, um die Stimme des Gewissens zum Schweigen zu bringen, die mich ausschalt und mir mit den Strafen der Verdammten drohte.

Im Lauf dieser Woche schien Daddy die Bibelstellen gezielt auszusuchen, als wüßte er ganz genau, was in meinem Innern vorging. Eines Abends wählte er das Buch Jesaja, Kapitel eins: »O weh des sündigen Volks, des Volks von großer Missetat, des boshaften Samens, der verderbten Kinder ...«

Ich sah auf meinen Schoß hinunter, und als ich aufblickte, spürte ich die Glut in meinem Gesicht und nahm Carys durchdringenden Blick wahr. Sorge und zahllose Fragen standen ihm nach wie vor ins Gesicht geschrieben.

Am nächsten Tag war ich an der Reihe, und Daddy forderte mich auf, das achte Kapitel aus dem Brief des Paulus an die Römer zu lesen. Ich begann, aber meine Stimme überschlug sich, als ich las: »... aber fleischlich gesinnt sein ist der Tod, und geistlich gesinnt sein ist Leben und Friede ...«

Meine Kehle schnürte sich zusammen, und ich mußte mich unterbrechen und so tun, als hätte ich mich an etwas verschluckt, was ich genascht hatte, ehe wir uns zu Tisch gesetzt hatten. Ich trank einen großen Schluck Wasser, und Cary griff nach der Bibel und las an meiner Stelle weiter. Daddy sah mich mit besorgten Augen an.

»Fehlt dir etwas, Laura?« fragte Mommy.

»Nein, Mommy.«

»Vielleicht übernimmst du dich mit deinen Schularbeiten«, sagte sie. »Du solltest dir einen Tag freinehmen und vielleicht segeln gehen oder dich am Strand entspannen.«

»Mal sehen«, sagte ich. »Es wird schon wieder werden, Mommy.«

Ich bekam weiterhin Briefe von Robert, und sein Flehen wurde eindringlicher, als ich mich in der Schule weiterhin distanziert verhielt. Am Donnerstag kam er nicht in die Schule, und da Cary schon mit Freunden zusammensaß, schloß ich mich in der Cafeteria Theresa Patterson an.

»Ohne Robert wirkst du ganz verloren«, sagte sie. »Wo steckt er?«

»Er ist ... ich weiß es nicht. Vermutlich hat er sich heute morgen nicht wohl gefühlt.«

Theresas dunkle Augen sahen forschend in mein Gesicht, und dann rückte sie etwas näher zu mir.

»Es gibt viele Mädchen, die neidisch auf dich sind, Laura. Die meisten von ihnen würden ihn dir ausspannen, wenn es ihnen gelänge. Haben sie eine Chance?« fragte sie mit einem kleinen Lächeln auf den Lippen.

»Er gehört mir nicht, Theresa. Niemand gehört einem anderen Menschen«, erwiderte ich.

Sie schüttelte den Kopf.

»Das ist nicht die richtige Antwort, Laura. Wenn es darum geht, deinen Mann zu halten, solltest du kämpfen wie ein Tiger. Sieh dir nur Maggie Williams dort drüben an. Sie würde dich anfallen und dir die Haare ausreißen, wenn du Artrus auch nur durch gesenkte Wimpern anschaust. Ist zwischen Robert und dir alles in Ordnung?« fragte sie schließlich.

»Ja«, sagte ich.

»Ich weiß, wie sehr dieser Junge in dich verknallt ist, Laura. Nur deshalb haben die anderen Mädchen so gehässig über dich und ihn und Cary getuschelt. Sie sind eifersüchtig. Mir soll es recht sein«, sagte sie. »Ich würde gern zusehen, wie sie sich bei lebendigem Leib verzehren«, fügte sie hinzu und warf einen finsteren Blick auf die Mädchen am anderen Ende des Raumes, diejenigen, die sich niemals unter den Augen anderer zu einer Brava gesetzt hätten.

Dann wandte sie sich mir wieder zu.

»Wenn du diesen Jungen glücklich machst, Laura, dann wird er dich glücklich machen. Du weißt doch, was ich meine?« sagte sie und zwinkerte mir zu.

Ich schüttelte den Kopf.

»Wenn du eine gute Liebhaberin bist, behandelt dein Geliebter dich gut«, sagte sie lachend. »Schon gut, ich will nichts Genaueres aus dir herausholen. Aber ich warne dich«, säuselte sie. »Sowie du ihm den Rücken zu kehrst, wird dir jemand Robert Royce wegschnappen.«

Hatte sie etwa recht? fragte ich mich. War Robert tatsächlich dabei, die Geduld mit mir zu verlieren? Würde er sich von mir abwenden? Und würde ich es ewig bereuen?

Wenn mir diese Antworten so leichtgefallen wären wie die Antworten auf die bevorstehenden Prüfungsaufgaben, sagte ich mir, dann wäre das Leben so einfach gewesen.

7
Das Herz einer Frau

In sehr jungen Jahren hatte ich einmal aufgeblickt und bemerkt, daß Mommy mich anstarrte, als wir beide auf der Veranda saßen und stickten.

»Was ist los, Mommy?« fragte ich, weil ein ganz seltsames zartes Lächeln auf ihrem Gesicht stand. Sie sah aus wie ein kleines Mädchen, das über eines der Wunder der Natur staunte.

»Ach, nichts weiter, Liebes«, sagte sie. »Ich habe mir nur gerade überlegt, wie sehr du mich manchmal an Belinda erinnerst.«

Dann biß sie sich auf die Unterlippe und schüttelte heftig den Kopf, als hätte sie plötzlich erkannt, daß sie eine blasphemische Äußerung von sich gegeben hatte.

»Erzähl bloß niemandem, daß ich das gesagt habe, Laura, und schon gar nicht deiner Großmama Olivia. Ich hätte es niemals aussprechen dürfen. In Wirklichkeit siehst du Belinda gar nicht ähnlich. Ganz und gar nicht«, betonte sie ausdrücklich und wandte sich ihrer Handarbeit wieder zu.

Ich erwähnte es zwar niemandem gegenüber und erzählte nicht einmal Cary etwas davon, doch ich vergaß nie, was Mommy gesagt hatte, und jedesmal, wenn sich eine Gelegenheit dazu ergab, sah ich mir Fotos von Tante Belinda an und forschte in ihrem Gesicht nach Ähnlichkeiten.

Dann bat ich Cary eines Tages aus einer Laune heraus, mich in das Pflegeheim zu fahren. Erst weigerte er sich. Eher hätte man uns den Besuch einer anrüchigen Bar erlaubt, als einen Besuch im Pflegeheim. Allen war klar, daß Tante Belinda unserer Familie Peinlichkeiten bereitete und geistig in Formen verwirrt war, die jeden Versuch, sich mit ihr zu unterhalten, als reine Zeitverschwendung erscheinen ließ. Wenn ich nach ihr fragte, sagte Daddy: »Das geht dich nichts an. Vergiß sie.« Dennoch wollte ich Tante Belinda unbedingt kennenlernen, wahrscheinlich wegen der Bemerkung, die Mommy ungewollt über die Lippen gekommen war und meine Neugier angestachelt hatte.

Schließlich erklärte sich Cary dann eines Tages bereit, mich hinzufahren, aber er weigerte sich, mir ins Haus zu folgen.

»Ich warte hier draußen auf dich«, sagte er. »Nimm dir nicht mehr als eine halbe Stunde Zeit.«

Das war mein erster Besuch bei ihr. Lange Zeit blieb es unser Geheimnis. Er fuhr mich noch einmal hin, aber seitdem waren schon Monate vergangen. Keiner von uns sprach viel über Tante Belinda. Cary stellte mir nach meinen Besuchen keine Fragen. Es war, als glaubte er, das Thema sei ein solches Tabu, daß schon ein Anflug von Neugier eine Sünde darstellte. Er tat lieber so, als sei es nie dazu gekommen.

Gelegentlich machte er, weil Äußerungen dieser Art schon so oft ins Gespräch eingeflossen waren, eine Bemerkung wie: »So was würde nur die verrückte Tante Belinda sagen oder tun.« Sie war wirklich eine Leiche im Keller unserer Familie.

An dem Tag, an dem ich mich in der Cafeteria mit Theresa unterhalten hatte, bat ich Cary, mich zum Pflegeheim zu fahren. »Was? Warum denn das? Du bist doch schon seit Monaten nicht mehr dort gewesen«, sagte er.

»Ich weiß. Sie tut mir leid, Cary, aber ich möchte über andere Dinge mit ihr reden.«

»Was für Dinge?«

»Alles mögliche«, sagte ich. »Wenn du mich nicht hinfährst, werde ich Robert darum bitten müssen«, sagte ich. Das genügte, um ihm eine schnelle Entscheidung abzunötigen. »Ich fahre dich hin, aber ich gehe nicht mit dir rein.«

»Ja, ich weiß. So ist es mir ohnehin lieber«, sagte ich.

Er sah mich mit einem neugierigen Gesichtsausdruck an, schüttelte aber nur den Kopf.

»In den allerletzten Tagen hast du dich wirklich seltsam benommen, Laura. Wenn man ein Geheimnis so lange mit sich herumträgt, kann es manchmal dazu führen, daß es wie eine Wunde schwärt«, warnte er mich.

»Es wird schon alles wieder gut werden, Cary. Tu mir nur diesen einen Gefallen. Bitte.« Wenn ich ihn eindringlich bat, war es Cary nahezu unmöglich, mir einen Wunsch abzuschlagen.

»Sowie wir May nach Hause gebracht haben, fahren wir hin, aber wir können nicht lange bleiben, Laura. Du weißt, daß Daddy nichts davon erfahren darf.«

»Ja, ich weiß. Aber ich halte es für falsch. Sie ist wirklich sehr einsam, und sie ist eine ganz reizende alte Dame, die für niemanden eine Bedrohung darstellt«, sagte ich.

Er erwiderte nichts darauf. Wir holten May von der Schule ab und machten uns eilig auf den Heimweg. Dann stiegen wir beide in den Lastwagen und fuhren zum Pflegeheim.

Wir fuhren fast eine halbe Stunde, ehe Cary in eine Seitenstraße einbog, die von Kiefern, wildwachsenden Apfelbäumen und Krüppeleichen überwachsen war. Es erschien angemessen, daß unsere Großtante, die geheimgehalten wurde und deren Vergangenheit in Vergessenheit geraten sollte, an einem so abgeschiedenen Ort untergebracht worden war.

Das Pflegeheim lag in einer schönen Umgebung. Direkt dahinter erstreckte sich das Meer, und vor dem Gebäude waren große Rasenflächen mit Bänken angelegt, und es gab auch einen Steingarten und mehrere Brunnen.

Das wedgwoodblaue Haus war dreistöckig, und eine Veranda zog sich über die gesamte Fassade. Hinter dem Gebäude befand sich ein gepflegter Garten mit weiteren Bänken, Brunnen und einer großen Laube, die einen wunderschönen Ausblick bot. Etliche rote Ahornbäume mit breiten Kronen standen da, aber auch Krüppeleichen und Kiefern, und die Gehwege wurden von gestutzten Sträuchern gesäumt. Meinen zweiten Besuch bei Tante Belinda hatten wir gemeinsam draußen im Garten verbracht.

Nachdem er den Motor ausgeschaltet hatte, drehte sich Cary zu mir um.

»Denk daran. Nicht mehr als dreißig Minuten«, schrieb er mir vor und pochte auf seine Armbanduhr. »Wir wollen zurück sein, ehe Daddy nach Hause kommt und anfängt, Fragen zu stellen.«

»Schon gut, schon gut.«

Ich stieg aus und lief über die Steinplatten des Weges zu den wenigen Stufen vor dem Haus. Ich schaute mich nach Cary um und stellte fest, daß sich in seinem Gesicht große Sorge ausdrückte. Er sah sich um, als fürchtete er, hier ertappt zu werden, wie der Fahrer einer Bande von Bankräubern.

Ich betrat das Gebäude. In der Eingangshalle hingen hellblaue Gardinen, und auf dem Boden, der mit hellem Eichenholz getäfelt war, lagen dunkelblaue ovale Teppiche.

Große Gemälde hingen an den Wänden, Landschaften und Seestücke, und auf einigen waren Fischer zu sehen, auf anderen nichts weiter als Segelboote. Die Polstersessel und die Sofas waren alle mit einem hellblauen, geblümten Stoff bezogen. Kleine Holztische standen da, Ständer mit Büchern und Zeitschriften, und vor dem großen gemauerten Kamin waren etliche Schaukelstühle aufgereiht.

Nur wenige der Bewohner hielten sich dort auf. Zwei ältere Herren spielten Dame, und die übrigen lasen oder sprachen leise miteinander. Von Tante Belinda war nichts zu sehen.

Die Empfangsdame wandte sich von einer Krankenschwester ab und kam mir entgegengeeilt.

»Ja, bitte?«

»Ich möchte meine Tante besuchen, Belinda Gordon. Ich war schon mehrfach hier«, sagte ich. »Mein Name ist Laura Logan.«

»Ja, sicher.« Sie wandte sich an die Pflegerin. »Wissen Sie, wo sich Belinda Gordon im Moment aufhält, Jenny?«

»Sie ist in ihrem Zimmer. Ich habe sie vor etwa zehn Minuten hingebracht.«

»Geht es ihr gut?« fragte ich eilig.

»Sie war müde. Sie hat fast den ganzen Tag im Freien verbracht«, sagte die Krankenschwester. »Kommen Sie mit. Ich führe Sie zu ihr«, bot sie mir lächelnd an.

Ich folgte ihr durch den Korridor zu einer Tür, die zu Tante Belindas Zimmer führte.

Sie saß auf ihrem Stuhl und hatte die Augen geschlossen. Sowie wir in ihrer Tür auftauchten, schlug sie die Augen auf und blinzelte mehrfach schnell hintereinander.

»Hier ist jemand, der Sie besuchen möchte, Belinda«, sagte die Krankenschwester. Ich betrat das Zimmer.

»Guten Tag, Tante Belinda. Ich bin es, Laura, die Tochter von Jacob und Sara«, fügte ich hinzu, als ich nicht das geringste Anzeichen eines Erkennens in ihrem Gesicht wahrnehmen konnte.

Sie lächelte.

»Ach ja, Laura.«

Ich zog den Stuhl, der dicht am Fenster stand, näher zu ihr und setzte mich.

»Wie fühlst du dich?«

Tante Belinda war nicht größer als Großmama Olivia, vielleicht sogar noch eine Spur kleiner. Sie hatten beide Puppengesichter, aber ich fand Tante Belinda hübscher. Sie hatte saphirblaue Augen, die sogar hier noch strahlten, und sie schien viel glücklicher zu sein als ihre Schwester. Trotz aller Geschichten, die über ihre Promiskuität in ihren jungen Jahren und auch darüber in Umlauf waren, wie sehr sie sich in Verruf gebracht hatte, strahlte sie eine geradezu kindliche Unschuld aus.

»Heute bin ich ein bißchen müde. Wie geht es deiner Familie?« fragte sie.

»Es geht allen gut, Tante Belinda.«

»Du bist Jacobs Tochter?«

»Ja«, sagte ich lächelnd. Wie schon früher bereitete es ihr auch heute Schwierigkeiten, sich an die Einzelheiten zu erinnern.

»Wie viele Kinder hat Jacob schnell noch mal?«

»Drei, Tante Belinda. Ich habe einen Zwillingsbruder, Cary, und eine jüngere Schwester, die May heißt. Fällt es dir jetzt wieder ein? Oder kannst du dich nicht mehr daran erinnern, daß ich dich schon vorher hier besucht habe?«

»Oh, doch«, sagte sie. Einen Moment lang sah sie starr vor sich hin, und dann beugte sie sich zu mir vor. »Dann hast du Haille gesehen?« fragte sie in einem Flüsterton, ohne die Tür aus den Augen zu lassen.

»Nein, Tante Belinda. Ich bin Haille niemals begegnet.«

»Was für ein Jammer. Haben wir heute nicht einen schönen Tag?« sagte sie und sah zum Fenster hinaus.

»Ich bin zu dir gekommen, Tante Belinda, weil du mir bei meinem letzten Besuch erzählt hast, wie du dich das erstemal verliebt hast, das erstemal wirklich verliebt hast. Erinnerst du dich noch?«

»Was? Ja, sicher«, sagte sie lächelnd. »Ich kann mich noch gut daran erinnern.« Ihr Gesicht verfinsterte sich. »Es war eine verbotene Liebe, eine Liebe, die unentdeckt bleiben mußte, ein ewiges Flüstern und endlose geraubte Küsse im Dunkeln. Wenn wir einander in der Öffentlichkeit begegnet sind, durften wir unsere Gefühle nicht zeigen. Und dann habe ich ihn verloren«, fügte sie betrübt hinzu. »Ich habe ihn endgültig und für alle Zeiten verloren.«

»Aber woher hast du gewußt, daß es Liebe war, Tante Belinda?«

»Natürlich war es Liebe. So etwas weiß man doch. Warum fragst du? Hat Olivia wieder etwas erzählt? Sie verpetzt mich immer, läuft zu Daddy und jammert ihm vor, Belinda hat dieses getan, und Belinda hat jenes getan. Und dabei ist sie selbst nicht so rein wie die Lilie auf dem Felde.«

Sie schob schmollend die Lippen vor.

»Nein, Großmama Olivia hat kein Wort gesagt, Tante Belinda. Ich wollte nur mehr über die Liebe hören. Ich weiß selbst nicht, wie es kommt, aber aus irgendwelchen Gründen glaube ich, daß du dich besser auskennst als alle anderen in meiner Familie«, fügte ich hinzu, mehr an mich selbst als an sie gewandt, aber sie horchte auf.

»Das kann man wohl sagen.« Sie beugte sich vor und nahm meine Hand. »Ich bin sehr oft verliebt gewesen.«

»Sehr oft? Aber ich dachte, es hätte nur eine wirklich große Liebe in deinem Leben gegeben. Das hast du mir letztesmal erzählt«, sagte ich, ohne meine Enttäuschung zu verbergen.

»Das ist richtig, aber ich habe ihn verloren, und hinterher war ich ewig auf der Suche nach ihm«, erklärte sie.

»Ewig auf der Suche nach ihm? Das verstehe ich nicht, Tante Belinda. Wo hast du ihn gesucht?«

Sie lachte.

»Das wüßtest du sicher gern, was?« Ihre Augen wurden vor Argwohn klein. »Hat Olivia dich hergeschickt, damit du es herausfindest?«

»Oh, nein, Tante Belinda. Sie weiß nicht, daß ich hier bin.«

Sie musterte mich skeptisch und nickte dann begütigend.

»Jedesmal, wenn ich mich in einen Mann verliebe, verliebt sich Olivia auch in ihn. Sie behauptet immer, sie sei die erste gewesen und sie habe er von Anfang an gemocht, und dann hätte ich ihn ihr abspenstig gemacht. Aber in Wirklichkeit sieht es so aus, daß keiner sie mag, weil sie so kalt wie ein Fisch ist. Sie weigert sich sogar, in der Öffentlichkeit Händchen zu halten! Wenn du Lust hast, kannst du getrost zu ihr laufen und ihr erzählen, daß ich das gesagt habe.«

»Sie wird kein Wort von dem erfahren, was du mir erzählst, Tante Belinda«, versicherte ich ihr.

»Wenn man einen Menschen liebt«, fuhr sie fort, »dann fürchtet man sich nicht davor, ihn zu berühren oder sich von ihm berühren zu lassen. Olivia behauptet, das sei lächerlich. Sie sagt, es ist nicht nötig, daß man einander ständig anfaßt, und Küssen findet sie widerlich. Wenn du sie darauf ansprichst, wird sie es natürlich bestreiten. Sie wird behaupten, daß sie nur dann einen Mann küßt, wenn sie ungestört miteinander sind, aber das ist nicht wahr. Ich weiß es ganz genau. Junge Männer haben es mir erzählt. Wenn sie allein mit ihr sind, wimmelt sie auch jede Annäherung ab.« Sie lachte und beugte sich dann wieder zu mir vor. »Weißt du, was Samuel über sie erzählt? Ich habe es selbst gehört. Er hat gesagt, sie schläft nicht mit ihm, wenn das Licht brennt, und ohne Zudecke schon gar nicht. Als hätte sie etwas an sich, worauf jemand verrückt sein könnte, und sie zeigt es ihm nicht.«

Sie unterbrach mich und musterte mich wieder eingehend.

»Was sagtest du noch mal, wie du heißt, meine Liebe?«

»Ich bin Laura, Tante Belinda. Die Tochter von Sara und Jacob. Wie kann es kommen, daß man sich so oft verliebt, Tante Belinda? Ist die Liebe nicht etwas ganz Besonderes?«

»Es war immer wieder etwas ganz Besonderes, jedesmal von neuem«, erwiderte sie. Sie zog die Mundwinkel hoch und nickte. »Du mußt nur sichergehen, daß sie dich respektieren und wie eine Dame behandeln. Zeig einem Mann nicht gleich, daß du ihn liebst. Erst muß er sich winden und Folterqualen erleiden, und dann«, sagte sie mit einem strahlenden Lächeln, »wenn du endlich ja sagst, wird er glauben, du hättest ihm die Welt zu Füßen gelegt.«

»Ich war einmal verliebt«, fügte sie wehmütig hinzu. »Vor langer Zeit, in einen reizenden, gutaussehenden Jungen. Er hat sich eingebildet, meine Launen ließen die Sonne auf- und untergehen. ›Wenn du traurig bist‹, hat er gesagt, ›dann ziehen Regenwolken auf. Aber wenn du lächelst, dann scheint die Sonne strahlend hell, und man kann ihre Kraft spüren.‹

War das nicht reizend von ihm? Das ist Poesie. Er hat Lyrik geschrieben. Olivia hat die Gedichte gefunden und sie zerrissen. Sie hat gesagt, wenn ich mich darüber beschwere, geht sie zu Daddy und zeigt sie ihm, und dann wüßte er genau, was ich aushecke.

Und dabei habe ich gar nichts ausgeheckt. Ich habe mir doch nur gewünscht, daß ... daß jemand mich liebt und ich ihn lieben kann.«

Sie unterbrach sich, holte tief Atem und sah mich dann wieder an.

»Du erinnerst mich an jemanden«, sagte sie und blinzelte mehrfach kurz hintereinander. Ihr Gesichtsausdruck veränderte sich. Es war, als hätte sie mich gerade zum allerersten Mal angesehen. »Kennst du Olivia Logan, meine Schwester? Ihr Mädchenname war Gordon, genau wie meiner«, fügte sie mit einem dünnen Lachen hinzu.

»Ich bin deine Großnichte, Tante Belinda. Ich bin Jacobs Tochter, die Tochter von Großmama Olivias Sohn Jacob.«

»Ja«, sagte sie und lächelte. »Wie hübsch du bist. Bist du ein Schulmädchen?«

»Ja, ich gehe noch zur Schule.«

»Und hast du einen Freund, oder hast du viele Freunde? Ich hatte nur einen«, sagte sie.

Sie sah zum Fenster hinaus.

»Ich warte auf ihn. Täglich sitze ich hier am Fenster und warte. Verstehst du, er hat mir versprochen, daß er zurückkommt. Und er hat auch gesagt, daß er mir Blumen und Pralinen mitbringt. Sie wollen nicht, daß ich Pralinen bekomme«, flüsterte sie mit einem Blick auf die Tür. »Aber er versteckt sie zwischen den Blumen.«

Sie schlug sich eine Hand vor den Mund und kicherte wie ein kleines Mädchen.

Dann fing sie plötzlich an zu summen.

»Tante Belinda?«

Sie summte unbeirrt vor sich hin und sah aus dem Fenster hinaus.

»Ich gehe jetzt, Tante Belinda«, sagte ich und stand auf. Sie unterbrach ihr Summen und sah mich an.

»Richte Olivia aus, daß es mir nicht leid tut. Wenn sie nicht gewesen wäre, hätte ich heute noch meinen Freund. Wir wären dort draußen«, sagte sie und schaute auf den Garten hinaus, »und gingen Hand in Hand spazieren, und er würde mir bezaubernde Worte ins Ohr flüstern.«

Sie fing wieder an zu summen und sah starr aus dem Fenster.

Ich beugte mich vor und drückte ihr einen Kuß auf die Wange, aber sie schien es nicht wahrzunehmen. In der Tür blieb ich noch einmal stehen und sah mich nach ihr um. Sie wirkte so allein und so winzig, als sie dasaß. Nur ihre Erinnerungen waren ihr noch geblieben, und ihre Verluste und die Dinge, die sie bereute, verfolgten sie wie ein Spuk.

So würde es mir niemals ergehen, gelobte ich mir. Niemand wird meine Liebe vereiteln können.

»Und?« sagte Cary, als ich in den Laster stieg und wir losfuhren. »Hast du bei ihr gefunden, wonach du gesucht hast?«

»Ja«, sagte ich.

»Und was war das?«

»Eine Antwort auf eine Frage.«

»Was für eine Frage?« erkundigte er sich und warf einen Seitenblick auf mich. »Laura?«

»Von diesen Dingen verstehen nur Frauen etwas«, sagte ich.

»Himmel noch mal. Das schon wieder.«

»Ja, Cary, genau das«, sagte ich und preßte die Stirn an die Fensterscheibe, als wir über den Feldweg zur Hauptstraße holperten. Cary beschleunigte, stieß zwischen zusammengekniffenen Lippen Luft aus und schüttelte den Kopf.

»Es liegt alles nur an ihm«, murrte er.

»Was?«

»Nichts«, knurrte er und zog die Schultern zurück, als er sich von mir abwandte und schneller fuhr.

Als wir nach Hause kamen, bedankte ich mich bei ihm und lief eilig ins Haus. Cary blieb mir dicht auf den Fersen.

»Robert hat angerufen«, sagte Mommy, als wir das Haus betraten.

Cary sah mich an und rannte dann die Treppe hinauf. Er trat so fest auf, daß das ganze Treppenhaus bebte.

»Danke, Mommy. Ich komme gleich und helfe dir bei den Vorbereitungen für das Abendessen«, sagte ich und ging zum Telefon.

»Wo warst du heute?« fragte ich, sowie Robert ans Telefon kam.

»Ich hatte heute morgen solche Kopfschmerzen, daß Mom schon geglaubt hat, ich hätte mir eine Grippe oder so was eingefangen. Sie hat gesagt, ich hätte leichtes Fieber, und sie hat mir Aspirin eingeflößt und vorgeschlagen, ich sollte einen Tag zu Hause bleiben. Normalerweise hätte man mich ans Bett fesseln müssen, aber seit einer Weile ist ja alles nicht mehr allzu normal. Hast du mich vermißt?«

»Ja, selbstverständlich. Andernfalls hätte ich nicht gefragt.«

»Wie geht es dir? Als gestern der Unterricht aus war, hast du ziemlich verstört gewirkt. Ich hatte kaum Gelegenheit, mehr als ein paar Worte mit dir zu wechseln, und ich glaube, du hast ohnehin kein Wort von dem wahrgenommen, was ich zu dir gesagt habe.«

»Mir fehlt nichts, Robert. Mir ist nur so viel durch den Kopf geschwirrt, wegen der Prüfungen und all diesem Kram.«

»Mit ›Kram‹ bin wohl ich gemeint, stimmt's?«

»Ja.«

»Ich liebe dich immer noch, Laura. Du kannst dich weigern, meine Briefe zu beantworten, und du kannst muffelig auf alles reagieren, was ich in der Schule sage, aber deshalb höre ich noch lange nicht auf, dich zu lieben.«

»Das weiß ich. Ich will auch gar nicht, daß du damit aufhörst«, sagte ich.

»Wirklich?«

»Ja, sicher. Und wie geht es dir jetzt?«

»Es wird stündlich besser«, sagte er. »Morgen komme ich wieder zur Schule. Laura, können wir uns nicht bald in Ruhe sehen?«

»Doch.«

»Dieses Wochenende?« fragte er hoffnungsvoll.

»Ja, Robert, das wäre mir sehr lieb.«

»Na prima«, sagte er erleichtert. »Ich werde mir morgen etwas ... wir werden morgen gemeinsam Pläne schmieden, einverstanden?«

»Einverstanden. Aber jetzt muß ich Mommy bei den Vorbereitungen für das Abendessen helfen, Robert.«

»Morgen früh stehe ich vor deinem Spind, wahrscheinlich schon vor dir«, sagte er lachend. »Ich liebe dich, Laura.«

Sowie ich den Hörer aufgelegt hatte, kam Daddy ins Wohnzimmer. Ein einziger Blick genügte, und er legte neugierig den Kopf zur Seite und sah mich an.

»Was geht hier vor, Laura?«

»Nichts, Daddy. Ich wollte gerade in die Küche gehen und Mommy helfen. Wie war dein Tag?«

»Zwischen mittelprächtig und anständig. Wo steckt Cary?«

»Er ist oben.«

»Vermutlich wieder auf dem Dachboden. Dieser Junge hätte als Fledermaus geboren werden sollen, damit er in einem Bergfried hausen kann«, murrte Daddy und verließ das Wohnzimmer, um sich vor dem Abendessen frisch zu machen.

Nach dem Abendessen bestand Mommy darauf, ich solle nach oben gehen und lernen, statt meine Zeit darauf zu vergeuden, daß ich ihr beim Abwasch half.

»Und außerdem«, sagte sie und machte May Zeichen, »ist May inzwischen groß genug, um für dich einzuspringen.«

Oben in meinem Zimmer begann ich mir Sorgen zu machen, ich hätte jegliches Konzentrationsvermögen verloren und würde mich in den Abschlußprüfungen schlechter machen, als ich bisher erwartet hatte. Wenn ich mich weiterhin so gut hielt wie bisher, würde ich im kommenden Jahr als Klassenbeste die Abschlußrede halten dürfen. Ich wußte, wie wichtig es Mommy war und welchen Wert vor allem Großmama Olivia darauf legte.

Ich saß noch nicht lange an meinem Schreibtisch, als ich das Telefon läuten hörte. Da ich mich fragte, ob Robert wohl noch einmal anrufen würde, lauschte ich dem Klingeln. Niemand holte mich ans Telefon, und daher wandte ich mich meinen Notizen wieder zu. Dann hörte ich Daddys schwere Schritte auf der Treppe. Ich blickte auf, weil ich wahrnahm, daß er vor meiner Tür stehengeblieben war. Er klopfte an.

»Herein.«

Er öffnete die Tür und stand da, die Arme in die Hüften gestemmt.

Daddy schien sich in meinem Zimmer immer deplaziert zu fühlen. Alles, was hier herumstand, war für seine Begriffe zu niedlich und nicht robust genug, und er hätte auch nicht gewagt, einen der blitzblanken Gegenstände zu berühren. Einerseits gab er Mommy das Geld dafür und hieß die Geschenke, die ich bekam, gut, die Stofftiere, die Puppen und die Keramikgegenstände, aber andererseits schien es ihm in dieser Umgebung unbehaglich zu sein. Als ich noch ein keines Mädchen war, nicht viel älter als May, war Daddy nur selten in mein Zimmer gekommen. Er blieb immer in der Tür stehen, wenn er mir eine gute Nacht wünschte. Ein- oder zweimal hatte er sich an mein Bett gesetzt, als ich Fieber hatte, und er hatte auch nach mir gesehen, als ich die Masern hatte.

»Wo warst du heute, Laura?« fragte er.

»Du meinst, nach der Schule?« erwiderte ich.

»Du weißt genau, was ich meine, Laura«, sagte er, und seine

Stimme triefte vor Enttäuschung. Ich hatte Daddy noch nie mitten ins Gesicht gelogen, und ich würde es auch jetzt nicht tun.

»Ich habe Tante Belinda besucht«, gestand ich.

»Wer hat dich hingefahren, Cary oder Robert Royce?«

»Daddy ...«

»Wer hat dich hingefahren, Laura?«

»Ich habe sie hingefahren«, gestand Cary, der in der Luke zum Dachboden aufgetaucht war.

Daddy wirbelte zu ihm herum und blickte finster zu ihm auf. »Du weißt genau, daß ich dir ausdrücklich verboten habe, jemals dort hinzufahren, Cary.«

Bis dahin war mir nicht klar gewesen, daß Daddy es ihm strengstens untersagt hatte. Jetzt fühlte ich mich noch elender, weil ich ihn darum gebeten hatte.

»Er ist nicht mit mir reingegangen, Daddy. Ich habe sie allein besucht. Cary hat im Lastwagen auf mich gewartet, und es war ihm gar nicht recht, mich hinzufahren. Ich habe ihn dazu überredet.«

»Einen jungen Mann in Carys Alter kann man nicht dazu überreden, etwas zu tun, was er nicht tun will«, sagte Daddy.

»Sie hat mich nicht dazu überredet«, sagte Cary.

»Du wirst mir jetzt die Wagenschlüssel aushändigen, Cary. Ich will nicht, daß du den Laster benutzt, solange ich es dir nicht ausdrücklich wieder erlaube, hast du gehört?«

»In Ordnung«, sagte Cary. »Hier hast du sie.« Er warf die Schlüssel durch die Luke, und Daddy fing sie mit der rechten Hand auf. Die Wut in seinen Augen nahm daraufhin nur noch mehr zu. Dann sah er mich an.

»Ich dachte, in diesem Punkt hätten wir Klarheit geschaffen, Laura. Ich dachte, du hättest begriffen, wie sehr sich deine Großmutter darüber aufregt, und deshalb will ich nicht, daß du dort hinfährst und deine Großtante besuchst.«

»Aber warum nicht, Daddy? Ich kann nicht verstehen, wie

sich jemand darüber aufregt, wenn ich eine einsame alte Dame besuche.«

»Das ist eine Familienangelegenheit«, sagte er.

»Ja, eben. Und ich gehöre zur Familie. Warum darf ich sie nicht besuchen?«

»Belinda ist das schwarze Schaf der Familie. Hier geht es um den Ruf und um die Familienehre«, sagte Daddy.

»Warum ist sie das schwarze Schaf?«

»Es besteht kein Grund, in die Einzelheiten zu gehen, Laura. Sie war ein braves Mädchen, kein anständiges Mädchen. Sie hat Großmama Olivias Vater und ihrer Mutter eine Menge Kummer bereitet, und dieses Benehmen hat sich noch lange nach dem Tod der beiden fortgesetzt, nur hat dann deine Großmama Olivia die gesamte Last auf ihren Schultern getragen. Sie hat richtig gehandelt, und mehr habe ich dazu nicht zu sagen. Ich empfinde es als peinlich, auf diese Art vom Ungehorsam meiner Kinder erfahren zu müssen. In der Bibel steht geschrieben, du sollst Vater und Mutter ehren, Laura. Jeder Verstoß gegen dieses Gebot ist eine Sünde. Merk dir das gut«, warnte er mich.

»Aber ...«

»Es gibt kein Wenn und Aber. Hiermit verbiete ich dir ausdrücklich, noch einmal hinzufahren. Hast du verstanden?« fragte Daddy barsch.

Tränen traten in meine Augen und ließen alles verschwimmen. Daddys Konturen verwischten sich, aber seine Wut war so gewaltig, sein Gesicht so stark gerötet, daß ich den Blick nicht abwenden konnte.

»Ja, Daddy.«

»Ich hoffe, damit ist dieser Fall beendet. Ich will keinen weiteren Anruf von deiner Großmutter bekommen, in dem sie sich über deine Besuche dort beschwert. Sie ist empört und außer sich.«

Ich schüttelte den Kopf.

»In der Bibel steht aber auch geschrieben: ›Denn wenn du anderen Menschen ihre Schuld vergibst, dann wird dir der Vater im Himmel ebenfalls vergeben ...‹«

»Wage es nicht, in meinem Beisein die Heilige Schrift zu zitieren. Ich bin bibelfest, und ich weiß, daß du deinem Vater gehorchen solltest«, sagte Daddy, und sein Gesicht war jetzt so knallrot angelaufen, daß ich glaubte, sein Blutdruck müsse himmelhoch nach oben geschnellt sein.

»In Ordnung, Daddy.«

»Laß die Finger davon«, sagte er.

Ich nickte und schlug die Augen nieder. Ich hörte, wie Cary die Luke zuschlug, die auf den Dachboden führte. Der Knall hallte wie ein Schuß durch das Haus. Daddy machte kehrt und stieg die Treppe hinunter, und dabei trat er so schwer auf, daß jeder seiner Schritte wie der Hammer eines Richters klang, der über uns alle einen härteren und immer härteren Urteilsspruch fällte.

Es fiel mir schwer, danach weiterzulernen. Es kostete mich alle Konzentration, die ich aufbieten konnte, aber schließlich gelang es mir doch, ein paar Kapitel zu lesen, frühere Testfragen noch einmal durchzugehen, ehe ich so müde wurde, daß ich nicht mehr klar sehen konnte. Nachdem ich ins Bett gekrochen war und die Lichter ausgeschaltet hatte, hörte ich Cary die Leiter hinunterkommen. Ich sprang schnell auf und huschte zur Tür. Er wollte gerade in sein Zimmer gehen.

»Cary ...«

»Was ist?« fragte er barsch.

»Das mit Daddy tut mir leid.«

»Ich habe dir gleich gesagt, daß es so kommen wird. Ich begreife nicht, warum du unbedingt hinfahren mußtest und warum es dir gerade jetzt so wichtig war«, sagte er. »Weiberkram«, fügte er hinzu und wandte sich zu seinem Zimmer um.

»Cary!« rief ich ihm nach, aber er ließ mich stehen und schloß seine Zimmertür lautstark hinter sich.

Nie war mir so sehr danach zumute gewesen, unter meine Decke zu kriechen und zu verschwinden.

Am nächsten Morgen auf dem Weg zur Schule entschuldigte ich mich noch einmal bei Cary.

»Vergiß es, Laura«, sagte er. »Du kennst doch Dad. Er wird sich beruhigen, und dann ist alles wieder in Ordnung.«

»Ich kann es einfach nicht begreifen, Cary. Wenn du Tante Belinda persönlich begegnet wärest, dann hättest du dir selbst ein Bild davon machen können, was für eine reizende und zierliche alte Dame sie ist. Sie kann für keinen Menschen auf Erden eine Bedrohung darstellen, und ich bin sicher, daß sie sich an die Hälfte all dessen, was ihr vorgeworfen wird, nicht mehr erinnern kann.«

»Das ist nicht unsere Angelegenheit«, sagte Cary.

»Aber warum nicht, Cary? Schließlich sind wir Familienmitglieder, ihre nächsten Angehörigen. Warum dürfen wir keine Fragen stellen, und warum könnten wir nicht unsere Meinung ändern? Wir sind inzwischen alt genug«, beharrte ich.

»So ist es nun mal«, erwiderte er. Dann blieb er abrupt stehen und drehte sich zu mir um. »Irgendwie hat das doch alles nur mit dir und Robert zu tun, stimmt's? Es geht doch nur um deine große Liebe, oder?«

Ich errötete, ehe ich eine Erwiderung herausbrachte.

»Du brauchst mir nicht zu antworten. Ich kenne die Antwort ohnehin«, sagte Cary und lief weiter. Sowie wir May vor ihrer Schule abgesetzt hatten, beschleunigte er seine Schritte und lief auf dem restlichen Schulweg vor mir her. In dem Moment, in dem Cary sah, daß Robert mich vor meinem Spind erwartete, sah er mich finster an und eilte dann weiter, um sich seinen eigenen Freunden anzuschließen.

»Stimmt etwas nicht?« fragte Robert augenblicklich. Er sah hinter Cary her, der sich erbarmungslos mit den Ellbogen einen Weg durch die anderen Schüler bahnte und sie anrempelte, um sich Platz zu verschaffen.

»Ich erzähle es dir später«, sagte ich und sortierte meine Schulbücher und Schulhefte für den bevorstehenden Schultag.

Cary hielt Abstand von mir und würdigte mich auch im Unterricht oder in den Korridoren kaum eines Blickes. In der Cafeteria saß er mit seinen Freunden zusammen, und ich saß bei Robert. Erst jetzt fand ich Gelegenheit, ihm zu berichten, wie Cary und ich uns mit einem verbotenen Besuch bei meiner Tante Ärger eingehandelt hatten.

»Das ist ja wirklich äußerst seltsam«, sagte Robert. »Und niemand will euch Genaueres darüber erzählen, warum sie tabu für euch ist?«

»Keiner hält uns für alt genug«, murrte ich.

»Ich habe selbst Verwandte, die ich noch nie gesehen habe, aber das liegt nur daran, daß sie voll und ganz damit beschäftigt sind, ihr eigenes Leben zu führen. Meine Mutter spricht von den Begräbnisangehörigen.«

»Den Begräbnisangehörigen?«

»Wir bekommen sie ausschließlich auf den Beerdigungen anderer Familienmitglieder zu sehen. Sie sagt, nach allem, was sie weiß, besitzen diese Leute nur schwarze Kleidung.«

Er lachte, und ich lächelte.

»So ist es gleich viel besser«, sagte er. »Das sieht dir ähnlicher, Laura. Hast du Lust, am Wochenende ins Kino zu gehen? Ich kann hemmungslos prassen. Mein Vater hat mir den ausstehenden Lohn bezahlt, und daher kann ich dich auch zum Abendessen ausführen. Ich kann es mir sogar leisten, dich ins Captain's Table einzuladen!«

»Das müssen wir noch offenlassen«, sagte ich und fügte dann eilig hinzu: »Ich muß sehen, was mein Vater dazu sagt. Ich käme gern mit.«

»Prima«, sagte Robert und ließ seine Hand unter den Tisch gleiten, um meine Hand zu halten. Er drückte sie zart. »Prima.«

Ich wollte lieber noch etwas mehr Zeit verstreichen lassen, ehe ich Daddy um Erlaubnis fragte, ob ich mit Robert ins Kino gehen und mich vorher von ihm in ein Restaurant einladen lassen durfte. Zum Glück besserte sich Daddys Laune in den nächsten Tagen, da er mehrfach hintereinander einen guten Fang verbuchen konnte, und es wurde auch darüber geredet, daß die Preise für die Moosbeeren dieses Jahr rechtzeitig vor Beginn der Ernte steigen würden. Eines Abends nach dem Abendessen blieb ich in der Wohnzimmertür stehen, nachdem ich Mommy beim Abspülen geholfen hatte. Ich fragte Daddy, ob es ihm recht wäre, wenn Robert mich ins Kino einlud.

»Und vorher zum Abendessen«, fügte ich hinzu.

»Zum Abendessen?« Daddy zog die Augenbrauen hoch. »Die Touristensaison hat noch nicht richtig begonnen, und er kann jetzt schon Geld rauswerfen?«

Ich lächelte.

»Er hält es eben nicht für Geldverschwendung, mich zum Abendessen auszuführen, Daddy«, sagte ich.

Daddy schüttelte den Kopf.

»Als ich in deinem Alter war, bin ich nur mit meinen Eltern ins Restaurant gegangen.«

»Heute ist das anders, Daddy.«

»Ja, das kann man wohl sagen, und es hat sich keineswegs alles zum Besseren gewendet.«

»Es ist nichts weiter als eine Verabredung, Daddy. Ich bin alt genug, um mich zu verabreden«, sagte ich freundlich und lächelte ihn strahlend an.

»Frag deine Mutter, was sie davon hält«, sagte er schließlich. Er hätte ebensogut gleich sagen können, daß es ihm recht war. Natürlich wußte ich, daß Mommy ihre Zustimmung geben würde.

Am nächsten Tag berichtete ich Robert in der Schule davon, und diese Nachricht machte ihn sehr froh. Wir waren beide wieder so wie früher, hielten Händchen, lachten und genossen die Zeit, die wir miteinander verbringen konnten. Ich fühlte gänzlich neue Energien und konnte es kaum noch erwarten, die

Prüfungen hinter mich zu bringen und das Schuljahr mit einem guten Notendurchschnitt zu beenden.

Als Cary, Robert und ich nach Unterrichtsschluß das Gebäude verließen, stellten wir jedoch zu unserem Erstaunen fest, daß Großmama Olivias Rolls Royce vor der Schule stand und Raymond am Wagen lehnte und uns erwartete. Sowie er uns entdeckte, winkte er.

»Was geht hier vor?« fragte ich mich laut.

»Ihre Großmutter möchte Sie sprechen, Miss Laura«, sagte Raymond.

»Mich sprechen?«

»Sie hat mich gebeten, Sie gleich nach der Schule zu ihr zu fahren.«

Ich sah Cary an, der seine Schuhspitzen musterte.

»Ich kümmere mich schon um May«, sagte er und machte sich auf den Weg.

»Ist etwas passiert?« fragte mich Robert.

»Ich weiß es nicht. Ich rufe dich heute abend an«, versprach ich und stieg in den luxuriösen Wagen. Allzuoft war ich noch nicht damit gefahren, und zum erstenmal wurde ich allein in diesem Wagen abgeholt. Es war mir peinlich, in einem Rolls Royce mit Chauffeur loszufahren, während Mitschüler mir nachsahen.

Sowie wir eintrafen, ging ich ins Haus und fand Großmama Olivia allein im Wohnzimmer vor. Sie saß auf ihrem Lieblingsstuhl, und ihre Brille mit dem schmalen Gestell hing an einer Perlenkette auf ihren Busen. Sie hatte gerade die Gesellschaftskolumnen in der Bostoner Zeitung gelesen, die sie jetzt zur Seite legte.

»Hallo, Großmama. Du wolltest mich sprechen?«

»Du kannst dort drüben Platz nehmen, Laura«, sagte sie und wies mit einer Kopfbewegung auf das Sofa, das ihr gegenüberstand. Ich setzte mich und wartete, während sie energisch die Schultern zurückzog.

»Geht es um meinen Besuch bei Tante Belinda?« fragte ich eilig.

»Nein, nicht direkt«, sagte sie und schob lange Zeit die Lippen vor. »Wir beide, du und ich, haben, wie du dich sicher noch erinnerst, ein Gespräch miteinander geführt, das ich für sehr wichtig gehalten habe. Ich hatte gehofft, du hättest auf das gehört, was ich dir gesagt habe, und dich entsprechend verhalten. Ich hatte auch gehofft, du würdest der Familie allen Grund zum Stolz geben, nicht zuletzt mit deinen schulischen Leistungen, und du würdest deinen Eltern weiterhin eine brave Tochter und mir eine brave Enkelin sein. Es scheint jedoch, als hättest du beschlossen, all meine weisen Worte in den Wind zu schreiben und ihnen trotzig zuwiderzuhandeln.«

»Dann geht es also um Robert«, sagte ich und nickte. »Großmama, ich habe dir doch gesagt, daß er ein sehr netter junger Mann ist und ich ...«

»Nette junge Männer laden junge, leicht zu beeinflussende Damen nicht zu sich nach Hause ein, wenn ihre Eltern fort sind, um sie dort in aller Ruhe zu verführen«, zischte sie.

Einen Moment lang hätte ich schwören können, daß mein Herz tatsächlich stehenblieb. Fest steht, daß ich glaubte, ohnmächtig zu werden. »Was soll das heißen?«

»Streite es bloß nicht ab. Ich kann dir im Gesicht ansehen, daß es wahr ist, und wenn du es jetzt leugnest, machst du damit alles nur noch schlimmer.«

»Wer ... ich begreife das nicht.« Hatte sie überall ihre Spione? Bestach Großmama jede lebende Seele in dieser Stadt?

»Da gibt es nichts zu verstehen. Was du getan hast und was du anscheinend verbissen weiterführen willst, ist eine Schande. Ich will, daß diese Geschichte noch heute beendet wird. Wenn du mir gehorchst, werden dein Vater und deine Mutter kein Wort von mir erfahren, aber wenn du mir nicht gehorchst ...« Ich schüttelte den Kopf und stand auf.

»Setz dich. Unser Gespräch ist noch nicht beendet, Laura.«

»Ich halte mir die Ohren zu. Ich will kein weiteres Wort mehr hören, Großmama. Du hast keine Ahnung, und es ist nicht dein Recht, so über mein Leben zu bestimmen.«

»Natürlich ist es mein Recht«, erwiderte sie, als hätte ich etwas unglaublich Albernes gesagt. »Ich trage die Verantwortung für die Gesundheit und das Wohlergehen dieser Familie.«

»Und wieso das?«

»Wieso?« Sie lachte. »Wieso? Das kann ich dir genau sagen«, höhnte sie, heftete ihre Blicke auf mich und kniff die Augen zu schmalen Schlitzen zusammen. »Es liegt daran, daß die Männer in dieser Familie nicht in der Lage sind, die Verantwortung zu übernehmen. Sie waren nie dazu fähig, und die übrigen Frauen in der Familie besitzen weder das Durchhaltevermögen noch das Rückgrat.

Aber jetzt wieder zurück zu dem, was ich gerade sagen wollte. Anscheinend siehst du diesen Jungen so häufig und tauschst öffentlich Intimitäten mit ihm aus, daß die Leute angefangen haben zu reden. Einige meiner engsten Freunde sind auf mich zugekommen und ...«

»Du läßt andere Leute hinter mir herspionieren, Großmama? Werde ich auf Schritt und Tritt verfolgt?«

»Nein, natürlich nicht, aber die Leute haben Augen im Kopf. Sie haben auch Ohren, und sie wissen, wieviel mir am Ruf der Familie liegt«, sagte sie.

»Das sind doch alles nur Klatschbasen, die ansonsten nichts mit ihrem Leben anzufangen wissen«, rief ich aus. »Ich bin keine Prinzessin, Großmama, und du bist keine Königin. Wir können unsere Vorfahren bis auf die ersten Siedler hier zurückverfolgen, aber das erhebt uns noch lange nicht in den Adelsstand. Wir sind wie alle anderen auch. Wir ziehen einen Schuh nach dem anderen an«, sagte ich, und die Tränen strömten inzwischen so ungehindert über meine Wangen, daß sie von meinem Kinn tropften.

»Besitzt du denn gar keine Selbstachtung?« zischte sie.

»Scherst du dich nicht im geringsten darum, was du meinem Familiennamen antust?«

»Deinem Familiennamen?«

»Unserem Familiennamen. Ich habe dir doch erklärt, wie entscheidend das ist und weshalb ein guter Ruf ...«

Ich zog die Schultern ebenso energisch zurück wie sie.

»Ich tue nichts, wofür ich mich schämen müßte, Großmama Olivia. Ich kann mein eigenes Privatleben für mich beanspruchen, und ich bin alt genug, um in der Hinsicht meine eigenen Entscheidungen zu treffen.«

»Das ist blödsinniges Gerede. Das Alter hat nichts damit zu tun. Es gibt Menschen, die doppelt so alt sind wie du, und das hindert sie nicht daran, doppelt so dumm zu sein, und einige von ihnen gehören dieser Familie an«, sagte sie.

»Woher willst du wissen, daß du immer und in jedem Punkt recht hast, Großmama?«

»Es ist mein unseliges Los, in jeder Hinsicht recht zu haben«, sagte sie seelenruhig und legte die Hände auf die Armlehnen ihres Stuhls, »denn das bringt die schreckliche Verantwortung mit sich, für den Rest der Familie zu sorgen.«

»Für mich brauchst du nicht zu sorgen«, sagte ich.

»Anscheinend doch, und ich muß sogar besser auf dich aufpassen, als ich es anfangs geglaubt hätte. Ich warne dich, Laura. Wage es nicht, dich mir zu widersetzen, oder ich gehe noch heute abend zu deinem Vater und enthülle ihm, was du bereits angerichtet hast. Überleg dir nur, was eine solche Enthüllung deinen Eltern antun wird.«

Ich schüttelte den Kopf, denn ich brachte beim besten Willen kein Wort heraus.

»Und jetzt wirst du diese Beziehung im stillen beenden, gute Noten aus der Schule nach Hause bringen und weiterhin eine hilfreiche und liebende Tochter sein. Mit der Zeit wirst du selbst erkennen, wie weise ich dir geraten habe. Nach Ablauf deines nächsten Schuljahrs werde ich dafür sorgen, daß du von einer der elitärsten Universitäten angenommen wirst, und du kannst dich auch darauf verlassen, daß dich dort die Studentinnenverbindung mit dem größten Prestige in ihre Reihen aufnimmt. Du wirst einen jungen Mann kennenlernen, der deinen Namen verdient, und ein wunderbares Leben wird vor dir liegen.«

»So wunderbar wie deines war, Großmama?« warf ich ihr an den Kopf. Sie zuckte steif zusammen. »Mit einer Schwester, die in einem Pflegeheim eingesperrt ist und um die sich keine Angehörigen kümmern, und mit einem Sohn, der aus der Familie ausgestoßen und enterbt worden ist? Nein, danke«, sagte ich.

»Laura! Sei nicht so unverschämt. Du wirst tun, was ich sage, oder ich mache meine Drohung wahr«, fauchte sie mich an.

Ich spürte, wie mein Widerstand brach. Mommy und Daddy würden am Boden zerstört sein, wenn sie etwas von meinem Abend mit Robert erfuhren. Sie würden jedes Vertrauen in mich verlieren.

»Und jetzt geh nach Hause. Raymond wartet draußen auf dich. Du wirst für deine Prüfungen lernen und augenblicklich einen Schlußstrich unter diese Dummheit ziehen. Ich lasse nicht zu, daß sich ein weiteres Mitglied meiner Familie auflehnt und vom rechten Weg abkommt. Bei meiner Schwester und bei meinem jüngeren Sohn habe ich nicht rechtzeitig gehandelt, aber im Hinblick auf dich bin ich entschlossen einzugreifen, solange noch Zeit dazu ist«, gelobte sie.

Es war, als spräche sie aus dem Himmelreich mit mir. Ihre Worte regneten auf mich herunter und landeten wie eine schwere Last auf meinen Schultern.

Es gab nichts mehr zu sagen. Ich wandte mich ab und ging, und dabei bewegte ich mich, als sei ich in Trance. Von der Heimfahrt nahm ich nichts wahr, und ich kann mich auch nicht mehr daran erinnern. Sowie ich das Haus betrat, rannte ich die Treppe hinauf und in mein Zimmer, ehe mich jemand sah oder mir Fragen stellen konnte. Ich warf mich auf mein Bett und fing an zu weinen. Ich weinte, bis meine Brust schmerzte, und dann drehte ich mich um, setzte mich auf und wischte mir das tränenüberströmte Gesicht ab.

Ich stand auf und öffnete die Schreibtischschublade, in der ich Roberts wundervolle Briefe aufbewahrte. Ich starrte sie an und dachte an Robert, als plötzlich etwas meine Aufmerksamkeit weckte. Ich nahm den Packen in die Hand und musterte ihn einen Moment lang. Die Briefe waren umsortiert. Sie waren zwar wieder zusammengeschnürt worden, aber das Band war schlampig zu einer Schleife gebunden. Mein Herz sank.

Cary, dachte ich, mußte sie gefunden und gelesen haben, und er mußte Großmama Olivia berichtet haben, was in diesen Briefen stand.

8

Ein verratenes Herz

Ich hatte in etlichen Theateraufführungen unserer Schule die Hauptrolle gespielt, aber ich glaube nicht, daß ich mich gut genug verstellen konnte, um vor Mommy und Daddy zu verbergen, wie traurig ich an jenem Abend war. Ich war blaß und sah müde aus, auch wenn ich mich noch so sehr anstrengte, zu lächeln oder meine Stimme fröhlich klingen zu lassen.

Cary stellte mir keine Fragen zu meinem Besuch bei Großmama Olivia, und er hatte Mommy kein Wort davon erzählt, daß Raymond mich von der Schule abgeholt hatte. Mommy war einfach davon ausgegangen, daß ich nach der Schule noch etwas erledigen mußte und allein nach Hause gelaufen war. Niemand hatte Raymond und den Rolls Royce gesehen, in dem er mich vor der Tür abgesetzt hatte.

May war diejenige, die mich in Zeichensprache fragte, wo ich nach der Schule noch gewesen war, was ich getan hatte und warum ich so traurig wirkte. Daraufhin antwortete ich eilig, ich hätte Schulaufgaben nachholen müssen. Daddy nahm von alledem nichts wahr, und Mommy war vollauf damit beschäftigt, uns das Abendessen zu servieren, denn sie war stolz auf das neue Hackbratenrezept, das sie in einer alten Lokalzeitung gefunden hatte. Cary aß mit gesenktem Kopf und blickte die meiste Zeit auf seinen Teller. Heute war Daddy an der Reihe, aus der Bibel vorzulesen, und währenddessen sah ich Cary fest ins Gesicht. Er konnte mir nicht in die Augen sehen, und wenn es versehentlich doch dazu kam, wandte er sofort schuldbewußt den Blick ab. Er erhob sich als erster vom Tisch, unter dem Vorwand, er ginge jetzt besser nach oben, um für die Prüfungen zu lernen.

Als ich Mommy beim Abwasch half, redete sie genug für uns beide, denn sie schmiedete gerade Pläne für den Sommer. Auch ein Ausflug nach Boston war vorgesehen. Als ihr schließlich auffiel, daß ich stumm neben ihr stand, ermahnte sie mich, ich solle auch nach oben gehen und lernen.

Ich zog mich dankbar zurück, aber wieder einmal war es schwer, wenn nicht gar unmöglich, mich auf meine Schularbeiten zu konzentrieren. Meine Blicke schweiften ständig von den Buchseiten und von meinen Notizen ab, und meine Aufmerksamkeit wurde immer wieder von der Schublade in Anspruch genommen, in der ich Roberts Briefe versteckt hatte. Gleichzeitig sah ich in Gedanken nur sein Gesicht vor mir und hörte den Klang seiner Stimme.

Kurz vor dem Schlafengehen kam May ins Zimmer, um mir ein Weilchen Gesellschaft zu leisten. Wir beide stickten eine Zeitlang. Zwischendurch erzählte mir May von ihren Freundinnen in der Schule und fragte mich danach aus, wie es in der Highschool zuging. Schließlich wurde sie müde und ging schlafen. Ich legte mich auch ins Bett.

Kurz nachdem ich die Lichter ausgeschaltet hatte und unter meine Bettdecke gekrochen war, hörte ich ein leises Klopfen an meiner Tür. Es war kaum wahrnehmbar, und daher glaubte ich im ersten Moment, ich hätte nur ein wackliges Leitungsrohr in der Wand gehört. Ich lag da und lauschte, und als ich das Geräusch noch einmal hörte, stand ich auf. Als ich meine Tür öffnete, stand Cary in Hausschuhen und Bademantel da.

»Was ist?« sagte ich eilig.

»Ich habe es versucht, aber ich kann nicht einschlafen, ehe ich mit dir geredet habe«, sagte er.

»Das wundert mich gar nicht«, erwiderte ich barsch. Ich trat zurück, damit er reinkommen konnte, und dann setzte ich mich im Schneidersitz auf mein Bett.

Cary schlüpfte leise durch die Tür und schloß sie hinter sich. Lange Zeit blieb er regungslos stehen und schaute auf den

Fußboden hinunter. Ich schaltete die Lampe auf meinem Nachttisch an. Die Helligkeit ließ ihn blinzeln.

»Was ist los, Cary?« fragte ich schließlich.

»Ich habe mich nur gefragt, was bei Großmama Olivia vorgefallen ist«, sagte er.

»Irgendwie bilde ich mir ein, daß du es längst weißt, Cary«, sagte ich, wandte eilig den Blick von ihm ab und sah meine Zehen an. Ich hatte meine Zehen schon immer häßlich gefunden. Sie waren zu groß, aber Robert sagte, sie seien vollkommen. Er behauptete, alles an mir sei perfekt. *Wie blind einen die Liebe machen kann.* Dieser Gedanke drängte sich mir unwillkürlich auf. *Ich bin alles andere als perfekt.*

»Was soll das heißen, ich wüßte es längst?« erwiderte Cary. Er sah mich an, und ich heftete meinen Blick unerschrocken auf sein Gesicht.

»Jemand hat ihr erzählt, ich sei abends im Sea Marina gewesen, allein mit Robert.«

»Ach? Das hätte ihr jeder erzählen können, Laura. Jeder in der ganzen Stadt hätte dich auf dem Weg dorthin sehen können. Vielleicht hast du es einer deiner Schulfreundinnen erzählt. Vielleicht hast du dich vor Theresa Patterson damit gebrüstet«, fügte er eilig hinzu. »Vielleicht ...«

»Vielleicht hast du es ihr erzählt, Cary«, sagte ich mit strenger Stimme.

»Ich würde doch niemals ...«

»Cary, es ist dir zeit unseres Lebens nicht leichtgefallen, mich anzulügen. Und jetzt stellst du dich auch nicht besonders gut an«, sagte ich. »Ich weiß nicht, ob ich einfach nur weinen soll oder ob es nicht besser wäre, wenn ich dich anschreie, so laut ich kann.«

Er starrte mich an.

»Es kann schon sein, daß mir ihr gegenüber etwas herausgerutscht ist«, gab er zu. »Sie ist – ich meine, du machst dir keine Vorstellung davon, wie es ist, wenn sie einen ins Kreuzverhör nimmt. Vor ein paar Tagen hat sie mich zu sich bestellt und ...«

»Warum hast du mir nichts davon gesagt, Cary?« Er blieb stumm. »Hast du dich geschämt? War es das? Hast du dich dafür geschämt, daß du mich verraten hast?«

»Ja«, gestand er.

»Aber warum hast du es getan? Wie konnte es dazu kommen?« fragte ich. »Cary, ich schlage vor, du erzählst mir jetzt alles und hörst endlich auf, diese albernen Spielchen mit mir zu spielen. Es *könnte* dir ihr gegenüber etwas herausgerutscht sein? Wenn du ihr etwas gesagt hättest, dann wüßtest du das ganz genau, Cary.

»Also, gut, ich erzähle dir, was vorgefallen ist. Angefangen hat es mit ihren Fragen dazu, warum ich dich zu Tante Belinda gefahren habe. Deswegen war sie schrecklich wütend und hat mich ausgeschimpft, weil ich es nicht verhindert habe, daß du sie besuchst. Sie wollte wissen, weshalb wir Belinda unbedingt sehen wollten. Ich habe ihr gesagt, ich sei nicht mit reingekommen, sondern du hättest ihr allein einen Besuch abgestattet, und daraufhin hat sie – ich weiß selbst nicht, wie ich das sagen soll – einen ganz gemeinen Gesichtsausdruck bekommen. Sie war wirklich zum Fürchten, Laura. So habe ich sie noch nie erlebt. Sie hat zu mir gesagt, daß ich mich setzen soll, und dann ist sie aufgestanden. Sie reicht mir nur bis hier«, sagte er und hielt eine Hand auf die Höhe seiner Brust, »aber plötzlich ist sie mir riesig vorgekommen. Sie hat sich drohend über mich gebeugt und eine Antwort darauf verlangt, warum du Belinda sehen wolltest. Und worüber ihr beiden miteinander gesprochen habt. Was Belinda dir erzählt hat. Sowie ich auf eine ihrer Fragen geantwortet habe, das wüßte ich nicht, kam auch schon die nächste Frage. Es war das reinste Kreuzverhör, und schon allein von dem Tempo hat mir der Kopf geschwirrt. Ich dachte, ich säße in einem dieser Polizeireviere, wie man sie aus dem Kino kennt. Du weißt schon, diese Vernehmungsräume, in denen sie dich mit grellem Licht blenden, das direkt auf dein Gesicht gerichtet ist.«

»Und dann hast du ihr von den Briefen erzählt, die ich bekommen habe, stimmt's, Cary?« fragte ich ohne Umschweife.

»Ich weiß nicht, was du …«

»Cary, du kannst mich nicht belügen«, wiederholte ich unterkühlt. »Ich weiß, daß diese Briefe gelesen worden sind. Ich hatte sie in einer ganz bestimmten Form gefaltet und sie mit einer Schleife zusammengeschnürt. May würde sie nicht lesen, und Mommy und Daddy kämen auch nicht auf den Gedanken. Wer bleibt hier noch übrig?«

»Versteh doch, ich war besorgt um dich. Ich wußte, daß du seine Briefe in dieser Schublade aufbewahrst. Eines Tages bin ich in dem Moment reingekommen, um mit dir zu reden, in dem du sie gerade dort verstaut hast. Als du angefangen hast, dich merkwürdig zu benehmen, wußte ich, daß es etwas mit Robert Royce zu tun hat. Deshalb habe ich die Schublade aufgemacht und ein paar von den Briefen gelesen.«

»Du hast meine persönliche Post gelesen«, sagte ich kopfschüttelnd. Es war schon übel genug, diesen Verdacht zu hegen, doch das Geständnis aus seinem eigenen Mund zu hören war etwas ganz anderes.

»Private Post hin, private Post her, das interessiert mich alles überhaupt nicht«, behauptete er. »Das einzige, was mich interessiert, bist du.« Dann unterbrach er sich, und seine Gesichtszüge wurden weicher. »Schreibt er die Wahrheit, Laura? Ich meine, hat sich das, was er behauptet, an dem Abend im Haus seiner Eltern tatsächlich zwischen dir und ihm abgespielt?«

Ich schüttelte den Kopf und wandte die Augen ab.

»Ich hätte wissen müssen, daß du sie lesen wirst«, murrte ich.

»Die Sachen, um die es in diesen Briefen geht, das waren doch genau die Dinge, über die du mit Belinda reden wolltest, nicht wahr?« fragte er.

»Nein«, sagte ich. »Es ist mir um viel mehr gegangen, um wesentlichere Dinge.«

»Wir haben uns nie über diese Dinge unterhalten, Laura. Wir haben nie wirklich über Sex geredet, aber ich habe immer geglaubt, du seist anders als die anderen Mädchen in unserer Schule, du würdest niemals ...«

»Ich bin nicht wie die anderen Mädchen. Ich bin anders, Cary«, beharrte ich, und der Gefühlsüberschwang ließ meine Stimme brüchig werden.

»Der Meinung bin ich auch«, sagte er und nickte nachdrücklich. »Ich gehe davon aus, daß alles nur seine Schuld war«, sagte er entschieden und verdrehte mir damit die Worte im Mund.

»Es war nicht alles seine Schuld!« rief ich aus und trommelte mit meinen kleinen Fäusten auf meine Oberschenkel. Der Anblick ließ Cary zusammenzucken. Ich senkte die Stimme wieder. »Niemand ist schuld daran. Ich habe nie etwas getan, was ich nicht von mir aus tun wollte. Es ist nur so, daß ... daß ich Robert liebe, Cary, und er liebt mich auch. Und du mußtest hergehen und uns das Leben schwermachen. Du hattest kein Recht dazu.«

»Ich habe nur das getan, was ich für das Beste und einzig Richtige für dich gehalten habe, Laura. Ich wollte dich nur beschützen. Ich ...«

»Es war nicht dein Recht«, beharrte ich und schüttelte heftig den Kopf. »Was genau hast du ihr erzählt? Ich will es alles wissen, bis in die widerlichsten Einzelheiten.«

»Im Grund genommen habe ich ihr nichts Bestimmtes erzählt. Ich habe nur gesagt, wie komisch du dich benommen hast und daß du urplötzlich zu Tante Belinda fahren wolltest, weil du behauptet hast, daß sie sich mit diesen Dingen auskennt, die junge Mädchen wissen wollen. Daraufhin ist Großmama Olivia regelrecht über mich hergefallen. ›Weiberkram?‹ hat sie gesagt. ›Die Dinge, die junge Mädchen wissen wollen? Dann trifft sich Laura also immer noch mit diesem Jungen? Wie ernst ist es inzwischen?‹ hat sie sich erkundigt. Ich habe mich bemüht, die ganze Geschichte herunterzuspielen, alles so hinzustellen, als sei nichts weiter dabei. Ehrlich, ich versichere es dir, aber sie hat nicht lockergelassen und mich gefragt, ob ich wüßte, ob ihr beide jemals allein wart. Sie war diejenige, die das Hotel zur Sprache gebracht hat, wenn ich es mir jetzt recht überlege. Ja, genau das hat sie gesagt. ›Ist sie in diesem Hotel gewesen?‹ So, wie sie die Frage gestellt hat, dachte ich, sie wüßte es ohnehin und wollte sich nur absichern, ob ich ihr auch wirklich die Wahrheit sage. Also habe ich ihr erzählt, du seist von Robert ins Hotel zum Abendessen eingeladen worden. Sie hat mich gefragt, ob ich wüßte, ob seine Eltern an dem Abend da waren. Ich habe gesagt, das wüßte ich nicht, aber vermutlich hast du recht: Ich bin kein guter Lügner. Sie hat mich nämlich gleich darauf mit wesentlich schärferer Stimme noch einmal gefragt. Ich habe gesagt, es könnte schon sein, daß seine Eltern an dem Abend nicht da waren, und daraufhin hat sie mir klipp und klar erzählt, was ihr getan habt. Es war, als sei sie selbst diejenige, die die Briefe gelesen hat, Laura. Ich schwöre es dir«, fügte er hinzu und hob die rechte Hand, als sei er gerade in einem Gerichtssaal in den Zeugenstand gerufen worden.

»Und hast du nichts abgestritten? Du hast sie in dem Glauben gelassen«, schloß ich.

»Ein einziger Blick in mein Gesicht hat ihr genügt, und sie hat sagen lassen, ich bräuchte kein weiteres Wort mehr von mir zu geben. Sie könnte ohnehin alles in meinen Augen lesen. Sie ist unheimlich. Du kennst sie ja und weißt selber, wie sie ist. Sie …«

»Sie ist eine unglückliche, alte Frau, Cary. Genau das ist sie und nichts anderes, und jetzt ist es ihr gelungen, mich ebenfalls unglücklich zu machen«, sagte ich. »Und du hast ihr dabei geholfen. Bist du jetzt zufrieden?«

»Nein, natürlich nicht. Aber trotzdem, Laura, er hätte es nicht tun dürfen …« Cary wandte die Augen ab. »Wenn er dich so sehr lieben würde, wie du es sagst, dann hätte er größeren Respekt vor dir, und es wäre niemals dazu gekommen.«

»Ich habe keine Lust, noch länger darüber zu reden, Cary. Ich fürchte, alles, was ich zu dir sage, gibst du ohnehin direkt an Großmama Olivia weiter«, fügte ich hinzu.

Es war, als hätte ich ihn mit aller Kraft geohrfeigt. Er hob tatsächlich eine Hand auf seine Wange, und seine Augen füllten sich mit einem solchem Schmerz, daß ich ihn nicht länger ansehen konnte.

»Es tut mir leid, Laura, aber ich habe alles, was ich getan habe, nur deshalb getan, weil ... weil ich dich liebe«, sprudelte es aus ihm heraus, und dann wandte er sich eilig ab und lief aus meinem Zimmer.

Ich saß noch lange in derselben Haltung da, starrte die geschlossene Tür an und hörte das Echo von Carys Worten in meinen Ohren nachhallen. Wie würde ich Robert all das jemals erklären können? Wer würde jemals den Irrsinn begreifen, der in meiner Familie herrschte?

Ich versuchte zu schlafen, fiel jedoch von einem Alptraum in den anderen und erwachte mit leisen Aufschreien, begrub mein Gesicht im Kopfkissen und schlief dann wieder ein, wachte allerdings schon vor dem Morgengrauen wieder auf und versank dann noch einmal in einen unruhigen Schlummer. Als der Tag endlich anbrach, schlief ich so tief und fest, daß ich nicht hörte, wie die anderen aufstanden und durchs Haus liefen. Schließlich rüttelte May meine Schultern, um mich zu wecken.

Meine Lider öffneten sich flatternd, und sie sah sie verständnislos an. Mir war nicht klar, warum sie in meinem Zimmer stand, bis ich auf die Uhr sah und sofort aus dem Bett sprang. Sie lief hinter mir her und stellte mir zahllose Fragen. Ob ich krank sei? Ob Cary krank sei? Sie behauptete, niemand könnte auch nur ein Wort aus ihm herausholen. Mir ginge es gut, sagte ich ihr. Ich hätte nur verschlafen.

In dem Moment, in dem ich auf der Treppe auftauchte, stürzte mir Mommy entgegen.

»Fühlst du dich nicht wohl, Laura? Wenn ich es mir jetzt recht überlege, hast du gestern abend schon nicht gut ausgesehen.«

»Mir fehlt nichts, Mommy. Ich bin nur müde«, sagte ich. »Es tut mir leid, daß ich verschlafen habe.«

»Dein Bruder benimmt sich auch ganz seltsam«, klagte sie. »Es ist wie früher, als ihr beide in Mays Alter und jünger wart. Wenn einer von euch Bauchschmerzen hatte, dann hat sie der andere auch gehabt. Erinnerst du dich noch daran, wie ihr beide die Windpocken hattet? Mit einem Abstand von weniger als vierundzwanzig Stunden hat es euch beide erwischt.«

»Ja, Mommy.«

»Vielleicht liegt es an diesem neuen Rezept, und eine der Zutaten ist euch nicht bekommen«, sagte sie versonnen.

»Nein, Mommy. Wenn mit dem Essen etwas nicht in Ordnung gewesen wäre, dann bekämet ihr es alle zu spüren, du, Daddy und May.«

»Ja, das ist auch wieder wahr.«

»Wir sind wohl beide übermüdet«, sagte ich. Das war keine Lüge. Ich war sicher, daß Cary auch nicht viel besser geschlafen hatte als ich.

Ich trank ein Glas Saft, aß eine Scheibe Toast mit Marmelade und klemmte mir eilig meine Schulsachen unter den Arm, um mich May und Cary anzuschließen, die an der Tür auf mich warteten. Daddy war schon zur Arbeit gegangen. In Carys Augen standen Kummer und Reue, doch ich beschloß, ihn nicht anzusehen. Ich sagte kein Wort, als wir uns auf den Schulweg machten. May platzte vor Neugier und stellte uns eine Frage nach der anderen. Nachdem wir sie abgesetzt hatten, wandte sich Cary an mich.

»Es tut mir leid, Laura«, sagte er. »Ich wollte dich nicht in Schwierigkeiten bringen.«

»Laß uns nicht mehr darüber reden, Cary. Ich strenge mich immer noch an, mir etwas einfallen zu lassen, wie ich es Robert erklären kann.«

Er nickte und lief für den Rest des Weges ein paar Schritte vor mir her. Als wir ankamen, ging er sofort zu seinem Spind und ließ mich mit Robert allein, damit ich ungestört mit ihm reden konnte. Ein einziger Blick in mein Gesicht genügte, und sein charmantes, fröhliches Strahlen war wie weggewischt.

»Was ist passiert? Du siehst aus, als hättest du deinen besten Freund verloren«, sagte er, halb im Scherz.

»Ich glaube, genau das ist passiert«, sagte ich.

Ehe ich noch ein weiteres Wort sagen konnte, läutete es, um den Beginn der ersten Unterrichtsstunde anzuzeigen, und ich wußte, daß mir nicht genug Zeit blieb, um ihm alles zu erklären.

»Ich erzähle es dir beim Mittagessen«, versprach ich ihm. »Jetzt reicht die Zeit nicht aus.«

Robert nickte mit ernster Miene, und die Sorge war ihm deutlich anzusehen. In jeder der kurzen Pausen versuchte er mich abzufangen, um herauszufinden, was passiert war.

»Geht es dir nicht gut?« fragte er. »Du siehst wirklich müde aus, Laura.«

»Ich bin wirklich sehr müde«, gestand ich.

»Dein Bruder geht mir schon den ganzen Tag aus dem Weg. Ich habe ihn dabei ertappt, daß er mich angestarrt hat, und als ich mich zu ihm umgedreht habe, hat er sich sofort abgewandt. Es ist wieder so wie früher. Wenn ich versuche, ihn anzusprechen, werde ich mit einem Murren abgefertigt. Was geht hier vor?«

»Wir reden beim Mittagessen darüber«, sagte ich und ließ ihn ebenfalls stehen.

Als die Mittagspause endlich eingeläutet wurde, ging ich auf die Cafeteria zu und hörte das fröhliche Plaudern meiner Mitschüler. Sie waren alle bester Laune und waren schon ganz aufgeregt, weil das Schuljahr seinem Ende nahte und die Sommerferien bevorstanden. Kurz vor der Tür blieb ich stehen. Ich kam mir vor, als seien meine Füße am Boden festgewachsen.

»Was ist los mit dir?« fragte Theresa Patterson und blieb neben mir stehen. »Du siehst aus, als sei dir ein Gespenst begegnet.«

Ich drehte mich zu ihr um. Aus einem Auge rann mir eine Träne, und anstelle einer Antwort schüttelte ich nur den Kopf.

»Laura?«

Ich machte auf der Stelle kehrt, rannte durch den Korridor und durch eine Seitentür in die strahlende Nachmittagssonne. Sowie ich allein war, ließ ich die Tränen ungehindert fließen. Ich lief zu einer alten Eiche, setzte mich in ihren Schatten, zog die Knie an, schlang die Arme darum und wiegte mich sachte. Ich schluchzte so heftig, daß meine Schultern bebten.

»Laura«, hörte ich Minuten später eine Stimme sagen. Robert eilte über den Rasen auf mich zu. »Was ist passiert? Warum bist du nicht in die Cafeteria gekommen? Ich habe endlos lange auf dich gewartet, bis mir Theresa schließlich gesagt hat, sie hätte gesehen, daß du ins Freie gelaufen bist.«

Er kniete sich neben mich. Ich wischte mir die Tränen aus dem Gesicht und versuchte zu lächeln.

»Mir fehlt nichts«, sagte ich. »Mir ist nur heute nicht danach zumute, all diese Augen und diese fragenden Blicke zu ertragen.«

»Warum? Erzähl mir alles ganz genau«, forderte er mich auf und setzte sich neben mich ins Gras.

»O Robert ...«, setzte ich an, und dann atmete ich tief ein. »Cary hat die Briefe gelesen, die du mir geschrieben hast. Er ist in mein Zimmer gegangen, als ich nicht da war, und er hat sie gelesen«, jammerte ich.

»O weh«, stöhnte Robert. »Kein Wunder, daß er mich heute behandelt wie jemanden, der eine ansteckende Krankheit hat. Es tut mir leid, Laura. Ich hätte nichts darüber schreiben dürfen. War er gemein zu dir oder ...«

»Nein, es geht nicht nur um Cary«, sagte ich. Ich unterbrach mich und ließ meine Blicke über den Verkehr gleiten, der langsam vorankam, über die weichen Wattewolken, die träge über den Horizont zogen, die Singvögel, die von einem Baum zum anderen flatterten. Die Welt strahlte eine solche Ruhe und Schönheit aus, und das ließ die Knoten in meinem Magen und das Frösteln in meinem Herzen nur noch schlimmer erscheinen.

Ich erzählte Robert von meiner Großtante Belinda und berichtete ihm, daß meine Großmutter Olivia Cary unerbittlich über meinen Besuch im Pflegeheim ausgehorcht hatte.

Dann schilderte ich ihm, wie Großmama Olivia in ihrem Verhör plötzlich auf mein Privatleben umgeschwenkt war und insbesondere auf mein Verhältnis zu ihm. Ehe ich weiterreden konnte, sprudelte Robert heraus: »Soll das heißen, Cary hat ihr erzählt, was ich dir in meinen Briefen geschrieben habe?«

»Nicht direkt«, sagte ich, »aber es ist auf dasselbe Ergebnis hinausgelaufen.«

Robert schüttelte überrascht den Kopf.

»Und was ist dann passiert?«

»Das war der Grund, aus dem sie gestern ihren Fahrer hergeschickt hat, damit er mich von der Schule abholt, Robert«, sagte ich.

»Oh. Heißt das, sie hat dich zu sich bestellt, um dich nach uns beiden auszufragen?«

»Ja.«

Er stieß durch geschlossene Lippen einen leisen Pfiff aus.

»Es tut mir leid, Laura. Es war eine große Dummheit von mir, die dir jetzt sicher sehr viel Ärger macht, aber ich konnte es einfach nicht lassen. Ich mußte dir unbedingt mitteilen, was ich empfinde, und du warst nicht bereit, mit mir zu reden ...«

»Mach dir keine Vorwürfe, Robert. Cary weiß, daß es unrecht von ihm war«, sagte ich. Dann rieb ich mir die Tränen aus den Augen und holte tief Luft. »Es ist nur so, daß Großmama

Olivia das Oberhaupt unserer Familie ist, und sie könnte uns allen das Leben schwermachen.«

»Was will sie? Soll ich sie mal besuchen? Vielleicht ...«

»Oh, nein, Robert, niemals. Spiel bloß nicht mit dem Gedanken«, sagte ich, und als er das Entsetzen in meinen Augen sah, nickte er.

»Und was soll ich dann tun?«

»Im Moment können wir nichts tun«, sagte ich. »Außer ...«

»Außer? Sag schon, Laura.«

»Außer uns eine Zeitlang nicht sehen. Wenigstens so lange, bis sich die Lage wieder beruhigt hat«, fügte ich eilig hinzu. Er starrte mich einen Moment lang an und schüttelte dann den Kopf.

»Was verstehst du unter einer Weile?«

»Eine Weile«, sagte ich achselzuckend. »Wir müssen ohnehin auch an unsere Prüfungen denken.«

»Du glaubst im Ernst, daß ich mich im Moment für meine Prüfungen interessiere?«

»Du mußt Interesse aufbringen, Robert. Du willst schließlich ins College gehen. Wenn du meinetwegen schlecht abschneiden würdest, wäre mir noch viel miserabler zumute.«

Er riß einen Grashalm aus und steckte ihn zwischen seine Zähne.

»Ich halte dich vom Mittagessen ab«, sagte ich, um einen Scherz zu machen. »Du mußt wirklich großen Hunger haben, wenn du schon Gras ißt.«

Er hörte auf zu kauen und lächelte mich an. Dann schüttelte er bedächtig den Kopf.

»Ich glaube, dir ist nicht klar, wie sehr ich dich liebe, Laura. Es läßt sich leicht dahinsagen, wir sollte uns eine Zeitlang nicht sehen, aber in der Praxis ist es mir nahezu unmöglich, mich daran zu halten. Ich werde in der Nähe deines Hauses ein Zelt aufschlagen und jede Nacht hoffen, daß ich einen Blick auf dich erhasche.«

»Robert ...«

»Es wird die reinste Folter sein, dich in der Schule zu sehen. Was erwartest du denn von mir? Etwa, daß ich dir hier auch aus dem Weg gehe?«

Meine Lippen begannen zu beben, und mein Kinn zitterte.

»Es tut mir leid«, sagte er. »Ich tue es schon wieder. Ich denke nur an mich selbst und bringe dich damit in eine schwierige Lage.« Er stand auf. »Also gut. Ich werde versuchen, es aufs Eis zu legen, wie es so schön heißt. Jedenfalls eine Zeitlang«, fügte er hinzu. »Aber merk dir gut, was ich dir jetzt sage, Laura Logan. Eines Tages wirst du meine Frau sein. Du wirst die Frau sein, mit der ich den Rest meines Lebens gemeinsam verbringe, und niemand kann das verhindern, weder eine mächtige Großmutter noch ein Bruder, der dich in übertriebenem Maß zu beschützen versucht.«

Ich nickte, preßte die Lippen zusammen und schluckte den Kloß, der in meiner Kehle steckte. Robert lächelte mich noch ein letztes Mal an, ehe er sich abwandte und mit hängenden Schultern und gebrochenem Herzen das Schulgebäude betrat. Ihm war so trostlos zumute wie mir.

Jeder einzelne Tag ohne Robert, ohne sein Lächeln zu sehen, seine Stimme zu hören oder von ihm angerufen zu werden, war ein trübsinniger Tag. Die Sonne hätte ihr Angesicht ebensogut hinter einer dicken Decke aus Sturmwolken verbergen können, wenn es nach mir gegangen wäre. Ich erledigte meine Pflichten im Haushalt, ich lernte für die Prüfungen und half May bei ihren Schulaufgaben, aber ich weiß, daß ich wie ein Zombie durch die Gegend gelaufen sein muß, ein Roboter, ohne Herz und unbeseelt. Wenn ich zwischendurch Zeit für mich allein fand, ging ich aus dem Haus, setzte mich auf den Strand und beobachtete, wie die Wellen über den Sand spülten und behutsam und verlockend übereinander hinwegglitten. Manchmal lief ich ans Wasser hinunter und stapfte barfuß durch die schäumende Gischt. Die Seeschwalben folgten mir und stießen ihre Schreie aus, kreisten über mir und blickten neugierig auf diese traurige und verlorene Gestalt hinab, die sich ganz allein auf dem breiten Sandstrand aufhielt.

Oft ertappte ich Cary dabei, daß er mich von weitem beobachtete, eine ferne und traurige Gestalt, die ebenso verloren wirkte wie ich. Er fürchtete sich davor, mich anzusprechen oder näher zu kommen. Er rang darum, eine Möglichkeit zu finden, wie er mich glücklich machen, sich entschuldigen und meine Vergebung erlangen konnte. Immer wieder sagte ich mir, daß ich ihm verzeihen mußte, weil Großmama Olivia ihn zum Reden gezwungen hatte, und doch fragte sich eine kleine Stimme in meinem Innern, ob Cary Großmama Olivia nicht nur deshalb alles erzählt hatte, damit er mich wieder für sich allein haben konnte.

Mommy erkundigte sich weiterhin regelmäßig nach meiner Gesundheit, und sogar Daddy begann, mich genauer zu mustern. Ich schob alles auf meine Prüfungsvorbereitungen.

Am folgenden Wochenende waren wir alle zu Großpapa Samuels Geburtstagsfeier eingeladen. Es war eine schicke Party, die im Freien am Meer gefeiert wurde, und an beiden Enden des Grundstücks war eine Bar aufgebaut worden. Man hatte ein großes, blauweißes Zelt im Garten errichtet und darin Tische aufgestellt, die mit Leinen gedeckt waren. Großmama Olivia verabscheute den Gebrauch von Papptellern und Plastikgabeln, und daher wurde alles auf Porzellan serviert und mit silbernem Besteck verzehrt. Eine Truppe von Kellnern und Kellnerinnen, Bedienungen, die hinter der Bar standen, und Küchenhilfen war für den Abend eingestellt worden, um auszuhelfen. Mehr als hundertfünfzig geladene Gäste waren erschienen, ausschließlich wohlhabende Geschäftsleute und Politiker mit ihren Familien und natürlich die besten Familien von Cape Cod. Selbst aus Boston und Hartford, Connecticut, waren Gäste gekommen.

Die Laube war für ein Streichquartett reserviert, das den ganzen Nachmittag über spielte. Es gipfelte darin, daß alle

»Happy Birthday« für Großpapa Samuel sangen. Es war wirklich eine der besten Parties, die Großmama Olivia jemals veranstaltet hatte, aber ich war immer noch nicht dazu aufgelegt, mich über irgend etwas zu freuen. Am späten Nachmittag nahm sie mich zur Seite.

»Anscheinend«, sagte sie, »befolgst du meinen Ratschlag. So ist es recht, Laura. Es ist für alle das Beste«, fügte sie hinzu.

Ehe ich etwas äußern konnte, rief sie einen ihrer Freunde zu sich, hing sich bei ihm ein und mischte sich mit ihm unter die übrigen Gäste, und ich blieb mit dem Gefühl einer noch etwas größeren inneren Leere zurück. Als ich mich umdrehte, sah ich, daß Cary mich anstarrte. Ich wandte mich ab und lief zum Anlegesteg hinunter.

»Was hat sie gesagt?« hörte ich Cary fragen, und als ich mich umdrehte, sah ich, daß er mir gefolgt war.

»Sie hat gesagt, es freut sie sehr, daß ich ihren Rat befolgt habe, und daß es zum Besten aller ist«, sagte ich zu ihm.

Er schüttelte den Kopf.

»Es tut mir leid, Laura«, sagte er zum hundertstenmal.

Ich verschränkte die Arme und schaute aufs Meer hinaus.

»Sie hat kein Recht darauf, über unser aller Leben zu bestimmen. Ich kann doch selbst sehen, daß du dich vor lauter Unglück krank machst«, fuhr er in einem zornigen Tonfall fort.

»Ich werde schon nicht krank werden«, sagte ich trotzig.

»Du bist so bleich wie ein Stück Treibholz«, bemerkte er. »Sieh mal«, sagte er und trat einen Schritt näher, »es ist doch nichts dagegen einzuwenden, daß ich mit Robert befreundet bin, oder?«

»Was soll das heißen?« fragte ich.

»Nichts, nur daß ich ihm das Segeln beigebracht habe, oder etwa nicht? Also lade ich ihn einfach für morgen zum Segeln ein, und dann könnt ihr beide ...«

»Was können wir, Cary?« fragte ich, und die angedeuteten Möglichkeiten ließen mein Herz jetzt schon höher schlagen.

»Ihr könnt allein miteinander raussegeln.«

»Das tätest du für mich?«

»Ja, allerdings«, sagte er und wandte den Blick ab.

»Du wirst dir Ärger mit Großmama Olivia einhandeln, Cary.«

»Davor fürchte ich mich nicht«, sagte er kühn.

In dem Moment kam Wind auf, und eine kräftige Böe peitschte mir das Haar ins Gesicht. Jemand rief etwas, und als wir uns umsahen, fiel gerade ein Blumengesteck zu Boden.

»Oh, irgendein armer Bursche wird fürchterlich ausgeschimpft werden, weil er die Dekorationen nicht anständig befestigt hat«, sagte Cary lachend. »Großmama Olivia ist in der Lage, ihm das Recht zu atmen in der Zukunft zu untersagen.«

Ich mußte gegen meinen Willen auch lachen.

»So gefällst du mir gleich viel besser, Laura. Weißt du noch, wie ich dir gesagt habe, daß dein Lächeln einen trüben Tag aufhellt und jeden strahlend schönen Tag verblassen läßt?« sagte er schüchtern und ließ seinen Satz dann verlegen abreißen. »Mach dir keine Sorgen, ich rufe ihn später an. Und diesmal wird es ihr nicht gelingen, auch nur ein Wort aus mir herauszuholen«, versprach er mir.

Und plötzlich lugte die Sonne hinter einer Wolke heraus, und die warmen Strahlen fielen auf mich und gaben mir das Gefühl, wiedergeboren zu sein.

An jenem Abend wagte ich einen Anruf bei Robert. Cary hatte ihn bereits angerufen und ihn eingeladen.

»Ich wollte dich auch schon anrufen«, sagte er. »Carys Einladung kam so überraschend, daß ich keine Ahnung hatte, was ich davon halten soll. Was geht hier vor? Woher rührt dieser Sinneswandel? Erst behandelt er mich wie seinen ärgsten Feind, und von einem Tag zum anderen ...«

»Ihm tut furchtbar leid, was er angerichtet hat, und jetzt

versucht er, es wiedergutzumachen und mich, nein, uns beide, dafür zu entschädigen«, sagte ich.

»Seine Gründe interessieren mich eigentlich gar nicht. Ich werde den morgigen Tag mit dir verbringen. Das ist das einzige, was zählt, Laura. Du machst dir keine Vorstellung davon, wie elend ich mich in den letzten Tagen gefühlt habe«, stöhnte er.

»Oh, doch, das weiß ich, denn mir ist es genauso gegangen«, sagte ich.

»Meine Mutter fragt mich ständig nach dir. Sie glaubt, ich hätte etwas Dummes angestellt und dich damit vertrieben, und sie findet, ich sollte wissen, daß ich in dem Fall wirklich ein blöder Kerl bin. Jetzt wird sie mich endlich in Ruhe lassen, weil sie weiß, daß ich dich morgen sehe«, sagte er lachend.

Es war, als sei das Blut in meinen Körper zurückgekehrt, und mein Herz begann wieder zu schlagen. Ich ertappte mich dabei, daß ich blöde lächelte, und ich wußte auch, daß mein Gesicht in einen hellen Glanz getaucht war.

Am nächsten Morgen war ich als erste auf und machte mich gleich an die Arbeit, das Frühstück für alle zuzubereiten. Mommy freute sich so sehr über meine neuerwachten Energien, daß sie ohne Punkt und Komma auf mich einredete, als sie mir dabei half, den Tisch zu decken. Sogar Daddy wirkte entspannter und schien sich zu amüsieren. Er sprach nur eine einzige finstere Warnung aus, nämlich die, wir sollten das Wetter ständig im Auge behalten. Er sagte, der Himmel käme ihm ganz so vor, wie er immer dann aussah, wenn wir schon sehr bald Nordostwind zu erwarten hatten.

In meinen Augen war der Himmel wunderschön. Sogar die Wolken, die sich am Horizont zusammenballten, waren mir ein willkommener Anblick. Es war windig, aber Cary fand, es sei das perfekte Wetter zum Segeln. Einen Teil des Vormittags verbrachte er mit Daddy im Moosbeersumpf, während ich für ein Picknick am Strand unser Mittagessen vorbereitete.

»Ich bin froh, daß du dir eine Pause gönnst, Laura«, bemerkte Mommy. »Du hast in der letzten Zeit zuviel gearbeitet. Es wäre zu dumm, wenn du uns vor deinen Prüfungen und dem Ende des Schuljahrs noch krank wirst, meinst du nicht auch?«

»Doch, Mommy.«

»Wir sind sehr, sehr stolz auf dich, Laura. Die ganze Familie ist stolz auf dich. Auf der Party gestern hat sich deine Großmutter tatsächlich Zeit für mich genommen, und das nur, um ausdrücklich zu betonen, wie sehr es sie freut, von deinen großartigen schulischen Leistungen zu hören. Sie hat mir eingeschärft, ich soll es dir ausrichten und dir sagen, daß sie eine ganz besondere Überraschung für dich hat.«

»Ich frage mich, was das wohl sein könnte«, sagte ich und hob den Blick nicht von den belegten Broten, die ich gerade einwickelte.

»Wir sollen es dir eigentlich noch nicht sagen, aber Daddy hat mir erzählt, sie hätte ihm berichtet, daß sie ein Bankkonto für dich eröffnet hat. Sämtliche Kosten, die während deiner Studienzeit am College entstehen, werden davon beglichen. Das ist eine Menge Geld, Laura. Es ist doch schön zu wissen, wie gern dich deine Großeltern haben«, fügte Mommy hinzu.

»Geld ist nicht die einzige Form, jemandem zu zeigen, daß man sich etwas aus ihm macht, Mommy«, sagte ich.

»Oh, nein, gewiß nicht, aber es ist trotzdem eine große Hilfe«, sagte sie mit einem unbefangenen Lachen. »Überleg dir doch nur, wie das die Sorgenfalten deines Vaters glätten wird«, fuhr sie fort. »Du weißt ja, wie ihm das ewige Auf und Ab im Geschäft zusetzt. Er ist zwar keiner von den Menschen, die ständig über schlechte Zeiten lamentieren, aber wir haben es schon schwer genug gehabt«, versicherte mir Mommy. »Dein Daddy ist auch sehr froh darüber, daß Großmama Olivia eine so hohe Meinung von dir hat.«

Ich schluckte, denn meine Kehle hatte sich zugeschnürt.

»Das freut mich, Mommy«, sagte ich und packte eilig das Essen in den Picknickkorb.

Ich hatte mir gewünscht, daß dieser Tag etwas ganz Besonderes werden sollte. Erst hatte ich mir das Haar aufgesteckt, dann hatte ich es wieder gelöst, es schließlich noch einmal aufgesteckt und so ziemlich alles anprobiert, was in meinem Kleiderschrank hing, um auch ja möglichst perfekt angezogen zu sein. Endlich wählte ich blaßviolette Shorts, ein weißes Tanktop und ein paar Turnschuhe ohne Socken aus, und da noch ein heiterer Farbklecks fehlte, band ich einen marineblauen Seidenschal um meinen Pferdeschwanz. Ich fühlte mich federleicht und schwebte den ganzen Vormittag über die Treppe hinauf und hinab, bis es an der Zeit zum Aufbruch war.

Cary war gerade erst vom Sumpf zurückgekehrt, als Robert kam. Wir trafen uns alle draußen vor dem Haus. May hielt den kleineren der Körbe in den Armen.

»Vielen Dank für die Einladung«, sagte Robert zu Cary. »Mehr Glück hätten wir mit dem Wetter gar nicht haben können, was meinst du?«

Cary musterte einen Moment lang den Himmel und nickte dann zögernd.

»Solange wir vor dem späten Nachmittag zurück sind. Der Wind wird mit der Zeit zunehmen, und wir werden gut vorankommen«, sagte er. »Aber inzwischen bist du ja ein Experte«, fügte er in einem herausfordernden Tonfall hinzu.

»Jedenfalls habe ich nicht vergessen, was ich bei dir gelernt habe, falls du das meinst.«

»Laura kennt sich gut genug aus, um das zu beurteilen«, sagte Cary.

»Laßt uns endlich gehen«, sagte ich, denn ich war ungeduldig und zudem besorgt, zu viele Worte könnten alte Wunden wieder aufreißen.

»Den trage ich«, sagte Robert und nahm mir den größeren der beiden Körbe ab.

Wir liefen zum Strand hinunter. Cary ging voran, und Robert und ich warfen einander sehnsüchtige Blicke zu.

»Willst du mich auf die Probe stellen?« fragte Robert Cary, als wir das Segelboot erreicht hatten. »Na, mach schon. Frag mich, was du willst«, sagte er herausfordernd.

»Nur das Meer kann dich auf die einzig wahre Probe stellen«, erwiderte Cary kühl.

Robert lachte nervös, und seine Blicke schweiften von mir zum Boot und hefteten sich dann auf Cary.

»Laura, warum läufst du nicht mit May zu Logan's Cove voraus, während Captain Robert und ich das Boot startklar machen und zu euch rübersegeln«, schlug Cary vor.

»Einverstanden. Sieh dich vor«, sagte ich zu Robert und nahm May an die Hand. Wir hatten die Decke ausgebreitet, saßen darauf und packten gerade das Picknick aus, als das Segelboot um die Biegung kam und in der Bucht auftauchte. Cary überließ es Robert, das Boot selbständig zu steuern. Es prallte heftig auf, wurde von den Wellen hochgeschleudert, richtete sich wieder auf und nahm dann Kurs auf uns. Die Gischt sprühte über den Bug, als es die Küste ansteuerte.

»Es ist einfach wunderbar!« rief Robert. »Anregend und belebend. Und viel spannender als beim erstenmal, Laura.«

»Das sehe ich selbst. Wie hat er seine Sache gemacht, Cary?«

Cary war vollauf damit beschäftigt, das Segelboot auf den Strand laufen zu lassen. Anschließend drehte er sich um.

»Gut«, sagte er. Er blickte zum Himmel auf. Die kleinen Wölkchen, die den Himmel gesprenkelt hatten, waren fetter geworden, und im Süden konnten wir längere weiße Streifen sehen. »Aber ich glaube, ihr beide solltet gleich nach dem Mittagessen rausfahren, und wenn es zu stürmisch wird, kehrt ihr sofort um«, sagte er.

»Junge, Junge, dieser kleine Vorgeschmack hat mir gewaltigen Appetit gemacht«, warf Robert ein.

Ich war zu aufgeregt und hatte keinen Hunger. Cary aß auch nicht viel. Er saß versonnen da und starrte auf das Meer hinaus. Robert erzählte vom Sea Marina und berichtete, wie erfolgreich das erste Wochenende gewesen war und wie dicht sie schon davorstanden, für den ganzen Juli komplett ausgebucht zu sein. Cary äußerte sich so gut wie nicht dazu. Nie hatte ich ihn so gedankenverloren gesehen. Auch er schien nervös zu sein. Immer wieder warf er verstohlene Seitenblicke auf mich und sah dann schnell wieder auf das Meer hinaus. Schließlich stand er auf.

»May und ich gehen Muscheln suchen, während ihr beide raussegelt«, sagte er. »Laß den Himmel nicht aus den Augen, Laura«, fügte er hinzu und wandte sich in Zeichensprache an May, die daraufhin schnell aufsprang und ihn an der Hand nahm. Die beiden liefen über den Strand.

»Tja«, sagte Robert seufzend, »wir sind endlich wieder allein miteinander, zum ersten Mal seit einer Ewigkeit, oder zumindest kommt es mir so vor«, fügte er hinzu. »Bist du bereit, mit Captain Blood zur Jungfernfahrt aufzubrechen?« fragte er. Er schoß vom Sand hoch und zog mich auf die Füße. »M'lady?«

Ich lachte und ließ mich von ihm hochziehen. Dann zog ich meine Turnschuhe aus und warf sie auf das Segelboot. Ich sah mich noch einmal nach Cary und May um, die sich am Strand bereits ein gutes Stück von uns entfernt hatten. Cary schien uns zu beobachten. Dann drehte er sich wieder um und half May bei ihrer Suche nach interessanten Muscheln. Robert half mir auf das Segelboot, stieß es vom Sand, sprang eilig auf und griff nach dem Tau.

»Laß uns ins ferne China segeln«, rief er in den Wind.

Die aufsprühende Gischt traf wohltuend auf meine Arme und auf mein Gesicht. Geschickter, als ich es erwartet hatte, steuerte Robert uns aus der Bucht, und das Segel blähte sich.

»Nicht schlecht, was? Vermutlich habe ich doch Meerwasser in den Adern, dank dir«, sagte er.

Ich war mit dem Rücken an ihn gelehnt und schrie jedesmal auf, wenn wir von einer Welle in die Höhe geschleudert wurden, bis wir weiter hinauskamen und das Wasser zunehmend ruhiger wurde.

»Als ich das letzte Mal mit Cary rausgesegelt bin, habe ich eine andere Bucht gesehen«, sagte Robert. »Sie war auch sehr abgeschieden«, fügte er hinzu. »Warum versuchen wir nicht, sie zu finden? Wir könnten sie Laura's Cove nennen«, flüsterte er.

Er küßte mein Haar und meine Stirn, und ich drehte mich um und streckte die Arme nach ihm aus, um meine Lippen auf seine zu legen Das Segelboot schlingerte, und wir stießen beide einen Schrei aus.

»Ich sollte mich besser um die dringenden Angelegenheiten kümmern«, sagte Robert.

»Du brauchst nur den Tauen ein wenig mehr Spielraum zu geben, Robert. Dann werden wir schon nicht ins Meer fallen.«

»Wird gemacht, Captain.«

Wir segelten weiter. Der Wind peitschte die Segel, und der Bug schnitt sich durch die Wellen. Wir hatten einen ziemlichen Zahn drauf, und als wir um einen weiteren Küstenvorsprung bogen, ließ der Wind ein wenig nach, und wir kamen langsamer und glatter voran. Roberts Zuversicht wuchs.

»Es ist gar nicht so schwierig, wie es von allen hingestellt wird«, behauptete er.

»Werde bloß nicht zu arrogant, Robert«, warnte ich ihn. »Man braucht eine ganze Weile, ehe man so gut segeln kann wie Cary. Und außerdem vergibt einem das Meer einen Fehler nicht so schnell, sagt Cary.«

»Ich weiß, aber ich habe ein Gespür dafür, meinst du nicht auch, Laura?« fragte er und war auf ein Kompliment aus. »Was ist? Das stimmt doch, oder nicht?«

»Doch, doch.« Ich lachte. Wir küßten uns wieder und segelten weiter. Endlich entspannte ich mich und war glücklich.

Vielleicht wird es jetzt für den Rest unseres Lebens so weitergehen, dachte ich. Wir umrunden die nächste Biegung und finden Sonnenschein und Glück. Solange ich den Wind in meinem Haar und Roberts Arme um mich spürte, während sich das Segelboot geschmeidig durchs Wasser schnitt, fiel es mir leicht, an Märchen zu glauben. Cary und ich hatten von unserer frühesten Kindheit an Vertrauen in den Zauber des Meeres gesetzt. Wer hätte mir vorwerfen können, daß ich mir wünschte, auch Robert würde diesem Zauber erliegen?

Wer würde mir jemals so große Vorwürfe machen wie die, mit denen ich mich selbst bald foltern würde?

9

Hinausgetrieben

Lange Zeit konnte ich mich nicht an jenen verhängnisvollen Nachmittag erinnern. Mein Gehirn hatte die Erinnerung in ein finsteres Kämmerchen gesperrt und den Schlüssel weggeworfen. So schwer es fällt, das zu glauben, aber ich vergaß sogar Roberts Namen.

Ich lag behaglich in seinen Armen, während er das Segelboot zum Ufer steuerte. Es war eine kleine Bucht, in der wir anlegten. Von einem Strand konnte eigentlich kaum die Rede sein, aber Robert hatte diese Bucht entdeckt und behauptete, sie gehörte uns ganz allein. Als wir näher kamen, setzte ich mich auf. Die Windstärke nahm immer noch stetig zu, und die Wolken, die vom Süden her zu uns trieben, wirkten dunkler und dichter. Ich hätte auf der Stelle sagen sollen: »Laß uns umkehren, Robert«, aber ich tat es nicht. Ebenso wie er verzehrte auch ich mich nach Liebe, und die Aussicht auf unsere eigene kleine, abgeschiedene Welt reizte mich maßlos.

Robert sprang aus dem Segelboot und zog es ans Ufer. Dann reichte er mir die Hand, und ich sprang auf den Strand. Er fand ein Stück Treibholz und steckte es in den Sand. Dann band er sein Taschentuch daran fest und ließ es wie eine Fahne im Wind flattern.

»Ich beanspruche diesen Strand für Laura Logan und taufe ihn hiermit auf den Namen Laura's Cove«, sagte er. Er stand stolz und aufrecht da, wie ein Entdecker aus früheren Zeiten.

Ich lachte und klatschte in die Hände. Er verbeugte sich schwungvoll, und ich lachte wieder. An jenem Nachmittag brachte mich alles zum Lachen. Die Luft, die Freiheit, unsere neuerlichen Liebesschwüre und unser ungestörtes Beisammensein – mir war schwindlig vor der Summe all dessen. Meine Träume machten mich trunken.

»Wir müssen unser kleines Stück vom Paradies einweihen«, erklärte Robert und kam auf mich zu.

Er umarmte mich und küßte mich mitten auf die Lippen. Der Wind peitschte mein Haar und mein Gesicht, und die aufsprühende Gischt fühlte sich auf meinen Armen und auf meinem Hals erfrischend an.

»Ich habe dich vermißt«, sagte Robert. »Du hast mir ja so sehr gefehlt. In Gedanken habe ich dich tausendmal geküßt, Laura. Bei jeder Gelegenheit, die sich mir geboten hat, habe ich dich in den Armen gehalten.«

Er drückte mir einen zarten Kuß auf die Nasenspitze und dann aufs Kinn, ehe unsere Lippen sich wieder trafen. Anschließend holte er die Decke vom Segelboot. Er breitete sie aus, und wir umarmten uns und ließen uns auf den Sand sinken. Ich schmiegte mich an seine Brust.

Ich kann mich noch deutlich daran erinnern, daß ich sagte: »Wir können nicht lange bleiben, Robert. Cary und May ...«

»Ich weiß«, erwiderte Robert und strich mir über das Haar. Er ließ seine Handfläche über meine Wange gleiten, als sei er blind und wollte sich meine Gesichtszüge für immer und ewig bis in alle Einzelheiten einprägen. Ich begehrte ihn. Oh, wie sehr ich ihn begehrte.

Er nahm mein glühendes Verlangen wahr und begann, meinen Hals zu küssen. Seine Hände glitten auf meine Taille, und behutsam zog er mir das Tanktop über den Kopf. Innerhalb von Sekunden waren wir beide beinahe vollständig entkleidet, und wir umarmten uns und klammerten uns aneinander, als hätte sich die ganze Welt in Wasser verwandelt und wir trieben an der Oberfläche.

»Ich lasse nicht zu, daß mir dich jemand wegnimmt«, flüsterte er, »und sei es auch nur für kurze Zeit.«

Seine Worte erfüllten mein Herz und vertrieben jeden Zweifel an unserer Liebe, an mir selbst und auch daran, was und wer wir waren. *Ja,* hörte ich mich aus tiefster Seele anstimmen, *ja, ja, ja.*

Wir tauschten lange, heftige und gierige Küsse miteinander aus, die Küsse zweier Liebenden, denen ihre Liebe zu lange versagt geblieben war. Ich kann mich nicht erinnern, wie es dazu kam, daß wir plötzlich splitternackt waren, aber so war es, und ohne das geringste Zögern liebten wir uns schon im nächsten Augenblick und schlugen alle Vorsicht in den Wind, der um uns herum rauschte.

Wir fielen rasend übereinander her, doch dann verlangsamte sich das Tempo, und wir fielen in einen Rhythmus, der fast schon wellenförmig war und mich hochhob und wieder hinuntergleiten ließ, mich zu den Gipfeln der Ekstase und zu Momenten der Ruhe führte, in denen ich Luft schnappen konnte, doch schon bald überwältigte mich die Gier, die Ekstase noch einmal zu kosten, und ich schlang die Arme enger um Robert, preßte ihn an mich und weigerte mich zuzulassen, daß es endete.

Ich erinnere mich noch daran, daß ich sein begeistertes Lachen hörte und sein Gesicht sah, die Augen, die maßlose Liebe und Lust verströmten. Ich sagte mir, was wir hier taten, könne nichts anderes als rein und gut und wunderschön sein. Er überhäufte mich mit Küssen; er murmelte immer wieder meinen Namen; er brachte meine leisen Schreie zum Verstummen, und er hielt mich ebenso fest in den Armen wie ich ihn. Jeder von uns beiden ließ sich bis zur absoluten Erschöpfung von der Leidenschaft des anderen mitreißen.

Dann glitt er von mir herunter und legte sich neben mich, ließ das Gesicht auf die Decke sinken, schaute mich jedoch unablässig an. Ich drehte mich zu ihm um, sah ihm in die Augen und nahm das strahlende Lächeln und den zufriedenen Gesichtsausdruck wahr.

»Ich liebe dich, Laura«, sagte er.

»Ich liebe dich auch, Robert.«

Er schlang einen Arm über meine Schulter, preßte seine Handfläche auf meinen nackten Rücken und zog mich eng an sich. Wir lagen stumm da, mit flatternden Lidern, und fühlten uns plötzlich bleischwer. Wir beschlossen beide, uns ein kleines Weilchen auszuruhen, und ehe wir uns versahen, hüllte der Schlaf uns ein wie ein Zauberbann und trug uns mit sich.

Ich erwachte zuerst. Die Windstärke hatte beträchtlich zugenommen, und die Böen sprühten Sand und Wasser über uns. Ich drehte mich eilig um, und als ich aufblickte, sah ich nichts anderes als tief hängende dunkle Wolken, die auf uns zutrieben. Sekunden später fühlte ich die Regentropfen, aber der schlimmste und erschreckendste Anblick, der sich mir bot, war der des Segelboots, das hinaustrieb. In unserer Hast hatten wir es nicht weit genug auf den Strand gezogen, in sicherer Entfernung vom Wasser. Es war jetzt schon gut vier oder fünf Meter vom Ufer entfernt.

»Robert!« schrie ich.

Er öffnete die Augen und setzte sich eilig auf.

»Oh, nein. Das Boot.«

»Wir müssen es erwischen, ehe es zu weit rausgespült wird!« rief ich aus. Er sprang auf die Füße, rannte ins Meer und schwamm mit kräftigen Stößen zum Boot. Die Wellenkämme waren jetzt schon mehr als einen halben Meter hoch. Er kämpfte gegen die Fluten an, erreichte das Segelboot, zog sich am Rumpf hoch und schwang sich über die Seitenwand an Deck. Das Segel flatterte gewaltig, und der kleine Mast schwang von rechts nach links. Robert rang darum, das Tau zu packen und es festzuhalten, doch als er das Segel gegen den Wind straffte, begann sich das kleine Boot auf die Seite zu legen, und er ließ nicht schnell genug los. Es sah aus, als spränge es mit einem Satz ins Wasser und spuckte ihn ins Meer, als es endgültig kenterte.

»ROBERT!«

Ich war eine gute Schwimmerin, aber nicht kräftig genug, um allzu lang gegen diese Wogen anzukämpfen. Es kostete mich ungeheure Anstrengung und trieb mich an den Rand der Erschöpfung, doch es gelang mir, das Boot schnell zu erreichen. Ich hielt mich am Bootsrand fest und rief wieder nach Robert. Er tauchte auf der anderen Seite des Bootes auf und wirkte benommen. Erst als er auf mich zuschwamm, erkannte ich, warum. Als er ins Meer gestürzt und gleich darauf das Boot gekentert war, hatte ihm ein Teil des Boots einen Schlag auf den Kopf versetzt. Ein schmales, aber stetiges Rinnsal Blut lief unter seinem Haaransatz heraus, rann über die Schläfe und an der Wange hinunter.

»Robert, du bist verletzt!« rief ich aus. Er nickte, wirkte aber immer noch verwirrt.

Wir hüpften mit dem Boot auf und ab, während die Wogen immer höher und kräftiger wurden. Auch die Windstärke nahm zu, und der Regen war inzwischen eiskalt, und seine Tropfen stachen wie Nadeln. Ich sah mich nach der Küste um. All unsere Kleidungsstacke und die Decke wurden von der Flut überspült und langsam ins Meer hinausgesogen. Der Schock über die Geschwindigkeit, mit der all das passierte, versetzte mich in Panik. In meinem vergeblichen und fruchtlosen Bemühen, es wieder aufzurichten, rang ich mit dem Boot. Robert klammerte sich am Bootsrand fest und ließ sich von der Wucht der Wassermassen hin- und herschleudern; entweder er wußte nicht, wie man das Boot wieder aufrichtete, oder er war so verwirrt, daß er gar nicht auf den Gedanken kam, es zu versuchen.

»Du mußt über den Rumpf klettern, Robert, und dann mußt du mit aller Kraft ziehen, bis sich das Boot wieder umdreht. Jetzt klettere schon!« rief ich. »Jetzt sofort, Robert. Mit jeder anrollenden Woge werden wir weiter hinausgetrieben.«

Endlich schien er mich zu verstehen. Er zog sich hoch, griff nach dem Rand des Rumpfes und setzte sein Körpergewicht ein, um das Boot wieder aufzurichten. Er wog nicht genug, und er war auch nicht kräftig genug, und daher folgte ich ihm so schnell wie möglich, und wir zogen beide verzweifelt, während der Wind wie ein nasser, kalter Strick auf unsere Rücken peitschte und der Regen sintflutartig auf uns herabströmte, bis wir kaum noch etwas sahen.

Da wir uns der Gefahr bewußt waren, setzten wir hektisch und verzweifelt all unsere Kräfte ein, und schließlich begann sich das Boot zu drehen. Robert war so aufgeregt über diesen kleinen Erfolg, daß er wie ein Irrer an dem Rumpf zerrte.

»Laß es sich von allein umdrehen, Robert«, schrie ich, doch er sprang weiterhin auf und ab, zog und ächzte und machte damit seine eigenen Bemühungen zunichte.

Endlich richtete sich der Mast auf, und das nasse Segel hob sich aus dem Wasser. Wir machten unsere Sache gut. Wir würden es hinkriegen, das Boot wieder aufzurichten, dachte ich. Wir werden es schon schaffen. Dann wurden wir von einem weiteren erbarmungslosen wilden Windstoß gepeitscht, und meine Hände verloren den Halt. Ich glitt ins Meer zurück. Das Boot begann sich wieder umzudrehen, und Robert versuchte mit aller Kraft, das zu verhindern. Ich sah, wie das Boot ihn herumwirbelte und mit sich riß, und dann verschwand er auf der anderen Seite. Inzwischen waren wir mindestens weitere sieben Meter von der Küste entfernt. Der Regen prasselte in solchen Strömen herunter, daß ich den winzigen Streifen Strand kaum noch erkennen konnte.

»Robert!« rief ich, als ich ihn nicht sah. »Robert, wo steckst du? Robert!«

Er antwortete nicht, und er kam auch nicht auf mich zugeschwommen. Ich ließ den Rumpf nicht los, sondern tastete mich langsam am Bootsrand voran auf die andere Seite. Im ersten Moment sah ich Robert nicht, und dann sah ich seinen Kopf, direkt unter der Wasseroberfläche, die Hand dem Mast zugewandt. Ich bewegte mich voran, so schnell ich konnte, packte erst den Mast und dann seine Hand und zog mit aller Kraft daran, bis sein Kopf über dem Wasserspiegel auftauchte. Seine Augen waren glasig, und er wirkte benommen. Das Blut rann jetzt schneller und in einem breiteren Strom über seine Schläfe und an der Wange hinunter. Ich glaubte zu sehen, daß er meinen Namen sagte und mich anlächelte, aber ich konnte es nicht deutlich erkennen, weil das Salzwasser in meinen Augen brannte und der Regen auf mein Gesicht eintrommelte.

Ich hielt ihn fest. Er schien unfähig zu sein, sich aus eigener Kraft zu bewegen. Sein rechter Arm hob sich nie aus dem Wasser, und der Kopf sank ihm langsam auf die Schulter, während sich seine Augen schlossen.

»ROBERT!«

Ich versuchte, ihn näher zu ziehen, aber meine Hand begann vom Mast abzurutschen. Er war vor Nässe glitschig, und das erschwerte es, sich daran festzuhalten. Wenn ich Roberts Hand nicht bald losließ, konnte es gut sein, daß ich endgültig jeden Halt verlor und mit ihm ins Meer hinausgespült wurde, dachte ich. Meine Schultern schmerzten, die Muskeln in meinem Nacken lehnten sich auf, und meine Hand kam mir vor, als würde sie von meinem Handgelenk gerissen.

»O Robert, wach auf. Hilf mit, Robert!«

Sein Kopf hüpfte auf den Wogen, die uns in die Höhe warfen und uns in die Tiefe sinken ließen. Als ich mich umdrehte und einen Blick zurückwarf, sah ich, daß die Küste nicht mehr in Sicht war. Das Meer trieb uns hinaus.

Ich erinnere mich noch daran, daß ich an Cary dachte und damit rechnete, er würde jeden Moment in einem anderen Boot auftauchen, das schnittig über die Wogen glitt; er würde zu unserer Rettung kommen. Er würde zwar wütend sein, aber auch sehr, sehr besorgt. Er würde uns beide aus dem Meer holen, uns in warme Decken wickeln und uns nach Hause bringen.

»Bitte, Cary, beeil dich«, stöhnte ich. »Bitte.«

Ich hielt mich mit einer Hand an dem Mast fest, und mit der anderen Hand hielt ich Roberts Hand, doch das Gewicht seines Körpers hing schwer an meinem Handgelenk und kugelte mir fast den Arm aus. Seine Finger hielten meine Hand nicht länger umfaßt, sondern lösten sich von ihr, und er drohte mir zu entgleiten.

»Robert. O Robert, wach auf!« flehte ich. Ich spielte mit dem Gedanken, seinem Arm einen kräftigen Ruck zu geben, doch ich fürchtete, diese Bewegung könnte mich den Halt kosten und meine andere Hand würde vom Mast gleiten.

Das Meerwasser schlug mir ins Gesicht, während ich Robert mit meinen Rufen aufzurütteln versuchte, und ich schluckte zuviel davon. Ich würgte, hustete und glaubte zu ersticken, und ich spürte, wie mir Roberts Hand entglitt. Ich mühte mich damit ab, ihn festzuhalten. Ich durfte ihn jetzt nicht loslassen.

Das typische Neuenglandwetter, dachte ich, berühmt dafür, wie schnell es umschlägt. Ich hätte es wissen müssen. Ich hätte es besser wissen müssen. Es war meine Schuld, alles nur meine Schuld.

Das Meer war gnadenlos. Es wollte sich sein Opfer nicht nehmen lassen. Ich unternahm eine letzte verzweifelte Anstrengung, Robert nicht loszulassen und mich gleichzeitig am Mast festzuhalten, und dann spürte ich, wie seine Finger an meiner Handfläche hinunterglitten. Sein Körper wurde von den Wogen hochgehoben, als käme er noch einmal nach oben, um sich endgültig zu verabschieden, und dann ging er unter.

Ich schrie seinen Namen so laut und so lange, wie ich konnte. Ich wollte den Mast loslassen, um Robert zu suchen, aber mein eigener verzweifelter Kampf ums Überleben erlaubte es meinen Fingern nicht, ihren Griff zu lösen. Ich weiß, daß ich schrie und seinen Namen rief, bis meine Stimme versagte und meine Kehle schmerzte. Dann schloß ich die Augen und drehte mich um, damit ich den Mast mit beiden Händen packen konnte. Ich zog mich näher heran und preßte meine Wange an das kalte Metall. Das Boot hüpfte weiterhin auf und ab, hob und senkte sich im Sturm und Regen.

Ein tiefes, undurchdringliches Dunkel senkte sich auf mich herab. Selbst dann, als ich die Augen schließlich öffnete, sah ich nichts. Angesichts dessen, was hier geschah und was bereits passiert war, muß mein letzter Gedanke albern erscheinen. Ich stöhnte und rief: »Ich habe diesen wunderschönen Seidenschal verloren, den Mommy mir geschenkt hat. Es tut mir leid, Mommy.«

Nicht nur das kalte Wasser und der eisige Regen ließen meinen Körper beben, sondern auch mein eigenes Schluchzen. Ich lag da, den Kopf an den Mast gelehnt, und an meiner linken Seite konnte ich den Rumpf des kleinen Boots spüren. Das war tröstlich. Ich weiß noch genau, daß ich dachte: Ich werde jetzt einfach ein Weilchen schlafen, und bis dahin wird sich der Sturm gelegt haben.

Der Zauber wird zurückkehren.

Die Sonne wird uns wärmen.

Wir werden wieder lachen und einander Versprechen geben. Das werden wir doch tun, nicht wahr?

Wir?

Ich konnte mich nicht an seinen Namen erinnern. Ich konnte sein Gesicht vor mir sehen, sein Lächeln, und sogar seine Stimme konnte ich hören, aber wer war er?

Und dann überkam mich das schlimmste aller Grauen.

Wer bin ich?

Was anschließend passierte, muß ich mir selbst zusammenreimen, mit der Zeit Stück für Stück die Ereignisse, die verschwommenen Erinnerungen und die Worte, die ich hörte, zusammenfügen, als gehörten sie alle zu einem gewaltigen Puzzle mit tausend Teilen. Einiges wurde mir im Laufe der Zeit berichtet, aber ich mußte das, woran ich mich erinnerte, immer gegen das abwägen, was mir erzählt wurde.

An jenem Nachmittag nahm der Sturm weiterhin an Stärke zu und verhinderte jede gezielte Suche nach uns. Der Wind und die Wogen trugen das gekenterte Segelboot weiter aufs Meer hinaus. Ein Fischer namens Karl Hansen kämpfte erbittert darum, wieder ans Land zu kommen. Er hatte jahrelang für Großpapa Samuel und Großmama Olivia gearbeitet, sich inzwischen jedoch weitgehend zur Ruhe gesetzt, und er fuhr nur noch ab und zu mit seinem eigenen Netz hinaus. Er sah das umgestürzte Boot und kam nahe genug heran, um mich zu entdecken, wie ich mich verzweifelt an den Mast klammerte. Er fing an zu rufen. Ich erinnere mich noch, daß ich im ersten Moment glaubte, der Sturm hätte eine Stimme gefunden. Ich glaubte, das sei ein Teil des Zaubers, und daher lauschte ich lachend und mit geschlossenen Augen den Rufen. Dann spürte ich, wie etwas auf meine Schulter traf, und als ich die Augen öffnete, sah ich einen Mann, der ein Netz in meine Richtung warf; sein Boot wankte auf der rauhen See.

»Pack es. Schling es um dich«, befahl er mir. Er hatte die Hände zu einem Schalltrichter vor seinem Mund geformt und schrie. »Pack es, und halt dich daran fest!«

Wieder und immer wieder warf er das Netz aus. Ich sah es jedesmal an, konnte mich aber nicht rühren. Ich konnte den Mast nicht loslassen. Meine Hände hatten sich um ihn geschlossen, und ganz gleich, wie sehr ich mich auch bemühte, ich konnte meine Hände nicht dazu bringen, nach dem Netz zu greifen, das er mir zuwarf.

Schließlich kam Mr. Hansen mit seinem Boot näher, bis er so dicht an mich herangekommen war, daß er ins Meer springen konnte. Er hatte sich ein dickes Tau um die Taille gewickelt, und als er mich erreicht hatte, band er es schnell los und schlang es um mich.

»Du mußt loslassen«, sagte er. »Mach dir keine Sorgen. Ich bringe dich auf mein Boot.«

Er war ein stämmiger, untersetzter Mann mit einem grauen

Vollbart und grauem Haar. Ich hätte ihn erkennen müssen, tat es aber nicht. Er dagegen erkannte mich sofort.

»Laura Logan!« rief er aus. »Mrs. Logans Enkelin. Jesus, Maria und Josef. Laß den Mast los, wenn ich es dir sage, Mädchen.«

Ich kann mich erinnern, daß ich geschrien und geschrien habe, und ich weiß auch noch, daß ich versucht habe, mich seinen Mühen zu widersetzen, als er mich von dem Mast wegzerren wollte. Endlich gelang es ihm, meine Hände von dem Mast zu lösen, und er schwamm zu seinem Boot zurück und zog mich im Schlepptau hinter sich her.

Der Sturm tobte erbittert, der Regen war erbarmungslos. Die Anstrengung wurde zu groß für ihn. Sein eigenes Boot schwebte in Gefahr. Ich bin sicher, daß er sich fragte, ob er dieser Belastung gewachsen war, doch in der Praxis gab er nicht auf. Schließlich erreichten wir das Boot, und es gelang Mr. Hansen, mich sofort hochzuziehen und an Bord zu holen.

Ich war nackt, und mir war eiskalt, und meine Zähne klapperten so laut, daß ich glaubte, sie würden daran zerbrechen. Die Wogen warfen Mr. Hansens Boot unerbittlich auf den Fluten umher. Er mußte dringend etwas gegen das Schlingern unternehmen. Erst fand er eine Decke und warf sie über mich, und dann kümmerte er sich um das Boot. Wir trieben weiter hinaus, bis ruhigere Gewässer ihm die Gelegenheit gaben, nach mir zu sehen. Er kehrte auf meine Seite zurück, half mir in die Kajüte und setzte mich dort auf eine kleine gepolsterte Bank.

»Was ist dir zugestoßen, Mädchen? Wieso hat es dich dort draußen erwischt? War dein Bruder bei dir?«

Mein Bruder, dachte ich. Ich habe einen Bruder?

Ich antwortete nicht. Ich lag nur da, verlor immer wieder das Bewußtsein und kam nur zwischendurch kurz zu mir. Ich kann mich nicht erinnern, wie lange es dauerte, bis wir die Küste erreichten, doch er traf eine taktische, navigationstechnische Entscheidung und brachte uns an den Anlegesteg des Anwesens von Großpapa Samuel und Großmama Olivia. Der Sturm hatte sich etwas gelegt, und der Regen hatte nachgelassen.

Das nächste, was ich weiß, ist, daß Mr. Hansen loslief, um Hilfe zu holen. Er kam zurück, um mich an Deck zu holen und vom Boot an Land zu bringen, und dann trug er mich buchstäblich ins Haus. Eine aufgebrachte kleine Frau begrüßte uns und wies ihn an, mich in ein Gästezimmer im Erdgeschoß zu bringen. Dort setzte er mich behutsam auf dem Bett ab. Die ältere Dame stand hinter ihm und wartete. Damals wußte ich nicht, wer sie war. Ich sah nur die unbeschreibliche Wut in ihrem Gesicht, als sie mich finster anstarrte. All das schien einem anderen Menschen zuzustoßen. Es war, als sähe ich mir einen Film an.

»Wo haben Sie sie gefunden?« hörte ich sie fragen.

»Sie hat sich etwa eineinhalb Meilen von der Bucht des toten Mannes an ein gekentertes Segelboot geklammert«, erwiderte er. »Diese Dinger sind schon zu klein, wenn das Wetter nur halb so wild ist.«

»Dann haben Sie sie also allein vorgefunden?«

»Ja, Ma'am. Ich hoffe nur, daß ihr Bruder nicht mit ihr dort draußen war«, sagte er. »Das könnte niemand überleben«, fügte er hinzu.

»Es war nicht ihr Bruder«, sagte sie. »Sie war nackt, als Sie sie gefunden haben?«

»Ja, Ma'am.«

»Ekelhaft«, murmelte sie.

Mir war immer noch so kalt, daß ich die Arme und Beine nicht bewegen konnte. Ich lag da und hatte mich zu einer Kugel zusammengerollt. Ich atmete schwer, und mein Körper zitterte und bebte. Sie kam näher.

»Was hattest du dort draußen zu suchen, Mädchen?« fragte sie barsch und sah mich aus Augen an, die so kalt wie Stahl waren. Ich konnte nicht reden; ich konnte nicht einmal den Kopf schütteln.

»Etwas Sündiges, wie ich es vorhergesagt habe«, schloß sie aus meiner ausbleibenden Reaktion und nickte.

»Ich werde einen Suchtrupp zusammentrommeln, sowie sich der Sturm legt«, sagte Karl Hansen.

Die alte Frau drehte sich blitzschnell zu ihm um.

»Sie werden nichts dergleichen tun, Karl«, fauchte sie ihn an. »Sie werden keinem Menschen gegenüber auch nur ein Wort über diesen Vorfall verlieren.«

»Aber ... es war doch gewiß noch jemand außer ihr auf diesem Boot, Mrs. Logan.«

»Ich weiß, daß jemand bei ihr war. Ich bin sicher, daß auch er nackt war«, fügte sie angewidert hinzu. »Ich möchte, daß kein Mensch etwas davon erfährt«, sagte sie und wies mit einer Kopfbewegung auf mich. »Die beiden hat es bei einem sündigen Akt erwischt.«

»Was für ein sündiger Akt?« hätte ich gern gefragt, aber ich bekam kein Wort heraus.

Sie drehte sich wieder zu ihm um. Ich sah den Ausdruck des Erstaunens und der Verwirrung auf seinem Gesicht, aber ich verstand nicht, warum er so bestürzt war. Ich wußte nicht, wo ich war, und ich hatte vergessen, wie ich dort hingekommen war. Ich wußte nur, daß ich schrecklich fror und daß sich niemand dafür zu interessieren schien.

»Sie haben sie nie gefunden, Karl«, sagte sie zu ihm. »Ich muß ihr Wort darauf haben.«

»Wie bitte, Mrs. Logan?«

»Sie haben sie nie gefunden«, sagte sie mit fester Stimme. »Überlassen Sie jetzt alles Weitere mir.«

»Aber, Mrs. Logan ...«

»Sie werden reichlich für Ihre Loyalität entschädigt, Karl. Ich weiß, daß Ihre Frau krank ist und Sie in finanziellen Nöten stecken. Um ihre Arztrechnungen brauchen Sie sich nicht mehr die geringsten Sorgen zu machen, und auch ansonsten wird es Ihnen an nichts fehlen, vorausgesetzt, ich kann mich auf Ihr Wort verlassen«, fügte sie hinzu.

Er warf einen Blick auf mich und sah dann die aufgebrachte kleine Frau an, die er Mrs. Logan nannte.

»Nun, ich nehme an, im Grunde genommen kann man hier nichts mehr tun. Sie werden sich schon um sie kümmern. Und um den, der mit ihr draußen war. Gott sei seiner armen Seele gnädig«, sagte Karl Hansen. »Ich bin sicher, daß er es nicht überlebt hat. Wir könnten ohnehin nichts weiter tun, als einen Versuch unternehmen, die Leiche zu finden, und das hat wirklich keine Eile.«

»Genau. Und merken Sie es sich gut, Karl, Sie haben sie nie gefunden. Sie haben sich allein zurück ans Ufer gekämpft und sind hier an Land gespült worden. Sie haben sich ohnehin schon genug Schwierigkeiten gemacht.«

»Ja, es war wirklich hart, Ma'am. Das kann ich Ihnen versichern. Alles andere wäre gelogen.«

»Meine Rede«, sagte sie. »Raymond wird dafür sorgen, daß Sie nach Hause gebracht werden, und morgen früh liegt hier etwas für Sie bereit. Außerdem werde ich mich darum kümmern, daß Ruth in den Genuß der erforderlichen Privatpflege kommt.«

»Ja, also, dann vielen Dank, Mrs. Logan. Das ist wirklich sehr gütig.«

»Solange wir einander verstehen, bleibt es dabei, Karl«, sagte sie, und ihre kleinen Augen nahmen einen sehr kalten und drohenden Ausdruck an. Er nickte geschwind.

»Ja, selbstverständlich, Mrs. Logan. Selbstverständlich.«

»Gut«, sagte sie und drehte sich wieder zu mir um. »Sehr gut.« Sie begleitete ihn zur Tür und kehrte nach ein paar Minuten zurück. Als sie das Zimmer wieder betreten hatte, blieb sie stehen und sah mich an.

»Wie konntest du das tun?« fragte sie. »Wie konntest du

mich vorsätzlich belügen, mich hintergehen und mir das antun?«

Meine Zähne klapperten, und ich stöhnte.

»Es scheint dir vollkommen gleichgültig zu sein, daß du nicht die geringste Rücksicht auf diese Familie nimmst. Weißt du, welche Schande das uns allen eintragen könnte? Es könnte sogar passieren, daß die Zeitungen darüber berichten. Nicht nur ganz Provincetown, sondern auch Leute von außerhalb, Freunde und Bekannte, könnten etwas davon erfahren. Also, was ist? Hast du denn gar nichts zu sagen?«

»Ich friere«, sagte ich schließlich.

»Du frierst? Das ist ja wohl das geringste deiner Probleme. Zum Glück wird Mr. Hansen kein Wort darüber verlauten lassen, aber ... hörst du denn gar nicht, was ich sage?« fauchte sie mich an. »Du starrst mich an, als spräche ich Chinesisch mit dir. Und wisch dir dieses alberne Lächeln vom Gesicht«, befahl sie mir. »Ich dulde es nicht.«

»Es tut mir leid«, sagte ich. »Ich lächele nicht. Mir ist nur kalt. Mein Haar ist klatschnaß«, sagte ich. Ich begann, mir mit der Decke die Arme und Beine zu reiben.

»Daß es dir jetzt leid tut, ist mir klar, obgleich es uns nichts mehr nützt, wenn du das jetzt sagst«, sagte sie und schüttelte entrüstet den Kopf. »Wie ist es dazu gekommen?«

»Wozu?« fragte ich.

»Was soll das heißen? Bist du vollkommen blöde? Dazu!« rief sie aus und wies mit dem Finger auf mich. »Du hast lange genug hier gelebt, um zu wissen, wann ein Unwetter aufzieht und man ans Ufer zurückkehrt, und du weißt auch, wann man sich vorsehen muß. Was habt ihr dort draußen getan? Hat dich die Wollust derart mitgerissen, daß du nicht auf das Wetter geachtet hast? Also, was ist?«

»Wo draußen?«

»Auf dem Meer, du Närrin. Was ist los mit dir?«

Ich erinnere mich, daß ich daraufhin gekichert habe. Es ließ sich einfach nicht unterdrücken. In meinen Augen war sie eine komische kleine, alte Dame. Ihr Haar war mit perlenbesetzten Kämmen straff zurückgesteckt, und sie trug ein geblümtes Baumwollkleid und eine lange Perlenkette um den Hals. Wenn sie sich aufregte, stieg ihr das Blut unter ihrer Haut bis in ihren Hals, wie die Quecksilbersäule in einem Fieberthermometer, und sie schien nach jedem Satz auf den Füßen zu wippen.

»Du glaubst, das sei komisch?« fragte sie verblüfft.

Ich schüttelte den Kopf.

»Was ist aus ihm geworden?« fragte sie.

»Aus wem?« erwiderte ich.

Einen Moment lang schien sie ihre Wut zu vergessen. Sie starrte mich eindringlich an.

»Kannst du dich denn an gar nichts mehr erinnern?«

Ich schüttelte den Kopf.

»Aber du weißt, wo du bist, nicht wahr?«

Wieder schüttelte ich den Kopf.

Sie starrte mich an und neigte den Kopf dann zur Seite, als dächte sie nach.

»Wie heiße ich?« fragte sie plötzlich.

»Der Mann hat Sie Mrs. Logan genannt«, sagte ich. »Heißen Sie nicht so?«

»Mein Gott.« Sie schlug sich eine Hand auf den Mund und starrte mich an. Dann ließ sie die Hand langsam wieder sinken. »Und wie heißt du?«

Ich dachte nach, aber mir fiel kein Name ein.

»Ich weiß es nicht.«

Sie wich einen Schritt zurück, als hätte ich eine ansteckende Krankheit, und dann starrte sie mich wieder an.

»Nicht nur die Schande, sondern zu allem Überfluß auch noch Wahnsinn. Es geht alles wieder von vorn los. Erst meine Schwester, und jetzt du. Und von mir wird erwartet, daß ich diese Last trage, der Gemeinde erhobenen Hauptes gegenübertrete, an meinem Prestige und an meiner gesellschaftlichen

Stellung festhalte und dafür sorge, daß diesem Familiennamen weiterhin der Respekt entgegengebracht wird, den er früher einmal genossen hat und den er auch weiterhin genießen sollte.«

Sie unterbrach sich und hob dann ihre kleine Faust zur Decke, als wolle sie Gott drohen.

»Dazu wird es nicht kommen«, entschied sie. Dann wandte sie sich wieder an mich. »Du bleibst hier und rührst dich nicht von der Stelle«, befahl sie mir.

Ich glaubte ohnehin nicht, daß ich mich bewegen konnte. Es war mir gerade erst mit Mühe gelungen, meine Beine auszustrecken.

Ein paar Minuten später kam sie mit großen flauschigen Handtüchern über dem Arm zurück und ging ins Bad. Ich hörte, wie sie Wasser in die Badewanne einließ. Ihre Bewegungen waren flink, und sie wirkte wie ein Kobold auf mich, und daher mußte ich unwillkürlich wieder lächeln. Als sie aus dem Bad kam und das Lächeln auf meinem Gesicht sah, wurde sie wütend.

»Steh auf«, befahl sie mir. »Ich werde mich persönlich um alles kümmern. Mach schon, steh auf!«

Ich schwang die Beine langsam über die Bettkante. Die Muskeln in meinen Oberschenkeln bäumten sich auf, und als ich mich auf ihre Arme stützte, um mich aufzurichten, spürte ich, daß meine Schulter brannte wie Feuer. Die Decke fiel von meinen Schultern. Ich sah an meinem Arm herunter. Überall waren Blutgefäße geplatzt, und daher zogen sich auf der Innenseite meines Arms vom Handgelenk über den Ellbogen bis zur Schulter schwarze und blaue Male. Sogar die alte Dame schnappte nach Luft.

»Mir tut alles weh«, klagte ich.

»Das geschieht dir recht«, sagte sie und nahm ihre strenge majestätische Haltung wieder ein. »Steh auf, und geh ins Bad. Mach schon. Ich habe nicht genug Kraft, um dir hochzuhelfen«, fügte sie hinzu. Sie stand da, die Arme in die Hüften gestemmt. Mir fiel auf, daß sie einen hellblauen Hausmantel über ihr Kleid gezogen hatte. Ich versuchte aufzustehen, aber meine Beine knickten unter mir zusammen.

»Ich kann nicht«, stöhnte ich.

»Du kannst es, und du wirst es tun. Steh auf!« befahl sie mir. Sie streckte eine Hand aus, packte mein Haar und zog fest daran.

Ich schrie auf. Die Anstrengung verschlug mir nahezu den Atem, aber ich erhob mich. Ich streckte eine Hand aus, um mich auf ihre Schulter zu stützen. Sie wich zurück, gab mir aber wenigstens die Hand.

»Ich kann dich nicht tragen. Lauf«, kommandierte sie.

Jeder Schritt war die reinste Qual. Mein Rücken, meine Beine, ja, sogar mein Gesicht schmerzte. Ich lief dem Geräusch fließenden Wassers entgegen, streckte eine Hand aus, um mich am Türrahmen abzustützen und betrat dann das Badezimmer. Sie lief voraus und drehte den Wasserhahn ab.

»Steig in die Wanne, und bleib darin liegen. Mach schon. Tu, was ich dir sage, und zwar sofort«, befahl sie mir wieder.

Ich weiß nicht, wie ich es schaffte, aber irgendwie gelangte ich zu der Wanne und hob einen Fuß, um in das Wasser zu steigen. Es war jedoch so heiß, daß ich aufheulte, meinen Fuß schnell zurückzog und das Gleichgewicht verlor. Ich fiel hin und prallte auf den Boden.

»Du bist widerwärtig«, schrie sie mich an.

»Es ist zu heiß«, stöhnte ich.

»Das Wasser muß heiß sein, du Dummkopf. Und jetzt steh auf, und steig in die Wanne. Mach schon. Tu es.« Sie ragte bedrohlich über mir auf. »Wenn du es nicht tust, holst du dir bestimmt eine Lungenentzündung.«

Ich zog mich auf die Knie und kroch zur Wanne. Dann holte ich tief Atem und zog mich am Wannenrand hoch, um wieder einen Fuß ins Wasser zu stecken. Das heiße Wasser verschlug mir den Atem, und mir wurde so schwindlig, daß ich glaubte, ich würde ohnmächtig werden. Sie legte ihre Hände auf meine Hüften, damit ich nicht umkippte, und sie gestattete es mir, mich einen Moment an sie zu lehnen.

»Und jetzt wirst du ganz ins Wasser eintauchen. Bring es schnell hinter dich«, kommandierte sie.

Ich holte tief Atem und tat es, doch ich stieß einen Schrei aus, als ich in der dampfenden Flüssigkeit versank. Mein Körper begann erst zu jucken und dann zu prickeln. Ich holte immer wieder tief Atem. Endlich war mir wieder etwas wohler, und dann fühlte ich mich plötzlich tatsächlich besser. Ich schloß die Augen.

Plötzlich spürte ich, wie mir etwas über den Kopf geschüttet wurde.

»Du mußt das Salz rauswaschen«, sagte sie. Sie schöpfte Wasser auf mein Haar, schrubbte es und zwang mich dann, so tief am Wannenrand hinabzugleiten, daß ich ganz unter Wasser war und mein Haar ausspülen konnte. Sie hielt mich so lange unter Wasser fest, daß ich schon glaubte, sie wollte mich in der Badewanne ertränken. Keuchend kam ich an die Oberfläche und schnappte nach Luft.

»Bleib in dem heißen Wasser liegen«, sagte sie und verließ das Bad.

Ich bin sicher, daß ich für ein paar Minuten einschlief. Dann nahm ich wahr, daß sie sich wieder in meiner Nähe aufhielt. Sie war zurückgekehrt, stand neben der Wanne und sah unsäglich angewidert auf mich herunter.

»Also, was ist?« fragte sie. »Weißt du jetzt, wo du bist?«

Ich dachte lange darüber nach. Dann schüttelte ich den Kopf.

»Ich weiß es nicht«, jammerte ich. »Wo bin ich?«

»Du bist ein Dummkopf, und ich dulde keine Dummköpfe mehr in dieser Familie«, erklärte sie. Sie seufzte tief. »Wer bin ich?«

Ich versuchte, mich zu erinnern. Inzwischen hatte ich sogar vergessen, mit welchem Namen der Mann sie vorhin angeredet hatte.

»Ich kann mich nicht erinnern, wie dieser Mann Sie angesprochen hat«, stöhnte ich.

»Was ist los mit dir? Ist dein Gehirn schon zu Moosbeergelee aufgeweicht?« fragte sie.

»Moosbeeren? An Moosbeeren kann ich mich erinnern.«

»Das höre ich gern. Woran erinnerst du dich sonst noch? Hast du eine Familie? Angehörige oder Freunde?«

Ich dachte nach und stieß dabei nur auf einen weißen Fleck, ohne Gesichter, ohne Worte, ohne Stimmen. Ich schüttelte den Kopf.

»Ich weiß es nicht«, sagte ich.

Sie starrte mich an.

»Vielleicht weißt du es tatsächlich nicht. Vielleicht ist das ... vielleicht wird es sich im nachhinein noch als ein Segen herausstellen. Ja«, sagte sie. Ihr Gesicht leuchtete auf, und ihre Augen wurden größer. »Genauso ist es.«

Sie ging wieder, und diesmal schien sie recht lange fort zu sein.

Diesmal hielt sie einen weißen Frotteebademantel in den Händen, als sie zurückkam.

»Steig aus der Wanne. Trockne dich ab, und zieh das an«, sagte sie. »Gleich kommt jemand und holt dich.«

»Jemand?«

Gut, dachte ich. Es gab jemanden. Gewiß würde ich mich bald wieder an alles erinnern. Ich kroch mit großer Mühe aus der Wanne. Mein Körper war jenseits aller Erschöpfungszustände angelangt, und die Muskeln folgten nicht meinen Befehlen, sondern ihrer eigenen Erinnerung. Es schien ewig zu dauern, bis ich mich abgetrocknet hatte. Sie wurde ungeduldig.

»Um Himmels willen«, sagte sie und schnappte sich eines der Handtücher. Sie begann, mich energisch trockenzureiben. Es kam mir vor, als schälte sie mir die Haut vom Leib. Jede kleinste Bewegung war immer noch schmerzhaft, und mir tat alles weh.

»Das hätten wir«, sagte sie. »Und jetzt zieh den Morgenmantel an, und leg dich wieder auf dieses Bett«, wies sie mich an.

Ich tat, was sie gesagt hatte. In dem Moment, in dem mein Kopf das Kissen berührte und ich die Augen schloß, schlief ich ein. Ich erwachte, als ich Stimmen in meiner Nähe und direkt über mir hörte. Erst weigerten sich meine Lider offenzubleiben, doch dann schaffte ich es mit großer Mühe, sie dazu zu bringen.

Das erste, was ich klar erkennen konnte, war eine große weiße Frau in einer gestärkten weißen Tracht. Sie stand neben der kleinen älteren Dame. Die Frau in Weiß musterte mich einen Moment lang eindringlich, und dann lächelte sie gepreßt.

»Hallo. Ich bin Clara. Wie heißt du?« fragte sie und nahm mein Handgelenk zwischen ihre Finger, um mir den Puls zu fühlen.

»Ich heiße ... ich heiße ... ich kann mich nicht erinnern«, rief ich aus.

Die Frau sah erst die ältere Frau an und wandte sich dann wieder mir zu.

»Weißt du, in wessen Haus du dich aufhältst?«

Ich schüttelte den Kopf.

»Wie alt bist du?«

»Ich weiß es nicht.«

»Wie bist du hierhergekommen?« fragte sie sofort weiter.

»Ich kann mich nicht erinnern. Wo bin ich?«

»Bist du zu Hause?«

»Bin ich zu Hause?«

»Sehen Sie«, sagte die ältere Dame.

»Ja. Ich glaube, wir haben es hier mit einem klassischen Fall zu tun«, sagte die Frau in Weiß. »Ihr Pulsschlag ist kräftig.«

»Was mir Sorgen bereitet, ist nicht ihr Pulsschlag«, sagte die kleine ältere Dame.

Clara nickte.

»Ihnen ist klar, was ich will und wie ich es gehandhabt wissen will«, sagte die ältere Dame.

»Ich bin bestens informiert. Ich nehme an, Sie haben die entsprechenden Anrufe gemacht?«

»Selbstverständlich«, sagte die ältere Dame. »Es ist alles arrangiert. Ich verlasse mich auf Ihre Diskretion. Sie werden reichlich dafür entschädigt«, fügte sie hinzu.

Clara lächelte. »Ich werde Sie nicht enttäuschen.«

»Gut.«

»Ich werde dir jetzt helfen«, sagte sie, »aber du mußt auch deinen Teil dazu beitragen. In Ordnung?«

»Ja«, sagte ich.

»Gut. Ich möchte, daß du aufstehst und mit mir kommst. Wir werden vor dem Haus in einen Wagen steigen. Ich bringe dich an einen Ort, an dem es dir gefallen wird. Einverstanden?«

»Ja, einverstanden«, sagte ich. Ich zog mich auf die Ellbogen, und Clara griff unter meinem linken Arm hindurch und half mir dabei, aus dem Bett zu steigen. Als ich stand, fühlte ich mich schrecklich steif, und das sagte ich auch.

»Das macht nichts«, sagte Clara. »Es wird nicht mehr lange dauern, bis deine Glieder nicht mehr steif sind. Ich helfe dir«, sagte sie. Ihr Lächeln war freundlich und nett. So nett hätte die ältere Dame niemals lächeln können, dachte ich. Ich war froh, von hier fortzukommen.

Die ältere Dame folgte uns, als wir das Zimmer verließen und durch einen langen Korridor auf den Haupteingang des Hauses zugingen. Ich erinnere mich, daß ich damals dachte: Was für ein großes Haus, und gewisse Dinge kamen mir auch vertraut vor, aber ich konnte mich nicht erinnern, wie ich dorthin gekommen war. Die ältere Dame lief jetzt voraus und machte uns die Tür auf.

Draußen fiel immer noch ein leichter Nieselregen, und die kalte Luft traf mich wie ein Schlag ins Gesicht. Ich erschauerte, und Clara schlang ihren Arm um meine Schultern.

»Aber, aber«, sagte sie. »Gleich haben wir es geschafft. Dann sind wir im Warmen.«

Sie führte mich zur Tür hinaus und zu dem dunklen Wagen, der uns bereits erwartete. Ich konnte den Fahrer nicht sehen. Clara öffnete mir die Tür und brachte mich behutsam auf dem Rücksitz des Wagens unter. Dann trat Clara einen Schritt zurück.

»Wollen Sie ihr noch etwas sagen?« fragte Clara die ältere Dame.

»Nein. Sie können Bescheid geben, daß ich morgen komme, um alles zu regeln und einen Scheck vorbeizubringen«, sagte sie.

»Wie Sie wünschen, Mrs. Logan.«

Ich drehte ruckhaft den Kopf um. Mrs. Logan? Ich erinnerte mich an diesen Namen, aber wer war sie? Sie sah mich finster an; ihre kleinen dunklen Augen funkelten eisig, und ihr Mund war zu einem dünnen Strich zusammengekniffen. Ich war froh, als die Tür geschlossen wurde und ich sie nicht mehr sehen konnte.

Clara stieg von der anderen Seite aus ein und setzte sich neben mich.

»Ist es jetzt gut?« fragte sie mich. Ich nickte. »Es wird alles wieder gut werden«, sagte sie. »Bald wird es dir wieder gut gehen.«

Ich lächelte sie an. Sie nickte dem Fahrer zu, und der Wagen setzte sich in Bewegung, ließ das große Haus hinter sich zurück und fuhr in den Regen und die Dunkelheit hinaus, die sich vor uns erstreckte.

Ich sah einen Moment lang starr vor mich hin, und dann drehte ich mich abrupt um und warf einen Blick zurück, aber die Lichter im Haus waren bereits ausgeschaltet worden, und hinter mir war alles in Dunkelheit versunken. Es war, als sei ich durch eine Tür gegangen, die hinter mir geschlossen worden war. Ich wollte umkehren; ich wollte, daß diese Tür sich wieder öffnete, aber ich konnte den Weg nicht finden.

»Wohin fahren wir?« fragte ich Clara.

»Woanders hin«, erwiderte sie. »Ist dir das recht?«

Ich dachte einen Moment lang nach.

»Ja«, sagte ich, »das ist mir recht.«

Ich war nicht sicher, warum, aber mir war verschwommen klar, daß es stimmte. Ja, es war tatsächlich besser, woanders zu sein.

10
Ich heiße …

Im Wagen schlief ich wieder ein und wurde erst wach, als wir über eine Unebenheit in der Straße fuhren und ich aus meinem tranceartigen Schlaf herausgerissen wurde. Draußen war es sehr dunkel, weil ein dicht bewölkter Himmel den Mond und die Sterne verbarg. Wenn ich zum Fenster hinausschaute, sah ich nur mein eigenes Spiegelbild im Glas, das Gesicht eines Menschen, der so verloren und verwirrt war, daß Fragezeichen in den Augen standen und die Lippen bei dem vergeblichen Versuch erstarrt waren, Worte zu finden, einen Gedanken zu formulieren, der sich aussprechen ließ.

Ich drehte mich um und sah die Frau in der Schwesterntracht an, die neben mir döste. Ihre Lider flatterten, als der Wagen abrupt bremste und von der Straße abbog, doch sie öffnete die Augen nicht. Ich musterte den Hinterkopf des Fahrers und fragte mich, wer diese Leute waren und wohin wir fuhren. Hätte ich es wissen müssen? Hatte man es mir gesagt?

Ich rang mit diesen Fragen, aber es war, als sei ich in einer Echokammer gelandet, denn ich konnte nichts anderes hören als meine eigenen Fragen, die zu mir zurückgeworfen wurden. Die Antworten waren wie Fischschwärme, die in entgegengesetzte Richtungen schwammen, endlos weit außerhalb meiner Reichweite, und sie hatten auch kein Interesse daran umzukehren. Mir blieb nichts anderes übrig, als zu beobachten, wie sie verschwanden, ihre Schuppen einen Moment lang schimmerten und sie dann fort waren, vielleicht für immer.

Mein Körper fühlte sich geschunden an, aber ich konnte mich auch nicht daran erinnern, woher das kam. Es tat mir weh, die

Arme oder die Beine auszustrecken, und mein Nacken fühlte sich an, als hätte ihn jemand mit kräftigen Fingern gepackt und stundenlang zugedrückt. Meine Augen schmerzten sogar dann, wenn ich sie geschlossen hielt. Ich stöhnte und wand mich, um es mir bequemer zu machen, und die Frau neben mir wachte mit einem Ruck auf. Sie sah sich um und wirkte selbst einen Moment lang verwirrt; dann drehte sie sich zu mir um und lächelte.

»Wie geht es dir, Liebes?« fragte sie. Der Fahrer drehte den Kopf ein wenig, sah uns aber immer noch nicht an.

»Mir tut alles weh«, sagte ich. »Warum tut mir alles so weh?«

»Erinnerst du dich denn gar nicht mehr daran, was dir zugestoßen ist und warum du jetzt Schmerzen hast?«

Ich dachte lange darüber nach, aber es war, als schlüge man ein Buch auf, um festzustellen, daß es nur unbedruckte Seiten hat. Ich blätterte die Seiten eine nach der anderen um und sah auf keiner von ihnen etwas geschrieben.

Ich schüttelte den Kopf. Meine Lippen zitterten, und die Tränen unter meinen Augenlidern fühlten sich eher wie glimmende Asche an.

»Mach dir deshalb keine Sorgen«, sagte sie. »Eines Tages wird es dir alles wieder einfallen.«

»Es wäre besser für sie, wenn die Erinnerung nicht zurückkehrt«, murmelte der Fahrer.

»Deine Bemerkungen können wir nicht gebrauchen«, fauchte sie seinen Hinterkopf an. »Du bist hier, um uns zu fahren, und sonst gar nichts«, fügte sie streng hinzu. Er zuckte zusammen, als seien ihre Worte tatsächlich Ohrfeigen, und dann murrte er etwas vor sich hin und fuhr stumm weiter.

Plötzlich tauchten Lichter vor uns auf, die hinter Nebelschwaden zu verschwimmen schienen. Als wir näher kamen, strengte ich meine Augen an, um den Umriß des Tors zu erkennen, hinter dem anscheinend ein privates Grundstück lag. Es war ein sehr hohes Eisengitter, beidseits von einer breiten, roten Backsteinsäule flankiert. Das Licht, das ich gesehen hatte, kam aus den beiden großen Kugellampen auf den Säulen. Der Fahrer fuhr langsamer und hielt vor dem Tor an.

»Es dauert nur einen Moment, mein Liebes«, sagte die Krankenschwester und tätschelte mein Knie, ehe sie aus dem Wagen stieg.

Der Nebel brodelte um uns herum wie Rauchschwaden. Ich beugte mich vor und beobachtete, wie sie auf einer Tafel, die in die rechte Säule eingelassen war, einen Zahlencode eingab. Die Eisenstäbe ächzten laut, als die Schwester zum Wagen zurückkam.

»Wo sind wir?« fragte ich.

»Keine Sorge, Liebes, es ist alles in Ordnung«, erwiderte sie darauf.

Als das Tor vollständig zur Seite geglitten war, fuhren wir auf das Grundstück, und nach wenigen Minuten begann eine Steigung, die uns auf einem gewundenen Pfad einen Hügel hinaufführte, und als wir höher kamen, blieb das Nebelmeer unter uns zurück.

Nach der zweiten Biegung ragte über uns ein grauer Backsteinbau mit Holzbalken auf; in der Dunkelheit erinnerte mich das Haus an den Bug eines großen Boots, der aus den Wellen ragt. Als wir näher kamen, entstand der Eindruck einer mittelalterlichen Burg, denn mitten auf dem Dach spannte sich eine große Kuppel. An beiden Seiten waren Dachgauben, in deren Fenstern sich das Licht der hohen Laternen auf dem Parkplatz widerspiegelte. Die meisten Fenster des Gebäudes waren dunkel, doch durch einige Scheiben im Parterre fiel ein matter Lichtschein.

Als wir auf den Parkplatz fuhren, sah ich, daß von hier aus eine zementierte Brücke zum Haupteingang des Hauses führte. Es war wirklich sehr dunkel, und ich konnte nicht viel sehen, bis auf etliche hohe Trauerweiden rechts neben dem Haus. Sie sahen aus wie Riesen mit gesenkten Köpfen.

»Wo sind wir hier?« fragte ich. Der Anblick hatte keine Erinnerung in mir wachgerufen, weder aus den letzten Stunden, noch aus alter Zeit.

»Es ist eine Art Krankenhaus«, erwiderte die Schwester mit einem flüchtigen Lächeln. Der Fahrer schnaubte. Sie sah ihn einen Moment lang finster an und wandte sich dann wieder an mich. »Hier wird gut für dich gesorgt werden«, sagte sie.

»Hier wohne ich also?« fragte ich.

»Vorübergehend«, sagte sie.

Sie stieg aus und kam um den Wagen herum, um mir meine Tür zu öffnen und mir beim Aussteigen zu helfen. Der Fahrer blieb am Steuer sitzen. Er sank in sich zusammen, und das Kinn fiel ihm auf die Brust. Die Schwester klopfte an seine Fensterscheibe, und er kurbelte sie herunter.

»Es wird nicht allzulange dauern«, sagte sie zu ihm, aber er ließ sich mit keinem Anzeichen anmerken, daß er sie gehört hatte. Es schien ihn ohnehin nicht zu interessieren. Sie wandte sich wieder an mich. »Komm mit, Liebes.«

Sie führte mich zur Treppe. Ich hielt mich an dem eisernen Geländer fest, als wir die Stufen hinaufstiegen, denn mir war etwas schwindlig. Als wir die Haustür erreicht hatten, drückte sie auf die Klingel. Dann sah sie mich an und lächelte wieder wie für einen Schnappschuß.

Die Türen schienen dick, massiv und schwer zu sein. Sie waren hoch und breit und hatten keine Fenster. Ich beugte mich zurück und blickte zum Dach auf. Ich glaubte, eine Fledermaus von einem Ende zum anderen fliegen zu sehen. Es war vollkommen still, und durch die enorme Feuchtigkeit wirkte die Luft wie eine Decke, die uns einhüllte. Ich konnte die Wassertröpfchen regelrecht wie kleine Feen um uns herumtanzen sehen. Weiter rechts schnitt sich ein Blitzstrahl durch die Schwärze und verschwand dann augenblicklich wieder. Mein Magen fühlte sich an, als sei er mit Glasscherben gefüllt. Ich fühlte mich unglaublich verloren, losgelöst von allem, und es kam mir vor, als triebe ich ziellos durch das All. Ich sehnte mich nach dem Sog der Schwerkraft, der mich auf die Erde zurückholen würde, mich wieder nach Hause bringen würde, mir meinen Namen wiedergeben würde.

Wir warteten eine Ewigkeit. Endlich ging die Tür auf, und ein großer, schlanker Mann mit leuchtend rotblondem Haar stand vor uns. Auch er trug eine weiße Uniform. Er wirkte verschlafen, und seine schweren Lider hingen herunter. Er schien in seinen Zwanzigern zu sein und hatte Sommersprossen auf den Wangen, auf der Stirn und sogar auf den Lippen.

»Hast du uns denn nicht erwartet, Billy?« fragte ihn die Schwester mürrisch.

»Was? Doch, natürlich. Tut mir leid, Clara«, sagte er. »Ich bin beim Warten eingeschlafen«, fügte er trocken hinzu.

»Da wir jetzt hier sind, kämen wir gern rein«, sagte sie in einem scharfen Tonfall. Er trat eilig zurück, und wir gingen ins Haus.

Auch im Hausinnern kam mir nichts vertraut vor. Ich stand in einem großen Raum mit Sofas und Sesseln, die mit einem graublau gemusterten Baumwollstoff bezogen waren. Etwa ein halbes Dutzend Tische aus hellem Ahorn stand dazwischen. Nur drei der kleinen Lampen in dem großen Raum waren angeschaltet, aber ich konnte sehen, daß nicht viel an den Wänden hing, nur ein paar Seestücke mit Segelschiffen und Fischerbooten und einige abstrakte Gemälde, die nur mit Farben spielten und alle rechteckig waren. Auf dem dunklen Holzfußboden lagen da und dort ovale Teppiche. Am hinteren Ende war ein großer offener Kamin aus Feldspat zu erkennen.

Der Mann mit dem sommersprossigen Gesicht, den sie Billy nannte, sah mich zum ersten Mal an. Sein Blick glitt von meinen Füßen zu meinem Gesicht hinauf, ganz so, als wollte er für ein Kleidungsstück Maß nehmen. Eine Spur von Interesse und Aufgewecktheit ließ ihn die Augen weiter aufreißen, als ich ihn freundlich anlächelte.

»Das ist sie?« fragte er, und in seiner Stimme drückte sich Erstaunen aus.

»Natürlich ist sie das. Für wen hast du sie denn gehalten? Vielleicht für die neue Miss Amerika?« scherzte Clara. Er lächelte einfältig.

»Sie sieht ziemlich gut aus. Ich dachte nur, Mrs. Miller hat gesagt, wir sollten ihr einfach nur ihr Zimmer zeigen und sie ins Bett bringen«, schloß er eilig, sowie er den Ausdruck der Ungeduld auf Claras Gesicht wahrnahm.

»Dann tun wir das doch gleich«, sagte sie. »Ich habe nicht die Zeit, die ganze Nacht mit dir zu vertrödeln.«

Er wandte sich ab, ging auf die Treppe zu und blieb auf der untersten Stufe stehen.

»Sie wird im ersten Stock untergebracht. Das Nötigste schafft sie doch allein, nicht wahr? Jedenfalls wirkt sie so«, fügte er mit einem Blick auf mich hinzu.

»Warum überläßt du nicht die Diagnose und die Behandlung den Ärzten und führst uns in ihr Zimmer? Es ist schon spät, und ich bin auch müde, Billy«, erwiderte Clara, doch diesmal war kein Ärger, sondern vielmehr Erschöpfung aus ihrer Stimme herauszuhören.

»Ich frage doch nur«, jammerte er und stieg die Treppe hinauf. Die Krankenschwester führte mich nach oben. Auf dem Treppenabsatz bogen wir in einen langen Korridor ein. Das Licht der Deckenlampen war sehr hell und ließ die grauen Kacheln auf dem Boden grell wirken. Die weißen Wände waren stellenweise schmutzig. Hier und da sah ich verschnörkelte Linien, die mit dunklen Stiften auf die Wand gemalt waren. Plötzlich hörte ich eine Frau und einen Mann in Weiß durch den Korridor eilen.

»Ich wette, das ist Sara Richards, die wieder einmal einen total irren Alptraum hat«, sagte der junge Mann. »Als es das letzte Mal passiert ist, hat sie sich das Gesicht so übel zerkratzt, daß sie ihr die Nägel bis zum Nagelbett zurückschneiden mußten. Sie ist auf dem besten Weg, nach oben umquartiert zu werden, soviel steht fest«, prophezeite er.

»Danke für die aufbauenden Neuigkeiten«, sagte Clara.

Nach oben umquartiert? Was hatte das wohl zu bedeuten, fragte ich mich.

Billy blieb vor einer Tür stehen und griff nach dem Schlüsselbund, der an seinem Gürtel hing. Er wühlte herum, entschied sich für einen der Schlüssel und schloß die Tür auf. Dann schaltete er das Licht an, und wir traten ein.

Als erstes fielen mir die Gitterstäbe vor den Fenstern auf. Wie merkwürdig, dachte ich, für ein Krankenhaus. Abgesehen davon machte das Zimmer einen sehr freundlichen Eindruck. Vor den Fenstern hingen hübsche, blauweiß gemusterte Gardinen, und an den Wänden hing eine hübsche, blaugeblümte Tapete. Das Bett war groß genug für zwei und sah bequem aus. Darauf lag eine hellblaue Steppdecke, und an dem Kopfteil des massiven Mahagonigestells lehnten zwei flauschige Kissen. Neben dem Bett standen zwei passende Nachttische, und auf dem rechten Nachttisch stand eine Messinglampe, die wie eine Schiffslaterne geformt war. Dem Bett gegenüber stand eine kleine Kommode und rechts daneben ein Schreibtisch und ein Stuhl. Zwischen den beiden Fenstern stand ein blauweiß gemusterter Polstersessel. An der Wand, auf die man vom Bett aus schaute, hing ein Gemälde von einem Garten, in dem Gartenmöbel standen. Das Wort »Impressionist« schoß mir durch den Kopf, tauchte ganz unerwartet aus einem tiefen, dunklen Winkel auf, und gleich darauf folgte ein Gesicht, aber wessen Gesicht? Ich hätte mich daran erinnern sollen. War es ein Lehrer? Ein Freund? Ein naher Verwandter? Es war so schnell wieder verschwunden, daß ich zu keiner Schlußfolgerung gelangen konnte.

»Ist es nicht schön hier?« sagte Clara.

»Ja, die Einrichtung hier ist wirklich ganz in Ordnung, wenn man es bedenkt«, sagte Billy, ehe ich etwas erwidern konnte.

»Wenn man was bedenkt?« fragte Clara. Er zuckte die Achseln.

»Daß die meisten von ihnen ohnehin keine Ahnung haben, wo sie sind«, sagte er.

»Das ist ja eine tolle Einstellung, Billy. Die personifizierte Sensibilität.«

Er lachte.

»Ich nenne die Dinge nur beim Namen«, sagte er.

»Verschone mich damit«, sagte Clara zu ihm, und er lachte wieder.

Clara blieb vor dem Kleiderschrank stehen und öffnete ihn. Auf einem Bügel baumelte etwas, was wie eine taubenblaue Tracht für das Krankenhauspersonal wirkte, und darunter stand ein Paar Frotteehausssschuhe, die weiß waren. Abgesehen davon war der Schrank leer.

»In Ordnung«, sagte sie zu Billy. »Den Rest kannst du mir überlassen.«

»Was ist mit dem Papierkram?« fragte er.

»Es wird nicht lange dauern. Ich komme gleich nach unten und kümmere mich darum. Sieh zu, daß du alles für mich vorbereitest.«

»Wird erledigt«, sagte er und salutierte spöttisch. Er warf noch einen letzten Blick auf mich und nickte ihr dann zu. »Gut gemacht«, sagte er, als sei es eine großartige Leistung von mir gewesen, das Haus zu betreten und die Treppe hinaufzusteigen. Ehe er endgültig ging, drehte er sich noch einmal zu mir um. »Wie heißt sie?«

Sie zögerte einen Moment, als hätte sie es vergessen, und dann sagte sie »Lauren«.

Lauren? dachte ich. Das klang nicht richtig.

»Nein, so heiße ich nicht«, sagte ich.

Ihre Augen wurden groß, und sie zog die Augenbrauen hoch.

»Ach? Du erinnerst dich also doch an deinen Namen?«

Ich dachte nach und schüttelte dann den Kopf.

»Woher willst du dann wissen, daß du nicht Lauren heißt?« fragte sie.

Ich starrte erst sie an und dann ihn. Auf seinem Gesicht stand ein albernes breites Grinsen.

»Ich ... ich weiß ... es eben«, stammelte ich.

»So lange, bis dir dein Name wieder einfällt, wirst du so heißen«, sagte sie trocken. »Und jetzt kommst du her, Lauren« sagte sie und sprach meinen Namen mit Nachdruck aus, damit ich ihr nicht noch einmal widersprach, »und schlüpfst in diese Sachen.« Sie zog das Hemd und die Hose von dem Kleiderbügel und reichte mir beides. »Du solltest dich eilen, damit du noch ein paar Stunden schlafen kannst. Morgen steht dir ein großer Tag bevor.«

»Ja, der erste Tag ist immer der schlimmste«, bemerkte Billy.

Clara drehte sich zu Billy um und warf ihm einen wütenden Blick zu. Er lächelte mich noch einmal an und verschwand dann schleunigst.

Ich zog das Hemd und die Hose an, während Clara meine Bettdecke zurückschlug. Das Bettzeug roch frisch gestärkt, und die Decke fühlte sich nagelneu an.

»Hast du es bequem?« fragte sie mich, als sie mich in die Decke hüllte und das Kissen unter meinem Kopf zurechtrückte.

»Ja, aber mir tut immer noch alles weh. Warum kann ich mich nicht daran erinnern, was mir zugestoßen ist? War ich in eine Art Unfall verwickelt? Einen Autounfall? Bin ich gestürzt?«

»Morgen wird der Arzt dich untersuchen, und dann sehen wir, was sich machen läßt und wie wir dir dabei helfen können, dich wohler zu fühlen«, sagte sie anstelle einer Antwort. »Morgen früh wird dich eine andere Krankenschwester, die Oberschwester Mrs. Kleckner, durch das Haus führen und dich zum Frühstück begleiten. Es wird alles wieder gut werden«, fügte sie hinzu.

»Wie lange werde ich hierbleiben?« fragte ich.

Sie starrte mich einen Moment lang an.

»Ich glaube nicht, daß du so lange hier sein wirst, wie deine Großmutter es glaubt«, sagte sie.

»Meine Großmutter?« Ich dachte an die kleine ältere Dame, die ich in dem Haus gesehen hatte, ehe ich abgeholt worden war. »Diese Frau war meine Großmutter? Warum war sie dann so wütend auf mich? Und so gemein zu mir?«

»Mach dir darüber jetzt keine Sorgen«, sagte sie eilig, als hätte sie mir bereits zuviel erzählt. »Du hast jede Menge Zeit, an deiner Rückkehr zu arbeiten.«

»Rückkehr? Meiner Rückkehr woher?«

Sie dachte einen Moment lang nach.

»Aus ... vermutlich aus dem Vergessen«, sagte sie. Sie blieb stehen und sah mich mit einem kleinen Lächeln auf den Lippen an. »Kannst du dich denn an gar nichts erinnern, was dich selbst betrifft? Wie alt du bist? Oder an ein Familienmitglied? An irgend etwas?«

Ich schloß die Augen und versuchte mich zu erinnern. Schließlich schüttelte ich den Kopf.

»Es ist alles so wirr. Ich höre Stimmen, und für Sekundenbruchteile ziehen Bilder vor meinen Augen vorüber, aber es ist, als hätte ich den Kopf voller Blasen, die sofort platzen, wenn ich versuche, eine davon festzuhalten«, erwiderte ich.

Sie lachte.

»Dir wird es bald wieder gutgehen«, sagte sie und tätschelte meine Hand. »Und jetzt sieh zu, daß du eine Weile schlafen kannst.«

»Werde ich Sie wiedersehen?« fragte ich eilig, als sie sich abwandte und auf die Tür zuging.

»Nein. Ich arbeite nicht hier. Ich arbeite für einen Arzt, der Patienten hier untergebracht hat«, erwiderte sie und blieb in der Tür stehen.

»Für meinen Arzt?« fragte ich.

»Nein, nicht direkt«, sagte sie. »Zerbrich dir nicht den Kopf über all diese Kleinigkeiten. Tu einfach nur, was sie dir sagen, und es wird dir schneller wieder besser gehen, als du glaubst«, sagte sie. »Im Moment hast du nichts anderes nötiger als Ruhe.«

»Ich weiß, daß ich nach Hause möchte«, sagte ich, »aber ich kann mich beim besten Willen nicht daran erinnern, wo das ist.«

Sie lächelte freundlich.

»Es wird dir wieder einfallen. Eines Tages«, sagte sie. Dann sah sie mich traurig an. »Auf Wiedersehen, Lauren.« Sie schaltete die Lichter aus, und als sie die Tür hinter sich schloß, hörte ich das unverwechselbare Geräusch, mit dem ein Schloß zuschnappt.

Ich lag im Dunkeln und lauschte, und dabei bemühte ich mich, zu vergessen, daß man mich gerade in meinem Zimmer eingeschlossen hatte. Durch die Wände konnte ich ein leises Weinen hören. Über mir bewegten sich Schritte eilig voran, und darauf folgte eine tiefe Stille, die bald von den Geräuschen knirschender Wände und Böden, vom Zuschlagen einer Tür und von weiteren Schritten ausgefüllt wurde.

Warum war ich hier? Weshalb bezeichnete Clara diese alte Dame als meine Großmutter? Sie benahm sich nicht wie eine Großmutter, fand ich. Warum wollte Clara mir nicht mehr erzählen? Wer hatte ihr gesagt, daß sie mich Lauren nennen sollte? Vielleicht hieß ich ja doch so.

Ich schloß die Augen. All diese Fragen und Überlegungen lösten Kopfschmerzen bei mir aus. Unzählige Gesichter wurden blitzschnell hintereinander auf die Innenseite meiner Augenlider projiziert; einige von ihnen lächelten, manche lachten, ein junger Mann hatte einen sehr ernsten Gesichtsausdruck, und dann begann jemand zu flüstern. Ich strengte mich an, um zu hören, was er sagte, doch seine Stimme wurde davongetrieben, bis nur noch Stille und Schwärze herrschten. Ich war ja so müde. Clara hatte recht. Ich mußte mich dringend ausruhen. Vielleicht würde ich mich morgen früh daran erinnern, wer ich war. All meine

Fragen würden beantwortet werden, und dann würde alles vorbei sein.

Im Moment betete ich nur darum und um nichts anderes.

Ich wachte auf, als die Tür zu meinem Zimmer so abrupt und heftig aufgestoßen wurde, daß in der Luft ein Sog entstand. Eine Krankenschwester, die wesentlich älter als Clara war, trat mit einem Paket unter dem Arm ein. Ihr Haar hatte das schmutzige Grau von alten Silbermünzen, und die Strähnen, die direkt über ihren Ohrläppchen abgeschnitten waren, wirkten dünn und so grob wie Draht. Ihre Stirn war von Reihen tiefer Falten durchzogen, die auf ihren Schläfen explodierten und sich spinnwebenartig auf ihre Wangen ausbreiteten. Ihre dicken Backen ließen ihre kleine, breite Nase wirken, als sinke sie in ihr Gesicht zurück und würde schon bald von diesen Wangen geschluckt werden. Sie hatte einen schmalen, unebenmäßigen Mund, und die Unterlippe hing am rechten Mundwinkel gerade soweit herunter, daß man mehrere Zähne sehen konnte. Die Rundungen ihres Gesichts entsprachen ihrem klobigen, kleingewachsenen Körper, doch sie hatte lange Arme mit breiten Händen und dicken Fingern.

Sie blieb stehen, atmete ein und hob ihren schweren Busen, als sie mich einen Moment lang betrachtete. Ich fand, sie sähe aus wie eine Taube, als sie mit vorgereckter Brust auf mein Bett zu stolzierte. Sie legte das Päckchen neben meinen Füßen ab.

Ihr Auftauchen hatte mich derart überrumpelt, daß mein Herz heftig pochte. Sowie ich wieder bei Sinnen war, setzte ich mich auf und schaute mich verwirrt um. Ich versuchte, mich daran zu erinnern, wie und wann ich hierhergebracht worden war. Der Schmerz in meinem Körper saß jetzt tiefer in meinen Muskeln. Meine Arme fühlten sich noch schwerer an als am Vortag, und allein schon der Gedanke daran aufzustehen war zu anstrengend.

»Gut, daß du wach bist«, sagte die neue Krankenschwester.

Sie trat ans Fenster, und als sie mir den Rücken zukehrte, sah ich, daß sie ein ziemlich auffallendes Muttermal auf dem Nacken hatte. Um dieses Muttermal herum wuchsen kleine graue Haare, und daher sah es so aus, als sei ein großes schwarzes Insekt dort gelandet. Sie zog die Vorhänge weiter auf, um mehr Sonnenschein ins Zimmer zu lassen. Ich konnte den klaren blauen Himmel sehen.

Sie stemmte die Arme in die Hüften und drehte sich zu mir um.

»Ich bin Mrs. Kleckner«, sagte sie. »Ich bin hier die Oberschwester. Dein Badezimmer ist mit allem ausgestattet, was du brauchst. Dort findest du eine Zahnbürste, Zahnpasta, eine neue Haarbürste, Seife und Shampoo. Kannst du heute morgen aufstehen und selbständig duschen, oder muß ich dich in das spezielle Badezimmer für die Behinderten bringen?«

»Ich glaube, ich schaffe es allein«, sagte ich.

Sie kam auf das Bett zu.

»Streck die Hände aus«, befahl sie mir. »Mach schon.«

Ich tat, was sie verlangte, und sie beobachtete das Zittern, drehte meine Hände um und beobachtete sie wieder.

»Faß deine Nasenspitze an«, kommandierte sie. »Jetzt tu es endlich«, sagte sie, als ich nicht schnell genug darauf reagierte. Nachdem ich es getan hatte, fühlte sie meinen Puls, sah mir in die Augen und trat dann einen Schritt zurück.

»Erinnerst du dich daran, warum man dich hierhergebracht hat? Weißt du noch, wie du hierhergebracht worden bist?« fragte sie, ehe ich ihre erste Frage beantworten konnte.

»Ich bin mit einem Wagen hergekommen. Eine andere Krankenschwester ist mitgefahren. Sie heißt Clara. Sie hat gesagt, ich sei bei meiner Großmutter gewesen.« Ich blickte auf. »Die Krankenschwester hat darauf bestanden, mich Lauren zu nennen, aber ich glaube nicht, daß ich Lauren heiße«, sagte ich.

»Ach, wirklich? Und wie heißt du dann?«

Ich dachte einen Moment lang nach, aber ich kam auf keinen Namen, der richtig klang.

»Ich weiß, daß ich nicht Lauren heiße«, sagte ich.

»Das ist ja wunderbar. Du weißt, daß du nicht Lauren heißt. Du weißt auch, daß du nicht Susan heißt. Und ich wette, du weißt, daß du nicht Joyce heißt, und du weißt auch, daß du nicht Matilda heißt«, rasselte sie mit einem hämischen Lächeln herunter. »Wahrscheinlich weißt du von fünfzig oder sechzig oder sogar siebzig Namen, daß sie nicht deine sind, aber weißt du, wie alt du bist?«

»Wie alt? Ich kann mich nicht erinnern«, sagte ich. »Warum kann ich mich nicht an mein eigenes Alter und an meinen eigenen Namen erinnern?«

Meine Lippen begannen zu beben.

Sie nickte, als wollte sie sich selbst bestätigen, daß sie mit ihren Überlegungen richtig lag.

»Eine Dusche ist genau das richtige, um den Tag zu beginnen. In diesem Päckchen ist etwas zum Anziehen für dich«, sagte sie und wies auf das Paket, das sie beim Eintreten unter ihrem Arm getragen hatte. »Unterwäsche, Socken, ein Paar Schuhe, ein Rock und eine Bluse. Alles andere wird heute erst für dich gekauft. Als erstes werde ich dir die Cafeteria zeigen, und du wirst dort frühstücken. Anschließend lernst du Doktor Southerby kennen und hast deinen ersten Termin bei ihm. Soweit ich gehört habe, hast du Verletzungen an den Armen und Beinen«, sagte sie und kam wieder näher.

Sie schlug meine Bettdecke zurück.

»Zieh die Hose runter«, befahl sie.

Ich wollte es gerade tun, aber wieder einmal war ich nicht schnell genug für ihre Begriffe. Sie zog mir selbst die Hose runter und sah sich die blauen Flecken auf meinen Oberschenkeln und auf meinen Waden, auf meinen Hüften und auf meinen Rippen an.

»Du hast ganz schön was abgekriegt«, bemerkte sie.

Sie zog mir das Hemd so grob über den Kopf, daß ich aufschrie.

»Meine Arme! Meine Schultern!«

Sie hielt meinen Arm hoch und inspizierte die schwarzen und blauen Male. Als sie ihn losließ, musterte ich meine Hände und meine Unterarme ebenfalls. Meine Finger waren an den Stellen mit Schorf bedeckt, an denen ich mir die Haut tief abgeschürft hatte. Was konnte ich mir bloß angetan haben?

»Was ist mir zugestoßen?« stöhnte ich. Ich stand dicht vor den Tränen.

»Du wirst es überleben«, sagte sie trocken und zog den rechten Mundwinkel hoch, woraufhin sich ihre Wange noch mehr vorwölbte. »Mit der Zeit wird das alles wieder vergehen.«

»Aber ich kann es einfach nicht verstehen. Wie ist mir das passiert?« fragte ich sie.

Diesmal lächelte sie nicht direkt hämisch. Sie preßte die Lippen zusammen, blies ihre Wangen noch etwas mehr auf und kniff die Augen fast zu.

»Es ist deine Aufgabe, uns das zu erzählen«, sagte sie. »Wenn du das tust, bist du auf dem Weg zur Besserung.«

»Was fehlt mir überhaupt?« fragte ich mit schriller Stimme. »Warum kann ich mich an nichts erinnern, was mit meiner eigenen Person zu tun hat? Niemand will mir etwas sagen. Bitte!«

»Das wird dir der Arzt alles ganz genau erklären. Meine Aufgabe besteht darin, dich für den Arztbesuch fertigzumachen und vorher noch für deine grundlegendsten Bedürfnisse zu sorgen«, sagte sie seelenruhig, und ihr war deutlich anzusehen, daß mein Gefühlsausbruch sie völlig unberührt gelassen hatte. Dann sah sie mir ins Gesicht. »Ich warne dich gleich«, fuhr sie fort, als sie zurücktrat und die dicken Arme unter den schweren Brüsten verschränkte. Ihre Ellbogen waren trocken, und die Haut hatte Schuppen wie ein Fisch. »Das hier ist kein Fünf-Sterne-Hotel. Ich will keine Klagen über das Essen, den

Service oder die Zimmergröße hören. Und ich will auch kein Wort darüber hören, daß wir hier nicht genug zu deiner Unterhaltung zu bieten haben. Ich bin Krankenschwester und nicht die Leiterin eines Ferienlagers für verzogene Kinder aus reichen Familien.«

»Bin ich denn ein verzogenes Kind aus einer reichen Familie?« warf ich ihr an den Kopf. Ich hatte den Eindruck, daß sie beinah gelächelt hätte.

»Das ist etwas, was du selbst herausfinden mußt. Der Plan besteht darin, daß du deine eigenen Entdeckungen machst und selbst alles über dich herausfindest, natürlich mit unserer Hilfe. Nur so wird sich dein Zustand verbessern. Wenn ich dir alles erzähle, was ich über dich weiß, dann ist dir damit nicht geholfen.«

»Das verstehe ich nicht. Wo bin ich überhaupt?« fragte ich.

»Wo du bist? Du bist in einer psychiatrischen Klinik, meine Liebe«, sagte sie.

»In einer psychiatrischen Klinik?«

»In einer der besten des ganzes Staats, wenn nicht sogar *der* besten, und noch dazu ist sie sehr exklusiv. Und jetzt stell dich unter die Dusche. In zwanzig Minuten komme ich wieder, und ich erwarte, daß ich dich angezogen und bereit für das Frühstück vorfinde. Es gibt keinen Grund dafür, daß du es nicht allein schaffen kannst. Ich habe mehrere Patientinnen in diesem Stockwerk, die meinen Beistand wirklich brauchen, und jetzt muß ich nach ihnen sehen.«

Meine Lippen begannen zu beben. Ich glaubte, gleich würde mein ganzer Körper anfangen, unkontrollierbar zu zittern. Sie sah, daß gerade etwas in mir vorging, und daher trat sie näher.

»Reiß dich zusammen«, befahl sie mir. Sie packte mit ihren Händen meine Oberarme und schüttelte mich. »Ich gestatte es keiner meiner Patientinnen, in ihrem Zimmer zu sitzen und in Selbstmitleid zu schwelgen. Je schneller es dir bessergeht, desto schneller kommst du wieder raus«, sagte sie, »und das schafft

Platz für einen anderen, der unsere Hilfe wirklich dringend braucht. Unter die Dusche«, ordnete sie an und machte auf ihren weichen Schuhsohlen kehrt, marschierte hinaus und schloß die Tür hinter sich.

Ich holte tief Atem.

Erinnere dich, summte ich innerlich. Bemüh dich. Versuch, dich zu erinnern. Bitte. *Wenn deine Erinnerung zurückkehrt, kannst du nach Hause gehen.*

Ich drückte die Augen fest zu und durchforstete mein Gehirn, aber es war, als seien meine Hilferufe in einem kleinen Teil meines Verstandes eingesperrt und würden dort erstickt und zum Schweigen gebracht. Ich schaute auf meine Hände und Füße hinunter und suchte nach einem Merkmal, einem Ansatzpunkt, nach etwas, was eine Erinnerung wachrufen würde. Nichts geschah.

Ich seufzte frustriert, stand auf, zog das Hemd und die Hose aus und ging ins Bad. Über dem kleinen Waschbecken hing ein Spiegel. Ich starrte mein Gesicht an, berührte mit meinen Fingern meine Lippen, meine Nase, sogar meine Augen. Ich war wie eine Blinde, die versucht, jemanden durch das Ertasten mit den Fingerspitzen zu identifizieren, aber was ich fühlte und was ich vorfand, löste keine Assoziationen aus. Ich beugte mich vor, um mein Spiegelbild aus nächster Nähe zu betrachten. Ich sah in das Gesicht einer Fremden, die mir noch nie begegnet war. Es war, als sei ich in den Körper eines anderen Menschen geraten.

»Wer bist du?« fragte ich das Spiegelbild und wartete.

Plötzlich hörte ich ein Tosen in meinen Ohren. Eine Erinnerung blitzte auf, die Erinnerung daran, wie ich mir eine Muschel ans Ohr hielt und lauschte.

Da ist das Meer drin, sagte jemand. *Ich konnte spüren, daß ich ein kleines Mädchen war.*

Schau hinein. Siehst du es?

Ich schloß die Augen. Ich war von lächelnden Gesichtern

umgeben, es wurde gelacht, und das Meer war in der Muschel eingefangen. Alle, die mich ansahen, lächelten strahlend.

»Wer bin ich?« schrie ich sie an, aber sie lächelten unbeirrt weiter und sagten nichts. »WER BIN ICH?«

Ich schrie jetzt mein Spiegelbild an, doch das Spiegelbild schrie nur zurück. Ich weiß nicht, wie lange es so weiterging, bis Mrs. Kleckner zurückkam. Sie drehte mich mit ihren kräftigen Händen um, und dann schlug sie mir ins Gesicht. Ich hörte auf zu schreien.

»Was tust du da? Du hast einigen meiner anderen Patientinnen Angst eingejagt.«

»Ich kann mich nicht an meinen Namen erinnern«, jammerte ich. »Ich weiß nicht, wer das im Spiegel ist. Ich fürchte mich. Ich komme mir vor, als baumelte ich an einem dünnen Faden im All. Es ist grauenhaft!« rief ich aus.

»Sei nicht albern. Hier kann dir nichts passieren. Du baumelst nirgends. Habe ich dir nicht gesagt, daß du duschen und dich anziehen sollst? Heute morgen hast du einen Termin beim Arzt, und deine Therapie beginnt. Und jetzt stell dich unter die Dusche«, sagte sie und streckte eine Hand aus, um das Wasser anzudrehen. »Mach schon, rein mit dir, und Schluß jetzt mit diesem Blödsinn. Hier wirst du von niemandem verhätschelt. Du mußt dich selbst heilen und dir selbst helfen.«

Sie sah mich finster an.

»Es ist besser für dich, wenn du mit uns zusammenarbeitest«, sagte sie und machte sich gar nicht erst die Mühe, ihre Drohungen zu verbrämen.

Ich wischte mir die Tränen aus dem Gesicht, stellte mich unter die Dusche und regulierte die Wassertemperatur, bis das Wasser nicht mehr so glühend heiß herausströmte, wie sie es ein gestellt hatte.

Trotz der Dusche fühlte ich mich restlos erschöpft, nachdem ich mich abgetrocknet hatte. Das Anziehen kostete mich große Mühe, selbst die Socken und die Schuhe. Woher kamen all diese

Kleidungsstücke, fragte ich mich. Gehörten sie mir? Alles paßte mir sehr gut.

Die Tür ging wieder auf, und Mrs. Kleckner stand da und musterte mich.

»Gut«, sagte sie. »Komm mit. Ich zeige dir jetzt, wo wir hier die Mahlzeiten einnehmen, und morgen früh wirst du allein aufstehen, dich zurechtmachen und zum Frühstück nach unten gehen, verstanden? Hast du mich verstanden?« wiederholte sie, als ich ihr nicht schnell genug antwortete.

»Ja«, sagte ich.

»Hier entlang.« Sie drehte sich um, und ich folgte ihr. Wir liefen durch den Korridor, der zur Treppe führte. Vor uns sah ich ein großes, dunkelhaariges Mädchen. Sie schaute nicht in unsere Richtung, sondern sprang fröhlich die Stufen hinunter und fuchtelte mit den Händen durch die Luft, als wischte sie sich Spinnweben vom Kopf.

Mrs. Kleckner seufzte tief und schüttelte den Kopf, sagte aber kein Wort. Wir stiegen die ersten Stufen hinunter. Das dunkelhaarige Mädchen war bereits unten angekommen und aus meinem Sichtfeld verschwunden. Ich bewegte mich so langsam, daß es Mrs. Kleckners Ansprüchen nicht genügte, und daher nahm sie mich an der Hand und zerrte mich hinter sich her, sowie wir den unteren Treppenabsatz erreicht hatten.

»Es wird langsam Zeit, daß du wach wirst«, sagte sie ruppig und zwang mich, Schritt für Schritt neben ihr herzulaufen, bis wir eine breite Eingangstür erreichten. Dahinter konnte ich Geschirr und Besteck klappern hören, und ich vernahm auch Stimmen, ein gedämpftes, aber stetiges Murmeln, das zwischendurch von Gelächter durchbrochen wurde. Als wir die Tür erreichten und die Cafeteria betraten, hörten alle auf zu reden und sahen uns an.

Ein gutes Dutzend Leute saß dort, und sie schienen alle etwa in meinem Alter zu sein, ganz gleich, welches exakte Alter ich hatte. Das dunkelhaarige Mädchen, das in der Luft herumgewedelt hatte, als es die Treppe hinuntergelaufen war, stieß ein langes, schrilles Gelächter aus. Sie stand gerade am Büfett und wurde von einer älteren Dame bedient, die eine weiße Tracht trug und ganz reizend aussah.

»Ruhe«, rief Mrs. Kleckner. Das dunkelhaarige Mädchen ließ sein Gelächter so abrupt abreißen, daß ich gegen meinen Willen von Mrs. Kleckners Autorität beeindruckt war. Sämtliche Augen waren jetzt auf uns gerichtet. Ganz in unserer Nähe saß ein Junge von nicht viel mehr als zehn oder elf Jahren und lächelte mich an. An seinem Tisch saß ein großes, sehr mageres Mädchen, dessen Haar die Farbe von reifen Aprikosen hatte. Sie hatte große, dunkle Augen und einen vollendet schönen Mund mit weichen Lippen. Ihre Wangenknochen zeichneten sich deutlich unter der Haut ab, die so dünn wie Seidenpapier und blaß genug war, um als transparent zu gelten. Mir fiel auch auf, wie dünn ihre Arme waren. Trotz ihres zerbrechlichen Erscheinungsbildes saß sie aufrecht und selbstsicher da und sah mich nett und freundlich an.

Ihr gegenüber saß mit gesenkten Lidern ein gutaussehender junger Mann mit dunklem Haar, das wie eine schwarze Perle schimmerte. An den Seiten war es ordentlich zurückgebürstet, und im Nacken trug er es lang. Einen Moment lang dachte ich an jemand anderen. Fast wäre ein Name an der Oberfläche aufgetaucht, aber als dieser Junge mir einen schnellen, zaghaften Blick zuwarf, vergaß ich das Gesicht, das aus meinem Gedächtnis aufgetaucht war, und lächelte ihn an.

»Wir haben eine neue Mittbewohnerin« sagte Mrs. Kleckner.

»Wie schön für sie. Hurra!« rief ein pausbäckiger Junge mit blondem Haar aus. Die beiden Jungen an seinem Tisch lachten, hörten jedoch gleich wieder damit auf, als könnten sie ihr Gelächter an und ausschalten wie ein Fernsehgerät, und innerhalb von einem Sekundenbruchteil wechselte ihr Mienenspiel von der Komödie zur Tragödie über.

»Das reicht jetzt, Carlton«, schalt ihn Mrs. Kleckner. Seine

Wangen wackelten, als er lautlos lachte, und dann sah er plötzlich so aus, als würde er jeden Moment losheulen. Ich warf einen Blick auf Mrs. Kleckner, die nichts davon wahrzunehmen schien, aber vielleicht interessierte sie sich auch nicht dafür.

»Sie heißt Laura«, fuhr sie fort.

Ich drehte mich um, und als ich sie ansah, entdeckte ich ein kleines Lächeln auf ihrem Gesicht. Sie hatte von Anfang an gewußt, daß ich recht hatte. Die andere Krankenschwester hatte mich irrtümlich Lauren und nicht Laura genannt, aber ich hatte mich nicht an meinen Namen erinnern können. Ich glaubte zwar, daß Laura mein richtiger Name war, aber ich konnte trotzdem nichts damit in Verbindung bringen, schon gar nicht einen Nachnamen.

»Ich möchte, daß ihr alle nett zu ihr seid, damit sie sich schneller hier einleben kann und sich wie zu Hause fühlt«, fügte Mrs. Kleckner hinzu.

»Home, sweet Home«, murmelte jemand im Hintergrund.

Das dunkelhaarige Mädchen, das am Küchenschalter stand, wirbelte plötzlich herum und vollzog die Drehung dann ebenso schnell in die Gegenrichtung. Man hätte meinen können, sie tanzte ein Ballett. Einer der Pfleger, die in der Nähe standen, lief eilig auf sie zu und packte ihre Hand. Er redete leise auf sie ein, und sie schlug die Augen nieder.

Als ich nach rechts sah, bemerkte ich eine Pflegerin, die einen Jungen von mindestens zwölf oder dreizehn Jahren mit dem Löffel fütterte. Sie spornte ihn an, selbständig zu essen, doch er sah nur starr vor sich hin, sperrte den Mund auf und kaute mechanisch, wenn sie das Essen in ihn hineinschaufelte und ihm dann die Lippen abwischte.

»Geh an den Schalter, und besorg dir, was du möchtest«, sagte Mrs. Kleckner. »Es gibt Orangensaft, verschiedene Sorten Frühstücksflocken und Eier, wenn du magst. Mrs. Anderson ist unsere Köchin. Sie kann dir auch etwas anderes zubereiten, solange deine Sonderwünsche zumutbar sind und du es ihr früh genug sagst. Du kannst dich hinsetzen, wo du willst«, fügte sie hinzu.

Ich lief durch die Cafeteria und spürte deutlich, daß mir die Blicke aller folgten. Das dunkelhaarige Mädchen war von der Theke geführt worden und saß jetzt mit dem Pfleger an ihrer Seite da. Sie nippte an einem Glas Orangensaft und sah starr vor sich hin.

»Hallo, Laura«, sagte Mrs. Anderson. Sie hatte ein erfrischend fröhliches Lächeln, und ihre Augen strahlten und wirkten sehr heiter. »Möchtest du heute morgen vielleicht gern Rühreier haben?«

»Ja«, sagte ich. »Gern. Danke.«

Plötzlich bemerkte ich, daß ich sehr hungrig war. Ich entschied mich für Grapefruitsaft und nahm ein Brötchen aus dem Korb. Mrs. Anderson reichte mir einen Teller mit Rührei und legte eine Scheibe Melone daneben.

»Laß dir dein erstes Frühstück bei uns gut schmecken«, sagte sie.

»Danke.«

Ich nahm den Teller, stellte ihn auf mein Tablett und drehte mich um. Viele der anderen Bewohner des Hauses starrten mich noch an, aber etliche hatten sich wieder ihrem eigenen Frühstück zugewandt und redeten miteinander. Von ihren Gesichtern her schien manchen unglaublich davor zu grauen, daß ich an ihrem Tisch stehenbleiben könnte, als ich mir einen Weg durch den Raum bahnte.

»Setz dich hier. Hier kann dir nichts passieren«, sagte ein hübsches rothaariges Mädchen. Bei ihr saß noch ein zweites Mädchen, das kleiner war als sie und jünger aussah. Das jüngere Mädchen trug einen Jeansrock und eine weiße Rüschenbluse. Ihr blondes Haar war in zwei lange, dicke Zöpfe geflochten.

»Danke«, sagte ich und setzte mich auf den freien Platz an ihrem Tisch.

»Ich heiße Megan Paxton«, sagte das rothaarige Mädchen.

Sie hatte eine winzige Stupsnase und einen kleinen Mund. Ihre Blicke schossen durch den Raum, als erwartete sie Ärger.

»Ich bin Laura«, sagte ich zuversichtlich, denn wenigstens besaß ich jetzt diese eine kleine Information.

»Und wie weiter?« fragte das jüngere Mädchen. Ihr zierliches Gesicht ließ sie wie eine Puppe wirken.

»An meinen vollen Namen kann ich mich nicht erinnern«, sagte ich. »Ich kann mich an gar nichts erinnern«, gestand ich dann, als sei es ein Verbrechen und als sei dies hier keine Klinik, sondern ein Gefängnis.

»Das ist hier nur von Vorteil«, sagte Megan. »Du kannst froh sein«, fügte sie hinzu. »Ich kann absolut nichts vergessen. Wann bist du hier angekommen?«

»Irgendwann im Lauf der letzten Nacht. Das glaube ich wenigstens«, sagte ich. »In meinem Kopf scheint immer noch alles recht verworren zu sein.« Ich trank meinen Saft.

Megan ließ ihre Blicke wieder hektisch in alle Richtungen gleiten. Allmählich begann ich mich auch umzusehen, weil ich wissen wollte, ob irgend etwas los war, was mir auch hätte auffallen sollen.

»Stimmt etwas nicht?« fragte ich.

»Ich will nur sehen, ob er noch hier ist. Sie behaupten«, sagte sie und riß dabei die Augen auf und zog die Augenbrauen hoch, »sie hätten ihn gestern gefeuert.«

»Wen?«

»Garson Taylor, einen der Pfleger. Er hat versucht, mich zu vergewaltigen«, sagte Megan.

»Wirklich?«

»Natürlich wirklich«, fauchte sie. »Was glaubst du denn? Bildest du dir etwa ein, ich hätte das frei erfunden? Also, was ist, glaubst du mir oder nicht?« fuhr sie mich an. Ihre kugelrunden Augen sprühten Feuer.

»Doch, es ist nur ... es tut mir leid. Das, was du gesagt hast, hat mich einfach nur erstaunt.«

»Staune nicht. Sei auf der Hut. Sämtliche Männer hier haben nur eins im Kopf, und wenn du dahinterkommen willst, was es ist, brauchst du nicht zweimal zu raten«, sagte sie. »Wenn sie dich ansehen, ziehen sie dich mit ihren Blicken aus.«

»Das ist ja furchtbar.«

»Mir brauchst du das nicht zu erzählen.« Sie dachte einen Moment lang nach. »Vielleicht bist du vergewaltigt worden«, sagte sie. »Und es ist so traumatisch, daß du sofort alles vergessen hast. Das kommt sehr häufig vor.« Sie nickte zur Bestätigung, denn sie war fest überzeugt von ihrer Diagnose.

Ich hörte auf zu essen und sah sie an. Dann fing ich an, den Kopf zu schütteln.

»Warum schüttelst du den Kopf? Du hast doch selbst gesagt, daß du dich an nichts erinnern kannst. Ich wette, daran liegt es. Stimmt's, Lulu?« fragte sie das jüngere Mädchen. Die zierliche Kleine nickte.

»Ja, Megan«, sagte sie gehorsam. Megan schien sehr zufrieden zu sein.

»In Wirklichkeit heißt sie gar nicht Lulu. Ich habe ihr den Namen gegeben«, erklärte Megan mit einem Lächeln. »Er paßt nämlich gut zu einer so tollen Type. Stimmt's, Lulu?«

Das kleine Mädchen lachte.

»Heute kommt mein Daddy und besucht mich«, sagte sie.

»Hörst du jetzt endlich auf damit? Das sagt sie jetzt schon seit zwei Jahren. Ihr Vater hat ihr in der Zeit nicht einen einzigen Brief geschrieben«, sagte Megan. »Man könnte meinen, inzwischen hätte sie es begriffen.«

»Und er kommt doch.«

»Okay, Lulu. Glaub, was du willst. Väter sind ohnehin die größten Lügner von allen«, sagte Megan. »Kannst du dich noch an deinen Vater erinnern?« fragte sie mich.

»Nein«, sagte ich.

»Dann ist er derjenige, der dich vergewaltigt hat«, warf Megan mir an den Kopf.

Ich wäre fast an meinem Rührei erstickt.

»Ich habe nie behauptet, daß ich vergewaltigt worden sei.«

»Natürlich hast du das nicht gesagt, aber es ist ein logischer und sehr naheliegender Grund dafür, daß du dich an nichts erinnern kannst.« Sie beugte sich vor, um mir etwas ins Ohr zu flüstern. »Sieh dich gut vor, wenn du abends im Bett liegst. Sie haben alle Schlüssel zu unseren Türen«, sagte sie und lehnte sich zurück. »So ist Garson Taylor in mein Zimmer gekommen. Zum Glück ist es mir gelungen, so laut zu schreien, daß andere schnell angerannt sind. Er hat behauptet, er sei gar nicht in meinem Zimmer gewesen. Kannst du dir das vorstellen?«

Sie sah sich noch einmal nervös um, und als sie sich wieder an mich wandte, stand in ihren weit aufgerissenen Augen ein gehetzter Blick, und sie schien panisch vor Sorge zu sein.

»Wenn er noch hier ist, schweben wir alle in Gefahr, vor allem eine Neue wie du. Hüte dich auch vor den Ärzten«, fügte sie hinzu.

»Vor den Ärzten? Warum denn das?«

»Sie fassen dich gern andauernd hier an«, sagte sie und berührte ihre kleinen Brüste, »und sie tun so, als sei das nötig.«

Sie starrte mich an und biß sich dann so fest auf die Unterlippe, daß ich glaubte, jeden Moment würde ich Blut sehen.

»Du wirst es schon schaffen«, sagte sie. »Wir werden es alle schaffen, und dann wird es uns wieder gutgehen. Eines Tages. Stimmt's, Lulu?«

»Was? Ja, sicher. Heute kommt mein Daddy zu Besuch«, sagte sie zu mir. »Er nimmt mich mit nach Hause.«

»Das freut mich für dich«, sagte ich.

»Quatsch mit Soße«, sagte Megan. »Laßt uns in den Aufenthaltsraum gehen. Dort können wir Musik hören und uns unterhalten.«

»Wir dürfen einfach aufstehen und dorthin gehen?« fragte ich.

»Wir dürfen tun, was wir wollen«, behauptete sie. »Schließlich zahlen wir hier Miete. Wenigstens weißt du soviel über dich, Laura: Du bist reich.«

»Bin ich das?«

»Natürlich bist du reich, du Dummkopf. Ein Aufenthalt hier kostet etwa vierzigtausend Dollar im Jahr.«

Ich lehnte mich überrascht zurück.

»Das war mir nicht klar«, sagte ich. »Ich …«

»Laß dich von denen bloß nicht ausnutzen. Du brauchst dir von niemandem etwas gefallen zu lassen.« Sie warf einen Blick auf die Tür. »Wenn er tatsächlich noch hier arbeitet, dann mache ich denen die Hölle heiß«, sagte sie. Dann sah sie meinen Teller an. »Iß dein Frühstück auf. Wir haben viel miteinander zu besprechen«, befahl sie mir. »Ich muß dich auf alle Gefahren aufmerksam machen, die dir hier drohen!«

11

Die Rückkehr ins Land der Lebenden

Ich bekam keine Gelegenheit, nach dem Frühstück mit Megan zu reden, denn sowie ich aufgegessen hatte, tauchte Mrs. Kleckner auf und sagte, Doktor Southerby erwartete mich bereits.

Megan umklammerte mein Handgelenk, als ich mich umdrehte, um Mrs. Kleckner aus der Cafeteria zu folgen.

»Er ist der Schlimmste von allen«, flüsterte sie mir zu. »Er ist nämlich jung und unverheiratet. Sieh dich vor.«

Ich nickte wie zum Dank für ihre Warnung, und daraufhin ließ sie mich los, damit ich Mrs. Kleckner folgen konnte. Wir liefen durch einen Korridor zu einem Büro auf der linken Seite. Eine dunkelhaarige Frau, die sehr freundlich wirkte und nicht älter als vierzig war, blickte bei unserem Eintreten von ihrem Schreibtisch auf und lächelte. Sie trug ein dunkelgrünes Kleid und hatte hübsche Perlenohrringe angesteckt, passend zu den Perlen, die von ihrer goldenen Halskette hingen. Sie wirkte so perfekt hergerichtet wie eine Schaufensterpuppe. Ihre Frisur war makellos, und doch strahlte ihr Lächeln eine Wärme aus, die mir das Gefühl gab, willkommen zu sein.

»Mrs. Broadhaven, das ist unsere neue Patientin«, erklärte Mrs. Kleckner.

»Ja, Doktor Southerby erwartet dich schon, Laura«, sagte sie zu mir und kam um ihren Schreibtisch herum.

Trotz Megans Warnung war ich darauf versessen, dem Arzt vorgestellt zu werden, denn ich konnte es kaum erwarten, endlich herauszufinden, was mit mir nicht stimmte. Dann würde man mich heilen können.

»Wenn du hier fertig bist, könnte Mrs. Broadhaven dich vielleicht durch die Klinik führen und dir alles zeigen«, sagte Mrs. Kleckner und nickte Doktor Southerbys Sekretärin zu. Mrs. Kleckners Tonfall ließ darauf schließen, daß es sich hier um keine Bitte handelte, sondern um eine klare Anweisung.

»Das tue ich mit dem größten Vergnügen«, sagte Mrs. Broadhaven, die sich anscheinend nicht an Mrs. Kleckners scharfem Tonfall störte. Sie ging zu der Tür, die das Vorzimmer mit dem Sprechzimmer verband. Dort blieb sie stehen, drehte sich lächelnd zu mir um und wartete.

Ich holte tief Atem und folgte ihr. Ich setzte all meine Hoffnungen darauf, daß die Antworten auf all meine Fragen und auch das Licht, das die Dunkelheit vertrieb, hinter dieser Tür lagen.

»Das ist Ihre neue Patientin, Doktor Southerby«, kündigte sie an, sowie sie das Sprechzimmer betreten hatte.

Trotz Megans Vorwarnung war ich überrascht darüber, wie jung der Arzt tatsächlich aussah. Er erhob sich augenblicklich hinter seinem Schreibtisch aus dunklem Kirschbaum, einem Schreibtisch, der so groß war, daß man den Eindruck hatte, er sei darin eingewickelt. Alles, was auf der Schreibtischplatte herumlag, war pedantisch geordnet; Ordner waren zu säuberlichen Stapeln aufgetürmt, und vor dem Arzt lag ein aufgeschlagener Block. An der Wand hinter ihm hingen sein gerahmtes Diplom und andere Auszeichnungen. Die Wand hinter seinem Tisch hatte zwei große Fenster, die einen Ausblick auf das Gelände boten. Ich sah die Trauerweiden, die mir in der vergangenen Nacht schon als Silhouetten im Dunkeln aufgefallen waren. Heute wirkte alles grün und üppig.

»Guten Morgen«, sagte Doktor Southerby. »Bitte. Hab keine Scheu, und komm rein.« Seine Stimme war tiefer, als ich es erwartet hätte, und er hatte den Akzent der Südstaaten. Sein hellbraunes Haar war an den Seiten kurz geschnitten, hatte aber vorn eine kleine Tolle.

»Bitte«, sagte er und wies mit einer Kopfbewegung auf den Stuhl vor seinem Schreibtisch, »mach es dir bequem. Danke, Mrs. Broadhaven.«

Sie lächelte mich ermutigend an und schloß die Tür leise hinter sich, als sie ging. Doktor Southerby wandte sich wieder an mich.

Er hatte türkise Augen, die eine solche Wärme und Freundlichkeit ausstrahlten, daß ich sofort ruhiger wurde. Als er lächelte, strahlten seine Augen noch leuchtender.

Er war zwar nicht besonders groß, vielleicht nur gut einen Meter siebzig, und doch erweckten seine zurückgezogenen Schultern den Eindruck von Stärke und Bestimmtheit. Sein Händedruck war selbstbewußt und forsch. Er hatte einen festen Mund mit geraden Lippen und ein markantes Kinn. In seinem dunkelgrauen Anzug, dem hellblauen Hemd und einer passenden Krawatte mit einer edelsteinbesetzten Krawattenklammer wirkte er trotz seiner jugendlichen Erscheinung äußerst distinguiert und selbstsicher.

Er nahm wieder auf dem Stuhl hinter seinem Schreibtisch Platz.

»Konntest du letzte Nacht ein paar Stunden schlafen?« fragte er. »Ich persönlich habe immer Schwierigkeiten damit, an einem ungewohnten Ort zu schlafen.«

»Ich war derart erschöpft, daß ich gar nicht dazu gekommen bin, mir Gedanken darüber zu machen«, sagte ich, und er lachte.

»Das ist allerdings naheliegend, wirklich naheliegend«, sagte er. »Aber jetzt möchte ich mich dir erst einmal in aller Form vorstellen.« Er lehnte sich auf seinem Stuhl zurück und preßte die Fingerspitzen aneinander. »Ich bin Doktor Southerby, und ich werde deinen Fall übernehmen und für dich zuständig sein.«

Er sprach mit ruhiger Stimme und wirkte dabei entspannt, während ich das Gefühl hatte, Schmetterlinge mit brennenden

Flügeln schwirrten wie verrückt in meinem Bauch herum. Ich konnte kaum still sitzen.

»Und was bin ich für ein Fall? Warum bin ich hier? Was ist mir zugestoßen? Warum kann ich mich nicht an das geringste erinnern, was meine Person betrifft?« sprudelte ich atemlos heraus. »Ich konnte mich noch nicht einmal an meinen richtigen Namen erinnern! Und an meinen Nachnamen erinnere ich mich immer noch nicht.«

Der schrille Klang meiner Stimme schien ihn kalt zu lassen, ebenso wie die deutlichen Anzeichen aufkommender Hysterie. Er nickte nur freundlich.

»Ich kann deine Ängste verstehen«, sagte er, »und ich möchte dich so schnell wie möglich davon befreien, damit du wieder zur Ruhe kommst. Dann erholst du dich nämlich schneller. Es wäre das beste«, fuhr er fort, »wenn dir die Dinge von selbst wieder einfallen. Es genügt nicht, wenn ich die Lücken für dich fülle. Zum einen könnte es gut sein, daß du die Information wieder ablehnst, sie noch einmal verweigerst, und dann könnten wir durchaus schlechter dastehen als jetzt.«

»Die Informationen verweigern? Das verstehe ich nicht«, sagte ich kopfschüttelnd. Je ruhiger er wurde, desto unruhiger wurde ich. »Wieso sind mir derart wichtige Informationen über mich selbst verlorengegangen? Mein Name, meine Familie, wo ich wohne. Es ist entsetzlich. Bin ich verrückt? Ist das der Grund, aus dem man mich hierhergebracht hat? Was stimmt nicht mit mir?« bohrte ich weiter, und meine Stimme war so schrill, daß meine eigenen Ohren weh taten.

»Ich versichere dir, daß das, was dir im Moment fehlt, nicht von Dauer sein wird. Und wenn du erst geheilt bist, dann besteht so gut wie keine Gefahr für einen Rückfall, und es ist äußerst unwahrscheinlich, daß es noch einmal dazu kommt«, erwiderte er mit einer sanften Stimme. Damit gab ich mich jedoch nicht zufrieden.

»Wozu wird es nicht wieder kommen? Was fehlt mir denn?

Habe ich eine Krankheit?? Was ist los?« fragte ich. Für meine Begriffe konnte er gar nicht schnell genug reden.

»Nach allem, was mir über deine Situation bekannt ist, glaube ich, mit Sicherheit sagen zu können, daß die vorläufige Diagnose auf eine psychogene Amnesie herausläuft«, sagte er, obwohl ihm unwohl dabei zumute schien, sich so schnell schon festzulegen.

»Ich weiß, was Amnesie ist«, sagte ich kopfschüttelnd, »aber dieses andere Wort ...«

»Psychogen bedeutet schlicht und einfach, daß dein Gedächtnisschwund wahrscheinlich nicht auf eine organische Geistesstörung zurückzuführen ist. Es gibt keinen physischen Grund für dein Unvermögen, dich an Dinge zu erinnern. Dein Gehirn hat keinen Schaden erlitten, ich meine, keinen physischen Schaden. Drogen und Alkohol sind nicht im Spiel. Du bist auch keine Epileptikerin, und«, sagte er lächelnd, »du stellst dich auch nicht nur so, als hättest du alles vergessen.«

»Und was ist es dann? Was ist passiert? Wodurch ist das ausgelöst worden?«

»Passiert ist Folgendes: Du hast ein traumatisches Erlebnis gehabt, ein Erlebnis von einer derartigen emotionalen und psychischen Reichweite, daß dein Gehirn seine Gedächtnisgewölbe verschüttet hat, um dir großes Leid zu ersparen«, sagte er sanft und beugte sich über seinen Schreibtisch zu mir vor.

»Im Grund genommen ist es ein Selbstschutzmechanismus, auf den der Geist zurückgreift, und in Situationen wie der deinen ist das keineswegs ungewöhnlich. Dieses Trauma geht auf ein Erlebnis zurück, daß deine Mechanismen, Dinge zu bewältigen, außer Kraft gesetzt hat. Heute gibt es auch noch einen anderen Ausdruck für dieses Phänomen, nämlich dissoziierende Amnesie, die Unfähigkeit, sich an wesentliche persönliche Informationen zu erinnern.«

»Was war es?« fragte ich mich pochendem Herzen. »Was war dieses traumatische Erlebnis?«

»Es ist entscheidend, daß es dir von allein wieder einfällt, Laura«, sagte er.

»Laura, aber wie weiter? Wie heiße ich mit vollem Namen?« verlangte ich zu wissen. »Sagen Sie es mir.«

Er nickte.

»Mit vollem Namen heißt du Laura Logan«, sagte er. Dann starrte er mich einen Moment lang an. »Was löst es bei dir aus, deinen vollständigen Namen zu hören? Fällt dir jetzt mehr zu deiner eigenen Person ein? Schließ die Augen, und wiederhole deinen Namen. Mach schon«, drängte er.

Ich tat es und schüttelte den Kopf.

»Ich kann mich an nichts erinnern«, jammerte ich. »An überhaupt nichts«, rief ich verzweifelt aus.

»Es wird dir alles wieder einfallen«, versprach er mir. »Ich werde Schritt für Schritt mit dir in der Zeit zurückgehen und dich allmählich zu einem Punkt bringen, an dem dir schlagartig alles wieder zu Bewußtsein kommt. Du mußt nur Geduld haben und ...«

Ich schüttelte den Kopf.

»Ich halte das nicht aus!« rief ich. »Ich schaue in den Spiegel, und es kommt mir vor, als sähe ich jemand Fremden an. Es ist entsetzlich. Ich laufe auf glühenden Kohlen herum. Unablässig hallen Fragen durch meinen Kopf, immer wieder dieselben, und ...«

»Immer mit der Ruhe, Laura. Du darfst dich nicht aufregen«, sagte er, doch die Tränen strömten bereits über meine Wangen und brannten auf meinem Gesicht, ehe sie von meinem Kinn tropften. Ich schüttelte heftig den Kopf, schüttelte ihn so brutal, daß sich der Schmerz in meinem Nacken wieder meldete.

»Nein, nein, nein. Ich will *jetzt* geheilt werden! Ich will mich *jetzt* an alles erinnern können. Sagen Sie mir alles, was Sie wissen. Sagen Sie mir, warum ich in dieser Verfassung bin!« schrie ich ihn an.

Er stand auf.

»Beruhige dich, Laura. Bitte. Du regst dich auf und steigerst dich in etwas hinein, und damit erschwerst du es uns allen hier beträchtlich, dir zu helfen.«

»Ich will nicht hier sein. Ich will ... wo will ich überhaupt sein? Selbst das weiß ich nicht!« schrie ich. Ich schaute auf meine Arme hinunter, auf denen die schwarzen und blauen Male noch deutlich zu sehen waren. »Schauen Sie mich an! Was ist passiert? Erzählen Sie mir alles! Bitte, erzählen Sie es mir«, flehte ich, und dann stand ich auf und sah mich in dem Zimmer um, hielt Ausschau nach einem Fluchtweg. Mir war danach zumute, endlos und ewig zu rennen, bis ich beim besten Willen nicht mehr rennen konnte.

Augenblicklich kam er um den Schreibtisch herum und war an meiner Seite.

»Laura, beruhige dich doch. Setz dich ganz ruhig hin. Komm schon«, sagte er und legte seine Hand sanft und doch entschlossen auf meinen Arm.

Megans verängstigtes Gesicht blitzte vor meinen Augen auf.

»Er ist der Schlimmste von allen«, flüsterte sie.

»NEIN!« schrie ich noch einmal. Ich stieß ihn von mir, und dann hörte ich ein gräßliches Brausen in meinem Kopf. Ich preßte die Handflächen auf die Ohren. Jemand rief *Laura.* Überall war Wasser. Ich war auf allen Seiten von Wasser umgeben, Wasser, das über mich hinwegspülte, bis ich meinen Namen nicht mehr hören konnte.

»NEIN!« rief ich wieder, und dann versank alles in Schwärze.

Ich kam auf einer Trage in einem Behandlungsraum irgendwo in dem Gebäude wieder zu mir. Die Wände und die Decke waren weiß und nackt. Mrs. Kleckner stand neben mir, und Doktor Southerby führte mit leiser Stimme ein Telefongespräch, als ich die Augen aufschlug.

»Sie erlangt gerade das Bewußtsein wieder, Doktor«, sagte Mrs. Kleckner. Ich wollte mich aufsetzen, doch sie legte mir eine

Hand auf die Schulter. »Entspann dich ein Weilchen, und ruh dich aus«, ordnete sie an. »Doktor?«

Er legte den Hörer auf und kam näher.

»Und wie fühlen wir uns jetzt, Laura?«

»Mein Kopf tut weh«, sagte ich und schnitt eine Grimasse. Der Schmerz kam mir vor wie ein Metallreifen, der sich von einer Schläfe zur anderen spannte und zu eng saß.

»Dagegen werden wir dir etwas geben«, sagte er.

»Was ist passiert?«

»Du hast dich zu sehr aufgeregt.« Er lächelte. »Weißt du, wie eine Sicherung funktioniert?«

Ich dachte nach. Ja, ich wußte es, aber ich hatte keine Ahnung, woher ich es wußte.

»Ja.«

»Tja, der Verstand funktioniert genauso. Wenn er überlastet wird, schaltet er ab. Jetzt verstehst du doch sicher, warum ich dich erst dazu bringen muß, daß du dich entspannst, ehe ich dir helfen kann?« fragte er. »Ich möchte, daß du lernst, mir zu vertrauen, Laura. Nur dann kann ich dir helfen, und ich will dir wirklich helfen«, sagte er nachdrücklich. Er nahm meine Hand und schaute auf mich hinunter. Seine Blicke glitten über mein Gesicht, ehe er mir fest in die Augen sah. »Glaubst du mir?«

Ich nickte, wenn auch nicht ganz so zuversichtlich, wie er es sich gewünscht hätte. Er lächelte trotzdem.

»Mit der Zeit wirst du mir Glauben schenken, und dann wirst du dich selbst heilen, Laura. Dieser üble Zustand wird nicht lange anhalten. Ich verspreche es dir«, sagte er. »Im Ernst.« Er tätschelte meine Hand.

Ich wollte ihm gern glauben. Er sagte genau die Dinge, die ich hören wollte.

»Setz dich jetzt auf, und nimm diese Tablette« sagte er und deutete auf die Tablette, die Mrs. Kleckner bereithielt, um sie mir zu verabreichen. Sie steckte sie in meinen Mund und gab mir etwas Wasser zu trinken. Ich trank und schluckte.

»Für den Moment«, fuhr Doktor Southerby fort, »möchte ich, daß du dich in deinem Zimmer eine Zeitlang ausruhst, und dann reden wir wieder miteinander.«

»Ich will jetzt reden«, beharrte ich.

»Das ist mir klar, aber ich will nicht riskieren, daß sich das, was sich hier gerade abgespielt hat, noch einmal wiederholt. Deine Psyche ist im Moment sehr zerbrechlich, Laura, zerbrechlicher, als du es dir vorstellen kannst. Du mußt dich dringend eine Zeitlang ausruhen, damit du deine gesamte Kraft für deine Genesung einsetzen kannst. Vertrau mir in dem Punkt. Ich verspreche dir«, sagte er, »daß du keine Minute länger als unbedingt nötig hierbleiben wirst.« Er nickte Mrs. Kleckner zu.

»Versuch jetzt aufzustehen, Laura«, sagte sie.

Ich setzte mich auf, und in meinem Kopf drehte sich alles so schnell im Kreis, daß es mir tatsächlich einen Moment lang den Atem verschlug und ich glaubte, ich würde wieder in Ohnmacht fallen.

»Immer mit der Ruhe. Bleib ganz ruhig«, sagte Doktor Southerby. »Sie sollten sie besser rüberschieben«, sagte er zu Mrs. Kleckner. Wenige Minuten später hoben mich die beiden gemeinsam in einen Rollstuhl. Ich ließ den Kopf zurücksinken und spürte, wie ich aus dem Behandlungszimmer gebracht wurde. Ich hielt die Augen weiterhin geschlossen, bis wir in meinem Zimmer waren.

Sowie wir dort angelangt waren, half mir Mrs. Kleckner ins Bett.

»Ruh dich aus«, sagte sie. »Ich komme bald wieder und sehe nach dir.«

»Ich will wieder zu Doktor Southerby. Ich will zurück in sein Sprechzimmer und zu meiner Behandlung«, stöhnte ich. »Ich will, daß das alles endlich vorübergeht.«

»Du wirst ihn wiedersehen«, sagte sie streng, »aber du hast ja selbst gehört, was der Arzt gesagt hat. Er will, daß du ausgeruht und bei Kräften bist, denn sonst verschwendet er nur seine Zeit an dir, und seine Zeit ist sehr kostbar. Er arbeitet nicht nur hier bei den Privilegierten. Er arbeitet auch noch in einer anderen Klinik.«

»Den Privilegierten?«

Wieso war es ein Privileg, hier zu sein, ein Privileg, verwirrt und krank zu sein, hätte ich gern gefragt. Ich versuchte, die Augen zu öffnen, aber die Tablette, die sie mir gegeben hatten, was auch immer es war, ließ meine Lider schwer werden. Wenige Sekunden später war ich eingeschlafen.

Ich wachte auf, als ich spürte, daß mein ganzer Körper ruckelte. Megan Paxton stand neben meinem Bett und zog an meiner Hand. Sie warf einen Blick auf die Tür und sah mich dann wieder an.

»Was ist passiert?« murmelte ich. Es kam mir vor, als seien Spinnennetze vor meinen Augen gewoben worden.

»Sie haben dir etwas gegeben«, flüsterte sie. »Du mußt aufpassen. Einer von ihnen kommt hier rein und vergewaltigt dich, während du schläfst«, sagte sie. »Mit mir haben sie es auch schon getan. Du mußt wach bleiben«, warnte sie mich. »Oder mit offenen Augen schlafen.«

»Ich bin ja so müde«, murmelte ich. Sie schüttelte mich wieder.

»Bleib wach«, befahl sie mir.

»Was hast du hier zu suchen?« hörte ich und zwang mich, die Lider so weit zu öffnen, daß ich Mrs. Kleckner in der Tür stehen sah. »Komm augenblicklich raus, Megan«, kommandierte sie und stemmte die Arme in die Hüften.

»Ich wollte nur nachsehen, wie es ihr geht. Was ist da schon dabei?«

»Du weißt genau, daß du nicht einfach in die Zimmer der anderen gehen darfst, ohne vorher meine Erlaubnis einzuholen. Und jetzt komm raus, damit sie sich ausruhen kann. Und zwar sofort!« beharrte sie.

»Bleib wach«, flüsterte Megan mir noch einmal zu, ehe sie ging.

Meine Augen schlossen sich wieder, und als ich das nächstemal erwachte, erschien mir Megans Anwesenheit in meinem Zimmer eher wie ein Traum. Ich fühlte mich erschlagen, aber ich wollte aufstehen und umherlaufen, und daher stieg ich aus dem Bett und ging ins Bad. Ich wusch mir das Gesicht mit möglichst kaltem Wasser, und das half einigermaßen. Als ich aus dem Bad kam, stellte ich fest, daß Mrs. Kleckner mich schon erwartete.

»Wie ich sehe, bist du aufgestanden? Das ist gut. Wie fühlst du dich jetzt?« fragte sie.

»Matt. Aber ich will nicht mehr schlafen«, fügte ich eilig hinzu, denn ich fürchtete, daß sie schon die nächste Tablette für mich bereithielt. »Gut. Dann führe ich dich jetzt selbst durch das Gebäude, solange du glaubst, daß es dir nicht zuviel wird«, sagte sie.

»Wann sehe ich Doktor Southerby wieder?« fragte ich.

»Morgen«, sagte sie. »Er mußte die Klinik wegen anderer Termine verlassen. Wenn du kräftig genug bist, kannst du in den Freizeitraum gehen und dort einige der anderen Patienten kennenlernen. Es ist gut für dich, wenn du Umgang mit anderen Menschen hast. Doktor Southerby hat in dem Punkt strikte Anweisungen hinterlassen. Er will nicht, daß du dich in diesem Zimmer verkriechst und schlummerst.«

»Das will ich auch nicht. Und ich würde auch gern frische Luft schnappen.«

»Ich werde mich darum kümmern, daß einer der Pfleger vor dem Abendessen mit dir ins Freie geht«, teilte sie mir mit.

»Abendessen? Was ist mit dem Mittagessen?« fragte ich. Sie lachte, ein kurzes Lachen, das eher wie ein Husten klang.

»Das Mittagessen hast du verschlafen. Im Aufenthaltsraum gibt es Tee und Plätzchen oder Salzgebäck, wenn du magst, und Erfrischungsgetränke findest du im Kühlschrank. Komm mit«, sagte sie, und ich lief hinter ihr her, wenn auch nicht mit so sicheren Schritten, wie es mir lieb gewesen wäre. Es fiel ihr auf, und im Korridor nahm sie meinen Arm.

»Wenn du genügend Bewegung hast und dein Kreislauf wieder in Gang kommt, bist du schnell wieder bei Kräften.«

»Was haben Sie mir gegeben? Was war in dieser Tablette?«

»Es war nichts weiter als ein leichtes Beruhigungsmittel. Doktor Southerby hat dir täglich eine für die Nacht verschrieben, damit du gut schläfst.«

»Ich nehme nicht gern Tabletten«, sagte ich. Sie blieb stehen und sah mich an.

»Erinnerst du dich daran, daß du keine Tabletten magst, oder hast du das eben erst beschlossen?« fragte sie.

»Ich ... ich mag es einfach nicht«, sagte ich.

»Ab und zu müssen wir alle etwas tun, was wir nicht gern tun. Bloß weil du dich nicht erinnern kannst, wer du bist, ergeht es dir auch nicht anders«, bemerkte sie und führte mich zum Aufenthaltsraum.

Nur sieben der Patienten hielten sich dort auf. Zwei Jungen von etwa zwölf oder dreizehn Jahren spielten Schach, und die übrigen saßen da und lasen oder sahen einfach nur aus den Fenstern hinaus auf die Gehwege und Gärten hinter dem Gebäude. Megan, Lulu, das sehr dürre Mädchen und der gutaussehende junge Mann, den ich mit ihr in der Cafeteria gesehen hatte, saßen einander gegenüber auf zwei Sofas, zwischen denen ein Tisch stand. Auf dem Tisch lagen Zeitschriften und Bücher. Lulu schrieb fieberhaft auf einen länglichen gelben Block und blickte nicht auf wie die anderen, als ich eintrat.

An der rechten Wand sah ich einen kleinen Herd, einen Kühlschrank, ein Spülbecken und ein paar Wandschränke.

»Dort gibt es heißes Wasser für den Tee«, wies mich Mrs. Kleckner an, »und wenn du magst, kannst du dir ein paar Plätzchen nehmen. Teebeutel findest du im Schrank, und Milch und Erfrischungsgetränke sind im Kühlschrank.«

»Danke«, sagte ich.

Sie führte mich weiter in den Raum hinein.

»Die beiden sind Mark und Arthur«, sagte sie und blieb neben den beiden Jungen stehen, die Schach spielten. »Ihr erinnert euch doch noch an Laura, nicht wahr?« fragte sie. Sie blickten zu mir auf und sahen dann gleich wieder auf ihr Schachbrett hinunter. Zur Begrüßung hatten sie sich kaum ein Lächeln abgerungen. Es war, als hätte sie nur ein kleiner Windhauch flüchtig gestreift.

»Megan Paxton und Edith Sanders kennst du ja schon«, sagte sie und bezog sich dabei auf Lulu. »Und das sind Mary Beth Lewis und Lawrence Taylor«, fügte sie hinzu.

Mary Beth hieß mich mit einem freundlichen Lächeln willkommen. Lawrence warf einen kurzen Blick auf mich und schlug dann die Augen nieder.

»Ich lasse Laura bei euch, damit ihr einander besser kennenlernen könnt«, sagte sie mit einem mechanischen Lächeln zu den anderen. »Falls du etwas brauchen solltest, wende dich an Miss Cranshaw«, sagte sie zu mir und wies mit einer Kopfbewegung auf die Aufseherin, die in einer Ecke saß und eine Zeitschrift las.

Miss Cranshaw sah einen Moment lang in unsere Richtung, ehe sie ihre Zeitschrift zusammenfaltete und sich zurücklehnte, um uns zu beobachten. Sie schien nicht wesentlich jünger als Mrs. Kleckner zu sein. Sie konnte sogar noch älter sein.

Mrs. Kleckner zog sich zurück.

»Setz dich hierher«, sagte Mary Beth und rutschte auf dem Sofa zur Seite, um mir Platz zu machen. Lawrence blickte auf, wich meinem Blick jedoch schnell wieder aus.

»Ist dir dein voller Name schon wieder eingefallen?« fragte Mary Beth.

»Ich heiße Laura Logan«, sagte ich.

»Wie kommt es, daß du deinen eigenen Namen nicht mehr gewußt hast?« fragte Lulu, die hellhörig geworden war.

»Sie hat Amnesie, du Dummkopf«, sagte Megan. »Was glaubst du denn, warum sie hier ist? Wegen des Essens? Oder wegen der anregenden Gesellschaft?«

»Ach so«, sagte Lulu und wandte sich lammfromm an mich. »Entschuldige, bitte. Tut es weh?«

»Nicht in dem Sinne, in dem du es meinst. Aber es ist trotzdem schmerzhaft, wenn man sich an nichts erinnern kann«, sagte ich. Lawrence sah mich an und lächelte sanft, ehe er wieder aus dem Fenster schaute.

»Weißt du, warum du Amnesie hast?« fragte mich Mary Beth.

»Wenn sie wüßte warum, dann wäre sie nicht hier«, antwortete Megan an meiner Stelle.

»Sie hat recht. Ich weiß es nicht«, sagte ich. »Ich weiß nur, daß es dazu gekommen ist, weil mir etwas Furchtbares zugestoßen ist.«

»Wenn das der Fall wäre, dann hätten hier so ziemlich alle Gedächtnisschwund«, scherzte Megan.

»Woran kannst du dich noch erinnern?« fragte Lawrence und kniff dann die Lippen zusammen, als seien ihm die Worte herausgerutscht, ehe er sie zurückhalten konnte. Er hatte dichte Augenbrauen und dunkle Augen, in denen Interesse aufflackerte, ehe er den Blick abwandte.

»Eigentlich nicht an allzuviel. Genaugenommen«, sagte ich und sah sie alle der Reihe nach an, »erinnere ich mich an nichts.«

»An gar nichts?« rief Mary Beth aus. Ihr Gesicht verzog sich zu einem Lächeln.

»Mein Nachname ist mir auch nicht von allein wieder eingefallen. Doktor Southerby hat ihn mir gesagt«, sagte ich.

Mary Beths Lächeln verflog. Ihre Lippen verzogen sich zu einem großen O, und ich dachte an eine Kaugummiblase.

»Er wollte mir nicht erzählen, was passiert ist. Er will, daß ich mich von selbst wieder daran erinnere.«

»Das ist ein klassischer Fall«, sagte Megan, als sei sie selbst Ärztin. »Als ich ihre Geschichte gehört habe, war mir klar, daß sie etwas Gräßliches durchgemacht hat, und infolge dieses Erlebnisses ist ihr Verstand total durchgedreht. Erinnert ihr euch noch an dieses Mädchen, das sie in den Turm umquartiert haben?« fuhr sie fort. »Die, die versucht hat, sich mit dem zerbrochenen Teller die Handgelenke aufzuschneiden? Jeden Tag von neuem wußte sie nicht mehr, was sie am Tag davor gesagt oder getan hat. Es war, als würde sich ihr Gedächtnis jeden Morgen automatisch löschen und noch einmal von vorn anfangen. Erinnert ihr euch nicht mehr? Wie hieß sie schnell noch mal?« fragte sie Lawrence. »Du hast dich doch ständig bemüht, mit ihr zu reden.«

Er lief knallrot an.

»Ich habe mich gar nicht ständig bemüht, mit ihr zu reden«, sagte er und warf mir einen schnellen Blick zu.

»Also, gut. Du hast es nicht versucht. Ich habe mir das alles nur eingebildet. Wie hieß sie?« hakte Megan nach.

»Lydia«, sagte er eilig. »Lydia Becker.«

»Richtig. Lydia Becker. Wir alle mußten uns ihr täglich von neuem vorstellen. Es war, als sei sie gerade erst hier angekommen. Erinnerst du dich noch, Mary Beth?«

»Ja.«

Megan lachte.

»Irgendwann habe ich angefangen, mir täglich einen neuen Namen für mich auszudenken, weil ich sehen wollte, ob sie es nicht doch merkt. Sie hat es aber nicht gemerkt.«

»Was hast du gemeint, als du gesagt hast, sie hätten sie in den Turm umquartiert?« fragte ich.

»Sie ist immer noch hier, aber im obersten Stockwerk. Wir nennen es den Turm, weil Megan glaubt, wenn man dich erst mal dort oben unterbringt, dann bist du für den Rest deines Lebens dort eingesperrt, wie in einem Turmverlies«, erklärte Mary Beth und zuckte die Achseln.

»So ist es doch! Niemand, den sie nach oben gebracht haben, ist jemals wieder in diese Etage zurückgekehrt, stimmt's?« warf ihr Megan an den Kopf. Einen Moment lang sah sie finster vor sich hin, und dann wandte sie sich an mich. »Man kann sich ja ausmalen, was dort oben vorgeht. Sie könnte vergewaltigt werden und würde sich am nächsten Tag doch nicht mehr daran erinnern. Wenn sie mich jemals dorthin holen wollen, dann möchte ich, daß ihr mir alle versprecht, mich umzubringen.«

Lulu lachte.

»Es ist mein Ernst«, sagte Megan. »Lieber möchte ich tot sein.« Sie warf einen finsteren Blick auf Lawrence, der daraufhin sofort die Augen niederschlug.

»Warum bist du hier?« fragte ich Mary Beth. Megan lachte laut und brutal.

»Soll das ein Witz sein? Warum sie hier ist? Sieh sie an. Sie glaubt, sie sei fett.«

»Für meine Größe habe ich wirklich Übergewicht«, sagte Mary Beth.

Ich wollte schon lächeln, doch im letzten Moment sah ich den Ausdruck, der auf Lawrences Gesicht getreten war und mir deutlich sagte, daß ich es lieber nicht tun sollte.

»Sie ißt, und dann bricht sie alles wieder raus«, sagte Megan. »Irgendwann werden sie sie ans Bett binden und ihr gewaltsam einen Schlauch einflößen.«

»Oh, das tut mir aber leid«, sagte ich, denn ich wußte nicht, was ich sonst hätte sagen können. Ich hatte das Gefühl, Worte seien hier so wie Schritte auf dünnem Eis.

»Mach schon. Frag Lawrence, warum er hier ist«, höhnte Megan. Ich sah ihn an. Kurze Zeit sah er mir in die Augen, doch dann errötete er und senkte den Blick auf seine Hände. Sie wirkten schmal, mit langen, geschmeidigen Fingern. Im Moment hatte er die Hände gefaltet und drehte blitzschnell die Daumen umeinander. »Kannst du erraten, warum er hier ist?« fuhr Megan fort.

»Ich habe keine Ahnung«, sagte ich. »Er macht einen sehr gesunden Eindruck auf mich.«

Er sah mir in die Augen, und ich glaubte, ein Lächeln zu erkennen, doch dann wurde mir klar, daß er ein Gesicht von der Sorte hatte, die einen leicht in die Irre führen konnte. War es ein Lächeln oder ein gequälter Ausdruck? Als wollte er meine Frage beantworten, bewegte er die Lippen ein wenig, und seine Mundwinkel zogen sich kaum wahrnehmbar in die Höhe. Seine Augen leuchteten, und eine Sekunde lang sah er mir ins Gesicht, doch sowie er merkte, daß ich sein Interesse wahrgenommen hatte, wandte er den Blick wieder ab. War er vielleicht nur übertrieben schüchtern? Das hätte doch gewiß nicht genügt, damit sie einen hier behielten, oder etwa doch, fragte ich mich.

»Erzähl ihr, was mit dir nicht stimmt, Lawrence«, forderte Megan ihn heraus. »Mach schon. Laß sie nicht in der Luft hängen und rätseln.«

Er schüttelte den Kopf.

»Jetzt mach schon, erzähl es ihr«, höhnte Megan. »Es ist ein Anzeichen von Besserung, wenn du darüber reden kannst, worin dein Problem besteht«, erklärte Megan.

Er sah mich wieder an und wandte dann den Blick ab. Ich glaubte, den Glanz der ersten Tränen in seinen Augen zu erkennen.

»Lawrence hat bisher noch keine erheblichen Fortschritte gemacht. Der junge Mr. Taylor«, fuhr sie fort, »hat das, was die Ärzte als Paniksyndrom beschreiben. Stimmt's, Lawrence?«

»Kannst du ihn nicht in Ruhe lassen?« sagte Mary Beth.

»Was tue ich ihm denn? Lawrence, kannst du nicht selbst das Wort ergreifen?«

»Ich ...«

»Ja, Lawrence! Ruhe, alle miteinander«, sagte Megan und hob beide Hände. Sie drehte sich um und sah zu den beiden Jungen hinüber, die dort saßen und Schach spielten. »Haltet den

Mund, ihr dort drüben. Lawrence Taylor der Dritte wird gleich etwas sagen. Los jetzt, Lawrence«, kommandierte sie.

Er sah mich an und stand dann mit gerötetem Gesicht schnell auf.

»Wohin gehst du?« rief Megan.

»Laß ihn endlich in Ruhe«, sagte Mary Beth.

Lawrence warf mir einen Blick zu und eilte dann aus dem Aufenthaltsraum.

Megan lachte.

»Lawrence«, sagte sie, »ist heute leider nicht zu einem Auftritt in der Lage. Alle bekommen ihr Geld zurück.«

»Das war nicht sehr nett von dir«, sagte ich zu ihr. Sie lächelte hämisch.

»Wie Mrs. Kleckner so schön sagt: Wenn wir uns alle gegenseitig verhätscheln, dann tritt bei keinem von uns eine Besserung ein.«

»Und was fehlt dir?« fragte ich schroff, denn Lawrence tat mir immer noch leid.

»Mir? Ich bin ... unfähig zu echten Beziehungen. Ich traue keinem. Kann ich dir trauen?« fragte sie, und ihre Augen wurden wäßrig. »Kann ich dir trauen?« fragte sie Mary Beth. »Was ist mit dir, Lulu?«

»Ich schreibe gerade an meinen Vater«, sagte Lulu lächelnd, »und berichte ihm alles über unsere neue Freundin.«

»Na toll. Wieder mal ein Brief an die Toten. Ich muß auf die Toilette«, sagte Megan und stand auf. »Wenn ihr mich bitte alle entschuldigen würdet.«

Sie verschränkte die Arme über den Brüsten und ging hinaus. »Megan ist kein sehr glücklicher Mensch«, sagte Mary Beth. »Und daher gibt sie keine Ruhe, solange nicht alle um sie herum ebenfalls unglücklich sind.«

»Das habe ich gesehen«, sagte ich. Mein Magen knurrte. »Ich glaube, ich hole mir eine Tasse Tee und ein paar Plätzchen. Möchtest du auch etwas?«

»Nein«, sagte Mary Beth eilig. »Zwischen den Mahlzeiten esse ich nie etwas.«

»Tee mit ein paar Plätzchen fällt doch nicht wirklich unter Essen«, sagte ich.

»Ich muß in mein Zimmer gehen und etwas holen«, sagte sie mit einem Anflug von Panik in der Stimme. »Wir sehen uns dann beim Abendessen wieder.« Sie erhob sich und verschwand schnell, als ich aufstand, um zum Herd zu gehen und heißes Wasser in eine Tasse mit einem Teebeutel zu gießen. Ich nahm mir ein Plätzchen und sah Lulu an. Sie war ganz reizend, und sie war so sanft und niedlich. Wie konnten ihre Eltern zulassen, daß sie hier war und nicht bei ihnen, fragte ich mich. Als ich zum Sofa zurückkehrte, blickte sie von ihrem Notizblock auf.

»Wie buchstabiert man Bekanntschaft?« fragte sie mich, und ich sagte es ihr. »Ich beschreibe dich als eine neue Bekanntschaft«, erklärte sie und schrieb weiter. »Kann man das so sagen?«

»Ja, natürlich«, sagte ich.

»Ich schließe gern neue Freundschaften, und mein Daddy mag es, wenn ich ihm alles darüber berichte. Er hat gesagt, ich soll ihm jeden Tag einen Brief schreiben. Manchmal schreibe ich sogar zwei am Tag. Und ich habe viele dicke Stapel Briefe, die er mir geschrieben hat«, sagte sie. Dann unterbrach sie sich, legte den Notizblock zur Seite und sah mich an. »Ich glaube, ich mag jetzt auch ein Plätzchen.«

Als sie aufstand, beugte ich mich vor und warf einen Blick auf ihren Block. Im ersten Moment war ich überrascht, dann schockiert und schließlich verwirrt.

Auf dem Blatt stand nicht ein einziges Wort, sondern es war nur mit Strichen vollgekritzelt, die in alle Richtungen liefen.

Auf Mrs. Kleckners Anweisung hin führte Miss Cranshaw mich in den Garten, damit ich frische Luft schnappen konnte. »Wir sehen es gern, wenn ihr auf den Gehwegen bleibt«, sagte sie. »Du darfst dich auf die Bänke setzen, aufs Gras auch oder unter einen Baum, solange du dich in diesem Bereich aufhältst und ihn nicht verläßt«, fügte sie hinzu und wies auf die Abgrenzungen.

Es war ein wunderschön angelegtes Gelände mit Blumenbeeten, Vogeltränken, einigen Statuen aus Stein und Marmor und hohen Eichen und Ahornbäumen mit dicken Stämmen. Die Hecken, der Rasen und die Gärten waren sehr gepflegt. In einem der Gärten sahen wir im Vorübergehen einen Gärtner, der Unkraut jätete. Soweit ich sehen konnte, hielt sich keiner der anderen Patienten der Klinik im Freien auf.

»Ich würde mich gern eine Zeitlang hier hinsetzen«, sagte ich und ging auf eine Holzbank zu, die auf halber Höhe neben dem breiten Pfad stand. Die Blumen und die leichte Brise in meinem Gesicht waren mir wohltuend vertraut. Ich hielt mich gern draußen auf; ich mochte die Natur. Was mochte ich sonst noch? Es war seltsam, derart einfache und grundlegende Dinge über sich selbst herauszufinden.

»Bis zum Abendessen hast du noch etwa eine Stunde«, sagte Miss Cranshaw. »Ich muß noch nach ein paar anderen Patienten sehen, und wenn es an der Zeit ist, ins Haus zu kommen, hole ich dich«, sagte sie.

Ich bedankte mich bei ihr, lehnte mich zurück und beobachtete zwei Singvögel, die von einer Vogeltränke zu der Statue eines Cherub flatterten. Sie stolzierten auf der schmalen Schulter des Engels herum und sahen mich dann an, ehe sie sich in die Luft erhoben, um zu den Eichen zu fliegen.

Es ist so still und so schön hier, dachte ich. Und diese Frische. Kein Ort hätte sich besser für eine Genesung geeignet. Das einzige Problem bestand darin, daß ich nicht wußte, wovon ich mich erholte, und jetzt fürchtete sich ein Teil von mir, es zu erfahren. Ich hatte Angst davor, in der Zeit zurückzugehen. Wenn das, was ich erlebt hatte, gräßlich genug war, um auszulösen, daß ich die grundlegendsten Dinge über mich selbst vergaß, dann mußte es grauenerregend sein, dachte ich, so schaurig, daß die Ärzte und Krankenschwestern mir nichts davon sagen wollten.

Ich nahm eine Bewegung dicht neben einer der Eichen mit den ausladenden Kronen wahr, und als ich mich umdrehte, sah ich Lawrence Taylor aus den Schatten treten. Er ging langsam auf den Weg zu und lief mit gesenktem Kopf weiter. Als er näher kam, blickte er auf, sah mich und blieb schleunigst stehen.

»Hallo«, sagte ich. »Es ist so schön draußen, daß ich mich frage, warum nicht noch andere im Freien sind.«

Einen Moment lang sah es so aus, als würde er fortlaufen. Dann holte er tief Atem und setzte zu einer Erwiderung an.

»Um diese Tageszeit hält sich niemand hier draußen auf, weil es bald Zeit zum Abendessen ist«, sagte er. »Hier halten sich im allgemeinen alle an eine strenge Routine«, fügte er hinzu. Er sah nach rechts und schaute mich dann wieder an, als müsse er sich jeden einzelnen Blick rauben.

»Wie kommt es dann, daß du im Freien bist?«

»Ich bin inzwischen gern allein«, sagte er. »Hier draußen.«

»Warum bist du gern allein?«

Er zuckte die Achseln.

»Es war schon immer so«, sagte er. »Na ja, nicht immer. Früher hatte ich Angst davor, allein zu sein«, gestand er. »Deshalb glauben sie, daß ich Fortschritte mache.«

»Hast du Geschwister?« fragte ich.

»Nein.« Er lächelte und wandte den Blick ab.

»Was ist daran so komisch?« fragte ich. Er gab mir keine Antwort. »Was ist los?«

»Ich wollte dich gerade fragen, ob du Geschwister hast, aber dann ist mir wieder eingefallen, daß du dich an nichts erinnern kannst«, sagte er.

»Und das findest du komisch?«

Er schlug die Augen nieder. Im ersten Moment war ich wütend, und dann mußte ich plötzlich lachen. Er blickte mit einem verwirrten Gesichtsausdruck auf.

»Vielleicht ist es tatsächlich komisch«, sagte ich. »Ich komme mir so albern vor.«

Er sah mich so lange an wie bisher noch nie, und dann kam er näher.

»Doktor Thomas hat mehrfach zu mir gesagt, Lachen sei besser als Weinen«, sagte er. »Wenn man sich selbst mit mehr Humor betrachten kann, dann nimmt man die Dinge nicht so ernst und macht sich weniger Sorgen«, erklärte er. »Ich bemühe mich, seinen Rat zu befolgen, aber allzu oft lache ich immer noch nicht.«

»Trotzdem scheint es mir ein guter Rat zu sein«, sagte ich. »Wie lange bist du schon hier?«

»Zwei Jahre«, erwiderte er. »Es kommt mir vor wie eine Ewigkeit.«

»Zwei Jahre? Du bist nicht zwischendurch zu Hause gewesen und wieder zurückgekommen?« Er schüttelte den Kopf. »Warum kannst du nicht nach Hause gehen? Auf mich machst du einen guten Eindruck«, sagte ich. Ich hätte gern noch hinzugefügt: »Es sei denn, Schüchternheit wird heutzutage als eine Krankheit angesehen.«

»Ich habe diese Anfälle. Meine Brust schnürt sich zusammen, mir wird schwindlig, und ich fange an, unkontrollierbar zu zittern.«

»Warum?«

»Megan hat es dir schon gesagt. Ich habe ein Paniksyndrom«, gestand er. »Meine Selbstachtung ist sehr gering, aber es wird, wie ich dir schon sagte, besser«, fügte er eilig hinzu, als fürchtete er, ich würde mich von ihm vertreiben lassen. »Wenigstens kann ich jetzt allein spazierengehen. Es hat Zeiten gegeben, in denen ich nie das Haus verlassen habe. Jedenfalls«, fuhr er fort, »bricht mir jedesmal kalter Schweiß aus, und ich glaube, jeden

Moment in Ohnmacht zu fallen, wenn ich mit dem Gedanken spiele, die Klinik zu verlassen.«

»Aber du willst doch von hier fortgehen, oder nicht?«

»Ja. Ich bemühe mich. Inzwischen bemühe ich mich wirklich. Am Anfang habe ich es nicht versucht. Es war mir egal.«

»Hattest du schon immer dieses ... Paniksyndrom?«

»Nein«, sagte er.

Während er mit mir sprach, drückte er unablässig mit der rechten Hand die linke Hand zusammen und knabberte an seiner Backe.

»Warum setzt du dich nicht ein Weilchen«, schlug ich vor. »Entspann dich. Erzähl mir, wie es hier zugeht. Ich habe erst eine Nacht hier verbracht«, erklärte ich.

Er sah den Platz neben mir auf der Bank an wie eine hohe Hürde, die er niemals nehmen konnte.

»Ich beiße nicht«, sagte ich. »Oder zumindest glaube ich nicht, daß ich beiße. Ich kann mich nicht erinnern, Leute gebissen zu haben, aber vielleicht habe ich es ja getan«, fügte ich hinzu. Ich legte den Kopf in den Nacken und tat so, als dächte ich darüber nach. »Da ich mich an nichts erinnern kann, kann ich es nicht beschwören. Ich könnte sogar eine Mörderin sein.« Er lächelte. »Siehst du, ich habe Sinn für Humor.«

Sein Lächeln wurde strahlender, und dann machte er plötzlich eine abrupte und doch entschiedene Bewegung, wie jemand, der sich in ein Feuer stürzt, und setzte sich neben mich.

»Du kannst dich wirklich an nichts erinnern? An überhaupt nichts?« fragte er. Wenn er sprach, mied er es, mich länger als für einen Sekundenbruchteil direkt anzusehen.

Als er mich schließlich ansah, konnte ich die Sensibilität in seinen dunklen Augen erkennen. Seine Pupillen sahen aus wie zwei schimmernde schwarze Perlen. Sie ließen mich an ein anderes Gesicht denken, aber in meiner Erinnerung sah ich nur die Augen, und dann, als ich endlich den Mund sah, verschwanden die Augen.

»Bruchstücke kommen an die Oberfläche, Bilder und Geräusche, aber sowie ich mich bemühe, sie zu verstehen oder ihrem Ursprung nachzugehen, verschwinden sie«, klagte ich.

»Kannst du mir ein Beispiel geben? Was siehst du? Was hörst du?« fragte er interessiert.

»Wasser, den Strand, Schiffe, aber nur kleine Schiffe, Spielzeugschiffe.«

»Du meinst so was wie Schiffsmodelle?«

»Ja, ja, Schiffsmodelle, aber sie lassen mich erschauern, sogar jetzt, sogar im Sonnenschein, wenn ich an Boote denke«, sagte ich und schlang die Arme um mich. Meine Zähne klapperten tatsächlich.

Äußerst zaghaft streckte er den Arm aus, Zentimeter für Zentimeter, um meine Hand zu berühren.

»Dir ist kalt«, sagte er beeindruckt.

Ich nickte, und er schlang seine Hand um meine.

»Das fühlt sich gut an«, sagte ich lächelnd. Er lächelte ebenfalls und hielt meine Hand in seiner. Je länger er meine Hand hielt, desto zuversichtlicher wurde er.

»Nanu, was geht denn hier vor?« hörten wir eine Stimme sagen, und Lawrence ließ meine Hand los, als hätte er sich einen Stromschlag geholt.

Als wir uns umdrehten, sahen wir Megan auf uns zukommen. Sie bewegte sich mit steifen Schritten voran, die Hände an den Seiten geballt und die Arme durchgedrückt.

»Hallo, Megan«, sagte ich.

»Ich habe mich gefragt, wo du stecken könntest, als ich zurückgekommen bin. Lulu hat gesagt, du hättest darum gebeten, ins Freie geführt zu werden. Wenn das nichts ist«, fügte sie hinzu und sah von Lawrence zu mir, ehe sie wieder Lawrence ansah. »Ihr kennt einander noch keine fünf Minuten, und schon habt ihr ein Rendezvous im Garten und haltet Händchen.«

Lawrence rückte schleunigst von mir ab.

»Wir sind einander hier draußen zufällig über den Weg

gelaufen«, sagte ich. »Ich wußte nicht, daß Lawrence auch im Freien ist.«

»Ach, wirklich?« sagte sie, und ihre Augen kniffen sich argwöhnisch zusammen. »Wie hat er dich dazu gebracht, daß er deine Hand halten darf?«

»Er hat mich zu gar nichts gebracht, Megan. Ich habe ihm gesagt, daß mir kalt ist, und er hat sich bemüht, mich aufzuwärmen«, sagte ich.

»Ja, klar. So fängt es an«, sagte sie. »Du überraschst mich, Lawrence Taylor. Seit ich dich kenne, hast du hier keinen einzigen Menschen angerührt. Du mußt etwas ganz Besonderes sein«, sagte sie zu mir.

Lawrence hatte einen knallroten Kopf, aber seine Lippen waren weiß vor Furcht. Er schüttelte den Kopf.

»Ich wollte doch nur ...«

»Der Mann in dir ist erwacht«, behauptete Megan wie ein Arzt, der eine tödliche Krankheit diagnostiziert. »Ich werde die Mädchen und das weibliche Personal und den Rest der Welt vor dir warnen. Sie sollten alle wissen, daß sie auf der Hut sein müssen. Lawrence Taylors Gelüste sind auf wundersame Weise wieder zum Leben erweckt worden. Seine Hormone toben und wüten. Hütet euch!«

»Nein ... ich ...«

»Ach, hör schon auf«, fauchte sie ihn an und sah sich dann um. Als sie sich uns wieder zuwandte, war ihr Gesichtsausdruck vollständig verändert. »Ich habe einen geheimen Ort gefunden, einen ganz abgeschiedenen Winkel, den ich dir später zeigen werde«, sagte sie zu mir, »wenn du brav bist. Ich möchte allerdings hoffen, daß du nicht so wie Lydia bist und von einem Tag zum anderen alles vergißt. Es macht mir wirklich keinen Spaß, meine Zeit für solche Leute zu vergeuden.«

»Ich glaube, mein Problem besteht nicht darin, daß ich Dinge vergesse, die ich gerade erst erfahren habe«, sagte ich.

»Du weißt nicht, worin dein Problem besteht. Genau das ist

dein Problem«, erwiderte sie. »Sieh dir ihn an«, fuhr sie fort und wies auf Lawrence. »So was Jämmerliches.«

Als ich mich umdrehte, sah ich, daß er am ganzen Körper zitterte. Auf seiner Stirn war Schweiß ausgebrochen.

»Lawrence«, sagte ich und streckte die Hände aus, um ihn zu berühren.

»Es ist schon in Ordnung. Mir fehlt wirklich nichts. Ich glaube, es ist jetzt an der Zeit, zum Abendessen ins Haus zu gehen.« Er stand auf. »Ich wollte dir damit nicht ... ich habe doch nur ...«

»Schon gut, Lawrence, es ist alles in Ordnung. Wirklich«, sagte ich. »Bleib bitte bei uns.«

Er sah Megan an.

»Ja, Lawrence. Wir sind ganz versessen auf deine anregende Gesellschaft«, sagte sie.

»Wir sehen uns dann drinnen wieder.« Er warf mir einen Blick zu und wandte sich ab. »Ich habe vor dem Abendessen etwas zu tun«, fügte er hinzu und schlug den Weg zum Haus ein.

»Ich frage mich, was das wohl sein könnte, Lawrence«, rief Megan ihm nach. »Was könntest du schon allein in deinem Zimmer tun? Ich hoffe nur, es ist nicht das, was ich denke. Ich hoffe, es ist nicht das, was andere Jungen in deinem Alter mit sich selbst anfangen.«

Ihre Worte und ihr Gelächter ließen ihn schneller laufen.

»Warum hackst du ständig auf ihm herum?« fragte ich wütend. »Er war wirklich gut drauf.«

Sie sah mich an, als spräche ich eine Fremdsprache.

»Ich hacke nicht auf ihm herum. Ich hacke auf niemandem herum.« Sie unterbrach sich, und ihre Augen wurden kleiner. »Schlägst du dich jetzt schon auf deren Seite? Du bist gerade erst hier angekommen, und mit denen läßt du dich ein?« sagte sie anklagend.

»Mit wem?«

»Mit wem?« ahmte sie mich nach. »Du solltest dich lieber in acht nehmen«, warnte sie. »Du solltest dich wirklich vorsehen. Erst gewinnen sie dein Vertrauen, und dann ... dann ...« Ihre Lippen zitterten, und ihr Kinn bebte. Sie hatte die Hände zu Fäusten geballt, und ihre Arme hingen wieder ausgestreckt und mit steif durchgedrückten Ellbogen an ihren Seiten herunter. Sie sah aus wie ein Soldat, der in der Bewegung erstarrt ist.

»Megan? Fehlt dir etwas?«

Ihre Augenlider flatterten. Dann sah sie mich an und wurde wieder lockerer.

»Nein, natürlich fehlt mir nichts. Mir darf einfach nichts fehlen. Ich muß gewitzt und auf der Hut sein. Ich ... ich gehe jetzt wieder ins Haus. Ich muß Lulu holen. Sie schafft es nicht einmal, allein zum Abendessen zu erscheinen. Sie wartet immer nur auf ihren Daddy. Ausgerechnet auf ihren Daddy. Daddies«, zischte sie, und es kam heraus wie ein böser Fluch, wie eine Gotteslästerung. »Sie sollte froh sein, daß er sich nie hier blicken läßt.«

Sie wandte sich ab und lief hinter Lawrence her.

Warum haßte sie Väter bloß so sehr?

12

Schatten der Erinnerung

Beim Abendessen schien die Stimmung aller gedämpft zu sein. Ihre Stimmen waren gesenkt, und es wurde nur wenig gelacht. Diejenigen, die es nicht fertigbrachten, selbständig zu essen, wurden alle an einen Tisch gesetzt und vom Personal gefüttert. Wir übrigen stellten uns an und warteten. Beim Hauptgericht konnten wir zwischen Truthahn und Heilbutt wählen. Alles roch gut und sah ausgesprochen lecker aus. Mrs. Anderson überwachte uns voller Stolz. Wenn ich die Augen schloß und lauschte, hätte ich nicht sagen können, daß ich in einer Klinik war.

»Erinnert dich diese Cafeteria auch an deine Schule?« flüsterte mir Lawrence, der hinter mir stand, ins Ohr.

»Die Umgebung kommt mir vertraut vor«, sagte ich, »aber sie erinnert mich an nichts Bestimmtes.«

»Ich habe eine Privatschule besucht«, sagte er. »Von Anfang an. Das Essen war dort auch recht gut, und es gab nicht viel mehr Schüler als Patienten hier«, fügte er hinzu, doch es klang so, als sei er dort nicht glücklich gewesen.

»Einige von uns, die weiter hinten in der Schlange stehen, haben Hunger«, sagte Megan, damit wir aufhörten zu reden, uns bedienten und weiterrückten.

Mir fiel auf, daß Mary Beth kein Brot und keinen Nachtisch nahm und den Fisch, die Kartoffeln und das Gemüse sofort auf ihrem Teller auseinanderschob, als dürften die einzelnen Lebensmittel einander nicht berühren, weil sonst Ansteckungsgefahr drohte.

Diesmal saßen Megan, Mary Beth, Lulu, Lawrence und ich

alle am selben Tisch. Niemand sonst schien sich uns anschließen zu wollen.

»Worauf wartest du noch?« fragte mich Megan. »Iß, ehe es kalt wird.«

Mir war gar nicht aufgefallen, daß ich dasaß und mein Besteck noch nicht angerührt hatte, während alle anderen schon mit dem Essen begonnen hatten, sogar Mary Beth.

»Ich weiß es nicht«, sagte ich und nahm eine klaffende Lücke wahr, die sich verzweifelt danach sehnte, gefüllt zu werden. »Aber du hast recht. Mir kommt es vor, als wartete ich auf etwas, was vor dem Essen geschehen sollte ...«

»Mein Daddy hat uns früher beim Abendessen immer alles über seinen Arbeitstag erzählt«, sagte Lulu. »Und dann hat er uns Geschichten aus den Zeiten erzählt, als er und meine Mutter noch jung waren.«

»Wahrscheinlich war er nie zum Abendessen da. Haben sich deine Eltern nicht schon scheiden lassen, als du noch ein Baby warst?« rief ihr Megan ins Gedächtnis zurück.

»Ich kann mich aber noch daran erinnern«, sagte Lulu und warf einen Blick auf mich, weil sie sehen wollte, ob ich ihr wenigstens glaubte. Ich lächelte sie an, und sie erwiderte mein Lächeln.

»Vielleicht habt ihr vorher gebetet«, schlug Lawrence vor. »In meiner Privatschule hat uns der Direktor täglich vor dem Abendessen das Tischgebet sprechen lassen.«

»Ja«, sagte ich, »das kann sein ...« Ich nickte. »Ich glaube, das ist es«, fügte ich aufgeregt hinzu.

»Also gut, ich spreche das Tischgebet. Alle Mann abwarten. Leg deine Gabel hin, Lulu.« Megan sah starr vor sich hin und hob die Arme zur Decke. »Danke«, sagte sie und klatschte in die Hände. Dann fiel sie lachend über ihre Kartoffeln her.

»Ja«, sagte ich nickend. »Ja, genau das ist es. Du hast recht, Lawrence. Ich kann mich daran erinnern. Ich glaube, ich kann mich auch an ... die Bibel erinnern«, fuhr ich fort. Lawrence lächelte, und als er mir freundlich zunickte, strahlten seine Augen, weil er sich für mich freute.

»Das ist gut«, sagte er. »Wenn dir alles so schnell wieder zufällt wie das, bist du im Handumdrehen wieder draußen.«

»Wie schön für sie«, sagte Megan. Sie fing wieder an zu essen, doch dann unterbrach sie sich noch einmal und sah mich nachdenklich an. »Kannst du dich wirklich an etwas erinnern?«

»Nur verschwommen. Daran, daß etwas vorgelesen worden ist ... Es ist, als würde ich mich daran erinnern, daß ich selbst gelesen habe.« Ich schüttelte den Kopf. »Es leuchtet mir nicht ein. Ich höre eine andere Stimme, aber ich sehe ein Gesicht vor mir, das meinem so ähnlich ist, daß ich den Eindruck habe ... den Eindruck, als sähe ich mich selbst an.«

»Das klingt nach gar nichts«, sagte Megan, nachdem sie einen Moment lang nachgedacht hatte.

»Oh, doch, ich finde, das ist schon sehr viel«, sagte Lawrence, der plötzlich selbstsicher wirkte. Megan riß die Augen weit auf, und er wandte sich wieder an mich. »Du solltest jetzt aber wirklich etwas essen«, schlug er liebevoll vor. »Es würde dich wundern, wenn du wüßtest, wieviel Kraft diese geistige Arbeit verlangt.«

»Ja«, sagte ich und begann zu essen. Auch wenn es nur eine winzige Kleinigkeit war, machte mir die Rückkehr meines Erinnerungsvermögens neuen Mut und regte meinem Appetit an. Bald wird es mir tatsächlich wieder bessergehen, dachte ich.

Während der Mahlzeit warf ich ab und zu einen Blick auf Mary Beth und stellte fest, daß sie zwar aß, sich aber nach jedem Bissen den Mund abwischte und die Serviette dann wieder auf ihren Schoß legte. Nachdem sie wieder eine Gabel mit Fisch in den Mund gesteckt hatte, beobachtete ich sie eingehender und sah, daß sie das Essen jedesmal wieder in die Serviette spuckte. Im Grunde genommen aß sie so gut wie nichts.

Billy, der Pfleger, der Clara und mich bei meiner Ankunft empfangen hatte, stand mit einem weiteren Pfleger abseits und behielt unseren Tisch im Auge. Plötzlich kam er herangeeilt und stürzte auf uns zu. Er stemmte die Arme in die Hüften und blieb stehen.

»Mary Beth, du spuckst dein Essen aus«, sagte er vorwurfsvoll. Er wies mit einer Kopfbewegung auf ihren Teller.

»Nein, das stimmt gar nicht!«

»Zeig mir deine Serviette«, sagte er barsch. »Was dich angeht, haben wir strikte Anweisungen von Doktor Thomas erhalten.«

»Ich esse doch!« rief sie aus und stand kurz vor den Tränen.

»Lassen Sie sie in Ruhe«, sagte Megan. Er drehte sich zu ihr um.

»Kümmere dich um deine eigenen Angelegenheiten, Megan. Damit solltest du vollauf beschäftigt sein«, sagte er. Dann wandte er sich wieder an Mary Beth.

Die Panik hatte Mary Beth erröten lassen. Sie saß erstarrt da und schien von Kopf bis Fuß zu zittern. Ich hatte Mitleid mit ihr. Ihre Blicke schossen von einer Richtung in die andere, auf der Suche nach einem Fluchtweg.

»Sie jagen ihr teuflische Angst ein!« rief Megan aus. Billy ignorierte sie und blieb unbeirrt hinter Mary Beth stehen.

»Der Arzt hat gesagt, wenn wir dich dabei beobachten, daß du dein Essen ausspuckst, müssen wir ihm Bescheid geben, und dann quartieren sie dich oben ein, und du wirst zwangsweise ernährt«, rief ihr Billy ins Gedächtnis zurück.

»Der Turm!« verkündete Megan. »Schlagen Sie sich diesen Gedanken lieber gleich aus dem Kopf«, sagte sie zu Billy. Sie stach ihm sogar ihre Gabel in den Hintern. Er drehte sich wieder und fiel jetzt über sie her.

»Sieh mal«, sagte er, »wenn du dich in unsere Arbeit einmischst und unseren Umgang mit anderen Patienten erschwerst, dann wirst du auch dort oben enden. Und wage es bloß nicht, mich noch einmal mit irgendwelchen Gegenständen zu piek-sen«, schalt er sie mit einem Lächeln aus, das zwei Reihen schimmernder weißer Zähne freilegte.

Während er Megan wütend ansah, streckte ich eine Hand unter den Tisch, nahm Mary Beth die volle Serviette vom Schoß und tauschte sie gegen meine aus. Sie warf mir einen dankbaren Blick zu. Billy wandte sich wieder an sie.

»Also, was ist? Gib mir endlich deine Serviette. Mach schon«, sagte er und gestikulierte mit beiden Händen.

Sie griff auf ihren Schoß und reichte ihm langsam die Serviette. Er griff sofort danach. Die Enttäuschung war ihm deutlich anzusehen, als er sie auseinanderfaltete und nichts herausfiel. Megan lachte schallend und klatschte dann in die Hände.

»Billy verpfuscht mal wieder alles!« rief sie aus und schlug die Hände über dem Kopf zusammen. In der Cafeteria wurden schlagartig alle Gespräche eingestellt, und alle sahen in unsere Richtung.

»Laß das«, sagte er zu ihr.

Megan hörte nicht auf zu klatschen, und das brachte einen der Jungen, die ich am Nachmittag beim Schach gesehen hatte, dazu, auch in die Hände zu klatschen. Sein Freund machte es ihm nach, und dann schloß sich der gesamte Tisch an. Schon bald klatschten alle, die klatschen konnten.

Billys Miene verzerrte sich vor Wut, und er warf Mary Beth die Serviette wieder zu. Dann stolzierte er durch die Cafeteria, bezog wieder seinen Posten und schrie die Patienten an, sie sollten ruhig sein. Schließlich hörte Megan auf zu klatschen, und kurz darauf folgten alle anderen ihrem Beispiel. Ein Junge brach jedoch bis zum Ende der Mahlzeit immer wieder ohne ersichtlichen Grund in Gelächter aus und applaudierte.

»Danke«, flüsterte Mary Beth mir zu.

»Das war ganz schön gerissen«, sagte Megan zu mir. »Du bist schnell von Begriff, und damit hast du ihren Hintern gerettet.«

Lawrence lächelte mich ebenfalls an, voller Stolz und Bewunderung und mit einem festeren Blick.

»Du solltest besser etwas essen, Mary Beth, denn sonst fühle ich mich noch verantwortlich und mache mir Vorwürfe, wenn du krank wirst«, sagte ich zu ihr.

Sie spießte ein Stück Fisch auf ihre Gabel, steckte es in den Mund und drehte sich zu Billy um, als sie demonstrativ darauf herumkaute. Er wandte angewidert den Blick ab.

»Billy ist ein solcher Trottel«, sagte Megan. Sie sah ihn noch einmal finster an, bis er ihr den Rücken zukehrte und seinen Blick auf andere Patienten richtete. »Mit seinen Drohungen kann er mich nicht einschüchtern. Er weiß genau, daß er mich nur anzurühren braucht, und ...«

Sie drehte sich wieder zu mir um, ließ ihren Satz abreißen und hörte auf zu essen.

»Was ist los mit dir?« fragte sie.

»Dieses Mädchen«, sagte ich und deutete auf ein Mädchen, das am anderen Ende der Cafeteria saß. »Was tut sie da?«

Megan schaute hin.

»Ach so, das ist Tamantha Stuart. Sie ist stumm. Sie weigert sich zu reden, und daher setzt sie diese Zeichensprache ein, um sich zu verständigen. Es ist vollkommen blödsinnig. Sie ist nicht taub. Ich begreife nicht, warum sie hier derart verhätschelt wird. Sie hätten ihr eine Schockbehandlung verabreichen sollen. Ich ... was ist?« fragte sie mich, als sie sah, daß mein Gesichtsausdruck noch eindringlicher wurde.

»Ich weiß, was sie mit den Händen sagt. Ich kann sie verstehen!« sagte ich. Ich war selbst erstaunt darüber.

»Im Ernst?«

»Das ist ja gräßlich«, sagte Lawrence. »Jemand, den du kennst, muß taub sein«, fügte er hinzu.

Ich sah ihn an. Es war, als sei eine massive, schwere Tür vielleicht einen Zentimeter weit geöffnet worden, und durch den Spalt strömte Licht hinaus. Ich glaubte, ein Gesicht zu sehen, das hinauslugte und mich durch die Dunkelheit anschaute. Aber wer war es?

Ich blinzelte mehrfach schnell hintereinander, ohne Einfluß darauf zu haben. Ich wollte sehen, wer sich hinter dieser Tür verbarg. Es war, als ränge ich verzweifelt darum, diese Tür weiter aufzureißen, nur ein klein wenig mehr, und ich zog und zog ... Ich hielt die Anstrengung nicht aus.

»Laura?« sagte Lawrence. »Ist alles in Ordnung mit dir?«

»Du bringst sie aus der Fassung«, sagte Megan.

»Was tue ich denn? Ich tue doch gar nichts«, stöhnte er. »Laura?« sagte er und wandte sich wieder an mich.

Plötzlich und ganz unerwartet überkam es mich. Ich hörte einen Schrei, den Schrei, der mir schon seit meiner Ankunft hier durch den Kopf spukte. Jemand rief nach mir und schrie verzweifelt um Hilfe.

Ich drehte mich blitzschnell auf meinem Stuhl um und sah hinter mich und nach allen Seiten.

»Was ist los?« fragte Lawrence. »Laura?«

»Jemand ... ruft nach mir ...«

Die Geräuschkulisse der Cafeteria verwandelte sich in das Tosen des Meeres. Überall um mich herum war Wasser. Der Wind persönlich rief meinen Namen: *Laura! Laura!*

Mein Herz fing an, heftig zu pochen. Ich spürte, wie sich der ganze Raum um mich drehte. Es war, als säße ich in einem Boot und nicht auf einem Stuhl, und das Boot wurde brutal von einer Richtung in die andere geschleudert. Ich packte die Tischkante und hielt mich daran fest.

»Nein!« rief ich aus. Ich schloß die Augen und fühlte deutlich, wie ich schwankte.

»Was hat sie denn?« hörte ich Lulu fragen.

Lawrence streckte einen Arm aus und berührte zaghaft meine Hand. »Ist alles in Ordnung mit dir?« fragte er. »Laura?« Seine Stimme verschmolz mit der Stimme in meinem Kopf, vor allem, als er meinen Namen noch einmal wiederholte. »Laura?«

Mir wurde übel. Ich schüttelte den Kopf, und dann begann mein ganzer Körper zu beben. Ich umklammerte die Tischkante so fest, daß das Geschirr zu klappern begann. Ein Glas fiel um.

Megan rief Lawrence etwas zu, weil ich nach hinten überkippte. Er packte meinen Stuhl, aber ich begann, seitlich hinunterzugleiten. Mein Körper kam mir vor, als hätte er sich in Flüssigkeit verwandelt und all meine Knochen seien geschmolzen. Ich ergoß mich über den Fußboden. Lawrence hielt mich fest, doch ich entglitt seinen Händen und fiel tiefer und immer tiefer und ruderte dabei wild mit den Armen. Billy und eine Pflegerin kamen an unseren Tisch geeilt.

»Was fehlt ihr? Hat sie Epilepsie oder so was?« fragte jemand. Es klang nach Megan.

Meine Zunge schwoll an, und ich bekam keine Luft. Ich spürte, wie ich zu sabbern begann, und dann fing ich an zu schreien, oder zumindest glaubte ich, daß ich schrie. Schließlich wurde alles schwarz vor meinen Augen.

Als ich diesmal erwachte, war ich wieder in meinem Zimmer. Ein Mann in einem weißen Arztkittel maß mir den Puls, und eine der Nachtschwestern stand neben ihm.

»Ihre Werte stabilisieren sich allmählich«, sagte er. »Laura? Wie geht es dir?«

Ich blinzelte mehrfach schnell hintereinander.

Seine Stimme hatte ein Echo.

»Laura, wie geht es dir?«

»Laura ... Laura ...«

»NEIN!« schrie ich, oder zumindest glaubte ich, daß ich schrie. Ich begann am ganzen Körper schrecklich zu zittern. Es war, als bräche das Bett unter mir in Stücke. »Ich sinke!«

»Halten Sie sie fest!« sagte der Mann. »Ganz ruhig ...«

Ich spürte einen Nadelstich in meinem Arm, und wenige Momente später spülte eine Woge von Dunkelheit über mich hinweg. Mein Körper versank tiefer und immer tiefer in dem

Bett. Ich fühlte mich, als sei ich gerade dabei, im Wasser zu versinken. Ich bemühte mich verzweifelt, das Bewußtsein nicht zu verlieren, aber die Schwärze kam mir entgegengeströmt, eine Woge nach der anderen, und jede dieser Wogen stieß mich tiefer hinunter. Der Klang meines Namens verhallte, und dann schlief ich ein.

Als ich wieder wach wurde, strömte Sonnenschein durch die Gardinen. Ich hörte das Geräusch von laufendem Wasser, und dann tauchte eine Krankenschwester mit einem Waschlappen und einer Schüssel Wasser aus dem Bad auf. Während ich immer noch unablässig blinzelte und angestrengt versuchte, irgend etwas wahrzunehmen, was ich begreifen konnte, legte sie mir den Lappen aufs Gesicht.

»Jetzt bist du also endlich wach. Das ist gut«, sagte sie und verzog die Lippen. »Ich habe gehört, daß du mal wieder allen Schwierigkeiten gemacht hast.«

Sie nahm den Lappen von meiner Stirn und sah auf mich herunter. Ich machte den Mund auf, aber meine Stimme versagte. »Erzähl mir, was passiert ist. Wie fühlst du dich jetzt? Hast du Schmerzen? Ist dir übel? Na los, was ist?« fragte sie barsch, als ich weiterhin stumm blieb. »Hast du Hunger?«

Ich dachte darüber nach. Ein wenig hungrig war ich schon, aber als ich ja sagen wollte, tat sich nichts.

»Was ist?« fragte sie. »Kannst du heute morgen nicht sprechen?«

Sprechen, dachte ich. Konnte ich jemals sprechen? Ich versuchte, etwas zu sagen, und es kam nur ein kehliger Laut heraus. Die Krankenschwester schien überrascht zu sein.

»Was ist?« fragte sie.

Ich hob die Hände, und so selbstverständlich, wie andere Leute reden, setzte ich an, mich in Zeichensprache verständlich zu machen.

»Was zum ...« Sie trat einen Schritt zurück und beobachtete, wie ich mit den Händen sprach.

»Ja, ich habe Hunger«, sagte ich zu ihr, »aber wo bin ich?« fragte ich dann.

Sie schüttelte den Kopf.

»Das ist ja eine erstaunliche Wende«, sagte sie. Sie schien ziemlich beeindruckt zu sein. »Der Arzt wird in einer Stunde hier sein. Wenn du etwas frühstücken möchtest, solltest du jetzt gleich aufstehen«, sagte sie.

Ich erklärte mich in Zeichensprache damit einverstanden und stand aus dem Bett auf. Ich fühlte mich matt und ausgelaugt, aber ich war kräftig genug, um stehen zu können.

»Letzte Nacht sind mehr Kleider für dich gebracht worden«, sagte sie zu mir. »Anscheinend sind sie alle noch brandneu. Sämtliche Preisschilder sind noch dran. Ein Teil davon hängt im Schrank, der Rest ist in der Kommode. Such dir etwas aus, zieh dich an, und komm runter zum Frühstück«, sagte sie. »In Ordnung?«

Ich bejahte.

»Dann kannst du jetzt also nicht mehr reden, wenn ich das richtig sehe? Na schön. Es könnte gar nichts schaden, wenn es hier etwas ruhiger würde« sagte sie. »Ich sehe dich dann in der Cafeteria. Zieh dich an«, befahl sie mir und verließ das Zimmer, ehe ich fragen konnte, wo die Cafeteria war.

Meine Verwirrung hatte Ähnlichkeit mit einer gewaltigen Rauchwolke, die mich einhüllte und um mich herum kreiste. Ich bewegte mich langsam und unsicher und machte in dem Zimmer und im Bad Entdeckungen, als sei ich noch nie hier gewesen. Wie lange war ich schon hier? Und wo war dieses Hier? Im Bad blieb ich vor dem Spiegel stehen und schaute mich an. Das Gesicht, das ich vor mir sah, schien sich vor meinen Augen zu verändern, und einen Moment lang glaubte ich, einen Jungen zu sehen. Dieser Eindruck hielt nur für ein oder zwei Sekunden an und verschlug mir doch den Atem und ließ mein Herz rasend pochen.

Nachdem ich mich angezogen hatte, streckte ich den Kopf

zur Zimmertür hinaus und sah mich nach beiden Richtungen im Korridor um. Die Sonnenstrahlen, die durch die Fenster drangen, ließen den Fußboden blinken. Plötzlich ging die Tür auf, die mir gegenüberlag, und ein Mädchen, das etwa in meinem Alter sein mußte, kam heraus. Sie war krankhaft mager.

»Wie geht es dir?« fragte sie freundlich. »Gestern abend waren wir alle krank vor Sorge um dich.«

»Ich weiß es nicht«, sagte ich mit den Händen. Sie lächelte mich an, doch ihr Lächeln verflog gleich wieder.

»Warum tust du das?« fragte sie.

»Warum tue ich was?« fragte ich zurück. Sie schien mich zu verstehen.

»Warum redest du mit den Händen, in Zeichensprache?« fragte sie. »Ist mit deiner Stimme etwas nicht in Ordnung? Kannst du nicht sprechen?«

Ich schüttelte den Kopf. Sie starrte mich an; ihr Gesicht war so schmal, daß es aussah, als schwämmen ihre Augen in den Augenhöhlen. Durch die dünne Haut konnte ich sogar die Kieferknochen und die Wangenknochen sehen. Ihr ging etwas durch den Kopf, und dieser Gedanke ließ ein seltsames, zartes Lächeln auf ihre Lippen treten.

»Du siehst mich so an, als könntest du dich nicht an mich erinnern«, sagte sie und fragte dann: »Erinnerst du dich noch an mich?« Ich schüttelte den Kopf. »Ich bin Mary Beth.«

»Und wer bin ich?« fragte ich sie, indem ich erst auf mich deutete und dann die Hände hob und den Kopf schüttelte, damit sie meine Frage verstand.

»Du weißt nicht, wer du bist?« Nachdem ich nachdrücklich den Kopf geschüttelt hatte, sagte sie: »Du bist Laura Logan. Mehr weiß ich nicht über dich, weil du dich an nichts erinnern konntest, als du hier eingeliefert worden bist, und deshalb konntest du uns auch nichts über dich erzählen«, sagte sie »Das ist ja furchtbar«, fügte sie hinzu und sah sich im Gang nach jemandem um, als sei ich verletzt und blutete.

Ich rieb mir den Bauch und deutete auf meinen Mund.

»Du hast Hunger?«

Ich nickte, und sie faßte sich wieder.

»Komm mit«, sagte sie. »Na, komm schon«, drängte sie mich, als ich nicht gleich reagierte, und nahm mich an die Hand. Hand in Hand liefen wir gemeinsam durch den Korridor zur Cafeteria.

»Wie geht es ihr?« fragte ein dunkelhaariges Mädchen an dem Tisch, an den mich Mary Beth geführt hatte, sowie wir dort auftauchten. Der gutaussehende Junge neben ihr blickte interessiert auf, und dasselbe galt auch für das junge Mädchen, das auf der anderen Seite neben der Dunkelhaarigen saß.

»Sie kann nicht reden. Sie verwendet Zeichensprache, und sie hat alles vergessen, Megan. Und diesmal nicht nur alles, was mit ihr zu tun hat. Jetzt weiß sie nicht mehr, wer wir sind und wo sie ist. Sie weiß überhaupt nichts mehr!« jammerte Mary Beth.

»Oh, nein, bloß das nicht«, sagte Megan und sah sich nach den Wärtern um, die in einem Grüppchen zusammenstanden und sich miteinander unterhielten. »Sie werden sie bestimmt in den Turm stecken und sie gleich neben Lydia Becker unterbringen, soviel steht fest. Sieh mal, Laura, ich bin Megan, Megan Paxton. Das hier ist Lawrence, und das ist Lulu. Du bist in der Klinik. Du gehst dort drüben hin und holst dir das, worauf du Appetit hast, und dann kommst du hierher zurück. Tu so, als könntest du dich an alles erinnern, ja?«

Ich sah Lawrence an, dessen besorgte Miene Eindruck auf mich machte. Dann nickte ich.

»Wenn du denen sagst, daß du alles vergessen hast, was mit der Klinik zu tun hat, dann wollen sie dich bestimmt mit anderen Methoden behandeln, vielleicht mit einer Elektroschocktherapie. Das könnte bedeuten, daß sie dich in den Turm sperren!«

Ich stellte mit den Händen eine Frage nach der anderen, aber niemand verstand mich. Ich wollte wissen, wie lange ich schon hier war. Und warum ich hier war. Woher war ich gekommen? Und was hatte es mit diesem Turm auf sich?

»Bist du ganz sicher, daß du heute nicht sprechen kannst?« fragte Megan und verzog das Gesicht. Ich schüttelte den Kopf.

»Na toll. Ich fürchte, du steckst in beträchtlichen Schwierigkeiten«, sagte sie. »Es ist schon schwer genug hier, auf sich aufzupassen, wenn man reden kann.«

»Ich stelle mich mit dir an«, erbot sich Mary Beth.

»Das ist, als würde ein Blinder einen Blinden führen«, scherzte Megan. »Wenn du ihr dabei hilfst, das Essen auszusuchen, wird sie verhungern.«

»Mach dir keine Sorgen. Ich kümmere mich darum, daß sie bekommt, was sie will«, beharrte Mary Beth.

»Ich kann sie hinbringen«, sagte Lawrence und stand auf.

»Ich auch«, sagte Lulu.

Warum waren bloß alle so besorgt um mich?

»Denk daran. Wenn ihr es so hinstellt, als sei sie hilflos, dann fällt es denen auf, und das war es dann«, warnte Megan. »Setz dich, Lulu.«

»Du brauchst nur hinter mir herzulaufen«, sagte Lawrence liebevoll. »Ich übernehme das Reden, und du nickst nur, einverstanden?«

»Urplötzlich kann er anderen helfen. Bisher konnte er sich die eigenen Schnürsenkel nicht zubinden, wenn ihm jemand dabei zugesehen hat«, bemerkte Megan mit einem hämischen Lächeln.

Lawrence schenkte ihr keine Beachtung und wies mich an, ihm zu folgen.

»Ich verstehe ein bißchen Zeichensprache«, sagte er. »Und den Rest kann ich schnell lernen. Mach dir keine Sorgen. Ich werde dich beschützen«, versprach er mir.

Nachdem ich mir das Frühstück geholt hatte und an den Tisch zurückgekehrt war, fühlte ich mich etwas weniger unsicher und zaghaft. Ich hörte den Gesprächen der anderen zu, während ich saß. Ab und zu wandte sich Lawrence an mich und fragte, wie man bestimmte Dinge in Zeichensprache ausdrückte. Ich zeigte es ihm, und er prägte es sich eilig ins Gedächtnis ein.

Es gab noch jemand anderen, jemand in meiner Vergangenheit, der die Zeichensprache so schnell erlernt hatte, das wußte ich genau. Ich konnte vor meinen Augen sehen, wie ich es ihm beigebracht hatte. Wer war er? Alles, was ich tat, zog weitere Fragen dazu nach sich, wer ich war und wohin ich gehörte, und jede dieser Fragen fühlte sich wie eine Nadel an, die mich in die Seite stach, um meine Aufmerksamkeit für sich zu beanspruchen.

»Du solltest sie nicht noch dazu ermutigen«, warnte Megan Lawrence. »Sonst könnte es länger dauern, bis sie die Sprache wiederfindet.«

»Sie wird es schon schaffen«, sagte Lawrence und lächelte mich an.

»Hört euch das an. Doktor Lawrence Taylor. Mach deinen eigenen Laden auf, und häng dir ein Schild über die Zimmertür«, sagte Megan. Sie warf einen Blick auf die Tür und beugte sich dann zu mir vor. »Da kommt Mrs. Kleckner. Du solltest dich besser nicht allzu dumm anstellen«, riet sie mir.

»Wie geht es uns denn heute?« fragte Mrs. Kleckner, als sie an unserem Tisch stehenblieb.

»Wir sind fröhlich und munter, Mrs. Kleckner. Wir sind ein kleines Grüppchen von durch und durch glücklichen Idioten und Spinnern«, äußerte Megan mit einem breiten Lächeln.

»Besonders komisch ist das nicht gerade, Megan. Ich hoffe, das wird dir bald klarwerden. Um deinetwillen, aber auch um aller anderen willen«, fügte sie hinzu.

»Oh, ich werde mich bemühen, Mrs. Kleckner«, gelobte Megan mit einem unechten Lächeln auf den Lippen.

Mrs. Kleckner wandte sich an mich.

»Wie ich gehört habe, hast du die Stimme verloren.«

Ich sah Megan und Lawrence an, ehe ich Mrs. Kleckner ins Gesicht sah und nickte.

»Nun gut«, fuhr Mrs. Kleckner fort. »Du hast jetzt deinen Termin bei Doktor Southerby. Komm mit, Laura«, sagte sie. Ich sah die anderen an. Ihre Augen waren vor Sorge geweitet. »Viel Glück bei *deinem* Arzt«, sagte Megan, als ich aufstand. »Ich hoffe, *diesmal* läuft es besser für dich«, fügte sie hinzu, um mir zu sagen, daß es nicht mein erster Termin bei ihm war. Ich lächelte, bedankte mich in Zeichensprache und folgte Mrs. Kleckner.

Doktor Southerby war nicht in seinem Sprechzimmer, als ich hineingeführt wurde. Mrs. Kleckner wies mich an, vor dem großen Schreibtisch Platz zu nehmen, und dann ging sie. Ich saß still da und wartete, sah mir alles an und fragte mich, wie es sein konnte, daß ich schon einmal hier gewesen war. Nichts kam mir auch nur im entferntesten vertraut vor. Eine Seitentür ging auf, und Doktor Southerby trat ein. Er lächelte freundlich und kam auf seinen Schreibtisch zu.

»So«, begann er, sowie er sich gesetzt hatte, »wie ich gehört habe, hattest du einen kleinen Rückfall. Du hast die Stimme verloren?«

Ich wußte nicht, was ich sonst hätte tun können, und daher nickte ich.

»Du kannst in Zeichensprache mit mir reden«, sagte er. »Ich verstehe sie gut.«

Ich kam mir vor, als sei ich in einem fremden Land und hätte endlich einen anderen Menschen gefunden, der meine Sprache sprach. Die Fragen flossen so schnell aus mir heraus, daß meine Hände kaum mithalten konnten. Doktor Southerbys Augen folgten meinen Händen, und sein Lächeln wurde immer breiter, bis es fast von einem Ohr zum anderen reichte.

»Jetzt aber mal halblang«, rief er aus. »Immer schön eins nach dem anderen. Du bist in einer Klinik für Leute, die geistige und psychische Probleme haben. Diese Klinik ist vorwiegend für junge Leute da. Sie ist von einer Stiftung gegründet worden, die von reichen Leuten ins Leben gerufen worden ist, und inzwischen zählt sie zu einer der angesehensten und erfolgreichsten Institutionen ihrer Art im Nordwesten Amerikas, wenn ich das so sagen darf«, fügte er stolz hinzu. »Ich bin einer der Cheftherapeuten, und dein Fall ist mir zugeteilt worden.«

»Wie wir gestern bereits erörtert haben, hast du eine ernstzunehmende traumatische Erfahrung gemacht, die dein Gedächtnis in Mitleidenschaft gezogen hat. Du hast eine Form von totalem Gedächtnisschwund, aber es ist die Form von Amnesie, die nicht lange anhalten wird. In dem Punkt bin ich zuversichtlich.«

»Ja«, sagte er, nachdem ich ihm meine nächste Frage gestellt hatte, »als du hier angekommen bist, konntest du sprechen, aber du konntest dich an nichts erinnern, was mit deiner eigenen Person zu tun hat.«

Ich fragte mit den Händen: »Warum kann ich jetzt nicht mehr sprechen?«

»Das weiß ich noch nicht«, sagte er und wirkte dabei sehr nachdenklich »Ich bin selbst gerade erst dabei, etwas über deine Hintergründe zu erfahren, und die Informationen, die ich brauche, blieben leider bisher aus«, sagte er und verzog das Gesicht. »Aber da du die Zeichensprache so gut beherrschst, liegt es auf der Hand, daß sie mit deinen Hintergründen verknüpft ist. Jemand, der dir nahesteht, ist taub. Gibt das deinem Gedächtnis einen kleinen Anstoß?«

Ich dachte nach.

»Ja«, sagte ich dann, »aber im Moment kann ich mich so gut wie gar nicht an die Person erinnern.«

»Es wird dir wieder einfallen. Plötzlich wirst du jemand anderen vor dir sehen, der in Zeichensprache redet, und dann wirst du erkennen, wer es ist«, versprach er mir. »Bis dahin möchte ich, da wir beide nicht miteinander reden können«, sagte er und griff in eine Schreibtischschublade, um einen Notizblock herauszuziehen, »daß du alles aufschreibst, woran du dich erinnern kannst, alles, was dir durch den Kopf geht, und auch alles, was dir an dir selbst oder an den anderen Leuten hier auffällt, einfach alles«, sagte er und reichte mir den Block.

Ich nahm ihn eifrig entgegen.

»Ich weiß, daß du große Angst hast. Hast du Flashbacks? Hörst du Stimmen, die du nicht erkennst?«

Ich nickte.

»Anscheinend hast du einen gesunden Appetit. Das ist gut. Hast du taube Stellen oder Körperteile, die dir vorkommen, als seien sie von dir losgelöst?«

Ich schüttelte den Kopf.

»Gut. Und jetzt sage ich dir, was du von mir zu erwarten hast ... Ich werde versuchen, natürlich ganz langsam, das versteht sich von selbst, dich dahin zu bekommen, daß du das Trauma, das du erlitten hast, noch einmal durchlebst. Wir müssen jede unnötige Scham und jedes überflüssige Schuldbewußtsein von dir nehmen. Wenn du wütend wirst und schließlich trauerst, dann ist nichts dagegen einzuwenden, Laura. Wenn du dazu in der Lage bist, dann wirst du wieder ganz du selbst sein. Es könnte sein, daß ich Hypnose einsetze, aber das wird sich erst später zeigen, in Ordnung?« sagte er, und seine Stimme war wohltuend und tröstlich.

Ich nickte.

»Prima. Also gut, Laura«, sagte er, »laß uns jetzt gleich etwas tun. Wir wollen uns beide entspannen, und dann erzählst du mir alles, was dir durch den Kopf geht ... Worte, Bilder, einfach alles. Na los«, sagte er. »Mach die Augen zu und laß deine Gedanken ziellos umherschweifen.«

Ich tat es. Bilder zuckten vor meinen Augen vorüber, aber jeweils nur für einen Sekundenbruchteil. Ich sah Sand und Wasser, Gesichter, die ich nicht mit Namen in Verbindung bringen konnte, kleine Boote und Moosbeeren in einem Sumpf. All das schilderte ich ihm.

»Das ist prima, Laura. Das ist ein Fortschritt. In kurzer Zeit werden alle diese anscheinend unzusammenhängenden Bilder beginnen, sich für dich miteinander zu verknüpfen, und allmählich wirst du einen Sinn darin erkennen. Du bist schon auf dem Heimweg, das versichere ich dir«, sagte er.

»Es ist das beste für dich, wenn du dich hier entspannst. Nutze unsere Einrichtungen, halte alles in deinem Notizbuch fest, und ruh dich aus. Du wirst dich selbst heilen«, sagte er. Seine Worte klangen so zuversichtlich und aufrichtig, daß mir gleich wohler zumute war.

Er sprach über andere Patienten mit ähnlichen Problemen und erzählte mir, wie sie sie bewältigt hatten und anschließend wieder in ein aktives und gesundes Leben zurückgekehrt waren. Er versicherte mir, das, was mir fehlte, hätte ein absehbares Ende, und wenn ich erst einmal von hier fortginge, würde ich nie mehr in die Klinik zurückkehren.

»Versuch, etwas zu mir zu sagen, ehe wir uns für heute verabschieden, Laura«, schloß er. Er stand auf und kam auf mich zu, nahm meine Hand in seine und sah mir so eindringlich in die Augen, daß ich den Blick nicht abwenden konnte. »Mach schon, sag deinen Namen. Probier es«, drängte er mich.

Ich machte den Mund auf und bewegte die Lippen.

»So ist es gut«, ermutigte er mich. »Weiter so.«

Meine Zunge hob sich und fiel wieder herunter. Ich spürte, wie sich die Muskeln in meinem Hals und in meiner Kehle anspannten.

»Lawww.« Ich fing an zu würgen. Tränen brannten unter meinen Lidern, und ich spürte, daß meine Wangen rot wurden und vor Hitze glühten.

»Schon gut, schon gut«, sagte er und tätschelte meine Hand. »Das war doch immerhin ein Anfang. Du wirst wieder sprechen können.«

Er tätschelte meine Hand ein letztes Mal und kehrte zu seinem Stuhl zurück.

»Ich muß Nachforschungen über dich anstellen, Laura. Ich habe Anrufe zu machen, um an die Informationen zu kommen, die ich brauche. Wir beide treffen uns morgen wieder«, sagte er, »und in spätestens einer Woche werden sich drastische Veränderungen vollziehen. Ja?«

Ich nickte und lächelte ihn an. Ich beschloß, er sei ein sehr netter junger Arzt, jemand, dem ich wahrscheinlich vertrauen konnte, nur gab es im Moment nichts, was ich ihm hätte anvertrauen können, von meinen momentanen Empfindungen abgesehen. Er stand wieder auf und führte mich zu seiner Sekretärin.

»Mrs. Broadhaven ist gestern nicht dazu gekommen, dich in Ruhe durch das Haus zu führen, Laura. Sie täte es gern jetzt, wenn es dir recht ist.«

Ich nickte, und die hübsche Frau erhob sich und lief vor mir her.

»Wir haben hier ein sehr nettes Atelier für Kunst und Kunsthandwerk«, erklärte sie. »Es ist am anderen Ende des Korridors untergebracht, hinter dem Aufenthaltsraum.«

Durch die Tür fiel mein Blick auf einige Patienten, die sich etwas im Fernsehen anschauten, Schach spielten und lasen. Im Hintergrund spielte ein junger Mann mit einem Pfleger Tischtennis.

»Hier ist das Atelier«, sagte sie und blieb vor einer anderen Tür weit hinten im Korridor stehen. Ich schaute hinein und sah Megan, die einen Kittel übergezogen hatte und grob auf eine weiche Tonfigur einhieb, die sie gerade formte. Lulu und Mary Beth saßen an einem Tisch in der Ecke und malten mit Wasserfarben. Eine große Frau mit wunderbarem rotem Haar und einem milchweißen Teint kam auf uns zu.

»Das ist Laura«, sagte Mrs. Broadhaven. »Ich führe sie gerade herum, aber es kann gut sein, daß sie nachher hierher zurückkommt«, fügte sie hinzu, da sie mein Interesse bemerkt hatte. »Laura, das ist Miss Dungan, unsere Kunsttherapeutin.«

»Hallo, Laura«, sagte sie und hielt mir ihre Hand hin. »Es liegt ganz allein bei dir, mit welchem Material du gern arbeiten möchtest: Ton, Ölfarben, Wasserfarben, Holz. Wir können auch keramische Erzeugnisse herstellen.«

Ich nahm etwas Vertrautes wahr. Ich kenne einen Künstler, dachte ich, aber ich konnte mich nicht an seinen Namen erinnern. Miss Dungan fiel auf, wie gebannt ich Megans Skulptur anstarrte.

»Möchtest du dich heute an Ton versuchen?« fragte sie.

»Es könnte dir dabei helfen, dich an Dinge zu erinnern«, warf Mrs. Broadhaven ein.

Ich nickte.

»Ich bringe sie gleich zu Ihnen«, sagte Mrs. Broadhaven zu Miss Dungan.

Dann zeigte sie mir die Bibliothek. Dort sah ich Lawrence an einem Tisch sitzen und über einem Buch brüten. Er hatte einen kleinen Stapel Bücher vor sich liegen. Sowie er uns sah, errötete er.

»Unsere Bibliothek ist unser besonderer Stolz, Laura«, sagte Mrs. Broadhaven. »Sie kann sich an den Bibliotheken vieler kleiner Colleges messen. Das stimmt doch, Lawrence?« fragte sie ihn.

»Was? Ach so ... ja«, sagte er. Ich hatte den Eindruck, daß er sich fürchtete, und ich fragte mich, warum. Seine Augen glitten hektisch durch den Raum, und ich sah, daß seine Hand zitterte.

»Worauf hast du jetzt die größte Lust, Laura? Möchtest du wieder ins Atelier?« fragte Mrs. Broadhaven. Entweder sie sah nicht, was mir an Lawrence auffiel, oder sie sah bewußt darüber hinweg.

Ich nickte und sah mich noch einmal nach Lawrence um, dessen Augen jetzt hinter seinen Händen verborgen waren.

Dann verließen wir die Bibliothek, um ins Atelier zurückzukehren. Miss Dungan gab mir einen Kittel und setzte mich mit einem Klumpen Ton an einen der Tische. Nachdem sie mir gezeigt hatte, wie man mit den Werkzeugen umgeht, ging sie, um sich um andere Patienten zu kümmern. Megan, die in die Arbeit an ihrer Skulptur vertieft gewesen war, machte eine Pause und kam rüber, um sich neben mich zu setzen. Sie sah erst meinen formlosen Klumpen an und dann mich.

»Sie hoffen, daß du dich verrätst und etwas formst, was sie analysieren können, du weißt schon. Sie wollen in deinen Kopf kriechen und dich sezieren wie einen Frosch.« Sie lachte. »Ich weiß, welche Antwort Doktor Thomas jedesmal von mir erwartet, wenn ich eine Skulptur geformt habe. Er lehnt sich zurück und nickt, nickt gleich noch einmal und fragt mich dann, was meine Figur meiner Meinung nach darstellen soll. Ohne zu zögern, sage ich: ›Ein Phallussymbol.‹ Du weißt schon«, fügte sie hinzu, als ich nichts darauf erwiderte: »Ein Penis.« Sie lachte. »Und dabei stimmt das gar nicht. Ich versuche, etwas ganz anderes zu formen, aber bloß weil alles, was ich forme, vage daran erinnert ...«

Sie unterbrach sich und sah mich kopfschüttelnd an.

»Wie lange wirst du stumm sein? Ich rede ohnehin schon zuviel mit mir selbst. Kannst du nicht einfach mit mir reden und dich den anderen gegenüber stumm stellen? Vergiß es«, fügte sie schnell hinzu. »Tu, was du für richtig hältst. Das tun hier alle.«

Sie wandte den Blick ab, und als sie sich wieder zu mir umdrehte, verblüffte mich der irre Ausdruck, den ich in ihren Augen sah.

»Heute ist Besuchstag, verstehst du. Da kommen sie alle, um ihren heiß und innig geliebten Kindern bei der therapeutischen Arbeit und beim therapeutischen Spiel zuzusehen. Meine Mutter wird wahrscheinlich nicht kommen. Daß mein Vater ganz bestimmt nicht kommt, weißt du ja. Nein, du weißt es nicht, aber ich sage dir, er wird nicht kommen. Vielleicht kommt meine Mutter ja doch«, fügte sie hinzu. Sie sah mich an. »Ich frage mich, ob du Besuch bekommst«, sagte sie.

Und plötzlich gab es für mich keine faszinierendere Vorstellung mehr als diese.

Den ganzen Tag über trafen Besucher ein. Einige von ihnen verbrachten die Zeit mit ihren Kindern in der Eingangshalle oder im Aufenthaltsraum, doch die meisten gingen ins Freie und machten einen Spaziergang im Garten. Ich sah, daß Lawrences Vater und Mutter kamen, um ihn zu besuchen. Es war ein elegant gekleidetes Ehepaar. Sein Vater war groß, knapp einen Meter neunzig, und sein Haar wurde schon grau. Als er sich umdrehte und in meine Richtung sah, konnte ich erkennen, daß er ein markantes, gutgeschnittenes Gesicht hatte. Seine Züge wiesen viel Ähnlichkeit mit Lawrence auf. Seine Mutter war eine attraktive Frau, die das hellbraune Haar zu einem modischen Nackenknoten aufgesteckt hatte. Sie trug ein hübsches, geblümtes Kleid und schwarze Lackschuhe mit hohen Absätzen. Von dort aus, wo ich saß, kam es mir so vor, als sagte Lawrence gar nichts und seine Eltern redeten unablässig. Gelegentlich nickte Lawrence, und dann drehte er sich um und sah, daß ich ihn und seine Eltern durch die Scheibe des Ateliers anstarrte. Er wirkte verlegen, lächelte mich aber trotzdem an und hob dann die Hand, um mir zuzuwinken. Ich winkte lächelnd zurück. Seine Eltern sahen in meine Richtung, und Lawrence drehte sich schnell wieder um und lief weiter. Der Blick seiner Mutter verweilte einen Moment auf mir, ehe sie sich ihm und seinem Vater wieder anschloß.

Anschließend erhaschte ich einen Blick auf Mary Beth, die mit ihrer Mutter spazierenging. Mary Beth lief mit gesenktem Kopf neben ihr her, und ihre Mutter redete so schnell auf sie ein, daß es wirkte, als hielte sie ihr einen Vortrag. Ihre Mutter war eine sehr hübsche Frau, groß und schlank mit schulterlangem blondem Haar, das leicht gewellt um ihr Gesicht fiel. Als sie um eine Ecke bogen und aus meiner Sicht verschwanden, hatte Mary Beth nicht ein einziges Mal den Kopf gehoben, und ihre Mutter hatte ihren Vortrag keinen Augenblick unterbrochen.

Megan, Lulu und ich blieben im Atelier und beschäftigten uns dort den ganzen Nachmittag. Lulu bekam keinen Besuch, und Megan hatte mich wissen lassen, ihre Mutter hätte Bescheid gegeben, sie könne heute nicht kommen.

»Es ist nicht schwer zu erraten, warum ihr mein Anblick verhaßt ist«, murmelte Megan, die wieder neben mir saß, während ich an meiner Skulptur arbeitete. »Sie schiebt mir die Schuld an dem zu, was mein Vater mir angetan hat. Kannst du dir das vorstellen? Sie läßt sich scheiden und wirft mir ihr jetziges Leben vor. Ich weiß, daß es wahr ist. Du brauchst mich gar nicht so anzusehen. Der Arzt stimmt mir in dem Punkt zu. Oh, nein, er rückt nicht etwa mit der Sprache heraus und sagt es wortwörtlich, aber er hat meine Mutter kennengelernt und ist meiner Meinung. Na und? Soll sie mir ruhig die Schuld zuschieben. Wer braucht schon meine Mutter?« sagte sie.

»Was hat dein Vater dir denn getan?« fragte ich in Zeichensprache.

»Was?« sagte sie, als merkte sie plötzlich, daß sie mit mir geredet hatte. »Was willst du sagen? Ich kann diese blöden Handbewegungen nicht verstehen. Ich begreife nicht, warum du plötzlich nicht mehr reden kannst. Ich dachte schon, endlich hätte ich jemanden, der Grips im Kopf hat und mit dem ich reden kann, und was tust du? Du verlierst deine Stimme und fuchtelst nur noch mit den Händen rum. Was sagst du da?«

»Sie fragt dich nach deinem Vater«, sagte Miss Dungan, als sie mit einem Packen Zeichnungen im Arm an uns vorbeikam.

»Mein Vater?« Megan wandte sich an mich. »Warum interessierst du dich plötzlich so sehr für ihn? Du glaubst wohl, ich denke mir das alles nur aus. Ist es das?«

Ich schüttelte energisch den Kopf.

»Kümmere dich um deine eigenen Angelegenheiten«, fauchte sie und kehrte zu ihrer Tonfigur zurück. Plötzlich begann sie, wie eine Irre darauf einzuschlagen.

Miss Dungan eilte an ihre Seite.

»Megan, was tust du da? Bitte, Schätzchen, hör auf damit«, sagte sie mit ruhiger Stimme. Megan hieb weiterhin auf den Ton ein, bis er jede Form verloren hatte. Dann ließ sie sich auf ihren Stuhl fallen und fing an zu lachen.

»Tut mir leid«, sagte sie. »Es sieht so aus, als gäbe es diese Woche nichts zum Analysieren.«

Sie lachte wieder, und dann fing sie an zu weinen, aber seltsamerweise blieb ihr Gesicht vollkommen regungslos; auch ihre Lippen verzogen sich nicht, obwohl ihr Tränen aus den Augen flossen.

»Du solltest dich am besten eine Zeitlang ausruhen, Schätzchen«, sagte Miss Dungan und legte Megan einen Arm um die Schultern. »Komm mit«, drängte sie. Megan stand auf und ließ sich von ihr aus dem Atelier führen.

Ich beschäftigte mich eine Weile mit meiner eigenen Skulptur, und als ich zum Fenster hinausschaute, sah ich, daß Lawrences Eltern gegangen waren. Er saß allein auf einer Bank und starrte mich durch die Fensterscheibe an.

Als Miss Dungan zurückkam, fragte ich sie, ob ich jetzt rausgehen dürfte.

»Ich denke schon. Ja, sicher«, sagte sie. »Wir lassen alles so, wie es ist, und du kannst dann morgen weitermachen, ja?«

Ich nickte und verließ das Atelier. Lawrence blickte auf und lächelte freundlich, als ich auf ihn zukam.

»Hallo«, sagte er. »Wie gedeiht dein Kunstwerk?«

Ich schüttelte den Kopf.

»Ich würde es nicht direkt als ein Kunstwerk bezeichnen«, sagte ich in Zeichensprache. Er schien mich zu verstehen; jedenfalls nickte er. Mir gefiel, daß er nicht versuchte, mich vom Gegenteil zu überzeugen und mir einzureden, ich sei begabt.

»Hast du Lust, einen Spaziergang zu machen? Wenn wir diesen Weg dort bis zum Ende laufen, können wir das Meer sehen.«

Ich drehte mich um und sah in die Richtung, in die er wies.

»Es ist noch sehr angenehm draußen«, fuhr er fort. »Meine Eltern mußten früh aufbrechen. Sie haben eine gesellschaftliche Verpflichtung, die sie nicht absagen können. So ist es meistens.«

Ich drehte mich zu ihm um, da ich das Mißvergnügen in seiner Stimme hörte.

»Sie sind ohnehin nicht wild darauf herzukommen. Es ist ihnen peinlich. Ich bin das einzige Familienmitglied, das jemals in der Klapsmühle gelandet ist. Oh, so war es nicht gemeint«, sagte er eilig. »Ich meine, ich halte dich nicht für bekloppt. Ich spinne, Megan spinnt sowieso, aber du doch nicht.«

»Aber irgend etwas stimmt nicht mit mir«, bedeutete ich ihm. Ich zeigte auf meinen Kopf und schüttelte ihn.

»Ganz gleich, was dir fehlt, es wird sich leicht heilen lassen. Du wirst nicht annähernd so lange hierbleiben, wie ich jetzt schon hier bin, das steht für mich fest. Wollen wir spazierengehen?«

Ich zögerte, weil es mir aus irgendwelchen Gründen widerstrebte, doch schließlich willigte ich ein, und wir liefen den Weg hinunter.

»Mein Vater ist Börsenmakler«, sagte er. »Und noch dazu ein sehr erfolgreicher. Er hat einige sehr namhafte Klienten. Ich weiß nicht genau, wie reich wir sind, aber ich weiß, daß wir wirklich sehr reich sind. Meine Mutter kauft normalerweise alles, was sie haben will. Du müßtest ihr Ankleidezimmer sehen. Es ist so groß wie das Schlafzimmer anderer Leute, und es ist voll mit Schränken. Sie hat sogar einen Schminktisch darin stehen.«

Ich lächelte.

»Ich übertreibe nicht«, sagte er. »Als ich ein kleiner Junge war, habe ich mich dort versteckt. Sie hat immer wieder nach mir gerufen. Dort hängen Kleider, von denen das Preisschild nicht entfernt worden ist. Ich glaube nicht, daß sie sich auch nur an die Hälfte der Kleider erinnert, die sie kauft.

Und ihren Schmuck müßtest du sehen. Mit dem, was sie besitzt, könnte man einen kleinen Laden eröffnen. Was ist mit deiner Mutter? Hast du schon versucht, dich an sie zu erinnern? Hast du in einem großen Haus gewohnt?«

Ich dachte nach und schüttelte den Kopf.

»Nein? Das ist aber seltsam. Ich wette, deine Mutter wird wahrscheinlich der erste Mensch sein, an den du dich erinnerst. So, da wären wir«, sagte er und blieb stehen. Ich blickte auf.

Durch die hohen Ahornbäume konnte ich das Meer sehen, das in der späten Nachmittagssonne blau schimmerte.

Ich wich zurück.

»Was ist?« fragte er.

Ich schüttelte den Kopf.

»Du fürchtest dich vor dem Meer?« Er dachte einen Moment lang nach. »Dann muß es etwas mit dem zu tun haben, was dir zugestoßen ist. Ich habe heute morgen einiges über deine Probleme nachgelesen. Ich konnte es in der Bibliothek nachschlagen. Ich war gerade dabei, als du mit Mrs. Broadhaven reingekommen bist. Deine einzige Möglichkeit, wieder gesund zu werden, besteht darin, daß du dich mit dem auseinandersetzt, was vorgefallen ist«, sagte er. »Und genau darin besteht Doktor Southerbys Aufgabe – dich dazu zu bringen.«

Er schaute auf das Meer hinaus und sah dann mich an.

»Willst du versuchen, näher an das Meer heranzukommen? Vielleicht wird es deine Erinnerung wieder aufleben lassen und ...«

Ich schüttelte energisch den Kopf.

»In Ordnung«, sagte er. »Dann sollten wir vielleicht besser umkehren?«

Ich nickte, riskierte jedoch noch einen Blick auf das Wasser. Bilder begannen, vor meinen Augen vorbeizumarschieren: Gesichter, Hummerreusen, Boote, der Strand, ein Moosbeersumpf, jemand, der sang, und dann rief jemand meinen Namen, flüsterte ihn erst und rief dann lauter und immer lauter nach mir. Es schien, als ... als riefe ich mich selbst.

Ich spürte, wie die Anstrengung, den Namen eines anderen Menschen auszusprechen, meine Kehle zuschnürte.

Lawrence riß die Augen weit auf, als ich mir die Hände auf den Hals preßte und den Kopf schüttelte.

»Fehlt dir was, Laura? Stimmt etwas nicht?«

Impulsiv warf ich mich in seine Arme und begrub das Gesicht an seiner Schulter, während ich schluchzte und aus Gründen weinte, die ich nicht erklären konnte. Ich wollte nichts weiter als weinen und immer mehr weinen, bis der Quell meiner Tränen versiegt war.

Anfangs stand Lawrence nur da, ließ die Arme an seinen Seiten herunterhängen und wußte nicht, was er tun sollte. Dann umarmte er mich zögernd und hielt mich fest, küßte mein Haar und meine Schläfen, streichelte meinen Rücken und wiederholte immer wieder meinen Namen.

»Laura ... Laura ...«

Endlich ließ mein Schluchzen nach, und ich löste mich langsam von ihm. Er schien sehr froh und gleichzeitig äußerst besorgt zu sein.

»Ist es jetzt wieder gut?«

Ich nickte, und er wischte mir mit seinem Taschentuch die Tränen von den Wangen.

»Ich bringe dich jetzt besser zurück, ehe sie sich auf die Suche nach uns machen«, sagte er.

Er drehte mich um und nahm meine Hand. Wir machten uns auf den Rückweg. Diesmal sah ich mich nicht nach dem Meer um, warf keinen Blick darauf, nicht einmal für eine Sekunde. Ich war froh, als es hinter uns verschwand, aber ich wußte, daß ich bald, sogar schon sehr bald, zurückkehren mußte, vielleicht ganz allein, um auf das Wasser hinauszustarren, bis sich die Wahrheit und mein Gedächtnis aus den Ketten befreiten, mit denen ich sie gefesselt hatte.

Erst dann konnte auch ich meine Fesseln abwerfen.

13

Kurz vor dem Ziel

In der darauffolgenden Woche hatte ich drei Sitzungen mit Doktor Southerby. Es freute ihn zu sehen, daß ich seinen Rat befolgte und meine Gedanken und Gefühle in dem Notizbuch festhielt. Die ersten zehn Minuten brachte er damit zu, meine Notizen zu lesen, und dann stellte er Fragen zu den Dingen, die ich aufgeschrieben hatte, doch er bestand nie darauf, eine Antwort aus mir herauszuholen, wenn ich die Anzeichen von Abwehr aufwies. Ich handhabte die Zeichensprache so spontan und anmutig, daß er im Scherz sagte, ich müsse früher einmal taub gewesen sein. Dann wurde er ernst und meinte, daß ich wohl täglich mit einem tauben Menschen Umgang hatte.

»Das klingt doch logisch, meinst du nicht auch, Laura?«

Ich nickte, obwohl ich eigentlich nicht darauf eingehen wollte. Er hatte eine Art an sich, seine gütigen Augen fest auf mich zu richten und sie keinen Moment von mir zu lösen, aber es lag nichts Einschüchterndes in seinem Blick. Dieser Blick nahm mich gefangen, ein Blick, aus dem Aufrichtigkeit und echtes Mitgefühl sprachen, und daher war es mir kaum möglich, mich von ihm abzuwenden. Seine Augen übten einen hypnotischen Bann auf mich aus. Während unserer dritten Sitzung beschloß er auch tatsächlich, Hypnose zur Behandlung einzusetzen. Ich hatte keine Ahnung, ob er etwas in Erfahrung brachte. Im einen Moment sah ich noch starr vor mich hin, und im nächsten blinzelte ich und fragte mich, wie lange ich wohl schon in seinem Sprechzimmer war. Hatte er mich dazu gebracht, unter dem Einfluß der Hypnose zu sprechen? Wenn ja, dann erwähnte er es hinterher mit keinem Wort.

»Es ist ein sehr gutes Zeichen, daß deine Ängste sich legen, Laura, vor allem die Angst davor, hier zu sein«, erklärte er mir, nachdem ich eingewilligt hatte, mich hypnotisieren zu lassen. »Vertrauen ist eine grundlegende Voraussetzung, denn sonst machen wir keine Fortschritte und können deine Probleme nicht lösen.«

Ich lächelte und nickte dann. Ich vertraute ihm von Mal zu Mal mehr, und ich freute mich sogar auf unsere Sitzungen. Einige der anderen fanden das äußerst seltsam, vor allem Megan.

»Das ist, als würde es dir Spaß machen, wenn dir jemand einen Finger durch die Schädeldecke bohrt und in deinem Gehirn rummacht«, sagte sie, nachdem sie mir ein paar Fragen zu den Sitzungen gestellt hatte und sich darüber klargeworden war, daß ich wirklich gern mit Doktor Southerby redete und ihm zuhörte.

Als sie erfuhr, daß ich ihm erlaubt hatte, mich zu hypnotisieren, drehte sie vollständig durch.

»Bist du total verrückt? In dem Zustand kriegst du doch nichts mehr mit, und du hast keine Ahnung, was er so lange tut. Vielleicht hat er dich nackt ausgezogen«, fügte sie hinzu. Ich fing an zu lachen, und ihr Gesicht verzog sich, aber nicht etwa vor Wut, sondern eher aus tiefer Traurigkeit heraus.

Ich versuchte es ihr zu erklären, in Zeichensprache natürlich. Ich wollte ihr begreiflich machen, was für ein guter Mensch Doktor Southerby war und daß er so etwa nie täte, aber ihr traten jetzt schon Tränen in die Augen.

»Ich dachte, du seist anders. Ich dachte, du würdest mir glauben, verstehen, was hier los ist. Alle anderen lachen mich ja doch nur aus.«

Ich schüttelte den Kopf.

»Ich lache dich nicht aus«, bedeutete ich ihr.

Dennoch strömten die Tränen bereits über ihre Wangen. Sie hatte die Hände zu winzigen Fäusten geballt, und einen Moment lang fürchtete ich, sie würde mich schlagen.

»Merk dir meine Worte«, fuhr sie mich an. »Eines Tages wird es dir noch leid tun, daß du nicht auf mich gehört hast. Ich versichere dir, es wird dir noch leid tun«, schloß sie, und ihre Stimme war so kräftig und haßerfüllt, als verkündete sie mein Todesurteil. Dann stolzierte sie in einer aufrechten Haltung und so steif wie ein Zinnsoldat aus dem Raum. In der letzten Zeit tat sie das immer öfter. Sie ließ uns alle stehen, zog sich ganz allein zurück und schloß ihre Zimmertür oder ging im Garten spazieren und mied jeden Kontakt zu anderen Menschen.

Meine eigenen depressiven Phasen waren jetzt seltener, und auch meine Nervosität hatte sich gelegt. Die Flashbacks und die inneren Stimmen dagegen ließen sich nicht zum Schweigen bringen. Doktor Southerby spornte mich dazu an, soviel wie möglich über die Erscheinungen nachzudenken, die ich in meinem Tagebuch beschrieben hatte. Er erforschte meinen Geist und tastete sich immer weiter vor. Seine Anregungen und Fragen ähnelten einem Skalpell in der Hand eines geschickten und erfahrenen Chirurgen, der ganz genau wußte, wann er etwas hervorziehen durfte und wann es ratsamer schien, etwas hineinzudrücken. Wenn mir etwas zu nahe ging und ich überempfindlich darauf reagierte, begannen meine Lippen zu zittern. Tatsächlich dauerte es dann nicht mehr lange, bis ich von Kopf bis Fuß zitterte und mein Herz so heftig schlug, daß mir das Atmen schwer fiel.

Dann hörte er sofort auf, legte mir eine Hand auf die Schulter und forderte mich auf, die Augen zu schließen und tief durchzuatmen. Hinterher wechselte er das Thema, und innerhalb kürzester Zeit entspannte ich mich wieder. Während der vierten Sitzung bat er Miss Dungan, das Stickbild reinzubringen, das ich fertiggestellt hatte, und wir sprachen über das Bild und auch darüber, warum es mir so gut gefiel und woran ich dachte, wenn ich es ansah.

Inzwischen verbrachte ich den größten Teil meiner Freizeit im Atelier. Während meines zweiten Besuchs dort war ich vom

Töpfern zum Sticken übergegangen. An jenem Tag sah ich eine andere Patientin mit einer Handarbeit still in der Ecke sitzen, und ich ging hinüber und sah ihr eine Zeitlang zu. Es juckte mich in den Fingern, und ich hatte das Gefühl, jeden Stich mit zu vollziehen. Miss Dungan nahm mein Interesse wahr und schlug vor, ich sollte mich auch an einer Handarbeit probieren. Schon nach wenigen Minuten ging mir das Sticken sehr leicht von der Hand.

»So geschickt, wie du dich anstellst«, sagte Miss Dungan und nickte freundlich, »glaube ich mit Sicherheit sagen zu können, daß du schon oft solche Bilder gestickt hast. Deine Finger haben das Gedächtnis anscheinend nicht verloren«, sagte sie lächelnd.

Sie ließ mich selbst ein Bild aussuchen, und ich hatte die Darstellung eines kleinen Mädchens gewählt, das am Strand spielte. Als ich die Beine, das Kleid und das Gesicht fertigstellte und mehr als nur Konturen vor Augen hatte, nahm das kleine Mädchen in meiner Vorstellung eine klare Gestalt an und trat mir immer deutlicher vor Augen. Ab und zu sah ich ihr Lächeln, ihre Augen, und sogar den Klang ihrer Stimme vernahm ich gelegentlich. Es war jemand, den ich kannte und sehr gern hatte. Aber wer? Der Name lag mir auf der Zungenspitze und die glockenhelle Stimme ertönte in meinem Kopf. Wenn es so war, dann mußte ich mich eben noch mehr anstrengen.

Aber jedesmal, wenn ich eine der geheimen Türen öffnen wollte, hinter denen sich die Wahrheit über meine Vergangenheit verbarg, fand ich sie fest verschlossen vor. Irgend etwas in meinem Inneren wußte, daß, sowie ich mich an irgendeine Einzelheit klar und deutlich erinnern konnte, alles andere auch kunterbunt ans Licht kommen würde, und darunter war eine ganz, ganz furchtbare Erinnerung. Manchmal verschlug mir die Anstrengung buchstäblich den Atem, und ich mußte aufhören, die Augen schließen und abwarten, bis das Zittern und der Schmerz in meinem Herzen nachließen.

»Das ist nicht ungewöhnlich«, sagte Doktor Southerby zu mir, nachdem er in meinen Aufzeichnungen gelesen hatte, wie sehr mich das beunruhigte. »In deinem Inneren findet ein Tauziehen statt, Laura, und eines Tages in nicht allzu ferner Zukunft wird die Seite gewinnen, die will, daß du wieder in ein normales Leben zurückkehrst, und dann ist alles ausgestanden. Du kannst es mir glauben«, sagte er.

Er tat mir wirklich gut, denn er gab mir neue Hoffnung.

Über die meisten dieser Dinge sprach ich mit Lawrence, der nach jeder meiner Sitzungen dastand und auf mich wartete. Er tat so, als käme er zufällig gerade durch den Korridor, auf dem Weg zur Bibliothek oder zum Aufenthaltsraum. Ich wußte, daß es nicht stimmte, aber das störte mich nicht. Es machte mir Spaß, ihm mehr Zeichensprache beizubringen und anschließend das, was ich ihm gerade beigebracht hatte, zu benutzen, um ihm Dinge zu erklären oder Themen mit ihm zu erörtern.

»Vielleicht sollte sich alle Welt in Zeichensprache miteinander verständigen, Laura«, sagte er eines Nachmittags zu mir. »Wenn man seine Gedanken bildhaft darstellen muß, überlegt man länger und sagt nicht so viele dumme oder sogar grausame Sachen zu den Menschen, die man angeblich liebt und die einem am Herzen liegen«, sagte er.

Er schlug die Augen nieder und wandte sich von mir ab, damit ich ihm den tiefen Schmerz nicht im Gesicht ansehen konnte. Daher nahm ich an, daß diese Bemerkung in erster Linie auf seine Eltern gemünzt war. Am letzten Besuchstag war nur seine Mutter gekommen, und als ich ihn darauf angesprochen hatte, hatte er gesagt, sein Vater wäre auf Geschäftsreise.

»In Zeichensprache kann man nicht so leicht lügen«, fuhr er fort. »Man legt sich fest und übernimmt eine größere Verantwortung, weil man mehr von sich selbst einfließen lassen muß. Und hinterher ist es schwieriger, zu den Leuten zu sagen: ›Das habe ich nicht so gemeint.‹ Oder: ›So habe ich es doch nicht gemeint.‹«

Er drehte sich wieder zu mir um, seufzte tief und lächelte mich durch einen dichten Schleier von Depressionen an.

»Vielleicht kannst du froh sein, daß dich niemand besucht«, sagte er. »Auf die Art kann dich wenigstens niemand, der dir nahesteht, belügen.«

Ich fing an, den Kopf zu schütteln.

»In meiner Familie hat schon immer jeder jeden belogen«, fuhr er erbittert fort. »Meine Mutter behauptet immer, es sei besser, auf kleine Notlügen zurückzugreifen und Unerfreulichkeiten zu vermeiden. Natürlich ist jedem klar, daß ihm keiner die Wahrheit sagt, das ist der Haken daran, aber wir tun alle so, als wüßten wir es nicht. Es ist, als ob ... als liefen wir auf Zehenspitzen über dünnes Eis, und sowie jemand versehentlich die Wahrheit antippt, bekommt die Welt unter uns einen Sprung, und wir versinken im Vergessen.

Ich hätte letztes Mal nur sagen müssen: ›Ich weiß, daß du lügst, Mom. Dad ist nicht auf einer Geschäftsreise. Er wollte diesmal nur nicht mitkommen.‹ Er haßt diese Besuche hier. Wenn er herkommt, setzt er immer dieses verdrossene Gesicht auf und sieht sich angewidert um. Ich weiß genau, was er sich denkt. Er fragt sich, was er, was sein Sohn hier zu suchen hat.

Als ob ich gern hier wäre! Mir gefällt es doch auch nicht hier«, protestierte Lawrence. »Wirklich nicht. Ich ... ich will nicht, daß andere so über mich denken. Ich habe alle meine Freunde draußen verloren. Wie soll ich jemals wieder da draußen zurechtkommen? Was soll ich sagen, wenn die Leute mich fragen, wo ich die ganze Zeit gewesen bin und was ich getrieben habe? Die meisten wissen es ohnehin und werden mich wie eine Art Leprakranken behandeln.«

Er ließ den Kopf sinken und hob ihn erst wieder, als ich eine Hand auf seine Wange legte. Er lächelte.

»Seit du hier bist, macht es mir vermutlich nicht mehr soviel aus«, sagte er. »Du hörst mir wenigstens zu, und ich habe keine Angst davor, mit dir zu reden.«

»Das liegt daran, daß ich nicht spreche; ich sage dir alles nur in Zeichensprache, und du kannst jederzeit ungehindert weiterreden«, sagte ich mit den Händen, und er lachte. Dann riß sein Gelächter abrupt ab.

»Außer mit dir lache ich mit niemandem«, sagte er. »Wirklich. Sogar mit meinen Eltern kann ich nicht lachen«, fügte er hinzu. »Du bist etwas ganz Besonderes, Laura. Das weiß ich ganz genau. Deshalb habe ich mich zur Konzentration gezwungen und auf die Schnelle möglichst viel Zeichensprache gelernt. Falls du dich für den Rest deines Lebens in dieser Form verständigen solltest, dann werde ich dasein und dich für den Rest deines Lebens verstehen und mit dir reden«, gelobte er.

Der zärtliche Ausdruck in seinen Augen erinnerte mich an die Augen eines anderen Menschen. Sogar der Klang seiner Stimme war mir sehr vertraut. Wenn ich die Augen schloß und ihm zuhörte, stürzte ich beinah, aber nur beinah, durch die Dunkelheit zurück und dem Licht entgegen. Ich erzählte Doktor Southerby von Lawrence und von unseren Gesprächen, als er mich fragte, ob ich schon Freundschaften geschlossen hätte. Ich fragte ihn nach Megan, Mary Beth und Lulu. Er ging nicht in die Einzelheiten, sondern sagte nur, auch sie hätten ausnahmslos schwerwiegende Probleme. Er versicherte mir jedoch, mit der Zeit würden sie sich alle wieder fangen, wenn sie wirklich aktiv etwas dazu beitrugen.

»Du mußt dir selbst helfen wollen. Das ist der Schlüssel«, belehrte er mich. Ich wußte, daß diese Worte ebenso sehr mir galten wie allen anderen in der Klinik.

Als ich mit Lawrence darüber redete, nickte er.

»Ich gebe zu, daß mein Wille, mir selbst zu helfen, noch nicht so stark ist, wie er sein sollte«, sagte er. »Noch nicht. Aber«, fügte er eilig hinzu, »an dem Tag, an dem du diese Klinik verläßt, werde ich hart daran arbeiten, dir nach draußen zu folgen.«

»Ist das ein Versprechen?« erkundigte ich mich.

Er nickte, und ich freute mich so sehr für ihn, daß ich mich auf der Bank vorbeugte und ihm einen schnellen Kuß auf die Wange drückte. Er hob langsam die Hand und berührte die Stelle, auf der meine Lippen gelegen hatten, als wollte er sich bestätigen, daß mein Mund ihn tatsächlich gestreift hatte.

Seit jenem Tag sah Lawrence mich anders an als vorher. Seine Blicke verweilten länger auf meinem Gesicht. Er hatte keine Angst davor, ertappt zu werden, wenn er mich anstarrte, und wenn ich ihn dabei erwischte, lächelte er nur. Das Wichtigste war jedoch, daß er in meiner Gegenwart nicht mehr zitterte. Ich konnte an Kleinigkeiten ablesen, daß eine Besserung bei ihm eintrat. Er nahm häufiger an diversen Freizeitbeschäftigungen teil und redete mehr mit anderen.

An einem der nächsten Besuchstage tauchte er unvermittelt im Atelier auf. Megan, Lulu und ich waren als einzige dort. Wieder einmal war Megans Mutter nicht erschienen, und Lulus Mutter hatte ihr geschrieben, sie hätte eine wichtige Verpflichtung, die sie nicht absagen konnte. Megan sagte zu ihr, wahrscheinlich hätte es etwas damit zu tun, daß sie einen neuen Liebhaber gefunden hatte.

»Bestimmt ist sie lieber mit ihm zusammen, als dich hier im Irrenhaus zu besuchen«, sagte Megan.

Ich wünschte, sie hätte nichts dergleichen gesagt. Wenn Lulu Schwierigkeiten mit ihrer Familie hatte, nahm sie immer das Verhalten eines noch jüngeren Mädchens an. Sie benahm sich wie ein Baby und weinte und schmollte, bis man sie in ihr Zimmer bringen mußte.

In dem Moment, in dem ich Lawrence in der Tür stehen sah, wußte ich, daß sich ein sehr ernster und dramatischer Vorfall abgespielt hatte. Sein Gesicht war gerötet, aber er stand entschlossen da, und seine Augen leuchteten vor Aufregung. Ich sah mit einem verwirrten Lächeln von meiner Stickerei auf.

»Ich habe es getan«, prahlte er und stolzierte zum Fenster. Er sah auf den Garten hinaus, auf die anderen Patienten und ihre

Familien, und dann wandte er sich wieder an mich. »Heute habe ich die Seifenblase platzen lassen. Ich habe es riskiert zu stürzen, wenn das Eis bricht.«

Er drehte sich um. Ich lächelte immer noch.

»Sie ist wieder ohne ihn gekommen. Diesmal hat es angeblich an einem gewaltigen Problem in der Firma gelegen. Wir haben heute Sonntag!« rief er aus und hob dabei die Stimme und zugleich die Arme. »Wie kann es an einem Sonntag ein gewaltiges Problem in einer Firma geben? Ich habe ihr gesagt, daß sie ihn mit dieser Lüge deckt, und sie konnte es nicht leugnen!«

Der Trubel nahm Megans Aufmerksamkeit gefangen. Sie ließ ihren Tonklumpen liegen und kam mit dem Werkzeug in der Hand näher.

»Was geht hier vor?« erkundigte sie sich.

Lawrence drehte sich zu ihr um, sah sie an und wandte sich dann wieder zu mir um. »Nichts«, sagte er eilig. Sie starrte erst ihn und dann mich an, ehe sie ihm wieder ins Gesicht sah.

»Ooooooh, ich verstehe«, sagte sie. »Geheimnisse. Ihr beide habt jetzt schon Geheimnisse miteinander«, sagte sie mit einem hämischen Lächeln. Dann verzerrte sich ihr Gesicht vor Wut; ihre Augen loderten wie verrückt, und ihre Lippen wurden dünn. »Behaltet eure blöden Geheimnisse doch für euch. Ihr werdet ja sehen, ob das mir etwas ausmacht. Seht doch selbst, ob sich jemand daran stört.«

»Richtig«, sagte Lawrence plötzlich und überraschte mich damit, daß er nicht so wie sonst einen Rückzieher machte. »Wir haben Geheimnisse miteinander. Und du solltest dich besser um deine eigenen Angelegenheiten kümmern.«

Megans Kiefer fiel herunter, und sie drehte sich wieder zu mir um. Ich lächelte sie an, doch sie kniff die Augen zusammen und schüttelte den Kopf. Sie kannte kein Erbarmen. Ein seltsames Lächeln verzog ihre Lippen.

»Ihr beide habt es getan, stimmt's?« fragte sie und ging auf Lawrence zu.

»Ihr habt es getan, Lawrence, stimmt's?« fragte sie abfällig, und ihr Lächeln wurde bitterer. »Du hast es mit der mustergültigen Laura getrieben. Du hast ihn ihr reingesteckt.«

»Was? Nein«, sagte Lawrence und schüttelte heftig den Kopf.

»Klar doch«, beharrte sie. »Wo habt ihr es getrieben? In deinem Zimmer? In ihrem? Im Gras? Wo?« schrie Megan.

»Was geht dort drüben vor?« sagte Miss Dungan und sah uns vom anderen Ende des Raumes an. Sie hatte einem anderen Patienten dabei geholfen, mit Fingerfarben zu malen, und sie war derart in ihre Arbeit vertieft gewesen, daß ihr erst jetzt auffiel, was sich an diesem Ende des Raumes tat. Ihr war noch nicht einmal aufgefallen, daß Lawrence ins Atelier gekommen war.

Er sah besorgt in ihre Richtung, und seine Augen füllten sich mit Panik.

»Na, mach schon, Lawrence. Erzähl Miss Dungan, was los ist. Erzähl ihr, wo ihr beide es miteinander getrieben habt«, sagte Megan herausfordernd.

Lawrences Panik steigerte sich. Er schien sich nicht von der Stelle rühren zu können. Es war, als seien seine Füße am Boden festgenagelt.

Ich wollte mich ihm in Zeichensprache verständlich machen, aber er begann, immer heftiger zu zittern. Megan lachte. Miss Dungan stand auf und kam auf uns zu. Lawrence sah mich hilflos an.

»Dann werde ich es ihr eben erzählen«, sagte Megan. »Ich werde ihr erzählen, was ihr beide getan habt. Ich werde es allen erzählen«, höhnte sie und rannte auf Miss Dungan zu.

Lawrence lief hinter Megan her. Ich hob die Arme und brachte einen kehligen Krächzlaut heraus, aber es war schon zu spät. Er schlang die Hände um Megans Hals. Miss Dungan schrie, als er Megan mit einem Ruck an sich zog. Ihr Gesicht lief violett an, und sie stach ihr Schnitzwerkzeug in Lawrences Handgelenk, doch er lockerte seinen Griff nicht, ehe Miss

Dungan seinen Arm packte und ich aufstand, um ihn von Megan wegzustoßen. Dann rannte er aus dem Atelier.

»Er blutet«, bedeutete ich Miss Dungan.

»Ich weiß. Megan, ist alles in Ordnung mit dir?«

Sie lehnte an einem Tisch, rang nach Luft, hustete und rieb sich den Hals.

»Ja, mir fehlt nichts«, brachte sie mühsam hervor. Dann blinzelte sie mehrfach schnell hintereinander, als hätte sie etwas im Auge, ehe sie sich wieder an Miss Dungan wandte. »Sie haben es ja selbst gesehen«, sagte sie. »Er hat versucht, mich zu vergewaltigen.«

»Was?«

Ich schüttelte den Kopf, als Miss Dungan mich ansah.

»Er hat versucht, mich zu vergewaltigen. Urplötzlich hat er sich auf mich gestürzt, und wenn ich ihn nicht abgewehrt hätte ...« Sie sah mich an. »Dich hat er doch auch vergewaltigt, nicht wahr? Sag es ihr! Er ist in der Nacht in dein Zimmer gekommen«, fuhr sie fort, und riß die Augen weit auf, während sie diese Theorie entwickelte. »Er hat dir mit einer Hand den Mund zugehalten und ...«

Ich schüttelte heftig den Kopf.

Nein, das ist nicht wahr, sagte ich in Zeichensprache.

Megan unterbrach sich. Tränen rollten über ihre Wangen. Sie holte tief schmerzhaft Atem.

»Warum glaubt ihr mir alle nicht?« fragte sie weinerlich.

»Vielleicht solltest du in die Krankenstation gehen, Megan«, sagte Miss Dungan behutsam. Sie stellte sich neben Megan und schlang ihr einen Arm um die Taille. »Komm mit. Wir wollen dich von Mrs. Cohen untersuchen lassen.«

»Mir fehlt nichts«, sagte Megan beharrlich und riß sich abrupt los. »Ich konnte ihn abwehren. Er hat mir nichts getan. Aber er hätte mir etwas antun können«, fügte sie eilig hinzu. Sie wandte sich mit aufgebrachter Miene an mich, und ihre zornigen Augen gruben sich in mein Gesicht. »Du warst mir auch nicht gerade eine große Hilfe«, sagte sie zu mir. Dann machte sie auf dem Absatz kehrt und beschäftigte sich wieder mit ihrem Ton, als sei nichts vorgefallen.

Miss Dungan und ich beobachteten sie einen Moment lang. Sie summte vor sich hin und bearbeitete energischer als bisher ihren Ton.

»Ich muß jetzt nach Lawrence sehen«, sagte Miss Dungan. »Dir fehlt doch nichts, oder?«

Mir geht es gut, sagte ich in Zeichensprache, aber ich mache mir Sorgen um Lawrence.

»Ich werde mich um ihn kümmern«, sagte sie und begab sich zur Haussprechanlage.

Lawrence hatte sich selbst einen größeren Schrecken eingejagt als allen anderen. Die Wärter fanden ihn unten am Meer. Er saß auf einem Felsen. Er mußte durch das Wasser gewatet sein, denn seine Schuhe, seine Socken und seine Hose waren klatschnaß, und er hatte sich die Arme um die Knie geschlungen. Als sie ihn fanden, saß er mit gesenktem Kopf da. Die Panik und das kalte Meerwasser ließen ihn so heftig zittern, daß man ihn in die Krankenstation bringen mußte. Später fand ich heraus, daß er die Hände so fest zu Fäusten geballt hatte, daß seine Finger kaum noch durchblutet waren, und die Fingernägel hatte er sich so tief in die Haut gebohrt, daß seine Handflächen bluteten. Sie hatten ihm Beruhigungsmittel verabreichen müssen. Seine Eltern wurden verständigt, aber weder seine Mutter noch sein Vater kamen zu Besuch. Ich war derart besorgt um ihn, daß ich tagelang kaum an mich selbst dachte, und meine Sitzung mit Doktor Southerby verlief nicht so gut wie üblich.

Eine Woche später wurde Lawrence aus der Krankenstation entlassen. Inzwischen hatte sich Megan benommen, als sei überhaupt nichts passiert. Sie hatte keiner Menschenseele etwas von dem Zwischenfall erzählt, und auch mir gegenüber hatte sie das Thema nie angeschnitten. Oft schwang ihre Stimmung abrupt um. Zeitweise war sie so stumm wie ich, und dann redete sie unablässig über alles und jeden, insbesondere beim Abendessen. Lulu und Mary Beth erkundigten sich nach Lawrence, und wir erzählten ihnen einfach nur, er fühlte sich nicht besonders gut. Hier wurde diese Aussage von allen als ein ausreichender Grund akzeptiert, und niemand setzte uns mit beharrlicheren Nachfragen zu.

Man hätte meinen können, sie hätte das Gefühl, sich für ihren Pfeil und Bogen ein neues Opfer suchen zu müssen. Jedenfalls nahm Megan in der Cafeteria diverse Patienten unter die Lupe und beschwerte sich darüber, wie sie aßen, wie sie redeten und wie sie den Kopf hängen ließen. Sie schien über die Probleme aller anderen informiert zu sein und schob immer dem Vater der jeweiligen Person die Schuld zu. Wenn es um Lulus Vater ging, behandelte sie Lulu ab und zu so grausam, daß ich mich einmischen, Lulu ablenken und ihr die Grundbegriffe der Zeichensprache beibringen mußte.

»Warum hörst du nicht endlich damit auf«, warf mir Megan an den Kopf. »Als du hier eingeliefert worden bist, hast du noch gesprochen. Du spielst das doch alles nur, du verstellst dich, weil du damit erreichen willst, daß alle Mitleid mit dir haben. Oh«, sagte sie plötzlich und wandte die Augen von mir ab. »Sieh mal, wem es wieder bessergeht!«

Alle drehten sich zur Tür um, als Lawrence eintrat. Er war wieder ganz der Alte; leider hieß das, daß er jetzt wieder unsicher und furchtsam war und die Augen niederschlug. Er stellte sich gleich vor der Essensausgabe an und mied es, in unsere Richtung zu sehen. Ein anderer Patient streckte die Hand nach einem zweiten Nachtisch aus, und er wich sofort zurück, um ihm Platz zu machen. Nachdem er sich das Abendessen geholt hatte, kam er nicht an unseren Tisch. Statt dessen setzte er sich an den erstbesten Tisch, an dem ein Platz frei war, nämlich den mit den beiden kleinen Jungen. Keiner von beiden zeigte Interesse an ihm, und sonst schien ihn auch niemand zu beachten.

»Warum setzt sich Lawrence nicht zu uns?« fragte Mary Beth. »Wahrscheinlich schämt er sich zu sehr«, sagte Megan. »Er hat in die Hose gepinkelt«, flüsterte sie Lulu zu. »So, wie du es manchmal tust. Wußtest du schon, daß Lulu ab und zu Windeln tragen muß?«

»Hör auf damit!« drückte ich energisch mit den Händen aus und erhob mich dann.

»Was ist denn los mit dir, Laura?« spottete Megan. »Hast du nie Windeln getragen?«

Ich entfernte mich von dem Tisch und schloß mich Lawrence an. Er blickte überrascht auf, als ich mich zu ihm setzte. Ich lächelte ihn an und fragte, wie es ihm jetzt ging.

»Es geht schon wieder«, sagte er leise und senkte den Blick. »Es tut mir leid, daß ich dich in Verlegenheit gebracht habe.«

Ich zwang ihn, mich anzusehen, damit ich ihm erklären konnte, es sei mir nicht peinlich. Megan war diejenige, die sich hätte schämen sollen. Statt dessen tat sie jetzt so, als sei es nie dazu gekommen.

Er warf einen schnellen Blick in ihre Richtung. Sie funkelte uns finster an.

»Um sie brauchst du dir keine Sorgen zu machen«, fuhr ich fort. »Sie will nicht, daß darüber geredet wird. Es ist fast so, als hätte *sie* plötzlich einen Anfall von Gedächtnisschwund.«

Das schien ihn ein wenig zu erleichtern, doch mir fiel auf, wie kränklich und müde er aussah. Später erfuhr ich, daß dies wahrscheinlich auf die Wirkung der Medikamente zurückzuführen war, die man ihm verabreicht hatte. Es kostete ihn noch fast einen vollen Tag, einen Teil seines neuentdeckten Muts und seiner Aufgeschlossenheit wiederzuerlangen. Am nächsten Tag gesellte er sich im Aufenthaltsraum zu uns und sah zu, während ich mit Mary Beth Dame spielte.

Megan war an jenem Tag wieder schweigsam. Sie hatte bisher kaum ein Wort von sich gegeben, und als sich Lawrence neben mich setzte, wandte sie den Blick ab und fing dann an, leise zu singen. Nach einer Weile drehten wir uns alle zu ihr um. Sie sah starr zum Fenster hinaus, und wir hörten: »Weißt du, wieviel Sterne stehen an dem blauen Himmelszelt? Weißt du, wieviel Wolken gehen weit hin über alle Welt ...«

Als sie merkte, daß wir sie alle anstarrten, drehte sie sich um. »Mein Daddy ... ist früher immer in mein Zimmer gekommen und hat mir dieses Lied vorgesungen. Er hat gesagt, ich soll zur Decke aufschauen, und dann würden die Sterne dort erscheinen. Also habe ich die Decke angestarrt, während er ...« Tränen rannen aus ihren Augen.

»Ich hasse Geheimnisse«, sagte sie und starrte Lawrence an. »Ich hasse es, Geheimnisse für mich behalten zu müssen!«

Sie stand auf und verließ eilig den Raum.

»Was hat sie bloß?« sagte Mary Beth.

Ich schüttelte den Kopf und sah Lawrence an, der hinter ihr hersah, und als er sich wieder zu mir umdrehte, waren ihm seine Traurigkeit und sein Mitleid deutlich anzusehen. Ich lächelte ihn an. Er haßte sie nicht für das, was sie ihm angetan hatte. Er empfand echtes Mitleid mit ihr.

Megan ließ sich für den Rest des Nachmittags nicht mehr blicken. Als es Zeit zum Abendessen war, holten wir uns alle unser Essen und setzten uns, aber sie erschien nicht in der Cafeteria. Billy, der Wärter, näherte sich argwöhnisch unserem Tisch.

»Wo steckt Queen Megan?« erkundigte er sich unfreundlich. »Sie weiß, was sie zu erwarten hat, wenn sie nicht zum Abendessen erscheint«, sagte er mit Nachdruck und näherte sich Mary Beth, die schnell auf ihren Schoß hinuntersah.

»Sie hat gesagt, sie käme jeden Moment nach«, sagte Lawrence mit fester Stimme. Billy zog die Augenbrauen hoch.

»Wer bist du, ihr Anwalt?«

Lawrence lief knallrot an. Billy lachte und bezog wieder seinen Posten, doch er behielt unseren Tisch und die Tür im Auge.

»Ich hole sie«, erklärte ich Lawrence, und dann erhob ich mich so unauffällig wie möglich. Ich verließ die Cafeteria und eilte durch den Korridor, der zu dem Flügel mit unseren Zimmern führte.

Megans Tür war geschlossen. Ich klopfte und wartete und dann klopfte ich noch einmal. Wir konnte unsere Zimmertüren nicht von innen abschließen, und daher wußte ich, daß ich einfach eintreten konnte, aber Megan war nicht gerade ein Mensch von der Sorte, die es einem verziehen hätte, wenn man einfach hereinplatzte. Aber ich wollte sie vor Billy und vor seinen Drohungen warnen, und daher öffnete ich die Tür einen Spalt weit und lugte hinein.

Im ersten Moment dachte ich, sie sei nicht da. Sie saß auf keinem Stuhl, und sie lag auch nicht auf ihrem Bett, aber ich hörte ein Geräusch, das nach fließendem Wasser klang, und daher trat ich ein und klopfte dann noch einmal an die Tür, um Megans Aufmerksamkeit auf mich zu lenken. Als sie sich daraufhin immer noch nicht blicken ließ, ging ich langsam auf das Bad zu und warf einen Blick hinein.

Dort saß sie, auf dem geschlossenen Deckel der Toilette, und ihre Arme hingen über den Rand des Waschbeckens. Ich trat näher und sah genauer hin. Das Waschbecken war bis zum Rand gefüllt, und ihre Handgelenke waren in rubinrotes Wasser getaucht, ein so dunkles Rot, daß es aussah, als hätte sie sich die Hände abgeschnitten. Sie blickte zu mir auf. In ihren Augen glitzerten Tränen, ihre Wangen waren verschmiert, und sie lächelte.

»Hallo, Daddy«, sagte sie. Und dann begann sie zu singen. »Weißt du, wieviel Sterne stehen ...«

Ich spürte, wie sich meine Kehle zuschnürte und dann gleich wieder öffnete, als ich schockiert begriff, was ich hier vor mir sah. Ich rannte zur Tür und rang nach Luft, als ich versuchte, die Stimme wiederzufinden, die ich vor langer Zeit verloren hatte.

»Hi ... Hil ... Hilfe!« schrie ich und fand meine Stimme wieder. »HILFE! HILFE! HILFE!«

Zwei Pfleger und Mrs. Kleckner kamen durch den Korridor gerannt.

»Was ist los? Warum schreist du so laut?«

»Megan!« rief ich aus und deutete auf die Zimmertür. »Sie versucht, sich umzubringen!«

Sie rasten an mir vorbei, und ich ließ mich an der Wand zurücksinken und glitt langsam daran hinunter, bis ich auf dem Boden kauerte. Der Aufruhr lockte einen Teil des Personals aus der Cafeteria an, und Lawrence und Mary Beth kamen auch angelaufen. Lawrence sah mich auf dem Boden sitzen und eilte an meine Seite.

»Was ist passiert?« fragte er.

»Megan hat versucht, sich umzubringen«, sagte ich ernst. Er warf einen Blick auf das Personal, das sich am anderen Ende des Korridors vor ihrer Tür drängte, und dann sah er mich wieder an.

»Du hast deine Stimme wiedergefunden«, sagte er.

Ich nickte. Manchmal geschah zu den seltsamsten Zeitpunkten ein Wunder.

Zum Glück hatte ich Megan rechtzeitig gefunden. Sie brauchte nur einen Tag in der Krankenstation zu bleiben. Dennoch erlaubte man ihr anschließend nicht, in ihr Zimmer und zu uns zurückzukehren, sondern quartierte sie oben ein. Sie tat uns allen schrecklich leid.

»Wahrscheinlich haben sie sie mit starken Beruhigungsmitteln vollgepumpt«, sagte Lawrence an jenem Abend beim Essen.

»Wenn sie wieder zu sich kommt und feststellt, daß man sie in den Turm gesteckt hat, bekommt sie noch größere Depressionen«, sagte Mary Beth. »Ihr wißt ja, wie sie sich anstellt, wenn es um den Turm geht«, rief sie Lawrence und Lulu ins Gedächtnis zurück. Die beiden nickten.

»Vielleicht muß sie nicht lange oben bleiben«, sagte Lulu hoffnungsvoll. Obwohl Megan sie oft schlecht behandelte, mochte Lulu Megan wirklich. Sie brauchte sie.

»Du weißt doch, daß Patienten, die einmal nach oben gebracht werden, normalerweise nicht nach unten zurückkommen«, sagte Mary Beth zu ihr. Lulu fing an zu weinen und schaukelte auf ihrem Stuhl.

Ich streckte einen Arm aus und nahm ihre Hand in meine.

»Vielleicht kommt es bei Megan ganz anders«, sagte ich und streichelte ihr die Hand. »Sie ist ziemlich stark und kann auf sich selbst aufpassen. Außerdem kennt sie sich hier aus, stimmt's?«

Lulu lächelte mich an und nickte.

»Warum machst du ihr falsche Hoffnungen?« hakte Mary Beth beharrlich nach.

»Was soll das heißen?« fragte ich. »Sie können sie doch nicht ewig dort oben behalten.«

»Wenn sie es oben nicht schaffen, daß du Fortschritte machst, bringen sie dich manchmal woanders hin«, sagte Lawrence. »In eine Klinik, in der nur ernste Fälle behandelt werden. Nicht so was wie hier, denn diese Klinik ist wohl eher eine Art Country Club für Reiche.«

»Oh.«

»Ich bin froh, daß du deine Stimme wiedergefunden hast«, sagte er lächelnd. »Es freut mich wirklich, dich wieder sprechen zu hören.«

»Allerdings«, sagte Mary Beth, und mir fiel auf, daß sie viel gesünder aussah – als hätte sie seit meiner Ankunft hier ein paar Pfund zugenommen. Lawrence berichtete mir, sie hätte insofern enorme Fortschritte gemacht, als sie sich endlich eingestanden hätte, daß sie nicht übergewichtig war. Das Ende ihrer Qualen war in Sicht.

Das mit Megan ging mir sehr nah. Sie konnte zwar manchmal ekelhaft sein, aber sie fehlte mir trotzdem. Ich sprach mit

Lawrence darüber, als wir nach meiner Kunsttherapie gemeinsam einen Spaziergang machten. Lulu folgte uns im Schlepptau. Ohne Megan, die sie auf ihre seltsame Art nicht nur lächerlich gemacht, sondern sie auch beschützt und sich um sie gekümmert hatte, wirkte Lulu hoffnungslos verloren.

»Die arme Lulu. Vielleicht sollten wir aufhören, sie so zu nennen, Lawrence.«

Er lachte.

»Ich glaube, es ist schon soweit gekommen, daß sie nicht mehr antworten würde, wenn jemand sie mit Edith anspricht«, sagte er.

»Und genau damit werde ich jetzt beginnen. Ihr Zustand wird sich niemals bessern, wenn wir ihr nicht auch dabei helfen, sich mit der Realität auseinanderzusetzen.«

»Du hast recht«, sagte Lawrence. »Du setzt dich ständig mit den Problemen aller anderen auseinander, nur mit deinen eigenen nicht.«

»Du hast einmal zu mir gesagt, wer anderen hilft, hilft auch sich selbst.«

»Ja«, sagte er lächelnd. »Das habe ich gesagt, aber es war im Grunde genommen nur ein Vorwand, damit du mir einen engeren Umgang mit dir gestattest.«

»Dafür hättest du keine Vorwände gebraucht, Lawrence«, sagte ich, und er lächelte strahlend.

Wir saßen auf unserer Lieblingsbank, einem steinernen Bänkchen, das für mich zum Symbol der Grenzlinie geworden war, denn dahinter erhob sich der Hügel, von dem aus man das Meer sehen konnte, ein Ausblick, der Eiswasser in meinen Adern fließen ließ.

Lulu lief um uns herum und beschäftigte sich mit den wildwachsenden Blumen.

»Ich suche ein vierblättriges Kleeblatt«, sagte sie. »Mein Daddy hat gesagt, das bringt Glück. Wenn ich eines finde, schenke ich es ihm bei seinem nächsten Besuch.«

»Warum besucht ihr Vater sie eigentlich nie?« fragte ich.

Lawrence drehte sich mit einem ganz seltsamen Gesichtsausdruck zu mir um.

»Ich dachte, du wüßtest es«, sagte er.

Ich schüttelte den Kopf. »Ich weiß, daß ihre Eltern geschieden sind. Oder zumindest behauptet Megan das.«

»Ja, aber kurz darauf ist ihr Vater bei einem Autounfall ums Leben gekommen. Lulu will es nicht glauben. Sie ist nicht zur Beerdigung gegangen.«

»Megan hat nie gesagt ...«

»Megan kann grausam sein, aber *so* grausam nun doch wieder nicht. Jedenfalls nicht, wenn es um Lulu geht«, sagte Lawrence. »Vielleicht ... vielleicht wollte sie es nicht wahr haben. Sie scheint alle Männer zu hassen, insbesondere Väter, aber ich glaube, in Wirklichkeit wünscht sie sich, einen Mann zu lieben und einen richtigen Vater zu finden. Wir wissen alle, was ihr Vater ihr angetan hat. Er hat sie hier eingewiesen. Genauso, wie mein Vater mich hier eingewiesen hat«, fügte er wütend hinzu.

»Wer hat mich hier eingewiesen?« dachte ich laut. »Du weißt soviel über alle anderen, Lawrence. Was weißt du über mich?«

»Nur das, was du mir selbst erzählt hast, und das ist nicht gerade viel«, sagte er lächelnd. »Alle haben sich nach dir erkundigt, aber es scheint so, als seist du die Patientin hier, um die sich die meisten Geheimnisse ranken. Eine Krankenschwester hat dich mitten in der Nacht hier abgeliefert, und das ist alles.«

»Ja«, sagte ich, »das ist alles.«

Ich stand auf.

»Sollen wir uns auf den Rückweg machen?«

»Nein«, sagte ich mit fester Stimme, »ganz im Gegenteil. Ich werde einen Schritt nach vorn tun.« Ich lief auf die Kuppe des Hügels zu und blieb dann stehen.

Lawrence erschien an meiner Seite und nahm mich an der Hand.

»Ich werde mich meinen Dämonen stellen, Lawrence.« Entschlossen setzte ich zum nächsten Schritt an. »Es muß sein, und zwar jetzt.«

»Ich komme mit dir, Laura. Laß mich dir helfen.«

Ich holte tief Atem und nickte. Dann machte ich den nächsten Schritt und noch einen, bis wir den Hügel hinabliefen. Lulu blieb auf der Kuppe stehen und beobachtete uns. Wir liefen langsam, bis wir um die Wegbiegung kamen, die einen Ausblick auf das Meer bot. Es war, als hätte es mir plötzlich den Atem verschlagen, und ich schloß die Augen, während ich darum rang, tief und langsam durchzuatmen. Lawrence drückte meine Hand.

»Ich bin bei dir«, flüsterte er.

Ich öffnete die Augen, und wir liefen weiter. Die Wellen wurden lebhafter. Die Gischt sprühte auf die Felsen, und der Wind nahm an Stärke und Geschwindigkeit zu. Möwen erfüllten den Himmel mit ihren Schreien und stießen auf der Nahrungssuche herab. Die Gerüche nach Seetang und salziger Luft ließen meinen Kopf schwirren. Das Tosen der Brandung wurde lauter und kräftiger.

Ich blieb stehen und schloß wieder die Augen. Die Dunkelheit hob sich wie ein Vorhang, und ich sah einen jungen Mann, braungebrannt und kräftig, mit nacktem Oberkörper auf dem Deck eines Boots stehen. Er hatte Augen wie ich, und auch seine Nase und sein Mund waren ähnlich geformt. Er winkte und forderte mich auf, näher zu kommen ... Ich schlug die Augen nieder. Meine Finger hielten eine kleine Hand umfaßt, die Hand eines Mädchens, das nicht größer als Lulu war und lächelnd zu mir aufblickte.

»Laura ...«

War das Lawrence, oder rief der Junge auf dem Boot nach mir? Ich ließ die Hand des kleinen Mädchens los, und sie begann, in Zeichensprache auf mich einzureden.

»Sie ist taub!« rief ich.

»Wer?« fragte Lawrence.

Ich schlug die Augen auf. Wir standen so dicht an dem Felsen am Meer, daß die Gischt in unsere Gesichter sprühte.

Mit pochendem Herzen drehte ich mich zu ihm um.

»Ich habe eine kleine Schwester, die taub ist«, sagte ich, »und ich habe einen Bruder, einen …«

»Was ist? Sprich weiter.«

»Einen Zwillingsbruder«, verkündete ich und wandte mich dann ab, um schnell wieder den Hügel hinaufzulaufen. Ich trat so fest auf, daß bei jedem Schritt meine Beine schmerzten, und doch stürmte ich den Hügel hinauf, denn die Erinnerungen, die über mich hereinbrachen, flößten mir Grauen ein.

Lawrence rief nach mir, aber ich drehte mich nicht zu ihm um. Statt dessen rannte ich immer weiter. Ich kam an Lulu vorbei, die überrascht und verwirrt aufblickte, und dann lief ich eilig über den Pfad, der zurück zur Klinik führte.

Ich riß die Tür auf, stapfte wie eine Wilde durch den Korridor und hätte fast den Hausmeister umgerannt, der gerade den gekachelten Fußboden geschrubbt hatte.

»Entschuldigung«, rief ich ihm zu, als ich auf Doktor Southerbys Büro zurannte. Mrs. Kleckner kam in dem Moment aus den Privaträumen des Personals. Sie schrie, vertrat mir den Weg und streckte die Arme seitlich aus, um mich aufzuhalten.

»Was ist passiert? Warum läufst du wie eine Wilde durch die Gegend und rennst Leute um? Du weißt doch, daß das nicht erlaubt ist«, schalt sie mich aus.

»Ich muß auf der Stelle Doktor Southerby sehen«, sagte ich und rang keuchend nach Luft.

»Du kannst nicht einfach in Doktor Southerbys Behandlungsräume hineinplatzen, junge Frau. Hier gibt es auch noch andere Patienten. Du wirst brav deinen nächsten Termin abwarten«, sagte sie.

»Nein, ich muß ihn dringend sprechen. Sie verstehen das nicht. Ich habe eine kleine Schwester, die taub ist. Deshalb …

beherrsche ich die Zeichensprache. Und ich habe einen Bruder ...«

»Das ist ja wunderbar«, sagte sie. »Herzlichen Glückwunsch. Und jetzt wirst du auf der Stelle umkehren und dich für das Abendessen frisch machen. Du siehst wie eine Wilde aus. Du wirst die anderen Patienten zu Tode erschrecken.«

»Aber ich muß ihn sofort sprechen!«

»Wenn du nicht auf mich hörst, muß ich dich in deinem Zimmer einsperren lassen, wenn nicht sogar noch Schlimmeres«, drohte sie. »Wüstes Benehmen dulde ich hier nicht, ganz gleich, was dem Patienten angeblich fehlt. Diejenigen, die sich nicht an die Vorschriften halten können, werden anderswo untergebracht. Das hier ist keine Klinik für Geistesgestörte und daher nicht mit allen erforderlichen Sicherheitsmaßnahmen versehen«, fügte sie hinzu.

Ich wich einen Schritt zurück.

»Nein, diese Sicherheitsmaßnahmen gibt es hier nicht, aber ich weiß, wie lieb es Ihnen wäre, wenn wir sie hätten«, sagte ich trotzig. »Bloß, weil wir seelische Probleme haben, sollte man uns nicht wie Verbrecher behandeln. Wir sind Menschen, die Schwierigkeiten in ihrem Leben gehabt haben, ernstzunehmende Schwierigkeiten.«

»Ich weiß«, sagte sie trocken. »Ihr seid verhätschelt und mit der größten Nachsicht aufgezogen worden. Es kann zu einem Problem werden, wenn man zuviel besitzt. Wohin mit all den Sachen? Und wie geht man mit all den Sonderrechten um? Sehr ernstzunehmende Schwierigkeiten«, sagte sie mit einem zynischen Lächeln.

»Warum arbeiten Sie hier?« fragte ich kopfschüttelnd. »Sie mögen die Patienten nicht. Sie haben keinen Respekt vor uns. Sie sollten in einem Gefängniskrankenhaus arbeiten. Genau da gehören Sie wirklich hin«, sprudelte ich erbost hervor.

»Ach, wirklich? Wie kommt es, daß ihr Sprößlinge vornehmer Familien immer ganz genau wißt, was für alle anderen außer für euch selbst gut ist? Erspare mir die Berufsberatung, und benimm dich.«

Ich richtete mich auf, als sei eine Stahlstange in meine Wirbelsäule eingeführt worden. Dann sah ich ihr fest in die Augen.

»Ich möchte einen Termin bei Doktor Southerby vereinbaren«, beharrte ich. »Das darf ich doch wenigstens tun, oder etwa nicht?«

»Ich werde das für dich regeln«, sagte sie. »Und jetzt lauf los, damit du dich vor dem Abendessen herrichten kannst. Du siehst wüst aus.«

Ich zögerte einen Moment und ging mit mir zu Rate. Sie wirkte, als sei sie aus Stein, und wenn ich versucht hätte, mich gegen sie durchzusetzen, wäre sie nur in Wut geraten und hätte meinen Besuch bei Doktor Southerby hinausgezögert.

»Ich muß ihn so bald wie möglich sprechen«, sagte ich, ehe ich umkehrte und mich auf den Weg zu meinem Zimmer machte. Lawrence und Lulu waren inzwischen zurückgekommen und suchten nach mir.

»Ist alles in Ordnung mit dir?« fragte Lawrence, als er mich vor meiner Zimmertür einholte.

»Ja. Ich hatte nur gerade eine echte Erinnerung und wollte Doktor Southerby sofort alles berichten, aber Mrs. Kleckner hat sich mir in den Weg gestellt und gesagt, ich sollte mich vor dem Abendessen frisch machen. Sie hat gesagt, sie würde einen Termin für mich vereinbaren.«

»Prima«, sagte Lawrence. »Es freut mich für dich, Laura. Das könnte der Anfang vom Ende deiner Zeit hier sein«, sagte er.

»Schon möglich«, sagte ich und ging in mein Zimmer. Im Moment war ich zu wütend und zu frustriert, um meine Fortschritte zu würdigen.

Als ich mich im Spiegel sah, begriff ich jedoch, daß Mrs. Kleckner in einem Punkt recht gehabt hatte: Ich sah wirklich wüst aus. Mein Haar wirkte, als hätte ich es mir stundenlang gerauft, mein Gesicht war gerötet, und meine Augen glänzten vor Aufregung. Ich beschloß, vor dem Abendessen zu duschen und mich umzuziehen.

Ich zog gerade meine Schuhe an und wollte mir das Haar ausbürsten, als Mrs. Kleckner in der Tür zu meinem Zimmer auftauchte.

»Ich habe einen Termin für dich ausgemacht«, sagte sie. »Morgen früh um zehn.«

»Danke«, sagte ich.

»Du wirst dich dann morgen in Zimmer einhunderteins begeben«, fügte sie hinzu und wollte wieder gehen.

»Einhunderteins? Aber das ist nicht Doktor Southerbys Büro«, rief ich aus. »Was soll ich dort?«

Sie drehte sich langsam wieder zu mir um.

»Dein Fall ist Doktor Scanlon übergeben worden«, sagte sie, nicht ohne eine gewisse Schadenfreude.

»Aber ich will keinen anderen Arzt. Ich will mit Doktor Southerby reden«, sagte ich. Mein Herz raste. Weshalb sollte man mich ausgerechnet jetzt einem anderen Arzt übergeben?

Sie seufzte und verdrehte die Augen zur Decke.

»Ich will, ich will, ich will. Habt ihr denn keine anderen Worte in eurem Vokabular? Es ist unwesentlich, was du willst; was du *brauchst,* wird von den Leuten entschieden, die hier die Verantwortung tragen«, sagte sie. »Es ist beschlossen worden, daß Doktor Scanlon deinen Fall übernimmt, und damit hat es sich«, fügte sie hinzu, und ihre Worte hämmerten sich in mein Gehirn.

»Ich rede mit keinem anderen Arzt. Entweder man läßt mich zu Doktor Southerby vor, oder ich rede mit niemandem«, beharrte ich ebenso nachdrücklich. Ich bot allen Trotz auf, der mir zu Gebote stand.

Sie starrte mich einen Moment lang an und kam dann mit einem kalten Lächeln auf dem Gesicht einen Schritt näher.

»Wenn du dich deiner Therapie widersetzt, wird man dich ins obere Stockwerk umquartieren müssen, und wenn wir dir oben nicht helfen können, wird man dich in eine andere Anstalt überweisen, eine Anstalt von der Sorte, die deinen Bedürfnissen angemessener ist«, sagte sie. »Glaube mir, genauso wird es kommen.« Sie wandte sich ab, um zu gehen.

»Aber Doktor Southerby hilft mir doch«, stöhnte ich. Wie konnte ich gegen diese brutale Macht ankämpfen, die sie über mich hatten?

»Doktor Scanlon versteht sich genausogut auf seinen Beruf. Tatsächlich ist er sogar Doktor Southerbys Vorgesetzter. Du solltest dankbar dafür sein, daß er sich Zeit für dich nimmt, aber Dankbarkeit läßt sich mit dem Charakter der meisten Patienten hier nicht vereinbaren. Weshalb sollte es sich bei dir anders verhalten?« fügte sie hinzu. »Komm nicht zu spät zum Abendessen«, warnte sie mich abschließend.

Nachdem sie gegangen war, starrte ich ihr nach und fragte mich, womit ich die Überweisung an Dr. Scanlon wohl verdient hatte. Schließlich konnte sie mich nicht dafür bestrafen, daß ich mein Gedächtnis wiederfand. Oder doch?

14

Aus den Schatten heraus

An jenem Abend war ich beim Essen in Gedanken verloren. Immer wieder holte mich die Erinnerung daran ein, wie ich mit meiner kleinen Schwester über den Strand auf das Boot zulief, auf dem mein Zwillingsbruder stand und uns zuwinkte, damit wir näher kamen. Wie Blitzlichter flackerten die Bilder vor dem Hintergrund meines leeren und finsteren Verstandes auf: ein winziges Lächeln, eine Hummerreuse, die vom Meeresgrund heraufgezogen wurde, Sandburgen, sternenklare Nächte am Strand und die tiefe Stimme eines Mannes, von dem ich wußte, daß er mein Vater sein mußte. Er las etwas vor und deklamierte Worte. Es klang wie ein Sprechgesang, und dann summte die Frau, von der ich wußte, daß sie meine Mutter sein mußte, ein Wiegenlied. Meine frühen Erinnerungen verbanden sich mit späteren zu einem Mischmasch aus Gesichtern, Stimmen und Momentaufnahmen. Ich kam mir vor, als sei ich in ein riesengroßes Kreuzworträtsel geschleudert worden. Ich war nichts weiter als einer der Buchstaben, auf der Suche nach den anderen, die gemeinsam mit mir ein Wort bildeten: Familie. Die Buchstaben schwirrten immer wieder in meinem Kopf herum, bis sie sich zu einem Namen zusammensetzten.

»May«, sagte ich plötzlich.

»Was soll das heißen?« fragte Lawrence. Alle anderen unterbrachen ihre Gespräche und sahen mich an.

Ich drehte mich zu ihm um.

»Sie heißt May.«

»Wer heißt so?« fragte Lulu.

»Meine kleine Schwester. Sie heißt May«, sagte ich, und erst jetzt riß mich die Begeisterung mit. »Mir fällt nur einfach nicht der Name meines Bruders …«

»Immer mit der Ruhe«, sagte Lawrence und nahm meine Hand. »Versuch nicht, dich an zuviel auf einmal zu erinnern.« Ich sah in sein besorgtes Gesicht und nickte.

»Das muß bestimmt sehr aufregend für dich sein«, sagte Mary Beth. »Deine Vergangenheit und deine Identität wiederzufinden. Ehe du dich versiehst, weißt du wieder alles.«

»Ja.« Ich nickte. »Ja, genauso wird es kommen. Doktor Southerby hat recht gehabt.«

Ich aß mein Abendessen schnell auf, denn ich hatte den größten Teil kalt werden lassen, während ich dagesessen und nachgedacht hatte. Nach dem Abendessen zogen wir uns gewöhnlich in den Aufenthaltsraum zurück, um dort fernzusehen, zu lesen oder Brettspiele zu spielen. An jenem Abend war mir nach keiner dieser Beschäftigungen zumute. Die Nähe meiner Erinnerungen war zu spannend. Am liebsten wollte ich nur ungestört in einer Ecke sitzen und mit den Bildern und den Worten ringen, bis ich weitere Teilchen in das Puzzle einfügen konnte.

Mary Beth verbrachte jetzt mehr Zeit mit Lulu, weil sie ihr leid tat. Sie spielte die Spiele mit ihr, die Megan sonst mit ihr gespielt hatte.

Lawrence saß mir gegenüber und las *Eine Geschichte von zwei Städten.* Er las sehr viel, und wenn er mir von einigen der Bücher erzählte, die er gelesen hatte, dann erinnerte ich mich wieder daran, sie ebenfalls gelesen zu haben.

»Du mußt eine gute Schülerin gewesen sein«, bemerkte er, »wenn du dich jetzt noch an all die Romanfiguren erinnern kannst.«

Darüber dachte ich jetzt nach. War ich eine gute Schülerin? Wo ging ich zur Schule? Mit wem war ich befreundet? Was wollte ich später einmal werden? Es setzte mir ziemlich zu, die Antworten auf die einfachsten Fragen nicht zu finden. Ich saß da und hatte das Gefühl, in meinem Verstand könnte es jederzeit zu einer Explosion kommen, die mich in meine Vergangenheit zurückschleuderte. Vermutlich muß ich ausgesehen haben wie eine Henne, die gerade ein Ei legen will, denn Lawrence blickte plötzlich von seinem Buch auf und lachte.

»Ich wünschte, du könntest deinen Gesichtsausdruck sehen, Laura. Du scheinst auf dem Sprung zu sein, jederzeit bereit, wenn du so angespannt vorgebeugt bist. Es sieht aus, als könntest du jeden Moment aufspringen und ›Heureka!‹ rufen.«

»Genauso fühle ich mich auch. Die Bilder ziehen immer wieder an mir vorüber, bewegen sich im Kreis, umkreisen mich und kommen von Mal zu Mal näher. Ich kann die Stimme meiner Mutter hören, die Stimme meines Vaters auch, und ich beginne, ihre Gesichter vor mir zu sehen. Es ist, als würden sie von einem immer heller werdenden Licht aus der Dunkelheit herausgeholt. Habe ich mich einigermaßen verständlich ausgedrückt?«

»Ja«, sagte er. »Was du sagst, ist absolut nachvollziehbar, Laura. Du zählst zu den wenigen hier, die wirklich glücklich dran sind. Dir wird es bessergehen«, sagte er, »und zwar schon sehr bald«, fügte er hinzu, wenn auch nicht ohne einen Anflug von Trauer in der Stimme.

»Für dich gilt dasselbe.«

»Ja, auch ich werde Fortschritte machen«, sagte er. »Ich würde dich gern draußen wiedertreffen und etwas ... etwas Normales mit dir unternehmen. Zum Beispiel mit dir ins Kino gehen. Oder tanzen. Irgend etwas.«

»Ja, das fände ich auch schön«, sagte ich lächelnd, »aber wer weiß, wo ich wohne? Vielleicht lebe ich Hunderte, wenn nicht gar Tausende von Kilometern von dir entfernt.«

»Die Entfernung würde für mich keine Rolle spielen.« Er sah mich mit glänzenden Augen eindringlich an.

Als ich bemerkte, wie er mich ansah, fragte ich mich, ob ich vor meinem Unfall einen Freund gehabt hatte. Ich wußte, daß

Lawrence enttäuscht sein würde, aber das war es nicht, was mich davon abhielt, diese Erinnerung wiederzufinden. Ich begriff, daß es einen anderen Grund dafür geben mußte. Aber welchen? Warum begann mein Herz schon allein bei diesem Gedanken heftig zu pochen?

Plötzlich stand Mary Beth auf und schloß sich uns an. Eines der jüngeren Mädchen hatte mit ihr gesprochen und etwas gesagt, womit sie Mary Beth offenbar unglücklich gemacht hatte.

»Denise behauptet, sie hätte gehört, wie Billy mit einem anderen Pfleger über Megan geredet hat. Sie behauptet, die beiden hätten gesagt, daß Megans Mutter sie in ein echtes Irrenhaus einweisen lassen wird. Nach ihrer Beschreibung klingt es gar nicht gut. Sie haben sie als einen Fall für die Zwangsjacke bezeichnet.« Sie sah sich über die Schulter. »Lulu ist außer sich. Sie hat das meiste mitgehört. Jetzt sitzt sie da und lutscht an ihrem Daumen. Ich weiß nicht, was ich tun soll. Ich möchte nicht, daß sie auch noch in den Turm gesteckt wird.«

»Die arme Kleine«, sagte Lawrence. »Und die arme Megan.«

»Wann wird sie endlich aufhören, ein Opfer zu sein?« fragte ich laut.

Lawrence musterte mich einen Moment lang nachdenklich.

»Dann, wenn sie sich dafür entscheidet«, sagte er.

»Du glaubst doch nicht etwa, sie will so sein?« fragte Mary Beth erbost.

»Ich habe in der letzten Zeit eine Menge über diese Dinge nachgelesen. Megan fühlt sich verantwortlich für das, was ihr zugestoßen ist. Sie macht sich Vorwürfe, weil sie die Schuld bei sich selbst sucht, und sie appelliert an das Mitgefühl anderer. Etwas Besseres fällt ihr im Moment nicht ein«, sagte er. »Die Ärzte müssen ihr begreiflich machen, daß sie keine Schuld an dem trägt, was ihr zugestoßen ist.«

»Vielleicht sprichst du von dir selbst«, fauchte Mary Beth und sah ihn wütend an.

Er blickte zu ihr auf.

»Das kann schon sein«, gab er zu, und dann sah er mich an. »Vielleicht rede ich von uns allen.«

Ich erschauerte und sah mich unter all den anderen Patienten um. Jemandem von draußen, der den Kopf zur Tür hereinstreckte, um uns zu betrachten, wäre es möglicherweise nicht leichtgefallen, zu verstehen, in welcher Bedrängnis die meisten von uns waren. Im Moment wirkten alle so normal wie die Leute draußen auch – sie spielten Karten oder Brettspiele, sahen fern und lachten, unterhielten sich miteinander und lasen.

Mir ging schlagartig auf, wie schwer es war, durch reine Beobachtung etwas über andere Menschen zu erfahren. Vielleicht dauerte es endlose Jahre, bis man einen anderen Menschen wirklich kannte. Lawrence fühlte sich von Tag zu Tag mehr zu mir hingezogen, aber was war, wenn alles, woran ich mich erinnerte, ihn überwältigen würde? Was war, wenn ich genauso wie die Leute war, die er verabscheute? Würde mein wahres Ich, meine Identität, mich unversehens einholen und jegliche Identität auslöschen, die ich ihm gegenüber angenommen hatte? Wir beide waren einander wahrhaft fremd, zwei verlorene Seelen, die einander zufällig begegnet waren und ein Stück Weg gemeinsam zurückgelegt hatten, um schon bald wieder zu unseren Körpern zurückzukehren, und es war gut möglich, daß diese Körper sich hinterher nicht zueinander hingezogen fühlten, sagte ich mir.

»Ich glaube, ich brauche frische Luft. Ich gehe eine Zeitlang ins Freie«, sagte ich und stand auf.

Mary Beth und Lawrence sahen einander an und lächelten dann beide.

»Was ist? Warum seht ihr beide mich so an?«

»Du kannst jetzt nicht rausgehen«, sagte Mary Beth. »Die Türen sind abgeschlossen, und wenn du versuchen würdest, eine zu öffnen, dann würden sich die Alarmanlagen anschalten.«

»Man behandelt uns hier tatsächlich wie Gefangene«, stöhnte ich. »Ich will doch nichts weiter, als im Garten spazierenzugehen, zu den Sternen aufzublicken und die Nachtluft in meinem Gesicht zu spüren. Was ist denn daran so furchtbar? Warum lassen sie uns nachts nicht raus?«

»Wegen der Dunkelheit«, sagte Mary Beth. »Da können sie uns nicht so leicht im Auge behalten.«

Ich ließ mich verdrossen wieder auf meinen Stuhl fallen schmollte und schlang die Arme um mich.

»Ich weiß, wie du rauskommst«, flüsterte Lawrence.

Mary Beth bekam große Augen.

»Nein, Lawrence. Du handelst dir die größten Schwierigkeiten ein.«

»Wie komme ich raus?« fragte ich.

»Das Personal, das in der Cafeteria arbeitet, ist inzwischen nach Hause gegangen. Die Leute gehen durch einen Seiteneingang ein und aus, der von der Küche zu erreichen ist. Er ist nicht abgeschlossen und auch nicht durch eine Alarmanlage gesichert.«

»Woher weißt du das?« fragte ich.

Er zögerte und beugte sich dann zu mir vor.

»Ich bin selbst einmal durch diese Tür hinausgeschlüpft. Ich hatte vor, von hier wegzulaufen, aber in dem Moment, in dem ich im Freien stand, konnte ich mich nicht mehr von der Stelle rühren«, gestand er.

Wir schwiegen einen Moment lang.

»Ich gehe wieder zu Lulu«, sagte Mary Beth. Unser Gespräch jagte ihr offenbar Angst ein. Lawrence beobachtete, wie sie an den Tisch zurückkehrte, ehe er weitersprach.

»Ich weiß, wie ihr zumute ist. Wenn sich die Dunkelheit herabsenkt und sämtliche Türen abgeschlossen sind, kommt einem draußen alles vor wie in der Außenwelt. Es ist, als schrumpften die Grenzen zusammen. Sie ist noch nicht reif für eine Rückkehr nach draußen, und daher erschreckt sie schon allein die Vorstellung, nachts das Haus zu verlassen«, erklärte er.

»Du weißt sehr gut über alle anderen Bescheid, Lawrence. Du könntest studieren und selbst Arzt werden«, sagte ich. Es war wirklich mein Ernst. Mein Kompliment ließ ihn erröten.

»Das kommt nur daher, daß ich viel Zeit in der Bibliothek verbringe. Die meisten Leute hier wissen gar nicht, was ihnen dort für Schätze entgehen.« Er beugte sich wieder zu mir vor. »Es gibt sogar ein Buch von Doktor Scanlon, dem Chefarzt«, sagte er. »*Ursachen für die Zerrüttung von Familien*. Nachdem ich es gelesen hatte, habe ich geglaubt, er hätte meine Familie als Forschungsmaterial für sein Buch verwendet.«

Ich wußte, daß er eine Reaktion von mir erwartete, aber ich kam nicht gegen dieses Gefühl einer inneren Unruhe an. Es kam mir vor, als surrte in meinem Innern ein ganzes Bienenvolk. Ich mußte die Sterne sehen, die Nachtluft auf meiner Haut fühlen.

»Würdest du mich in die Küche bringen?« fragte ich schließlich.

»Ist das dein Ernst?«

»Ich möchte ins Freie gehen und zu den Sternen aufblicken. Ich glaube, das könnte mir helfen. Von den Sternen geht etwas aus ... etwas, was Erinnerungen in mir wachruft«, erklärte ich »Es wurde mir viel bedeuten.«

Er wurde ernst.

»Also gut«, sagte er, nachdem er einen Moment nachgedacht hatte. Er warf einen Blick auf die Wärter. »Du gehst als erste, damit wir keinen Verdacht erregen. Geh zu den Toiletten, warte dort eine Minute, und komm dann wieder raus. Bis dahin werde ich am anderen Ende des Ganges stehen, und wenn die Luft rein ist und wir unbeobachtet bis zur Cafeteria kommen, winke ich dir zu. Bist du ganz sicher, daß du es tun willst? Sie könnten dich oder mich oder sogar uns beide nach oben umquartieren, und du weißt ja selbst, was das bedeuten könnte«, fügte er hinzu.

»Ich will dich nicht in Schwierigkeiten bringen, Lawrence. Vielleicht solltest du mir einfach nur erklären, wo ich den Ausgang finde, statt mich hinzuführen.«

»Nein«, beharrte er. »Ich möchte es für dich tun. Jetzt geh schon. Laß mir eine Minute Zeit, und bleib solange im Toilettenvorraum.«

Ich zögerte immer noch. Er wies mit einer Kopfbewegung auf die Tür, um mich zu meinem Vorhaben zu drängen. Ich warf einen Blick auf die Pfleger und stand dann möglichst unauffällig auf. Dennoch sah mich eine der Pflegerinnen an, als ich zur Tür ging. Ich lächelte sie an und bildete mit den Lippen das Wort »Toilette«. Daraufhin lächelte sie ebenfalls, und ich verließ den Raum. Ich wartete, wie Lawrence es angeordnet hatte, und dann verließ ich die Toiletten. Kein Mensch war im Korridor, aber in der Nähe der Cafeteria löste sich Lawrence von einem der Türrahmen und trat vor. Er bedeutete mir, ich solle mich beeilen.

Ich rannte regelrecht zu ihm, und wir betraten gemeinsam die Cafeteria. Alle Lichter waren jetzt ausgeschaltet, doch die Laternen draußen warfen genug Licht hinein, und sämtliche Tische und Stühle zeichneten sich als Silhouetten ab. Daher stießen wir nicht im Dunkeln gegen Dinge und machten auch keinen Lärm. Lawrence lief schnell auf die Küchentür zu und hob dann eine Hand, damit ich stehenblieb und mich still verhielt, während er lauschte. Kurz darauf öffnete er langsam die Türen.

Über dem Herd brannte eine kleine Lampe. Soweit wir es erkennen konnten, hielt sich niemand hier auf.

»Hier entlang«, flüsterte er. Wir liefen durch die Küche zur Speisekammer und gelangten von dort aus in einen kleinen Korridor. »Da wären wir«, sagte er und wies auf eine Metalltür am Ende des Korridors.

»Danke«, sagte ich. Ich ging langsam auf die Tür zu und sah mich dann noch einmal nach ihm um.

»Bald werden sie sich auf die Suche nach dir machen, Laura. Wenn sie dich nicht im Bad finden, gibt es Ärger.«

»Falls jemand nach mir fragen sollte, sagst du, ich sei in mein Zimmer gegangen, um etwas zu holen«, sagte ich. »Ich bleibe nicht lange.«

»Ich käme gern mit dir«, sagte er, aber es schien ihm unmöglich zu sein, auch nur noch einen einzigen Schritt nach vorn zu machen. »Es ist nur so, daß ...«

»Schon gut. Du hast genug für mich getan, Lawrence. Geh lieber zurück, ehe sie dich auch vermissen. Ich komme schon zurecht«, sagte ich.

Ich streckte die Hand nach der Tür aus. Als ich sie öffnete, zögerte ich, denn ich fürchtete, es könnte doch eine Alarmanlage geben, von der er nichts wußte, aber mir strömte nur kühle Nachtluft entgegen, und sonst geschah nichts.

»Wenn du nicht gleich wieder reinkommst ...«

»Ich komme gleich wieder. Ich verspreche es dir«, sagte ich.

Ich konnte sehen, daß er zitterte. Er wünschte sich inbrünstig, er könnte diese unsichtbare Grenze einreißen. Ich trat ins Freie und schloß schnell die Tür hinter mir, einerseits, um seinem Leiden ein Ende zu bereiten, aber andererseits auch, um mir selbst Mut zu machen. Einen Moment lang stand ich einfach nur da und lauschte den nächtlichen Geräuschen. Dann entfernte ich mich von dem Gebäude, um all die Lichter nicht mehr zu sehen.

Es war eine helle, sternenklare Nacht, und die Sternbilder waren mühelos zu erkennen. Meine Blicke glitten bedächtig über den Großen Bären. Allein schon der Anblick der leuchtenden Pünktchen, die über mir funkelten, verschlug mir den Atem. Ich mußte mich setzen. Sogar die Kühle nahm ich nicht mehr wahr. Worte, Bilder und Gedanken kamen wie Sternschnuppen auf mich zu. Sie kamen immer näher und schwenkten dann ab, wenn ich gerade kurz davorstand, etwas zu verstehen oder etwas klar zu erkennen.

Ich schloß die Augen und lehnte mich zurück, mit ausgestreckten Armen und offenen Händen, die Handflächen nach oben, denn ich wartete darauf, berührt zu werden und meine Identität zu akzeptieren, mit all den Folgen, die sich daraus ergeben würden. Ich glaubte, eine andere Hand in meiner zu spüren, und ich hörte eine Stimme, die Stimme eines jungen Mannes, die mir etwas zuflüsterte. Seine Lippen waren so nah, daß ich fast fühlen konnte, wie sie mein Ohr streiften.

Ich stöhnte. Sein Gesicht begann, aus dem schwarzen Abgrund des Vergessens auszusteigen, erst seine Augen, dann seine Lippen und dann ...

»Was zum Teufel hast du hier zu suchen?« hörte ich, und als ich die Augen aufschlug, stand Billy da und rauchte eine Zigarette. Auf seinem Gesicht stand ein verzerrtes Lächeln. »Sag schon, was ist?«

»Nichts«, sagte ich.

»Wie bist du aus dem Haus gekommen?« fragte er mit scharfer Stimme.

»Ich wollte nur die Sterne sehen«, sagte ich. Ich erhob mich, und er kam auf mich zu, warf seine Zigarette weg und kam immer näher, bis er zwischen mir und dem Gebäude stand.

»Sag mir, wie du rausgekommen bist«, sagte er unfreundlich.

»Ich habe eine Tür gefunden, die nicht abgeschlossen war, das ist alles«, sagte ich. Er stand jetzt so dicht vor mir, daß ich sehen konnte, wie sich seine Augen argwöhnisch zusammenkniffen.

»Du hast zufällig eine offene Tür gefunden, so so. Bist du sicher, daß du keine Verabredung hier draußen hast? Sag schon! Sollte es sich dabei zufällig um einen gewissen Arnie handeln?«

»Was? Wer?« sagte ich und schüttelte den Kopf.

»Arnie hat schon länger ein Auge auf dich geworfen.«

»Ich treffe mich mit niemandem. Ich kenne diesen Arnie überhaupt nicht«, beharrte ich und versuchte, an ihm vorbeizukommen, doch er vertrat mir schnell den Weg.

»Ich weiß doch, wie ihr jungen Mädchen sein könnt, wenn man euch einsperrt und ihr eure Freunde nicht mehr treffen könnt«, fuhr er fort und kam noch näher. Ich wich mehrere Schritte zurück. »Arnie ist ein Trottel. Ich weiß, wie man mit Mädchen umgeht.« Sein rechter Mundwinkel zog sich zu einem schalkhaften, lüsternen Lächeln hoch.

Er streckte die Hände aus und umfaßte meine Taille.

»Komm her, ich zeige es dir«, sagte er und zog mich an sich. Gleichzeitig kamen seine Lippen auf meinen Mund zu. Ich wandte gerade noch rechtzeitig das Gesicht ab und fing an, mich zu wehren, als seine Hände über meine Rippen zu meinen Brüsten glitten.

»Lassen Sie mich los!«

»Komm schon. Dir fehlt doch eigentlich gar nichts«, sagte er und versuchte mich dazu zu bringen, daß ich den Kopf wieder zu ihm umdrehte. »Du bist hübscher als alle anderen Mädchen hier. Ich beobachte dich jetzt schon seit deiner Ankunft hier, und ich weiß, daß du mich auch angeschaut hast. Komm schon«, drängte er mich. Er legte eine Hand auf meine Brust und zog mit der anderen meinen Rock hoch.

Ich wand mich und versuchte, ihm zu entkommen.

»Wenn du nicht brav mitspielst, verpfeife ich dich«, drohte er. »Ich bringe dich und denjenigen, der dir geholfen hat, das Haus zu verlassen, in große Schwierigkeiten. Dann endest du in einer Zwangsjacke, wie Megan. Hör auf, dich zu wehren«, beharrte er. »Laß das sein!«

Ich fürchtete mich, und daher hörte ich auf, mich zu winden. Seine Hand glitt an meinem Bein herauf und über meinen Schlüpfer. Seine Finger glitten über den Rand meines Slips und zogen ihn dann zur Seite. Ich schluchzte, als er mich berührte.

»Du bist süß«, sagte er und steckte die Zungenspitze in mein Ohr.

»Bitte«, flehte ich.

»Ich tue dir nicht weh. Es wird dir gefallen«, sagte er und

stieß mich wieder zu der Bank. Ich konnte spüren, daß er mit der linken Hand seine Hose öffnete, während seine Rechte weiterhin über meine Brüste glitt und dann die Knöpfe meiner Bluse öffnete, ehe seine Hand hineinglitt, um mit dem Verschluß meines BHs zu ringen.

»Du bist so schön, so wunderschön«, murmelte er.

Ich fing an zu weinen und mich wieder zu wehren.

»Laura, mach mich nicht wütend«, sagte er und gebot meinem Widerstand damit Einhalt.

Plötzlich hatte er beide Hände unter meinem Rock. Er zog meinen Schlüpfer herunter und preßte mich auf die Bank. Ich fürchtete mich davor zu schreien. Ich glaubte schon, ich würde ohnmächtig werden, und dann ... dann flüsterte jemand meinen Namen. Die Stimme war zwar nicht laut, aber sehr nah.

»Laura!«

Billy erstarrte. Seine Hände blieben auf meinen Schenkeln liegen.

»Laura, du solltest jetzt besser wieder ins Haus kommen.«

»Wer zum Teufel ist das? Lawrence?«

»Lassen Sie mich los«, sagte ich und riß mich von ihm los. Ich wich zurück und zog eilig meinen Schlüpfer wieder hoch.

»LAURA!«

»Gehen Sie mir aus dem Weg«, sagte ich zu Billy. Er dachte einen Moment lang nach, warf einen Blick auf das Gebäude und ließ mich dann gehen.

»Wenn du mich verpetzt, verpetze ich dich«, rief Billy mir nach, als ich auf die Küchentür zurannte. Lawrence stand in der offenen Tür. Ich lief schnell auf ihn zu.

»Was ist passiert?« Er sah mich entsetzt an und sprang mit einem Satz zurück, als ich ihn aus dem Weg stieß und die Tür hinter mir zuknallte.

»Laß uns schnell wieder in den Aufenthaltsraum gehen«, sagte ich. Ich wollte nicht, daß er etwas von Billy erfuhr und unbesonnen handelte. Damit hätte er sich nur in Schwierigkeiten gebracht, sagte ich mir. Mir ging plötzlich auf, daß sich Megan trotz all ihrer Wahnvorstellungen in einigen der Männer hier vielleicht doch nicht geirrt hatte.

Lawrence holte mich vor der Cafeteria ein, packte meine Hand und drehte mich zu sich um.

»Was ist dort draußen vorgefallen?« fragte er barsch. »Du siehst aus, als hättest du einen Geist gesehen. Du bist ganz blaß und ...«

»Ich hätte mich fast ... an jemanden erinnert«, sagte ich. »An einen ganz besonderen Menschen.«

»Einen ganz besonderen Menschen?«

»Jemanden, der mir sehr viel bedeutet hat«, fügte ich hinzu.

Er verstand. Er kniff die Augen vor Schmerz zusammen und ließ meine Hand los.

»Ach so. Das ist doch großartig«, sagte er. Dann lächelte er mich an. »Es ist prima, ich wünschte nur ... ich wünschte, ich wäre derjenige.«

Am nächsten Morgen wachte ich mit dem Gefühl auf, mein Bett sei ein Boot gewesen, das auf dem offenen Meer trieb, während ich mich bemühte zu schlafen. Ich mußte mich die ganze Nacht über von einer Seite auf die andere geworfen haben. Jetzt war ich erschöpft und ausgelaugt. Es war, als seien all die Erinnerungen, die mir entfallen waren, im Lauf der Nacht zurückgekehrt. Mein Kopf war schwer. Jetzt lagen sie auf der Lauer, gebündelt und zusammengeknotet, und warteten nur noch darauf, daß ich sie entwirrte und jeder einzelnen wieder ihren rechtmäßigen Platz einräumte.

Ich setzte mich mit Mühe auf, und einen Moment lang schwirrte mir der Kopf. Mir wurde so schwindlig, daß es mir den Atem verschlug. Wenn ähnliche Symptome aufgetreten waren, hatte Doktor Southerby sie als einen Panikanfall beschrieben. Er hatte mir geraten, ich solle mich entspannen, tief durchatmen und mich auf etwas Erfreuliches konzentrieren.

Nachdem ich seine Ratschläge befolgt hatte, kam es mir immer noch so vor, als sei mein Kopf nicht an meinem Hals befestigt und könne sich jederzeit von ihm lösen. Beim Laufen wankte ich, und mehrfach blieb ich stehen und preßte meine Handfläche an die Wand, um das Gleichgewicht wiederzufinden. Mein Magen war hohl und leer, aber ich hatte keinen Appetit. Als ich in den Spiegel schaute, sah ich selbst, wie ausgelaugt ich wirkte. Mein Gesicht war blaß, und meine Augen waren ausdruckslos und nichtssagend. Kein Gedanke lebte hinter diesen Augäpfeln aus Glas, die lediglich das widerspiegelten, was vor ihnen lag.

Meine Hände zitterten, als ich mir das Gesicht waschen wollte. Hatte ich mich an Lawrences Paniksyndrom angesteckt? Heute um zehn Uhr hatte ich einen Termin bei Dr. Scanlon. Mir wurde klar, daß ich mich fürchtete. Ich hatte Angst davor, die Bekanntschaft eines anderen Arztes machen zu müssen und mich ihm anzuvertrauen, vor allem jetzt, nachdem ich so lange gebraucht hatte, um Doktor Southerby zu vertrauen.

Irgendwie schaffte ich es, mich zum Frühstück in die Cafeteria zu schleppen, obwohl ich mich nicht daran erinnern konnte, wie ich den Weg zurückgelegt hatte. Ich muß gewirkt haben wie jemand, der in einem Traum gefangen ist und schlafwandlerisch umherläuft. Alle anderen waren schon da und begannen gerade, sich zu fragen, was wohl mit mir los war.

»Besonders gut siehst du heute nicht aus«, sagte Lawrence zu mir.

Ich blinzelte und stellte fest, daß ich mitten in der Cafeteria stand. Er war gerade mit seinem Tablett auf dem Rückweg zum Tisch.

»Mir geht es heute morgen nicht besonders gut.«

»Warum setzt du dich nicht an den Tisch, und ich hole dir, was du möchtest«, bot er an.

»Danke, aber ich habe keinen Hunger. Ich kriege das schon hin«, sagte ich und stellte mich an.

Ich stocherte lustlos in meinem Frühstück herum und aß kaum einen Happen. Lawrence war sichtlich besorgt um mich, und seine Sorge nahm ständig zu.

»Vielleicht solltest du dich von der Krankenschwester untersuchen lassen«, sagte er.

»Nein, das ist nicht nötig. Es geht von selbst vorüber«, versicherte ich ihm, obwohl ich meiner Sache selbst nicht sicher war.

Er wäre gern bei mir geblieben, um selbst zu sehen, ob mir auch wirklich nichts fehlte, doch er hatte direkt nach dem Frühstück seine therapeutische Sitzung und mußte daher gleich gehen. Ehe er zu dem Gespräch mit seinem Therapeuten aufbrach, brachte er mich noch ins Aufenthaltszimmer.

Als der Zeitpunkt meiner ersten Begegnung mit meinem neuen Arzt näherrückte, begann mein Herz zu hämmern, und mein Schwindelgefühl wurde so intensiv, daß ich mit geschlossenen Augen dasitzen und warten mußte, bis die Anfälle vorübergingen. Schließlich spürte ich dann, wie jemand an meinem Ellbogen zog, und als ich aufblickte, sah ich Mrs. Kleckner. Sie sah mich aus zusammengekniffenen Augen an, und tiefe Falten durchzogen ihre Stirn. Ihr Teint war so grau wie ihr Haar, und die winzigen Äderchen auf ihren Wangenknochen leuchteten stärker als sonst und wirkten mehr denn je wie violette Spinnweben.

»Es ist schon kurz vor zehn. Du wirst deinen Termin verpassen«, sagte sie.

»Mir geht es nicht besonders gut«, ächzte ich.

Sie starrte mich an.

»Hast du Schmerzen?« fragte sie.

»Nein, Schmerzen sind es nicht direkt. Ich habe diese Anfälle von Schwindelgefühl und ab und zu wird mir übel.« Ich legte eine Hand auf meinen Bauch.

Sie hob mein Handgelenk und maß meinen Puls. Dann legte sie mir eine Hand auf die Stirn. Ihre Handfläche war feucht, kalt und rauh.

»Dir fehlt nichts«, sagte sie.

»Aber mir ist schlecht. Ich fühle mich sehr krank«, beharrte ich.

»Das sind alles Symptome für deinen Zustand. Deshalb mußt du erst recht den Arzt sehen«, schloß sie abrupt. »Steh auf. Ich bringe dich hin. Jetzt mach schon. Er ist ein vielbeschäftigter Mann. Du solltest dich glücklich schätzen, weil du zu den wenigen zählst, mit deren Fall sich Doktor Scanlon persönlich befaßt. Ich bin offen gesagt der Meinung, daß es eine ganze Reihe von weitaus ernsteren Fällen gibt, die er sich ansehen sollte, aber schließlich bin ich nicht diejenige, die hier die Entscheidungen trifft. Leider nicht.«

Sie hielt mir ihre Hand hin. Widerstrebend nahm ich sie. Ich fürchtete, ich könnte umkippen, wenn ich es nicht tat. Sowie ich stand, preßte sie mir eine Hand ins Kreuz und gab mir einen festen Stoß, und ihr Druck auf meinem Rücken ließ erst nach, als ich mich in Bewegung setzte und den Aufenthaltsraum verließ. Als wir durch den Korridor liefen, fühlte ich mich wieder etwas kräftiger. Im Vorübergehen fiel mein Blick sehnsüchtig auf die geschlossene Tür von Doktor Southerbys Sprechzimmer.

»Lauf weiter«, sagte sie. »Mach schon. Die Uhr tickt. Sogar die Reichen können die Zeit nicht bestechen«, murmelte sie vor sich hin.

Wir blieben vor Zimmer hunderteins stehen, und sie hielt mir die Tür auf.

»Laura Logan«, kündigte sie mich an, als ich eintrat.

Eine kleine Frau von Ende Fünfzig blickte von ihrem Schreibtisch auf. Ihr hellbraunes Haar war grau meliert, und sie hatte stumpfe, braune, gallertartige Augen, die sich hinter einer Brille mit einem klobigen Gestell und reichlich dicken Gläsern verbargen. Ihre dünne Nase wies auf dem Nasensteg einen Hocker auf, der eigens für ihre Brille gedacht zu sein schien. Sie dehnte ihre ungleichmäßigen Lippen ein wenig, um ein mattes Lächeln anzudeuten, ehe sie sich wieder abwandte und auf dem Schreibtisch eine Akte suchte.

»Einen Moment, bitte«, sagte sie. Dann stand sie auf und ging zu der Verbindungstür zum Sprechzimmer. Sie war nicht viel größer als einen Meter fünfzig. In den Hüften war sie breit gebaut, und unter dem Saum ihres lavendelfarbenen Strickkleids schauten ihre dicken Waden gerade noch heraus. Sie klopfte an, trat ein und schloß die Tür hinter sich. Kurz darauf erschien sie wieder.

»Der Arzt empfängt dich jetzt«, sagte sie zu mir.

»Benimm dich«, riet mir Mrs. Kleckner und ließ mich los.

Ich warf einen Blick in ihr mürrisches Gesicht, ehe ich das Sprechzimmer betrat. Ich lief an der Empfangsdame vorbei, die mit ihrem steifen Rücken wie eine Statue dastand, die Schultern an die Tür gelehnt. Es war, als fürchtete sie, sie könnte mit mir in Berührung kommen und sich anstecken. Sowie ich eingetreten war, wich sie zurück und schloß die Tür hinter mir. Ich sah mich noch einmal um und richtete meinen Blick dann auf Doktor Scanlon.

Als ich ihm jetzt in seinem Büro gegenüberstand, wurde mir klar, daß ich ihn mehrfach in dem Gebäude gesehen hatte, aber ich wäre niemals darauf gekommen, daß er einer der Ärzte sein könnte, und schon gar nicht der Chefarzt. Auf mich hatte er so gewirkt, als hätte er es immer sehr eilig, und ich stellte mir vor, er müsse eine Art Handelsvertreter sein. Nie hatte ich erlebt, daß er jemandem direkt ins Gesicht sah oder lächelte, und ich hatte ihn auch nie im Gespräch mit einem Patienten gesehen. Die anderen Therapeuten, vor allem Doktor Southerby, sah man häufig mit Patienten in den Korridoren stehen.

Doktor Scanlon war nicht viel größer als seine Sprechstundenhilfe. Sein Haar hatte die Farbe von hellem Tee. Die Strähnen waren derart dünn, daß die Kopfhaut durchschimmerte, und ich konnte erkennen, daß sein Schädel mit Flecken überzogen war, die wie riesige Sommersprossen aussahen.

Im Moment hatte mir Dr. Scanlon den Rücken zugekehrt und schaute aus dem Fenster. Sein Büro lag nach hinten hinaus, und durch das Fenster sah man den Pfad, der zum Meer hinunterführte. Dort hatte ich gestern abend auf der Bank gesessen, als Billy plötzlich aufgetaucht war.

Er drehte sich um und sah mich an. Seine grüngesprenkelten Augen waren vor Interesse groß, doch seine Form von Interesse gab mir das Gefühl, durch ein Mikroskop beobachtet zu werden.

»Nimm bitte Platz«, herrschte er mich an und wies mit einer Kopfbewegung auf den Stuhl vor seinem Schreibtisch. »Mir ist es lieb, wenn mir meine Patienten bei der ersten Konsultation gegenübersitzen. Später kannst du dich auf die Couch legen, wenn du magst. Patienten«, sagte er und sprach das Wort aus, als sei es die Bezeichnung für eine fremde Rasse, »fällt es manchmal im Liegen leichter, frei zu assoziieren. Hast du bei deinen Sitzungen mit Doktor Southerby gesessen oder auf der Couch gelegen?« fragte er schnell, sowie ich mich gesetzt hatte.

»Ich habe ihm gegenübergesessen«, erwiderte ich.

Er nickte und sah dann auf die Akte hinunter, die ihm seine Sprechstundenhilfe vor meinem Eintreten gebracht hatte. Im Stehen blätterte er die Seite um und las, als sei ich gar nicht da. Dann nickte er und schloß die Akte. Er ließ sich auf seinen überdimensionalen Stuhl sinken, faltete die Hände auf dem Schreibtisch und beugte sich zu mir vor.

»Ich bin Doktor Scanlon, und ich werde versuchen, dir zu helfen«, begann er.

»Warum kann ich nicht bei Doktor Southerby bleiben?« erwiderte ich daraufhin.

Er gab mir nicht sofort eine Antwort. Erst schloß er die Augen und blieb einen Moment lang mit geschlossenen Augen sitzen, als hätte meine Frage ihm große Schmerzen bereitet, und dann schlug er die Augen wieder auf.

»Doktor Southerby arbeitet nicht nur hier, sondern auch

noch in einer anderen Klinik. Tatsächlich ist es so, daß er in der anderen Klinik mehr Verantwortung trägt. Jetzt beanspruchen seine Patienten in der anderen Klinik mehr Zeit, und daher mußte er seine Verpflichtungen hier in dieser Klinik reduzieren«, erklärte Doktor Scanlon mit sichtlichem Widerwillen.

»Derzeit mangelt es uns an professioneller Hilfe und an Spezialisten«, fuhr er fort. »Normalerweise übernehme ich bei der Behandlung unserer Patienten keine ganz so direkte Rolle. Ich stehe den Ärzten mit Rat und Tat zur Seite, und meine Aufgabe besteht darin, eine Diagnose zu bestätigen und die Behandlungsmethoden abzusegnen, aber er hat eine Lücke hinterlassen, und diese Lücke muß gefüllt werden«, fügte er hinzu und strengte sich anscheinend für seine Begriffe gewaltig an, ein Lächeln zu bewerkstelligen. Mir gefiel die Vorstellung nicht, daß ich es jetzt mit einem Lückenbüßer zu tun hatte.

»Also«, fuhr er fort und lehnte sich jetzt auf seinem Stuhl zurück, »nach deiner Einlieferung hier ist eine Diagnose auf psychogene Amnesie gestellt worden, und Doktor Southerby hat dir dabei geholfen, in deine Vergangenheit zurückzukehren und deine Identität wiederzufinden. Aus seinen Notizen geht hervor, daß er mit deinen Fortschritten zufrieden war.«

»Gestern ist mir noch mehr eingefallen«, warf ich eilig ein. Ich wollte diese Sitzung so schnell wie möglich hinter mich bringen. Mir war äußerst unbehaglich zumute. Für mich stand fest, daß Doktor Scanlon nicht die Aufrichtigkeit besaß, die ich an Doktor Southerby so sehr geschätzt hatte. Er sah in mir nicht wirklich einen Menschen, sondern vielmehr eine Patientin, einen weiteren statistischen Faktor. Meiner Ansicht nach konnten die Patienten froh sein, daß er im allgemeinen keine direkte Rolle in ihrer Behandlung übernahm.

»Ach? Und darauf hast du, wie ich sehe, eine Art Überreaktion gezeigt. Mir liegt ein Bericht darüber vor«, fuhr er fort und schlug die Akte wieder auf, »daß du dich gestern reichlich dramatisch gebärdet hast.«

»Wie bitte? Ich soll mich dramatisch gebärdet haben?«

»Du bist wie eine Irre durch das Haus gerast und hast den Verwalter beinah umgerannt. Du hast hysterisch geschrien und Forderungen gestellt, und fast hätte man dich gewaltsam zurückhalten müssen.«

»Ich war aufgeregt. Ich wollte Doktor Southerby sprechen«, sagte ich. »Ich wollte nicht laut werden, und ich glaube nicht, daß es nötig gewesen wäre, mich gewaltsam zurückzuhalten.«

»Hmm«, stöhnte er, ohne mich anzusehen. Er starrte weiterhin die Papiere an, die vor ihm lagen. Wie schnell Mrs. Kleckner den Bericht über mich verfaßt hatte, dachte ich.

»Ich war nicht hysterisch. Ich war nur aufgeregt, weil mir Dinge wieder eingefallen sind«, fügte ich mit fester Stimme hinzu.

Er lächelte zwar, aber es war kein freundliches Lächeln.

»Du bist hier, weil es dir Schwierigkeiten bereitet, dein eigenes Verhalten richtig einzuschätzen und dich zu beherrschen, Laura. In dem Fall ist es wohl das beste, wenn wir berücksichtigen, wie ausgebildete Mitarbeiter dein Verhalten beurteilen, meinst du nicht auch? Weshalb warst du überhaupt so aufgeregt?« fragte er, doch bei diesen Worten sah er nicht etwa mich an, sondern schaute wieder in seine Akte.

»Ich habe mich an den Namen meiner kleinen Schwester erinnert, und mir ist auch eingefallen, daß ich einen Zwillingsbruder habe«, platzte ich heraus, da mir alles viel zu langsam voranging und ich immer ungeduldiger wurde. Wenn er weiterhin nach jedem Satz, den ich sagte, in der Akte las, würde ich den ganzen Tag hier verbringen, dachte ich. Und überhaupt – warum hatte er sich eigentlich nicht besser auf mich vorbereitet?

»Ach, wirklich?« Seine Augen hefteten sich auf mich. »Was ist dir sonst noch eingefallen?«

»Ich habe Gesichter vor mir gesehen und mich an Stimmen erinnert, von denen ich weiß, daß sie meinen Eltern gehören. Ich glaube, daß wir etwas mit dem Hummerfang zu tun haben, und wir haben ein Boot und leben dicht am Meer, und meine kleine Schwester ist taub«, sagte ich, wobei ich mich jedoch bemühte, meinen Überschwang für mich zu behalten, damit er nicht falsch ausgelegt werden konnte. Während ich ihm diese Dinge berichtete, tauchten sie in meiner Vorstellung so deutlich wieder auf, daß mein Herz heftig zu klopfen begann und ich die Augen schloß.

»Was glaubst du wohl, warum du all das und auch die Dinge, die mit deiner eigenen Person zu tun haben, vergessen hast?« fragte er.

»Ich weiß es nicht.«

Er lehnte sich zurück und zog die Mundwinkel wieder zu diesem hämischen, arroganten Lächeln hoch.

»Aus Doktor Southerbys Aufzeichnungen kann ich ersehen, daß du zumindest akzeptiert hast, es könnte etwas mit einem Vorfall zu tun haben, der dich enorm aus dem Gleichgewicht gebracht hat. Ich meine das, was wir ein psychologisches Trauma nennen. Verhält es sich noch so?«

»Ja«, gab ich zu, und meine Lippen zitterten.

Er beugte sich vor und fixierte mich wieder mit seinem Mikroskopblick.

»Du siehst sehr müde aus. Hast du letzte Nacht nicht gut geschlafen?«

»Nein«, sagte ich. »Ich bin immer wieder aufgewacht, weil ich Stimmen gehört habe. Jemand hat nach mir gerufen, jemand, dessen Stimme so wie meine eigene klang. Und dann war mir plötzlich sehr kalt. Es war, als ob ...«

»Ja?«

»Als sei ich klatschnaß«, sagte ich und begriff erst in diesem Augenblick ganz genau, was ich tatsächlich empfunden hatte. »Ja, genau das war es: Es hatte etwas mit Wasser zu tun ... mit dem Meer.«

Seine Augen wurden groß.

»Ich verstehe.« Er zögerte. »Das gefällt mir gar nicht«, fügte er plötzlich hinzu. »Atme tief durch, und bemüh dich, im Moment nicht an diese Dinge zu denken.«

»Was? Was soll das heißen? Ich soll nicht daran denken? Warum soll ich nicht daran denken?« Ich feuerte meine Fragen wie Munition ab, die von seinem kalten analytischen Gesicht abzuprallen schien.

»Mir gefällt nicht, was physisch mit dir vorgeht. Die Symptome sind klassisch. Ich fürchte, du hastest überstürzt in die Vergangenheit zurück. Du läufst Gefahr, frontal mit deinem Trauma aufeinanderzuprallen, und das könnte Schäden nach sich ziehen, die sich nicht wieder rückgängig machen lassen, psychische Schäden. In meiner Station für Patienten mit enormen psychischen Störungen gibt es eine Reihe von ähnlich gelagerten Fällen. Manche von ihnen sind ins Koma gefallen und werden nur noch durch intravenöse Ernährung am Leben erhalten, und andere muß man umherführen wie nach einer Lobotomie. Sie sind nur noch Schatten ihrer selbst, die niemals lächeln und niemals lachen; sie sind blind und taub, wandelnde Tote. Du willst doch nicht, daß dir das zustößt, oder?«

»Nein«, sagte ich voller Entsetzen. »Könnte mir etwas Derartiges tatsächlich zustoßen?«

»Ja, selbstverständlich. Andernfalls käme ich nicht darauf zu sprechen. Ich lese hier, daß du dein Sprechvermögen schon einmal verloren hast. Ich sage diese Dinge nicht, um dir Angst einzujagen, sondern nur, um zu erreichen, daß du dich kooperativ verhältst. Mir ist es lieb, wenn Patienten ihre jeweilige Behandlung unterstützen. Das macht es leichter für uns alle, vor allem für den Patienten.«

Sein verkniffenes Lächeln wurde etwas freundlicher.

»Das Gehirn ist der komplexeste Teil unseres Körpers. Bewußte und unbewußte Gedanken liegen in zahllosen Schichten übereinander. Im Moment sind deine Erinnerungen wie vergrabene Schätze«, fuhr er fort, »und die Pfade, die zu ihnen führen, sind verrammelt worden. Wenn wir zu voreilig oder zu ungeschickt nach diesen Schätzen greifen wollen, könnten sie tiefer und immer tiefer in den Abgrund stürzen. Wir müssen sehr, sehr behutsam sein und genau darauf achten, wie wir vorgehen.«

Er unterbrach sich, blätterte wieder in der Akte herum und schüttelte mißbilligend den Kopf.

»Wie ich sehe, hat Doktor Southerby es unterlassen, dir Medikamente zu verordnen. So, wie du deine Nächte geschildert hast, halte ich es für klüger, dir in diesem Stadium Medikamente zu verabreichen. Ich möchte in deinem Fall sehr vorsichtig sein, Laura. Du bist sehr zerbrechlich, sehr sensibel und im Moment ganz besonders empfindlich, und wir haben Arzneimittel, die dir ein Polster geben und dich schützen können.«

»Ich nehme nicht gern Medikamente.«

»Niemand nimmt gern Medikamente, natürlich mit Ausnahme derer, die süchtig darauf sind«, fügte er hinzu. Er schrieb etwas auf einen Block.

»Werde ich Doktor Southerby wirklich nie wiedersehen?« fragte ich kläglich.

»Bis dahin bist du hoffentlich kuriert und als geheilt entlassen«, sagte er. »Ich bin sicher, das wäre dir noch lieber, nicht wahr? Du willst doch wieder nach Hause gehen, zu deiner kleinen Schwester, die dich braucht, und zu deinem Zwillingsbruder und zu deinen Eltern, die dich bestimmt vermissen.«

»Und wo sind sie alle, wenn es sich so verhält?« fragte ich. »Warum kommen sie nicht zu Besuch?«

Meine Frage überrumpelte ihn.

»In deinem Fall ist das im Moment noch nicht ratsam. Ein zu schnelles Vorgehen und eine Überfülle an Eindrücken könnten, wie ich bereits sagte, dazu führen, daß du zusammenbrichst und genau das tust, was ich dir gerade geschildert habe: Du könntest deine Vergangenheit noch weiter von dir stoßen.«

»Und warum das?«

Er zögerte.

»Ich bin nicht sicher, ob es ratsam wäre, dir das jetzt schon zu sagen.«

»Ich muß es aber wissen. Warum?« beharrte ich.

»Also, gut. Es liegt daran, daß du dich schuldig fühlst für das, was dir zugestoßen ist. Dein Schuldbewußtsein hat dich zu dem gemacht, was du heute bist«, erklärte er.

»Dann ist also das, was passiert ist, meine Schuld? Was habe ich denn so Schreckliches verbrochen?«

»Vielleicht gar nichts«, sagte er. »Vielleicht aber auch etwas, was zu einer Tragödie beigetragen hat«, fuhr er fort. »Du mußt Schritt für Schritt vorgehen. Erst mußt du allmählich wieder du selbst werden, und dann mußt du dich mit deinem Schuldbewußtsein auseinandersetzen. In Ordnung?«

»Nein. Das ist absolut nicht in Ordnung. Warum kommt meine Familie nicht zu Besuch?« rief ich aus.

»Sie wird laufend von uns unterrichtet«, sagte er.

»Sie wird unterrichtet? Mit schriftlichen Berichten würde ich mich niemals zufriedengeben. Habe ich etwas getan, was meiner Familie geschadet hat? Leide ich deshalb unter diesem Schuldbewußtsein?«

»Du weißt doch, daß es besser für dich ist, wenn du von selbst dahinterkommst«, erwiderte er ziemlich trocken.

Ich dachte einen Moment lang nach. Konnte es sein, daß meine Eltern kein bißchen besser waren als die Eltern von Lawrence oder Megan?

»Nein, ich will nicht mehr warten. Ich will alles wissen, und zwar jetzt«, sagte ich.

»Miss Logan ...«

»Und ich will Doktor Southerby sehen. Ich muß ihn unbedingt sehen. Ich muß ihm erzählen, was passiert ist. Er kann mir helfen. Ich weiß, daß er mir helfen kann. Bitte.« Ich fing an zu weinen, und mit jeder Sekunde, die verging, schluchzte ich lauter und anhaltender.

»Miss Logan, reißen Sie sich zusammen.«

»WARUM ... KOMMEN MEINE ELTERN ... NICHT ZU BESUCH?!« schrie ich.

Er drückte einen Knopf auf seinem Schreibtisch und erhob sich dann. Die Tür zum Sprechzimmer flog auf, und Mrs. Kleckner und ein Pfleger kamen hereingeeilt. Der Ausdruck, den ich in den Augen des Pflegers sah, jagte mir Angst ein.

»Wir gebärden uns mal wieder wütend«, erklärte Doktor Scanlon, als seien er und ich Verschwörer. »Ich halte es für das beste, sie für den Moment nach oben umzuquartieren.«

»Nach oben?« sagte ich und sah sie alle der Reihe nach an. »NEIN!«

Ich sprang auf, wich vor ihnen zurück und schüttelte den Kopf.

»Immer mit der Ruhe«, sagte der Pfleger und kam langsam auf mich zu. »Ich heiße Arnie. Mach dir keine Sorgen, ich werde gut auf dich aufpassen.«

»Ich gehe nicht in den Turm!«

»Wer hat diesem Stockwerk bloß diesen albernen Namen gegeben?« fragte Doktor Scanlon Mrs. Kleckner.

»Bestimmt einer unserer Patienten, Doktor.« Sie wandte sich an mich. »Und jetzt mach es dir nicht schwerer als nötig. Du mußt tun, was der Arzt sagt. Komm mit«, sagte sie.

Ich schüttelte den Kopf.

»Bitte, ich werde auch ganz brav sein. Ich schwöre, daß ich brav sein werde. Ich gehe sofort wieder in mein Zimmer. Ich werde mich nicht beklagen. Ich werde auch nicht mehr nach Doktor Southerby fragen. Lassen Sie mich in Ruhe. Bitte«, flehte ich.

»Du brauchst dich doch nicht zu fürchten«, sagte Doktor Scanlon. »Wir sind da, um dir zu helfen, Laura. Wir sorgen dafür, daß dir nichts zustößt. Du hast nämlich auch noch eine Großmutter, und die würde sich noch mehr darüber aufregen als deine Eltern, wenn wir dir etwas Böses antäten«, fügte er mit einem kalten Lächeln hinzu.

»Meine Großmutter?«

Die Erinnerung an eine ältere Frau, die neben einem Wagen stand, mich durch die Scheibe ansah und angewidert den Kopf schüttelte, zuckte vor meinen Augen vorüber. Sie hatte mich hierhergeschickt, und ich konnte mich an keine Spur von Liebe in ihrem wütenden Gesicht erinnern. Was hatte ich bloß getan? Womit hatte ich mir den Zorn meiner ganzen Familie zugezogen?

»NEIN!« schrie ich. »Kommen Sie mir bloß nicht zu nahe. Lassen Sie mich in Ruhe.« Ich streckte abwehrend die Arme aus.

Arnie schlich sich von hinten an mich heran, umfaßte meine Handgelenke und hielt meine Arme fest. Ich hatte so gut wie keine Kraft, um mich zu wehren, und kurz darauf hielt er mich eng umklammert und zwang mich stillzuhalten. Doktor Scanlon eilte um seinen Schreibtisch herum, und Mrs. Kleckner zog einen Ärmel meiner Bluse hoch. Ich zappelte und wand mich, aber Arnie war zu kräftig. Doktor Scanlon pickte mir eine Nadel in den Arm.

»Es wird alles wieder gut werden. Bald geht es dir wieder besser«, murmelte er. »Immer mit der Ruhe. Du mußt ganz ruhig bleiben. Das ist die Hauptsache.«

»Mein Kopf«, stöhnte ich. »Er ist so schwer. Ich habe schon den ganzen Vormittag diesen schweren Kopf gehabt.«

»Das macht doch nichts. Schließ einfach die Augen. Holen Sie einen Rollstuhl«, ordnete er an.

Kurz darauf spürte ich, wie ich auf einen Rollstuhl gesetzt wurde, und dann wurde ein Gurt eng um meine Taille geschnürt. Arnies starke Hände hielten mich an den Schultern fest, als ich versuchte, mich vorzubeugen.

»Ganz ruhig«, sagte Mrs. Kleckner.

»Bringen Sie sie in Nummer dreihundertsieben«, sagte Doktor Scanlon.

Als sie den Rollstuhl fortschoben, brachte ich kaum noch genug Energie auf, um eine letzte Bitte zu äußern.

»Ich will ... Doktor Southerby. Er kann mir helfen. Ich will ihn sehen.«

»Ich will, ich will, ich will«, hörte ich Mrs. Kleckner hinter meinem Rücken anstimmen. »Das ist das einzige, was ihr Patienten sagen könnt.«

Arnie lachte. Ich hörte, wie sich die Tür eines Aufzugs öffnete, und als sie mich hineinschoben, machte ich die Augen auf. Die Tür schloß sich. Mrs. Kleckner sah lächelnd auf mich herunter.

»Ich habe doch gleich gewußt, daß die hier nach oben gehört«, sagte sie.

Und dann wurde alles schwarz vor meinen Augen.

15

Ich erinnere mich an dich

Als ich die Augen wieder aufschlug, glaubte ich, ich schliefe noch und alles sei nur ein Traum. Ich hatte das Gefühl zu schweben, dicht über meinem Bett durch die Luft zu treiben und auf die leere Hülle meines Körpers hinunterzuschauen. Meine Umgebung war weiß und steril und hatte etwas von einem Untersuchungsraum an sich. Die Wände waren nackt, und vor den kleinen Fenstern waren die dunkelgrauen Vorhänge so dicht zugezogen, daß es aussah, als seien sie zusammengenäht. Die Zimmertür war angelehnt, und durch den Spalt zwischen der Tür und dem Türrahmen drang das einzige Licht, ein matter, gelblicher Schein.

Mein Bett verströmte den Geruch von Wäschestärke. Die Laken waren steif, und ich war von Kopf bis Fuß in sie eingehüllt. Das Kissen war so weich, daß mein Kopf kaum höher lag als der Rest meines Körpers. Als ich den Kopf umdrehte und mich in dem Zimmer umsah, entdeckte ich neben dem Bett einen Tisch mit einer breiten Schublade und einer Tischplatte aus imitiertem Holz. Darauf standen ein eierschalfarbener Nachttopf und eine Blechschüssel, über deren Rand ein Waschlappen hing.

Als ich mich aufsetzen wollte, stellte ich schockiert fest, daß ich mit breiten Lederriemen an das Bett geschnürt war. Einer der Gurte saß unter meinen Brüsten und hielt meine Arme dicht an meinem Körper fest, und ein zweiter war über meine Beine geschnürt. Ich konnte mich kaum rühren. Diese Feststellung ließ Panik in meinem Magen aufkommen, eine heiße Kugel, die von einer Seite auf die andere rollte.

»Helfen Sie mir!« rief ich. »Helft mir doch, bitte. Kann nicht irgend jemand kommen?«

Ich wartete, hörte jedoch nichts, keine Schritte, keine Stimmen, überhaupt nichts. Ich stieß noch einen Hilferuf aus, wartete und probierte es dann noch einmal. Die Stille war zum Verrücktwerden. War denn außer mir kein Mensch hier? Mein Kampf gegen die Gurte war vergeblich, sogar schmerzhaft. Ich seufzte tief und gab auf, schloß die Augen und wimmerte leise vor mich hin.

Ich mußte wieder eingeschlafen sein, denn als ich die Augen öffnete, hörte ich, wie Wasser in das Waschbecken eingelassen wurde. Jemand war in meinem Badezimmer.

»Wer ist da?« rief ich.

Kurz darauf kam eine große, hagere Frau mit rostrotem Haar aus dem Bad. Die Knochen ihrer Schultern zeichneten sich durch ihre weiße Tracht ab. Sie hatte lange Arme mit vorspringenden Handgelenken und sehr lange Hände, Hände, die den Eindruck erweckten, als seien sie kräftig und könnten zupakken. Als sie um das Bett herumging und rechts neben mir stehenblieb, konnte ich ihr Gesicht deutlicher erkennen.

Sie schien im Halbschlaf zu sein; ihre Lider hingen so schwer herunter, daß nur zwei kleine Schlitze für die Pupillen blieben. Sie hatte eine lange, dünne Nase und einen sehr großen Mund über einem gespaltenen Kinn. Sie erinnerte mich an Mary Beth, und ich fragte mich, ob sie wohl auch unter Aneroxie litt. Wenn ja, warum gehörte sie dann zum Personal und nicht zu den Patienten?

Die Tatsache, daß ich wach war, schien sie nicht zu erschüttern. Sie lief durch das Zimmer, als pflegte sie mich schon seit Wochen. Das brachte mich auf die Frage, wie lange ich wohl schon hier war. Sie begrüßte mich nicht und würdigte mich kaum eines Blickes, als sie die Wasserschüssel auf den Tisch stellte und das Bettzeug zurückzog, um die Gurte zu lösen.

»Du mußt dich aufsetzen, damit ich dich waschen kann«,

murmelte sie. Ihre Stimme war so tief, daß sie fast wie eine Männerstimme klang. Aus der Nähe konnte ich winzige schwarze Haare an den Seiten ihres Kinns sehen. »Und dann gebe ich dir etwas zu essen«, sagte sie.

Sie mied es, mir direkt ins Gesicht zu sehen, wenn sie mit mir sprach.

»Was ist passiert?« fragte ich. »Warum war ich an das Bett geschnallt?«

Sie unterbrach sich und sah mich endlich an.

»Ich weiß es nicht«, sagte sie und löste den zweiten Riemen. »Kannst du dich allein aufsetzen?« fragte sie.

»Wo bin ich? Wer sind Sie?«

»Ich heiße Clare. Du bist in Zimmer dreihundertsieben«, sagte sie. »Könntest du dich jetzt bitte setzen?«

Ich dachte angestrengt nach und erinnerte mich verschwommen an die Ereignisse, die dazu geführt hatten, daß man mich ins obere Stockwerk umquartiert hatte.

»Ich muß dringend Doktor Southerby sprechen«, sagte ich. »Könnten Sie ihm sagen, Laura Logan müßte ihn so bald wie möglich sprechen? Es ist sehr wichtig.«

»Ich bin nur Schwesternhelferin«, sagte sie. »Ich bin niemand, der anderen Leuten etwas sagt.«

Sie begann, meine rechte Hand und meinen rechten Arm mit demselben Interesse zu waschen, das sie dafür aufgebracht hätte, schmutziges Geschirr zu spülen.

»Das kann ich selbst tun«, sagte ich, als meine Furcht blitzschnell von Wut abgelöst wurde. »Warum war ich an das Bett geschnallt? Warum darf ich nicht aufstehen und rumlaufen?«

Sie machte unbeirrt weiter, als hätte ich kein Wort gesagt. Meine Wut ließ mein Blut kochen und brodeln.

»Können Sie mir denn gar nichts sagen?« fragte ich so energisch wie möglich.

Sie unterbrach sich.

»Ich habe Hackbraten, Kartoffelbrei, Erbsen und Karotten, ein paar Scheiben Brot, Apfelsaft und Wackelpudding mit Erdbeergeschmack.«

»Was?«

»Das ist dein Abendessen«, sagte sie. »Das ist alles, was ich dir sagen kann. Mehr weiß ich nicht.«

Sie machte sich an meine linke Hand und meinen linken Arm. Ich zog abrupt den Arm zurück.

»Ich habe doch schon gesagt, daß ich mich selbst waschen kann.«

Sie hielt den Lappen einen Moment lang in der Hand und zuckte dann die Achseln.

»Hier. Tu, was du willst. Ich hole dir das Essen«, sagte sie und drückte mir den Lappen in die Hand, ehe sie sich abwandte und das Zimmer verließ. Ich preßte mir den Lappen aufs Gesicht und holte tief Atem.

Ich muß hier raus, dachte ich. Ich muß Doktor Southerby finden und von hier verschwinden. Ich schwang die Beine über die Bettkante und stand auf. Mein ganzer Körper schwankte wie das Pendel einer Standuhr. Trotzdem wollte ich zum Kleiderschrank gehen, da ich hoffte, meine Kleidung dort zu finden. Im Moment trug ich ein lose flatterndes Krankenhausnachthemd und war barfuß. Der gekachelte Boden fühlte sich eiskalt unter meinen Füßen an. Ich holte tief Atem und legte den Weg vom Bett zum Schrank zurück. Als ich die Schranktür öffnete, fiel mein Blick jedoch nur auf leere Kleiderbügel. Von Kleidung und Schuhen war nichts zu sehen, nur eine Schicht aus feinem Staub.

»Wie kommst du dazu, einfach aufzustehen? Leg dich schnell wieder ins Bett, oder ich werde gefeuert«, rief die große Frau aus. Sie hielt das Tablett mit meinem Essen in den Händen und lief eilig auf den Tisch zu. Als ich mich umdrehte, nahm sie meinen Arm, um mir ins Bett zu helfen. Das Zimmer drehte sich vor meinen Augen.

»Warum ist mir so schwindlig? Was haben sie mir gegeben? Meine Beine fühlen sich wie Gummi an.«

»Von Medikamenten weiß ich nichts. Leg dich bloß schnell wieder ins Bett.«

»Wie kommt es, daß Sie nichts wissen, obwohl Sie hier arbeiten? Wo ist der Arzt? Ich muß mit jemandem reden, der etwas weiß«, stöhnte ich.

Sie hob mich regelrecht auf das Bett und wickelte mich in die Decke ein. Mein Kopf sank auf das Kissen zurück.

»Ich kurbele das Bett für dich hoch«, sagte sie und drückte auf einen Knopf, der meinen Kopf und meinen Oberkörper anhob, bis ich halbwegs aufrecht dasaß. Dann verschob sie den Tisch mit dem Tablett so, daß das Essen vor mir stand. »Kannst du allein essen, oder willst du, daß ich dich füttere?«

»Ich kann allein essen«, sagte ich. »Ich kann alles, was nötig ist, für mich selbst tun, wenn ihr es mich tun laßt.«

»Gut. Ich habe nämlich noch zwei andere Patienten in dieser Etage, und keiner von beiden kann sich selbst helfen. Meistens können sie sich nicht mal die Nase allein putzen, und dabei sind sie kaum älter als du.«

Sie wandte sich von dem Bett ab, blieb dann stehen und kam zurück, um den Gurt über meinen Beinen zuzuschnallen.

»Bitte, können Sie die Gurte nicht offenlassen?« fragte ich.

»Du könntest aus dem Bett fallen, und dann werde ich gefeuert«, sagte sie.

»Warum arbeiten Sie hier, wenn man Sie wegen jeder Kleinigkeit feuern würde?« fragte ich.

Sie lächelte endlich.

»Es ist eine gute Stellung. Sie bezahlen mir mehr, als ich woanders verdienen kann, und hier gibt es nur noch mich und meine Mutter. Sie ist zu alt, um von sich aus noch einen Job zu finden, und die Sozialfürsorge bezahlt ihr nicht viel.«

»Wie lange bin ich schon hier? Das können Sie mir doch wenigstens verraten«, sagte ich.

Sie zuckte die Achseln.

»Nicht mehr als einen Tag, denn sonst hätte ich dich schon vorher gesehen«, sagte sie.

Wir hörten das Geräusch von Schritten im Gang.

»Oh«, sagte sie, und ihr Gesicht färbte sich weiß vor Furcht. »Das ist Doktor Scanlon, der mit Mrs. Roundchild seine Runde dreht. Sie läßt hier die Peitsche knallen.«

Eine Frau von etwa vierzig Jahren mit bleigrauem Haar kam einen Schritt vor Doktor Scanlon zur Tür herein. Sie hatte graue Augen und ein hageres Gesicht mit kräftigen, vollen Lippen und einer Nase, die so gerade war, daß man sie als Lineal hätte benutzen können. Sie trug eine dunkelblaue Strickjacke mit Perlmuttknöpfen über ihrer Schwesterntracht. Ich fand, sie hatte eine wohlgeformte Figur und einen gesunden Teint. Dennoch wurde alles, was feminin und weich an ihrem Körper war, durch die Festigkeit ihrer Lippen und die durchdringende Kälte ihrer Augen aufgehoben.

»Was tun Sie da?« fragte sie Clare.

»Ich war gerade auf dem Weg zu dreihundertvier. Ich habe ihr das Essen gebracht und ...«

»Dann sehen Sie zu, daß Sie verschwinden. Kümmern Sie sich um die anderen. Die können sich schließlich nicht persönlich beklagen.« Ihre Worte kamen in einer überdeutlichen Aussprache und mit einem englischen Akzent heraus.

»Ja, Mrs. Roundchild.«

»Warten Sie. Warum steht diese Schranktür offen?« fragte sie barsch und wies mit einer Kopfbewegung darauf.

»Die Schranktür? Ach so.« Clare sah mich an, und in ihren Augen stand Panik. Sie erinnerte mich an ein kleines Tier, das nach einem Fluchtweg sucht.

»Ich habe meine Kleider gesucht«, sagte ich. »Ich will wieder nach unten, Doktor Scanlon«, erklärte ich und wandte ihm meine Aufmerksamkeit zu.

»Du kommst wieder nach unten«, sagte er. »Sogar schon bald.«

Mrs. Roundchild fuhr Clare an.

»Sie haben zugelassen, daß sie aus dem Bett aufsteht und den Kleiderschrank öffnet?«

»Als ich ihr das Essen geholt habe, ist sie aufgestanden und selbst hingegangen«, sagte Clare.

»Sie haben die Gurte gelöst und das Zimmer verlassen?« Mrs. Roundchild schien sich auf Clare stürzen zu wollen.

»Sie wollte sich selbst waschen, und daher dachte ich, ich spare Zeit, wenn ich ihr das Essen hole und ...«

»Dafür bekommen Sie einen Tadel, Miss Carson. Er wird in Ihren Unterlagen festgehalten. Sie wissen genau, wieviel Verantwortung wir hier tragen, und Sie haben klare Vorschriften erhalten, was Sie tun dürfen und was nicht. Auf der Tür steht ausdrücklich, daß dieser Patientin im Moment nicht das Recht zugebilligt wird, aus dem Bett aufzustehen.«

»Ich weiß, aber ...«

»Es gibt kein Aber, wenn es um Vorschriften geht. Sie sind lange genug hier, um das zu wissen.«

»Es ist nicht ihre Schuld«, sagte ich. »Ich habe darauf bestanden, mich selbst zu waschen.«

Mrs. Roundchild sah mich nachdenklich an.

»Es ist bewundernswert, daß du die Schuld auf dich nehmen willst, aber der Wahrheit entspricht es nicht, oder?«

»Doch«, sagte ich.

»Bist du eine Lügnerin?«

»Was? Nein, es ist nur so ... es war wirklich meine Schuld. Ich habe ihr gesagt, ich würde mich selbst waschen.«

»Sie weiß, daß sie die Entscheidungen trifft, nicht du. Warum stehst du noch herum, Clare?« Sie drehte sich zu der verängstigten Frau um, die in der Tür stehengeblieben war.

»Es tut mir leid«, wimmerte Clare und eilte hinaus.

Doktor Scanlon kam mit Mrs. Roundchild auf das Bett zu.

»Gut, daß du etwas ißt«, sagte er. Ich hatte noch keinen Bissen angerührt.

»Ich habe keinen Hunger«, sagte ich. »Doktor Scanlon, warum können Sie mich nicht wieder unten einquartieren? Warum behält man mich hier?«

»Du mußt eine Zeitlang unter ständiger Beobachtung stehen, Laura. Hier wird dir eine persönlichere Behandlung zuteil«, fügte er hinzu und warf Mrs. Roundchild einen Blick zu.

»Ich brauche keine persönlichere Behandlung. Mir ist es gutgegangen, bis Sie darauf bestanden haben, mir Medikamente zu verabreichen«, klagte ich.

»Erstens einmal ist das nicht irgendein Medikament, Laura. Ich gebe dir etwas, was dazu dienen soll, deinen Übereifer zu dämpfen, um eine üble Reaktion auf die Rückkehr deines Gedächtnisses zu vermeiden«, erklärte er ruhig. »Und zweitens glaube ich wirklich nicht, daß du in deiner Lage beurteilen kannst, was das beste für dich ist.«

Er sah Mrs. Roundchild an, die auf mich den Eindruck erweckte, als mißbilligte sie es, daß er sich die Zeit nahm, seine Entscheidung zu verteidigen.

»Ich will meine Kleider haben«, stöhnte ich. »Und ich will nicht am Bett festgeschnallt werden.«

»Die Medikamente, die ich dir verordnet habe, können Nebenwirkungen haben, Laura. Sie können dich zeitweilig verwirren. All das hier dient nur deinem Schutz.«

»Ich komme mir vor wie eine Gefangene«, rief ich aus. Die Tränen sammelten sich unter meinen Lidern, und alles verschwamm vor meinen glänzenden Augen.

»Du bist keine Gefangene. Du bist Patientin, und wir sind da, um dir zu helfen, damit es dir bald wieder bessergeht. Mrs. Roundchild ist eine der beiden Oberschwestern mit einer speziellen Zusatzausbildung, die dieses Stockwerk leiten. Ich setze großes Vertrauen in sie. Sie wird sich um alles kümmern, was du brauchst.«

»Was geschieht mit mir?«

»Du hast das Gefühl, daß du dicht davorstehst, die Vergangenheit mit einem Minimum an selektiver Amnesie wieder einzufangen. Meines Erachtens könntest du dich jetzt jederzeit wieder auf das Trauma besinnen, und wenn es dazu kommt«, fuhr er fort, »wird es sein wie ein Zusammenstoß mit einem Güterzug. Glaube mir, Situationen, die deiner ähneln, habe ich schon sehr, sehr oft gesehen.«

Seine Worte jagten mir einen Schrecken ein. Ich lehnte mich zurück, und meine Anspannung und mein Widerstand zerbröckelten. Ich sah, daß ihn das freute. Er warf Mrs. Roundchild einen Blick zu, und sie trat vor und streckte eine Hand aus, um einen Knopf zu drücken, der an einer Plastikschnur hing.

»Wenn du Hilfe brauchst, drückst du diesen Knopf, und nach einer angemessenen Zeit wird jemand kommen, aber erwarte bloß nicht, daß die Leute sofort vom Himmel herunterfallen. Im Moment sind wir knapp an Personal, und alle haben ständig zu tun. Du mußt Geduld haben«, warnte sie mich, »und wir werden unser Bestes tun, um dafür zu sorgen, daß du dich wohl fühlst und daß dir nichts passieren kann.«

»Kann ich wenigstens die Arme frei bewegen? Ich würde gern einen Schluck Wasser trinken, ohne zu klingeln, damit jemand kommt, oder mich kratzen, wenn es mich juckt«, sagte ich.

»Ich glaube, das läßt sich machen, solange du versprichst, den Gurt, der deine Beine festhält, nicht zu lösen. Er garantiert uns, daß du nicht aus dem Bett fallen kannst«, sagte Doktor Scanlon. »Was meinen Sie, Mrs. Roundchild?«

»Mir wäre es lieber, wenn wir ihr den Gurt um die Taille auch anlegen. Wenigstens so lange, bis sie wieder bei Kräften ist«, fügte sie hinzu.

»Wie Sie meinen. In Ordnung, Laura?«

Ich nickte. Was hätte ich sonst schon tun können?

»Wenn du die Gurte löst«, drohte mir Mrs. Roundchild, »werden wir deine Arme wieder festbinden müssen.«

Doktor Scanlon fühlte meinen Puls und sah dann auf eine Karteikarte, die am Fußende des Bettes hing. Während er sich die Eintragungen ansah, befestigte Mrs. Roundchild die Gurte.

»Wir bleiben vorläufig bei den derzeitigen pharmazeutischen Maßgaben«, sagte er zu Mrs. Roundchild.

»In Ordnung, Doktor«, sagte sie. Sie wirkte, als würde sie jeden Moment salutieren.

Er wandte sich wieder an mich.

»Und jetzt kannst du dich ausruhen, aber Mrs. Roundchild wird deine Verfassung ständig im Auge behalten. Falls es zu drastischen Veränderungen kommen sollte, wird sie mir augenblicklich Bescheid geben, und dann komme ich so schnell wie möglich«, versprach er mir.

»Weiß Doktor Southerby wenigstens, was mit mir los ist?« fragte ich leise. Die Frage gefiel ihm gar nicht. Sein Mund nahm harte Züge an, und seine Augen wurden zu Granit.

»Doktor Southerby weiß, daß du jetzt meiner persönlichen Obhut unterstellt bist. Er macht sich keine Sorgen«, erwiderte er mit scharfer Stimme. »Damit du es weißt«, fügte er nach einem Moment hinzu, »Doktor Southerby hat sein Klinikum bei mir absolviert. Er sieht mich als seinen Mentor an. Weißt du, was das bedeutet?«

»Ja«, sagte ich. »Sie waren sein Lehrer.«

»Nicht nur das. Doktor Scanlon war sein Idol«, verbesserte mich Mrs. Roundchild. »Und zwar zu Recht«, beendete sie ihren Einwurf. Doktor Scanlon lächelte sie an, und dann verließen die beiden mein Zimmer.

Ich sah auf mein Essen hinunter, aber ich hatte immer noch keinen Appetit. Dennoch knabberte ich an dem kalten Hackbraten, trank einen Schluck Saft und lehnte mich dann zurück. Eine gute Stunde später kam Clare zurück, um das Tablett zu holen.

»Es tut mir leid, daß ich Sie in Schwierigkeiten gebracht habe«, sagte ich.

»Ich habe mich selbst in Schwierigkeiten gebracht«, erwiderte sie, nahm das Tablett und verließ wortlos das Zimmer.

Fünfzehn Minuten später mußte ich den Nachttopf benutzen. Ich drückte auf die Klingel, damit er geleert wurde, aber es dauerte mehr als eine halbe Stunde, bis Mrs. Roundchild mein Zimmer betrat, dicht gefolgt von Clare.

»Leeren Sie das aus«, sagte sie zu ihr und wies auf den Nachttopf. Dann reichte sie mir ein Schälchen mit zwei Tabletten und gab mir ein Glas Wasser. »Deine Medikamente«, sagte sie nachdrücklich.

»Werde ich davon müde? Ich bin jetzt noch ganz schwach und matt von der letzten Dosis«, klagte ich.

»Deine Medikamente«, wiederholte sie und hielt mir die Tabletten hin. »Doktor Scanlon würde sie dir nicht verordnen, wenn es nicht nötig wäre, Laura. Es tut mir leid, daß ich so streng mit dir umspringen muß, aber es ist eine schrecklich große Verantwortung, für Menschen zu sorgen, die nicht für sich selbst sorgen können.«

Ich nahm die Tabletten aus dem Schälchen und steckte sie in den Mund, während sie über mich gebeugt dastand und zusah, wie ich das Wasser und die Tabletten schluckte. Sie nickte. »So ist es brav«, sagte sie. Clare brachte den Nachttopf zurück und stellte ihn auf den Tisch, und dann gingen beide.

Nie hatte ich mich derart allein gefühlt. Als ich angeschnallt in diesem schmucklosen Raum lag und niemanden hatte, mit dem ich reden konnte, nichts, was ich ansehen konnte, noch nicht einmal etwas zum Lesen, kam ich mir wahrhaft wie eine Verbrecherin vor und nicht etwa wie eine Patientin in einer Klinik. Es war, als wollte man mich bestrafen, nicht etwa mir helfen. Ich lauschte angestrengt, aber nur selten drangen Laute aus dem Korridor zu mir, und selbst diese wenigen Laute waren nichtssagend. Es waren keine Stimmen und keine Bewegungen zu vernehmen. Wenn das Personal so knapp war, warum war dann hier nicht mehr los?

Ich mußte die Augen schließen. Die Tabletten wirken, dachte ich. Sie machen meine Lider wieder schwer. Kurz darauf war ich eingeschlafen, und danach dauerte es nicht lange, bis ich träumte. Wundervolle vertraute Gesichter begannen wieder aus der Dunkelheit emporzusteigen und an der Oberfläche aufzutauchen. Meine Mutter lächelte mich an, und in den Augen meines Vaters stand Liebe. Eine kleine Hand streckte sich mir entgegen. Es war May, und sie fürchtete sich. Mein Bruder kam an ihre Seite. Sein Name schien mir auf der Zunge zu liegen, und ich rang darum, ihn auszusprechen.

»Komm nach Hause, Laura«, sagte er. »Bitte, komm wieder nach Hause.«

»Wir brauchen dich, Laura«, sagte mein Vater.

May redete unermüdlich in Zeichensprache auf mich ein und weinte.

Ich rang darum, mich zu bewegen, wand mich und riß im Schlaf so heftig an den Riemen, daß ich mitten in der Nacht wach wurde. An meinen Handgelenken und auf meinen Beinen brannte die aufgeschürfte Haut. Ich stöhnte und schrie auf. Die Tür zu meinem Zimmer war so gut wie ganz geschlossen, und selbst der matte Lichtschein aus dem Korridor konnte nicht durch den kleinen Spalt dringen. Ich war allein im Dunkeln.

Ich schloß die Augen wieder und dämmerte ein. Diesmal spürte ich augenblicklich, wie eine Woge kaltes Meerwasser über mich hinwegspülte. Eine Hand streckte sich mir aus dem Wasser entgegen, und die Spitze eines Kopfes tauchte aus dem Wasser auf. Ich rang darum, diese Hand zu fassen, und dann … dann spürte ich tatsächlich etwas in meiner Hand und riß die Augen weit auf.

»Psst«, hörte ich, und als ich mich umdrehte, sah ich Lawrence neben dem Bett knien.

»Lawrence? Was tust du denn hier?«

»Sprich nicht so laut«, sagte er. »Ich habe mich nach oben

geschlichen, weil ich dich sehen wollte. Wir haben gehört, was aus dir geworden ist, und ich habe mich den ganzen Tag um Informationen bemüht, aber niemand hat etwas gewußt, oder sie wollten mir nichts sagen. Mary Beth und Lulu lassen dich lieb grüßen.«

»Wie bist du hierhergekommen?«

Ich setzte mich auf, bis sich der Riemen in mein Handgelenk schnitt.

»Es gibt noch eine zweite Treppe, die in erster Linie dafür benutzt wird, Vorräte nach oben zu bringen. Sie ist nicht weit von hier. Natürlich wußte ich nicht, in welchem Zimmer sie dich untergebracht haben. Ich habe mich in zwei anderen Zimmern umgesehen, ehe ich dich gefunden habe. Auf der Karteikarte an deiner Tür steht, du sollst nicht gestört werden und darfst dich nicht aufregen. Ist dir etwas Schreckliches zugestoßen, Laura? Ist dir etwas ganz Furchtbares eingefallen? Haben sie dich deshalb nach oben umquartiert?«

Ich berichtete ihm, was sich bei Doktor Scanlon abgespielt hatte und was er mit mir plante und warum.

»Ich begreife nicht, warum das heißt, daß sie dich nach oben umquartieren mußten«, bemerkte Lawrence.

»Ich begreife es selbst nicht. Ich will wieder nach unten, unter Menschen sein und mich frei bewegen.«

»Hast du ihm das gesagt?«

»Ja, aber er behauptet immer wieder, sie täten alles nur zu meinem eigenen Schutz. Sie wollen sichergehen, daß ich mir nichts antue.«

»Ich weiß nicht, warum sie unten nicht genauso gut auf dich aufpassen können«, sagte Lawrence. Ich nickte.

»Jedenfalls weiß ich jetzt wenigstens, wo du bist. Ich werde so oft wie möglich zu dir kommen, aber das geht nur nachts. Wenn ich erwischt werde, sperren sie mich auch irgendwo ein oder schieben mich ab wie Megan.«

»Ich kann einfach nicht glauben, daß du mich hier gefunden

hast. Du kennst dich wirklich blendend in dieser Klinik aus«, sagte ich. In dem matten Lichtschein, der aus dem Korridor hereindrang, war er kaum zu erkennen, und doch sah ich, daß er lächelte.

»Ich bin schon lange genug hier, um jeden hintersten Winkel zu kennen«, sagte er. »Wirst du bald wieder gesund werden?«

»Ich fürchte mich, Lawrence«, sagte ich und hielt seine Hand fest. »Ich will nicht hier sein, aber ich habe Angst davor, mich allzusehr zur Wehr zu setzen. Was ist, wenn Doktor Scanlon recht hat? Schließlich ist er der Chefarzt, oder nicht? Sie sagen, sogar Doktor Southerby hätte alles von ihm gelernt.«

»Ich weiß es nicht, aber ich möchte nicht, daß du dich fürchtest, Laura«, sagte Lawrence liebevoll. Er stand auf und trat ganz nah an mein Bett. Ich wußte, welchen Mut es ihn kostete, mich hier oben aufzusuchen, und mir war auch klar, wieviel Kraft es ihm abverlangte, sich über seine eigenen Probleme hinwegzusetzen.

»Ich danke dir dafür, daß du zu mir gekommen bist, Lawrence. Du sollst wissen, wieviel es mir bedeutet, daß du dich zu mir heraufgeschlichen hast.«

»Ich konnte nicht schlafen, weil ich ständig an dich gedacht und mir Sorgen um dich gemacht habe«, sagte er.

Wir hörten Schritte im Korridor.

»Es kommt jemand«, flüsterte ich und beobachtete mit wachsender Panik, wie er unter mein Bett kroch.

Wenige Momente später ging die Tür auf, und Mrs. Roundchild zeichnete sich gegen den Lichtschein aus dem Flur als Silhouette im Türrahmen ab. Sie starrte mich eine Zeitlang an. Ich schloß die Augen, wartete und betete, sie würde nicht hereinkommen. Nachdem sie lange Zeit dort gestanden hatte, ging sie wieder und schloß die Tür hinter sich. Weder Lawrence noch ich sagten auch nur ein Wort, ehe wir hörten, wie ihre Schritte sich entfernten und schließlich nicht mehr zu vernehmen waren. Erst jetzt stand er wieder auf.

»Das war knapp«, sagte ich. »Du solltest jetzt besser wieder gehen«

»In Ordnung«

Ich fing an zu schluchzen. Ich wollte nicht, daß er fortging. Wenn er meine Hand hielt, fühlte ich mich sicherer, und mir war wohler zumute. Er beugte sich noch einmal zu mir vor, und ich berührte sein Gesicht. Seine Lippen kamen näher und immer näher, bis sie sich auf meinen Mund legten. Es war weniger ein Kuß, sondern vielmehr eine flüchtige Berührung unserer Lippen und ein Stöhnen.

»Ich wünschte, ich könnte die ganze Nacht bei dir bleiben«, flüsterte er. »Ich wünschte, ich könnte dich in meine Arme nehmen und dich festhalten, dich vor deinen eigenen furchtbaren Gedanken beschützen. Wenn ich bei dir bin, denke ich nicht an mich, und ich verspüre auch keine Panik, Laura. Es hilft mir mindestens so sehr wie dir, wenn ich mit dir zusammen bin«, gestand er. »Wir tun einander gut, Laura.«

»Ich glaube, im Moment bin ich für nichts zu gebrauchen, Lawrence. Ich bin nicht besser dran als ein Invalide. Ich kann noch nicht mal aufstehen und auf die Toilette gehen.«

»Bald wird es dir bessergehen und mir auch. Du wirst es ja sehen«, versprach er mir.

»Du bist so nett zu mir gewesen, Lawrence. Ich bin froh, daß wir einander kennengelernt haben«, sagte ich.

»Ich hoffe, wir werden einander lieben lernen«, warf er eilig ein. Ich glaube, die Dunkelheit machte ihn kühn. Ich lächelte. Sein Gesicht blieb noch einen Moment lang dicht vor meinem Gesicht, und dann küßte er mich wieder; nur blieben seine Lippen länger auf meinen liegen, und es war ein echter Kuß.

Ich stöhnte leise, denn ich verzehrte mich nach liebevollen Berührungen und nach Zuneigung.

Er küßte mich noch einmal, und diesmal glitten seine Lippen über meine Wangen und fanden dann wieder meinen Mund. Er küßte mich auf die Stirn und umarmte mich.

»Robert«, sagte ich liebevoll und schmiegte meine Wange an seine Brust.

»Was hast du gesagt?« Er wich zurück. Ich schlug die Augen auf.

»Was ist?« fragte ich leise.

»Ich glaube, du hast mich gerade bei einem anderen Namen genannt. Ich hatte den Eindruck, du hättest Robert zu mir gesagt.«

Keiner von uns rührte auch nur einen Muskel.

Ich durchsuchte meine Gedanken und wartete, aber es war, als sei plötzlich eine dunkle Wolke aufgetaucht und hätte sich vor das Licht geschoben und mich wieder in der Dunkelheit versinken lassen.

»Ich weiß es nicht«, sagte ich frustriert. »Ich verstehe überhaupt nichts.« Ich fing an zu weinen. »Da siehst du es selbst. Doktor Scanlon hat recht. Ich bin durcheinander und so verwirrt, daß man mich nicht allein lassen kann.«

»Bitte, Laura. Laß das.« Er küßte eine Träne von meiner Wange.

Wir hörten, wie ein Wagen durch den Gang geschoben wurde, und wir warteten, bis das Geräusch an meinem Zimmer vorbeigekommen war.

»Du solltest jetzt besser gehen«, flüsterte ich.

»Morgen nacht komme ich wieder«, versprach er mir. Er küßte mich noch einmal. »Gute Nacht, Laura.«

»Gute Nacht«, sagte ich. Er hielt meine Hand, bis er sich auf den Weg machte und mich loslassen mußte. Ich beobachtete, wie er zur Tür ging und hinauslugte. Dann verschwand er.

Wenige Momente später lag ich allein in dem dunklen, stillen Raum und hatte keine andere Gesellschaft mehr als die meiner Gedanken. Jetzt mußte ich mich fragen, ob ich nur geträumt hatte, daß Lawrence bei mir gewesen war, oder ob er wirklich dagewesen war.

Am Morgen erkannte ich, daß ich den größten Teil der Nacht im Schlaf geweint haben mußte, denn mein Kissen war klatschnaß von meinen Tränen. Ich wußte, daß meine Träume voller Traurigkeit gewesen waren, aber ich konnte mich an keine Einzelheiten erinnern. Es war, als sei alles in den Sand geschrieben, und sowie ich wach wurde, kam die Flut und spülte jedes einzelne Wort davon und trug es in die Tiefen des Meeres zurück. Mir blieb nichts anderes übrig, als wieder ganz von vorn anzufangen.

Eine andere Schwesternhelferin brachte mir das Frühstück. Sie war ebenso verschlossen wie Clare und schien sich sogar noch mehr davor zu fürchten, etwas falsch zu machen. Das einzige, was ich aus ihr herausholen konnte, war ihr Vorname: Della. Sie war eine kräftig gebaute Schwarze mit sehr schönen dunklen Augen. Ihr kurzgeschnittenes Haar ließ sie rundlicher wirken, als sie war. Sie leerte den Nachttopf aus, gab mir frisches Wasser und half mir beim Waschen.

»Wann darf ich ein Bad nehmen oder duschen? Das Waschen allein genügt doch nicht.«

»Ich weiß es nicht«, sagte sie. »Du mußt die Krankenschwester fragen.«

Wie Clare vermied auch Della es, mich anzusehen, wenn sie in meinem Zimmer war. Das gab mir das Gefühl, häßlich zu sein, ein widerliches Geschöpf, dessen Anblick niemand ertragen konnte.

Am späten Nachmittag erschien Doktor Scanlon endlich. Er warf einen Blick auf meine Karteikarte und zog sich dann einen Stuhl ans Bett.

»Wie ich sehe, hast du die letzten vierundzwanzig Stunden sehr ruhig verbracht. Das ist gut«, bemerkte er.

»Ruhig? Ich bin mit einem klatschnassen Kissen aufgewacht, und meine Arme und Beine sind aufgeschürft, weil ich mich unablässig herumgewälzt und sie an den Riemen aufgescheuert habe. Bitte, nehmen Sie die Riemen ab. Bitte«, flehte ich.

Er dachte darüber nach.

»Also, gut. Ich verlasse mich darauf, daß du auf dich selbst aufgepaßt.« Er kritzelte etwas auf seinen Block. »Und jetzt erzähl mir von deinen Erinnerungen. Wie steht es damit?«

Ich beschrieb ihm meine Visionen, diejenigen, an die ich mich noch erinnern konnte. Er schien auf Zehenspitzen um die Schilderungen des Meeres, der Wogen und der ausgestreckten Hand herumzuschleichen.

»Dein Gedächtnis kehrt zurück, Laura. Unser Ansatz ist richtig, davon bin ich jetzt mehr denn je überzeugt. Bleib weiterhin kooperativ, nimm deine Medikamente, und laß es zu, daß sich die Vergangenheit langsam wieder in dein Bewußtsein einschleicht. Es wird nicht mehr lange dauern, bis wir dich entlassen werden«, versprach er mir. »Aber da das Trauma droht, sich in all seiner Dramatik vollständig zu entfalten, würde ich deine Medikamente gern etwas höher dosieren. Nur um ganz sicherzugehen«, fügte er hinzu und machte sich wieder eine Notiz. »Einverstanden?«

»Einverstanden«, sagte ich, und er bedachte mich mit dem künstlichsten Lächeln aller Zeiten.

»Um dich für deine Mitarbeit zu belohnen, hinterlasse ich die Anweisung, daß man kurze Spaziergänge durch die Korridore mit dir macht, damit du Bewegung hast. Was hältst du davon?«

»Das wäre mir sehr lieb«, sagte ich. Ich war an einem Punkt angelangt, sagte ich mir, an dem mir alles lieb war, was Ähnlichkeit mit einem normalen Leben aufwies.

»Du darfst aufstehen, ehe es an der Zeit ist, dir die nächste Dosis deiner Medizin zu verabreichen. Du wirst dich fitter fühlen.«

Er stand auf.

»Wir haben deine Probleme unter Kontrolle, denn andernfalls hätten sie die Kontrolle über dich, und solange es dabei bleibt, sind wir auf dem richtigen Weg«, schloß er. Als am frühen Nachmittag die Schicht wechselte, kam Clare wieder und kündigte an, sie sei angewiesen worden, einen kurzen Spaziergang mit mir zu machen Zu dem Zweck stellte man mir einen hellblauen Morgenmantel aus Baumwolle und ein Paar Hausschuhe zur Verfügung, Sie löste meine Gurte und half mir beim Ankleiden.

»Vielleicht kurbelt das auch deinen Appetit an«, bemerkte sie, da ihr auffiel, daß ich mein Mittagessen kaum angerührt hatte. Dann biß sie sich auf die Unterlippe, als hätte sie etwas Blasphemisches geäußert.

»Ich hoffe es«, sagte ich. »Es liegt nicht daran, daß das Essen gräßlich ist. Ich habe einfach keinen Hunger«, fügte ich eilig hinzu, denn ich ging davon aus, daß das Essen für den Turm von denselben Menschen zubereitet wurde, die auch für die andere Etage kochten.

Sie half mir auf die Füße. Anfangs war ich wacklig, aber mit jedem Schritt, den ich machte, kam mein Kreislauf in Schwung, und ich fühlte mich kräftiger. Wir verließen das Zimmer und blieben im Korridor stehen.

In diesem Stockwerk war alles anders. Die Gänge waren so makellos wie unten, aber nirgends hingen Bilder; es standen keine Stühle da, und vor den Fenstern waren schwere Gardinen zugezogen, die jeden Sonnenstrahl fernhielten. Mir fiel auch auf, daß am anderen Ende des Ganges nur wenige Zimmer lagen. Statt dessen gab es dort eine doppelte Glastür, durch die ich Mrs. Roundchild sah, die gerade mit einer anderen Krankenschwester redete. Rechts neben mir wies der Korridor eine scharfe Biegung auf.

»Wohin führt dieser Flur?« fragte ich.

»Zur Zombiestation«, sagte Clare.

»Zur Zombiestation?«

»Die Patienten dort reden nicht. Sie schreien oder heulen nur. Viele von ihnen sitzen oder stehen stundenlang rum und starren ins Leere, oder sie wackeln mit den Armen oder den Köpfen.

Sie müssen ständig gefüttert und gewaschen werden. Es sind junge Leute, die zuviel Rauschgift genommen haben, und das hat ihrem Verstand geschadet.«

»Das ist ja furchtbar.«

»Im Vergleich zu denen hast du Glück«, sagte sie.

Wir schlugen diese Richtung ein. Nach einer Weile hielt Clare mich nicht mehr ganz so fest, und meine Schritte wurden energischer. Als wir um die Biegung kamen, warf ich einen Blick nach vorn und stellte fest, daß auch dort weitere Glastüren waren. Ich konnte Patienten erkennen, die auf Stühlen saßen, aber auch zwei junge Frauen, die dastanden.

»So weit soll ich nicht mit dir laufen«, sagte Clare und wies auf die Glastüren. Ich lief trotzdem weiter in diese Richtung. »Du mußt jetzt umkehren, Laura«, sagte sie.

Plötzlich hörten wir aus einem Zimmer rechts neben uns ein lautes Geräusch. Ein Nachttopf wurde auf den Fußboden geschleudert, und hinterher ertönte ein schriller Schrei.

»Oh, nein, nicht schon wieder diese Sara Richards. Warte einen Moment«, befahl sie mir und betrat das Zimmer. Ich lief weiterhin auf die Glastüren zu.

Beim Näherkommen glaubte ich, ein vertrautes Gesicht zu erkennen. Dieser Gedanke faszinierte mich, und ich lief schneller, bis ich dicht vor der Tür stand und durch die Glasscheiben sehen konnte. Megan stand da; ihre Handgelenke waren bandagiert, und sie starrte mit offenem Mund die Tür an. Speichel sickerte aus ihrem Mund und lief an ihrem Kinn hinunter. Ihre Augen waren weit aufgerissen und bar jeglichen Ausdrucks.

»Megan?« flüsterte ich.

Clare tauchte schnell an meiner Seite auf und hielt mich am Ellbogen fest.

»Hier darfst du nicht sein. Laß uns schnell wieder umkehren, Laura.«

»Aber das ist eine Freundin von mir aus dem unteren Stockwerk. Megan Paxton. Ich dachte, sie wäre in ein anderes

Krankenhaus gebracht worden. Was ist ihr zugestoßen? Sie sieht furchtbar aus.«

»Ich weiß nicht, was ihr passiert ist, aber wenn man sie dort untergebracht hat, kann es nichts Gutes sein. Bitte, laß uns zurückgehen, ehe Mrs. Roundchild uns erwischt und mir den nächsten Tadel einträgt. Bei zehn feuern sie einen. Komm schon, Laura«, drängte sie mich und stieß mich in die andere Richtung.

Ich warf noch einen Blick zurück.

Megan schien mich zu erkennen. Sie hob die Arme, ließ sie in der Luft, und mir schien es, als schrie sie. Ich konnte nichts hören. Vielleicht gab sie auch keinen Laut von sich, aber sie versuchte zumindest zu schreien. Eine Krankenschwester kam eilig an ihre Seite und führte sie in ein Zimmer. Dann war sie fort. »Megan«, murmelte ich.

»Du mußt dich jetzt wieder ins Bett legen«, sagte Clare, als wir die Biegung umrundeten und auf mein Zimmer zukamen. Mrs. Roundchild sah uns argwöhnisch an.

»Die arme Megan«, sagte ich.

Und dann fragte ich mich, ob das mir auch zustoßen konnte. Würde auch ich in der Zombiestation enden? Vielleicht macht hier niemand Fortschritte. Vielleicht werden sie alle in die Zombiestation gesperrt, wenn nicht noch Schlimmeres?

»Zeit für die Medizin«, sagte Mrs. Roundchild, die in das Zimmer stürmte, als Clare mich gerade wieder ins Bett gebracht hatte. Sie hielt mir die Tabletten entgegen.

»Ich brauche keine Medikamente«, sagte ich. »Ich möchte versuchen, heute nacht ohne Arznei zu schlafen.«

»Du mußt deine Medizin nehmen. Und außerdem hast du Doktor Scanlon gesagt, du würdest sie freiwillig nehmen. Warum widersetzt du dich jetzt?«

»Ich fürchte mich«, sagte ich. »Eine Überdosis an Medikamenten könnte meinen Verstand lahmlegen.«

»Das ist doch lachhaft. Wer hat dir diesen Blödsinn erzählt?«

Sie drehte sich zu Clare um, die sofort das Bad putzte und verschwand.

»Niemand hat mir etwas erzählt«, sagte ich. »Ich habe einfach nur Angst.«

»Wenn es nötig ist, bleibe ich die ganze Nacht hier stehen, bis du deine Medikamente genommen hast. Und wenn du sie nicht nimmst, hängen wir dich an einen Tropf, und du bekommst sie intravenös«, warnte sie mich.

»Aber das Zeug schafft mich total. Schon allein dieser kleine Spaziergang hat mich restlos erschöpft«, klagte ich.

Sie hielt mir die Tabletten hin. Ihr Gesichtsausdruck war unverändert und entbehrte jeglichen Mitgefühls.

»Wirst du diese Tabletten freiwillig nehmen?« fragte sie schließlich.

Widerstrebend nahm ich sie ab. Sie behielt mich im Auge, als ich die Tabletten runterspülte. Dabei hatte sie die Arme in die Hüften gestemmt, und ihre Augen glänzten.

»Anschnallen«, sagte sie.

»Aber Doktor Scanlon hat gesagt, ich bräuchte nicht mehr angeschnallt zu werden. Er hat es mir versprochen«, rief ich aus.

»Als Oberschwester habe ich, wenn es erforderlich ist, die spontanen Entscheidungen zu treffen. Du hast gerade gesagt, das Laufen hätte dich ermüdet Ich glaube nicht, daß du sicher bist, wenn man dich heute nacht nicht anschnallt«, sagte sie.

»Sie brauchen sich doch bloß meine Beine anzusehen«, sagte ich. »Sie sind ganz rot.«

»Im Vergleich dazu, was passieren könnte, wenn du aufs Gesicht fällst, ist das gar nichts. Schnallen Sie sie an«, sagte sie.

Clare kam ihren Befehlen schnell nach.

»Ich will Doktor Scanlon sehen«, verlangte ich.

»Er wird morgen um die gewohnte Zeit hiersein.«

»Ich will ihn jetzt sehen!«

»Schrei mich nicht an, junge Frau. Es mag zwar sein, daß

deine Großmutter für deine Behandlung bezahlt und Geld für diese Klinik stiftet, aber trotzdem bist du nur ein Gast. Wir nehmen nicht jeden hier auf – ganz gleich, wer es ist«, sagte sie und stolzierte aus meinem Zimmer.

Clare sah mich mitfühlend an und verschwand auch.

»Ich will den Arzt sehen!« rief ich der nahezu geschlossenen Tür nach.

Niemand kam zurück oder reagierte.

Schon bald begannen die Tabletten, wieder zu wirken. Meine Lider wurden schwer, und ich fühlte mich matt. Es war ein vergeblicher Kampf. Schlaf und Erinnerung, dachte ich. Schlafe, und erinnere dich wieder daran, wer du bist, und du wirst frei sein.

Etwas, was Mrs. Roundchild gesagt hatte, rief eine verschwommene Erinnerung in mir wach. Es hatte etwas mit meiner Großmutter zu tun. Was hatte das alles zu bedeuten? Das war mein letzter klarer Gedanke.

Ich wußte, daß die Dosis, die Mrs. Roundchild mir gegeben hatte, beträchtlich größer war als alles, was mit Doktor Scanlon vereinbart war, denn ich wachte während der Nacht nicht auf. Lawrence war in meinem Zimmer gewesen. Ich wußte es, weil ich beim Aufwachen ein Kleenex in meiner Hand hielt, auf dem stand: *Ich liebe dich. Rate, wer ...* Das ließ mich lächeln, aber ich fürchtete auch, jemand könnte es finden. Ich knüllte das Papiertaschentuch schnell zu einer Kugel zusammen und warf es in meinen Nachttopf. Jetzt würde es niemand mehr lesen wollen, sagte ich mir.

Doktor Scanlon kam den ganzen Tag über nicht zu mir. Ich fragte immer wieder nach ihm, aber wie üblich hatte die Schwesternhelferin keine Ahnung, und Mrs. Roundchild sagte einfach nur: »Er kommt, wenn er kommt.«

Das einzige, worauf ich mich verlassen konnte, waren meine Medikamente. Sie wurden mir jetzt zweimal täglich verabreicht, einmal morgens und einmal abends. Die Dosis für die

Nacht setzte mir so zu wie in der letzten Nacht. Kurz nach der Einnahme schlief ich ein, aber diesmal weckte mich mein Traum, oder zumindest glaubte ich, daß er mich weckte.

Wieder sah ich eine Hand, die sich aus dem Ozean streckte, und dann kam ein Kopf an die Wasseroberfläche. Als ich die Augen sah, fing ich an zu schreien. Er versank wieder, und ich rang darum, die Hand zu greifen. Ich hörte seine Stimme. Ich hörte ihn sagen: »Hilf mir, Laura. Hilf mir. Ich will immer bei dir sein. Hilf mir. Komm zu mir.«

Ich spürte seine Lippen auf meinem Gesicht, und ich streckte meine Arme aus, um ihn an mich zu ziehen und seinen Kopf an meine Brust zu schmiegen, damit er in dieser Geborgenheit schlafen konnte. Kurz vor dem Morgengrauen erwachte ich abrupt. Es war keine Einbildung. Ich fühlte es tatsächlich, und als ich den Kopf umdrehte, sah ich Lawrence, der den Kopf an mich schmiegte und sich neben mir zusammengerollt hatte.

»Lawrence!« rief ich aus. Seine Lider flatterten. »Wann bist du gekommen? Ich erinnere mich nicht daran.«

»Ich bin schon lange hier, Laura, seit vielen Stunden.«

»Sie geben mir mehr Medizin, Lawrence. Es macht mich so müde. Ich fürchte mich davor, diese Medikamente zu nehmen, Lawrence. Ich habe Angst davor, was es mir tun könnte«, sagte ich und nahm eine Hand. »Megan. Megan ist nicht in ein anderes Krankenhaus gebracht worden. Sie ist hier. Sie ist in der sogenannten Zombiestation. Ich habe sie gesehen. Sie sieht furchtbar aus.«

»In der Zombiestation? Davon habe ich schon gehört. Geht es ihr wirklich so schlecht?«

»Ich habe sie kaum wiedererkannt. Sie hat so wüst ausgesehen, daß ich mich fast vor ihr gefürchtet hätte. O Lawrence«, stöhnte ich, »was ist, wenn sie mich auch dorthin stecken? Was ist, wenn die Medizin und meine Träume mich um den Verstand bringen? Ich möchte nicht dort enden.«

Er schüttelte energisch den Kopf.

»Dazu wird es nicht kommen. Ich werde niemals zulassen, daß sie dich dort einsperren.«

»Wenn ich mich an alles erinnern könnte, würden sie mich gehenlassen«, sagte ich schluchzend.

»Ich glaube, es ist soweit, Laura. Ich habe gehört, wie du in deinem Schlaf nach jemandem gerufen hast, nach jemandem, der sich dir entzogen hat. Das muß deine traumatische Erfahrung gewesen sein, der Vorfall, der zu deinem Gedächtnisverlust geführt hat«, sagte er.

»Wirklich? Wer war es? Habe ich einen Namen genannt?«

Er zögerte.

»Ich habe Angst, es dir zu sagen. Nach allem, was du mir gerade erzählt hast, habe ich Angst, etwas falsch zu machen«, sagte er.

»Du mußt es mir sagen. Ich ertrage diese Leere nicht mehr, diese Dunkelheit. Bitte. Nach wem habe ich gerufen?«

»Es war derselbe Name, den du vorher schon gesagt hast.« Ich dachte einen Moment lang nach.

»Ich kann mich nicht erinnern, Lawrence. Die Medizin, die sie mir verabreichen, hat mein Gehirn jetzt schon in einen Klumpen Brei verwandelt. Nach wem habe ich gerufen?« fragte ich mit einer festeren Stimme. »Du mußt es mir sagen, Lawrence.«

»Du hast ihn Robert genannt«, erwiderte er.

Der Name verschlug mir den Atem. Ich starrte Lawrence an.

»Ich glaube, du hast dir sehr viel aus ihm gemacht«, sagte er betrübt.

»Ja. Ja, tatsächlich«, sagte ich und sah, daß sich das Dunkel zurückzog und das Licht hinter der Wolke meines Gedächtnisses zurückkam. »Er war mir sehr wichtig. Er ist es.«

Und ich wußte, daß mir noch heute, an ebendiesem Tag, alles einfallen würde. Meine Gefühle waren gemischt. Ich empfand Angst und Grauen, und doch hoffte ich, das Ende meiner harten Probe stünde bevor. Endlich würde ich frei sein.

16

Wieder vereint

»Ich will nicht fortgehen«, sagte Lawrence.

Durch den Spalt zwischen den Gardinen konnten wir sehen, daß das Morgengrauen anbrach. Das Licht, das die Dunkelheit vertrieb, gab mir Hoffnung, daß auch in meinem Innern etwas Ähnliches mit der Dunkelheit geschehen würde.

»Du mußt jetzt gehen, Lawrence«, sagte ich lächelnd. »Ich schaffe es. Irgendwie«, sagte ich, und mein Blickwinkel verschob sich, als ich vor mich hinsah, »irgendwie schaffe ich es. Das steht fest.«

»Ich wünschte, sie würden dir weniger Medizin einflößen. Es kommt mir nicht richtig vor«, sagte er. Er beugte sich vor und küßte mich zart auf die Stirn. Dann lächelte er und drückte meine Hand, als er auf die Tür zuging. Er warf einen letzten Blick in den Korridor und war verschwunden.

»Robert«, flüsterte ich in die Stille, die daraufhin eintrat. Es war, als probierten meine Lippen das Wort aus, um zu sehen, ob es paßte.

»Robert.«

Ich schloß die Augen, und eine Reihe von Bildern zog davor ab. Ich konzentrierte mich und ließ sie langsamer vor meinen Augen vorüberlaufen, bis ich meine Familie klar vor mir sah und die Stimme deutlich hörte. Das Vorlesen beim Abendessen. Daddy las aus der Bibel, und dann reichte er sie an … Cary weiter. Sein Name stieg in einer Luftblase aus der Verwirrung auf, und gemeinsam mit seinem Namen kam eine Litanei seiner Worte: Komplimente und Klagen, Warnungen und Hoffnungen.

Ein kleines Segelboot schwankte auf einem Teich. Mir ging auf, daß es eines von Carys Schiffsmodellen sein mußte. Ich konnte mich erinnern, da er hart daran gearbeitet hatte, mit dem Lötzinn und dem Klebstoff über den Tisch gebeugt. Seine Finger drehten sich und paßten mit geschickten Bewegungen die winzigen Teile dort an, wo sie in der Miniatur vorgesehen waren. Mir war bewußt, daß ich mich an seine Werkstatt erinnerte. Mit jeder dieser Erinnerungen, die mir lebhaft vor Augen standen, kehrte mein Zuhause zurück. Ich sah mein eigenes Zimmer vor meinen Augen, die Stofftiere, mein wunderschönes Bett. Ich sah Mommy in der Küche, wie sie ihr köstliches Muschelgericht kochte. Ich sah Daddy auf seinem liebsten Stuhl sitzen, die Zeitung lesen und über das eine oder andere Ereignis vor sich hinnuscheln. May saß vor seinen Füßen und setzte ein Puzzle zusammen, denn sie wartete darauf, daß ich ihr bei den Hausaufgaben helfen würde. Sie warteten alle auf mich, warteten, daß ich wieder nach Hause kommen würde.

Ich sah mich zur Haustür rennen und an dem Griff drehen der sich nicht bewegen wollte. Die Tür ging einfach nicht auf. Warum war sie verschlossen? Ich pochte und rief.

»MOMMY! DADDY! CARY!«

Niemand kam an die Tür. Ich sah mich verzweifelt um, aber ich konnte den Garten vor dem Haus nicht sehen, nur das Segelboot, aber es wurde immer größer. Der Teich wurde zum Meer. Jemand war in dem Boot und steuerte es dem Ufer entgegen. Er rief mir etwas zu, und es klang flehentlich. Das Boot kam näher und näher, bis ich ihn lebhaft vor mir sah, meinen Robert.

»Laura«, rief er. »Komm zurück, Laura.«

Jetzt rannte ich über den Strand auf das Schiff zu, aber je schneller ich rannte, desto weiter entfernte er sich. Ich rannte noch schneller, und ich begann, ihn zu rufen. Ich schien immer wieder über denselben Sand zu laufen und keine Fortschritte zu machen, aber je länger ich rannte, um so weiter wurde die

Strecke. Ich rannte und rannte, und ich begann, nach ihm zu rufen.

»Was fehlt dir?« hörte ich jemanden fragen, und augenblicklich verflogen all meine Erinnerungen.

Mrs. Roundchild stand neben meinem Bett und hielt die Medikamente in der Hand. Sie schaute auf mich herunter. »Warum weinst du?« fragte sie.

»Ich ... ich kann mich jetzt wieder an vieles erinnern. Ich erinnere mich an meine Familie und an mein Zuhause«, sagte ich. »Und auch an Robert und an ein Boot und ...«

»Das ist gut. Hier«, sagte sie. »Nimm deine Medizin. Clare bringt dir gleich das Frühstück.«

»Vielleicht sollte ich jetzt keine Medizin mehr nehmen«, sagte ich. »Da ich mich jetzt endlich wieder an alles erinnern kann, könnte es besser sein, wenn ich bei klarem Verstand bin.«

»Wie kommt es bloß, daß alle hier Ärzte sein wollen?« fragte sie und lächelte dabei fast. »Es tut mir leid, aber vorher mußt du eine Zeitlang Medizin studieren.«

»Ich versuche nicht, Ärztin zu sein, aber es kommt mir einfach richtig vor, nichts mehr zu nehmen.«

»Ach, wirklich? Hat sich Doktor Scanlon etwa bis jetzt geirrt? Hast du etwa nicht begonnen, dich an Dinge zu erinnern, und zwar in einer Form, die dir nicht schadet oder dich um den Verstand bringt? So ist es doch, oder?«

»Ja«, sagte ich. »Ich glaube, schon.«

»Du glaubst es? Also, ich für meinen Teil weiß es. Ich bin jetzt seit fast fünf Jahren Oberschwester auf dieser Station, und ich bin mit vielen verschiedenen Krankheiten konfrontiert gewesen. Etliche Fälle haben Ähnlichkeit mit deinem aufgewiesen. Ich habe gesehen, daß Doktor Scanlon sie erfolgreich behandelt hat. Von daher bin ich nicht auf meinen Glauben angewiesen«, sagte sie.

Mir traten wieder Tränen in die Augen.

»Ich will doch nur nach Hause«, sagte ich.

»Wenn du tust, was man dir sagt, wirst du bald zu Hause sein.« Sie unterbrach sich, und ihr Gesichtsausdruck wurde freundlicher. »Ich will dich nicht brutal behandeln, Laura, aber streng muß ich schon sein. Mein Job ist gräßlich. Ich bin für eine Reihe von Leuten verantwortlich, die keine Verantwortung für sich selbst tragen können. Viele dieser Menschen haben sich etwas angetan und werden sich weiterhin etwas antun, wenn ich die jeweiligen Anweisungen des Arztes nicht befolge. Es gibt viel zu tun, und die Zeit ist knapp. Jede meiner Patientinnen braucht eine spezielle persönliche Pflege. Da kann man es sich nicht leisten, Zeit zu vergeuden, verstehst du?«

»Ja«, sagte ich kleinlaut.

»Gut. Dann nimm jetzt deine Medizin. Doktor Scanlon wird sich ein Urteil darüber bilden, welche Fortschritte du machst, und dann werden wir weitergehen.«

Mit zitternden Fingern nahm ich die Tabletten und steckte sie in meinen Mund. Sie reichte mir das Glas Wasser, und ich schluckte sie.

»Das ist brav«, sagte sie. »Dein Frühstück kommt gleich.«

Sie verließ das Zimmer, und wenige Momente später kam Clare mit meinem Tablett. Sie kurbelte das Kopfende meines Betts höher und schob den Tisch über mich.

»Es geht mir besser«, sagte ich zu ihr. »Mir fällt auf einmal wieder alles ein. Bald kann ich nach Hause gehen.«

»Wie schön. Ich hätte gern weniger zu tun«, sagte sie. Dann unterbrach sie sich. »Aber jedesmal, wenn jemand aus dieser Etage verschwindet oder in die Zombiestation verlegt wird, kommt gleich der nächste nach. Ich habe gehört, die Warteliste ist so lang wie mein Arm«, fügte sie hinzu.

»Können Sie etwas über eine Patientin für mich herausfinden? Über Megan Paxton?«

»Es wird nicht gern gesehen, wenn ich mich nach Patienten erkundige. Wenn rauskommt, daß jemand, der hier arbeitet, über Patienten spricht, dann könnte man augenblicklich gefeuert werden«, sagte sie. »Ich muß jetzt den anderen das Frühstück bringen«, fügte sie hinzu, ehe ich weiter flehen konnte. Sie verließ eilig das Zimmer.

Ich seufzte enttäuscht und frustriert und begann, in meinem Frühstück herumzustochern. Ich aß möglichst viel, und dann schloß ich die Augen und dämmerte vor mich hin. Als ich wieder erwachte, war das Kopfende heruntergekurbelt worden, und das Tablett war verschwunden. Ich starrte die weiße Decke an.

Roberts Gesicht nahm vor dem weißen Hintergrund Gestalt an. Es war, als käme er aus einer Wolke heraus. Ich sah seine liebevollen Augen und sein zärtliches Lächeln. Strähnen seines hellbraunen Haares fielen ihm in die Stirn. Er lachte, und dann begann sich der weiße Hintergrund plötzlich um ihn zu drehen. Sein Kopf drehte sich auch, und die weiße Decke verwandelte sich in Wasser. Sein Arm tauchte auf, und seine Hand wollte nach mir greifen.

»Laura ...«

Ich schrie laut auf.

Vielleicht wurde ich ohnmächtig. Vielleicht schlief ich auch wieder ein. Ich weiß es nicht, aber als ich das nächste Mal erwachte, saß Doktor Scanlon neben meinem Bett. Er hatte mir gerade den Puls gefühlt und notierte sich etwas. Er wirkte sehr ruhig, so ruhig, daß ich mir nicht vorstellen konnte, er könnte meinen Schrei gehört haben.

Plötzlich fiel mir auf, daß zwei jüngere Männer in Arztkitteln am Fußende des Bettes standen und mich ansahen. Beide hielten Blöcke in ihrer Hand. Einer von ihnen hatte dunkelbraunes Haar und trug eine Brille, und der andere hatte längeres hellbraunes Haar und hellblaue Augen. Er war größer und breiter gebaut.

»Hallo, Laura«, sagte Doktor Scanlon. »Ich möchte dir Doktor Fernhoff und Doktor Bloom vorstellen. Sie machen beide ihr Klinikum und studieren bei mir. Von Zeit zu Zeit werden sie beide nach dir sehen. Mrs. Roundchild hat mir erzählt«, fuhr er fort, »daß dir inzwischen viel mehr zu deiner Familie und zu deinem Zuhause eingefallen ist? Stimmt das?«

Ich nickte.

»Gut. Und jetzt laß uns über diese Erinnerungen reden. Waren sie alle erfreulich?«

Ich schüttelte den Kopf.

»Ich verstehe. Was war unerfreulich?« fragte er.

Ich sah die beiden Praktikanten an. Doktor Fernhoff, der Mann mit der Brille, sah mich so gebannt an, daß ich mich gehemmt fühlte.

»Ich ... erinnere mich ... an jemanden«, sagte ich. »An jemanden, den ich mochte, und ihm ist etwas zugestoßen.«

»Ja«, sagte Doktor Scanlon. Er sah die beiden Praktikanten an. Keiner von ihnen lächelte ermutigend oder veränderte seinen Gesichtsausdruck. »Sprich weiter. Was ist ihm passiert?«

»Ich glaube ... es hat etwas mit dem Meer zu tun. Er war in einem Segelboot.«

»Ja, sprich weiter, sprich weiter«, drängte er mich, als spielte er Tauziehen mit meinem Gehirn.

»Ich weiß es nicht. Ich ... ich glaube, er könnte aus dem Boot gefallen sein.«

Ich sah Doktor Bloom an. Seinen weicheren Gesichtszügen war anzusehen, daß ich nicht weit danebenlag.

»Was glaubst du sonst noch, Laura? Du mußt mir erzählen, woran du dich erinnerst und was deiner Meinung nach passiert ist.«

»Wir beide waren zusammen in dem Boot«, sagte ich, »und ich glaube, wir sind in ein Unwetter geraten. Geht es ihm gut?«

»Wem?« bohrte Doktor Scanlon. »Wer ist dieser Mensch, mit dem du in diesem Boot sitzt?«

»Robert«, sagte ich, und plötzlich kam alles heraus. »Robert Royce, ein Junge, mit dem ich zur Schule gegangen bin.«

Doktor Scanlon lehnte sich zurück, und ein Ausdruck der Zufriedenheit machte sich auf seinem Gesicht breit. »So ist es brav, Laura«, sagte er und nickte. »Du hast einen weiten Weg zurückgelegt.«

»Aber geht es ihm gut?«

»Was meinst du?« warf mir Doktor Scanlon an den Kopf.

»Ich weiß es nicht. Ich kann mich nicht erinnern«, rief ich panisch aus. »Es geht ihm nicht gut. Es kann ihm nicht gutgehen. Bitte, sagen Sie, saß ich mich irre. Sagen Sie es mir«, flehte ich.

»Du darfst dich nicht daran schuldig fühlen«, sagte er.

»Weshalb sollte ich mich schuldig fühlen? War es meine Schuld? Was habe ich getan?« fragte ich.

»Für den Moment genügt es.« Seine Worte klangen endgültig. Er nahm seine Karteikarten und stand auf.

»Nein, es genügt nicht. Wie könnte es genügen? Sie sind kaum fünf Minuten hiergewesen.«

»Was zählt, ist nicht die Zeit, die ich hier verbringe. Was zählt, ist, was sich in diesem Zeitraum abspielt«, sagte er, als sei auch ich einer seiner Praktikanten.

»Ich kann mich nicht an alles erinnern, aber ich erinnere mich an eine ganze Menge. Können Sie mir nicht helfen, mich endlich an alles zu erinnern?«

»Ich halte es für das beste, wenn wir Schritt für Schritt vorgehen, Laura. Morgen ist auch noch ein Tag«, verkündete er herablassend. Seine zwei Praktikanten machten sich kurze Notizen, als er sich an sie wandte.

»Ich will nach Hause«, stöhnte ich. »Ich erinnere mich an meine Mutter, an meinen Vater, an meine kleine Schwester und an meinen Bruder. Warum besucht mich keiner von ihnen?«

»Vielleicht kommen sie schon bald«, sagte er. »Ein klassischer Fall«, fügte er hinzu und wies mit einer Kopfbewegung auf mich. Die beiden Praktikanten rissen die Augen auf und kniffen die Lippen zusammen. »Wie Sie sehr wohl wissen«, belehrte er sie, »stellt sich die dissoziative Amnesie im allgemeinen als eine nachträgliche Lücke oder eine Reihe von Lücken in der

Erinnerung an die Aspekte der persönlichen Geschichte des Individuums dar. Hier haben wir ein gutes Beispiel dafür, daß diese Lücken normalerweise in Beziehung zu traumatischen Situationen oder zu extrem belastenden Vorfällen stehen.«

»Es ist ein gewöhnliches Ermattungssyndrom nach der geschlagenen Schlacht«, sagte Doktor Fernhoff.

»Genau. Dennoch sehen wir heute immer klarer den Zusammenhang mit Mißbrauch in der frühen Kindheit. Es wäre mir lieb, wenn Sie diesen Fall beide im Auge behielten. Sie steht kurz davor, ihr Trauma zu durchbrechen, und die direkten Nachwehen sind immer besonders lehrreich.«

Sie nickten und starrten mich an. Ich kam mir vor wie eine Amöbe unter einem Mikroskop. Ihre Blicke waren in einer Form auf mein Gesicht gerichtet, die mich zusammenzucken ließ.

»Ich will nach Haus«, stöhnte ich.

»Wir werden uns mit der Wahrnehmung der Patientin hinsichtlich des Unfalls auseinandersetzen müssen«, fuhr Doktor Scanlon fort. »Es ist entscheidend, daß wir uns mit ihrem Schuldbewußtsein befassen, sowie ihre Erinnerung nahezu hundertprozentig zurückkehrt, denn exakt dieses Schuldbewußtsein hat ihre dissoziative Amnesie ausgelöst. Auch das sind klassische Symptome für klassische Fälle, beispielsweise Mütter, die Unfälle überleben, die ihre Kinder das Leben kosten, überlebende Ehemänner oder Ehefrauen et cetera.

Ich habe ihr eine Reihe von Elektroenzephalogrammen verordnet. Wie Sie wohl wissen«, fuhr er in seinem schulmeisterlichen Ton fort, »sind Teile des Gehirns, die die Gedächtnisfunktion steuern, auch für das Streßzentrum verantwortlich. Traumatischer Streß führt zu Veränderungen in diesem Teil des Gehirns. Diese Veränderungen können wiederum posttraumatische Streßsymptome hervorrufen.«

»Leider«, fuhr er fort und sah mich dabei an, »hat Doktor Southerby es unterlassen, gleich bei der Einweisung ein Elektroenzephalogramm durchzuführen, und daher mangelt es uns an einem möglichen Vergleichsfaktor, aber …« Er lächelte sie an. »Wir werden das Beste daraus machen.«

Er wies auf die Tür, und sie machten kehrt.

»Bitte, lassen Sie mich nach Hause gehen«, rief ich aus. Warum antworteten sie mir nicht?

»Unser nächster Patient ist ein klassischerer Fall von Kindesmißhandlung«, leierte er auf dem Weg zur Tür herunter. »Es geht um einen zwölfjährigen Weißen …«

Ich beobachtete, wie sie den Raum verließen, und dann ließ ich den Kopf auf das Kissen fallen, weil er plötzlich so schwer wie ein Stein war.

Wie Doktor Scanlon bereits erklärt hatte, wurden im Lauf des Tages Untersuchungen vorgenommen. Man befestigte Elektroden auf meinem Kopf, und Geräte zeichneten meine Gehirnströme auf. Doktor Scanlons Praktikanten überwachten die Ergebnisse und werteten sie aus, aber mir erzählte niemand etwas. Man brachte mich in mein Zimmer zurück und packte mich wieder ins Bett. Als ich mich darüber beklagte, gestattete mir Mrs. Roundchild, eine Zeitlang auf einem Stuhl zu sitzen, solange ich nicht aufstand oder versuchte, das Zimmer zu verlassen.

Ich saß den ganzen Tag dort und befaßte mich mit meinen Erinnerungen. Einzelheiten kehrten zurück, und mit jeder Minute, die verging, wurden die Farben und Formen präziser. Es war, als hätte es mit simplen Bleistiftzeichnungen begonnen, die ein Fünfjähriger hätte anfertigen können, und jetzt wurden sie von einem wunderbaren Künstler in Öl gemalt. Nicht nur Bilder und Wörter kehrten zurück, sondern auch Düfte, Gerüche und Geschmackserlebnisse. Mehr denn je sehnte ich mich nach meiner Mutter. Ich rief den ganzen Tag nach ihr, aber niemand hörte auf mich. Jedesmal, wenn Mrs. Roundchild oder einer der Praktikanten auftauchte, wurden mir Versprechen aufgetischt, und jeglicher Hoffnung wurde ein »Bald« vorangestellt.

Bald war nicht bald genug, dachte ich. Nur sofort war bald genug. Da ich meine Ansprüche immer lauter geltend machte, packte Mrs. Roundchild mich wieder ins Bett und schnallte mich am Bettgestell fest. Sie rief Doktor Scanlon und kam dann noch einmal in mein Zimmer, um mir mitzuteilen, er wollte, daß ich meine Medikamente an diesem Abend früher nahm als sonst. Sie sagte, er hätte behauptet, bei mir stünde ein drastischer Durchbruch bevor. Wieder einmal hielt man mir als Versprechen vor die Nase, es würde bald alles vorüber sein ... schon sehr bald.

Nach dem Abendessen nahm ich die Tabletten und schlief sofort ein. Wenige Momente später trieb ich auf dem Meer. Ich war auf dem Segelboot, und Robert lächelte voller Stolz auf seine Fähigkeit, uns über die Fluten gleiten zu lassen. Wir steuerten eine Bucht an. Dort wartete Liebe auf mich, gleich hinter dieser Biegung.

In meinen Träumen sah ich Robert und dieses Mädchen, das ich zu sein schien. Die beiden zogen ein Segelboot schnell auf einen Strand, lachten und neckten einander. Sie liefen weiter auf den Strand hinauf. Ich sah, wie sie in den Sand fiel, und dann sah ich, wie er auf die Knie sank, ehe er auf allen vieren über ihr aufragte. Er sah sie an, und in seinem Blick stand Liebe. Er berührte ihr Haar, ihre Wangen, und sie preßte seine Finger an ihre Lippen und küßte die Fingerspitzen. Das Mädchen stöhnte, und der Junge beugte sich vor und küßte sie zart auf die Lippen, ließ seinen Mund über ihr Gesicht gleiten, über ihre Wangen und hinauf zu ihren geschlossenen Augen.

Eine Zeitlang berührte er sie nur mit den Lippen. Er war über sie gebeugt und küßte ihre Stirn, ihr Haar und dann wieder ihre Lippen, ehe er den Mund auf ihren Hals sinken ließ und dann ganz zärtlich ihren Rock hochhob.

In der Ferne ballten sich die Wolken zusammen. Keiner von beiden, weder der Junge noch das Mädchen, nahm Notiz davon, daß der Wind drehte. Die hektischen und nervösen Rufe der Vögel nahmen sie nicht wahr, auch nicht das steigende Wasser, als die Flut schneller und höher einlief. Sie waren absolut vertieft ineinander, gebannt, verloren im Geflüster ihrer eigenen Stimmen, die ewige Liebe schworen und Gelübde ablegten.

Ich sah, wie sie sich auszogen, eilig die Kleider ablegten, aber doch ohne Hast. Sie lagen nackt unter dem Himmel und hielten einander erst sachte, dann verzweifelt umklammert, denn sie wollten, daß ihre Liebe größer und intensiver war als je zuvor. Und so kam es dann auch.

Erschöpft brachen sie zusammen und hielten einander fest. Diese Form der Erschöpfung brachte Zufriedenheit mit sich. Sie schlossen die Augen, hielten einander immer noch umschlungen und schliefen bald ein. Ich versuchte, eine Warnung auszurufen, aber sie hörten mich nicht.

Der Himmel verdunkelte sich. Der Wind nahm zu. Das Wasser schwappte an die Felsen, und das kleine Segelboot wurde vom Strand gespült. Als sie endlich erwachten, war das Boot auf das Meer hinausgetrieben.

Plötzlich war ich kein Außenstehender mehr, kein Beobachter. Ich stand auf dem Strand und schrie. Robert schwamm dem Boot verzweifelt nach. Ich sah es alles und eilte ins Wasser, um zu helfen. Das war der Moment, in dem die Dunkelheit wieder hereinbrach und mein Gedächtnis verschloß. Die Laute rissen ab, und ich blieb in einem gräßlichen Schweigen zurück.

»Robert«, rief ich. Ich fuchtelte wie verrückt mit den Armen, bis ich spürte, daß mich jemand festhielt. Als ich die Augen öffnete, sah ich Lawrence neben mir liegen.

»Laura, Laura«, rief er.

Ich streckte die Arme nach ihm aus, und er hielt mich fest.

»Hast du einen schlimmen Traum gehabt?« fragte er. »Vielleicht bekommst du Alpträume von der Medizin.«

»Ich weiß es nicht«, schluchzte ich. »Ich muß fort von hier, Lawrence. Man will mir hier nicht helfen. Sie setzen mich unter

Medikamente, die mich schlafen lassen und mich schwächen. Ich will nach Hause, Lawrence. Ich weiß, wer meine Eltern sind und wo ich wohne. Ich erinnere mich an fast alles. Ich muß sofort nach Hause.«

»Du willst die Klinik verlassen? Heute nacht?« fragte er.

»Ja, unbedingt. Sie machen mich zu einem Versuchskaninchen, das sie in Ruhe beobachten können. Sie wollen meine Behandlung so lange wie möglich hinausziehen. Ich bin ganz sicher. Ich will nach Hause. Bitte, hilf mir«, flehte ich.

Er dachte einen Moment lang darüber nach. Ich hielt seine Hand fest umschlungen.

»Okay, Laura«, sagte er dann. »Ich werde dir helfen, wenn du es wirklich willst.«

»Danke, Lawrence. Danke.«

Ich löste den Gurt um meine Taille und riß die Decke von mir. Lawrence löste den Gurt von meinen Beinen, und ich sprang aus dem Bett.

»Warte«, sagte er. »Laß mich erst nachdenken.«

»Dafür haben wir keine Zeit. Hol mich hier raus. Lawrence. Bitte.«

»Du brauchst Kleider, Laura. So kannst du nicht raus«, sagte er. »Ich weiß, wie wir das anstellen. Auf dem Weg nach unten gehen wir in dein früheres Schlafzimmer. Dort werden wir dir etwas zum Anziehen holen, und dann schleichen wir uns zu der Tür hinter der Küche, zu der, die ich dir schon einmal gezeigt habe«, sagte er.

»Zum Denken bleibt keine Zeit. Schaff mich hier raus, Lawrence. Bitte.«

»Du brauchst etwas zum Anziehen, Laura. So kannst du nicht rausgehen«, sagte er. »Glaub mir. Wenn wir nach unten gehen in dein früheres Zimmer, besorge ich dir etwas zum Anziehen, und dann verschwinden wir durch die Küchentür, die ich dir schon vorher gezeigt habe«, sagte er.

»Ja, schon gut, aber wir müssen uns eilen.«

»Wir müssen vorsichtig sein«, verbesserte er mich. »Wenn wir geschnappt werden, werden sie bei uns beiden zu drastischeren Maßnahmen greifen.«

Er ging zur Tür und schaute hinaus. »Die Luft ist rein«, sagte er.

Ich schwang meine Füße über die Bettkante und stand auf. Einen Moment lang wankte ich und wäre fast umgefallen, aber dann fand ich das Gleichgewicht schnell wieder. Er nahm meinen Arm, und wir gingen beide auf die Tür zu. Er schaute wieder hinaus.

»Wir biegen um die Ecke, und dann geht es durch die erste Tür links, Laura. Anschließend steigen wir die Treppe hinunter, Laura, und bleiben im unteren Korridor wieder stehen, damit ich nachsehen kann, ob wir beobachtet werden. Ich habe es schon so oft getan, daß ich ein Experte bin. Mach dir keine Sorgen«, fügte er hinzu.

Ich nickte eifrig.

Lawrence nahm meine Hand und führte mich aus dem Zimmer. Wir gingen auf die Tür zu, schlichen uns schnell hinaus und liefen die Stufen hinab. Mein Kopf schwirrte, aber ich sagte nicht, wie schwindlig mir war, bis ich auf dem Treppenabsatz ausrutschte und Lawrence mich auffangen und stützen mußte.

»Du bist so schwach, Laura. Wie kannst du die Klinik verlassen?«

»Ich schaffe es, Lawrence. Wenn ich heil hier rauskomme und an der frischen Luft bin, wird es mir gutgehen.«

Er hielt mich noch einen Moment lang unentschlossen fest, und dann führte er mich die nächste Treppe hinab, bis wir im Erdgeschoß angekommen waren und er sich nach allen Seiten umsah. Es dauerte nicht lange, bis er nickte und wir zum Aufenthaltsraum eilten. Minuten später waren wir in meinem früheren Schlafzimmer. Da wir keine Aufmerksamkeit auf uns lenken wollten, schalteten wir das Licht nicht an. Ich ging zum

Kleiderschrank und fand Jeans und ein Sweatshirt, aber keine Schuhe. Ich mußte meine Hausschuhe tragen.

Lawrence stand in der Tür und kehrte mir den Rücken zu, als ich mich ankleidete.

Ich blieb vor dem kleinen Tisch stehen und warf einen Blick auf das Tagebuch, das ich für Doktor Southerby geführt hatte. Niemand hatte sich die Mühe gemacht, es Doktor Scanlon zu geben. Ich war in Versuchung, es mitzunehmen, aber dann zögerte ich doch. Ich wollte keine Erinnerungen an diesen Ort bewahren, wenn es möglich war, sagte ich mir. Ich wollte ihn endgültig hinter mir lassen.

»Ich bin soweit«, kündigte ich an.

Lawrence sah mich an und rührte sich nicht von der Stelle.

»Was ist?« fragte ich.

»Du kannst das nicht allein tun, Laura. Ich komme mit.«

»Du willst die Klinik auch verlassen?«

»Ja«, sagte er. Im Dunkeln konnte ich ihn fast zittern spüren. Lawrence hatte mir erzählt, daß er das Gelände jahrelang nicht verlassen hatte.

»Das ist nicht nötig, Lawrence.«

»Ich will es aber so«, sagte er.

Er schaute in den Korridor und gab mir mit Zeichen zu verstehen, daß ich stillhalten sollte. Sekunden später hörten wir Gespräche und sahen durch den Türspalt Billy und Arnie durch den Flur laufen. Sie blieben dicht neben meiner Tür stehen. Billy flüsterte Arnie etwas zu, und sie brachen beide in Gelächter aus, als sie weiterliefen und um die Ecke bogen.

»Jetzt«, sagte Lawrence, und wir schossen los und eilten durch den Korridor zur Cafeteria. Wir hatten die Küche fast erreicht, als sich die Türen öffneten und ein Hausmeister mit einem Eimer vorbeikam. Er schaute weder nach rechts noch nach links, denn sonst hätte er uns gesehen, mit den Rücken an die Wand gepreßt, als wir ihn auf seinem Weg in die Cafeteria beobachteten. Wir warteten.

Ich sah Lawrence an. Er schien plötzlich erstarrt zu sein.

»Gehen wir jetzt?« fragte ich ihn. Er nickte, aber er rührte sich nicht.

»Vielleicht solltest du besser doch wieder nach oben gehen, Laura. Vielleicht ist es nicht richtig. Nein«, schloß er, »es ist nicht richtig. Ich hätte das nicht tun sollen. Bitte, laß uns umkehren«, sagte er. Er zitterte furchtbar, und selbst in dem matten Licht sah ich, wie sich seine Gesichtsfarbe verändert hatte. »Nein, ich kann nicht zurück. Ich muß fort von hier«, sagte ich. Ich machte mich auf den Weg und ging allein in die Küche. Wenige Momente später hatte mich Lawrence eingeholt.

»Wie kommst du nach Hause?« fragte er, als wir vor der Metalltür standen.

»Ich habe keine Ahnung.«

»Du weißt noch nicht mal die Richtung, Laura. So geht es nicht«, sagte er und hielt mich zurück »Laura ...«

Nachdem er meinen Namen gesagt hatte, schien seine Stimme abzusterben, und der Klang sank tiefer und tiefer in einen Brunnen hinab, in dem ich saß. Ich hatte das Gefühl zu schrumpfen.

»Laura ... geh nicht weg, Laura ... komm zurück.«

»Ja, Robert«, sagte ich. »Ich komme zurück.«

»Was ist Laura? Ich bin es, Lawrence.«

Ich ging auf die Tür zu.

»Laura, warte!«

Ich stieß die Tür auf und trat in die Nacht hinaus, und dann hörte ich ihn wieder rufen.

»Laura! Komm zurück. Komm zurück!«

»Ja«, sagte ich. »Ich komme, Robert. Ich komme bald.«

Ich drehte mich um und sah das Gebäude an. Über mir war ein bewölkter Himmel. Ohne Sterne, ohne Versprechen für morgen.

Ich stolperte, aber ich nahm den Schmerz nicht wahr. Ich

konnte seine Stimme im Wind hören. Manchmal war sie laut, und manchmal war sie weit entfernt.

»Laura, warte. Wohin gehst du? Das ist nicht die richtige Richtung, Laura.«

Lawrence packte meinen Ellbogen und drehte mich um.

»Was tust du, Laura? Du hast deinen Hausschuh verloren«, sagte er und reichte ihn mir. Ich starrte erst den Hausschuh an und dann ihn.

»Ich gehe nicht zurück«, sagte ich. »Sag meiner Großmutter, daß ich ihn nicht aufgeben werde.«

»Was? Ich verstehe nicht, was du sagst, Laura. Frierst du nicht?« fragte er und schlang die Arme um sich. Er sah sich um. Die Trauerweiden wankten im Wind. »Der Wind tobt heute. Ein Unwetter braut sich zusammen.«

»Ja, natürlich«, sagte ich. »Aber das wird uns von nichts abhalten. Du kannst es ihr sagen.«

Ich stieß den Fuß in den Hausschuh und lief an den Bänken vorbei durch die Gärten.

»Wem soll ich was sagen? Laura, ich verstehe dich nicht. Laura?« rief er.

Jemand in dem Gebäude hörte ihn. Ein Licht ging an, dann noch eines. Ich hörte, wie Türen geöffnet wurden und Stimmen in die Nacht hinaus riefen. Das ließ mich nur noch schneller laufen. Jetzt rannte ich den Hügel hinunter, glitt aus und schlitterte, verlor die Hausschuhe wieder, lief aber nicht langsamer. Etwas in meinem Innern sagte mir, daß ich keine Sekunde zu verlieren hatte, oder es würde zu spät sein.

»Ich komme, Robert. Ich komme, mein Liebling«, rief ich in die Dunkelheit.

Vor mir brauste das Meer, die Wogen prallten auf die Felsen, und die Gischt sprühte in die Nacht auf. Meine Augen hatten sich an die Dunkelheit gewöhnt, aber Gestalten waren immer noch reine Silhouetten.

Ich fiel und schrappte mir einen Arm an einem Felsen auf. Es brannte, aber ich schenkte dem Schmerz keine Beachtung. Statt dessen kam ich so schnell wie möglich wieder auf die Füße und lauschte. Seine Stimme war nicht zu vernehmen. Das Meer übertönte ihn.

»Robert!« schrie ich.

»Laura! Wo bist du?« Die Stimme schien hinter mir zu erklingen, aber dann hörte ich sie wieder, und diesmal kam sie aus einer anderen Richtung. »Laura! Hier bin ich, Laura!«

»Ja, ja, Robert, ich bin hier.«

Ich bewegte mich vorsichtiger über die kleinen Felsen, bis ich das Wasser erreichte und die Flut gegen meine Waden schwappte. Dann konzentrierte ich mich und sah, wie sich das Boot hob und senkte. Der kleine Mast war abgebrochen und senkte sich, und das Segel war durchtränkt. Ich sprang ins Wasser.

»Robert!« rief ich aus. »Robert!«

Das Boot hob sich wieder, aber diesmal fiel es auf die Seite, ehe es sich vollständig umdrehte, und kurz darauf sah ich ihn in den Fluten tanzen, mit einem erhobenen Arm, der sich mir entgegenstreckte.

»Laura ...«

»Robert, ich komme. Warte.«

Einen Moment lang verschwand er. Ich stürzte mich ins Wasser, das mir jetzt bis zur Taille reichte.

»Laura!« hörte ich jemanden hinter mir schreien, aber ich drehte mich nicht um. Das war Großmutter Olivias Masche, mich dazu zu bringen, daß ich ihn aufgab. Schau nicht zurück, dachte ich, oder du wirst wie Lots Frau in eine Salzsäule verwandelt.

Ich schwamm auf das Boot zu. Roberts Kopf tauchte wieder auf, und dann streckte sich sein Arm langsam aus dem dunklen Wasser, wie schon so oft zuvor in meinen Träumen. Ich versuchte, ihn zu rufen, als ich auf ihn zuschwamm, aber das war schwierig, weil das Wasser in mein Gesicht schlug und ich es schluckte und eine Zeitlang würgte. Die Wellen wurden höher und spülten mich zurück, aber ich schwamm weiterhin mit aller Kraft. Das Boot war jetzt nicht mehr fern.

Er hob langsam den Kopf, und selbst in dieser mondlosen Nacht ohne alle Sterne leuchteten seine Augen voller Liebe.

»Robert, mein Liebling«, rief ich ihm zu, und ich schwamm, schwamm und schwamm. Als ich aufblickte, war das Boot nicht näher. Hielt eine auslaufende Flut mich zurück?

Meine Arme schmerzten. Das Gewicht meiner Kleider zog mich hinunter. Ich trat Wasser und zog erst meine Jeans und dann mein Hemd aus. Die Flut trug ihre Beute schnell davon, und ich schwamm weiter, mit aller Kraft. Ich spürte, wie ich mich mit dem Wasser hob und senkte, und als ich wieder hinausschaute, war das Boot immer noch nicht näher gekommen.

»Robert, ich darf dich nicht verlieren. Ich werde dich nicht verlieren. Laß nicht zu, daß sie dich mir wegnehmen. Bitte.«

Wie durch ein Wunder tauchte sein Kopf dicht vor mir auf, und er streckte mir seine Arme entgegen. Ich streckte mich, bis unsere Hände einander berührten.

»Laura«, sagte er. »Meine Laura.«

Ich spürte, daß er mich näher an sich zog, bis seine Arme um mich geschlungen waren. Das Wasser spielte keine Rolle mehr. Ich fühlte nicht, wie kalt sie war, diese rauhe See. In seinen Armen fühlte ich mich sicher, und mir war warm. Wir küßten uns.

»Ich habe auf dich gewartet«, sagte er. »Ich wußte, daß du zu mir zurückkommen würdest, und daher habe ich auf dich gewartet.«

»Ich bin ja so froh, Robert. Ich bin ja so glücklich.«

Ich drehte mich zum Ufer um. Jemand fuchtelte wie verrückt mit den Armen, eine männliche Gestalt, die bis zur Taille im Wasser stand und mir zuwinkte.

»Laß uns gemeinsam zurückgehen«, sagte ich.

»Nein, Laura. Wir können nicht zurückgehen«, sagte Robert.

»Komm.«

Er wies mit dem Kopf auf das gekenterte Segelboot.

»Oh«, sagte ich mit einem Lächeln. Jetzt verstand ich.

Wir schwammen ein Weilchen nebeneinander her, und dann streckte ich die Hand nach dem Boot aus. Robert griff ebenfalls danach. Wir wandten uns einander zu, preßten unsere Lippen aufeinander und küßten uns, als die Dunkelheit über uns hereinbrach.

Aber ich war glücklich, so glücklich, wie ich es einst gewesen war.

Ich war mit meinem Geliebten zusammen.

Für immer.

Epilog

Der schwarze Rolls Royce legte langsam den Weg zu der Klinik zurück. Er hielt vor dem Haupteingang an, als eine große, dunkle Wolke vor die Sonne zog. Der Fahrer stieg aus und öffnete Olivia Logan schnell die Tür. Er streckte den Arm nach ihrem Ellbogen aus, aber sie schüttelte ihn ab.

»Mir fehlt nichts, Raymond«, fauchte sie. Nach dem Aussteigen blieb sie stehen und sah das Gebäude an, als sei es lebendig, und Dutzende von Fenstern funkelten jetzt wie Spiegel, um sie zu begrüßen.

»Warten Sie hier«, befahl sie und ging auf die Stufen zu.

Raymond sah ihr eine Zeitlang gehorsam nach, ehe er wieder in den Rolls stieg. Dann griff er nach seiner Zeitung.

Ehe Olivia Logan den Eingang erreichte, ging die Tür auf, und Doktor Scanlon trat mit Mrs. Kleckner auf der einen Seite und Mrs. Roundchild auf der anderen vor die Tür, um sie zu begrüßen. Sie blieb stehen und sah die drei verächtlich und herablassend an. Sie schienen vor ihren Augen zu schrumpfen, vor allem Herbert Scanlon. Es war, als würden die Kleidungsstücke, die er trug, ständig wachsen. Sein Hemdkragen wurde weiter, und er preßte den Krawattenknoten zwischen dem rechten Daumen und dem Zeigefinger zusammen, ehe er Olivias ausgestreckte Hand drückte.

»Wo ist sie?« fragte Olivia.

»Wir haben sie auf die Krankenstation gebracht. Es tut mir leid«, setzte Doktor Scanlon an. »Ich …«

Olivia hob die Hand in einem schwarzen Handschuh, um ihm das Wort abzuschneiden.

»Sparen Sie sich Ihre Erklärungen für später auf«, sagte sie. »Führen Sie mich zu ihr.«

Die drei lösten sich voneinander, und Mrs. Roundchild trat zurück, um Olivia den Weg frei zu machen.

Niemand saß in der Eingangshalle. Die Patienten waren alle beim Mittagessen. Olivia blieb stehen, als die Stille unerwartet über sie hereinbrach. Sie lief jedoch weiter, als Herbert Scanlon ihr vorausging und sie durch eine weitere Tür in den Korridor dahinter führte. Die beiden Krankenschwestern blieben zurück, sahen einander nicht an und wechselten auch kein Wort.

»Die Patienten sind im Moment alle im Eßzimmer«, sagte Doktor Scanlon.

»Mit einer Ausnahme«, bemerkte Olivia.

Er warf einen Blick auf seine Krankenschwestern zurück und lief weiter. Als sie ans Ende des Korridors gelangten, bogen sie nach rechts durch eine Tür, auf der KRANKENSTATION stand. Doktor Scanlon öffnete die Tür und ließ Olivia den Vortritt. Die Krankenschwester mit dem Namensschild, auf dem Susanne Cohen stand, erhob sich so schnell von dem Stuhl hinter ihrem Schreibtisch, daß es wirkte, als hätte sie auf einer Spirale gesessen. Ihr Gesicht war grau vor Sorge, als sie Doktor Scanlon ansah.

»Das ist Mrs. Logan«, sagte er. »Sie ist hier, um nach Laura zu sehen.«

»Oh, ja«, sagte die Krankenschwester. »Es tut mir ja so leid«, fügte sie hinzu.

Olivia schloß die Augen und schüttelte den Kopf.

»Ich will keine Entschuldigungen hören«, sagte sie. Sue Cohen sah Doktor Scanlon an und entnahm seinem Gesichtsausdruck, daß sie schnell zu reagieren hatte.

»Hier entlang«, sagte sie und führte sie durch eine kleine Halle zu einer Hintertür und von dort aus durch einen Korridor, von dem beidseits Untersuchungszimmer abgingen – Radiologie, ein Labor und am hintersten Ende ein Raum, der zum Glück nur selten benutzt wurde. Die Tür war nicht beschriftet, aber jeder, der hier arbeitete, wußte, daß es die Leichenhalle war.

Sie öffnete die Tür und trat zurück.

Olivia kam langsam näher und sah die stählerne Bahre an, die mit einem Leintuch bedeckt war, unter dem die Leiche ihrer Enkelin lag. Der Raum strömte keinen bestimmten Geruch aus. Er schien aseptisch zu sein, bar jeglicher Ausstrahlung, und es gab auch kein Licht.

Olivia blieb neben der Bahre stehen. Doktor Scanlon trat schnell an ihre Seite.

»Ich will sie sehen«, verlangte Olivia.

Er schlug das Tuch bis zum Hals zurück, und Olivia sah lange Zeit hin.

Jetzt war sie hier, vom Personal umgeben, und sie würde Fragen und Forderungen stellen.

»Wie ist das passiert?«

Auf diese Frage war Doktor Scanlon vorbereitet.

»Ein anderer Patient, mit dem sie eine Art Beziehung hatte, hat sich nach oben in unsere geschlossene Abteilung geschlichen und ihr geholfen, nach unten zu entkommen, auf einer Treppe, die nur von Angestellten benutzt wird. Er wußte von der einzigen Tür, die wir nicht mit Alarmanlagen sichern, und er hat ihr den Weg aus dem Gebäude gezeigt. Er behauptet, sie hätte nach Hause gehen wollen.«

Olivia drehte sich mit neu erwachtem Interesse zu ihm um.

»Nach Hause? Wie ist sie dann im Meer gelandet?«

»Um das zu verstehen, müssen Sie wissen«, sagte Doktor Scanlon, »daß es sich bei diesem anderen Patienten um einen ernstlich gestörten jungen Mann handelt. Es hat enorme Mühe gekostet, ihn soweit zu bringen, daß er wieder klar genug bei Verstand war, um uns verständliche und nützliche Angaben zu machen. Der Vorfall hat ihn in Formen zurückgeworfen …«

»Ich bin nicht hergekommen, um seine Fallstudie zu erörtern«, sagte Olivia mit scharfer Stimme.

Doktor Scanlon nickte.

»Anscheinend hat sie nach allem, was ich aus ihm herausholen konnte, Stimmen gehört.«

»Stimmen? Was für Stimmen?«

»In erster Linie die Stimme ihres jungen Freundes, der ertrunken ist. Lawrence – so heißt dieser andere Patient – hat gesagt, sie hätte immer wieder nach Robert gerufen. Er hat behauptet, sowie er ihr den Weg ins Freie gezeigt hätte, wäre sie zum Meer gelaufen, so schnell sie konnte. Er hat versucht, sie aufzuhalten, aber sie muß wild entschlossen gewesen sein.«

»Sie ist zum Meer gelaufen und hat sich vorsätzlich ertränkt?« fragte Olivia ungläubig.

»Ungewöhnlich ist das nicht – Suizidtendenzen in Fällen, die so ähnlich wie ihrer gelagert sind, Mrs. Logan.«

»Warum ist sie dann nicht rund um die Uhr bewacht worden?« fauchte Olivia ihn an.

»Ich ... also, ich meine, sie war auf unserer sichersten Station.«

»Auf der sichersten Station? Und trotzdem konnte sich dieser andere Patient zu ihr schleichen und sie aus dem Haus bringen?«

»Niemand hat damit gerechnet, daß ...« Er sah Mrs. Roundchild an, die vortrat.

»Sie war mit Gurten an das Bett geschnallt und mit starken Medikamenten betäubt. Wir hatten gerade erst nach ihr gesehen. Er muß sich hinter der Tür versteckt haben, bis wir verschwunden sind«, erklärte sie.

»Schicken Sie die Leute fort«, sagte Olivia mit einer ausholenden Handbewegung.

Doktor Scanlon nickte den Krankenschwestern zu, und sie verließen geschlossen den Raum. Sowie sie fort waren, fiel Olivia über den Arzt her.

»Wie Sie durchaus wissen, könnte ich diese Klinik und auch Sie verklagen. Wenn sich eine solche Fahrlässigkeit herumspräche, wären Sie ruiniert«, sagte sie, und ihre Augen waren klein, aber voller Feuer.

Doktor Scanlon konnte kaum noch schlucken. Er nickte.

Olivia sah ihn weiterhin haßerfüllt an, richtete die Augen auf ihn wie Scheinwerfer, heiß und intensiv. Endlich wandte sie sich Laura wieder zu.

»Sie können wirklich froh sein, denn mir liegt daran, daß kein Wort über diesen Vorfall nach außen dringt.«

»Was soll das heißen? In Todesfällen werden Untersuchungen durchgeführt.«

»Das ist Ihr Problem«, sagte sie. »Ich will nicht, daß diese Geschichte in die Zeitungen kommt. Wir werden sie beisetzen, wie es sich gehört, und dabei belassen wir es. Diese Geschichte könnte verheerende Folgen für meine Familie haben«, fügte sie hinzu und wandte sich ab. »Und das lasse ich nicht zu.«

»Ich verstehe. Ich werde tun, was ich kann.«

»Nein, Sie werden nicht etwa nur tun, was Sie können, sondern Sie werden alles tun, was ich verlange.« Sie warf noch einen Blick auf Laura. »Hier sehen wir die Resultate dessen, was Sie können. Das genügt mir nicht. Ich erwarte mehr.«

Er nickte. Schweiß triefte von seiner Stirn.

»Wollen Sie ihre Sachen haben? Die Sachen, die Sie geschickt haben?«

»Nein, im Moment nicht«, sagte Olivia. »Ich frage nur ungern, da ich inzwischen an Ihrer Kompetenz zweifele, aber hat sie Fortschritte gemacht?«

»Oh, ja. Ich glaube, mit der Zeit hätte ich eine vollständige Genesung erreichen können«, prahlte er.

»Woran hat sie sich ... vorher erinnert?« fragte Olivia.

»An ihre Familie, ihre Eltern, ihren Bruder und ihre Schwester und auch weitgehend an das tragische Erlebnis.«

»Über mich hat sie nichts gesagt?«

»Kein Wort während meiner Sitzungen mit ihr, und nach allem, was ich aus Southerbys Aufzeichnungen entnehmen kann, hat sie auch ihm gegenüber nichts geäußert«, sagte Doktor Scanlon.

»Was ist aus Southerby geworden?«

»Das ist bereits erledigt«, sagte er eilig.

»Gut. Ich will, daß alles Übrige ebenfalls erledigt wird, Herbert.« Sie starrte ihn mit ihren durchbohrenden Augen an, die sein Rückgrat zu Eis werden ließen. »Es ist mein Ernst.«

»Ich verstehe. Haben Sie Sonderwünsche für die Beerdigung?«

»Nein«, sagte sie. »Laß mich einen Moment lang allein«, befahl sie.

»Ja, selbstverständlich, Mrs. Logan. Es tut mir leid. Und zwar aufrichtig.«

Sie sagte kein Wort, und er ging.

Lange Zeit starrte sie Lauras Gesicht an. Dann holte sie tief Atem und blickte zur Decke auf.

»Es tut mir leid um dich«, sagte sie. »Ich weiß, daß du es jetzt nicht mehr verstehen wirst, aber was ich getan habe, habe ich nur für die Familie getan. Die Familie ist das einzige, was wirklich zählt, der Name der Familie, die Loyalität ihr gegenüber. Nur dadurch steht fest, wer wir sind, wenn wir in diese Welt geboren werden, aber auch, wer wir dann sind, wenn wir aus dieser Welt scheiden, und daran müssen wir verbissen festhalten, während wir diese Wegstrecke zurücklegen, Laura.«

Sie warf einen Blick auf ihre Enkelin und sagte sich, daß sie selbst im Tod noch schön war.

»Irgendwie wußte ich, daß du, nachdem du deinen kostbaren Robert verloren hattest, keinen wirklich glücklichen Moment mehr verbringen würdest, Laura. Vielleicht ... vielleicht warst du gar nicht halb so verrückt und so krank, wie die Ärzte glauben. Vielleicht hast du tatsächlich seinen Ruf gehört.

Auf eine ganz seltsame Art«, flüsterte sie, »beneide ich dich, meine Liebe.«

Sie streckte die Hand aus und berührte Lauras kaltes Gesicht. Dann wandte sie sich ab und verließ das Zimmer.

Doktor Scanlon begleitete sie zum Hauptausgang.

»Mein Anwalt wird sich mit Ihnen in Verbindung setzen und dafür sorgen, daß alles nach meinen Anweisungen abläuft«, sagte sie.

»Ja, ich verstehe«, sagte Doktor Scanlon mit einem kleinen Nicken.

»Ich möchte, daß Sie noch etwas für mich tun.«

»Ja, natürlich«, sagte Doktor Scanlon ohne jedes Zögern, ehe er die Bitte auch nur gehört hatte.

»Ich möchte, daß Sie diesem jungen Mann etwas ausrichten, diesem anderen Patienten.«

»Ja?«

»Er soll wissen, daß ich ihm nichts vorwerfe. Sagen Sie ihm, ich danke ihm dafür, daß er ihr Freund war. Würden Sie das für mich tun?«

»Ja. Das wird ihm helfen, Mrs. Logan. Es ist sehr nett von Ihnen.«

»Ich tue es nicht für ihn. Ich tue es für Laura und«, sagte sie und schaute den Rolls Royce an, »für mich.«

Sie lief die Stufen hinunter. Raymond stieg schnell aus dem Rolls Royce aus und hielt ihr die Tür auf. Doktor Scanlon wischte sich mit dem Taschentuch das Gesicht ab, als er beobachtete, wie sie in ihr Automobil stieg. Als die Tür hinter ihr geschlossen wurde, wich er zurück und verschwand wieder in der Klinik.